LE SIÈCLE DES CHIMÈRES

****

La Dame de Toscane

Philippe Cavalier a quarante-deux ans. Diplômé de l'Institut national des langues et civilisations orientales et de littérature comparée, il se passionne depuis toujours pour l'histoire des religions et de la magie.

Paru dans Le Livre de Poche :

LE SIÈCLE DES CHIMÈRES
1. Les Ogres du Gange
2. Les Loups de Berlin
3. Les Anges de Palerme

PHILIPPE CAVALIER

Le Siècle des chimères

****

La Dame de Toscane

ÉDITIONS ANNE CARRIÈRE

ISBN : 978-2-253-11625-7 – 1re publication LGF

O donna in cui la mia speranza vige,
E che soffristi per la mia salute
In inferno lasciar le tue vestige...

Ô femme sainte en qui fleurit mon espérance,
Toi qui pour mon salut, bravant toute souffrance,
N'as pas craint de laisser ta trace en l'Enfer noir…

DANTE,
Paradis, XXXI.

Prologue

– Il est encore temps de renoncer à cette folie, Messing ! Ne soyez pas stupide. Je trouverai une voie honorable pour annoncer en haut lieu votre défection. Vous n'échapperez pas à quelques sanctions, bien sûr, mais si au contraire vous vous obstinez, votre imposture éclatera au grand jour, et je ne pourrai plus rien pour vous. *Personne* ne pourra plus rien pour vous. Vous finirez dans un camp en Sibérie, ou pire…

Sur la banquette arrière de la grosse Exotica modèle 1937 fraîchement sortie des usines géantes de Gorki, le commandant de l'Armée rouge Grusha Alantova ne comprenait pas comment l'étranger assis à ses côtés parvenait à garder son calme malgré l'extrême gravité de l'instant. Impassible, détendu, souriant même, l'homme ne semblait pas mesurer la nature des dangers qui le menaçaient.

Plongeant nonchalamment sa main fine dans la poche intérieure de son vilain costume à carreaux, Wolf Messing saisit un paquet de cigarettes Belomorkanal, gratta une allumette et prit le temps de tirer deux longues bouffées avant de desceller les lèvres.

– Vous n'avez jamais cru en moi, n'est-ce pas, camarade commandant ? Vous pensez depuis le début que je ne suis qu'un médiocre affabulateur. Un mythomane. Un vulgaire bateleur de foire, tout juste bon à manipuler les âmes crédules… C'est bien votre opinion ?

Alantova hocha la tête et ferma un instant les paupières pour échapper au regard dur que Wolf lui décochait. Deux lances noires et brûlantes, deux aiguilles sombres extraordinairement vives et pénétrantes, voilà ce qu'étaient les yeux de cet homme. C'était son unique particularité, la seule notable dans sa silhouette banale, dénuée de charme, de petit Juif allemand de trente-cinq ans à la calvitie prononcée, à l'estomac proéminent et aux dents jaunes.

– Staline en personne m'a défié, commandant, vous le savez, poursuivit Messing avec un fort accent germanique. Et vous, vous êtes désignée pour garantir le bon déroulement de l'opération… Une caution. Une simple caution… Ne dépassez pas les limites de votre rôle en me suggérant une pitoyable échappatoire de dernière minute. Venant d'un militaire de votre rang, votre compassion me semble aussi déplacée qu'humiliante. Je sais ce que je fais ! J'ai toujours tout maîtrisé de ma vie, tout prévu, chaque détail ! Rien ne m'a échappé ! Jamais ! Le seul service que je vais maintenant vous demander est de me donner de quoi écrire. Pouvez-vous faire cela pour moi, camarade ?

Résignée, convaincue désormais qu'aucun argument ne saurait faire reculer Messing, Alantova arracha méticuleusement une page de couleur bleue de son carnet personnel puis posa le feuillet et un stylographe dans la paume que l'Allemand lui tendait tel un plateau.

– Tirez le cache, voulez-vous ? dit Messing en désignant l'épais volet coulissant qui permettait aux passagers de s'isoler de l'ordonnance assise au volant.

Alantova obtempéra et Wolf prit une demi-minute pour tracer une courte série de lignes sur le papier. Dès qu'il eut fini, il présenta pour approbation son texte à l'officier.

– Je ne comprends pas, avoua Alantova, incapable de déchiffrer les mots inscrits par Messing. Je ne reconnais même pas l'alphabet que vous utilisez… Ce n'est pas du cyrillique, pas plus que du latin… Qu'est-ce que c'est ?

Wolf Lessing ouvrit la vitre et se débarrassa de son mégot d'un geste négligent.

– Ce n'est rien, commandant. Littéralement, rien… Vous ne pouvez pas lire ce charabia. Personne ne peut le comprendre. Moi non plus, d'ailleurs… Je viens à l'instant d'inventer ces signes. Ils n'ont aucune signification particulière, sauf pour les esprits que je vais parasiter. Ces simulacres de mots ne sont qu'un support au numéro d'hypnose que je vais donner. Mais cessons les bavardages inutiles ! Une démonstration vaudra mieux que toutes les théories. J'ai certifié à Staline que j'allais aujourd'hui voler cent mille roubles dans la banque d'État moscovite désignée par vos soins, sans aide et sans recourir à aucune arme. C'est la preuve qu'il attend pour prendre enfin au sérieux mes pouvoirs sur l'esprit. Restez ici, commandant, je reviens dans dix minutes…

Messing plia soigneusement le bout de papier et le rangea dans son portefeuille avant de descendre de l'Exotica. Sur le trottoir, il lissa son pantalon, ferma les boutons de sa veste et, les mains crânement enfoncées dans ses poches, traversa l'avenue pour pénétrer sous le porche d'un élégant immeuble dont la façade s'ornait de pilastres, d'architraves moulurées et de ferronneries à volutes et à torsades.

Dans la voiture, malgré l'extrême chaleur du mois d'août à Moscou, Grusha Alantova frissonnait. Son corps, baigné de sueur froide, lui faisait mal et ses poumons semblaient paralysés, incapables d'avaler l'air qu'elle s'appliquait pourtant à respirer à grandes goulées par sa bouche grande ouverte. Depuis deux jours que Wolf Messing, qui se prétendait voyant et hypnotiseur, lui avait été confié sur un ordre portant la double signature de Staline et du président de l'Académie des sciences, Sobolev, elle n'avait pas fermé l'œil. Ce n'était pas l'étrangeté de cette mission au côté de l'Allemand qui la troublait. Depuis sa promotion au grade de commandant, trois années plus tôt, elle n'avait cessé de travailler sur les cas les plus étranges examinés par le NKVD, le tout-puissant ministère soviétique des Affaires intérieures. Sa formation de physicienne et surtout l'application, la méticulosité, le sens du secret et la brillante intelligence dont elle avait fait preuve dès son entrée en fonctions l'avaient très vite fait remarquer du directeur Nikholai Yezhov. Pragmatique plus que politique, et plus réaliste que bolchevique, Yezhov l'avait choisie, elle, de préférence à d'autres, plus gradés ou plus expérimentés, afin de traiter les affaires hors normes, inclassables, qui pouvaient menacer la sécurité de l'État.

Ce dont elle avait été témoin depuis lors dépassait tout ce que pouvaient contenir les ouvrages d'imagination les plus extravagants. À Tachkent, elle avait observé des icônes pleurant du sang. À Vladivostok, elle avait entendu une babouchka inculte qui avait soudain reçu le don de glossolalie et prophétisait dans trente-quatre langues, dont le wolof, le basque, le gros-ventre et l'araméen. À Leningrad, elle avait rencontré un enfant qui déplaçait des objets sans y toucher. Dans le désert de l'Oural, elle avait marché des jours durant sur des pistes impraticables à tout véhicule motorisé pour ramasser des fragments d'un objet d'origine inconnue qui s'était pulvérisé sur les pentes d'une haute montagne sous les yeux d'une poignée de bergers nomades… En dépit de leur caractère exceptionnel, aucun des phénomènes dont elle avait été le témoin direct n'avait réellement troublé le commandant Alantova. Son esprit équilibré, rationnel, peu sujet aux variations émotives qui corrompent si aisément le jugement des individus ordinaires, avait su la préserver de toute dérive. Mais la rencontre avec Wolf Messing venait de changer brusquement la donne. Sans oser se l'avouer, le commandant avait senti d'instinct que l'Allemand allait profondément bouleverser sa vie. Et ce changement, pour indéterminé qu'il fût encore, lui faisait peur.

Alantova ouvrit la portière et descendit à son tour de la voiture. Le soleil du début d'après-midi l'éblouit. Elle marcha quelques mètres jusqu'au couvert des tilleuls qui bordaient l'avenue. Un bus à étage presque vide la dépassa. Puis des charbonniers, torse nu, debout sur une charrette tirée par deux mulets aux côtes saillantes. Seules deux automobiles privées filèrent devant elle tandis qu'elle patientait. Depuis quelques mois, la ville tout entière était comme figée sous la vague d'arrestations décrétées par Staline pour purger les résidus d'opposition à son potentat. Calfeutrés chez eux en attendant que l'orage se passe, les gens ne sortaient que pour se rendre au travail, le dos voûté, d'un pas rapide, puis ils regagnaient leur logis dans les quartiers d'Arbat ou de Kaliniski et s'y enfermaient à triple tour jusqu'au lendemain. Gravitant dans l'entourage de Nikholai Yezhov, Alantova, elle, ne se sentait pas menacée. Sa fidélité à Staline n'était pas discutable, elle en avait donné la preuve maintes fois.

Messing s'était absenté depuis un bon moment maintenant mais sa silhouette ne se découpait toujours pas sous le porche à colonnes. Comme un homme, Alantova s'essuya le front d'un revers de manche et regarda sa montre avec impatience. Les yeux fixés sur les aiguilles de la Poljot ronde achetée dans un magasin réservé aux officiers de l'Armée rouge, elle soupira. Une minute s'écoula, puis une deuxième, et une autre encore avant que Wolf Messing réapparaisse et se dirige vers elle d'un pas tranquille, un sourire satisfait aux lèvres. Il tenait à la main une sacoche de cuir rebondie. Un homme en costume civil trottinait sur ses talons, un papier bleu fripé dépassant de son poing serré. Alantova sentit les battements de son cœur s'accélérer.

– Cent mille roubles, camarade ! annonça triomphalement Messing en posant la serviette sur le toit brûlant de l'Exotica. Comme promis. Et pourtant j'aurais pu vous en apporter dix fois plus !

D'un coup de pouce, Messing fit sauter l'agrafe métallique qui fermait la mallette. À l'intérieur, des liasses de billets gris de cent roubles s'entassaient pêle-mêle.

– Ce monsieur qui m'accompagne est le fondé de pouvoir de la banque. Il m'a remis la somme en personne. De son plein gré, vous pouvez lui en demander confirmation.

Le feu noir des yeux de Messing était plus ardent que jamais. Alantova détourna le visage pour ne pas regarder l'illusionniste en face.

– Déclinez votre identité et vos fonctions, camarade, ordonna sèchement le commandant.

Raide comme un pantin, l'homme répondit d'une voix étrangement dénuée d'intonation.

– Tchenko. Constantin, Tikhomir, Klement. Sous-directeur de la succursale 47 de la banque d'État de l'Union des Républiques socialistes soviétiques. Membre du parti.

– Connaissez-vous celui que vous accompagnez ?

– Non.

– Est-ce vous qui avez autorisé à son profit le retrait de cent mille roubles des coffres de votre établissement ?

– Oui.

– Pouvez-vous justifier cet acte d'une quelconque manière ?

La mâchoire de Tchenko s'ouvrit et demeura un instant pendante. Un filet de salive s'écoula à la commissure de ses lèvres.

– Parce que…, articula-t-il enfin sur un ton monocorde. Parce que… il me l'a demandé…

Wolf pouffa.

– Je pense que vous êtes désormais convaincue, camarade commandant ?

Sans répondre, Alantova s'empara d'un geste brusque de la mallette et remonta en voiture. L'argent sur les genoux, les tempes serrées par une soudaine migraine, elle attendit le retour de Wolf à ses côtés avant de frapper un coup sec sur le panneau qui les séparait du chauffeur. La berline démarra.

– Et maintenant ? demanda Messing en reprenant une cigarette.

– Le Kremlin, évidemment... Le camarade Staline souhaitera vérifier en personne le résultat de votre manœuvre. Ensuite, ce qui vous arrivera ne me concerne plus...

– Aujourd'hui, c'est une nouvelle vie qui commence pour moi, commandant Alantova, confirma Messing. Je dîne ce soir en tête à tête avec Staline... Je deviens son Raspoutine... J'aurai mes appartements privés sur la place Rouge... Je serai un des rois secrets de Moscou, un des courtisans les plus influents...

– Oui. Staline va s'enticher du petit fakir que vous êtes, c'est certain. Mes félicitations, cracha Alantova.

– Mes félicitations à vous aussi, répliqua Wolf sans relever la pique. C'est bien la formule consacrée en semblable circonstance, n'est-ce pas ?

Les mâchoires de Grusha Alantova se crispèrent.

– Que voulez-vous dire, Messing ?

– Vous l'ignorez encore vous-même mais vous êtes enceinte de trois semaines, commandant. Ce sera une fille. Transmettez également mes compliments au père, le camarade Nikholai Yezhov... Quel dommage – oui, quel dommage vraiment ! – que Staline vous condamne bientôt tous deux au peloton d'exécution pour haute trahison !

Huitième tombeau des chimères

Brighton Marine Parade

– David ? Mon Dieu, c'est bien toi, David ?

Assis sur un banc écaillé face à la mer brune, David Tewp sursauta. Depuis des années, il avait perdu l'habitude qu'une femme lui adresse la parole. En avait-il jamais eu l'habitude d'ailleurs ? Aussi loin qu'il puisse remonter dans ses souvenirs, et à l'exception notable d'une vieille Française excentrique, Tewp était incapable de se remémorer un seul visage féminin qui se soit spontanément tourné vers lui avec chaleur et sympathie. Même quand ses traits étaient intacts. Même avant que son nez ait été tranché lors d'un combat à l'arme blanche, faisant de lui, trois ans plus tôt, un mutilé, condamné au port d'une prothèse.

– David ? Tu te souviens de moi, n'est-ce pas ? Perry, Perry Maresfield ! La faculté ! Nous avons passé nos examens ensemble en 35 !

La silhouette était grande, mince, élégamment prise dans un manteau d'hiver. Une main gantée posée sur son chapeau pour éviter que le vent ne l'emporte, Perry Maresfield souriait largement, éclairée par le soleil rasant de cet après-midi clair et doré de février. Tewp se leva et la regarda dans les yeux. Gauchement, il lui tendit la main en balbutiant quelques formules de politesse embrouillées. Perry éclata de rire.

– Toujours aussi emprunté, David Tewp ! Décidément, les années ne t'ont pas changé.

Sans lui laisser le temps de s'esquiver, elle lui prit la manche et l'entraîna le long de la promenade déserte.

– Viens faire quelques pas avec moi, David. Je suis contente de te revoir, tu sais... Allez, parle-moi de toi ! Que fais-tu maintenant ? Es-tu marié ? As-tu des enfants ? Je veux tout savoir !

Comme il sentait l'épaule de la jeune femme contre son bras, Tewp fut submergé par un flot d'images anciennes, presque définitivement oubliées... Perry Maresfield. Bien sûr qu'il se souvenait d'elle ! C'était à Londres. Pauvre étudiant provincial désargenté et sans relations, il était venu étudier le droit grâce aux générosités d'un vieux professeur qui l'avait remarqué. Là, pendant deux ou trois ans, il avait été un élève studieux, sérieux jusqu'à l'austérité, préférant la réclusion des salles d'étude ou la sérénité des bibliothèques à la compagnie bruyante et moqueuse de ses condisciples. Tewp l'Ermite... Tewp le Sans-le-sou... Tewp le Moine... C'est ainsi que le surnommaient ses camarades, qui dépensaient pour leur part plus d'énergie à séduire les filles qu'à potasser leurs matières.

Parmi les étudiantes de la même promotion, Perry Maresfield, native de Brighton comme lui, était l'une des plus courtisées. Il la revoyait, séduisante et frivole, entourée de trois ou quatre petits coqs enfiévrés, pressants, prêts à satisfaire la moindre de ses demandes. Durant tout ce temps, néanmoins, Perry n'avait jamais levé les yeux sur lui. Jamais elle ne lui avait même adressé un mot. Comment pouvait-elle aujourd'hui l'avoir reconnu et lui manifester une telle sympathie, alors que douze années s'étaient écoulées depuis ? Douze longues années au cours desquelles une guerre avait bouleversé l'empire et le monde.

– J'ai..., commença Tewp, troublé. J'ai voyagé... Dans nos colonies, d'abord. À Calcutta. J'y suis resté longtemps. J'ai beaucoup aimé cette ville...

Et Tewp, sans s'en rendre compte, et certainement plus qu'il ne l'aurait voulu, livra un peu de son histoire à Perry. Il lui confia comment, juste après avoir obtenu son diplôme, il était entré au MI6 par le plus pur hasard. Comment il avait reçu un grade de complaisance pour travailler quelques mois en tant que petit juriste dans les bureaux de la métropole, puis comment il avait soudain été affecté aux Indes.

– Je suis arrivé au Bengale sans rien connaître des traditions militaires, ni des indigènes, de la politique ou de la duplicité humaine. Je ne savais rien de la vie, en somme… C'est là-bas que j'ai tout appris et que j'ai ouvert les yeux sur des réalités que je ne soupçonnais pas…

Perry pressa de la main l'avant-bras de Tewp. Cet homme l'intriguait, il la touchait. Plus que ses mots, c'était le timbre de sa voix qui la troublait. Elle y devinait une douleur, une émotion, une sensibilité à fleur de peau et, par-dessus tout, un secret. Un secret aussi fascinant qu'un lac obscur…

Respectueusement, sans l'interrompre une seule fois, elle le laissa se raconter. De longs silences interrompaient, de loin en loin, le récit, lui laissant l'impression que les années avaient totalement transformé David Tewp. Peut-être était-il toujours un peu sauvage, un peu distant, mais il avait surtout gagné une formidable densité. Une présence que les voyages aux Indes, en Union soviétique ou en Palestine qu'il décrivait ne pouvaient certainement pas expliquer à eux seuls… Autour d'eux, les réverbères s'illuminèrent. Cessant de tournoyer dans un ciel devenu sombre, les mouettes se posèrent sur la pointe des espars affleurant au-dessus des vagues. Le couple avait atteint l'extrémité de la jetée de planches. Accoudé à la balustrade, les yeux fixés sur un horizon indistinct, Tewp laissa le vent chargé d'iode caresser son visage.

– J'ai parlé bien trop longtemps, Perry, dit-il enfin d'une voix de petit garçon pris en faute. Et tu ne m'as encore rien appris sur toi.

Perry se pencha, les coudes sur le bastingage de fer.

– Je me suis trompée tout à l'heure, murmura-t-elle. La guerre t'a bel et bien transformé, David. Elle nous a tous changés. De toi, je garde le souvenir d'un jeune homme timide et effacé. Tu n'es plus tout à fait celui-là. Je ne me trompe pas, n'est-ce pas ?

Imperceptiblement, Tewp acquiesça d'un petit signe de tête.

– Eh bien, j'ai changé moi aussi, tu sais, continua Perry. Je ne suis plus la jeune fille insouciante que j'étais quand tu m'as connue à l'université. Je me suis assagie… J'ai un petit garçon, Dennis. Il a presque sept ans aujourd'hui. J'ai épousé son père en 1938. Gordon était un avocat talentueux, plein de promesses. Il est mort en 41 en Afrique du Nord. Il n'a jamais connu son fils. Moi, j'étais déjà revenue à Brighton à cette époque. J'avais quitté Londres dès les premiers bombardements, au moment du Blitz. J'ai une étude de notaire en ville. Je vis bien… mais je vis seule…

Le vent leur apporta une odeur de marrons chauds qu'un vieil homme faisait griller sur un brasero de tôle. Pour vingt pennies, Tewp acheta deux cornets de châtaignes brûlantes. Assis sur des chaises d'aluminium face aux eaux noires, ils se mirent à éplucher les coques épaisses.

– Dennis m'attend. Il est tard, je dois rentrer maintenant, dit enfin Perry d'une voix triste.

Tewp comprit que comme lui elle ressentait un sourd chagrin à l'idée de le quitter.

– David, risqua-t-elle à l'instant où ils se saluaient, si tu n'as pas d'obligation particulière, ce soir, peut-être accepterais-tu une invitation à dîner ? À la fortune du pot, bien sûr, mais je serais si heureuse de continuer à bavarder avec toi…

Arrivé la veille à Brighton, Tewp s'y trouvait en transit. Un transit incertain, dénué d'engagements ; une halte personnelle et mélancolique sur les lieux de son enfance au détour d'un périple qui l'avait mené d'Istanbul à Londres et qui l'enverrait très bientôt à Paris puis de nouveau à Istanbul.

David Tewp et Perry Maresfield quittèrent ensemble les pontons de Marine Parade. Empruntant des rues tranquilles où s'alignaient des demeures cossues aux façades pastel, ils firent une halte dans une épicerie proprette et rangée comme une maison de poupée, tenue par un vieux couple d'Irlandais en tablier long. Perry dépensa quelques coupons de rationnement pour acheter de la viande, du stilton, des poires en boîte et une bouteille de vin clairet venant de France. Les bras chargés, ils marchèrent jusqu'à la demeure Maresfield, une impressionnante villa à deux étages. De la lumière brillait à presque toutes les fenêtres.

– Une nourrice s'occupe de Dennis lorsque je suis absente, expliqua Perry. Elle ne le quitte pas avant mon retour.

La jeune femme sortit un trousseau de clés de sa poche, poussa le portail et gravit les quatre marches du perron. À sa suite, Tewp entra dans un vestibule accueillant, aux consoles chargées de plantes, aux murs blancs décorés d'huiles vives. Sur un secrétaire en acajou, la photographie d'un homme jeune, séduisant, à l'air sérieux, était barrée d'un crêpe. Un gamin, en pyjama et robe de chambre nouée autour de la taille par une cordelette à pompons, galopa du fond du couloir pour sauter dans les bras de sa mère.

– Dennis, je te présente David, annonça Perry à l'enfant. C'est un colonel de l'armée. Un monsieur qui étudiait le droit, à Londres, en même temps que moi.

Dennis avait un visage grave et plein d'énergie à la fois. Ses cheveux blonds et brillants étaient coiffés avec une raie sur le côté, mais un long épi rebelle lui faisait comme une antenne au-dessus de la tête. Il tendit la main à Tewp avec un sourire confiant. Si ce dernier ne suscitait pas naturellement l'intérêt des femmes, il possédait en revanche un don pour s'attirer très vite la sympathie des enfants. Entre lui et Dennis, la complicité s'établit sur-le-champ. Comme s'il l'avait toujours connu, le petit Maresfield voulut passer des bras de sa mère à ceux du colonel. Fraîchement lavé par la nourrice, il sentait le savon et l'eau de Cologne.

Perry les laissa tous deux un instant au salon pendant qu'elle préparait le repas. De la cuisine, elle entendait son fils s'esclaffer et rire aux éclats pendant que David lui racontait comment les maharadjahs chassent le tigre, perchés sur le dos d'énormes éléphants ruisselants de pierres précieuses, de perles et de dorures. À demi cachée dans l'embrasure de la porte, elle les regarda longuement, émue… Dennis debout à son côté, Tewp esquissait d'un joli trait sur une feuille blanche un chevalier et un dragon luttant au sommet d'une montagne. Les yeux écarquillés, le petit écoutait le récit des aventures que Tewp inventait en même temps qu'il coloriait la saynète. Perry fit tinter les deux verres de vin qu'elle tenait à la main.

– Dennis, mon chéri, je suis désolée mais il est tard maintenant, tu sais…

Sans manifester de mauvaise humeur, le garçonnet rangea ses crayons de couleur, prit le dessin comme un trésor, se jeta au cou du colonel pour l'embrasser puis monta dans sa chambre à la suite de sa mère. Arrivé à l'étage, il se retourna pour saluer une dernière fois avec un grand sourire.

– Ton fils est adorable, dit Tewp à Perry quand tous deux se trouvèrent seuls dans le salon.

– Il est très spontané. Je ne parviens pas à lui inculquer une certaine réserve. Il s'enthousiasme toujours de voir quelqu'un d'autre que moi ou sa nanny s'intéresser à lui. J'ignore ce que les années feront de lui mais, pour l'instant, c'est un enfant sage et obéissant. Évidemment, je sens qu'une présence masculine lui manque. Elle lui manquera de plus en plus… Je me fais du souci pour son avenir. Il lui faudrait quelqu'un qui le comprenne mieux que je ne saurai le faire lorsqu'il deviendra adolescent… Et toi, David ? Tu n'as jamais voulu avoir d'enfants ? Pourquoi n'es-tu pas marié ?

La gorge de Tewp se serra. Plus tôt dans l'après-midi, sur Marine Parade, Perry avait tenté ces mêmes questions. Il les avait éludées. Cela avait été facile, mais ici, après plusieurs heures de conversation et un début d'intimité, comment se dérober sans paraître grossier, ou blessant ? Et comment faire entrevoir à cette femme toute la noirceur, toute l'horreur qu'il avait dû affronter depuis que, onze années auparavant, il avait suivi Ostara Keller pour la première fois dans les rues boueuses de Calcutta ? Comment lui faire entendre que, si l'oubli des charniers de la guerre était possible – car la guerre est chose d'hommes et tout ce qui est humain peut s'effacer –, sa vie en revanche avait été bouleversée à jamais le jour où il avait compris qu'il existe un Mal supérieur, insaisissable à toute raison, à toute logique. Comment révéler à Perry, sans l'effrayer, sans la flétrir, la nature d'un tel Mal ? Comment lui faire comprendre enfin que lui, David Tewp, était en lutte contre ce pouvoir obscur et que cette mission lui interdisait tout don de soi, tout engagement personnel ?

– Quelle femme pourrait souhaiter un compagnon à mon image ? demanda-t-il maladroitement. Un homme défiguré doit se résoudre à passer sa vie en solitaire. Je le regrette, bien sûr, mais cela ne m'effraie pas…

Perry posa son verre de vin sur le manteau de la cheminée et s'approcha de Tewp. Lentement, tendrement, elle posa les paumes sur ses joues et le regarda. Il ne se déroba pas.

– Ta blessure n'est rien, David. Elle se dissimule derrière un masque parfait. Si je ne m'étais pas tenue si près de toi, sur la grève, je ne l'aurais pas même remarquée… Comment peux-tu croire qu'elle puisse t'empêcher de vivre, d'aimer et d'être aimé ? Ta douceur, ta bonté sont les meilleurs baumes que tu puisses passer sur ta cicatrice…

Tewp sentit le souffle de Perry se rapprocher. Leurs lèvres se touchèrent, s'ouvrirent. Leurs corps s'épousèrent. Et puis, soudain parcouru d'un feu électrique, Tewp se cabra. Il repoussa de toutes ses forces Perry, qui ne comprenait pas. Désespérément, les mains de la femme le cherchèrent, sa voix l'implora.

– Je regrette, se défendit-il en lui enserrant les poignets. Ce serait une folie… Pas maintenant…

Chancelante, Perry Maresfield recula pour prendre son appui contre le mur. Sa coiffure était défaite, elle sanglotait.

– Mieux vaut que tu partes, David, murmura-t-elle. Pardonne-moi. Tout est de ma faute. J'ai été stupide.

Tewp demeura indécis une seconde, déchiré entre une envie folle de prendre la jeune femme dans ses bras et l'impérieuse nécessité de poursuivre sans faillir la croisade à laquelle il s'était voué. Mais, il le savait, pour lui il n'existait qu'un seul chemin. Tristement, il décrocha son manteau, descendit les marches du perron et s'éloigna à pas rapides. Au-dehors, le vent froid était coupant, chargé des embruns de la marée.

*

Cette nuit-là, le col relevé haut sur la nuque, un gobelet de fer-blanc rempli de thé à la main, David Tewp attendit longtemps au buffet de la gare de Brighton le premier train à destination de Douvres. Une heure avant le lever du jour, il s'installa dans un compartiment humide, embué par les exhalaisons des voyageurs embarqués depuis Portsmouth ou Bognor Regis. Un sac de cuir à la main, il dut bousculer quelques passagers endormis pour accéder à une place exiguë, entre une dame un peu ronde et un clerc aux vêtements fripés empestant la nicotine. L'inconfort du voyage, pourtant, ne l'incommoda pas. Son esprit était ailleurs. Perdu entre le remords sincère d'avoir quitté Perry Maresfield et l'orgueil d'avoir su rester fidèle à ses engagements les plus intimes, il vit l'aube craqueler un ciel sale comme le vernis d'un tableau ancien.

Sur le port, un ferry rouillé attendait. David Tewp embarqua pour la brève traversée jusqu'au continent. À Calais, dans le maigre français qu'il connaissait, il demanda un billet pour Paris et un plan de la capitale, qu'il étudia longuement durant le trajet. Il arriva gare du Nord alors que le soir tombait. Il pénétra dans le premier hôtel qui lui sembla honnête, prit une chambre pour deux nuits. L'établissement était propre et calme, mais n'offrait que peu de commodités : sans douche ni baignoire, la salle de bains se réduisait à un lavabo et un bidet. Les faïences venaient d'être frottées à l'eau de Javel. L'odeur était si forte que Tewp dut ouvrir la fenêtre carrée à vitre cathédrale, le temps de se raser et de se rafraîchir. Vêtu de propre, il descendit ensuite se promener. Bien qu'il n'ait pas pris une heure de sommeil depuis presque deux jours, il n'éprouvait aucune fatigue. Descendant vers l'Opéra, il choisit une brasserie du boulevard des Capucines pour dîner mais refusa tous les conseils du maître d'hôtel et se contenta d'un potage et d'une viande maigre qu'il préféra bouillie plutôt que saisie. Il désespéra de même le sommelier en refusant tout alcool. Ses manières d'étranger, son air distant, sa taille haute, ses yeux et ses cheveux clairs éveillaient la curiosité des femmes. Mais Tewp ne remarquait rien. Plié sur sa table à côté de son couvert, un exemplaire du *Times*, daté du jour, rapportait l'allocution du Premier ministre Attlee aux Communes promettant à l'Inde son indépendance prochaine. À neuf heures du soir, Tewp longea le Louvre et traversa la Seine par le Pont-Neuf pour gagner le quartier Saint-Germain. Son plan à la main, il suivit la rue Bonaparte puis obliqua sur sa gauche un peu avant le boulevard. Dans un renfoncement, face à une longue bâtisse de briques claires, se cachait une place minuscule et tranquille. Il chercha un numéro d'immeuble et leva les yeux vers le second étage. Un rai de lumière filtrait derrière d'épais rideaux cramoisis. Tewp hésita. Lorsqu'il avait quitté son hôtel, son but était de partir en repérage, en attendant un horaire de visite plus propice le lendemain. Mais après tout, pourquoi pas ? Oui, pourquoi ne pas essayer dès ce soir ?... Prenant une longue inspiration, le colonel du MI6 poussa le portail et entra dans une cour pavée joliment entretenue. Un large escalier de pierre éclairé s'ouvrait face à lui. Seule une porte haute, à doubles battants laqués, donnait sur le second palier. Tewp déganta sa main et frappa. Il y eut un bruit de semelles résonnant sur un parquet sonore avant qu'un valet sans âge, en gilet noir, apparaisse dans l'entrebâillement de la porte.

– Monsieur désire ? demanda l'homme en examinant Tewp de haut en bas d'un air méfiant.

De sa poche intérieure, l'Anglais tira une enveloppe portant deux courtes lignes rédigées à l'encre bleue. Le domestique s'en empara, l'examina et disparut un instant dans les profondeurs de l'appartement avant de revenir à pas rapides vers l'Anglais.

– Mme de Réault vous attend, *sir*...

La nuit des Halles

La première fois que Garance de Réault avait posé les yeux sur David Tewp, elle avait découvert un jeune lieutenant de l'armée coloniale, mince comme un échassier et frêle comme un jonc. Pourtant, elle se souvenait de lui, à la fois réservé et déterminé, terriblement maladroit et authentiquement généreux. Mais aujourd'hui, à l'évidence, l'homme qui se tenait devant elle n'avait rien de commun avec celui qu'elle avait connu à Calcutta. La silhouette s'était épaissie – oh ! non par excès et vulgairement –, c'était la densité même de l'homme qui s'était modifiée, comme enfin venue à sa juste mesure.

– Vous et moi avons bien changé ces dernières années, n'est-ce pas, monsieur Tewp ?

Comment Tewp aurait-il pu ne pas acquiescer ? Lui aussi gardait une image précise de la Française. Celle d'une petite femme déjà âgée mais énergique et volontaire, au verbe haut et à la main prompte à se serrer sur la crosse de son vieux Lepage à barillet. Une femme d'action, élégante, subtile et drôle, qui avait toujours refusé la domination des hommes, avait mené une vie d'aventurière aux quatre coins du monde, qui ne craignait ni Dieu ni Diable et que rien ne semblait pouvoir abattre. Mais aujourd'hui ! Était-ce vraiment Mme de Réault, cette grabataire clouée sur son lit au chevet de laquelle on venait de l'introduire ?

– Approchez, approchez, Tewp… Montrez-vous dans la lumière…

L'anglais de la vieille femme était fluide et maîtrisé, sans trace d'accent français. Le colonel avança dans le rond jaune que faisait une haute lampe sur pied.

– Vous avez pris de méchants coups depuis notre dernière rencontre, dirait-on. Et vous portez mal le costume civil. Vous n'y êtes pas habitué. J'en conclus que vous travaillez toujours au MI6. Ai-je tort ?

– Non, madame, admit Tewp d'une voix douce, pleine de respect. J'y suis encore attaché avec le grade de colonel. Bien que mon statut y soit particulier...

– Vous allez me raconter tout cela un peu plus en détail, colonel. Et mes compliments pour votre promotion, même si je devine qu'elle ne date pas d'hier. Prenez un siège, mon garçon. Mettez-vous à l'aise. Je suis bien heureuse de vous voir ! Oui ! Vraiment bien heureuse !

Tewp tira un fauteuil profond près de la tête du lit, s'installa, puis, à son tour, il examina le visage qui lui faisait face. Les traits de la Française étaient tirés par la maladie et la fatigue. Son menton étroit, petit, semblait une pointe. Sur ses tempes et ses mains amaigries battaient de grosses veines bleues qui pulsaient au rythme rapide de son cœur. Sa peau jaunie, cireuse, était moite d'une perpétuelle transpiration.

– C'est incurable ! dit Garance comme si elle lisait à livre ouvert dans les pensées de l'Anglais. Personne ne sait vraiment ce que c'est. Toutes les potions qui s'amoncellent ici ne sont que de stupides et inutiles palliatifs... Mais ça fait partie du décor. Et puis, vous savez ce que c'est : cela rassure les médecins. Ainsi, ils se croient utiles et justifient leurs honoraires de suceurs de sang...

La vieillarde désigna d'un air navré la collection de sirops, pilules, baumes, préparations et pommades diverses qui encombraient le marbre de sa table de nuit. Une senteur à la fois doucereuse et poivrée, vaguement écœurante, flottait au-dessus de cet amoncellement de remèdes colorés, dérisoires.

– À ce propos, madame, il est l'heure de prendre votre dernière médication... Et puis, il faudra vous montrer raisonnable et songer à dormir. Vous avez déjà trop veillé. Ce n'est plus une heure pour les visites !

D'un coin sombre de la vaste pièce, une jeune garde-malade vêtue de blanc, sa chevelure retenue sous une coiffe, surgit tel un spectre. Tewp sursauta. Toute son attention tournée vers Mme de Réault, il n'avait pas songé un instant qu'une troisième personne se soit trouvée avec eux dans la chambre.

– Ce soir, Simone, vous me laissez un peu de répit ! répliqua sèchement Garance. J'ingurgite sans broncher vos infectes mixtures d'apothicaire mais ensuite vous filez et me laissez seule avec ce gentleman. C'est entendu ?

La jeune fille soupira en serrant les dents, tria des pilules qu'elle tendit à la malade avec un verre d'eau et quitta l'endroit sans chercher à combattre.

– Ne la fatiguez pas, monsieur, lança-t-elle tout de même en français avant de refermer la porte. Je vous le conseille pour son bien...

– Que m'a-t-elle dit ? demanda Tewp en retapant les oreillers pour installer Garance plus confortablement.

– Que vous lui semblez un garçon bien attentionné et qu'elle vous donne sa bénédiction pour me parler autant que vous le souhaitez, mon ami... Alors ? Je n'ai rien oublié, vous savez... Dalibor et Laüme Galjero ! Vous êtes toujours à leur recherche, n'est-ce pas ? Ces démons vous ont échappé...

Tewp passa sa main sur sa nuque, gêné.

– Malheureusement oui, madame. Ils m'ont échappé. Je ne crois pourtant m'être épargné aucune peine. Beaucoup autour de moi ont payé de leur vie l'aide qu'ils m'ont apportée. Cependant, l'étau se resserre. Je ne suis plus seul à les pister. Des alliés se sont fait connaître…

Une étincelle s'alluma dans les yeux de Garance. La promesse des mystères contenus dans le récit de Tewp rendait la vie à la vieille femme bien plus sûrement que ne l'aurait fait aucune chimie au monde.

– Plus seul ? D'autres gaillards sont avec vous ? Parlez-moi d'eux… Qui sont-ils ? Comment les avez-vous rencontrés ?

Et Tewp, jusqu'à la seconde heure après minuit, livra tout de son épopée depuis le jour où il s'était confronté à Ostara Keller dans les neiges d'Europe orientale jusqu'à l'instant où, quelques semaines auparavant, il avait laissé filer Dalibor Galjero dans les mains des Soviétiques sur le pont de Galata, à Istanbul. Subjuguée par ce qu'elle avait entendu, Garance n'avait pas interrompu une seule fois l'Anglais.

– Attendez ! lança-t-elle d'une voix forte dès que Tewp se fut enfin tu. Votre histoire est extraordinairement compliquée. Passons les détails et gardons l'essentiel, mais voyons si je l'ai bien comprise, voulez-vous ?

La gorge asséchée, l'officier acquiesça d'un hochement de tête.

– Après avoir passé presque toute la guerre à Berlin, Dalibor et Laüme Galjero sont maintenant séparés.

– C'est cela.

– Vous ignorez où se trouve la femme mais vous avez presque attrapé l'homme avec l'aide d'un Norvégien, d'un Italo-Américain et d'un lord anglais qui commandite, finance et coordonne toutes vos opérations.

– Oui.

– Dalibor s'est maintenant livré spontanément aux Rouges.

– Exact.

– Pour quel motif ?

– Il semblerait qu'il soit à la recherche d'un homme, un prisonnier gardé quelque part en Union soviétique, qu'il n'aurait d'autre moyen d'atteindre que de feindre de collaborer avec les staliniens. C'est un homme qui, croit-il, possède la clé pour le débarrasser de Laüme… Car se défaire définitivement de cette créature est redevenu son unique obsession.

– Redevenu ? s'étonna Garance. Pourquoi ? Aurait-il déjà tenté l'expérience autrefois ?

Tewp se cala dans son fauteuil.

– Plusieurs fois. Oui. D'une manière indirecte, nous avons beaucoup appris sur lui. Une personne nous a révélé quantité de détails sur sa vie, et sur celle de Laüme également. Je pourrais vous en faire le récit, mais il me faudrait une autre nuit…

L'œil de Garance pétilla.

– Mais peut-être aurons-nous d'autres nuits à notre disposition, colonel Tewp, dit-elle en posant la main sur le poignet de son visiteur. Oui, nous en aurons encore si vous répondez à une question…

– Laquelle, madame ?

– Pourquoi êtes-vous venu me rendre visite ce soir, colonel Tewp ? Pourquoi précisément maintenant, alors même que je me trouve au seuil de la mort ?

Depuis qu'il avait pénétré dans l'appartement de Garance de Réault, David Tewp avait su qu'il devrait répondre à une telle question. Pourquoi avait-il tenu à revoir la Française ? Il ne le savait pas vraiment lui-même. Voilà plusieurs mois, il avait pris à part Pacomus Xander, le directeur de l'agence de détectives à laquelle lord et lady Bentham recouraient pour prêter main-forte à Tewp, Gärensen et Monti dans leur chasse aux Galjero.

– Monsieur Xander, avait-il dit d'une voix sourde, serait-ce trop vous demander de vous renseigner sur la personne dont voici le nom et les dernières coordonnées ?

Passant un bristol cacheté à Xander, Tewp avait vu la mine de son interlocuteur s'allonger.

– Colonel ! s'écria-t-il, offusqué, s'il s'agit là d'une affaire privée, j'ose espérer que vous ne pensez pas en faire porter les frais sur la cassette allouée par lord Bentham !

Tewp avait souri et il s'était expliqué sur la situation, même s'il tenait à régler lui-même les dépenses engendrées par sa requête. Plusieurs semaines s'étaient écoulées sans que rien arrivât. Et puis, lorsque Tewp était revenu d'Istanbul pour faire son rapport après l'échec de la capture de Dalibor, Xander lui avait remis un mince dossier.

– La personne que vous souhaitez retrouver habite de nouveau son domicile parisien. Elle y séjourne actuellement. Hélas, il semblerait que les jours de Mme de Réault soient comptés. On parle d'une maladie incurable…

Remerciant sobrement Pacomus, Tewp avait noté l'adresse dans son carnet en feignant de ne pas attacher d'importance au renseignement, puis il avait relancé la conversation sur un tout autre point. En réalité, le désir de revoir Garance de Réault s'était fait chaque jour plus impérieux. Et pourtant, en pratique, la perspective d'une dernière entrevue ne rimait à rien.

– Franchement, madame, je suis incapable de vous donner une raison sensée, avoua Tewp. Il y a des années que j'aurais dû chercher à vous retrouver. L'idée – ou plutôt le besoin – ne m'en est venue que très récemment. La joie de vous revoir est malheureusement gâchée par…

Il ne sut comment terminer sa phrase. Il se trouva maladroit, presque grossier. Ses joues s'empourprèrent. Ses lèvres se tordirent sur un petit rire déplacé et puéril.

– Gâchée par l'imminence de ma fin, vous voulez dire, colonel, acheva Garance sans lui en vouloir. Mais c'est là, j'en suis certaine, que se trouve la réponse à ma question.

Et elle eut un sourire carnassier comme Tewp ne lui en avait encore jamais vu.

L'agent du MI6 haussa les sourcils pour signifier qu'il ne comprenait pas.

– Ce n'est pas vous qui êtes venu, Tewp. C'est moi qui vous ai appelé ! Tout cela me paraît très clair maintenant. Je vous ai appelé pour que vous m'emmeniez !

Tewp se releva à demi de son fauteuil, les yeux agrandis, les mains crispées sur les accoudoirs tendus de chintz. La réaction chez Garance n'aurait cependant pas dû l'étonner : leur première rencontre avait eu lieu dans les locaux de la Société des études asiatiques, un repaire de spirites, adeptes des rêves prémonitoires, écritures automatiques et autres séances d'hypnose. Réault lui avait avoué avoir longtemps pratiqué elle-même des expériences de ce type en Europe, en Russie, au Népal…

– Ne faites pas semblant de ne pas comprendre, colonel, gronda-t-elle. À me raconter les dernières années de votre vie, vous m'avez mis l'eau à la bouche ! Vous êtes sur le point de repartir pour Istanbul, n'est-ce pas ? Là même où vous avez laissé votre ami Gärensen et cet autre, Cohen Havner, ou je ne sais comment vous l'appelez…

– Ruben Hezner, corrigea Téwp. Il est notre prisonnier. Sous la garde de Gärensen pour l'instant.

– Oui, oui… Eh bien, une personne supplémentaire à vos côtés ne sera pas de trop. Surtout si vous traversez les frontières jusqu'en URSS pour y retrouver Dalibor. Je parle russe encore assez bien, figurez-vous, et plusieurs dialectes caucasiens, bouriates, ouzbeks en cas de besoin… Alors ? Que dites-vous de ça ?

Tewp était affolé. Il n'avait pas prévu un tel retournement de situation. Il était venu s'épancher et chercher conseil auprès d'une vieille amie mourante, et voilà qu'il devait faire face à une soudaine demande d'incorporation.

– J'en dis... j'en dis que ce n'est pas raisonnable, madame... Ni réaliste. Votre état ne vous permettrait pas de descendre les escaliers de votre immeuble par vos propres moyens... Nous commencerons nos recherches à Moscou. Vous ne seriez pas en mesure d'y arriver, même si on vous y transportait en ambulance avec trois médecins à vos côtés. Alors comme clandestine...

– Monsieur Tewp ! s'empourpra Réault. Il y a bien longtemps que j'ai rompu tout contrat avec la raison. Vous portez sur vous le seul parfum, le seul remède qui offre une rémission à mon mal.

– Lequel, madame ?

– Mais le parfum de l'aventure et du danger, officier Tewp ! Je connais très bien la zone où vous vous rendez. J'ai parcouru l'Asie centrale en tous sens pendant des lustres. J'y vois là un signe impérieux ! Un signe qui me foudroiera sur place si je ne le suis pas ! Allons, c'est décidé !

Avant que Tewp puisse la retenir, Garance de Réault rejeta violemment édredon et couvertures, et posa les pieds par terre pour quitter son lit de douleur avec autant d'aisance et d'élégance qu'une jeune fille de vingt ans. Tewp ferma les yeux puis se détourna pour ne pas l'apercevoir en chemise. Tandis qu'elle filait derrière un paravent pour se vêtir, elle demanda à l'Anglais d'ouvrir un des tiroirs du bureau pour en prendre le contenu et le placer dans un sac de voyage. À peine étonné, Tewp découvrit un automatique Colt calibre 45, modèle récent de la marine américaine, et le vieux Lepage qui faisait partie du trousseau de Garance depuis plus de trente ans.

– Mon Dieu, faut-il que je sois aussi fou que vous pour consentir à cette aberration ! maugréa-t-il pour la forme.

– Cessez donc de vous plaindre ! le rabroua Réault, toujours occupée derrière son paravent. Vous consentez parce que vous savez que j'ai raison ! J'ignore encore comment, mais je vous serai très utile lors de votre voyage. Et vous, vous allez m'offrir une belle mort. Le contrat n'est pas malhonnête, il me semble. Une mort digne de moi... une mort ouverte. En plein vent. Quelque part dans les dunes ou sur un pont. Tout plutôt que de respirer ma dernière bouffée ici !

Lorsqu'elle réapparut, Garance avait enfilé une robe et un manteau, s'était rapidement coiffée. En bas de laine, elle tenait une paire de bottines à la main. Tewp ne parvenait pas à savoir si elle s'était passé un voile de poudre sur le visage ou si l'excitation lui avait fouetté les sangs, mais ses joues étaient roses et son front semblait moins pâle.

– Je me souviens qu'à l'époque où nous nous fréquentions, vous étiez incapable de piloter une automobile. Avez-vous remédié à cette imperfection, officier ?

Un peu froissé par la question, Tewp hocha la tête.

– Bien ! Alors partons, maintenant. Avec ma traction avant. Je ne l'ai plus conduite depuis 43. Espérons qu'il reste encore un peu de carburant dans le gazogène. Enlevez vos souliers, officier, nous allons passer par l'escalier de service. Je ne veux pas alerter Simone !

Sur la pointe des pieds, retenant leur respiration comme ils l'avaient fait, des années auparavant, dans les couloirs de l'hôtel Harnett à Calcutta, ils se coulèrent le long d'un étroit corridor qui semblait interminable. Arrivée devant une porte, Garance fit une pause.

– Mon bureau, chuchota-t-elle à Tewp. Il faut que j'y prenne encore quelques affaires. Venez !

Déployant des trésors d'application, la vieille dame pesa lentement sur la poignée de la porte et parvint à la faire pivoter sans grincement. Dans la pièce, elle alluma l'électricité à tâtons. Au milieu d'un capharnaüm de notes éparpillées à même le sol, de rayonnages de livres ployant sous le poids des volumes, d'objets exotiques les plus étranges, Garance s'avança jusqu'à un coffre en acier à demi dissimulé sous un tapis d'Orient mité par les ans. Du meuble blindé, elle extirpa une caissette de bois mince qu'elle déposa sans précaution sur une table où des cartes d'Afrique et d'Asie étaient maintenues déroulées par des poids de cuisine. Ses yeux glissant sur ces détails, l'Anglais vit à peine que les relevés des zones autour de l'Aral étaient surchargés de traits et de flèches de couleur marquant avec minutie les migrations régulières des tribus nomades de la région. Aurait-il voulu observer plus précisément le travail de scribe effectué par Garance qu'il ne l'aurait pas pu car, déjà, la Française ouvrait la cassette avec un sourire chargé de sous-entendus.

– Mon trésor de guerre, murmura-t-elle. J'ignore si nous en aurons besoin là où nous allons, mais je compte bien m'en servir pour satisfaire mes derniers caprices.

D'un geste gourmand, Mme de Réault fit passer dans son sac à main cinq ou six petits lingots d'or d'un demi-kilo et une bourse d'une trentaine de rubis, émeraudes et diamants taillés.

– Maintenant je suis prête ! Fichons le camp d'ici !

Comme deux écoliers se faufilant pour faire le mur de leur pensionnat, Tewp et de Réault quittèrent l'appartement par un passage dérobé sans que ni le valet ni Simone remarquent leur fuite. Une fois au rez-de-chaussée, ils enfilèrent leurs chaussures et Tewp, sur les indications de Garance, alla chercher la voiture. Sans un regard en arrière, sans que son regard ou sa voix trahisse la moindre émotion ou le plus petit regret, la Française prit place dans l'automobile et se frotta les mains.

– Traversez la Seine, Tewp, je vous montrerai le chemin...

Sans protester, le colonel démarra. Un énorme gazogène avait été installé sur le toit du véhicule pendant les années de guerre et n'avait pas été démonté. L'engin fonctionnait encore avec ce système qui faisait ronfler le moteur sans pour autant lui donner beaucoup de puissance. Dans les rues parisiennes, à cette heure de la nuit, la vieille Citroën pétarada tant bien que mal le long du boulevard Saint-Germain, fila devant l'archange de la fontaine Saint-Michel, passa le fleuve sur le pont au Change et remonta brièvement vers le nord jusqu'aux étroits boyaux du quartier des Halles. Au travers de leurs parois de verre et de fonte brillaient les lumières du pavillon Baltard. Garance fit arrêter la voiture. Une pluie fine s'était mise à tomber, brouillant le pare-brise d'une myriade de gouttelettes rondes qui dégoulinèrent bientôt en fins ruisselets.

– Pour quoi sommes-nous ici, madame ? demanda Tewp au bout d'une ou deux minutes de silence.

– Nous allons faire nos emplettes, cher David, répondit avec entrain Garance de Réault comme si elle sortait d'un songe. Venez !

Ils quittèrent leur abri pour s'engouffrer dans les rues tandis que quatre heures du matin sonnaient à l'église Saint-Eustache. La vieille femme marchait d'un pas vif, sans montrer de signe de faiblesse ou de fatigue. Tewp en était étonné, au moins autant que par l'activité étrange qui régnait en pleine nuit dans ce quartier malpropre et vétuste. Les estaminets et les restaurants étaient ouverts. L'animation allait croissant au fur et à mesure qu'ils s'approchaient des esplanades couvertes où convergeaient forts roulant tonneau, commis en blouse grise portant crayon à l'oreille et carnet à souches dépassant de la poche, grossistes en chapeau, restaurateurs en manteau bien coupé... Garance visita trois des douze grands marchés où, au cœur de Paris, chaque nuit, se vendaient et s'échangeaient viandes, légumes, vins, fruits et autres produits de bouche venus du monde entier. Chez les fromagers, elle fit découper de larges tranches de comté, de cantal et de beaufort et emballer dans du papier journal quelques crottins de Chavignol que Tewp trouva malodorants et aussi secs que du silex. Chez un volailler, elle choisit un énorme chapon jaune et hésita une dizaine de minutes devant trois variétés de foie gras qu'elle emporta finalement toutes. Enfin, sous la fausse treille de carton peint d'un négociant en vins, elle dépensa une petite fortune pour trois bouteilles de bourgogne cachetées à la cire, encore voilées d'une épaisse couche de poussière.

– Madame, croyez-vous qu'il soit bien nécessaire de nous alourdir de toutes ces provisions ? s'inquiéta Tewp qui sentait les paquets peser au bout de ses bras. Je doute que nous ayons véritablement à souffrir de la faim jusqu'à Istanbul.

La pointe d'impatience qui perçait dans sa voix fit s'esclaffer Garance.

– Hormis peut-être un ou deux flacons de vin, ces denrées ne sont pas destinées au voyage, colonel ! Si la chance est de notre côté, nous allons en profiter ici et maintenant !

Sans laisser à l'Anglais le temps de protester, Garance fendit la foule jusqu'à la sortie de l'enceinte. Elle trouva son chemin, entre les charrettes à bras et les camionnettes garées sans ordre sur la chaussée, jusqu'à une sorte de venelle pavée, à peine éclairée, où pendait une unique enseigne de tôle en forme d'escargot. Sans se retourner pour vérifier si Tewp la suivait, elle poussa la porte et pénétra dans la salle enfumée et bruyante d'une gargote à l'ancienne. Derrière un long zinc, un homme au torse colossal protégé par un tablier blanc ouvrit de grands yeux en apercevant sa petite silhouette sur le seuil de son établissement.

– Madame Garance ! rugit-il d'une voix de lion.

Et il laissa tomber le verre qu'il essuyait pour se précipiter à la rencontre de la vieille dame.

– Bastien, je vous présente un ami très cher, dit celle-ci en désignant Tewp. C'est un Anglais. Initions-le à notre cuisine. Vous savez ce que j'aime, n'est-ce pas ? Je vous ai apporté un peu de matière première !

Et elle fourra dans les bras du bistrotier toutes les denrées qu'elle avait achetées. Avec mille marques de déférence mêlée d'excitation, le patron installa ses nouveaux clients à la première table libre et dressa pour eux le couvert en un tournemain. Tewp soupira, ne sachant comment prendre la situation. Ni le lieu ni l'endroit ne lui convenaient. Trop étroite, la salle le contraignait à frotter son épaule contre celle de son voisin de banquette. Les odeurs d'ail, de cigarette brune, de vin, de sueur lui donnaient presque la nausée. Et pourtant ! il se dégageait de cette atmosphère une bonhomie, une chaleur qui lui étaient étrangement agréables. Une voix intime, au plus profond de lui, lui soufflait qu'ici se cachait un secret, une révélation qui lui avait échappé jusqu'alors ou qu'il avait toujours négligée. Avec une moue qu'il ne destinait qu'à lui-même, il se souvint de la tasse de thé prise en solitaire au buffet de la gare de Brighton, vingt-quatre heures auparavant... L'espace d'une seconde, il éprouva de nouveau l'immense tristesse de cet instant, et il aurait voulu que Perry Maresfield et Dennis soient présents à ses côtés, maintenant.

– Quelque chose ne va pas, officier Tewp ? demanda Mme de Réault.

Mais Tewp secoua la tête sans répondre et porta son attention sur les buveurs accoudés au bar. La population était mélangée ici. Aux travailleurs des Halles – garçons bouchers portant encore les traces sanglantes des quartiers de viande transportés sur l'épaule, vendeurs de fleurs à hottes en osier, courtiers pressés avalant un café fort entre deux enchères – se mêlait une population de noctambules. Des clochards accrochés à leur mauvais vin côtoyaient des couples de mondains en goguette, venus se réchauffer d'une soupe à l'oignon après une nuit passée à danser dans les clubs à la mode.

– Cet endroit n'a pas changé depuis les Années folles, commenta Garance en voyant Tewp observer une jolie femme en robe du soir qui piquait avec appétit dans une assiette débordant de chou et de porc fumant. Bastien n'était qu'un gamin alors. Son père tenait l'endroit. Le fils a dignement repris le flambeau. Il cuisine divinement. Ça vous épatera, je vous le garantis !

Une soubrette déposa devant eux une platée d'escargots et déboucha une bouteille de vin blanc. En voyant les coquilles luisantes de graisse, Tewp pinça les lèvres.

– Je crois que je vais m'abstenir, déclara-t-il d'un ton qui se voulait sans appel. J'ai pour habitude de manger très peu. Et certainement pas aussi copieusement à cette heure de la nuit.

Mais Réault ne l'écouta pas. Faisant dégringoler d'autorité les escargots dans son assiette, elle lui servit aussi une bonne rasade de vin.

– Je ne bois pas d'alcool, objecta-t-il encore pour résister.

Garance lui sourit. Toute vieille qu'elle était, ridée, affaiblie par les ans et la maladie, elle savait pourtant être encore enjôleuse. Une fraction de seconde, Tewp remercia le destin de ne pas lui avoir fait rencontrer cette femme du temps de sa jeunesse. Belle, séduisante, attirante, Mme de Réault l'avait été, assurément. De fait, elle avait alors rendu bien des hommes fous. Elle en avait ruiné quelques-uns, non délibérément, comme l'aurait fait une cocotte, mais à son insu, en ne demandant rien, en n'espérant rien. Des hommes puissants avaient tenté de l'attacher avec des chaînes d'or ou de diamants. Mais aucun métal, aucune pierre précieuse n'avaient été assez résistants pour retenir ce monstre d'indépendance qu'était Garance de Réault.

Ses yeux plongeant effrontément dans ceux du colonel, elle leva son verre.

– Vous pensez que je vous fais perdre votre temps, n'est-ce pas, David ? Vous vous dites que ma conduite est celle d'une folle et vous regrettez déjà d'avoir cédé à mon caprice ?... Ne répondez pas ! Eh bien, vous vous trompez. Cette halte ici même est importante pour notre quête. Vitale, même. Elle en est comme l'emblème, la justification ultime...

– Je ne comprends pas, s'excusa Tewp.

– Laüme et Dalibor Galjero sont des monstres, colonel. Ils sont la barbarie et la cruauté. Nous, nous sommes la civilisation. Le raffinement. L'exquise délicatesse en toute chose, à commencer par le plaisir des sens. Boire ce vin et manger ces escargots, colonel, est comme signer le pacte de notre humanité contre le Diable. Ne le prenez pas comme un blasphème, mais ce repas est une sorte de communion entre vous et moi. Entre l'Angleterre et la France. Ennemis, mais si proches. Amis, mais si différents ! Faites ce petit plaisir à la vieille dame que je suis. Trempez vos lèvres dans cet exquis breuvage et goûtez à ces chairs préparées avec amour... Je vous assure que cela vous donnera plus de forces pour combattre le mal !

Fatigué, étourdi par le brouhaha ambiant, vaincu par le sourire de Garance, amusé par son discours sans queue ni tête, Tewp vida son verre et mangea sans rechigner. Contre toute attente, les escargots l'enchantèrent et le foie gras lui plut. Préparé par Bastien, le chapon était un délice et les fromages une révélation... Quand ils quittèrent le troquet, un peu vacillants, le jour s'était levé. La pluie avait cessé et le soleil montait au-dessus des toits gris. Une armée de balayeurs avait envahi les halles, désormais désertées par les commerçants rentrés chez eux.

– Et maintenant, que faisons-nous ? demanda Tewp, contraint pour la première fois de sa vie de desserrer sa ceinture d'un cran.

– Quelle question ! Mais nous partons en chasse, colonel…

Les odalisques

Elles ne savaient rien de lui. Ni son nom, ni l'endroit d'où il venait, ni les raisons de sa présence en ville. Depuis vingt jours pourtant, chaque matin, à l'aube, à l'heure où les clients ordinaires quittaient la maison, il écartait le voile qui masquait leur alcôve pour s'étendre près d'elles. Sa joue sur leur ventre nu, il fermait les paupières et, lentement, sans un geste ni un mot, sans même leur accorder un regard, se laissait glisser au plus profond du sommeil. Ses yeux se fermaient comme ceux d'un enfant. Mais Özlem et Rüya, deux sœurs qu'une année à peine séparait, savaient que l'homme blond qui s'était glissé dans leur couche ne s'était pas épuisé à des jeux innocents. Son teint pâle était celui d'un malade et son souffle trop rapide disait le remords et le tourment. Lorsqu'il était pris d'un rêve, les mouvements rapides de ses globes oculaires sous les paupières les effrayaient. Les doigts de l'étranger, alors, se crispaient comme des serres et froissaient les étoffes lourdes jetées sur le lit. Des mots incompréhensibles sortaient de sa bouche en un rythme heurté, dissonant… Qu'allait chercher l'homme dans les songes ? Que voyait-il ? Que revivait-il ? En quelle langue interdite invoquait-il les esprits des morts ? Özlem et Rüya l'ignoraient. Elles en étaient curieuses, certes, mais elles n'osaient formuler les questions qui les taraudaient car le roumi les traitait bien. Il ne les soumettait pas, contrairement aux autres hommes. Il ne leur imposait pas ce qu'on exigeait d'elles d'ordinaire. Il les payait pourtant, et largement, mieux qu'elles n'avaient jamais été rétribuées : des poignées de longs billets turcs au papier cassant, parfois mêlés à des dollars américains ou à des livres anglaises. Elles prenaient l'argent, timides, respectueuses, effleurant du regard les larges cicatrices qui zébraient ses côtes, son torse, son dos, en le remerciant de quelques mots.

Özlem et Rüya n'étaient pas les seules à être intriguées par l'Occidental. Belkiz, une mégère ridée de presque trente ans, la plus vieille pensionnaire du sérail, plaquait souvent son œil à un trou creusé dans le mur pour épier avidement la chambre des filles lorsque l'étranger s'y trouvait. Özlem et Rüya s'en doutaient, mais elles n'avaient ni le pouvoir ni l'audace de s'y opposer. Contre-balançant sa laideur par sa maîtrise de la science amoureuse, Belkiz œuvrait au débourrage des nouvelles recrues. De petites agnelles butées, arrivées sales et revêches des campagnes ou des faubourgs d'Istanbul, elle faisait en quelques leçons – et après quelques gifles – des odalisques suaves et laquées, dociles à satisfaire les désirs les plus courants. Özlem et Rüya lui devaient leurs talents. Surtout, Belkiz connaissait l'usage des charmes, des plus enivrants aux plus terribles. De l'aube au crépuscule, des bougies noires brûlaient dans son repaire. Dans un placard secret de sa chambre, des fioles contenaient des philtres prolongeant le plaisir et d'autres, distillations de safran fréquemment utilisées, qui étouffaient les avortons dans les ventres. Belkiz était l'ange noir de la maison. Même Tâhir Bey, le propriétaire des lieux, la redoutait.

Un soir, les yeux noircis de khôl et la face blanchie à la pommade de plomb, la mégère s'attarda longuement au côté des deux sœurs, piquant des épingles d'ambre dans leur chevelure, épilant leur corps au sucre, huilant leur peau, rehaussant de henné frais les arabesques courant sur leurs membres. Sa voix était douce et ses gestes presque tendres. Gestes d'une araignée cajolant ses proies. Özlem et Rüya en étaient secrètement terrifiées. Belkiz avait apporté un petit réchaud à braises, enveloppé dans une étoffe de velours, et un *cezve* de cuivre dans lequel elle apprit aux filles à faire un café fort, épais et mousseux, aussi noir que l'encre dans laquelle les sages trempent leurs calames.

– Ce breuvage, mes beautés, vous en donnerez à l'homme qui paye pour dormir entre vous, leur dit-elle. Cela réveillera ses ardeurs et vous fera mériter l'argent qu'il vous donne. Lorsqu'il l'aura bu, vous m'apporterez la tasse touchée par ses lèvres. Vous me l'apporterez vite. Dès qu'il aura quitté la maison. Ferez-vous ce que je demande ?

– Oui, Belkiz, promit Rüya.

– Nous le ferons, souffla Özlem.

*

Thörun Gärensen vérifia la correction de son nœud de cravate dans le miroir de cuivre puis il tira de sa poche une poignée de billets bruns qu'il tendit sans même les compter. C'était l'heure d'*Al-'Açr*, la prière de l'après-midi. Au-dehors, tout s'était figé. Des vagues rumeurs qui montaient d'ordinaire dans la chambre, on ne percevait plus rien. Seul le doux tintement des bracelets des deux filles troublait le calme parfait de l'instant. Thörun se tourna vers elles et esquissa un sourire. Pour la première fois depuis trois semaines qu'il les louait, elles lui offrirent une petite tasse fumante. Tout en buvant le breuvage amer, il détailla leurs corps nus sans en éprouver d'émotion. Leur ventre velouté, leurs seins pointus, leurs épaules brillantes, leurs cheveux parfumés et leurs cuisses rondes n'attiraient ni ses mains ni ses lèvres.

Son appétit allait ailleurs. Impossible à satisfaire par le simple commerce de la chair. Aussi les filles le regardaient-elles avec de grands yeux chargés de questions, se demandant ce qu'il espérait, s'il refusait leurs caresses. Pouvaient-elles comprendre qu'il ne recherchait que leur présence ? Oui, leur seule présence lui faisait comme un rempart contre la peur qui l'avait envahi. La peur de la solitude, mais surtout la peur du désir interdit qui le rongeait et qu'il sentait enfler en lui chaque jour un peu plus.

Thörun Gärensen reposa la tasse vide au creux de la paume tendue de Rüya, chuchota un *mersi* et, lorsque le brouhaha de la rue fut à nouveau perceptible, quitta la maison sans un regard derrière lui.

La porte franchie, une rafale de vent mêlé de pluie fouetta son visage. C'était la mauvaise saison à Istanbul. Les neiges de décembre et de janvier avaient fondu et s'étaient transformées en une boue brune et collante. L'humidité était partout. Les ruelles des quartiers populaires n'étaient plus que d'immenses flaques de vase malodorante où des gamins en haillons pataugeaient et où les portefaix s'enfonçaient jusqu'aux genoux. Amolli par la tiédeur savamment entretenue qui régnait dans le lupanar, Thörun grelotta au contact de l'air vif, venu de la mer de Marmara. Relevant son col, il enfila ses gants et partit à grands pas en direction du sud, quittant les vieux districts de Tophane et Karaköy pour passer sur l'autre rive de la Corne d'Or.

Tandis qu'il arpentait le pont de Galata, là même où, quelques semaines auparavant, il avait fait le coup de feu au côté de David Tewp contre les acolytes de Ruben Hezner, Belkiz retourna d'un geste sec la tasse de *kahve* dans laquelle il avait bu. Au fond du récipient, se coagulant en grumeaux ou s'étirant en filets, le marc avait dessiné des arabesques. Penchée au-dessus du récipient,

Belkiz observa un instant l'oracle sans rien dire. Témoins discrets de la scène, les franges d'un châle couvrant à peine leurs tétons, Özlem et Rüya se donnaient la main en frissonnant. Puis elles virent les yeux de Belkiz s'étrécir. La sueur perla sur son front et elle essuya ses paumes sur sa jupe pour en enlever une moiteur soudaine. Elle voulut parler mais aucun son ne sortit de sa gorge.

– Belkiz ? s'inquiéta Rüya. Que vois-tu ? Qu'y a-t-il ? Belkiz ? Belkiz !

Mais Belkiz n'entendait plus, à la fois fascinée et terrifiée par ce qu'elle déchiffrait. Son attention se concentrait sur les lignes torves dessinées par les pigments noirs. Un trait de salive s'écoula de la commissure de ses lèvres. Pupilles aussi dilatées que lorsqu'elle s'étourdissait de *kif*, elle sentit un voile lourd tomber sur son esprit et l'enserrer comme un linceul. Elle tomba à genoux, s'effondra et entra en convulsions. En larmes, mordant son petit poing, Rüya se mit à hurler tandis que son aînée se précipitait vers la femme à terre. La fille essaya de maintenir les membres de Belkiz, mais l'épilepsie décuplait les forces de la voyante. Les muscles bandés, celle-ci se secouait et se tordait violemment. Les mâchoires claquant follement, elle se trancha la langue sans qu'Özlem puisse rien faire. Soudain, un craquement de branche morte résonna dans la pièce brusquement. Belkiz tomba à plat sur le dos et ne bougea plus, la colonne vertébrale brisée par l'ampleur des spasmes. Au seuil de la chambre apparut la silhouette grasse de Tâhir Bey. Incrédules, ses yeux ne cessaient d'aller et venir du cadavre de Belkiz aux silhouettes des deux sœurs épouvantées, toutes souillées du sang répandu. Özlem tendit alors la main vers la tasse à café dans laquelle avait bu l'étranger. D'un geste vif, sans appel, elle la jeta dans les braises du poêle qui chauffait l'alcôve. Une flamme d'un vert intense fouetta l'objet et fit éclater la faïence avec un bruit de cartouche percutée. Une flamme d'une couleur diabolique, aussi diabolique que les secrets lus par Belkiz avant de sombrer dans la folie et la mort.

*

Gärensen posa le pied sur la margelle de la fontaine et trempa son mouchoir dans l'eau froide où flottaient encore des débris de glace. Il s'apprêtait à entrer sous le couvert du grand marché et répugnait à y pénétrer les semelles souillées de terre et d'ordures. Même si les galeries en étaient malpropres, poussiéreuses, cela lui paraissait une sorte de profanation d'y circuler sans faire auparavant l'effort d'un brin de toilette. Certes, ce n'était pas un lieu saint. Uniquement voué au commerce, l'endroit rassemblait les échoppes les plus diverses où l'on pouvait acquérir tous les produits imaginables en échange de n'importe quelle monnaie. Depuis l'époque ottomane, l'architecture du bazar n'avait pas changé. On pénétrait ici comme dans une autre dimension, une autre époque. C'était cela qui séduisait Gärensen. Pas de voitures bruyantes. Pas même – ou si peu encore – d'installations électriques. Éclairées à la bougie, la lampe à huile ou à gaz, les boutiques brillaient d'une douce lumière, une incomparable lueur d'église, de temple ou de mosquée. Une atmosphère qu'aucune ville en Europe ne connaissait plus. Le Norvégien traversa d'un pas lent le périmètre des joailliers, celui des tapissiers puis celui des menuisiers, avant de sortir du bâtiment principal par la ruelle des doreurs et des artisans en marqueterie. De même qu'il allait visiter chaque jour les filles Özlem et Rüya, il longeait quotidiennement ces allées, où il croisait les mêmes visages. Depuis longtemps, sa silhouette athlétique, bien plus haute que celle des Turcs, avait été remarquée. Cependant, personne ne l'importunait. C'est à peine si certains commerçants, l'épaule appuyée au chambranle de leur échoppe et les doigts occupés à triturer les grains d'un chapelet, esquissaient parfois un discret signe de tête dans sa direction lorsqu'il passait.

Gärensen longea une rue large, encombrée de charrettes à l'arrêt, avant de s'enfiler dans le dédale du marché aux livres. Ralentissant encore l'allure, il ouvrit, avec un frisson de plaisir, ses narines aux odeurs d'encre, de cuir, de fil gommé et de papiers anciens qui saturaient l'air. Ici, tout lui rappelait les bibliothèques qu'il avait assidûment fréquentées lorsqu'il étudiait les langues anciennes à Oslo ou qu'il enseignait la philologie à l'université de Munich, quinze ans auparavant. Malgré les aventures et les drames qu'il avait traversés depuis lors, il était encore sensible au grand mystère des livres, ces petits cercueils de papier renfermant les mots comme des cadavres et que l'œil ressuscite le temps de la lecture. Au détour d'une allée, il s'arrêta devant une petite échoppe renfoncée entre deux piliers qui soutenaient la voûte du passage. Tout ce qu'il pouvait percevoir des pilastres c'était, perdu dans les hauteurs, l'infime scintillement des dorures des noms du Prophète et des *râshiduns*, les quatre premiers califes de l'islam.

Les poings enfoncés dans les poches d'un manteau élimé en poil de chameau, un homme entre deux âges était assis sur un tabouret, au milieu de liasses de journaux, de malles militaires débordant d'imprimés anciens, de reliures défaites, de gravures déchirées… Autour de lui, d'épaisses étagères ployaient sous la masse d'encyclopédies, d'annales, de chroniques, rédigées en toutes les langues et couvrant tous les domaines de la connaissance, de l'ornithologie à la médecine et de la mécanique à la théologie. Sur le front du libraire penchait un fez, coiffure pourtant interdite par Atatürk, dont le feutre rouge était tout imprégné de la graisse qui huilait les cheveux de l'homme. Habitué à l'odeur forte de ce dernier, Thörun aspira une grande bouffée d'air avant de s'approcher.

– Salutations, Hakim, commença-t-il en anglais. Avez-vous quelque chose pour moi, aujourd'hui ?

– La paix vous accompagne, mon ami, répondit l'autre dans la même langue tout en se levant pour accueillir son visiteur. Pour répondre à votre question : oui ! Il se pourrait qu'on m'ait apporté ce matin quelque chose qui retienne votre attention… Accordez-moi une seconde, je vous prie.

Hakim tendit le bras pour défaire la boucle qui retenait un rideau enroulé au-dessus de sa porte. Consciencieusement, s'aidant du plat de la main, il lissa l'étoffe qui retomba jusqu'au sol, isolant l'échoppe des curieux. D'ordinaire, Hakim ne fermait sa boutique qu'au moment de vendre un ouvrage licencieux, mais aujourd'hui la vente était différente. L'Occidental n'était pas intéressé par quelque version non expurgée des *Mille et Une Nuits* ou par une volée d'illustrations du *Kama Sutra*. Non. Le roumi voulait des nourritures plus fortes, des textes brisant de véritables interdits… Hakim gratta une allumette pour enflammer une lourde bougie de cire qu'il souleva dans son poing. Tirant une clé de sa poche, il se tourna ensuite vers le fond de l'échoppe et déverrouilla une porte basse que Thörun ne pouvait franchir sans se plier en deux.

– Le chemin du royaume vous est offert ! Entrez de votre propre gré.

Si la pièce principale de la boutique regorgeait de volumes, celle où les deux hommes pénétrèrent était singulièrement plus aérée. Trois petits meubles à rayonnages contenaient sans peine une quarantaine de livres d'apparences et de dimensions variées. L'œil exercé du Norvégien reconnut des cartonnages d'Orient, des reliures classiques à la française, et même une ou deux jaquettes contemporaines.

– Rien de cela ne correspond à ce que vous cherchez, déclara Hakim en voyant Thörun s'approcher des rayons.

Ce sont des ouvrages intéressants, certes, et très rares pour la plupart, mais il n'y a pas parmi eux de pièce d'exception. En revanche, voici un traité qui me paraît mieux cerner l'esprit de vos recherches.

Du tiroir courant sous le bois peint d'une console, le libraire tira une mince brochure et la jeta négligemment sur le plat du meuble.

– Contrairement à la plupart des textes que je propose, ajouta Hakim, celui-ci n'est rédigé ni en turc ni en arabe, mais en italien…

D'une main tremblante, Thörun le saisit. C'était un recueil d'une trentaine de pages grossièrement imprimé sur un papier bas de gamme, grumeleux et fin. À la lumière de la bougie, il déchiffra le titre : *Sur un aspect des croyances des tribus yezidis de Syrie*, Paolo Barbieri, Turin, 1897.

– Les yezidis ont toujours eu une réputation d'adorateurs du Diable, précisa Hakim. Mais ce n'est qu'un vernis, un leurre. Leur culte ne s'adresse pas au démon, ou, du moins, pas authentiquement… En revanche, ils connaissent très bien les voies pour créer les êtres qui vous intéressent…

Fiévreux, les tempes serrées par une migraine qui augmentait douloureusement la pression sanguine jusque dans ses globes oculaires, Thörun tournait une à une les pages de la brochure.

– Je vous en demande trois cents livres anglaises, déclara le Turc avec un sourire factice. C'est un prix d'ami.

– Nous ne sommes pas amis, Hakim, rectifia Thörun d'un ton sec. Et je ne pense pas que votre découverte vaille ce prix exorbitant… Ce n'est qu'une notice ethnologique purement descriptive. Rien de neuf. Rien de pratique, surtout… De toute évidence, l'auteur ne comprenait pas ce qu'il décrit ou, pire, il n'y croyait pas. Navré, je ne suis pas preneur.

Thörun ressortit de l'échoppe déçu et presque en colère. Aussi vexé que l'était le bouquiniste. Ce libraire, qui passait pour le meilleur de la ville spécialisé dans l'histoire des mouvements hérétiques et les magies en tout genre, ne lui proposait que des ouvrages de second ordre, des livres qu'il avait déjà compulsés cent fois au cours de sa carrière à l'Ahnenerbe ou lors des longues heures qu'il passait à lire, ici même, à Istanbul…

Gärensen quitta la matrice chaude du marché pour revenir vers les quais par les rues bruyantes. La lumière de l'après-midi déclinait, annonçant le crépuscule. Dans une gargote que protégeaient à peine du vent quelques planches clouées à la va-vite, il mangea sans plaisir une aubergine bouillante gorgée d'huile et quelques boulettes de viande trop salées. C'était son seul repas quotidien. Après s'être rincé la bouche d'une gorgée d'âpre raki, Gärensen reprit son chemin. À l'arrière d'une *cadde*, avenue bordée de banques et de hautes villas qui étiraient leurs jardins parallèlement au Bosphore, il pénétra par une entrée latérale dans un long bâtiment aux fenêtres fermées. Cet ancien palais avait peut-être appartenu à un vizir influent ou à une bayadère d'exception. Si Thörun en ignorait l'histoire, il en connaissait cependant bien les couloirs et les recoins. Depuis que le colonel David Tewp l'avait quitté pour se rendre seul en Angleterre, il avait fait de ce lieu abandonné sa résidence, son repaire. Il en aimait la beauté, le silence, mais, surtout, il était hanté par les ombres dont il sentait partout la présence… Gärensen jeta son manteau au hasard d'un salon avant de descendre les marches vers les caves. La mer était là, toute proche, faisant entendre son clapotis contre un ponton. Dans sa main, le Norvégien tenait un paquet tiède et brun rapporté de la *lokande*, la baraque où il s'était arrêté pour dîner. Au fond d'un couloir, il ouvrit de deux clefs une porte massive renforcée de ferrures compliquées. Dans la cave aux murs épais, un homme l'attendait.

*

Enveloppé dans des couvertures pour lutter contre l'humidité qui le frigorifiait et mettait ses articulations au supplice, Ruben Hezner leva à peine les yeux sur Gärensen lorsque celui-ci lui tendit sans un mot les quelques victuailles qu'il avait achetées pour lui. D'un air las, il déchira le sac en papier pour mastiquer sans appétit les légumes encore chauds qui s'en déversaient. Ses bras n'étaient pas entravés mais une chaîne reliait ses chevilles au sol recouvert de galets ronds. Maigre comme un coureur de fond, Hezner était résistant mais il ne jouissait pas d'une bonne musculature. Aussi, après avoir essayé, pour la forme, de tirer sur ses entraves, il avait vite abandonné. À la merci de Thörun, il ignorait le sort auquel le Norvégien le destinait. Cela faisait plusieurs semaines qu'il était prisonnier, et il n'avait pas revu la lumière du jour depuis que Gärensen l'avait conduit ici, par une nuit de grêle. Dans cette épreuve, la dignité naturelle de Hezner était sa meilleure alliée. Il ignorait quel sort lui était réservé. Plus encore, il ignorait si Thörun avait un dessein précis le concernant. Mais il connaissait bien son geôlier pour l'avoir fréquenté de longues années à Berlin : Thörun était un être impulsif, né sous le double signe de l'inconstance et de l'opportunisme. Hezner le savait et comptait bien en jouer. Quelques semaines plus tôt, sous la contrainte d'une injection de penthotal, il avait révélé au Nordique et à son acolyte anglais tout ce qu'il connaissait du couple Galjero. Ce savoir, qu'il tenait des confidences mêmes de Dalibor, constituait un secret si troublant, si périlleux, qu'il ne l'avait révélé à personne et avait préféré ne jamais l'utiliser. Voyant Thörun s'apprêter à quitter sa cellule, Hezner éclaircit sa voix devenue rauque à force de mutisme.

– J'ai une proposition à vous faire, Gärensen. Il serait bon pour vous et pour moi que vous acceptiez au moins de l'entendre.

Thörun posa un regard méprisant sur l'homme affalé à ses pieds. Il eut la tentation de refermer la porte du cachot sans répondre. La solitude, l'obscurité, le froid et la crasse, voilà tout ce que méritait Hezner aux yeux de Thörun. C'était sa petite vengeance pour ce jour de l'automne dernier où, à Buenos Aires, Ruben l'avait contraint à exécuter de sang-froid son ami Sacha Hornung.

– Ne commettez pas l'erreur de vous comporter avec moi au seul gré de votre fantaisie sous prétexte que je suis enchaîné, lança Hezner. Que cela vous plaise ou non, je suis encore une pièce sur l'échiquier.

– Un pion ! Juste un pion, cracha méchamment Thörun. Et bien isolé sur le champ de bataille, il me semble… Allons, que voulez-vous ?

– Ma vue ne s'est pas usée à scruter le noir de cette cave, Gärensen. Au contraire. Je crois bien qu'elle s'est aiguisée…

Thörun soupira pour marquer son impatience. À cet instant moins que jamais il ne se sentait disposé à supporter les introductions alambiquées dont il savait Hezner coutumier.

– Je vous vois, reprit l'autre. Chaque jour un peu plus pâle. Chaque jour un peu plus incertain… Le poison court dans vos veines, n'est-ce pas ? Ce que je vous ai appris malgré moi des Galjero vous ronge, vous pourrit jusqu'à l'âme… Vous échafaudez des plans… Et vous fuyez le sommeil, car vos rêves vous effraient. C'est pour cela que vous demeurez éveillé toutes les nuits.

Oh, ne soyez pas surpris ! Même confiné ici je vous entends. Vos pas résonnent jusque dans la cave. Votre colère et vos errements imprègnent ces murs, Gärensen. J'en recueille l'amertume dès que je pose le front sur ces moellons.

Thörun sentit les battements de son cœur s'accélérer dans sa poitrine. Ses jambes se dérobèrent soudain. Hezner venait de toucher juste. S'adossant au mur, le grand Norvégien essuya d'un revers de manche son front soudain brûlant.

Tel un toréador qui sent la bête inopinément fléchir sous les banderilles, Hezner redoubla d'ardeur.

– Je peux vous aider à vous débarrasser de vos peurs. Je peux surtout vous aider à trouver un sens nouveau à votre vie… Laissez-moi vous aider !

– Un sens à ma vie, prétendez-vous ? s'écria Thörun, révulsé par les prétentions du prisonnier. Que pouvez-vous donc savoir du sens que je donne à mon existence, Hezner ?

Un rictus déchira le visage de l'ancien étudiant chimiste d'Odessa.

– Vous êtes cerné de toutes parts, Gärensen. Les hommes que vous avez défaits sur le pont de Galata, le soir où Dalibor Galjero est parti de son plein gré avec les Russes, n'étaient pas mes seuls compagnons. Les autres, ceux que j'ai laissés derrière moi à suivre la piste de vos anciens amis nazis en Argentine, au Pérou ou au Mexique, me sont toujours attachés. Ils savaient où je me rendais. Ils avaient aussi instruction de me rechercher si je ne réapparaissais pas. Certains sont sûrement déjà arrivés à Istanbul pour me retrouver. Ce sont de fins limiers, Gärensen. Bien armés, déterminés. Ils apprendront ce qui s'est passé sur la passerelle de la Corne d'Or. Ils interrogeront les témoins, ils vous retrouveront, tôt ou tard… Surtout ici, puisque vous avez eu la sotte idée de vous installer dans le palais même qu'occupaient les Galjero ! Pourquoi, Gärensen ? Pourquoi avoir choisi cet endroit ? Répondez ! Répondez !

La bouche soudain sèche, Thörun serra les poings à s'en faire blanchir les phalanges.

– Même si vous quittiez la Turquie sur l'heure, ils vous retrouveraient. Jamais ils ne renonceront à vous poursuivre pour vous abattre. À leurs yeux, vous n'êtes qu'un chien. Et d'ailleurs, Gärensen, où pourriez-vous donc aller ? Vous appartenez au camp des vaincus. Personne ne veut plus de vous nulle part ! Vous êtes un homme d'un monde révolu, un fétu balayé par l'Histoire. Vous n'appartenez plus à rien ni à personne, et vous le savez. C'est précisément cette pensée qui vous détruit et fait de vous la proie d'un désir trop facile…

Thörun renversa la nuque en arrière et se força à avaler un profond trait d'air. En quelques mots, Hezner venait de le toucher au cœur.

– Que me proposez-vous ? demanda-t-il dans un souffle.

– Vos capacités sont grandes, Gärensen, votre savoir aussi. Mais vous ne devez pas être laissé à vous-même. Votre intelligence doit servir un grand projet. Moi, je peux vous engager dans une telle œuvre…

Faisant cliqueter ses chaînes tel un spectre, Hezner se releva et laissa tomber au sol ses couvertures tachées. Sa silhouette était aussi mince que celle d'un adolescent.

– En Palestine, un État est sur le point de naître, Gärensen. Un État fragile, au futur incertain. Vous pourriez l'aider à affronter les tempêtes qu'il va traverser… Vous pourriez vous y faire une vie à votre mesure, tout y recommencer… J'ai le pouvoir d'effacer les souillures de votre passé. Je peux vous absoudre, Gärensen. Libérez-moi… Ensemble, nous travaillerons à bâtir Israël ! Vous et moi, comme avant !

L'inconséquence de cette proposition souleva un rire étouffé de Thörun.

– Vous êtes grotesque, Hezner ! Votre tentative est pathétique. Moi, vivre au milieu des Juifs ? Comment pouvez-vous imaginer une seconde que cela soit possible ?

– Nous autres, sionistes, sommes des gens pragmatiques… Les Américains et les Russes recrutent sans aucune mauvaise conscience des ingénieurs et des scientifiques qui ont fait les beaux jours de l'Allemagne nazie. Pourquoi ne ferions-nous pas de même ?

– Je n'ai rien à offrir, Hezner. Aucun savoir technique. C'est tout juste si je serais capable de mendier à la sortie de vos synagogues… À supposer que les vôtres me donnent l'aumône !

– Ne minimisez pas vos talents. Vous avez travaillé à l'Ahnenerbe. Vous avez presque créé cet institut de toutes pièces. Ce n'était pas seulement un leurre conçu par Heydrich et destiné à compromettre Himmler. Vous y avez fait venir aussi des savants de renom, avez garni ses archives de documents exceptionnels… Pourquoi ne pas recommencer une telle œuvre, mais au profit désormais de ceux que vous avez combattus naguère ? Rejoindre nos rangs, je vous le garantis, est l'unique voie raisonnable qui s'offre à vous. Vous faites la moue, Gärensen, mais vous savez que j'ai raison !

Thörun, les yeux clos, hochait la tête en signe de dénégation.

– Vous n'êtes pas antisémite, Gärensen… Pas viscéralement. Votre femme était juive et vous l'avez aimée. En souvenir d'elle, considérez mon offre. Ce n'est pas celle d'un fou ou d'un désespéré !

– Les Galjero…, murmura Thörun comme un bouclier dérisoire tendu devant lui.

– Les Galjero doivent sortir de votre vie, éructa Hezner sur un ton prophétique. Oubliez votre vengeance. Ce n'est qu'un masque qui dissimule le vide de votre existence. Les Galjero n'appartiennent pas au monde des hommes. Effacez-les de votre mémoire. Leur flamme finira par s'éteindre d'elle-même. Les traquer ne peut que sceller votre malheur. Moi, je l'ai compris depuis longtemps et ce n'est pas en cela que j'ai placé ma foi !

Ses yeux brillants plantés dans ceux de Thörun, Ruben Hezner s'agenouilla sur le sol et s'enveloppa à nouveau dans ses couvertures. L'hameçon était lancé. Il fallait maintenant un peu de temps pour que Gärensen morde à l'appât. Le vieux docteur le savait et il n'insista pas quand le Norvégien, sans desceller les lèvres, referma la porte de la geôle derrière lui. Laissé à nouveau dans l'obscurité la plus totale, Hezner attendit quelques minutes, puis il entama pour lui-même un long chant de prière…

Dark Passage

– Quelles nouvelles, sénateur Monti ?

Dans le bureau de sa résidence américaine, lord Bentham semblait en proie à une terrible anxiété. Jamais encore Lewis Monti ne l'avait vu si tendu, si manifestement avide de parvenir enfin à un résultat tangible. Même quelques semaines auparavant, lorsqu'il lui avait fait part de l'échec essuyé par Tewp et Gärensen à Istanbul, il ne lui avait pas paru si nerveux, si contrarié.

– Nous rencontrons beaucoup de difficultés à monter l'opération, monsieur, commença Lewis. Nous ignorons toujours pourquoi Dalibor Galjero est passé de son plein gré aux mains des Soviétiques du NKVD. C'est le seul renseignement que Ruben Hezner est parvenu à garder pour lui, malgré les trois injections de penthotal que nos deux amis lui ont fait subir. Selon toute vraisemblance, Galjero est actuellement à Moscou. Allen Dulles nous prête une oreille attentive. Il a fait passer le mot à ses honorables correspondants sur place. À la première rumeur concernant notre affaire, nous serons prévenus immédiatement.

– Et en attendant ?

– Je prépare mon voyage sur place. Ce n'est pas une mince affaire, par les temps qui courent. De son côté, Tewp vient de m'avertir qu'il reprenait la route d'Istanbul. Il va retrouver Gärensen en charge de veiller sur le Dr Ruben Hezner… C'est tout pour l'instant.

– Pardonnez-moi d'être brutal, mais cela ne me semble pas suffisant, sénateur, grogna Bentham. Le temps presse, comprenez-vous ? Le temps *me* presse… Aujourd'hui bien plus qu'autrefois.

La question qu'il voulait poser resta suspendue aux lèvres de Lewis Monti. Bentham avait envie de parler, il le sentait. Fixant le visage de l'autre, il jugea préférable de le laisser poursuivre.

– L'âge, Monti. Et la maladie, maintenant. Mes deux enfants ont été tués par les Galjero voilà bientôt quinze ans. Quinze années que je ne vis que pour retrouver ces assassins. Quinze années de traque à travers le monde. Ma femme et moi n'avons fait qu'accumuler les déceptions et les faux espoirs. Ces quinze années nous ont épuisés, vidés. Je n'ai guère de temps à vivre, Monti, quelques mois, un an peut-être. Les remèdes et les cures n'y feront rien. Je veux que vous retrouviez les Galjero avant qu'il ne soit trop tard. Je veux partir avec cette satisfaction. Comprenez-vous ?

Monti déglutit avec difficulté.

– Je suis navré, lord Bentham… J'ignorais que…

– Laissons cela, voulez-vous ? coupa son hôte avec un sourire forcé. Vous connaissez le motif qui me pousse à vous presser, n'y revenons plus et préoccupons-nous des détails pratiques. Comment comptez-vous entrer en Union soviétique et y mener votre enquête ?

– Dulles et Donovan, de l'OSS, m'ont soufflé l'idée. Elle est risquée, mais c'est la seule que nous ayons. En échange de quelques services que je m'engage à leur rendre là-bas, ils m'aident à la mettre en place. C'est un stratagème qui peut naturellement être éventé à tout instant, bien sûr.

– En quoi consiste-t-il ?

– Le FBI a depuis longtemps infiltré le CPUSA, le parti communiste américain. Certaines cellules sont même intégralement composées d'agents gouvernementaux.

– Et donc ?

– Un congrès est organisé en Union soviétique d'ici à trois mois pour remettre éventuellement le Komintern sur les rails. Nous comptons en profiter. Nous débarquerons à Moscou en même temps que la délégation américaine du PC.

– Vous voulez vous faire passer pour un militant communiste ? s'esclaffa Bentham.

– Moi et quelques autres, oui... Vous m'en croyez incapable ?

Bentham fronça les sourcils.

– Grands dieux, non ! Vous êtes un lion, Monti, je ne le sais que trop. Mais l'entreprise est risquée. Terriblement ! Nos rapports avec les Russes s'enveniment chaque jour un peu plus. Staline ne répugnerait pas à la guerre. Je me demande même s'il craint vraiment notre bombe atomique !

– Il jouit d'une profondeur stratégique bien plus importante que la nôtre, c'est évident, confirma Monti. Et la Russie sait encaisser les coups, même les plus violents. Elle l'a prouvé contre les nazis. Mais là n'est pas notre problème. Un conflit ouvert entre l'URSS et les États-Unis n'est pas pour demain. Si nous nous faisons prendre, je sais néanmoins ce que cela signifie pour nous. Les USA ne feront pas le moindre geste pour nous récupérer. Mais je tente le coup ! Sans l'ombre d'une hésitation !

– J'admire votre détermination, Monti. Elle est la preuve d'un cran que je ne possède pas moi-même.

– Je suis certain que vous auriez été des nôtres si votre état l'avait permis.

– Peut-être, Monti... Mais parlez-moi donc de ces téméraires qui vont vous accompagner...

*

Bubble Lemona n'y comprenait plus rien. Les premières minutes, pourtant, tout lui avait paru facile, presque trop simple. Mais plus il tournait les pages de l'opuscule, plus les choses devenaient complexes, contradictoires, irréelles à force de commentaires, d'allusions obscures et de mots qu'il n'avait jamais entendu prononcer, même au plus profond du quartier noir de Harlem. Mollement calé par de gros oreillers sur son lit, une bouteille de bourbon à portée de la main et un cendrier posé près de lui pour recueillir les cendres d'un cigare aussi ventru que lui, Bubble s'énervait sur les subtilités de la philosophie. Ses efforts pour comprendre Marx s'étant révélés peu fructueux, il avait opté pour une approche plus systématique du problème. Dans une librairie située entre Amsterdam et Broadway et sur les conseils amusés d'une jolie vendeuse au corsage plein, il avait fait l'acquisition moyennant trois dollars d'un ouvrage d'introduction à l'histoire de la pensée.

– En philosophie tout se mêle, avait expliqué la fille. Les références se croisent. On ne peut pas en étudier un morceau isolément, comme on couperait un morceau de saucisse. Commencez par avoir une vue d'ensemble…

Une vue d'ensemble ! Certes, la formule était plaisante et semblait appropriée. Mais avant d'atteindre l'époque moderne, la table des matières de ce satané bouquin annonçait qu'il fallait passer par les étapes présocratique, socratique, aristotélicienne, néoplatonicienne, stoïcienne, augustinienne, calviniste, cartésienne, spinoziste, kantienne, hégélienne, kierkegaardienne… La perspective d'un tel cheminement donnait le vertige à Bubble. Consciencieux dans sa résolution, il comprit tout d'abord assez bien que Parménide soutenait l'exact contraire de ce que professait Héraclite, sans toutefois saisir le véritable objet de leur querelle. Les positions de Socrate sur la nature essentiellement raisonnable de l'homme le firent rire autant que lorsqu'il posait les yeux sur le *strip Popeye* des journaux populaires. Celles d'Aristote sur l'utilité de chaque chose dans l'Univers lui semblèrent suspectes sans qu'il s'explique vraiment pourquoi. Au chapitre Renaissance, il s'indigna de trouver, reposés par Marsilio Ficino et Pico della Mirandola, des problèmes déjà traités par Platon ou Porphyre. Il passa Luther, dont il n'aimait pas la sonorité du patronyme, et lut deux fois la notice consacrée à Kant sans rien démêler des propos de l'Allemand. Hegel lui paraissant énoncer trop d'évidences, il ne comprit pas pourquoi ce type méritait le titre de philosophe. Enfin, quand il atteignit la page où était résumée la pensée de Karl Marx, on sonna à la porte d'entrée ! Bubble jeta un coup d'œil à sa montre et sursauta. Effaré d'avoir dépensé tout son après-midi en lectures, il jeta furieusement le contenu du cendrier dans le tiroir de sa table de nuit, fit voler d'un souffle les cendres répandues sur le dessus-de-lit, remonta d'une main moite ses fixe-chaussettes, enfila son pantalon sur son caleçon de soie marqué à ses initiales et glissa ses gros pieds dans ses chaussures. Courant dans le couloir tout en refermant le dernier bouton de sa chemise à monogramme, il ouvrit la porte quand le carillon retentissait à nouveau. Moulée dans un tailleur cintré, une grande blonde aux belles pommettes se dandinait devant lui.

– *Dobryï vetcher, gospodin Lemona...*, dit la fille en gonflant ses lèvres rouges.

– *Daubri vesser, gauspauda Natacha*, répondit maladroitement Bubble qui tremblait presque.

– Comme d'habitude ? interrogea l'étrangère dans un anglais teinté de délicieux accent slave. Je vous donne votre cours dans votre chambre ?

– Bien sûr, mon petit, bien sûr...

Et tout en posant des yeux gourmands sur le corps du sculptural professeur de langue qu'il s'était trouvé, Bubble Lemona se dit que son voyage en Russie au côté de Monti, s'il exigeait quelques petits sacrifices intellectuels, s'annonçait cependant sous des auspices prometteurs…

*

À cette heure avancée du soir, le portail du cimetière Santa Cruz était fermé depuis longtemps. Lewis Monti se fit déposer devant la grille, s'avança jusqu'à la fenêtre allumée de la maison basse où vivait le gardien et, du bout des doigts, tapota aux carreaux. Un homme répondit à l'appel. Des odeurs d'oignons frits et de soupe de légumes s'échappèrent par la fenêtre ouverte. Une serviette à carreaux nouée autour du cou, le fossoyeur salua respectueusement Monti, prit sans façons le billet de dix dollars que le sénateur lui tendait et, une lampe à la main, sortit pour déverrouiller la porte du jardin des morts.

Seul, Monti remonta l'allée de cyprès menant aux tombes jumelles de son épouse et de son fils. Chaque fois qu'il le pouvait, il venait se recueillir sur les sépultures. Il en éprouvait toujours la même émotion, la même colère. Comme si les événements s'étaient déroulés la veille, il revoyait son fils se jeter sur lui, l'esprit corrompu par quelque poison diabolique, et lui déchirer la gorge de ses ongles. Un chien enragé n'aurait pas eu plus de force, de détermination à tuer… Avec la même précision, la même horreur, Monti revoyait le visage décomposé de sa femme lorsque celle-ci pressa la détente du revolver ajusté sur sa tempe. L'arme qu'elle venait précisément d'utiliser pour mettre fin aux jours de son enfant devenu fou. Gian et Carla. Deux prénoms maintenant gravés côte à côte dans le marbre d'un caveau.

Monti leva les yeux vers le ciel noir. Aucune étoile n'y brillait. Seuls feux dominant le parc, les lumières des immeubles tristes surplombant le cimetière n'apportaient aucun réconfort. Le Sicilien s'agenouilla pour esquisser un rapide signe de croix, toucha brièvement de sa paume dégantée la pierre polie du tombeau et quitta l'endroit les épaules lourdes, la gorge nouée. Bientôt, il allait partir en Russie. Là où il espérait retrouver Dalibor Galjero, satellite de sa véritable proie : Laüme. Celle qu'il rendait responsable de la destruction de sa famille, l'objet réel de sa vengeance. Le voyage était dangereux, déraisonnable, mais c'était la seule voie qui s'offrait à lui. Impossible de se dérober sans abandonner le peu de respect qu'il avait encore pour lui-même. Il marcha un moment sans but défini. Ses yeux fatigués n'observaient ni les gens ni la rue. Au comptoir en formica d'un drugstore de quartier, il avala deux tasses d'un café sans arôme tandis que la radio passait *Old Lamp-Lighter*, la chanson de Sammy Kaye, première au hit-parade; puis, jetant sans le regarder un demi-dollar au serveur, il retourna à ses déambulations. Ses pas le conduisirent sur un boulevard animé où restaurants et cinémas s'alignaient. Un instant, il regarda les photographies épinglées de *Dark Passage*, le dernier film où jouaient Bogart et Bacall, mais il renonça à prendre son ticket quand il considéra l'ampleur de la file d'attente.

Cherchant l'ombre, le silence, il chemina jusqu'aux quais de l'East River. Là, entre deux énormes cargos amarrés, il discerna la silhouette rase d'une terre au milieu des eaux. Blackwell's Island. L'île où il avait passé des mois reclus dans le quartier des condamnés à mort d'un pénitencier, avant de monter sur la chaise électrique et qu'un miracle lui sauve la vie… De son enfance sicilienne à l'heure maintenant toute proche de sa vieillesse, Monti avait traversé bien des épisodes tragiques, souvent inexplicables. C'était son héritage. Un héritage qu'il ne reniait pas plus qu'il ne cherchait à le comprendre. D'autres que lui, peut-être, auraient vu leur raison basculer à force de tenter de déchiffrer le sens de cette existence. Lui, Monti, avait depuis longtemps renoncé à éclaircir certains mystères…

Cette résistance était une sagesse. Elle lui avait permis de traverser toutes les épreuves : celle de la mort de sa mère et de sa grand-mère tuées par la populace lorsqu'il n'était qu'un enfant. Celle de son arrivée en Amérique, seul, sans argent, abandonné de tous. Celle de son ascension dans la Mafia, depuis ses débuts comme petit tueur à gages battant le pavé de Little Italy jusqu'à sa consécration de *Don* reconnu par ses pairs. C'était dans cette indomptable énergie qu'il comptait puiser une fois encore pour terrasser les Galjero, ses derniers adversaires, ceux qui lui avaient enlevé Carla et Gian.

De la pointe de sa chaussure vernie, Lewis Monti tapa dans un caillou qu'il envoya plonger dans les eaux noires. Il connaissait bien cette partie des docks. Au tout début des années 1920, dans les fondations d'un bâtiment alors en construction il avait enseveli le corps de deux hommes de main trop prompts à torturer autrui. Le building était encore là, à deux cents yards à peine, pris dans le brouillard qui montait lentement des flots… De la passerelle d'un des deux navires accostés à la jetée, aux carènes percluses de rouille, des marins descendirent en bordée. Ils étaient cinq, six, peut-être. Silhouettes lourdes, démarche lente, chaussures ferrées faisant résonner le métal du ponton dans la nuit… Les premiers passèrent à la hauteur de Monti sans même le regarder, s'éloignant rapidement vers le quartier des plaisirs qui jouxtait les pontons. Le dernier surgit silencieusement derrière Lewis. D'un coup d'épaule, il le bouscula sans s'excuser. Le type était fort, plus grand que Monti, plus jeune aussi, et le Sicilien, déséquilibré, faillit tomber dans la boue. Comme il s'apprêtait, furieux, à le rattraper pour lui demander des comptes, l'homme se retourna. Dans la clarté diffuse d'un néon clignotant, ses traits se dessinèrent aussi nettement qu'un dessin à l'encre noire sur du papier blanchi au chlore. Un large sourire barrait sa face cabossée. Le cœur de Monti s'arrêta de battre. Figé comme s'il avait reçu un coup de lance en pleine poitrine, il porta instinctivement sa main au holster qui ne le quittait jamais. Mais son geste s'interrompit... Quel était le poids d'une arme à feu contre un fantôme ? Aussi sûrement qu'il aurait pointé le visage de Gian dans une foule d'un million de jeunes hommes, Monti venait de reconnaître Maddox Green, l'homme avec lequel il avait partagé quelques jours de captivité au quartier des condamnés à mort de Blackwell's Island. Green, la brute infecte qui prenait plaisir à lui décrire les souffrances promises par la chaise électrique et qui avait été abattu par les gardes.

Le corps de Lewis se décontracta d'un coup et ses muscles retrouvèrent toute leur souplesse. Sans qu'il réfléchisse, ses jambes le portèrent sur les pas du marin... Mais sa silhouette se noyait déjà dans l'obscurité. Courant de toutes ses forces, Monti gardait les yeux fixés sur la forme floue, mais Green parvenait à maintenir à distance le sénateur. Obliquant sur sa droite, il quitta le bitume des quais, dépassa, entre deux hangars, un terrain vague jonché de containers et de poutrelles de fer tordues, puis se dirigea droit vers le bâtiment où reposaient depuis trente ans sous une chape de béton les sbires que Monti avait tués pour avoir inutilement torturé un policier. Green monta la volée de marches du perron et pénétra dans la bâtisse. Ralentissant l'allure, Monti rôda un instant autour de l'endroit, cherchant à comprendre. Son instinct de combattant était en éveil. Il pressentait le piège. Il devinait aussi qu'il n'aurait pas de réponse tant qu'à son tour il n'aurait pas franchi le seuil de cette vieille maison. Un lumignon orangé brillait telle une enseigne sur la façade. Sur les facettes du verre de la lanterne, on pouvait lire en lettres déliées : Cabaret Flanders... Le cœur battant à tout rompre, Monti posa la main sur la poignée, ouvrit la porte, et entra lentement. Il suivit jusqu'à son terme un long couloir poussiéreux à peine éclairé et perçut les échos étouffés d'une trompette bouchée et d'un piano aigre derrière une autre porte, au bout du corridor. Une soudaine bouffée de chaleur monta au visage du Sicilien et ses aisselles se mouillèrent de sueur. Tout son corps tremblait comme un bateau pris dans la tempête, tandis qu'une voix inconnue, au fond de lui, lui hurlait de rebrousser chemin… Maddox Green était là, pourtant, justement dans la pièce adjacente. Monti le savait. Il fallait faire un choix : affronter la peur blanche qui naissait en lui, ou bien battre en retraite, s'enfuir piteusement au risque de ne jamais savoir… Monti poussa le battant de la seconde porte et s'avança dans une simple salle de bar. La pièce était vaste, bondée, étouffante de moiteur. Sur une estrade, deux musiciens noirs distillaient une musique lascive sur laquelle hommes et femmes dansaient au ralenti. Du dehors on ne voyait rien, les fenêtres avaient été murées. Le tripot rappela à Monti les établissements clandestins des *Roaring Twenties* à l'époque de la prohibition. Lui-même avait possédé de tels lieux; comme les autres mafieux, il en avait fait la base de sa fortune. Pourtant, l'heure n'était plus à la chasse aux spiritueux. En 1947, s'enivrer n'était pas interdit en Amérique. Mais, Monti le sentait, les gens réunis au Cabaret Flanders n'étaient pas de simples ivrognes. Quelque chose d'autre que la soif d'alcool les avait conduits jusqu'ici. Au milieu des corps en mouvement, Monti se fraya un passage vers le comptoir de cuivre où il s'accouda entre deux figures imprécises. La fumée de cigarette, la sueur exhalée, le rythme lancinant de la musique, tout cela troublait les sens, muselait la pensée. Le sénateur scruta vainement les visages à la recherche de Green. Il changea de place une première, puis une seconde fois. Lorsqu'il atteignit l'extrémité du bar, Maddox était demeuré invisible. Sans qu'il le demande, le serveur posa devant lui un verre rempli d'une liqueur pourpre. Assoiffé, la gorge sèche, Monti y trempa les lèvres. Le liquide était suave; son odeur dégageait des arômes qui lui rappelaient son enfance, la campagne sicilienne écrasée de soleil, les bottes d'herbes et de fleurs que sa grand-mère Giuseppina et sa mère, Leonora, faisaient sécher dans leur cabane de rebouteuses, dans les collines… Monti but jusqu'à la dernière goutte. Tandis qu'il reposait son verre, un homme prit place à ses côtés, un géant à la veste de cuir. Maddox Green !

– Surpris de me retrouver, petit frère ? souffla Maddox. Tu fais une drôle de tête ! Moi, je suis bien aise de te revoir… Cela me rappelle le bon temps. Quand nous étions tous promis à la chaise électrique !

Monti détailla un instant l'homme qui lui faisait face. C'était bien Maddox Green. Ni un sosie, ni son fils, ni son frère… Green en personne. Et Monti n'en ressentait ni angoisse ni surprise. Il était au-delà de la peur.

– Tu peux me toucher, Monti, s'amusa Green. Je suis bien vivant. Pas un fantôme… Allez ! Vas-y !

La grosse patte de Maddox saisit le poignet du Sicilien et posa d'autorité sa main sur son torse. Sous le chandail aux mailles lâches, Lewis perçut la chaleur du corps et le lent battement du cœur.

– Tu vois, petit frère, les balles des gardiens de Blackwell ne m'ont pas fait tant de mal que ça ! Elles m'ont ouvert le chemin vers le pays des morts, ça oui, mais elles n'ont pas fermé la porte derrière elles… J'en suis revenu, petit frère, guidé par une lumière, une belle lumière… Et je suis à nouveau vivant maintenant. Comme avant ! Mieux qu'avant !

– Que me veux-tu, Green ? glapit hargneusement Monti.

La question amena un sourire moqueur sur les lèvres de l'autre. Monti frissonna. Chaque jour, au pénitencier et à l'heure de la promenade commune, il avait vu ce rictus infect naître sur le visage de Green. Il annonçait, il le savait, les délires de l'ancien prisonnier de Blackwell's Island, et ses propos empoisonnés…

– Je veux te faire voir la lumière, petit frère… Je veux que tu l'absorbes, qu'elle devienne une partie de toi et toi une partie d'elle ! Et je ne suis pas le seul à vouloir cela pour toi. Regarde un peu qui vient nous rejoindre !

Du menton, Green désigna une silhouette qui fendait la foule. C'était un homme corpulent, au visage de type asiatique, à la démarche lente. Prenant place à côté de Monti, il ferma les yeux pour réciter :

« Ô semblable, tu es en moi... Crains un invisible démon. Il nous tend le miroir qui fascine et captive... Ah ! Je sens que tu cèdes : te voilà pris et tu m'as quitté. Déjà, tu me regardes : c'est toi et je me reconnais... »

– Je sais quelle est votre pensée, monsieur Monti, dit le nouveau venu en ouvrant ses paupières. Vous vous dites : « Sont-ce les ombres des morts qui soudain reviennent profaner le sol des vivants ou plutôt moi qui, sans le savoir, suis descendu vers elles ? »

Preston Ware ne se trompait pas. Monti avait personnellement tué cet homme trente-huit ans auparavant. Il l'avait tué à bout portant, une nuit, dans le bureau que l'avocat d'affaires occupait alors près de la Cinquième Avenue. Comme celui de Green, Monti avait vu le cadavre de Ware se vider de son sang sous les balles.

– Mes blessures se sont refermées, monsieur Monti, reprit Ware. Une main les a guéries. Vous voyez, je n'étais pas un fou ! Je connaissais la vérité de ce qui m'était promis au-delà de la mort que vous m'avez donnée. Et Green aussi connaissait cette vérité !

– Exact ! s'esclaffa Maddox en se tapant sur les cuisses et en vidant son verre d'un trait.

– Voyez-vous, monsieur Monti, j'ai longtemps adoré le Diable, dans ma jeunesse. Je lui ai voué un culte sincère, une dévotion constante, naïve mais forte. J'ai été un pratiquant obstiné. J'ai fait le mal, je l'avoue, sans remords, avec plaisir, même…

– C'est la condition ! précisa Green en s'emparant d'un cure-dent qui traînait sur le comptoir.

– Green a fait de même, évidemment, poursuivit Ware. À sa manière un peu plus brutale, comme vous pouvez l'imaginer…

– Je n'ai pas lu de livres, ni perdu mon temps à étudier des langues mortes depuis trente siècles comme vous l'avez fait, Ware. Pas besoin d'aller au bout du monde pour interroger des vieux sacs à poux délirants… Non, moi, j'expérimentais sur le vif. À l'instinct ! La voie du noir pour le noir. L'horreur dans toutes ses dimensions, sans chichis…

– C'est un chemin difficile, admit Ware avec un brin d'admiration dans la voix. Que moi-même je n'ai pas parcouru jusqu'à son terme…

– Trop de réflexions, Ware, s'emporta Maddox. La pensée pourrit la vie. Tu le sais bien…

– Maintenant, oui, je le sais, concéda Ware. Mais il m'a fallu du temps pour en arriver à cette conclusion. Heureusement, j'ai fini par la faire mienne, le jour où je me suis aperçu que je me trompais en plaçant ma foi en Satan !

– C'est que le Diable non plus n'existe pas, Monti ! s'amusa Green.

– Notre ami est encore dans le vrai, Monti. Satan n'est rien, puisque l'adorer, c'est encore adorer Dieu…

– Il ne faut pas s'intéresser à l'Ennemi, Luigi, mon frère. Mais au Différent !

– Maddox de son côté, moi du mien, nous étions tous deux dans l'erreur. La véritable rébellion contre Dieu ne consiste pas à se jeter dans les bras de son inverse, mais à les renier ensemble pour découvrir enfin la vérité…

– Quelle vérité ? risqua Monti.

– *Cette* vérité, mon frère !

Et Green déchira de ses ongles la laine de son chandail pour dévoiler le tatouage qui s'étalait sur sa poitrine. Sur la peau blanche, Monti vit le dessin d'une Vierge païenne entourée de serpents aux crocs desquels dégouttaient des larmes vertes, des larmes de venin…

– Isis la Noire, caqueta Preston Ware. Labartu, Astarté, Durga, Proserpine… peu importe le nom qu'elle porte au cours des âges, elle est toujours la même. Resplendissante et farouche sous le croissant de lune. C'est la matrice de tout, le creuset des possibles ! Vous la reconnaissez : elle gît au fond de votre cœur depuis votre enfance ! Elle a fait son temple dans vos os ! C'est votre maîtresse, Monti ! Elle vous donnera tout ce que vous désirez si vous vous faites son homme lige, son chevalier…

– C'est toi qu'elle a choisi, petit frère, enchaîna Maddox. Toi qu'elle a distingué entre tous. Depuis longtemps elle te connaît. Autrefois, sans même avoir vu ton visage, elle sentait ta présence dans la nuit du monde. Elle te flairait. Elle te cherchait. Sa langue passait parfois au hasard sur toi sans que tu le saches ou qu'elle-même en prenne conscience. Et puis, enfin, elle a croisé ton chemin. Elle t'a reconnu. Aujourd'hui, c'est le soir solennel où elle nous a désignés pour te conduire vers elle.

Monti sentit les mains de Green s'abattre sur ses épaules comme des poids de fonte. Il voulut se dégager de l'étreinte mais les muscles de ses bras s'étaient vidés de toute force. Son corps entier, semblait-il, n'était plus qu'une enveloppe flasque, incapable d'engager un semblant de résistance. Il chercha son revolver dans son holster mais quand ses paumes eurent trouvé la crosse de l'automatique, Green n'eut aucune peine à lui arracher son arme et à la faire disparaître dans la poche de son manteau. Monti essaya encore de se débattre, de hurler. Un son aigu sortit de sa bouche mais personne ne l'entendit ni ne bougea. La dernière chose qu'il remarqua fut, abandonné sur le comptoir, le verre vide dans lequel il avait bu la liqueur rouge. Le fond et les bords en étaient couverts d'un voile de pourriture grise et trois mouches vertes bourdonnaient tout autour. Soulevé de son tabouret par Green, Monti fut emporté comme un chat que l'on prend par la peau du cou. La nausée l'avait pris et une migraine affreuse lui montait aux tempes. Ses yeux se fermèrent à son insu. Il sentit qu'on lui faisait franchir un sas, puis qu'on écartait un rideau pour pénétrer dans une nouvelle salle. Ici, pas de musique, ni de rumeurs de foule. Un silence d'église, plutôt, et même une légère odeur d'encens. Green le jeta à terre et lui assena un grand coup de pied dans les côtes.

– Assez dormi, petit frère… Reprends-toi !

La douleur aiguë qui courait maintenant dans ses reins réactiva l'énergie du Sicilien. Au prix d'un grand effort, il ouvrit les yeux et parvint à se mettre à genoux. La pièce baignait dans des vapeurs pourpres qui sortaient en volutes épaisses d'encensoirs posés sur le plancher. Non loin, à quelques mètres à peine, Monti crut voir bouger des ombres. Green s'approcha de lui par-derrière et le redressa brutalement. De sa main de géant, il pressa le larynx de Monti à la limite de l'étouffement. Paralysé par la douleur, le manque d'oxygène, le prisonnier vit Ware s'approcher de lui en brandissant une lame étincelante, il entendit la dague découper le tissu de ses vêtements. Avec mille précautions, tout en prenant son temps pour ne pas le blesser, Ware fendit un à un les vêtements pendant que Green riait aux éclats. Épluché, mis à nu, Monti fut lâché sur le sol au milieu des lambeaux de son costume. La gorge en feu, les poumons sur le point d'éclater, on le laissa reprendre son souffle avant que Maddox lui lie les mains dans le dos et passe une longe de chanvre autour du cou. Tenu en laisse, forcé d'avancer, Luigi Monti fut poussé à l'endroit où se condensait la vapeur venue des quatre coins de la pièce et où une silhouette humaine attendait. Si droite qu'elle semblait figée, couverte d'un voile opaque noyant ses formes, elle se tenait à califourchon sur un étrange meuble de bois noir : plutôt qu'un siège, c'était une sorte de banc de bois sombre et austère, une étroite planche encadrée par une paire de montants dont le sommet se perdait dans l'obscurité du plafond. Ware se tint auprès de cette figure hiératique tandis que

Green s'assurait de Monti en collant son large torse au dos ruisselant de sueur du Sicilien. D'un geste de derviche, Preston releva le voile pour révéler le corps qu'il dissimulait. Avec lenteur, comme dans un cauchemar, l'étoffe dénuda deux jambes blanches et parfaites, un ventre lisse, des seins lourds et enfin le visage… C'était le visage tant détesté, tant vomi, de Laüme Galjero.

La fille sourit de son plus beau sourire et tendit les bras vers Monti avant de s'étendre de tout son long sur la planche, ouvrant impudiquement les cuisses. Green plaça Luigi, tel un pantin, à l'entrée de la fille. De toutes ses forces, de toute son âme, le Sicilien tentait de résister au désir vénérien qui le saisissait. Il ferma les yeux et lutta un moment en repensant à Carla et à Gian, à sa mère surtout et à la bonne Giuseppina… Mais cela ne suffit pas. Son sexe mou, frotté contre la chair chaude de Laüme, commença à se dresser. Pour hâter l'événement, Maddox Green entreprit de balancer doucement Monti contre la vulve ouverte. Bientôt, le rostre se gonfla en une pointe courte mais épaisse, au gland large et luisant. D'un coup de reins, Green poussa Monti qui s'enfonça au plus profond du gouffre de chair. Laüme gémit. Pris par le plaisir, Monti ne pouvait s'empêcher de bouger. Il ouvrit les yeux. Le spectacle du corps sublime qu'il travaillait amena la jouissance. Sans qu'il puisse se retenir, son sperme s'écoula dans les entrailles de la fille et il hurla. Il lui semblait qu'on lui enfonçait des fers brûlants dans les muscles et les veines. D'un coup sec tiré sur la longe, Maddox le fit sortir du vagin de Laüme et le laissa s'écrouler au sol, piteux… Monti était brisé, écœuré de lui-même. Lorsque Green lui porta un coup de semelle au visage, c'est sans résister qu'il se laissa glisser dans les ténèbres. Déjà inconscient, il ne vit pas la forme de nouveau drapée de noir se dresser au-dessus de lui, telle, sur un échiquier, une reine noire surplombant le roi blanc, vaincu, à ses pieds.

C5 / D5

– C5 et D5, annonça Wolf Messing d'un ton doctoral. Ce sont les cases centrales. Perdre leur contrôle signe à coup sûr votre défaite. Gardez cela en mémoire, camarade Alantova. Comme à votre habitude, vous ne les avez pas assez protégées et c'est pour cette raison que ce soir encore vous essuyez une défaite.

Grusha Alantova tira nerveusement sur une mèche grise qui lui tombait sur le front et enroula plusieurs fois son index autour des cheveux rebelles. Elle n'aimait pas perdre aux échecs, cela la mettait de mauvaise humeur. C'était idiot, bien sûr, elle le savait, et surtout le signe d'un orgueil déplacé, mais c'était ainsi, elle n'y pouvait rien. Vexée, serrant les dents, le général Alantova quitta son fauteuil et alla ruminer sa déroute en se préparant du thé à la cuisine.

Son appartement moscovite, boulevard Petrovski, n'était ni spacieux ni luxueux. Au troisième étage d'un immeuble neuf, sans caractère, il ne comptait que quarante mètres carrés. Chaque soir, quand elle rentrait chez elle, Grusha Alantova pouvait entendre les enfants des voisins jouer et hurler et le couple qui habitait l'autre côté du palier se chamailler et proférer des jurons à longueur de journée. Malgré ces désagréments, elle aimait se retrouver chez elle après les longues heures de travail passées dans son bureau confiné de la Loubianka, l'immense quartier général des services secrets soviétiques. Son domicile était son nid, elle y avait rassemblé tout ce qui lui tenait à cœur, le peu qu'elle était parvenue à amasser au cours d'une vie passée à fidèlement servir le régime soviétique. Quelques meubles disparates achetés au marché aux puces pour bien moins cher que dans les magasins d'État. Quelques bibelots qu'elle tenait de ses parents. Et puis des livres, surtout. Beaucoup de livres. Pas ou peu de romans, mais des ouvrages techniques, scientifiques, des brochures sur tous les sujets imaginables. Et quantité de fiches aussi, de dossiers, fruits de recherches qu'elle menait depuis vingt ans sur les phénomènes étranges qui, bien qu'étouffés par la police secrète, pullulaient néanmoins aux quatre coins du pays.

Alantova s'était donnée tout entière à ses fonctions au sein du NKVD. Aujourd'hui, pourtant, elle sentait que son énergie n'était plus la même. L'abominable période des purges l'avait épuisée. L'atmosphère de défiance permanente qu'elle avait dû affronter avait écorché ses nerfs et souvent entamé sa confiance en elle. Ces longs mois douloureux étaient restés gravés dans sa mémoire, et leur souvenir troublait encore ses nuits. Elle se revoyait alors, tremblant chaque fois qu'une ombre passait près d'elle, sursautant dès qu'une porte s'ouvrait, qu'une voiture s'arrêtait à sa hauteur… redoutant à tout instant qu'on vienne l'arrêter comme les autres, qu'on la traîne dans un bois, les mains liées, pour l'exécuter d'une balle dans la nuque, sans forme de procès, sans jugement… C'était arrivé à des centaines de membres du parti. C'était arrivé à son amant, Nikholai Yezhov, le chef des services secrets de l'époque, un proche de Staline pourtant…

– Désirez-vous un peu d'aide, camarade ?

Brutalement tirée de ses pensées, Alantova sursauta. Elle avait presque oublié la présence de Wolf Messing dans son salon.

– Vous me semblez distraite aujourd'hui, camarade général, dit Messing en s'approchant d'elle. Je vous ai battue rapidement ce soir. Vous êtes fatiguée. Laissez-moi faire…

Sans façons, Messing s'accroupit devant le placard où il savait trouver la vaisselle, disposa les tasses sur le bord de l'évier et jeta un morceau de sucre brun dans chacune avant d'ouvrir le robinet du samovar de métal étamé où les feuilles de thé infusaient.

– Je suis surprise que vous vous abaissiez avec autant de complaisance à ces tâches domestiques, lui lança Alantova dans un soupir. J'aurais cru cela indigne de vous.

Messing se prit à sourire. Les piques qu'Alantova persistait à lui lancer même après toutes ces années ne le fâchaient plus depuis longtemps. Leurs taquineries réciproques étaient même devenues un jeu, un rite. Leur manière à eux d'exprimer la spécificité de leurs rapports. Chien et chat, voilà ce que leurs collaborateurs disaient d'eux à la Loubianka. Chien et chat, mais en surface seulement, pour la galerie, et pour leur amusement personnel aussi. En vérité, Messing et Alantova s'étaient découverts aussi complémentaires que peuvent l'être l'insecte et la fleur, couple impossible et pourtant indéfectible envers et contre tout…

– C'est ce nouveau dossier qui vous préoccupe tant ? demanda Messing en rangeant les pièces du jeu d'échecs dans un petit sac de velours pour débarrasser la table avant d'y installer le service à thé.

Alantova se laissa tomber dans un vieux fauteuil au tissu élimé et haussa les épaules.

– Oui… Cette affaire m'inquiète. Je ne comprends pas pourquoi vous la prenez à la légère. Cet homme pourrait se révéler singulièrement dangereux pour vous. Staline est versatile. Peut-être aimerait-il que vous vous effaciez au profit de ce nouveau venu.

– Dalibor Galjero ne possède pas les mêmes talents que moi, affirma calmement Messing, genoux croisés, tandis qu'il tapotait une cigarette anglaise sur son étui d'argent. Et malgré ce qu'il tente de nous faire croire, il n'est pas ici pour aider Staline. Il ment. Assez bien, d'ailleurs, mais il ment. Ses objectifs sont personnels, tout ce qu'il y a de plus privé, je vous assure ! Tout puissant qu'il soit, cet homme n'est donc pas directement mon rival.

Alantova soupira. Autant qu'ils faisaient son admiration, l'assurance et l'aplomb de Messing l'avaient toujours stupéfaite.

– Que veut-il précisément, selon vous ?

Fronçant les sourcils en signe de contrariété, Messing lissa son pantalon sur lequel il venait de faire tomber un peu de cendre.

– Je ne lui ai pas parlé assez longuement pour pouvoir vous le dire. Cet homme est particulier. Je ne peux pas briser ses défenses aussi facilement que je le fais pour la plupart des gens. Sa pratique du contrôle mental est longue, et il a reçu l'enseignement d'un excellent professeur, d'après ses dires… Je sais seulement qu'il ne nous dit pas la vérité lorsqu'il affirme avoir gagné nos rangs par conviction politique. C'est une fable qui ne tient pas. Il est passé chez nous parce qu'il cherche quelque chose ou quelqu'un à l'intérieur de nos frontières, j'en mets ma tête à couper. Mais quoi, ou qui ? Impossible de le savoir pour l'instant. Je pense néanmoins qu'il finira par avouer de lui-même son but véritable dès qu'il aura fini de nous sonder. Oh ! Pardonnez-moi, mais ne pourriez-vous pas… ?

Grusha sourit et se leva pour tourner le bouton en bakélite de son gros poste de TSF. Les notes lancinantes du *Gibet*, de Ravel, emplirent la pièce sans pour autant couvrir les cris suraigus poussés par la marmaille des voisins.

– Je ne comprends toujours pas pourquoi vous persistez à habiter cet endroit sordide, camarade, commenta Messing en faisant la grimace. Décidément, quelle mouche vous pique de vous imposer cette épreuve ?

– En premier lieu, ma solde ne me permet pas une dépense supérieure. Et puis cet endroit me suffit. Que ferais-je d'espace supplémentaire ? Enfin, j'aime la discrétion…

– Dites plutôt que vous vous complaisez dans une certaine forme de mortification ! Vous êtes général de l'Armée rouge depuis plus de trois ans. Votre paye est mince, certes, mais votre rang vous donne droit à des privilèges et à des avantages dont vous ne réclamez rien. Pardonnez-moi mais, avec tout le respect que j'ai pour vous, votre obstination est grotesque.

– Je n'ai pas vos besoins, Messing, se défendit Alantova. L'argent ne m'a jamais intéressée. Le luxe non plus. Je n'ai pas été habituée à choisir mes vêtements chez les meilleurs couturiers ni à dîner au caviar en galante compagnie comme vous le faites si souvent…

Messing sourit. Alantova ne nourrissait aucune jalousie envers son style de vie. Elle ne faisait qu'énoncer des faits, de simples faits.

– Je suis né pauvre, camarade. Très pauvre même. Juif en Allemagne à l'époque du *Kaiser* Guillaume… Ce n'était pas une situation très enviable, vous savez. C'est pourquoi je profite de la vie. Oui, bien sûr, j'aime le luxe, j'aime les jolies femmes, j'aime la beauté… Cela ne fait pas de moi un ennemi du peuple pour autant… Staline aussi apprécie un certain confort… Voulez-vous que je vous dise le fond de ma pensée, Alantova ?

– Je crois parfaitement savoir ce que vous allez encore me dire, Messing, mais je vous laisse faire car je m'en voudrais terriblement de gâcher le plaisir manifeste que vous y trouvez…

– Je crois que vous expiez, camarade. C'est ce vieux fond de religion qui traîne chez vous sans que vous vous en rendiez bien compte. Vous expiez pour ce qui s'est passé il y a dix ans… Au fond, vous m'en voulez de vous avoir épargné le peloton d'exécution en 37… Tournez la page, Grusha, je vous en conjure !

Alantova, les lèvres pincées, se tassa dans son fauteuil sans rien dire. Chaque jour, elle vivait avec le souvenir de la double faute d'avoir abandonné Nikholai Yezhov à son sort et d'avoir sacrifié l'enfant qu'elle portait de lui pour sauver sa propre vie.

– Les circonstances étaient terribles, Grusha, rappela Messing comme si cela était nécessaire. Vous étiez sur la liste noire, le simple fait d'être la maîtresse de Yezhov vous y plaçait d'office. Je le savais. J'avais le pouvoir d'en effacer votre nom… Je sais que vous avez payé un prix très lourd, mais ne regrettez pas d'avoir échappé au pire…

Alantova tourna son regard vers la nuit au-dehors. La neige tombait en fins flocons, une neige de traîne, fine, sans consistance, une neige sans magie. Après *Le Gibet*, les deux autres pièces de *Gaspard de la nuit* s'égrenaient, plus tristes et mélancoliques l'une que l'autre, en parfait accord avec ses états d'âme. Son corps était glacé et la tasse de thé brûlant ne parvenait pas à la réchauffer. Ses yeux revinrent se poser sur Wolf Messing. La silhouette de l'Allemand s'était affinée depuis leur première rencontre, depuis le jour où il avait prouvé à tous ses exceptionnels talents d'hypnotiseur et de médium en mesmérisant les employés d'une banque moscovite pour leur voler cent mille roubles.

Au contraire d'elle, il semblait que les années l'avaient rajeuni. Il avait perdu ses rondeurs disgracieuses et la vilaine poche de graisse sous son menton. Les mains manucurées, les dents blanchies, il s'habillait maintenant de tissu occidental acheté à prix d'or chez le meilleur tailleur de la ville et avait échangé ses cigarettes Belomorkanal contre de fines Benson & Hedges de tabac blond. Jamais à court d'argent, toujours en grâce auprès de Staline, Wolf Messing était l'un des rois secrets du Moscou d'après guerre. Intouchable, même par Lavrenti Beria, le chef des services secrets depuis la mort de Yezhov. À quiconque il accordait son amitié et sa protection Messing assurait l'impunité... Miraculeusement – inexplicablement –, Grusha Alantova était du nombre de ses protégés.

– Pourquoi perdez-vous votre temps avec moi, Messing ? demanda le général en reposant sa tasse. Pourquoi vous être toujours soucié de ma situation au point de prendre parfois des risques qui auraient pu vous coûter très cher ?

Il y eut un long silence avant que l'homme se décide à répondre.

– Vous ne vous êtes jamais fait prendre par mes tours, camarade Alantova ! Voilà pourquoi je vous respecte. Vous êtes pure, à votre manière, et terriblement obstinée. Tout cela compose un mélange rare qui me plaît... Quand j'hypnotise les gens, je me sers du levier facile de leurs faiblesses, de leurs désirs inavoués. Vous, je vous perçois sans double fond, sans avidité. Cela vous rend fascinante et précieuse à mes yeux. Et puis vous êtes utile à la Nation. Vous seule pouvez étudier les dossiers qu'on vous confie sans sombrer dans la folie ou la démesure. Vous êtes un être remarquablement équilibré, Alantova. Sceptique juste ce qu'il faut, mais jamais fermée. Vous exceptée, qui n'aurait pas les sangs échauffés après avoir entendu les confessions de Dalibor Galjero, par exemple ? Hormis moi qui suis naturellement hors jeu, je vous défie de citer un nom, un seul !

Alantova resta muette. Messing sourit avant de reprendre :

– Vos qualités méritent d'être reconnues, ne croyez-vous pas ? Ne fût-ce que par le mauvais sujet que je suis… Allons, il est tard maintenant. Permettez-moi de prendre congé…

Messing récupéra son manteau et son feutre et quitta l'appartement de la rue Petrovski. Par la fenêtre, Alantova le vit traverser le boulevard pour monter dans sa voiture et filer vers quelque restaurant du centre où, sans doute, une fille rétribuée l'attendait. Resté seul, l'officier prit quelques minutes pour remettre en ordre son logis, lava les tasses à thé, passa le samovar à l'eau chaude puis éteignit le poste de radio. Les enfants d'à côté ne criaient plus. La vieille Poljot qu'elle portait toujours au poignet indiquait 21 heures. Enfin, elle allait pouvoir travailler jusqu'à l'aube sans être dérangée. C'était le temps qu'il lui faudrait pour écouter à nouveau la première des trois bandes magnétiques qu'elle avait elle-même enregistrées quelques jours plus tôt, lors de ses conversations avec l'homme étrange qui disait se nommer Dalibor Galjero. Une couverture de laine sur les épaules, elle tira son fauteuil près du gros magnétophone à bandes AEG qu'elle avait découvert, intact, en 1945 à Berlin, le jour où elle avait dirigé la fouille du bâtiment en ruine autrefois occupé par l'Ahnenerbe. La première bobine s'enclencha. Une voix au timbre profond s'éleva, qui racontait l'histoire la plus extraordinaire que le général Alantova, chef du département des affaires inexpliquées au NKVD, ait jamais entendue…

Premier Livre
de Dalibor Galjero

La *cathédrale* des rats

Moi, Dalibor Galjero… Qui suis-je ? Que suis-je ? Rien qu'un homme. Et pourtant tellement plus… Mais l'ai-je seulement mérité ? Évidemment non. J'aurais dû mourir, disparaître depuis longtemps. Ma place, ma vraie place, se trouve dans la fosse commune d'un cimetière de Bucarest… Mes os devraient y pourrir depuis plus d'un siècle. Et pourtant je suis là, devant vous. Mais différent… si différent… Touché, transformé par la grâce noire que l'on m'a accordée sans que je la réclame… Je vous vois sourire… Mon propos est trop vague, je le sais… Laissez-moi reprendre mon récit par le plus simple des commencements…

Je suis né le dix-septième jour de l'année 1811 dans la capitale du pays nommé Valachie, qui n'était alors que l'une des trois misérables provinces promises un jour à former l'État moderne de Roumanie. De confession catholique, comme beaucoup de mes compatriotes, ma famille portait un nom que je n'ai pas renié et que j'arbore encore : Galjero. Peut-être les archives de la ville conservent-elles la trace de ma venue au monde, c'est sans importance. Sans être véritablement pauvres, mes parents étaient sans richesse. Perclus de tous les vices, mon père était un petit notaire véreux des bas quartiers gagnant mal sa vie et dépensant le peu qu'il accumulait en grisettes et en vin. Une brute, dont il fallait chaque jour supporter les coups avant d'éponger les vomissures. Une enfant, Helena, de trois ans mon aînée, était déjà née de ses œuvres quand je vins au monde. Dans sa jeunesse, notre mère, Wanda, avait été une très jolie femme, coquette, à la taille fine et aux yeux d'émail clair. Mais les années douloureuses passées au côté de notre père avaient gâté son teint, fané ses traits, déformé son corps. Sauf sur deux petites huiles maladroites, peintes alors qu'elle avait seize ou dix-sept ans, je ne l'ai jamais connue belle. Créature faible et sans caractère, elle ne possédait ni la force ni la volonté de s'opposer à Isztvan Galjero, l'homme que son propre père l'avait contrainte à épouser pour éponger une dette.

Car mon géniteur, aux heures de sa jeunesse, lorsqu'il avait encore quelque argent et que son esprit n'était pas embrumé tout le jour par l'alcool, s'était abaissé aux œuvres d'usure. Son mariage avec la fille d'un négociant en fourrures du bourg de Târgosviste avait été le bénéfice le plus important qu'il ait jamais réalisé dans ce domaine. Dépouiller, humilier, jeter à la rue les plus démunis l'avait profondément amusé, je crois. Mais, à l'époque de mon enfance, il n'était plus en mesure de prêter de l'argent à quiconque. C'était lui qui se voyait contraint d'emprunter souvent de grosses sommes aux quelques connaissances qui lui restaient…

Nous habitions, dans un quartier excentré, une demeure assez grande que le manque d'entretien ruinait un peu plus chaque année. Gonflée d'humidité au printemps et à l'automne, dilatée par la chaleur l'été et contractée par le gel en hiver, la maison se lézardait ; les parquets des chambres et des salons ondulaient comme des vaguelettes à la surface d'un lac, les crépis s'écaillaient, les boiseries se fendaient, les vernis éclataient. Rien de tout cela n'alarmait mon père. Du délabrement qui l'entourait, il ne voyait rien. Recevant ses rares clients l'après-midi entre 3 et 6 heures, il nous quittait à la nuit tombée pour hanter les buvettes et les cabarets de la vieille ville. À l'aube, il rentrait chez nous comme un vieux cheval retrouve l'écurie. À l'instinct. La porte d'entrée franchie à grand-peine, il s'affalait sur une ottomane aux ressorts défoncés dans l'entrée. Je le revois rotant le schnaps et la mauvaise viande, vautré sans honte devant nous. Avec l'aide de notre mère, ma sœur et moi devions alors le porter dans une chambre installée à cet effet près de son bureau, au rez-de-chaussée. Une opération peu commode, dont nous sortions couverts de ses déjections et harassés. À son réveil, au moindre prétexte, les coups pleuvaient sur Helena et sur moi. Il nous frappait de sa ceinture ou au moyen d'un chat à neuf queues au manche court qu'il gardait toujours dans la poche de sa redingote…

Quand j'eus six ans, ma mère accoucha de Huna et Saia, des jumelles blondes au joli teint. Très tôt, ces pauvrettes furent traitées de la même façon que nous. Les années passant, mon père s'enfonçait dans ses vices. Pendant longtemps, il me semble pourtant que Wanda et ses filles l'ont absous. Oui, j'en suis certain, toutes quatre lui pardonnaient ses errements… La religion était un refuge facile pour ces femmes sans éducation, sans autre lecture que celle de la Bible, sans autre référence que les sermons exaltant la mortification et l'humilité proférés par le prêtre chaque dimanche à l'église.

Maigre, les yeux rougis par la veille et la discipline qu'il s'imposait avec le plaisir que d'autres trouvent à grignoter des gâteaux, cet homme venait souvent rendre visite à Wanda Galjero. Je ne sais précisément ce qu'il lui disait alors, mais à coup sûr ses paroles ne faisaient que confirmer cette pauvre âme dans sa posture de soumise. C'est à cet homme qu'on voulut que je me confesse. Mais, dans l'obscur confessionnal, je ne prononçai pas un mot. Très jeune, et d'une manière toute instinctive, j'ai été réfractaire à la religion chrétienne. On m'avait bien appris un peu de catéchisme, comme à tous les enfants d'alors, mais, contrairement aux autres gamins qui gobaient sans se cabrer les inepties de l'Ancien et du

Nouveau Testament, je n'ai jamais eu de sympathie pour la figure du charpentier crucifié, pas plus que pour celle de Moïse, ce faux prince égyptien qui déchira sa tunique de soie pour revêtir l'aube pouilleuse du prophète. Je jugeais ces fantaisies stupides, tout juste bonnes pour les rabbins. Mon père eut beau m'infliger toutes les punitions, je restais buté, obstinément réfractaire aux enseignements de la chrétienté : je recrachais l'hostie quand le curé me pinçait le nez pour me la faire avaler de force, je hurlais comme un possédé dès que ma mère voulait me faire franchir le seuil d'une église. Heureusement, cette comédie ne dura pas, mon énergie vint à bout de toutes les patiences. Avant que j'aie dix ans, on me laissa en paix avec ces fadaises et je ne fus plus obligé d'assister à l'office avec mes sœurs. Cette tranquillité gagnée, mon comportement de mécréant ne fit que s'affirmer au fil des ans.

À cette époque, Bucarest ne représentait rien sur la carte du monde. Ce n'était que la plus grande ville de la province semi-autonome de Valachie. De notre indépendance relative vis-à-vis de nos voisins autrichiens, russes et ottomans, nous retirions plus d'inconvénients que d'avantages. Nous autres, Roumains, n'avons jamais possédé la puissance de la Pologne ni joui de la position centrale de la Hongrie en guise de protection. En première ligne sur la côte de la mer Noire, bien des années avant la chute de Byzance, nous avons été les premiers à subir les incursions des Turcs. Notre histoire nationale est celle d'un peuple de paysans perpétuellement contraints à la guerre, à fuir dans les montagnes pour y mener la guérilla contre l'envahisseur. Ce dernier était romain au temps des Daces ; goth, ensuite ; hun, hongrois, polonais, autrichien et enfin ottoman…

Au début du XIXe siècle, Bucarest était au centre d'un conflit opposant la Russie et la Sublime Porte. Des combats furieux avaient eu lieu entre Cosaques et janissaires et, pour la première fois, les Russes semblaient en mesure de l'emporter. La période était plus que jamais troublée. Des bandes de soldats errants sillonnaient les campagnes et mettaient les villages à feu et à sang. Les récoltes brûlées, les réserves pillées, les populations maltraitées, sans que rien ni personne puisse s'y opposer, fragilisaient le pouvoir déclinant des Phanariotes, ces patriciens grecs d'Istanbul envoyés par les Turcs pour nous gouverner. Tout disait la fin prochaine d'une époque : celle où nous avions abandonné sous la contrainte notre suzeraineté aux sultans de Topkapi. Bientôt, Bucarest serait délivrée de son allégeance au Croissant de l'islam. Mais quel avenir cela signifiait-il pour les Valaques ? Passerions-nous sous la férule du tsar, ou parviendrions-nous enfin à gagner notre liberté après des siècles d'asservissement ? Nous l'ignorions encore…

Des membres de ma famille, j'étais le seul à m'intéresser vraiment à ces événements. Très tôt, j'avais manifesté un grand intérêt pour la lecture, l'histoire et les sciences. Ma mère m'enseigna l'alphabet. Durant mes premières années, elle fut mon unique enseignante car, l'argent suffisant à peine à assurer notre subsistance, nous n'avions pas les moyens de rétribuer un précepteur. Cela ne dura que le temps d'épuiser le maigre savoir de la pauvre femme. Bien vite, je me heurtai aux limites de ses connaissances et cherchai à m'instruire par moi-même. Nous n'avions pas de livres à la maison. Les volumes qui avaient composé la bibliothèque de mon père avaient été cédés il y a belle lurette à vil prix. Hormis quelques missels et vieilles bibles aux couvertures rongées par les souris, aucun ouvrage n'était plus accessible chez les Galjero. Cette situation me causait un vif désagrément, une souffrance, presque. Comme m'étaient une souffrance les conséquences entraînées par la dégradation de la santé de notre père. Lorsque j'eus quatorze ans, mon géniteur subit ses premières attaques de goutte : ses jambes gonflèrent et se raidirent. Son état empira bientôt au point qu'il fut contraint de limiter ses sorties en ville, puis d'y renoncer tout à fait. Privé de sa dose ordinaire d'alcool et de débauche, confiné dans sa chambre ou installé sur un divan dans son bureau, il commença par exsuder tous les poisons qui stagnaient dans ses chairs. Ces semaines de purge furent atroces. Je le soignai sans l'aide de personne. Grand et déjà bien découplé, j'étais le seul en effet à pouvoir supporter les ruades qu'il lançait à l'aveugle autour de lui, quand une crise de delirium le saisissait. Derrière la porte, ma mère et mes sœurs, tremblantes, nous écoutaient lutter. Je m'efforçais de le maîtriser au mieux, veillant à ce qu'il ne s'étouffe pas en avalant sa langue. L'intensité de ses convulsions et de sa fièvre était telle que je dus me résoudre à l'attacher aux montants de son lit. Nous restâmes ainsi enfermés dans la même pièce dix jours durant, lui à hurler comme un dément, moi à le calmer, le laver, le baigner… Lorsqu'il n'était pas révulsé par les spasmes, il réclamait en sanglotant un verre d'absinthe ou une lampée de *tsuika*. Mon refus répété me faisait essuyer un flot de jurons et d'imprécations qui ne m'épargnaient pas plus que ma mère ou mes sœurs. Ces propos ignobles me faisaient honte. Plus d'une fois, rouge de colère, je fus sur le point d'étouffer cet homme immonde… Mais la période de sevrage atteignit son terme. Les crises se firent plus brèves peu à peu, moins spectaculaires, avant de cesser tout à fait. Amaigri, épuisé, je quittai alors le chevet du malade et passai plusieurs jours à dormir.

Lorsque je fus un peu reposé, mon père me fit appeler. Je le trouvai métamorphosé. Jamais encore je n'avais vu ses traits si nets, son teint si clair. Ses yeux avaient perdu leur voile jaunâtre et son haleine n'empestait plus. Il parlait d'une voix faible, presque douce. Nous échangeâmes quelques propos banals avant qu'il ne saisisse ma main pour la presser longuement, en silence. Les mots étaient inutiles pour exprimer la gratitude que, d'évidence, il éprouvait envers moi. Ma gorge se serra et je quittai la pièce, en me détournant pour cacher une larme qui roulait sur ma joue.

*

Par le jeûne qu'elle l'avait contraint à traverser, la maladie de mon père avait rédimé sa conduite. La goutte faisait de lui un homme diminué, qui s'appuyait sur une canne pour marcher quand il ne pouvait saisir mon bras ou celui de ma mère. Son corps souffrait, mais son esprit s'était clarifié au point qu'il avait repris son travail avec une constance et une ferveur que je ne lui avais jamais connues. Sa réputation était faite malheureusement, et ce ne furent pas ses louables efforts qui ramenèrent un surcroît de clientèle à l'étude. Nous restions pauvres, incapables, semblait-il, de sortir de la misère.

Le jour de mon quinzième anniversaire, il profita d'un instant où nous étions seuls pour m'interroger sur mes projets d'avenir. Comme aucune perspective précise ne me venait à l'esprit, il griffonna un nom et une adresse sur un bout de papier au-dessus de quelques lignes tracées à la hâte.

– Dès demain, tu iras voir cet homme, me dit-il en me tendant le billet. Si tu te présentes de ma part, il aura peut-être du travail pour toi. Garde précieusement l'argent qu'il te fera gagner, ne le dépense pas. Quand tu auras dix-huit ans, tu pourras choisir entre t'inscrire à l'université avec ce pécule ou continuer à faire ton chemin dans la vie. Je suis désolé, mon garçon, mais je ne peux pas t'offrir davantage. Ta mère et moi devons considérer l'avenir de tes sœurs. Helena va sur ses dix-neuf ans, elle est en âge de se marier. Il lui faut une dot. Dans quelque temps, ce sera le tour des petites… Sans argent, inutile de songer à leur trouver des partis. Le peu que je gagne leur est réservé. Il ne reste rien pour toi…

Je quittai la maison le lendemain matin, bien avant le jour. Enveloppé dans un manteau léger, une lanterne à la main, je me rendis à l'adresse donnée par mon père, de l'autre côté de la ville. Connaissant mal le centre de Bucarest, je me perdis. À deux ou trois reprises, je demandai mon chemin à des vieilles trottinant vers les marchés avec leur brouette chargée de cages à lapins ou de fagots de petit bois. D'un geste vague, elles m'indiquèrent la direction d'un quartier maraîcher après les faubourgs. Bientôt, mes galoches cloutées cessèrent de marteler les pavés pour s'enfoncer dans des sentiers boueux, rendus cahoteux par des ornières, glacés sous d'épais restes de neige. Les habitations se faisaient rares. Je dépassai des hangars, des granges, des remises et des écuries, puis, au débouché d'un virage, je découvris une longue bâtisse aux allures de ferme. Un mur épais la cernait mais le portail avait été laissé ouvert. L'aube commençait à poindre et le vent soufflait, effilochant les nuages bas pour laisser filtrer les rayons froids d'un soleil pâle. Le dos appuyé à un muret de pierre, j'attendis que la lumière se renforce pour me présenter à l'ami de mon père. J'entendis des chiens aboyer tout près et la brise m'apporta leur odeur – une odeur démente, violente, écœurante, comme peuvent en dégager des dizaines de chiens agglutinés dans des cages. Soudain, mon estomac se retourna, et je vomis de la bile. Tremblant, je me frottai le visage et la nuque d'une poignée de neige pour reprendre mes esprits. La pestilence, j'en étais certain, provenait de la ferme… Tiraillé entre l'envie de tourner les talons et la crainte de déchaîner les foudres de mon père s'il apprenait que je lui avais désobéi, je me forçai à avancer vers la maison. Invisibles, sans doute cantonnés dans quelque arrière-cour, les chiens m'avaient flairé. Leurs jappements hargneux redoublaient à chacun de mes pas. Alerté, un homme mal rasé apparut sur le seuil. Il était grand, bizarrement construit, proportionné à l'emporte-pièce. Trop longs, ses bras lui tombaient presque aux genoux et sa gorge maigre, à la pomme d'Adam saillante, évoquait le cou d'un poulet.

– Qu'est-ce que tu viens traîner tes guêtres ici, gamin ? lança-t-il en retirant nerveusement la serviette à carreaux qu'il portait en plastron. Fous-moi le camp !

– Vous êtes monsieur Forasco ? Je le cherche. Je suis envoyé par maître Galjero. Je suis son fils…

Les yeux de l'homme s'agrandirent tandis qu'il me dévisageait.

– Ah oui…, dit-il enfin. Ce doit être vrai… Tu ressembles à Isztvan… en plus frais, bien sûr. Ça fait longtemps que je ne l'ai pas vu, d'ailleurs. Qu'est-ce qu'il devient ? Et qu'est-ce que tu veux, toi ?

En deux mots j'expliquai à Forasco la situation de notre famille. J'ignorais tout des circonstances qui l'avaient conduit à faire la connaissance de mon père mais, lorsque je m'efforçai d'évoquer celui-ci en termes choisis, il partit d'un rire énorme qui secoua sa carcasse dégingandée.

– Cesse de prendre des gants avec moi, gamin. Je sais qui est ce coquin d'Isztvan, je connais tous ses vices… Je ne connais qu'eux, d'ailleurs. À ma connaissance, ton père n'a aucune qualité… Enfin ! Peut-être en a-t-il lui aussi… Après tout, personne n'est parfait, n'est-ce pas ? Même dans le mal. Alors comme ça, il t'envoie travailler pour moi ? Eh bien ! Tu tombes foutrement bien, figure-toi ! Ce n'est pas la tâche qui manque, ici… Tope là, l'affaire est conclue ! Tu commences tout de suite !

Posant sa main crasseuse sur mon épaule, il m'entraîna aussitôt vers l'endroit d'où montaient toujours jappements et aboiements.

– Que dois-je faire au juste, monsieur ? demandai-je avant de retenir ma respiration pour ne pas défaillir à cause du remugle infect des bêtes.

– Comment ? Ton vieux roublard de père ne t'a rien dit ?

– Pas un mot…

Amusé, Forasco retroussa les lèvres haut sur ses dents.

– Eh bien, mon garçon, j'élève des chiens de combat pour les paris clandestins. Et toi, tu vas prendre soin de mes petits gladiateurs !

*

Les premiers mois passés à côtoyer Forasco sont à ranger au nombre de mes plus affreux souvenirs. Sous un abord bonhomme, le type était vil, dénaturé, foncièrement dépravé. C'était un de ces exemplaires d'humanité qui, à eux seuls, rendent notre race méprisable… Je parle en connaissance de cause : ce fut lui qui, le premier, me révéla au mal… Oui, en bien des points, Forasco fut mon initiateur. Paysan borné et sans éducation, dont le vice et la cruauté seuls structuraient l'intelligence, il vivait en solitaire dans la ferme héritée de ses parents. Trop paresseux pour cultiver la terre, il avait assisté un jour, sur la place d'un village, à des combats de coqs qui semblaient passionner les Turcs. Les cris, la poussière soulevée, l'odeur métallique du sang et, surtout, l'argent passant de main en main, suscitèrent ses envies… Il possédait quelques volailles dans sa basse-cour. Rentré chez lui, il essaya de les exciter les unes contre les autres, puis, le dimanche suivant, lança les plus hargneuses dans l'arène. Chance ou fruit de son dressage, ses coqs lui rapportèrent en deux heures plus d'argent qu'il ne pouvait espérer en gagner en un mois de labeur aux champs.

– Les coqs, c'est bien, m'expliqua-t-il. J'en ai élevé longtemps. Mais c'est tout petit. Si vous êtes pas au premier rang du cercle, vous y voyez rien. Et puis, ça crève trop vite, surtout, il n'y a pas assez de viande à déchirer, pas assez de sang… Les parieurs ont l'impression d'être volés, ils repartent toujours déçus… Alors, l'idée m'est venue de passer à autre chose…

Cette autre chose, ce furent les chiens. Plus gros, plus résistants, plus âpres à la lutte, et plus faciles à rendre agressifs. À l'époque où je le rencontrai, Forasco en possédait une cinquantaine : des bêtes de guerre, des monstres qu'il dressait personnellement selon des méthodes qu'il avait inventées.

– Je ne te montrerai pas comment je fais, me prévint-il le premier jour. Pas encore. Plus tard, peut-être, si je t'en juge digne. Les chiens, ça obéit surtout à un seul maître, pas à deux. Le chef de meute, c'est moi ! N'oublie jamais ça ! Toi, tu les nourriras, laveras leurs crottes et tu m'aideras à les soigner après les combats. C'est tout, mais c'est du travail. Ah ! Et puis il y a aussi les rats… Tu vas commencer avec eux pour te faire la main.

Les rats ! Des milliers de rats ! Élevés dans une grange isolée pour que leur odeur ne rende pas les chiens fous. Ils avaient une grande utilité dans le système mis en place par Forasco. En premier lieu, ils constituaient un échauffement pour les chiens, juste avant que ne débutent les véritables duels. Ensuite, ils piquaient l'excitation du public et faisaient monter les paris, en démontrant de quoi les canidés étaient capables. À chaque séance, les pertes en rats étaient énormes – les grands soirs, jusqu'à mille cinq cents ou deux mille… Moi, je devais m'assurer que la bande de rongeurs était toujours en mesure de fournir une telle quantité de sacrifices, et en prendre soin constituait en réalité l'essentiel de mon travail et m'occupait presque toute la journée.

Très haute, si vaste que Forasco la surnommait pour plaisanter la *cathédrale*, leur grange devait être maintenue très propre au risque que des épidémies ne se développent. Contrairement à ce que l'on pense, les rats sont des animaux qui n'aiment pas l'ordure. Comme les chats, ils passent de longues heures à se nettoyer, mais la promiscuité à laquelle ils étaient contraints était évidemment propice aux maladies de toutes sortes. Lorsque Forasco me fit pénétrer pour la première fois au milieu d'eux, je crus m'évanouir. Le spectacle de ces milliers de rongeurs grouillant dans leurs cages de fer avait de quoi faire reculer le plus endurci des hommes. Me jetant une brosse et un seau dans les mains, Forasco m'expliqua rapidement comment les nourrir, nettoyer leurs déjections, isoler les mères qui venaient de mettre bas... Quand il eut fini, il me planta là en m'avertissant qu'il n'hésiterait pas à me tanner le cuir si le travail était mal fait, tout rejeton d'Isztvan Galjero que j'étais. Résigné, pleurant presque, j'ôtai mon manteau, retroussai mes manches et entamai vaille que vaille ma première journée de travail. À la tombée de la nuit, j'étais brisé de fatigue d'avoir tiré du puits des dizaines de litres d'eau, chargé des sacs de grains sur mon dos, balayé plusieurs fois toute la surface de la grange... Je mis du temps à rentrer chez moi et lorsque enfin je pus m'affaler sur mon lit, ce fut pour connaître un sommeil agité de cauchemars au cours desquels je voyais ma peau se couvrir de poils luisants et où mes yeux devenaient aussi rouges que ceux d'un rongeur...

*

En ouvrant la porte de la *cathédrale*, au matin du quatrième jour, je découvris qu'une des cages était jonchée de cadavres... Tous ses occupants, sans exception, étaient morts durant la nuit. Tremblant à l'idée que cela n'annonce une hécatombe, j'enterrai les dépouilles à la sauvette près d'un tas de fumier et redoublai d'efforts pour nettoyer la place. Jusqu'au soir, je surveillai les rats, isolant les individus dont je pensais que le comportement pouvait trahir des signes d'infection. Ces mesures ne furent d'aucun effet. Le lendemain, je découvris non pas une, mais trois cages remplies de rats crevés. Une angoisse terrible m'assaillit. Comme la veille, je fis disparaître les corps, brossai les cages à la paille de fer et puis répartis les rongeurs à l'intérieur afin que Forasco ne remarque pas les pertes. J'espérais de toute mon âme que les animaux allaient résister à la mystérieuse maladie qui les frappait. Mais rien n'y fit. Chaque jour, je découvrais de nouvelles charognes… Un matin, quelque temps après le début de l'épidémie et alors que mes répartitions de rats étaient sur le point de ne pas suffire à masquer la saignée, un gamin vêtu de haillons m'interpella à quelques mètres de la ferme.

– Alors, c'est toi le nouveau ? siffla-t-il crânement.

Le gosse devait avoir onze ou douze ans, soit trois ou quatre années de moins que moi. Ses traits, bruns comme tous ceux des Roms, étaient encore assombris par l'impressionnante couche de crasse qui couvrait son petit visage pointu.

– Le nouveau quoi ? demandai-je en haussant des épaules sans m'arrêter.

– Le nouveau valet des rats, pardi ! Alors, ils vont bien ? Tu sais les soigner, au moins ?

Interloqué, je regardai mieux l'enfant. Dépassant d'un pantalon trop large, ses pieds nus trempaient dans les flaques et ses cheveux couleur de charbon, frisant en pagaille, lui tombaient sur les épaules.

– Je suis Raya, dit-il. C'est moi que Forasco payait avant pour s'occuper des rats…

– Avant quoi ?

Le gamin sourit de toutes ses dents et tendit son bras droit à hauteur de mon visage. De sa manche sortait un moignon frais, aux chairs encore rosées.

– Les chiens ! Ils ont mangé ma main… Fais attention, toi aussi, quand Forasco t'autorisera à soigner les cabots. Moi, j'ai relâché mon attention une seconde à peine… eh bien, ils en ont profité. Alors, ces rats ? Ils vont bien ?

Désespéré par la maladie qui sévissait, j'avouai vite à Raya les problèmes que je rencontrais avec les rongeurs.

– Je m'en doutais un peu. J'ai bien fait de t'attendre…

– Tu t'en doutais ? Comment ça ? Ça t'est arrivé, à toi aussi ?

– À moi non… Mais les choses sont différentes aujourd'hui… Écoute, ce n'est pas une maladie que tu affrontes, c'est une épreuve qu'il t'envoie.

– Une épreuve ? Pourquoi ? Et envoyée par qui ?

– Le roi des rats, pardi ! Quand j'ai commencé chez Forasco, il n'était pas encore né. C'est moi qui l'ai trouvé. Je l'ai protégé et nourri. Je dois lui manquer… Il se venge, ou bien il cherche à savoir qui tu es vraiment…

– Le roi des rats ? m'exclamai-je, incrédule. Qu'est-ce que tu me chantes ?

– Tu ne me crois pas ? Tu ne l'as pas encore vu, pas vrai ? Je suis sûr que tu es passé devant dix fois sans même le remarquer. C'est ça, sa force ! Viens avec moi, je vais te le montrer…

Discrètement, car il ne voulait pas que Forasco l'aperçoive rôder dans la ferme, Raya pénétra avec moi dans la *cathédrale*. Dès que nous en eûmes franchi le seuil, les rats se mirent à s'agiter dans leurs cages tout en poussant des couinements aigus que je ne leur avais encore jamais entendus.

– Écoute ! Ils me reconnaissent… Ils sont contents… C'est mon odeur qui les excite…

Le gamin avança dans les travées en lançant des coups d'œil de petit-maître inquiet tout autour de lui.

– Combien dis-tu qu'il y a eu de morts jusqu'à présent ?

– Presque trois cents. Et le rythme s'accélère chaque jour…

– Ne t'inquiète pas. Nous allons stopper ça.

Je voulus le questionner sur la méthode qu'il comptait employer mais, d'un geste brusque, il posa son moignon sur mes lèvres pour me faire taire. Entre ses dents tout d'abord, puis de plus en plus affirmé, il émit un long sifflement aux modulations étranges qui eut pour effet de calmer, et même d'éteindre, l'agitation des rats. Lorsque le silence fut complètement retombé, Raya modifia la tonalité de son chant. Plus douce, plus envoûtante, la mélodie me parut bientôt se doubler… Oui ! C'était ça, quelqu'un ou quelque chose répondait à l'enfant ! Se dirigeant à l'oreille, Raya avança doucement entre les travées et s'arrêta face à une caisse grillagée que rien ne semblait distinguer des autres.

– Le voilà, dit le gitan en se penchant vers la quinzaine de bestioles qui nous regardaient au travers des barreaux. Je te présente le roi des rats ! Tu dois lui rendre hommage… Agenouille-toi !

Alors, sous mes yeux agrandis par la surprise, Raya fit sauter le loquet de la cage et plongea sa main gauche au milieu des animaux. Refermant le poing, il les attira dehors et les déposa sur le sol. Instinctivement, je reculai. Réunis par leurs queues roses intimement mêlées, quinze rats noirs formaient une rosace mouvante.

– Je les ai trouvés comme ça alors qu'ils venaient de sortir du ventre de leur mère, expliqua le gamin. Liés, ils le sont pour la vie. Le nœud qui les attache est impossible à défaire et je crois que, si on essayait de le trancher, ils en mourraient tous… Ils sont l'esprit de toute la colonie. Tu dois leur montrer que tu seras bon envers eux… Car ils savent qu'ils vont mourir sous les crocs des chiens et ils ne veulent pas de cruauté avant l'heure. Allons ! Agenouille-toi…

Fasciné par la couronne vivante, je me courbai vers elle. Raya caressait une à une les têtes du roi tandis que quinze petites langues pointues venaient lécher en retour ses phalanges.

– Tu ne m'as pas dit ton nom… C'est important. Tu dois le prononcer devant lui avec humilité. Allons ! N'aie pas peur… Le roi des rats pourra beaucoup pour toi s'il t'accepte…

– Je suis Dalibor, chuchotai-je. Dalibor Galjero.

Des couinements me répondirent. Le rat le plus proche de moi se dressa sur ses pattes arrière et tendit son museau.

– Les rats voient mal. Ils veulent te sentir. Approche ton visage… Allez, ne fais pas de manières…

Le gamin me poussa d'une bourrade. Le visage près du plancher, je sentis les moustaches du rongeur chatouiller doucement mes joues.

– C'est bien, commenta Raya. Je crois que tu lui plais… Maintenant, avance ta main. Il faut sceller le pacte.

Tremblant, j'étendis mes doigts. Le même individu sauta sur mon avant-bras et enfonça ses griffes dans mes chairs tandis que je sentais un jet de liquide chaud couler sur ma peau.

– Il urine sur toi… C'est ton baptême… Maintenant et pour le restant de ta vie, te voilà devenu sujet du roi des rats.

Les vertus de l'*harlequin*

Du jour où le petit tzigane me fit rendre hommage au souverain des rats, il n'y eut plus de morts inexpliquées dans la *cathédrale*. J'avais bien du mal à y accorder foi, mais force était de constater que la créature à quinze têtes semblait posséder quelque formidable pouvoir sur ses congénères. Raya avait pris l'habitude de me retrouver, chaque soir, à l'heure où je quittais la ferme Forasco. Ensemble, nous marchions alors jusqu'au bout des chemins de terre, à l'amorce des premières rues de la ville. Je ne sais pourquoi le gamin m'avait pris en amitié, alors que je l'avais remplacé chez l'éleveur.

– Ce n'est pas toi qui m'as dévoré la main, me répondit-il lorsque je m'en étonnai devant lui. Et puis, je n'aime pas Forasco… Je suis content d'être parti. La seule chose que je regrette, c'est le roi. Mais, puisque tu m'autorises à le visiter aussi souvent que je veux, tout est bien…

Trois ou quatre semaines après mon arrivée au chenil, Forasco m'avertit qu'un combat allait avoir lieu.

– Nous autres éleveurs laissons toujours passer la mauvaise saison sans organiser de paris, m'expliqua-t-il. Il fait froid, les gens n'aiment pas quitter leur feu. Et sur les routes défoncées, encombrées par la neige, il est difficile de transporter les chiens… Mais le printemps arrive, on sent le redoux. Il est temps de faire rentrer de l'argent… Prépare donc cinq cents rats pour samedi soir…

Le jour dit, nous attelâmes deux carrioles que nous chargeâmes l'une avec les chiens, l'autre avec les rats. À l'heure des vêpres, nous quittâmes la ferme pour nous rendre, deux lieues plus loin, dans des faubourgs que je ne connaissais pas. Une arène de planches avait été installée dans la cave d'un vieux relais de poste. Notre venue était attendue. Des curieux, chopes à la main, s'agglutinèrent autour des charrettes dès que nous débarquâmes nos molosses. Les préparatifs achevés, Forasco alla trinquer avec les parieurs et les trois autres éleveurs contre les chiens desquels allaient guerroyer ses protégés.

– Viens donc boire un pichet avec nous, gamin, me dit l'un d'eux en me voyant me morfondre auprès des rats.

Le vin, âpre, me fit tourner la tête et me donna un début de nausée. Autour de nous, la foule se faisait à chaque minute plus nombreuse, plus bruyante. La plupart des spectateurs étaient des petites gens, paysans ou artisans des quartiers pauvres, mais bientôt je remarquai d'autres figures parmi eux : des hommes mieux vêtus, des messieurs portant frac et chapeau haut de forme, le pommeau d'ivoire de leur canne serré dans leurs mains gantées, des bourgeois aux yeux vicieux venus chercher le frisson du sang et de la mort dans les bas-fonds…

Une femme fit son apparition. Le haut de son visage était dissimulé sous un masque de velours, mais l'on pouvait voir ses lèvres pleines, fardées de sombre, s'ouvrir légèrement sur de petites dents blanches. Jamais de ma vie je n'avais vu de silhouette aussi bien faite. Sous la houppelande qu'elle portait luisait doucement le satin clair de sa robe à paniers. À son entrée, tous les hommes se découvrirent et s'écartèrent pour la laisser s'installer tout au bord de l'arène. Enfin, quelqu'un agita une clochette et réclama le silence tandis que Forasco me donnait un coup de coude dans les côtes…

– Va chercher les rats ! C'est le moment !

Je saisis la première des cages et m'approchai, prêt à lâcher les bestioles sur le sable de l'enclos. Comme l'organisateur annonçait le nom de notre premier chien, je jetai un coup d'œil attristé à mes rongeurs. Ils allaient mourir, je le savais, et de la pire manière. Ce n'étaient que des rats mais j'en éprouvai de la peine. Le souvenir de leur roi me saisit. Que pensait-il du sacrifice de ses sujets ? Et comment me jugeait-il, moi, le complice de ce massacre ?

Forasco s'avança, tenant Mandru en laisse, son animal préféré, son champion, un animal lourd, musculeux, au corps barré de cicatrices…

– Lâche les rats, petit !

Résigné, j'ouvris la cage et la secouai à bout de bras au-dessus du terrain. Les rongeurs tombèrent en grappe sur le sol avant de s'éparpiller en couinant. Mandru fut aussitôt lâché parmi eux. En quelques secondes, il déchiqueta la tribu, faisant voler des miettes de chair. Les spectateurs se mirent à crier, excitant le chien à toujours plus de vitesse, toujours plus de cruauté… Les premiers billets changèrent de main. Forasco avait les yeux fixés sur l'argent qu'il voyait passer.

– Nous allons gagner beaucoup, ce soir, je le sens, me dit-il en contemplant avec un sourire satisfait le museau de Mandru dégouttant de sang.

Oui, nous gagnâmes beaucoup ce soir-là… Des neuf chiens mis en compétition par l'ami de mon père, un seul mourut au combat. Les autres furent victorieux, et Mandru se distingua tout particulièrement en terrassant trois adversaires. Les jeux ne cessèrent que bien après minuit. Les billets gonflaient les poches de Forasco… Tandis que les parieurs remontaient l'escalier pour aller festoyer à l'auberge, ce dernier plaqua un tampon d'éther sur le museau des chiens afin de les endormir et de pouvoir recoudre plus facilement leurs plaies. À la lueur des lanternes, sur une table en bois maculée de sang séché, l'opération fut promptement menée car l'homme connaissait son affaire et était habile à l'ouvrage. Épuisés, drogués, les animaux grognèrent à peine quand, tremblant au souvenir de la main amputée de Raya, je dus ensuite les porter l'un après l'autre dans mes bras pour les remettre dans leur cage et installer celles-ci dans la charrette. Nous achevions de rabattre les bâches lorsque la crosse d'argent d'une canne tapota soudain l'épaule de Forasco.

– J'ai aimé la prestation de vos bêtes, monsieur. D'évidence, vous êtes un bon dresseur…

Dans l'ombre de la cour, la femme masquée nous faisait face. Son capuchon dissimulait sa coiffure et achevait de noyer la forme de son visage.

– Je suis le meilleur, madame, répondit Forasco, les yeux brillants. Oui, le meilleur, n'en doutez pas…

– Voudriez-vous mesurer votre champion au mien ? Je serais curieuse de voir votre Mandru face à mon élève.

– Vous possédez un élevage, madame ? s'amusa Forasco.

– À titre de distraction, simplement, répondit l'inconnue. Rassurez-vous, il n'est pas question pour moi de vous faire concurrence. Et puis, je n'élève pas des chiens, mais des loups…

– Des loups ? Vous voulez faire combattre mon chien contre un loup ? Mais, madame, ce n'est pas possible !

– Et pourquoi donc, monsieur ? Mandru me semble assez fort pour tenir tête au meneur de ma meute. C'est un vieux loup de cinq ans, et le plus féroce que vous puissiez imaginer. L'expérience serait amusante…

Forasco tortilla ses mains et renifla fort, ne sachant comment tourner son refus sans paraître lâche.

– Face à un loup, un chien n'a aucune chance, madame. Les jeux sont faits d'avance… Je ne voudrais pas sacrifier à un caprice une bête telle que Mandru. Il est encore jeune et s'améliore à chaque combat. Il peut me faire gagner encore beaucoup d'argent. Je regrette, mais je ne peux pas accepter votre demande…

– Si c'est une question bassement pécuniaire, je peux vous dédommager de la perte éventuelle du chien. À combien l'estimez-vous ?

– Non, non, non, se défendit Forasco. Je ne crois pas que nous pourrons nous entendre sur un prix…

La femme baissa le menton. Elle paraissait contrariée. Réfléchissant un instant en tapotant le gravier de l'extrémité de sa canne, elle releva brusquement la tête, abaissa sa capuche, arracha violemment son masque et planta son regard dans les yeux du paysan. Régulier et beau, son visage me sembla celui d'un ange et ses cheveux noirs brillaient comme une flaque d'encre de Chine.

– Que diriez-vous d'une autre forme de paiement, monsieur ? Je suis à vous pour une nuit entière si votre chien tue mon loup en combat singulier…

Forasco bredouilla, fasciné par la perspective inattendue qui s'offrait à lui. Habitué aux filles de ferme et aux prostituées édentées des bas quartiers, il n'avait jamais caressé le corps lavé, parfumé, soyeux, d'une dame. De sa vie, il le savait, une telle occasion ne se présenterait plus.

– Et si Mandru est tué ? demanda-t-il prudemment.

– Je vous donnerai une petite somme en guise de compensation. Moi, je n'exige rien en échange. Je ne désire que le combat… Ainsi, monsieur, si votre chien est vaincu, vous ne perdrez que lui.

Forasco passa sa langue sur ses lèvres sèches et tendit la main.

– Nous avons donc un marché, madame… ?

– Ieloni… Flora Ieloni.

*

Nous rentrâmes à l'aurore. Sur le chemin, Forasco était demeuré silencieux, ruminant ses pensées, à se demander s'il n'avait pas accepté trop vite la proposition de la femme Ieloni.

– Mandru contre un loup…, maugréa-t-il en m'invitant à pénétrer dans la ferme. Tu n'aurais pas une idée pour que le chien gagne, toi ?

Les yeux rougis par le manque de sommeil, je fis la moue pour signifier que l'inspiration me manquait.

– Évidemment ! lâcha Forasco en me jetant un regard dédaigneux. Enfin, c'est mon problème, je suppose… Assieds-toi maintenant, que je te donne ta part.

De ses poches, il tira les billets froissés gagnés pendant la nuit et les étala sur la table. Il les compta deux fois puis, sans manières, m'en céda une bonne poignée.

– À chaque sortie, je te donne dix pour cent des recettes. Tu vois, ça fait beaucoup d'argent… Malheureusement, si Mandru se fait égorger par le loup de Ieloni, il ne faudra plus compter sur autant. Mes autres chiens sont peut-être bons, mais moins que lui…

C'était effectivement beaucoup d'argent – trois fois le salaire mensuel d'un clerc ou d'un professeur. Et tout cela en si peu de temps ! Je compris pourquoi mon père m'avait envoyé à Forasco. Nulle part ailleurs je n'aurais pu amasser une telle fortune aussi vite. Même si le travail à effectuer était répugnant.

– Je vais trouver un stratagème pour sauver Mandru, assurai-je à Forasco au moment où je le quittai pour rentrer chez moi. Puisque c'est votre champion, il faut le sauver à tout prix.

Les jours suivants, je ne cessai de me creuser la tête pour résoudre ce problème. De son côté, Forasco s'était remis à entraîner Mandru mais il ne me laissait pas assister aux séances. Tel un artiste qui garde jalousement ses secrets, il ne voulait partager avec personne sa manière de faire. Par la porte ouverte de la *cathédrale*, je l'observais chaque fois qu'il rentrait du chenil. Il paraissait de jour en jour plus dépité, plus résigné.

– C'est perdu d'avance, se lamenta-t-il un matin où, affalé sur une botte de foin, il me regardait ratisser la cour. Mandru va crever. Je le sais. Je ne peux pas le rendre plus fort qu'il n'est, ni plus gros. Cette femme m'a ensorcelé… À l'argent j'aurais résisté, mais à sa proposition, je n'ai pas pu… Ça a été plus fort que moi. Maintenant, il faudrait que j'aie un moyen de renoncer à ce défi stupide sans perdre la face. Mais lequel ?

Le soir même, je retrouvai Raya sur le sentier menant à la ville. Bien sûr, je ne pus tenir ma langue. Depuis le premier jour, je lui avais tout confié de la mystérieuse Flora Ieloni.

– Moi, je connais un secret, minauda le gamin. Un secret qui ferait gagner Mandru contre trois ou peut-être quatre bêtes…

– Un secret ? Quel secret ? le pressai-je, soudain fébrile.

Raya ramassa un caillou et le fit sauter dans sa main sans rien dire pour exciter mon impatience.

– Vous autres, les *gadjos*, ne savez décidément pas utiliser votre tête. Ce n'est pas le chien qu'il faut chercher à rendre plus combatif, mais le loup qu'il faut affaiblir !

Je le regardai avec des yeux ronds.

– Je n'avais pas pensé à ça, avouai-je. Comment faire ?

Raya étendit ses bras et tourna trois fois sur lui-même comme une toupie.

– Mais tout est là ! Autour de nous ! Dans les bois ! Il suffit de cueillir les bonnes plantes et d'en faire une huile qu'on étalera sur le corps de Mandru. Quand le loup le mordra, il avalera la préparation. Je te jure qu'il se laissera dévorer sans résister.

– Tu racontes des mensonges, Raya ! Jamais je n'ai entendu parler d'une telle chose… Même dans les *colinde*.

Le petit gitan lança son caillou au loin et haussa les épaules.

– Comme tu voudras, Dalibor…

Sa déception éveilla le doute dans mon esprit.

– Tu es sérieux ? Tu connais vraiment des plantes capables d'endormir un loup ?

– Pas de l'endormir, rectifia le gosse, presque de le foudroyer sur place… On appelle ça de l'*harlequin* parce que c'est fait avec des herbes de toutes les couleurs. Persuade Forasco de faire un essai sur deux de ses chiens. Le plus faible recouvert de l'onguent contre le plus fort. Tu verras si je mens !

– Et pourquoi nous aiderais-tu, puisque tu n'aimes pas Forasco et qu'il t'a chassé du chenil ?

Raya se gratta le front avec son moignon.

– Si Mandru gagne grâce à moi, je veux de l'argent, c'est simple. Tout le monde peut comprendre ça. Mais j'ai une autre raison, et celle-là, tu ne la croirais pas. Alors je la garde pour moi.

J'eus beau insister tout le long du chemin, Raya resta obstinément muet sur les motivations qui le poussaient à regagner les bonnes grâces de Forasco. Mais, après tout, sa petite cachotterie m'importait peu. Tout ce qui comptait, c'était de vérifier sa fable. S'il disait vrai… Si seulement il disait vrai…

*

– Alors c'est ça, ta potion ? Je te préviens que si tu me fais perdre mon temps, je donne ton autre main à bouffer aux clébards ! Tu m'entends ?

Son regard noir vrillé dans celui de Forasco, Raya ne baissa pas les yeux. Tranquille, sûr de lui, le petit gitan n'était aucunement impressionné par les menaces.

– Faites l'essai… Vous verrez bien.

Forasco prit en maugréant la bouteille remplie de liquide huileux que le gosse lui tendait. Retirant le bouchon de liège, il porta le goulot à son nez et grimaça. Je détournai vivement la tête pour échapper à la puanteur que dégageait la mixture.

– L'odeur, c'est pour que le chien ne se lèche pas, expliqua Raya. S'il avale de la préparation, c'est sur lui qu'elle fera effet. Au dernier moment, juste avant le combat, il faudra lui en enduire les flancs et la gorge. Là où le loup cherchera d'abord à mordre.

Forasco haussa les épaules et amena deux chiens. L'un était Zoltan, son troisième champion, un animal de sang mêlé au museau court, aux muscles épais, à la mâchoire forte. L'autre était un jeune et fin barzoï qui ne portait même pas de nom. Nous allâmes jusqu'au cercle d'entraînement installé près du chenil, et Forasco lança la bouteille d'*harlequin* à Raya.

– Montre comment il faut faire !

Versant une rasade d'huile sur le cou du barzoï, Raya étala le liquide graisseux dans les poils tandis que je tenais fermement l'animal qui grondait.

– C'est tout cc qu'il y a à faire. Le combat peut commencer !

Forasco lâcha son fauve tandis que j'ouvrais la main à mon tour. Les deux bêtes se rencontrèrent au centre de l'arène. Plus lourd, plus féroce, plus aguerri, Zoltan prit aussitôt le dessus. Dans un jappement sinistre, le barzoï fut jeté à terre, griffé au ventre et sauvagement mordu. Une giclée de sang jaillit d'une artère tranchée. Je devins blanc. C'en était presque fini de la bataille et j'étais désespéré : j'avais si follement cru à la fable de l'*harlequin* que j'étais au bord des larmes. Face à nous, Forasco croisa les bras d'un air mauvais. C'est alors que Raya me tira par la manche.

– Regarde !

Inexplicablement, Zoltan venait de lâcher sa proie. Retroussant toujours les babines et montrant les dents, il s'éloignait à reculons tandis que son adversaire se redressait. Il baissa la queue sans opposer de résistance quand le barzoï, galvanisé par ce retournement de situation, bondit sur lui pour lui enfoncer les crocs dans la gorge. Il y eut un semblant de lutte pendant une demi-minute mais Zoltan, on le voyait bien, ne mettait plus d'énergie dans sa défense. Tout autour des bêtes, le sol devint rouge. Dans un dernier cri de détresse, le molosse ne bougea plus. Au-dessus, la silhouette fine du chien sans nom se tenait, triomphante. Raya poussa un hurlement de joie et sauta en l'air. Interdit, immobile au bord de l'arène, Forasco ne savait, quant à lui, s'il devait se lamenter de la perte de Zoltan ou se réjouir de la future victoire de Mandru… Ce soir-là, Raya insista pour que nous le laissions s'occuper des rongeurs. Sans témoin, il resta longtemps dans la *cathédrale*. Lorsqu'il en sortit à la nuit, je retrouvai par terre deux tronçons de chandelles qui achevaient de se consumer devant la cage du roi des rats…

*

L'endroit choisi par Flora Ieloni pour le duel était un simple relais de chasse au milieu d'un des bois qui composaient son domaine. Une heure avant minuit, Forasco et moi y fûmes accueillis par la maîtresse des lieux en personne. Elle ne portait plus son masque. À quoi bon ? Tous ceux qu'elle avait rassemblés la connaissaient. Car Ieloni avait voulu que le combat de chiens constitue le point d'orgue d'une petite fête, une réunion d'hommes et de femmes de qualité, triés sur le volet, élus pour leur discrétion autant que pour leur goût des spectacles violents. Ils étaient peu nombreux, une vingtaine, peut-être. Mais tous étaient curieux et impatients de voir l'animal qui affronterait le loup. Tandis que Forasco était présenté aux invités à l'intérieur du pavillon, et trinquait avec eux, je restai auprès de la carriole. Mandru était nerveux. À l'étroit dans sa cage, il humait l'air en faisant rouler un grondement sourd dans sa gorge. Deux hommes en bottes et manteau long s'approchèrent, une fiasque à la main. Je ne compris d'abord pas leurs premiers propos car ils parlaient en turc, et je ne saisissais que très mal cette langue. Mais, après être parti d'un mauvais éclat de rire, le plus grand s'adressa à moi :

– Tu es le valet du chien, gamin ?

– Oui, monsieur…

– Dis-moi… Toi qui le connais bien, penses-tu que cet animal ait une chance de sortir vivant du combat ?

– Je le crois, monsieur.

Les deux hommes échangèrent un sourire entendu.

– Tu sais quel est le prix accordé à ton maître si son chien est assez fort pour terrasser le loup ?

Gêné, je baissai les yeux.

– Oui, monsieur. Je le sais.

– Alors, espérons que tu dis vrai et que ton cabot sait se battre. Beaucoup, ici, ne rêvent que de cette humiliation pour Ieloni…

Regardant vers la cage, il se déganta et traça du doigt un signe mystérieux au-dessus de la tête de Mandru tout en murmurant entre ses dents une sorte de bénédiction païenne. Puis il me lança sans façons une pièce à l'effigie de Marie-Thérèse, un lourd thaler d'argent.

– Tiens, petit. La prochaine sera en or si mon bonheur arrive…

Fourrant la pièce dans ma poche, je vis les deux hommes arrêter Forasco au moment où il quittait le pavillon. Tous trois demeurèrent un instant en conversation, puis l'éleveur, le sourire aux lèvres, trottina vers moi, une main sur son vieux haut-de-forme gondolé.

– Ouvre la cage ! Le combat va bientôt commencer ! C'est le moment de passer l'*harlequin* !

Mon cœur se mit à battre la chamade. Tremblant, je débouchai le flacon donné par Raya et enduisis de baume les poils courts de Mandru.

– N'en mets pas trop surtout ! m'ordonna Forasco. Il ne faudrait pas que l'on devine la supercherie ! Le loup ne doit pas être complètement étourdi !

J'obéis à contrecœur et nous conduisîmes le chien à l'arrière du bâtiment, près d'un enclos fraîchement bâti. Flora Ieloni nous attendait là, perchée en amazone sur un cheval gris tout frémissant de muscles et de nerfs. Sa mince silhouette était prise dans une longue robe de nankin clair ; aux talons de ses bottes brillaient de fins éperons de bronze. À son côté, deux grands piquiers à la moustache cirée agrippaient la double chaîne passée au cou du plus formidable animal qu'on puisse imaginer. Ce n'était pas un loup, mais une montagne de chairs vibrantes, un monstre noir, énorme, cueilli au sortir des Enfers… Forasco me regarda du coin de l'œil et pâlit. À cet instant, j'en suis certain, il regrettait ferme de ne pas m'avoir laissé vider jusqu'à la dernière goutte d'*harlequin* sur le corps de Mandru. Mais il était trop tard, plus rien ne pouvait désormais sauver notre bête…

Étouffés par l'angoisse et le remords, nous nous plaçâmes au bord de l'arène. Après quelques mots creux prononcés par Ieloni pour amuser ses convives, les deux champions furent laissés face à face. Contrairement à son habitude, Mandru ne se précipita pas sur son adversaire. Silencieux, tassé sur lui-même, il le jaugeait sans rien tenter. Surpris par le comportement inattendu de sa bête, Forasco étendit son cou d'échassier pour mieux voir. Le loup, lentement, s'approchait du chien toujours immobile… Puis ce fut la première attaque. La créature de Ieloni sauta sur Mandru, mais celui-ci se détendit comme la corde d'un arc et bondit habilement sur le côté. Notre chien n'était pas qu'une machine de guerre sans cervelle, sa supériorité face aux autres chiens ne l'avait pas corrompu. Intelligent, il avait saisi la nature du danger qui le menaçait et il adaptait sa stratégie en conséquence. Le loup referma ses mâchoires sur le vide en poussant un jappement de surprise et, gonflant ses poils, il se prépara à une nouvelle passe. Mandru, lui aussi, s'était replacé et attendait la charge. Comme le premier, le deuxième assaut échoua. Dressée sur ses étriers, Flora Ieloni était captivée par le spectacle mais elle ne doutait pas un instant que son protégé parviendrait à s'emparer du nôtre. À la quatrième tentative, le loup feinta, parvint à tromper Mandru et s'agrippa à ses flancs.

Le chien roula dans la poussière et ne put esquiver la masse qui s'abattait sur lui. La mêlée fut terrible. Blessé, Mandru se défendait avec l'énergie du désespoir mais il ne parvenait pas à se dégager de l'emprise du grand loup. Il mordait, pourtant, et bien, mais pas assez fort pour affaiblir l'autre... Du sang ruissela d'une première blessure, puis d'une autre... Forasco saisit mon bras et me pinça. Moi, j'étais tétanisé, incapable de détourner les yeux de la danse de mort qui s'était engagée. Des secrètes vertus de l'*harlequin*, j'avais déjà tout oublié...

Puis le miracle se produisit. Aussi soudainement que Zoltan avait lâché le barzoï, le loup desserra sa prise et fit un écart, laissant Mandru retrouver assez d'équilibre pour adopter une posture de combat. Des cris de surprise s'élevèrent dans l'assistance. Le loup grogna et secoua son échine, ce que le chien mit aussitôt à profit. Il se coula sous la gorge de son adversaire et planta ses crocs dans la trachée offerte. Plus le loup se débattait, plus Mandru contractait ses muscles. L'agonie du vieux champion fut longue, affreuse à voir. Sur son cheval, Ieloni se décomposait. Le Turc qui avait béni notre animal se mit à rire sans chercher à dissimuler son contentement. Le chien ne lâcha pas sa prise avant que sa proie ne soit saignée à blanc. Enfin, pataugeant dans une mélasse faite de sang, de chair et de sable, nous allâmes lui passer la muselière. Le duel était terminé. Forasco rayonnait. Un silence absolu tomba sur l'assemblée, une chape de plomb dont Flora Ieloni occupait le centre exact. Retirant son chapeau en un geste d'hommage maladroit, Forasco s'avança vers elle, aussi contrit qu'un collégien à son premier rendez-vous.

– Madame, dit-il en bégayant, mon chien vient de tuer votre loup…

Tremblante elle aussi, mais d'humiliation et de colère, Flora Ieloni crispait les mains sur les rênes de son cheval. Ses narines palpitaient et sa bouche se tordait, marquant toute la répugnance qu'elle éprouvait à la pensée d'ouvrir sa couche au dégoûtant personnage qui, devant le parterre amusé, osait réclamer son dû.

– La joute était douteuse, monsieur, avança-t-elle d'abord en guise de défense. Le combat ne m'a pas semblé franc…

– Le chien a vaincu le loup, répéta seulement Forasco tandis qu'une rumeur montait de l'assistance. Nous avons une entente, madame…

– Eh bien soit ! cracha-t-elle. S'il faut supporter vos assauts jusqu'à l'aube, qu'il soit entendu que je ne me dédirai pas. Allons donc vous payer, monsieur…

– Madame…, enchaîna Forasco en levant le bras comme pour la retenir. Madame ! Je vois que la chose vous chagrine. Aussi ai-je une offre à vous faire. Une modification à notre contrat !

Tandis que Ieloni retenait sa monture, Forasco glissa un coup d'œil entendu vers le Turc au thaler d'argent. Impassible, les bras croisés sur la poitrine, celui-ci fit comme si le paysan ne le regardait pas.

– Eh bien ? Cette proposition ? s'impatienta Flora.

Tournant son chapeau entre ses doigts, Forasco chercha ses mots et s'éclaircit la voix.

– Eh bien voilà… Peut-être vous serait-il moins… pénible… de… Enfin… Disons que je vous tiendrai quitte si nous procédons une seule fois et non jusqu'au matin… Mais ici même… Et devant tous !

La proposition inattendue, insensée, déclencha aussitôt des commentaires et des gloussements tout autour de l'arène. Le Turc semblait avoir bien du mal à camoufler sa satisfaction grandissante. Ieloni toisa Forasco et soupira. Que valait-il mieux ? Souffrir en public mais brièvement, ou dans le secret d'une pièce close mais jusqu'au jour ? Elle aimait les chevaux et les loups, la course et les combats. Elle craignait l'alanguissement et le temps qui passe. Elle choisit ce qui convenait à son tempérament.

– Soit ! Vous ferez donc votre affaire ici même, en une seule et unique fois. Ensuite, vous reprendrez aussitôt la route de Bucarest et disparaîtrez de ma vue à jamais !

– Au bon plaisir de Madame…

Tandis que les piquiers débarrassaient le cadavre du loup, le Turc vint à moi et me lança, comme il l'avait promis, un thaler en me faisant un clin d'œil. Du pavillon, on apportait déjà une grande table qu'on disposa au centre du cercle de lutte. À la lueur des flambeaux plantés au sol, Ieloni mit pied à terre et s'approcha, fièrement, sans honte ni crainte, de Forasco qui attendait. Celui-ci la détailla un instant avant de tendre vers elle ses mains aux ongles jaunes. La foule des hommes regardait en silence. Moi-même, à cet instant, mon cœur battait plus fort qu'à l'heure où Mandru s'était mesuré au loup. Maladroitement, Forasco entreprit de dévêtir la femme, mais le laçage de la robe était compliqué, trop savant pour lui. Ses doigts se perdirent dans les rubans, les plis, les godets… Cela fit rire. Le visage fermé, Ieloni n'esquissait pas un geste pour l'aider.

Forasco s'énerva. D'une poche, il tira un couteau et fendit le tissu sur toute sa longueur. Le vêtement craqua dans un bruit de voilure déchirée par le vent. Ieloni frissonna. Le fil d'acier fit sauter un à un les derniers tulles et Flora Ieloni, enfin, apparut dénudée devant tous. Son corps était beau, ses épaules minces, sa poitrine petite, mais haute et bien dessinée. Dans un silence total, Forasco recula de deux pas pour mieux admirer les courbes féminines puis revint se plaquer contre elle. Sa main plongea dans la toison qui fleurissait entre les jambes de la fille comme une sublime orchidée noire. Il sentit au bout des doigts quelque chose qui lui plut et ses lèvres se retroussèrent sur ses dents sales. Involontairement, Ieloni ouvrit un peu les cuisses et laissa faire le maître-chien sans résister. Malgré – ou peut-être à cause de – la honte publique qu'elle subissait, le rustaud, déjà, lui donnait du plaisir. Son ventre se souleva, sa respiration se fit plus rapide. Une goutte de salive perla au coin de ses lèvres rouges et roula sur son menton. Forasco la caressa encore. Gloussant, il joua ensuite un instant avec ses seins, puis, ne pouvant se contenir plus longtemps, il renversa soudain la fille sur la table. Baissant son pantalon, il lui attrapa les chevilles, les posa sur ses épaules et, s'abattant sur elle, la pénétra d'un coup. Pendant un moment, on ne vit plus que le triste spectacle de ses fesses poilues se contracter de plus en plus vite au-dessus de sa victime.

Pour ma part, j'étais pâle et tremblant, au bord de l'évanouissement. De ma vie je n'avais contemplé le corps dévoilé d'une femme. Cette vision m'avait foudroyé. J'étais à la fois submergé d'écœurement par la grotesque copulation qui se déroulait devant moi et transporté d'enthousiasme par la révélation des mystères brûlants du corps féminin. Les tempes battantes, les paupières papillotant et la respiration saccadée, je sentis mon sexe gonfler si vite et si fort que c'en fut douloureux. Impossible de m'écarter des bords de l'arène, j'étais trop pressé par la foule des voyeurs, et j'eus beau jouer des coudes, je ne pus battre en retraite. Sur la table illuminée par les torchères, Ieloni poussa un gémissement long, presque aussi fort que le hurlement d'un loup... Forasco cria lui aussi. Dès lors, la femme se dégagea aussi vite qu'elle put de la carcasse effondrée sur elle. Un de ses piquiers acccourut pour la couvrir d'une longue cape mais, d'un geste large et provocateur, elle jeta à terre le long manteau et, fièrement, se tint droite dans la flaque de lumière, maintenant plus exposée aux regards qu'elle ne l'avait jamais été.

Dans ses prunelles luisait un feu étrange, fascinant, mélange d'orgueil et de rage insondable proclamant tout le dédain qu'elle avait pour les misérables que nous étions. Cette hargne, cette haine, la rendait plus belle encore, plus désirable. Elle le savait et elle en jouait. Publiquement dégradée, elle voulait sa revanche. Battue, défaite, elle exigeait tout de même une victoire. Lentement, elle se mit en marche vers les spectateurs et, tel un fauve lâché sur une rotonde de foire, entama un long tour d'esplanade. Passant à quelques centimètres à peine des hommes interdits par tant d'audace, sa peau nue effleurant même parfois le tissu de leur casaque, Ieloni dévisagea de ses yeux assassins ceux qui osaient encore la souiller de leur regard. Beaucoup baissèrent la tête à son approche. D'autres, suffisamment effrontés pour soutenir encore un instant le défi de sa nudité, finirent eux aussi par céder avec un air contrit. Même le grand Turc et son ami, qui avaient monnayé à Forasco la déchéance proclamée de leur ennemie, capitulèrent.

Moi, je me tenais juste à côté d'eux, et Ieloni venait d'achever sa boucle devant nous. Je fus le dernier à la voir, le dernier vers qui elle tourna son visage tendu par le courroux. Voulant me faire plier, elle aurait eu beau jeu d'y parvenir tant j'étais submergé par la gêne, mais l'excitation érotique qui m'avait envahi l'emporta. Pétrifié par sa présence, chaviré par l'odeur de sa peau, encore luisante de la sueur de l'accouplement, je perdis tout contrôle de moi. Un formidable élancement explosa dans mon bas-ventre et se propagea dans ma poitrine et mes membres. Je criai tandis qu'une onde de plaisir déferlait en moi, et, foudroyé par ce mélange de douleur et de volupté, je tombai aux pieds de Flora Ieloni sans comprendre ce qui m'arrivait. Je fermai les paupières et mon esprit se brouilla au point que je n'entendais que les battements fous de mon cœur. C'est alors qu'une main ferme me souleva de terre et me remit debout. C'était le Turc, qui m'aidait à reprendre mon équilibre. Je rouvris les yeux. Tous les regards étaient braqués sur moi. Sur le devant de mon pantalon et le long de mes cuisses s'étalait maintenant une large tache sombre.

– Eh bien, petit, tu en as fait dans ta culotte, on dirait ! s'esclaffa le Levantin. Je plains les filles que tu lutines si tu perds ton huile toujours aussi vite !

Un énorme éclat de rire s'éleva de l'assemblée, faisant de moi la cible des plaisanteries les plus grossières. Pourtant, ce ne furent pas les sarcasmes graveleux qui me blessèrent le plus, ce fut le rire de la Ieloni, qui me marqua au fer rouge. Elle se tenait toujours devant moi, nue, s'amusant autant que les autres de ma déroute. Ses petits seins aigus tressautaient en cadence. De ma vie je n'avais éprouvé autant de honte, de colère. Me débattant pour m'arracher à la poigne du Turc, je me sauvai dans la nuit aussi vite que mes jambes pouvaient me porter.

Le mont des danseurs

La nouvelle de notre aventure chez Ieloni se répandit comme une traînée de poudre dans toute la région et au-delà même. Non seulement notre chien avait vaincu son loup, mais Forasco avait contraint la débitrice à une séance de copulation publique dont le récit maintes fois rapporté avait scandalisé ou follement amusé toute la bonne société. Chaque jour, ou presque, des visiteurs se présentaient à la ferme pour voir Mandru et proposer à Forasco de nouveaux défis, de nouvelles épreuves. Tout l'été, nous fîmes combattre nos chiens. En cette seule saison, nous gagnâmes plus d'argent que Forasco n'en avait amassé de toute sa vie.

– Décidément, la Ieloni nous a servis au-delà de ce que j'espérais, m'avoua-t-il un soir. Non seulement j'ai tiré du plaisir à m'épancher en elle, mais ses folies ont affermi notre réputation ! Encore une année comme celle-là et je serai riche !

Si la belle saison avait vu Forasco se donner tout entier à l'entraînement de ses chiens, l'entrée dans l'automne le fit changer de comportement. Plus paresseux que jamais, il restait des jours entiers au lit avec les filles qu'il ramenait des cabarets et s'enivrait avec elles au point d'en vomir dans les draps.

– Forasco a les moyens de ses vices, ironisait Raya. Maintenant que la pauvreté ne le retient plus, il va glisser jusqu'au fond du trou…

Il ne fallait pas tenter d'en remontrer au petit gitan. Tout gosse qu'il était, il connaissait la vie, et mieux que moi. Ses prophéties ne se réalisèrent que trop bien. Ayant pris goût à la chair soyeuse des belles dames, Forasco changea ses habitudes de célibataire. Des cabanes basses où, contre une pièce de cuivre, on pouvait s'offrir une fille vieille et crasseuse, il passa aux maisons des faubourgs mieux tenues, puis à celles, presque luxueuses, du centre-ville… S'enfermant parfois une semaine entière au bordel, il laissait à ma charge tous les travaux de la ferme. À m'occuper ainsi des chiens en plus des rats, mes journées ressemblaient à celles d'un esclave. De ma propre mésaventure, le soir du duel entre le loup et Mandru, personne n'avait plus fait mention. Étourdi par sa propre jouissance, Forasco n'en avait même pas été témoin et je crois que nul ne s'était attardé à lui rapporter le piteux épanchement de son insignifiant valet. Seul, je gardais de l'événement un souvenir d'autant plus cuisant que je le revivais souvent lors de cauchemars au terme desquels je me réveillais en nage, le cœur battant à tout rompre et le sexe mouillé.

La nouvelle année approchait lorsque Wanda, ma mère, tomba gravement malade. En quelques jours à peine tout fut fini, et ce fut l'argent que le Turc m'avait donné qui finança son cercueil, la messe d'enterrement et rétribua les fossoyeurs. À cette époque, mon père avait cessé tout à fait de travailler. Ses crises de goutte l'épuisant souvent jusqu'à l'évanouissement, il avait fermé son étude. Depuis l'été, ma famille ne vivait plus que de mes gains. De l'argent destiné à mon entrée à l'université il ne restait rien…

Présent à l'enterrement, Forasco en profita pour renouer avec Isztvan. Les deux larrons s'étaient connus autrefois dans je ne sais quelle beuverie et avaient longtemps mené la mauvaise vie ensemble. Les vêtements neufs que portait Forasco, son gibus en poils de taupe bien brossé, ses guêtres de serge forte, sa redingote impressionnèrent mon père au point qu'il l'invita à notre table. Nous étions en 1828. J'avais dix-sept ans, ma sœur Helena vingt, les jumelles Huna et Saia bientôt douze. Voûtée, le menton couvert d'une sorte de duvet, mon aînée ne jouissait pas d'un physique gracieux, mais ma mère, devinant sa fin toute proche, s'était dépêchée de la fiancer avec un quelconque garçon de province. Trois semaines après les funérailles de Wanda, Helena nous quitta donc pour vivre auprès de sa belle-famille, laissant notre père au soin des petites. Contrairement à Helena, les deux enfants au visage harmonieux et au corps bien tourné promettaient d'être belles.

Au retour de la saison chaude, Forasco recommença à faire combattre les chiens. Dès le premier soir, nous vîmes que les facultés de Mandru avaient diminué. Il était fort, toujours, mais plus aussi vif que l'année précédente. Quelques-uns de ses muscles déchirés s'étaient mal remis et sa détente se faisait plus lente, ses attaques moins puissantes. Piqués au vif par nos succès passés, nos concurrents avaient redoublé d'efforts pour sélectionner leurs bêtes et les rendre hargneuses. Au cours de ces mois-là, seul le recours à l'*harlequin* nous sauva, mais à la fin de la saison, nous savions que c'en était fini pour le vieux champion.

– Il faut trouver une autre brute, dit Forasco. Celle-là est couturée de partout et se ferait rosser par un chat maigre…

Pourtant, au lieu de consacrer son temps à dresser un autre molosse, il reprit le chemin des filles et des cabarets. Un soir que mon père l'avait invité à dîner, la boisson coula plus qu'à l'ordinaire et ils s'enivrèrent tous deux. De ce jour, Isztvan renoua avec l'alcool. Forasco le visitait de plus en plus souvent, lui apportant en cachette le vin qu'il me réclamait sans que je cède. Pendant que je m'occupais des rats et du chenil, Isztvan s'enivrait dans sa chambre et terrorisait les jumelles par ses cris et ses imprécations. Timides, Huna et Saia n'osèrent m'avouer ses nouveaux errements. Forasco, lui, prenait un malin plaisir à encourager les vices de son ancien ami. Deux ou trois jours par semaine, tandis que je le pensais dans quelque maison close, il venait chez nous pour se soûler en sa compagnie. Non content d'abrutir ainsi mon père, Forasco lui redonna le goût du stupre en faisant franchir le seuil de notre demeure à des filles publiques. Les mois d'hiver s'écoulèrent ainsi, sans que je remarque le visage creusé de rides du vieil Isztvan et les poses étrangement alanguies des jumelles.

Et puis, un soir, au début du printemps, pour une raison dont je ne me souviens plus, je rentrai à la maison plus tôt qu'à l'ordinaire. Ce que je découvris me figea les sangs. Dans le salon s'entremêlaient les corps nus de Forasco, de mon père et de mes deux sœurs. Étourdis par les poisons qu'ils avaient bus ou respirés autant que par les plaisirs qu'ils s'étaient donnés, aucun ne s'éveilla lorsque je m'approchai. Tremblant, l'estomac au bord des lèvres et l'âme révoltée, je demeurai un long moment à les regarder, comme si mon esprit ne pouvait croire ce que mes yeux voyaient. Vacillant, je quittai l'endroit pour errer dans les rues jusqu'au crépuscule. Mes pas me ramenèrent à la ferme de Forasco. Raya m'attendait au bord du chemin, les lèvres déformées par un sourire.

– Tu les as vus, n'est-ce pas ? me dit-il. Dis-moi ! Tu les as vus ?

– Je les ai vus..., avouai-je simplement, sans même chercher à comprendre comment le gitan pouvait savoir.

– Je sais ce que tu veux. Oui, je sais ce qui brûle dans ton cœur. Et je connais aussi la juste punition... Viens avec moi !

Privé de toute volonté personnelle et comme dans un cauchemar, je suivis le garçon jusqu'à la *cathédrale*.

Ensemble, nous chargeâmes fiévreusement les deux carrioles d'autant de cages qu'elles pouvaient en contenir et nous reprîmes en silence le chemin de la ville, chacun conduisant une voiture. Raya avait installé sur ses genoux la couronne couinante et velue du roi des rats. Aucun signe de vie n'était perceptible à l'intérieur de la maison, aucune lumière ne s'alluma aux fenêtres. Nous alignâmes les cages dans le jardin en friche et fîmes sauter les loquets l'un après l'autre. Les animaux se répandirent dans l'herbe et se dirigèrent vers la maison telle une marée montant à l'assaut d'un rocher. Raya prit le roi dans ses bras et me le tendit.

– Il désire que ce soit toi qui le portes car c'est maintenant l'heure de sa vengeance autant que de la tienne…

Je le pris dans mes bras et montai lentement les marches du perron. Lorsque j'ouvris grand la porte d'entrée, comme de la limaille attirée par l'aimant, les rats s'engouffrèrent dans le couloir à la suite de leur souverain. Dans le salon, les quatre personnes nues dormaient toujours. Elles bougèrent à peine quand les premiers rongeurs grimpèrent sur elles, mais, aux premières morsures, elles ouvrirent les yeux et poussèrent des cris d'horreur. Des myriades de bestioles noires s'accrochaient à leur chair, ouvraient leurs veines, léchaient leur sang… Sans éprouver la moindre pitié, Raya et moi demeurâmes jusqu'au bout spectateurs de la scène : les milliers de petites mâchoires engloutirent peau et muscles, tendons et viscères, jusqu'à ce que des tas d'os blanchis s'éparpillent sur le sol. Quand il n'y eut plus rien à dévorer, Raya s'empara du roi des rats et, sans prononcer un mot, quitta la place, suivi de l'innombrable bande. Je restai seul, pétrifié.

La nuit entière se passa sans que la vie revienne dans mes membres, ni le souffle de la pensée dans mon esprit enténébré. C'est là que l'on me trouva au matin, et qu'on me saisit pour me jeter au fond d'une geôle. Les Roumains ont toujours aimé la justice expéditive, et ma détention ne dura pas : au bout de quelques jours, je fus jugé et condamné à mort par pendaison. Cependant, l'annonce de ma sentence ne provoqua chez moi ni larmes ni angoisse ; depuis le soir du festin des rats, je n'avais plus prononcé un mot et je vis se lever sans crainte l'aube décidée pour mon trépas. À quatre heures du matin, on m'envoya un prêtre, puis un gardien coupa le col de ma chemise avant qu'on me conduise sur une petite éminence, à l'écart de la ville, où la potence avait été dressée.

– C'est ici que tu vas danser, petit, dit pour s'amuser le bourreau en me faisant descendre de la charrette des condamnés. Si tu ne sais pas comment faire, ne t'inquiète pas, des maîtres de ballet sont déjà là qui sauront t'apprendre…

Au gibet pendaient déjà deux corps en putréfaction. Évidées par les corbeaux, leurs orbites s'ouvraient, béantes à la contemplation de l'autre monde. Une petite foule s'était déplacée pour l'occasion et, dans la lumière grise du petit matin, j'aperçus une amazone montée sur un cheval pommelé. Attirée par le spectacle de ma souffrance, Flora Ieloni était venue me voir mourir. Mais ce ne fut pas sur sa silhouette que mes yeux s'attardèrent lorsque je sentis la corde de chanvre serrer ma gorge. Non, un autre visage avait attiré mon attention. Ce visage, c'était celui de Raya… Le gitan me souriait. Il était loin de moi et pourtant, comme si une loupe grossissait sa bouche, je vis les mots se former sur ses lèvres :

– Ne t'inquiète pas, Dalibor. Le roi m'a appris que tu jouis d'un bel héritage… Deux existences t'appartiennent. Ce n'est, ce matin, que le terme de la première. Bientôt, tu reviendras fouler cette terre…

À peine avais-je perçu cette parole insensée que je sentis le sol se dérober sous mes pieds. Précipité dans le vide, mon corps glissa dans une chute qui me parut sans terme.

J'entendis mon cœur battre une dernière fois, puis une douleur intense me vrilla la gorge et les reins. Ma vision cessa. Et ma vie s'arrêta…

*

Trois jours et trois nuits durant, mon corps dansa au gibet, la tête posée à angle droit sur mon épaule. Mort, indiscutablement je l'étais. Je ne sentais plus le vent dans mes cheveux, ni la pluie sur ma peau… Ma conscience s'en était allée. Et pourtant… Tel un papillon pris au piège dans une boîte, un infime fragment de moi battait encore, au plus secret de mon être, refusant de disparaître.

Cette force inconnue, miraculeuse, plus puissante que le trépas, qui me retenait encore à ce monde, se manifesta d'abord sous la forme d'un bruit de ressac, de marée… Il y eut une voix au sein des ténèbres. Puis un visage, *son* visage… Jamais auparavant je ne l'avais vu, et pourtant je le reconnus. Elle avait été en moi toute ma vie et je ne l'avais encore jamais contemplée, pas même au plus fort de mes rêves. C'était une femme. Jeune. Au visage très beau et plein de mystère, attirant comme celui d'une fée. Sous son regard, mon cœur se remit à battre. L'air pénétra dans ma gorge délivrée de la corde et envahit mes poumons, me faisant hurler de douleur comme un nouveau-né. Les yeux embués, les membres raides, je crus être encore un instant l'hôte du gibet, mais non ! je n'étais plus accroché à l'échafaud. Incapable de bouger pourtant, je sentis une main fine et douce se poser sur ma tempe. De cette paume, une chaleur passa dans mes chairs glacées, et de cette chaleur naquirent des images, des visions de paysages inconnus, de faces humaines qui se tournaient vers moi, avidement, pour me parler… Et je sus que ces gens étaient moi : ils étaient mes ancêtres, ma lignée. Ils étaient ma mémoire inconnue, oubliée, effacée par l'orage des siècles. Ma mort leur avait ouvert le chemin jusqu'à moi et leur permettait de me chuchoter leur histoire commune… Car moi, Dalibor Galjero, j'étais l'ultime maillon d'une chaîne de vies qu'ils avaient initiée. J'étais leur héritier, leur espoir, le dernier dépositaire de leur secret interdit.

Alors, chacun d'eux s'approchant tour à tour, ils m'enseignèrent qui ils étaient…

La bouche du serpent

Le premier ne portait pas de nom. C'était en lui, pourtant, qu'avait choisi de naître la flamme. De son enfance et de sa jeunesse, il ignorait tout. Ses souvenirs commençaient à l'instant où il s'était éveillé dans une fosse, où sa carcasse pourrissait. Au milieu du charnier, la vie, brutalement, l'avait repris… Nu, ensanglanté, il avait rampé pour s'extraire du monceau de victimes sous lequel il croupissait. C'était la nuit. Le champ de bataille était encore tout illuminé des flambeaux des pilleurs qui détroussaient les morts polonais, hongrois, valaques, ottomans mêlés… Il s'était avancé, tel un spectre, parmi les voleurs et arrachant une cotte à un torse sans tête, saisissant une épée plantée dans le ventre d'un cheval tombé, il avait marché sans se retourner jusqu'au petit matin. Des charbonniers l'avaient trouvé gisant dans une flaque. Sans rien demander en échange, ils l'avaient soigné et nourri. Ses blessures refermées, l'homme prit, au hasard, la direction du nord. Son nom ne lui était pas revenu. Ni rien de son histoire. Mais peu lui importait. Il savait ses muscles endurants et sa main habituée aux armes, cela lui suffisait. Était-ce son passage, un bref instant, dans le territoire des ombres qui lui avait conféré une nouvelle stature ? Avait-il trempé son corps dans le Styx, le fleuve des Enfers ? Peut-être… Mais si cela était, il gardait cette révélation comme le plus précieux des secrets…

Dans un village, il rejoignit une bande de reîtres venus de Pannonie sous prétexte de combattre les Turcs. Plus brigand que chevalier, leur chef se nommait Nándor et ses armoiries, un alérion d'azur barré de sinople à sénestre, affichaient sa bâtardise. On lui donna une écuelle et une cuiller en bois, un morion fendu et un fourreau usé pour sa lame. Près d'une rivière en crue, le groupe surprit une poignée de Turcs en maraude. L'affrontement fut violent. Nándor, une flèche enfoncée dans la gorge, y perdit la vie. L'homme y gagna la réputation d'un brave et d'un meneur. Bien qu'il parlât mal leur langue, les Hongrois firent de lui leur nouveau chef. Ajustant l'armure cabossée de Nándor sur son corps, il monta son étalon et coiffa son heaume, mais il jeta dans l'eau du torrent le bouclier du Hongrois car il ne voulait pas qu'on pense de lui qu'il était le fruit issu d'une paillardise. Ils étaient alors onze, et ils allaient encore vers le septentrion. Des jours durant, sous un ciel lourd de nuages de neige qui ne se décidaient pas à crever, ils chevauchèrent au pas dans un paysage triste, sans vie. Le pays était un champ de chaos, l'image du domaine de Satan… Après avoir défoncé les murs de Byzance un lustre à peine auparavant, les Turcs, toujours plus nombreux, traversaient la mer et s'infiltraient dans les plaines et les montagnes au nord du Danube. Ils voulaient s'emparer de Pest et de Vienne. Ils rêvaient surtout de prendre Rome… Contre les envahisseurs, en Thrace et en Dacie, les seigneurs luttaient mal. Isolés, ombrageux, se méfiant les uns des autres, les voïvodes de Valachie, de Moldavie et de Transylvanie peinaient à sceller des alliances. Les combats quotidiens étaient sporadiques et vains ; les grandes batailles, rares et perdues d'avance, malgré le renfort d'hosts maigres venus d'Autriche ou des rives du Balaton…

De l'autre côté d'une forêt qu'elle traversa en quatre jours, la bande trouva un bourg au centre duquel trônait un monticule de terre. Au sommet de cette colline artificielle, une grosse ferme était entourée d'une palissade de rondins. C'était le château de la famille Vasil, des petits hobereaux oubliés. L'endroit perdu était nommé Galkin. Il était si éloigné des grandes routes que la réalité du monde extérieur ne l'atteignait que sous la forme d'une légende, d'un mythe que l'on racontait aux enfants pour les amuser ou les effrayer. Beaucoup pensaient qu'au-delà de la forêt, la terre s'arrêtait, et que commençait alors un précipice sans fond, où le temps lui-même cessait d'exister… Dans ce village, aucun clocher, aucune croix. Si elle l'avait atteint un jour, la religion du crucifié y avait été oubliée depuis longtemps. Hommes et femmes vivaient encore la foi de leurs ancêtres, offrant lait et fleurs aux divinités des sources et des broussailles, sang et farine à celles de la nuit et du trépas.

Vasil reçut les étrangers dans la longue pièce sombre et enfumée qui lui servait de salle d'audience. Des jambons et des tresses de plantes séchées pendaient aux poutres, juste au-dessus de son siège en fer. C'était un homme vieilli avant l'âge, à la dent rare et aux cheveux gris qui tombaient en fourches sur sa poitrine creuse. Il parlait de façon saccadée, souvent incohérente. Il ressortit cependant qu'il voulait louer les cavaliers pour les jeter contre deux rivaux tout proches, deux paysans prétentieux qui se donnaient des allures de boyard et lui disputaient l'autorité. En échange d'une poignée de turquoises lisses, l'homme sans nom et les Hongrois acceptèrent le marché. Sellant leurs chevaux, ils partirent d'abord vers l'est pour trouver un hameau du nom de Jeçov. L'affaire y fut facile. Terrorisés, les habitants se sauvèrent dans les bois dès qu'ils entendirent les fers des bêtes résonner sur le chemin de terre. Les quelques gardes qui persistaient à protéger leur suzerain n'avaient pour armes que des pieux à la pointe durcie au feu, taillés pour chasser l'ours et le loup. Comme celle de leur maître, leurs têtes volèrent de leurs épaules. Le second bourg, Rodka, fut plus ardu à prendre. Postés dans les arbres, des guetteurs avaient vu s'avancer les attaquants, et ils transpercèrent deux Hongrois. La bataille prit fin avec la mort du chef de village. L'inconnu jeta le sac de cuir qui contenait les crânes de ses adversaires aux pieds de Vasil. Déclinant l'offre qui lui était faite de rester, pour prévenir toute vengeance, lui et sa troupe se préparèrent à quitter l'endroit. Mais, le soir précédant le départ, un de ses compagnons vint le retrouver aux écuries. Ses yeux clairs étaient deux miroirs où brûlait une lueur avide. Au creux de sa main, il montra une belle pépite d'or.

– Il y a des mines, par ici, murmura-t-il à son chef. Des filons courent dans les hauteurs… Ces gens vivent au pied d'une fortune et ne l'exploitent pas. Restons ! Déposons Vasil et faisons travailler les serfs pour notre compte ! Une chance pareille ne se représentera pas !

L'idée séduisit le guerrier. La nuit même, il assassina le petit voïvode, sa femme, ses fils, frères et neveux, puis il partagea les trois hameaux de Galkin, Jeçov et Rodka entre ses spadassins. Pendant deux années entières, les brigands administrèrent les villages en forçant les paysans à quitter leurs labours pour creuser le flanc des montagnes. Pas un étranger ne franchit la frontière de leur domaine durant ce temps. Jusqu'à un matin d'été où une armée s'avançant sous le signe du Croissant passa la lisière de la forêt… Le premier bourg à tomber fut Jeçov. Les maisons furent rasées, les hommes exécutés, les femmes capturées et les enfants mâles enchaînés pour devenir janissaires. Rodka subit le même sort. Quand l'armée du sultan se présenta devant Galkin, les deux Hongrois survivants sautèrent sur leur cheval et s'enfuirent au galop, les fontes remplies de poussière d'or. L'inconnu, lui, resta seul sur le rempart de rondins. Son vieux heaume masquant ses traits et son épée au poing, il attendit fermement la charge de l'ennemi. La mort ne lui faisait pas peur, seule la lâcheté l'effrayait… Respectant la défense dérisoire qu'il opposait aux milliers d'hommes lui faisant face, le prince Hamza Pacha ordonna qu'on envoie contre lui une poignée de paladins aguerris. Dix capitaines montèrent à l'assaut. Dégainant leurs grands *kiliç* effilés et passant à leur bras une rondache ouvragée, ils engagèrent le combat. Dos au mur et frappant comme un lion, l'homme les abattit tous les dix… Voyant cela, le seigneur ottoman éperonna son cheval et s'avança. Son épée courbe n'avait pas quitté son fourreau.

– Abjure la religion du Christ, embrasse celle du Prophète et je te fais grand maître de ma garde, dit-il en tentant de deviner sous le métal les traits de cet homme indomptable.

– Il n'est pas en mon pouvoir de renier un culte qui n'est pas le mien, répondit l'inconnu. Je ne connais rien de ce Christ dont tu me parles. Quant à me convertir à tes superstitions, je ne le veux pas ! Lance plutôt tes valets contre moi. Je les attends !

Les yeux d'Hamza Pacha s'agrandirent d'horreur. Rien ne lui répugnait plus qu'un homme incapable de saisir la lumineuse évidence de la foi en un Dieu unique.

– Si tu es païen, cracha-t-il, la chose est différente. Je vais te faire goûter un trépas digne de toi…

Pressant son étalon, il retourna vers ses troupes et ordonna à deux archers de planter leurs flèches dans les jambes de l'impie. Les tireurs étaient des maîtres. Ils ne le tuèrent pas mais lardèrent si bien de traits ses cuisses qu'il s'effondra sur la palissade et n'eut plus la force de résister quand on vint l'y chercher. Des physiciens aux mains brunes bandèrent ses plaies de lin propre et lui firent boire une décoction fortifiante de cannelle et de girofle car on voulait qu'il résiste longtemps à la torture conçue pour lui. Lorsque son teint parut plus vif, ses lèvres plus rouges, on le dévêtit puis on lui lia fermement les bras et les jambes avant de coudre son corps à l'intérieur de la carcasse d'un cheval mort. Seule sa tête dépassait de la charogne, juste sous la queue… À l'aide d'un palan, on hissa l'affreux paquet dans les branches d'un arbre frappé par la foudre. Et puis l'armée incendia Galkin et quitta la province, en défilant devant le supplicié au son des tambours…

Lorsque la poussière soulevée par la troupe du sultan fut retombée, le chevalier était seul au milieu d'un paysage de ruines fumantes. Enfermé dans son sarcophage de viande gluante, il était condamné à pourrir lentement, en même temps que l'animal. Un premier jour passa. Puis un second. Tout homme aurait perdu la raison mais lui, malgré les nœuds savants et les garcettes robustes qui pressaient de toutes parts ses nerfs et ses veines, malgré la soif qui faisait gonfler sa langue et la vermine qui rampait sur son visage cloqué par le soleil, lui refusait de mourir. À l'aube du troisième jour, respirant péniblement, les paupières si desséchées qu'il ne pouvait plus les ouvrir, il perçut un cliquetis d'acier. Des cris résonnèrent bientôt dans une langue qu'il ne connaissait pas… Les branches de l'arbre furent secouées et un poids nouveau appuya sur la carcasse du cheval. Une main agrippa ses cheveux et tira brusquement sa tête en arrière. Les liens se rétractèrent sous le mouvement, cisaillant encore sa peau. Cette nouvelle vague de douleur le fit grogner.

– *L'uomo ! L'uomo è vivo !* cria, effaré, celui qui s'était hissé dans la ramure.

On passa avec douceur un tissu mouillé sur son front et ses lèvres, puis le fil d'une rapière fit sauter les points qui refermaient la bête morte. Lentement, avec mille précautions, on le tira de la trappe infecte. Passant de bras en bras, on le déposa sur le sol. La puanteur des entrailles de la carne était insoutenable. Autour de lui des estomacs se retournaient, et il entendit des jurons. On l'éloigna de l'arbre pour l'étendre sur une couverture. Ses attaches furent tranchées, son corps lavé et ses plaies recouvertes de miel. Deux jours entiers, on veilla sur lui, lui donnant beaucoup à boire et le nourrissant d'une fine bouillie d'orge ou de fruits écrasés. Du peu qu'il pouvait percevoir dans la demi-conscience où les souffrances l'avaient plongé, il comprit que les étrangers avaient dressé leurs tentes et campaient là. Il entendait des rires et le son de mandolines. Combien étaient-ils ? À en juger aux bruits qu'ils faisaient, quinze ou vingt peut-être. Mais qui étaient-ils ? Et pourquoi s'étaient-ils aventurés dans cette partie du monde ?

– Je suis Nicola da Modrussa, dit soudain une voix grave et douce tout près de lui. Je voyage en ces terres pour le compte du pape, notre Saint-Père Pie II. Et vous ? Comment vous appelez-vous ?

Les paroles étaient prononcées dans sa langue, mais portaient le vernis d'un accent inconnu, chantant et suave. Le blessé voulut voir la bouche qui prononçait ces mots. Il se força à ouvrir les yeux. Après qu'un rideau de larmes eut coulé sur ses joues, il découvrit la silhouette d'un homme mûr et grand, à la mine bien faite, aux cheveux fauves et aux yeux couleur d'amande. Il n'aurait su dire pourquoi, mais il n'osa pas avouer qu'il ne portait pas de nom.

– Je suis Galjero, dit-il simplement.

Galjero ! Un patronyme qu'il s'était inventé depuis longtemps sans jamais l'avoir prononcé devant quiconque. Un nom forgé avec les premières lettres de Galkin, Jeçov et Rodka, les villages dont, quelques mois durant, il avait été le maître.

– Eh bien, *signor* Galjero, enchaîna l'autre, vous avez dû vous montrer très contrariant pour qu'on vous inflige le supplice que vous avez enduré… Vous êtes l'ennemi des Turcs, n'est-ce pas ?

Ennemi des Ottomans, ça oui, Galjero l'était – mais comme il était l'adversaire de tous ceux, chrétiens, juifs ou païens, qui se mettaient en travers de sa route.

– Je suis un chien de guerre. Je ne connais que le sang…

– Comment vous le reprocher ? se lamenta Nicola da Modrussa. Ces provinces perdues sont la bouche du serpent… l'antre de la folie… Plus rien de civilisé ne croît ici… Que comptez-vous faire maintenant que votre fief est détruit ?

Galjero se redressa. Des coussins de brocart avaient été placés sous sa nuque. Un page en tunique de cuir se précipita pour les arranger confortablement autour de lui.

– Je n'ai plus rien, vous dites vrai. Plus de toit. Plus d'épée. Plus de monture… Je ne sais pas… J'irai où mes jambes voudront me porter…

– Ce n'est pas là un discours de raison, *signore*. Venez plutôt avec nous. Il faut encore s'occuper de vos plaies mais nous sommes contraints à reprendre la route et la charité la plus élémentaire ne me permet pas de vous abandonner seul ici.

– Pourquoi faites-vous cela pour moi ? demanda Galjero. Pourquoi m'avez-vous tiré du cheval mort ?

Modrussa eut un sourire étrange.

– Peut-être parce que je suis bon chrétien, *signor* Galjero. Mais plus sûrement encore parce que j'abomine la sauvagerie…

*

Troisième fils d'une famille patricienne, Nicola da Modrussa avait vu le jour quelque part entre Sienne et Florence, à l'heure où toutes les cités-États de la péninsule italienne se dressaient les unes contre les autres et s'entre-déchiraient. Garçon sain et fort, il se promettait au métier des armes quand, l'année de ses douze ans, on ramena chez son père la dépouille de ses deux aînés. Il en éprouva de la tristesse, mais pas de l'effroi. Des questions qu'il ne s'était jamais posées auparavant naquirent cependant en lui ; son tempérament vira à la mélancolie et à la contemplation. Le croyant disposé aux études, on l'envoya à Sienne où il logea chez un oncle érudit pour y apprendre un peu de latin, de grec et de géométrie. L'enfant se révéla doué pour ces matières et, comme il montrait le désir de se perfectionner, on l'inscrivit aux leçons particulières d'un professeur d'université. Chaque jour, il se rendait dans le centre, aux abords du grand *campo* dessiné comme un théâtre antique, et il assistait avec d'autres disciples aux cours fastidieux de *maestro* Francesco Filelfo. Il rencontra sur les bancs de cette école Silvio Piccolomini, un garçon plus âgé de quelques années, corpulent mais doué d'un esprit vif et toujours enclin à la gaieté. Comme Nicola, Piccolomini était originaire d'un bourg situé à deux ou trois journées de cheval. Porté sur la boisson, aimant les filles et écrivant bien, le gros adolescent passait ses heures d'étude à rédiger des sottises dans lesquelles les cuisses des *fanciulle* s'ouvraient sous la main leste des goliards. Un jour, *maestro* Filelfo s'empara d'un feuillet où, l'esprit échauffé, Piccolomini décrivait une scène de rut ; le professeur retint la gifle qu'il s'apprêtait à donner au dissipé. Mais le texte de Silvio était rédigé dans un grec d'une si grande pureté qu'il le cita pour commenter d'obscures questions de syntaxe et d'accords…

Silvio Piccolomini quitta Sienne un an après l'arrivée de Modrussa, qui y poursuivit longtemps ses études avant de partir à son tour pour le nord du pays. De Milan, où il apprit la théologie, il gagna Venise, franchit les Alpes, remonta la vallée du Rhône et passa en Allemagne. On lui conféra le titre de docteur à Göttingen où il demeura un an pour enseigner à son tour. Pourtant, l'Italie lui manquait. À vingt-six ans, il voulut retrouver la Toscane. Sur le chemin du retour, on lui apprit que Cosimo de Médicis, le nouveau maître de Florence, venait de convoquer un gigantesque concile dans le but d'effacer le schisme désastreux dont souffraient les Églises d'Orient et d'Occident depuis quatre siècles. Constantinople, à cette date, n'avait pas encore succombé aux armées de Mehmet II ; encerclée, rétribuant mal ses mercenaires, la capitale de l'Empire d'Orient voyait toutefois ses jours comptés.

Malgré tous les dangers qui la menaçaient, nombreux étaient les sages byzantins qui avaient répondu favorablement à l'invitation de Cosimo, et l'empereur Jean VIII Paléologue lui-même s'était annoncé avec une suite de sept cents courtisans. Pour recevoir dignement ses prestigieux visiteurs, la cité avait pavoisé. Couvertes de pétales de roses, ses rues étaient nettoyées chaque jour et l'on avait chassé des voies publiques joueurs de dés, mendiants, ivrognes et filles à louer. Chose extraordinaire, les débats mettant aux prises les délégués du patriarche de Constantinople avec ceux du pape n'étaient pas tous confinés à l'intérieur des palais, et sous les treilles de la *villa* Careggi ou sous les portiques d'un simple *campo*, les sages acceptaient même parfois de répondre aux interventions de la foule.

Enthousiasmé à l'idée d'assister à la réunion des Églises trop longtemps séparées, Nicola da Modrussa creva trois chevaux pour arriver au plus vite devant les remparts de la ville. Dormant dans une cour, étanchant sa soif aux fontaines, se nourrissant de pommes tombées dans les jardins, il s'arrêta, ébahi, devant la figure d'un Grec, un beau vieillard mince et souple que semblaient ennuyer à périr les arguties des théologiens. S'approchant, il lui tira candidement la manche pour le conduire à l'écart. Amusé par tant de saine impertinence, le vieux se laissa faire. Des conversations qu'ils tinrent tous deux ce jour-là et de celles qui suivirent, Modrussa resta marqué à jamais. L'homme que le destin avait mis sur son chemin était Gemistos Plêthôn, un philosophe plus qu'un religieux, qui depuis longtemps avait renié en secret toute foi dans le Christ sans pour autant devenir musulman ou juif. Immense érudit, il avait trouvé en Platon, Porphyre et Hermès de vrais maîtres selon son cœur. Il en parla longuement à Modrussa, lui confiant même des manuscrits alors inconnus en Occident. Converti à son tour aux beautés de la sapience éternelle, le jeune homme ne quitta Florence qu'à l'heure où le concile s'acheva, mis en échec par les manœuvres des Latins qui entendaient décidément ne rien céder aux Grecs.

Revenu un temps à Sienne, il y croisa par hasard Silvio Piccolomini. Les deux larrons se reconnurent et ne se quittèrent plus. À cette époque, Piccolomini était entré dans les bonnes grâces du duc de Savoie et il menait pour lui des missions de diplomate autant que d'espion. Pendant quinze ans, les deux amis firent ensemble leur chemin dans le monde jusqu'à ce que Silvio s'introduise auprès du pape Nicola V et le séduise au point qu'il en reçut la prêtrise. À la mort du Saint-Père, l'anneau du pêcheur fut passé au doigt d'Alonso Borgia et Piccolomini fut revêtu de la pourpre cardinalice. Lorsque, deux ans plus tard, ce pontife s'éteignit à son tour, ce fut lui, l'ancien étudiant libertin, qui lui succéda sous le nom de Pie II. Modrussa, fidèle d'entre les fidèles, était toujours à ses côtés. Devenu légat de Sa Sainteté, il fut envoyé à Vienne, Cracovie et Budapest pour rallier les seigneurs de l'Empire à la croisade que Pie voulait mener contre la Sublime Porte. La tiédeur de l'accueil qu'on lui réserva dans ces cours mit l'ambassadeur en colère et le poussa à chercher ailleurs des barons mieux batailleurs. Non loin du Danube, il entendit raconter l'histoire de Tepes, un prince valaque converti au catholicisme qui se battait seul, dans la montagne, et avec la férocité d'un loup, contre les Turcs. Intrigué, Modrussa voulut rencontrer ce chevalier. Sa caravane cheminait vers le voïvode lorsqu'elle passa près d'un village récemment brûlé. Suspendu dans les branches d'un arbre, un homme avait été cousu à l'intérieur d'une grande charogne…

*

Les plaies de Galjero s'étaient rapidement refermées. C'était la seconde fois qu'il échappait à la mort, mais il ne s'interrogeait pas sur les raisons étranges pour lesquelles les ténèbres s'obstinaient à le rejeter. Bientôt, il put quitter la couche qu'on avait aménagée pour lui dans une des carrioles du légat. Remontant en selle, il se sentit vivre à nouveau. Modrussa admirait sa vigueur et sa force. Lui-même respectait le savoir et la courtoisie de l'Italien.

– Tous les hommes de votre pays sont-ils à votre image ? demanda Galjero à Nicola.

– À mon image ? Que voulez-vous dire, *signore* ?

Baissant la tête, Galjero chercha longuement ses mots.

– Vous autres, Italiens, semblez si différents des gens de ce pays. Vous êtes plus joyeux que nous. Vous semblez aimer la vie sans cesser pourtant d'être braves… Ce n'est pas le tempérament des gens d'ici, ni des Hongrois que je connais un peu…

Modrussa fronça les sourcils, ne sachant si la curiosité de son compagnon relevait de la ruse ou exprimait une naïveté sincère.

– L'Italie est le plus bel endroit du monde… Le soleil y luit sans pour autant brûler. Ce pays est doux et porte l'âme vers la beauté. Mais il peut se montrer féroce aussi, et ses enfants sont batailleurs. Je suis certain que vous aimeriez nos terres…

Galjero regarda autour de lui et ne vit que des montagnes arides. Cette évocation d'une contrée plus clémente le rendit songeur… Il demanda à Modrussa de lui apprendre sa langue. Chaque jour, tandis qu'ils chevauchaient côte à côte, le légat fit donc la leçon au guerrier. Quand ils arrivèrent aux marches de la province tenue par le voïvode Tepes, ils étaient devenus amis et ne conversaient plus qu'en italien. Après avoir franchi un gouffre grâce à un pont étroit, leur troupe parvint au bas d'un sentier à peine dessiné. À l'issue d'une montée longue et pénible au cours de laquelle un cheval et son cavalier glissèrent dans le vide, la caravane atteignit une forteresse couleur de nuit. C'était là, leur avait-on appris, que Tepes avait pris ses quartiers avec une partie de son armée. L'homme était petit et son visage était laid, mais ses yeux noirs brillaient d'intelligence et de volonté farouche. Il reçut l'envoyé du pape avec de grandes marques de déférence, remerciant le légat de s'être déplacé jusqu'à lui et lui offrant l'hospitalité aussi longtemps qu'il lui plairait. Nicola accepta, car il était curieux de connaître ce catholique qui choyait les popes orthodoxes et voulait surtout savoir comment à lui seul il tenait en respect les Turcs dans cette partie sauvage du monde. Emmenant Nicola et Galjero dans ses expéditions, Tepes montra comment il menait une guerre de rapines et d'embuscades contre les Ottomans, évitant d'affronter l'ennemi en plaine et bougeant souvent pour ne jamais être pris à revers. Après les batailles, il faisait tailler des pieux et en piquait les corps de ses ennemis. Ce n'était pas là cruauté gratuite, mais pragmatisme de combattant. À Nicola qui s'étonnait d'une telle pratique, il expliqua longuement sa théorie :

– Mes armées sont faibles, mes hommes peu nombreux. Mes voisins ne m'aiment pas et veulent s'emparer de mes fiefs. Matthias Corvin, le roi de Hongrie, ne rêve que de me voir mort pour faire siennes mes provinces et les offrir aux Saxons d'Allemagne afin de se concilier leurs bonnes grâces… Aussi dois-je donner de moi l'image d'un fou sanguinaire, d'une bête liée par contrat avec Satan. Quand ils savent que je leur fais face, les genoux de mes ennemis tremblent déjà. Même si, pour cinq de leurs hommes, je n'en compte qu'un dans mes rangs…

Impitoyable, cruel, Tepes l'était. Mais ses soldats et ses vassaux l'admiraient, lui rendant grâces de s'opposer avec autant d'acharnement aux mahométans et de ne pas courber l'échine devant les Saxons. Galjero aussi commença à aimer le prince. Il lui offrit sa lame, que l'autre accepta avec gratitude après l'avoir vu abattre un lancier d'Anatolie en lui jetant son épée au travers du corps à plus de trente pas.

Lorsqu'il dut quitter l'entourage de Tepes avant que la mauvaise saison ne coupe les routes et ne gèle les fleuves pour quatre longs mois, Nicola da Modrussa décida de rentrer à Rome, et de rendre compte à Pie II de ce qu'il avait vu dans les Balkans. Il voulait proposer au pape une nouvelle manière de relancer la croisade contre Mehmet. Galjero, lui, avait décidé de demeurer auprès de Tepes car il se sentait plus de goût pour les batailles que pour les intrigues de palais.

– Ainsi donc, c'est ici que nos routes se séparent, mon ami, lui dit Nicola en le pressant contre son cœur. J'ai beaucoup appris de vous. J'espère que vous aussi avez puisé un peu de savoir au fond du vieil homme que je suis… Si un jour les montagnes de ce pays vous rebutent, prenez donc votre cheval et galopez vers le sud… À Rome, à Sienne ou à Florence, il vous suffira de chuchoter mon nom à n'importe quel prêtre pour qu'il sache vous mener à moi.

S'il empêchait les longs voyages et les importantes manœuvres militaires, l'hiver était au contraire propice aux raids et aux coups de main rapides. Ne quittant plus le voïvode, Galjero traquait l'Ottoman comme on chasse le loup. Pendant quelques mois, ce ne furent que cavalcades dans la neige, poursuites dans les forêts immenses, combats à la hache et à l'estramaçon dans des défilés qui résonnaient autant du bruit des armes que de l'éclatement des pierres sous l'effet du gel. Et partout, Tepes faisait planter ses pals comme autant de signes de son refus de capituler. Au début du printemps, le voïvode décida de mettre au pas les cités libres de Transylvanie qui s'étaient rangées contre lui non au côté des musulmans, mais du roi de Hongrie. Toute l'armée avança vers le sud et mit le siège devant une première cité que protégeait un unique rempart. Voyant qui les attaquait et connaissant le sort qui leur serait réservé si le rempart cédait, les bourgeois réunirent un tribut de tissus précieux, d'orfèvrerie, de fourrures et d'horloges et l'offrirent au prince. Tepes le leur jeta au visage et les fit empaler sur-le-champ devant la porte principale de la ville… Il ne voulait surtout pas qu'on pense qu'il guerroyait pour le pillage. La cité fut prise et les habitants suppliciés de la plus horrible manière mais on ne toucha à aucune des richesses à l'intérieur des maisons. Pas un des quatre mille soldats victorieux n'osa glisser un écu dans sa poche… Galjero ne trouva rien à redire au massacre. Lui aussi admirait Tepes et comprenait sa politique. De même qu'autrefois il avait cheminé au côté de Modrussa en apprenant l'italien et en recevant du légat les enseignements transmis par le vieux Gemistos Plêthôn, de même il profitait des longues heures de chevauchée pour débattre avec le voïvode du meilleur moyen de gouverner les hommes, les punir ou leur donner l'espérance.

– Tu me plais parce que tu ne parles ni comme un de ces songe-creux de philosophes, ni comme un de ces vilains barons qui pensent que les livres sont bons pour les femmes, lui dit le voïvode. J'aime ta compagnie, Galjero.

« Lorsque nous aurons renvoyé les Ottomans de l'autre côté de la mer, je te donnerai un fief sur mes terres. Nous n'aurons alors plus besoin de planter des forêts de pals pour nous faire respecter et nous pourrons trouver des moyens de nous faire aimer.

Cependant, le rêve du seigneur Tepes était destiné à ne jamais prendre forme.

Malgré ses efforts, malgré son courage et la cruauté derrière laquelle il masquait la faiblesse de ses troupes, la fortune changea de camp au cours des années suivantes. Corvin, le roi de Hongrie, révéla aux Ottomans l'emplacement de sa forteresse. Fuyant par les souterrains, Tepes et quelques fidèles gagnèrent Targoviste, la capitale de la province, mais les portes de la ville s'étaient à peine refermées sur eux qu'apparut à l'horizon l'armée lancée à leur poursuite. Le siège dura quatre mois d'octobre à janvier, sans que les assaillants puissent s'emparer de la cité. Malgré d'énormes quantités de stock, les réserves des Valaques s'épuisèrent. On ne comptait que cinquante sacs de grain et deux tonneaux de sel dans les greniers municipaux lorsque Galjero suggéra une manœuvre.

– Agissons au revers du bon sens, conseilla-t-il à Tepes. À la prochaine aube, mettons-nous en selle et chargeons les ennemis. Cela fait trop longtemps qu'ils campent sans être bousculés. Leurs hommes sont figés dans la routine. Le temps qu'ils réagissent, nous les aurons sabrés et dispersés aux quatre vents.

Tepes vida d'un trait sa coupe de vin herbé et éclata de rire. La proposition était folle mais trop belle pour n'être pas suivie. Leur armure cachée sous une cape de zibeline et conduisant à peine trois cents cavaliers que les privations et l'effort avaient amaigris, Tepes et Galjero franchirent au galop le pont-levis de Targoviste à la première heure du jour. Le premier rang des assiégeants claqua comme un fil de coton trop tendu, mais derrière les janissaires avaient déjà saisi leurs piques et s'étaient placés en ordre de bataille. Une nasse humaine se resserra sur les Valaques. Près de Tepes, Galjero frappait encore et encore, tenant une hache à deux fers dont les lames imitaient le dessin d'une aile de chauve-souris. Dressé sur sa selle, il vit que l'élan de la cavalerie s'était rompu et s'éteignait à la vitesse d'un feu noyé d'eau ; les Turcs étaient sur le point de refermer leurs lignes sur ses compagnons. Saisissant la bride du cheval du voïvode, il enfonça ses éperons dans le ventre de sa monture et sortit du cercle ennemi à l'instant même où le piège se soudait. Sans un regard en arrière, il galopa vers le rideau de neige qui tombait tel un mur dans la plaine. Sa forme s'y évanouit, tout comme celles du prince et des treize hommes parvenus à les suivre…

Leur fuite les conduisit dans l'immense forêt de Wlasia, aux ramures si serrées qu'elles empêchaient la lumière d'atteindre le sol. Dans de rares trouées, sur les rives d'étangs pris par les glaces, ils découvrirent des statues grossièrement taillées dans le bois des chênes ou des bouleaux : c'étaient les figures de Zalmoxis, Bendis ou Derzelas, les dieux anciens des Daces. Tepes s'arrêta devant elles et, tirant sa dague, il se taillada le poignet pour faire couler quelques gouttes de son sang dans leurs bouches noires.

– Imite-moi, conseilla le prince à Galjero. Ce qui court dans nos veines est maintenant notre seule richesse. Notre offrande n'en est que plus précieuse…

Le soir de ce même jour, ils trouvèrent une grotte assez vaste pour s'y abriter, eux et leurs chevaux. Au matin, Galjero partit seul traquer un aurochs dont il avait relevé la coulée la veille. À son retour, son cheval sentit l'odeur du danger bien avant lui. Il trancha les liens qui attachaient son fardeau à la croupe de sa monture et piqua vers le campement, mais il était déjà trop tard : tous les Valaques étaient morts. Le corps sans tête de Tepes gisait au centre d'un cercle de janissaires éventrés…

*

Jusqu'à la fin de l'hiver, Galjero resta dissimulé au plus profond de la forêt de Wlasia. Il y vécut sans apercevoir une silhouette humaine ni prononcer une seule parole. Lorsque le froid devint moins intense et que la course du soleil se fit plus longue au-dessus de l'horizon, il quitta son repaire pour prendre la route de l'est. Un petit paquet, enveloppé dans une peau de cerf grattée, gonflait l'une de ses fontes.

Au premier village qu'il traversa à la sortie de la forêt, il donna au bourgmestre toutes les indications pour retrouver dans les bois le tumulus sous lequel il avait enseveli le corps du voïvode Tepes, puis, n'acceptant qu'une paire de bottes pour lui et une couverture pour son cheval, il repartit en direction de l'orient. Vers le milieu du printemps, il longea par le nord les marécages qui forment l'embouchure du Danube. Sur les rives de la mer Noire, dans un village de pêcheurs, il lança sa dernière pièce d'or au propriétaire d'une barque à voile carrée pour qu'il lui fasse aborder une terre dont il connaissait l'existence au lointain. Il débarqua bientôt, serrant contre lui le contenu de la peau de cerf, sur le plus grand d'un chapelet de cinq îlots battus par les vagues. Il laissa le pêcheur l'attendre dans sa chaloupe et s'avança à travers les broussailles jusqu'à un antique cercle de pierres blanches que bornaient des colonnes cannelées, brisées depuis des siècles. Là, utilisant le fer de son épée comme une pioche, il creusa une cache dans laquelle il plaça le cœur desséché de Tepes.

– Il est une île en Euxin, lui avait un jour confié ce dernier, sur laquelle on peut encore voir les restes d'un temple autrefois consacré à Achille, le plus illustre des guerriers. Si je meurs avant toi et que tu le peux, fais-moi la promesse de t'y rendre pour y ensevelir un peu de moi…

Si les Ottomans avaient envoyé la tête de Tepes à Istanbul et si les Valaques avaient emporté le corps de leur prince pour l'enterrer dans la crypte du monastère de Snagov, Galjero, lui, avait extrait le cœur du voïvode pour l'enfoncer au plus profond d'un lieu secret où il ne pourrait jamais être profané. Sa tâche accomplie, Galjero s'étendit sur un éclat de marbre lisse qui affleurait parmi les herbes. La lumière blonde, tamisée par de hauts nuages, était douce… Il resta ainsi longtemps, écoutant le silence, laissant le vent frais caresser son visage. Il faisait sauter dans sa paume un anneau d'argent décoré d'un camée qu'il avait découvert quelques instants plus tôt, dans la terre, lorsqu'il avait creusé le trou pour y enfouir le cœur de son ami.

– La bague que tu as trouvée est belle et rare, chevalier. Elle montre les amours du dieu des Enfers et de la belle Proserpine. Voudras-tu m'en faire présent ?

Galjero se redressa vivement. Une silhouette élancée se tenait devant lui, éclairée par la lumière rasante. C'était une jeune fille, de quinze ans à peine, et si belle… Elle portait une tunique de lin teintée de pourpre sombre. Des fleurs étaient piquées dans ses cheveux clairs. Ses chevilles fines et ses petits pieds blancs étaient nus. Galjero ouvrit la paume et lui tendit le bijou. Passant la bague à son doigt, la fille partit d'un rire d'enfant.

– Qui es-tu ? demanda le chevalier.

– Je suis Laüme, répondit l'inconnue. Et si tu m'aimes comme moi je t'aime déjà, nos fils seront rois…

Les trésors

Galjero avait quitté l'île en portant Laüme dans ses bras jusqu'à la barque du pêcheur. Son corps était léger et tiède, et le peu qu'il avait touché de sa peau l'avait rendu heureux. Lui toujours fébrile, toujours sombre, avait maintenant envie de rire et de chanter lorsqu'il regardait cette créature surgie de nulle part, aux yeux profonds comme des lacs, à la bouche rose, aux petites dents pointues et brillantes. Assis face à face sur le banc de nage, les doigts enlacés, ils n'avaient pas parlé tandis que le vent gonflait la voile et les ramenait vers la côte. Les mots, Galjero en était sûr, viendraient plus tard… Tout ce qu'il lui importait maintenant était d'admirer le visage pur et le corps gracile et délié de Laüme. À terre, il enveloppa la fille dans son manteau et la posa sur son cheval. Tenant l'animal par la bride, il l'écoutait fredonner doucement une mélodie languissante. Ils longèrent les dunes jusqu'à des treilles où séchaient des filets. Galjero fit un feu de bois mort et ils s'endormirent là, blottis l'un contre l'autre au creux d'une dune de sable sans ressentir ni froid, ni faim, ni peur.

– Où veux-tu aller ? lui demanda Galjero au matin.

– Tu le sais, répondit Laüme. Vers le sud. C'est là que nous serons heureux.

Alors ils se mirent en marche ; elle posée devant lui sur l'encolure du grand cheval de guerre. Ils passèrent l'estuaire du Danube sur un bac et virent les longues gabares à fond plat descendre le courant, alignant sur le pont de hautes colonnes de sel dressées comme des fûts tronçonnés. Évitant les villes, contournant les villages, ils foulaient des sentiers étroits, à peine visibles parmi les fougères, qui semblaient oubliés depuis l'époque de l'empereur Trajan et du Bessarabe Décébale. Laüme, pourtant, les indiquait sans jamais se tromper… Un jour qu'ils traversaient une chênaie détrempée par l'orage, elle se laissa soudain glisser à terre et se coula dans un taillis dégoulinant d'eau claire. Le cœur battant, Galjero la suivit et la trouva à trente pas, agenouillée près d'une souche qui grouillait de fourmis et de vers.

– Creuse ici, dit-elle. Un trésor est enfoui…

Galjero tira son épée et souleva le bloc de bois pourri. Sous les insectes, la pointe de son arme heurta un coffret de bronze.

– Ouvre-le ! ordonna fiévreusement l'enfant-femme en battant des mains.

À l'intérieur, ils découvrirent des écus d'argent et un collier d'améthystes qu'elle passa aussitôt à son cou. Il y avait aussi une croix sertie d'un rubis en son centre, que Laüme arracha du poing de Galjero et jeta dans les buissons.

– Nous n'avons pas besoin de cela, expliqua-t-elle en souriant. Des trésors, j'en trouverai d'autres…

Au bord des rivières ou au carrefour de routes forestières, Laüme, comme elle l'avait promis, indiqua à Galjero de nouvelles cachettes. Aux frontières de la Macédoine, ce fut une urne en terre cuite plongée dans la vase d'un marais qui renfermait des statères d'or datant d'Alexandre. En Dalmatie, de petits diamants et des émeraudes sur le plateau moussu d'un dolmen, et des perles, des agates, des topazes et des citrines qui reposaient auprès d'un grand squelette replié comme un fœtus dans une falaise de craie… Quand ils parvinrent sur la côte orientale de l'Adriatique, Galjero leur fit franchir pour la première fois la porte d'une ville. Il acheta à un maquignon un beau cheval noir qu'il offrit à Laüme. Chez un bourrelier, il fit coudre une selle de cuir rouge. Il acquit chez un tailleur cinq robes sur mesure et fit fabriquer des souliers. Chaque jour, Laüme lui paraissait plus belle, plus rayonnante. Il n'avait pas osé l'embrasser cependant, ni cherché à la forcer. Son corps éveillait chez lui un désir ardent, si puissant, si sublime qu'il préférait en différer l'assouvissement. Plus que tout au monde, Galjero craignait d'écorner ce désir, d'en gâter la flamme blanche, l'intense pureté… Il avait même refusé de regarder Laüme nue. Détournant les yeux chaque fois qu'elle s'était baignée dans les rivières froides et les étangs glacés, il voulait conserver intact le mystère de cette fille. Ne rien savoir de son passé. Ne pas s'étonner des dons de voyance qu'elle manifestait… Laüme, il le sentait, n'était pas vraiment une femme. C'était une fée, peut-être, une créature de l'autre monde dont le caprice était de l'accompagner… Mais qu'elle soit déesse ou mortelle, Galjero s'en moquait ; tout ce qui comptait pour lui était de l'avoir à son côté, de respirer l'odeur de comète laissée par ses cheveux, de savoir sa taille souple là, à portée de main…

Au port de Raguse, ils rencontrèrent un capitaine vénitien qui voulut bien les embarquer sur son *cogge* pour les emmener en Italie. En longeant les côtes d'Istrie, le navire manqua de se faire prendre par une lourde galère barbaresque qui battait pavillon du sultan d'Alger, mais l'habileté des Vénitiens à maîtriser les vents les sauva. Durant toute la course, Laüme demeura sur le pont à observer les manœuvres, les yeux brillants. Quand il fut évident que les pirates échouaient à aborder le vaisseau marchand, elle fit la moue et s'avoua contrariée.

– J'aurais tant aimé voir une bataille ! dit-elle à Galjero en retroussant sa petite bouche pour bien marquer sa déception.

De Venise, le couple reprit la route du sud. Avant Ferrare, Laüme indiqua encore l'emplacement de deux butins enfouis, mais refusa de garder l'un, uniquement composé de ciboires en vermeil et de crucifix niellés. Au sortir de Ravenne, ils firent halte dans une auberge, au fond d'un vallon pierreux. Ils y soupèrent mal et préférèrent dormir sur la paille des écuries plutôt que sur les couches infestées de vermine qu'on leur proposait. Quand ils reprirent leur chemin, au matin, trois cavaliers dépenaillés les suivaient à distance. Ils les rejoignirent et les attaquèrent au cœur d'une futaie, mais Galjero, plus grand, plus fort et mieux rompu au combat, les tua avant même qu'ils le touchent. Laüme, sur son cheval, se pencha au-dessus des cadavres. À respirer le sang frais, ses narines frémirent. Prise d'un feu soudain, elle mit pied à terre et tendit la main vers les dépouilles. Trempant ses doigts dans les blessures, elle frotta d'abord timidement la peau de ses poignets puis, s'enhardissant, en vint à barbouiller son front, ses joues, sa gorge, tout le tissu de sa robe… Galjero la laissa faire car les signes de contentement qu'elle donnait à cette toilette rouge l'amusaient fort. Que Laüme rie, que Laüme soit heureuse, c'était là désormais tout ce qu'il voulait, et si Laüme aimait s'enduire de sang tiède, comme les enfants, par jeu, prennent plaisir à se rouler dans la boue, il était prêt à fendre pour elle tous les bandits d'Italie… Mettant ses mains en coupe, la fille fit goutter une veine dans ses paumes et y trempa la pointe de la langue. Elle recracha aussitôt le peu qu'elle avait léché avec une moue d'intense dégoût.

– Un semblant d'âme ! s'écria-t-elle. Cet homme portait en lui un semblant d'âme ! Je me serais polluée si j'en avais absorbé ! J'en serais morte, peut-être…

Sous son masque pourpre, Galjero la vit soudain pâlir. Elle griffa sa robe souillée en le suppliant de l'aider à la retirer sur-le-champ. Faisant craquer les coutures, Galjero la mit nue puis, le cœur battant, il courut chercher dans ses fontes une bouteille d'eau de la reine de Hongrie.

Il frotta et lava avec le parfum le corps ensanglanté de Laüme. Pour la première fois, il vit et toucha ses épaules, ses seins, ses cuisses et la fente de son sexe. À genoux devant elle, il ne put s'empêcher d'effleurer d'un baiser son ventre souple et chaud, plus lisse que la pierre d'une tombe…

*

À Florence, le chevalier réclama longtemps le légat Nicola da Modrussa sans que personne puisse le renseigner. Enfin, un vieux prêtre lui apprit que ce dernier séjournait dans la province voisine de Sienne, à vingt lieues de là… Galjero et Laüme galopèrent deux jours durant au milieu d'un paysage de douces collines et d'oliveraies bleutées. Depuis qu'ils avaient quitté les forêts du Danube et la Dalmatie sauvage, ils ne se forçaient plus à prendre les chemins de traverse. L'Italie était un pays violent, mais les armées turques n'en foulaient pas le sol. Souvenir du plus grand empire que le monde occidental ait connu, ses routes droites et larges convenaient merveilleusement à la course de leurs chevaux. Un peu avant Sienne, on les dirigea vers la petite ville de Corsignano dont ils franchirent l'enceinte un soir de milieu d'été. L'endroit se trouvait en grands bouleversements. D'innombrables ouvriers y avaient été envoyés pour bâtir une nouvelle église, des palais, des villas… Pas une rue qui ne soit encombrée de parpaings, de plaques de marbre, de solives, de caisses de chevilles taillées… Un officier de la garde urbaine les conduisit à travers ce dédale jusqu'à un *corso*, au pied d'une haute bâtisse blanche qu'on leur dit être la résidence du légat. Lorsqu'il sut qui le demandait, Nicola da Modrussa descendit en courant le grand escalier pour se jeter dans les bras de Galjero. Il avait vieilli et sa silhouette s'était empâtée, mais son regard était toujours aussi vif et sa voix aussi chantante.

– Ainsi donc vous êtes venu, mon ami ! s'exclama-t-il, presque au bord des larmes. J'ai toujours su que nous étions destinés à nous revoir, même après toutes ces années ! C'est un bonheur immense que vous me faites en franchissant enfin le seuil de ma maison… Mais vous n'êtes pas seul ! Qui est donc cette jeune personne qui vous accompagne ?

Posant les yeux sur la jeune fille, Nicola s'avança vers elle, le visage soudain grave.

– Son nom est Laüme, murmura Galjero. Notre histoire est longue et étrange. Je vous la raconterai tantôt, si cela peut vous distraire…

Nicola tendit la main à la fille pour l'aider à descendre, et s'inclina respectueusement devant elle.

– Ni Donatello ni Mantegna n'ont jamais dessiné un visage aussi troublant que le vôtre, *signorina* Laüme. Les Italiens aiment et respectent la beauté comme le plus illustre signe de noblesse. Ici mieux que partout ailleurs, soyez-en certaine, vous recevrez les hommages que vous méritez.

Modrussa claqua dans ses mains et une nuée de serviteurs les entoura, qui pour conduire les chevaux à l'écurie, qui pour apporter aux voyageurs linge et coupelles d'eau afin de se rafraîchir le visage ou hanap de vin frais pour se désaltérer. Une table fut dressée sur une large terrasse dominant le val qui s'enfonçait dans la nuit. Nicola écouta avec un mélange de passion et de mélancolie l'histoire des années de combat menées par le voïvode Tepes.

– Savez-vous, dit-il à son tour, que les Allemands de Ruthénie ont répandu jusqu'ici des xylographies montrant Tepes en train de festoyer au milieu d'une forêt de corps empalés ? Des pamphlets circulent toujours sur lui, le dépeignant comme un monstre, un loup-garou assoiffé de sang, une bête sanguinaire torturant pour le plaisir chrétiens et Turcs tout aussi bien.

Galjero soupira.

– Les véritables ennemis du voïvode n'étaient pas tant les armées de la Sublime Porte que le roi Corvin, les bourgeois des villes franches de la frontière allemande et le clergé orthodoxe qui ne lui a jamais pardonné sa conversion. C'était un prince dur et sévère, il est vrai. Mais sa cruauté n'a jamais pris pour cibles que ses adversaires et les membres de son peuple qui se montraient nuisibles en quelque façon.

– Un prince digne de ce nom n'est plus tout à fait un homme, intervint Laüme. Dans l'intérêt de tous, il doit rejeter au loin la faiblesse et la miséricorde, ces vertus trop ordinaires. Comment pourrait-il donc gouverner le gros des hommes si lui-même s'abaissait à l'abject niveau de leur morale quotidienne ?

Modrussa en resta sans voix. Non seulement la compagne de Galjero était l'une des plus belles créatures qu'il ait jamais vues, mais voilà qu'elle se révélait passionnée par les questions de politique et de philosophie.

– Vous êtes décidément une personne étonnante, *signorina* Laüme, déclara-t-il en levant son verre de vin d'Hypocras. Grande est ma joie d'accueillir sous mon toit une jeune fille aussi belle et aussi fière…

Après qu'ils eurent dîné de la chair d'un cygne et de fruits, Nicola fit apporter un haut cadre de bois sur lequel était cloué un plan d'architecte.

– Mes amis, je ne vous ai pas encore révélé la raison de cette confusion dans les rues, ni le pourquoi de ma présence dans ce bourg, alors que je devrais couler des jours paisibles à Rome ou à Florence. Voyez-vous, cet endroit était la ville natale de Silvio Piccolomini, feu notre pape Pie II. De son lieu de naissance il avait pour projet de faire la cité idéale. La cité parfaite… Je suis ici l'exécuteur de sa volonté ! Voyez sur ce tracé de sa main : tout a été calculé. Rien n'a été laissé au hasard. Les bâtiments doivent recevoir les influences bénéfiques des astres, qu'ils canaliseront ensuite sur les habitants, comme le font ordinairement la pente des toits et les conduits de terre cuite menant l'eau de pluie vers les citernes… Les casernes de la garde et la salle d'armes sont évidemment placées comme Mars l'est dans le ciel. L'Académie des arts se loge d'après Vénus. Le tribunal est à la perpendiculaire de Jupiter et les geôles sous celle de Saturne… L'église, bien sûr, occupe la place du Soleil et l'hospice public imite celle de la Lune, maîtresse des fluides humains… Les proportions des rues et des édifices reflètent le nombre d'or et autres mesures sacrées… Si je réussis à mener à terme ce projet, à la modeste échelle de ce bourg, le nouveau pape Sixte IV a promis de pratiquer des transformations similaires à Rome. Les autres cités, voyant nos succès et nos gens soudain devenus meilleurs, nous imiteront alors certainement sans tarder…

Galjero serra sa coupe de vin et plongea les yeux dans le liquide sombre. Laüme, elle, ne se cacha pas pour rire :

– Monsieur le légat, vous êtes bon et sincère, je le crois. Mais comment se peut-il qu'après tant d'années vous connaissiez si mal les hommes ? Vous imaginez encore qu'ils ont la volonté de vivre ensemble, de s'amender, de se perfectionner ? Ce ne sont pas vos murs dressés d'après les figures des planètes dans le ciel qui vont changer leurs goûts vulgaires et les transformer tous en esthètes et en sages ! Si une chose peut opérer ce miracle, je vous l'affirme, c'est la force, et rien d'autre !

Nicola da Modrussa pinça d'abord les lèvres et fronça les sourcils, puis il s'adoucit aussi vite qu'il s'était rembruni.

– Quelques villas sont achevées. L'une est encore inhabitée, cependant. Le *campo* où elle est située est tout entier dédié à Vénus. Acceptez d'en être les hôtes durant quelques semaines ou quelques mois… Nous verrons ensuite, belle Laüme, si les proportions qui concentrent là-bas les pollens subtils de la planète Amour n'auront point tempéré votre jugement si rude…

La dame de Toscane

Nicola da Modrussa fit ouvrir les portes de la Villa aurea, une demeure patricienne aux hautes fenêtres donnant en contrebas sur un paysage paisible de prés et de vergers. Avec l'or ramassé en chemin, Galjero engagea des domestiques, des palefreniers, des cuisiniers et vécut ainsi avec Laüme jusqu'au début de l'automne. La fille sembla s'amuser un temps à courir et à danser dans les vastes salles aux murs décorés de fresques représentant Aphrodite et les nymphes, mais sa joie ne dura pas. Bientôt, elle s'alanguit, fit fermer les volets de sa chambre et s'y enferma dans le silence. Immobile sur son lit, elle ne se nourrissait plus et sa peau blanche devenait plus pâle. Galjero était le seul dont elle acceptait la présence. Un jour qu'il sentait sa petite main froide dans la sienne, il lui demanda si elle allait mourir.

– Cela ne dépend que de toi, chevalier, répondit-elle. Depuis longtemps déjà tu as deviné qui je suis. Tu sais aussi quelle est la nourriture dont j'ai besoin pour vivre et m'épanouir. Mon existence est suspendue à ta volonté. Si tu le veux, je serai forte, mais que le courage te fasse défaut et je disparaîtrai. Alors rien, jamais, ne pourra me faire revenir à tes côtés car si tu me renies, tu me tues.

Galjero serra ses doigts et se retira. Descendant aux écuries, il sella son étalon et quitta la ville sans regarder en arrière. Il devait être midi mais la lumière était sourde. Au travers du vitrail noir des nuages, le soleil semblait aussi éteint qu'aux heures d'éclipse. Galjero enfonça ses éperons dans les flancs de sa monture et s'engagea sur la grand-route de Sienne, sans savoir où trouver ce qu'il cherchait. Un peu avant le soir, le tonnerre roula et des éclairs frappèrent le sol tout autour de lui. La pluie qui se mit à tomber serré ne l'arrêta pas. Galopant toujours, guidé par une sorte de fièvre qui l'avait pris, il s'engagea sur un long chemin bordé de cyprès, qui menait à un castel isolé. Tel un phare avertissant les navires dans la nuit, des lumières brillaient aux fenêtres.

Galjero se présenta à l'intendant pour demander le couvert le temps de la tempête, et il fut introduit auprès des maîtres de céans qui réclamaient de le voir pour lui proposer un meilleur abri que le porche où il s'était réfugié. C'était un couple de jeunes époux siennois qui possédaient par héritage un domaine au milieu de quelques champs de blé et de parcelles de bois de coupe. L'homme devait avoir trente ans, la femme dix ou douze de moins peut-être. Pourtant, elle était déjà mère et fière de montrer à l'inconnu son fils de quelques mois. Lorsqu'il posa ses yeux sur le nourrisson, Galjero sut que c'était le présent que désirait Laüme... Tirant sa dague, il enfonça la lame d'abord dans le cœur de la mère, puis il trancha la gorge du père désarmé. Trempant un morceau de toile de batiste dans un verre de vin, il enfonça le tissu dans la bouche du marmot pour lui faire téter l'alcool et l'endormir. La scène s'était déroulée presque sans bruit et sans aucun témoin. Cachant l'enfant sous sa cape, Galjero regagna la cour à l'insu des domestiques. Sa charge glissée dans le sac derrière sa selle, il repartit à folle allure dans les tornades de feuilles et de pluie.

Lorsque, bien après minuit, il regagna la Villa aurea, Laüme l'attendait. Les pupilles de la fille étaient comme des portes grandes ouvertes sur l'enfer.

*

Ce soir-là, lorsqu'elle eut consommé les sucs de l'enfant, Laüme se donna pour la première fois à Galjero. Le lendemain et le jour d'après encore ils demeurèrent enlacés à jouir l'un de l'autre. Laüme avait perdu sa pâleur de cire. Son teint était lumineux et sa bouche un coquelicot ourlé bordé de dents de chat. Sur les murs, les joues des nymphes s'étaient maculées de larmes rouges… Lorsqu'ils eurent satisfait leur désir, ils quittèrent la chambre en interdisant à quiconque d'y pénétrer. Galjero équarrit la dépouille du bébé et en jeta les restes aux chiens errants puis, très calme, vêtu de soies chaudes et de fins velours, il vint prendre place auprès de sa maîtresse pour boire le vin mêlé de cannelle et regarder depuis la terrasse le coucher du soleil. Laüme s'approcha de lui :

– Ce n'est pas tant le sang de l'enfant qui m'a nourrie que la force et la détermination qu'il t'a fallu déployer pour me faire cette offrande… Cette preuve d'amour, je l'imposerai à chaque génération de tes descendants. Mais une fois seulement pour chacun d'eux. Ce sera le tribut que ta lignée me versera pour sa protection, sa prospérité et sa grandeur…

– Es-tu donc éternelle ? demanda Galjero dans un souffle.

– Mon commencement se trouve dans les âmes que ta lame a arrachées des corps de tes ennemis. Je suis née aussi de tes souffrances et de ta force. Ta volonté est ma matrice. Tant qu'elle se perpétuera dans les fils de tes fils, sois-en certain, je vivrai.

– Les fils de mes fils ? s'étonna-t-il. C'est toi qui vas me les donner, n'est-ce pas ?

– Ce miracle-là, je ne pourrai pas l'accomplir, répondit Laüme sans qu'une pointe de regret transparaisse dans sa voix. Je ne suis née d'aucune femme. D'une femme, je ne possède que les atours et l'apparence. Mon ventre peut donner et recevoir le plaisir, il n'est fait que pour cela, non pour qu'y grandisse un germe d'homme.

– D'où tiendrai-je alors ma descendance ?

Laüme ferma les yeux et sourit, semblant chercher un visage, un signe dans les ténèbres du futur.

– Je l'ignore encore, dit-elle en rouvrant les paupières. Mais c'est de moi que tu tiendras ton épouse mortelle. Je la choisirai et l'amènerai jusqu'à ton lit. Il faut pourtant que je te fasse vrai seigneur avant de songer à cela. En attendant, ressers-moi du vin et mets-toi nu car j'ai grand désir de faire à nouveau trembler ton corps…

*

Laüme et Galjero passèrent l'automne en jeux de chasse et d'amour. Chaque nuit, les murs de la Villa aurea résonnaient des cris que les amants poussaient en s'accouplant. Nicola da Modrussa venait souvent les visiter ; il connaissait, sans la leur reprocher, la réputation de luxure qu'ils s'étaient acquise en ville.

– Peut-être ai-je été sot en vous confiant une demeure placée sous le signe de Vénus, dit-il un jour en guise de plaisanterie. D'après la rumeur, vous en subissez directement l'influence…

– Cette habitation nous plaît tant que nous vous l'achetons, rétorqua Galjero en jetant sur la table une bourse remplie de pierres précieuses. Laüme et moi avons quitté définitivement la Valachie et ses maudits Turcs. Nous restons en Toscane. Je vais y recruter une bande et aller batailler. À quel camp me conseillez-vous de me rallier ? Les gibelins de Sienne ou les guelfes de Florence ?

Modrussa réfléchit un instant en caressant sa barbe.

– C'est un choix délicat, capitaine… Les Siennois possèdent de grandes vertus, certes, mais ce sont les amis de l'empereur. Cela les pose donc souvent en ennemis du pape. Je devrais logiquement vous conseiller de vous porter vers les Florentins, qui sont nos alliés.

– Votre conseil manque singulièrement de fermeté, légat, releva sévèrement Laüme.

– C'est que la réalité est complexe et les alliances si promptes à se retourner ou se corrompre… Pour avoir eu l'immense privilège de côtoyer Sa Sainteté Pie II pendant quarante ans, je peux vous dire en confidence que c'était un homme aux vues larges. Un visionnaire, même… Il connaissait les limites de la religion chrétienne et cherchait souvent ailleurs que dans la Bible les références qui formaient ses convictions les plus intimes… Il lisait le *Pimandre* et le *Picatrix*. Il lisait Hermès Trismégiste et Platon… Sa vision n'était corrompue ni par ses intérêts personnels, ni par l'héritage de ses prédécesseurs. À l'Empire plutôt qu'à la France, en vérité, allait sa secrète sympathie… Mais qu'en est-il de son successeur aujourd'hui ? Je le connais mal. Il me semble cependant plus figé, plus lâche aussi. Quant à la personnalité des Médicis, je crois…

– Assez de politique, trancha brusquement Laüme, irritée de tant de discours. Offre ton bras à Florence, dit-elle en se tournant vers Galjero. C'est là qu'on donne les plus belles fêtes…

Dans les vallons autour de Corsignano et jusque dans les tavernes des faubourgs de Florence, Galjero recruta une cinquantaine de bravaches qu'il équipa à ses frais d'armures neuves et de montures rapides. Trois mois encore il les entretint sur sa bourse pour leur apprendre ce qu'il savait de la guerre et en faire une troupe disciplinée mais farouche. Quand enfin il les jugea prêts, il les mit en rangs, les conduisit sur les rives de l'Arno et leur fit mimer des combats à l'ombre du Ponte Vecchio tandis que les lingères se sauvaient en hurlant, oubliant sur place leurs grands draps blancs éclaboussés par les cavalcades. Alors qu'il laissait s'abreuver son cheval, Galjero vit s'approcher un gentilhomme entouré d'une petite compagnie. Avec son chapeau à étages et ses chausses de couleurs vives, le nouveau venu ressemblait à une fille par son allure autant que par la finesse de son visage imberbe et par ses grands yeux doux.

– Je sais reconnaître une fameuse bande lorsque j'en vois une, *signore*. Vous êtes le capitaine qui commande ces hommes, n'est-ce pas ?

– Je le suis, répondit Galjero, non sans fierté et d'une voix forte, en soulignant son accent étranger.

– Annoncez donc votre prix, monsieur. Je vous achète.

– La solde ne sera pas bien lourde. Mais il faudra nous laisser du butin.

– Tout ce que vous prendrez à Lucques, Pise, Sienne ou Arezzo vous appartiendra, à condition d'y planter nos couleurs.

– L'affaire est donc entendue. À qui dois-je obéir ?

– Sachez que Giuliano de Médicis est désormais votre maître.

*

Le jeune Giuliano de Médicis était étroitement associé à son frère, Lorenzo, dans le gouvernement de la cité. République dans la forme mais autocratie dans les faits, Florence combla Laüme dès qu'elle y fit son entrée. Joyeuse de quitter enfin l'austère et provinciale Corsignano, la jeune fille dilapida la fortune de quinze mille florins pour acquérir en propre, à deux pas de la piazza della Signoria, le palazzo degli Specchi, une demeure plus restreinte mais aussi belle que la Villa aurea. À Galjero qui lui faisait une remarque sur cette dépense, elle répondit que la campagne toscane était remplie de trésors et qu'elle n'avait qu'à s'y promener pour en découvrir au hasard tous les jours un nouveau. Le lendemain, comme ils chevauchaient à moins d'une lieue des remparts, elle indiqua au Valaque où trouver un coffre rempli à craquer de lourdes pièces d'or du temps des Étrusques et des premiers Romains. Un peu plus tard, ce fut une cassette de rubis oubliée dans les eaux d'un fossé et le surlendemain, trois sacs de ducats dans la carcasse d'un chariot abandonné sous des branchages.

En ville, la présence du riche condottiere étranger et de sa jeune compagne à la vénéneuse beauté faisait beaucoup jaser mais Galjero ne put pénétrer dans l'intimité des princes que lorsqu'un premier combat eut prouvé sa valeur. L'affrontement, pourtant, n'était pas d'envergure. Opposant les Lucquois aux Florentins, il avait commencé par le tir serré de trois bombardes ennemies. Retranchées sur une hauteur, elles avaient anéanti les premières lignes de piquiers et affolé les chevaux de la cavalerie régulière. Galjero avait eu la prudence d'habituer les chevaux au grondement des canons, en contraignant ses hommes à rouler du tambour et à donner le hourvari à l'heure de nourrir les bêtes. Faisant tenir le rang à sa troupe, le Valaque grimpa la colline, décima les servants et s'empara des trois bombardes qu'il versa le soir même à l'arsenal de Florence. Fêté pour sa victoire, il fut présenté à Lorenzo de Médicis un jour plus tard, au palais du Gouvernement.

Contrairement à son frère, le fils aîné de Cosimo affichait un visage rude et plein de morgue. Ses traits irréguliers, sans grâce, manifestaient une humeur sombre. Il était cependant l'ami des arts et sous son règne jamais Florence n'avait compté autant d'ateliers d'artistes peintres, de sculpteurs ou d'architectes. Poursuivant l'œuvre de Cosimo, son grand-père, il faisait également traduire à grands frais des manuscrits grecs, hébreux, arabes ou persans acquis dans tout le monde connu par des envoyés spécialement appointés.

– Voici donc l'intrépide à qui nous devons quelques nouveaux instruments dans nos entrepôts ! s'exclama le maître de la ville. J'entends beaucoup parler de vous, *signor* Galjero. Les gens s'interrogent, pourtant. On ne sait rien de vos origines ni de la raison qui vous a poussé à vous ranger sous notre bannière. Expliquez-moi un peu tout cela, voulez-vous ?

– J'ai longtemps combattu les Turcs dans mon pays, commença Galjero. Mais ces bougres étaient plus nombreux que nous. Ils ont rasé mes terres et égorgé mes gens. Alors j'ai rassemblé le peu qui me restait et suis venu ici, car un voyageur m'avait assuré que le soleil était doux et l'acier tout aussi tranchant que dans mes montagnes. Voilà mon histoire. Elle est simple et je n'en ai point d'autre à vous narrer.

Médicis le toisa de la tête aux pieds. Instinctivement, il n'aimait pas cet homme grand, trop bien fait, aux traits plus nobles que les siens mais au regard d'assassin. Il ne croyait pas non plus à la fable qu'il venait d'entendre. L'étranger, il l'aurait parié, n'était pas d'origine aristocratique. Et pourtant… Tout, dans ses poses et dans ses manières, disait l'aristocrate fier et rapide à s'emporter. Devant lui, Galjero avait insolemment croisé les bras sur la poitrine et soutenait le regard du prince.

– Ce mercenaire est un bon combattant et un meneur de troupe né, chuchota Giuliano à l'oreille de son frère. Nos gens de guerre l'aiment déjà. Et des bruits courent sur le charme ineffable de sa maîtresse…

À ces mots, Lorenzo se composa sur-le-champ un visage plus aimable. Faisant fi de ses répulsions, il invita le Valaque à sa table, l'installant même à sa gauche, mais lui parlant peu et le regardant à peine tout au long des agapes. Comme Galjero quittait le palazzo Vecchio, deux gentilshommes qu'il avait remarqués au banquet s'approchèrent de lui.

– Vous ne semblez pas entrer dans les bonnes grâces de notre prince d'État, *signor* Galjero, dit le premier sans se présenter. Voilà qui est fâcheux si vous désirez vous faire un nom dans cette cité.

– Fâcheux… ou heureux…, corrigea le second, selon que le vent gonflera la voile des Médicis ou la laissera toute flapie au profit d'une autre…

– Que dois-je comprendre à vos allusions, messieurs les inconnus ?

– Pardonnez-nous. Notre empressement à vous parler nous fait manquer à la première des politesses. Nous appartenons à la famille Pazzi. Je suis Jacopo et voici Francesco.

Les deux frères étaient jeunes et beaux malgré l'ambition qui se lisait sur leurs traits aussi clairement qu'un amen au bas d'une page de missel. Banquiers de leur état, ils possédaient une fortune presque aussi importante que celle des Médicis, mais leurs aïeux – la peste soit de leur médiocrité – n'étaient pas parvenus à atteindre la plus haute marche du pouvoir.

– Que désirez-vous ? demanda Galjero, plus pressé d'aller dévêtir Laüme que de causer intrigues.

– Nous ne désirons rien de vous, *signore*, tempéra Jacopo. Seulement vous mettre en garde. Ne vous avancez pas trop au côté d'une faction qui s'affaiblit à chaque instant et que le peuple n'aime pas… Si Florence se soulève un jour contre ses maîtres actuels, réfléchissez à deux fois avant de tirer votre lame pour sauver une famille qui ne vous récompensera jamais à hauteur de vos services.

– Alors qu'une autre pourrait tellement mieux le faire…, conclut Francesco en croquant une pomme verte à belles dents.

*

Le corps de Laüme était oint d'huile parfumée et ses longs cheveux brossés tombaient sur ses épaules nues comme un voile.

– Florence est un nid de vipères, dit-elle avec le plus désarmant des sourires. Les Pazzi contre les Médicis ?

Voilà qui peut nous créer de belles opportunités. Tu peux y gagner des titres et des terres, si nous choisissons bien notre camp.

Ses mains battaient négligemment un jeu d'étranges cartes aux figures coloriées qu'elle posait tour à tour devant elle. Galjero sentit monter le désir au creux de son ventre.

– L'époque nous est propice, n'est-ce pas ? dit-il en plongeant les doigts dans la chevelure de la fille. C'est bien ce que tu penses ?

– Bonne, elle l'est assurément. Accepte les premières avances des frères Pazzi. Peut-être sont-ils destinés à remplacer les Médicis. Il faut savoir.

– Ne peux-tu le deviner ? Ne peux-tu prédire l'avenir comme tu sais découvrir les pièces d'or sous les pierres ?

Laüme leva les yeux vers son amant. Ses pupilles s'étaient démesurément dilatées.

– Un jour j'aurai ce pouvoir. Pour l'heure, il me fait encore défaut.

Obéissant à sa maîtresse et malgré ses répugnances personnelles, Galjero se coula un temps dans l'entourage des Pazzi. Les frères semblaient de bons vivants et comptaient beaucoup d'amis sincères. Quand ils se promenaient dans les rues, le petit peuple les saluait et les bourgeois leur tiraient la révérence. Eux répondaient sans morgue aucune aux invites et aux sourires.

– Les Médicis ont acheté Florence, expliqua Francesco au Valaque lorsque la confiance dont jouissait ce dernier commença à s'affirmer. Voilà trois générations qu'ils corrompent les officiers municipaux pour acquérir et conserver les charges. Nous voulons y mettre un terme. Florence n'a pas besoin d'autant de statues dans les rues ou de peintures sur les murs. Florence a besoin de maladreries, d'écoles nouvelles, de citernes et de greniers… Nous, les Pazzi, les lui donnerons.

Les citoyens de Florence n'étaient pas les seuls à soutenir les deux frères. Motivé par d'obscures raisons politiques, le pape lui-même leur avait promis son appui.

– L'affaire semble donc entendue, jugea Laüme lorsque Galjero lui eut rapporté tout ce qu'il avait appris.

– Jacopo et Francesco complotent l'éviction des Médicis depuis trop longtemps. Leur coup ne peut rater. Dans une semaine, un mois tout au plus, Florence aura changé de visage…

– Peut-être…, tempéra Laüme. Encore faudrait-il en être certain pour jouer la bonne carte. L'avenir d'un homme, je ne peux le deviner car il est trop subtil… Mais celui d'une ville, d'un peuple, je connais un miroir capable de le refléter.

Galjero trouva un nouveau-né abandonné par sa mère, blotti dans une piètre couverture sur le seuil d'une église. L'enfant respirait à peine. Il ne cria pas quand l'homme le saisit et le glissa dans sa besace. Dans les vapeurs du sang répandu de la petite créature, Laüme vit se mouvoir des formes, des images… Telle une prophétesse des temps anciens, elle chuchota son oracle à Galjero…

*

Sous sa coupole immense, la cathédrale Santa Maria del Fiore était bondée. Pressé de toutes parts, Galjero n'avait pu s'avancer suffisamment pour atteindre un banc et s'asseoir auprès des familles patriciennes venues communier à l'office de Pâques. Repoussé sans égard dans une encoignure, il rageait contre les hautes coiffures qui l'empêchaient de surveiller l'assemblée. Des frères Pazzi, il n'avait aperçu furtivement que Francesco, qui passa devant lui en le remarquant à peine. Son visage était plus fermé qu'à l'ordinaire et ses cils battaient vite sur ses yeux rougis par la veille. Les Médicis, eux, restaient invisibles. Galjero les savait là, pourtant, occupant les premiers sièges devant le prêtre qui venait de débuter la messe. Imitant les fidèles, le Valaque prit une posture de pénitence pour écouter le sermon. À l'instant où le religieux quittait sa chaire, un bruit d'épée que l'on tirait de son fourreau résonna dans la nef, provoquant des cris et une bousculade qui enfla comme une vague. Se frayant un passage, Galjero vit les frères Pazzi engager les Médicis. Acculés près de la porte de la sacristie, ceux-ci se défendaient pied à pied, mais le petit nombre de leurs gens les condamnait à une mort certaine face à la trentaine de sbires qui les harcelaient. Faisant volte-face, Galjero quitta la cathédrale aussi vite qu'il put et traversa le parvis à toutes jambes. À l'angle de la place, son armée de reîtres attendait. Il se mit en selle et lança la charge, menant sa troupe au grand galop dans les travées du lieu saint. La violence de la contre-attaque fit craquer l'étau refermé autour des Médicis. Dans le fracas des armures et le martèlement des sabots frappant le pavage de mosaïques, l'autel fut renversé, les bancs broyés, les statues basculées… Piétinant les cadavres, le cheval noir de Galjero hennissait comme Bucéphale sous la fureur d'Alexandre. Lorsque tout fut fini, les frères Pazzi furent liés et jetés aux pieds de Lorenzo. Les conjurés tremblaient de rage et maudissaient leur ennemi dans un patois que Galjero ne comprenait pas. Mais le prince ne leur accorda pas un seul regard. Penché sur une forme sans vie, il pleurait son frère Giuliano…

Comme Laüme l'avait vu dans les viscères de l'enfant sacrifié, la machination avortée des Pazzi apporta gloire et fortune au Valaque. Lorenzo ne jurait plus que par le sauveur inattendu de la dynastie au pouvoir. Le jour où l'on exécuta Francesco et Jacopo, qui furent pendus à la façade du palazzo della Signoria, le maître de Florence éleva l'étranger dans l'Ordre de saint Etienne créé par Cosimo et lui offrit un vaste domaine d'oliveraies et de pâtures à trois lieues de la cité. Perchée sur une crête, une petite forteresse de moellons rouges dominait la campagne. Mais Laüme ne voulut pas quitter le palazzo degli Specchi.

– Tu es parvenu en peu de temps là où je voulais te placer, dit-elle à son amant. Tu t'es montré fort, sans peur, docile. Maintenant, il te reste une tâche à accomplir, ici même, à Florence, et non dans quelque campagne isolée. Tu dois t'y consacrer pleinement, car les années passent et tes jours sont désormais comptés.

Le cœur de Galjero se serra. Il étendit les mains et remarqua qu'elles étaient plissées et piquetées de taches brunes. Lorsqu'il observait son visage dans l'eau d'une fontaine ou le reflet d'un plat de cuivre, il voyait les rides profondes autour de ses yeux et sur son front, les cheveux blancs sur ses tempes, et cela l'effrayait. Ce n'était pas la mort que craignait le guerrier. Non. Ce que redoutait Galjero plus que tout était l'inévitable perte de Laüme. Une fois franchies les portes de la grande nuit, jamais plus il ne la coucherait contre lui, jamais plus il ne la verrait rire et danser comme une petite fille dans les salles de la Villa aurea. Il allait disparaître et elle continuerait à vivre. D'autres la posséderaient peut-être, l'aimeraient…

Galjero soupira et se força à sourire malgré son chagrin.

– Tu dois maintenant faire un fils, affirma Laüme avec autant de compassion dans la voix que si elle avait lu dans son âme à livre ouvert. Ta lignée doit continuer. C'est notre pacte.

– Mon amour n'ira pas à une autre femme que toi, Laüme. C'est à ton doigt que je veux passer l'anneau des noces !

Elle le regarda sévèrement.

– De gré ou de force, tu feras cet enfant que je te demande. Tu le feras !

Ses ongles longs et durs s'enfoncèrent si fort qu'ils entaillèrent sa peau. Galjero eut un mouvement de recul, comme devant l'attaque d'une panthère. Aussitôt, Laüme desserra sa prise. Soudain plus douce que le miel, elle leva la main vers le visage de son amant.

– Tu m'as déjà passé l'anneau. Souviens-toi… Le camée que tu as trouvé dans l'île des Serpents… Tu m'en as fait don lorsque je t'en ai prié. Il ne m'a plus quittée depuis cet instant. Il scelle notre union, une union plus forte que la mort, plus forte que le temps lui-même…

Galjero regarda briller un instant la pierre taillée mais son cœur lourd n'y trouva aucune consolation. Il céda pourtant.

– Qui donc entends-tu me faire épouser ?

– Son nom importe peu. Son rang et sa conformité pour enfanter sont les seuls points à considérer. Nous ne cherchons qu'un ventre.

– Mais comment le trouver ?

– Lorenzo, assura Laüme. Lorenzo te le trouvera…

*

Les noces du premier des Galjero et de la marquise Nuzia d'Oglieri furent les plus singulières qui se puissent imaginer. Le visage étroit et pointu, les joues roses et le front lisse, qu'avait encore dégagé le rasoir pour qu'il paraisse plus grand selon la mode du temps, la promise était jeune et présentait de belles formes. Fille unique d'un père terrassé par le haut mal, elle possédait en propre des terres qui faisaient sa richesse. De caractère gai, aimant les arts, curieuse et vive, c'était un des partis les plus convoités de Florence. Lorsque Lorenzo de Médicis, son tuteur, la voua à Galjero, plus d'un gentilhomme maudit le Valaque pour cet insolent privilège. C'est pourtant le visage cendreux et le regard vide que le condottiere posa le baiser d'épousailles sur les lèvres de la pucelle. Il répondait à peine lorsqu'on venait pour le complimenter et lui souhaiter une descendance prompte et nombreuse. À midi, sans même donner le voile d'un prétexte, il déserta le *campo* herbeux où des tentes avaient été dressées pour le banquet. On eut beau l'appeler, le chercher, il resta introuvable… Tant bien que mal, on cacha à la jeune épousée ce que beaucoup devinaient.

– Il est reparti chez sa maîtresse, chuchotait-on derrière son dos.

– C'est une sorcière…, soutenait l'un.

– Une fée ! rétorquait un autre.

– Ni fée ni sorcière, seulement sa putain, tranchait un troisième.

À la nuit tombante, Galjero réapparut. Sans un mot ou presque, il conduisit sa femme dans la chambre nuptiale. Tout le temps qu'il coucha avec Nuzia, le Valaque ferma les yeux pour ne penser qu'à Laüme. Dans la matrice de son épouse, il lança sans joie un sperme qui au premier jet la rendit féconde. Dès qu'il sut qu'elle avait conçu un héritier, Galjero cessa de lui tenir commerce.

Toutes ses nuits, toutes ses forces, il les consacrait à Laüme. La moindre fibre de son être était tournée vers elle. Elle était entrée en lui comme un poison sans remède, une liqueur suave et mortelle, un vin plein de maléfices et de beautés.

Tout le temps de la parturition, il alla en secret prier à la cathédrale Santa Croce afin qu'une fille lui vînt. À son grand désespoir, ce fut un garçon qui naquit.

– Te donneras-tu à mon fils comme tu t'es donnée à moi ? demanda-t-il à Laüme dans l'heure qui suivit la naissance. Lui montreras-tu ton corps ? Lui ouvriras-tu le chemin de tes cuisses ?

– Oui, répondit-elle simplement. Il me possédera comme tu m'as possédée. Et son fils après lui, et le fils de son fils…

Et chaque fois je serai un peu plus lascive car j'aurai appris entre-temps des générations précédentes… Mon pauvre Galjero, poursuivit-elle en riant, c'est toi qui m'as ouverte mais tu n'es pas de ceux qui tireront de moi les meilleures jouissances.

Rendu furieux par ces propos, Galjero quitta la ville à l'aube, à l'instant où les portes de l'enceinte s'ouvraient sur une campagne noyée de brume. Tout le jour il erra au hasard des chemins puis, à la nuit, il engagea sa monture fourbue dans un lacis de marécages. Alors, ensanglantant les flancs de son cheval à grands coups d'éperons, il obligea la bête rétive à s'enfoncer jusqu'au tréfonds des eaux vertes.

Dragoncino

Depuis le jour calamiteux de ses noces, Nuzia Galjero s'était flétrie à l'image d'une feuille arrachée par le premier vent d'automne. À vingt ans à peine, ses cheveux avaient blanchi et son beau visage lisse s'était craquelé de rides anguleuses que l'artifice des fards ne pouvait combler. Rien, pas même le spectacle du premier sourire ou des premiers pas de son fils, ou l'émotion causée par le babil de l'enfant, n'avait pu la distraire de sa mélancolie. Meurtrie au plus secret d'elle-même, elle n'avait jamais guéri de l'amour sans retour qu'elle avait voué à Galjero.

Car elle avait follement, passionnément aimé son époux, sans le lui avouer cependant. À quoi cela aurait-il servi ? Bien avant de la conduire à l'autel, Galjero s'était vicié l'esprit au contact d'une courtisane qu'il avait amenée avec lui de son pays de montagne et de neige. Une fille dont il n'avait pu s'empêcher de prononcer le nom au cours de la nuit où il s'était uni à Nuzia pour s'assurer une descendance. Galjero n'avait manifesté que du dégoût pour sa propre femme, Nuzia en était certaine. Après des années de veuvage, elle vivait encore sous le poids de ce malheur, de cette honte, de cette humiliation. C'était pour échapper à ce souvenir qu'elle avait choisi de s'éloigner de Florence afin de vivre, solitaire, dans un domaine retiré qu'elle tenait de son père. Aux amies qui avaient tenté de l'arracher à sa réclusion, la patience avait fini par manquer. Obstinée, préférant à tout le désert de sa campagne, Nuzia ne recevait plus que les visites d'Isola Giorni, une proche parente pétrie d'arthrite mais toujours prête à braver la poussière de l'été, les boues de l'automne ou les glaces hivernales pour se rendre auprès d'elle et tenter de la divertir. C'est ainsi que Nuzia prenait connaissance des dernières rumeurs qui agitaient la cité et la province. Si distrayantes soient-elles, aucune n'était cependant parvenue à lui arracher l'ombre d'un sourire. Nuzia était intéressée par la mention d'un seul nom.

– Et cette Laüme ? pressait-elle toujours. Réside-t-elle encore à Florence ? Pourquoi ne se décide-t-elle pas à retourner d'où elle vient ? Dieu sait pourtant si je prie pour cela…

Isola fronçait alors les sourcils en un air de réprobation farouche. Elle détestait l'insistance malsaine de sa nièce à lui faire évoquer un sujet qui la rebutait par-dessus tout. Il fallait bien des soupirs et des prières pour que la vieille femme se décide à parler encore.

– Cette fille est toujours là. Elle ne partira pas, je crois…

– Et que fait-elle ? Qui voit-elle ?

– Je ne sais que ce que colporte la rumeur… Et je te l'ai déjà plusieurs fois rapporté…

– Dis-le-moi encore…

– Elle n'a pas quitté le palazzo degli Specchi. Elle y donne des fêtes. Regarde les hommes se battre pour elle. Il y a eu des morts déjà… Francesco et Paolo, les deux fils de l'orfèvre Fazelli, se sont querellés pour ses faveurs. Ils se sont affrontés en duel et se sont entre-tués. Olivio Valera a eu un œil crevé dans un autre combat, tandis que Pietro Safanese a été trépané et a perdu l'usage de la parole.

– Et personne ne s'oppose à ce scandale ? Pas une voix ne s'élève pour exiger l'exil de cette étrangère ?

– Lorenzo la protège. Et d'autres avec lui, beaucoup d'autres. Elle s'est introduite à la Cour et y mène grand train. Même Marsilio Ficino et Pico della Mirandola parlent d'elle avec le plus grand respect. On dit que c'est une lettrée. On dit aussi qu'elle indique aux envoyés de Lorenzo où trouver des textes rares aux confins de l'Orient. Elle est la nouvelle muse de l'Académie, l'Hypatie de Florence…

Nuzia se désespérait. Chaque jour, l'ancienne maîtresse de Galjero semblait séduire un nouveau peintre par sa beauté, un nouveau savant par son érudition…

La veuve souffrait au plus profond d'elle-même mille tortures.

– Et l'Église ? Que dit l'Église ?

– On assure que le prochain pape sera Rodrigo Borgia. C'est un dépravé ! Crois-tu que l'Église ait seulement la volonté de s'opposer aux caprices de Lorenzo, si Borgia est promis au trône de saint Pierre ? Ces deux-là sont taillés dans la même étoffe. Une bauge ! Voilà ce que deviennent nos provinces sous la domination de tels hommes. Moi aussi je prie le Seigneur pour qu'il nous envoie la rédemption et l'humilité… Je le prie pour que les Français se décident à franchir la frontière afin de reprendre leur royaume de Naples. Leur roi, Charles VIII, ne tolère pas le désordre. Il saurait mettre au pas nos cités et en chasser les fauteurs de trouble comme cette fille…

– Et s'il ne le fait pas ?

– Alors, j'ignore comment nous nous débarrasserons de créatures comme elle… Sauf à charger nos âmes du poids d'un très lourd péché.

*

Une bourse de dix florins d'or. Voilà ce que, en ce soir de juin, l'on posait devant Bartolomeo au fond de la plus pouilleuse des tavernes de Florence. Avait-il jamais vu, dans sa carrière de reître, autant de pièces ? Peut-être en avait-il arraché à la ceinture d'un mort, mais il n'en avait plus le souvenir. Avidement, il tendit la main et fit disparaître l'argent dans les plis de son pourpoint usé.

– La même chose quand l'affaire sera faite, c'est bien ça ?

La silhouette en face de lui se contenta de hocher la tête. Bartolomeo grogna et empoigna une fiasque de *vino santo* pour remplir sa timbale déjà vide. D'ordinaire, il rechignait à traiter avec des inconnus mais la somme proposée était bien trop importante pour qu'il risque de gâter l'affaire en posant des questions malvenues. Contenant à grand-peine un rot, il tenta néanmoins de deviner l'identité de l'homme qui se tenait en face de lui. Il ne voyait guère qu'une barbe grise, peignée et propre. Sous un chapeau à large bord, les traits du visage étaient mangés par l'ombre.

– Ne cherchez pas à savoir qui je suis, avertit l'inconnu d'un ton sévère. Moi, je n'ai pas d'importance. Je ne suis qu'un recruteur, un exécutant. Comme vous… Contentez-vous de tuer qui l'on vous dit.

Bartolomeo tira sa dague de son fourreau et s'amusa un instant à gratter les rogatons de chandelles qui maculaient la table.

– Comme vous voudrez, convint-il enfin d'un air détaché. Donnons-nous rendez-vous ici même dans quatre jours. Vous serez content de moi…

Puis il passa la soirée à dépenser une partie de ses gages avec des ribaudes.

Au matin, il partit rôder en ville, non loin de la maison où vivait sa future victime. Durant toute la journée et la suivante encore, il surveilla les allées et venues des domestiques pour se remémorer leurs visages, se distrayant seulement à donner des coups de pied aux cochons municipaux que Lorenzo de Médicis avait fait lâcher pour nettoyer les rues à moindres frais. Peu après la troisième aube, il suivit au marché deux servantes chargées de l'approvisionnement des cuisines. Il s'était fait accompagner d'un vaurien à qui il avait promis une pièce s'il l'aidait à s'emparer des domestiques. Dans une ruelle sombre, ils étourdirent les femmes et les tirèrent dans un atelier de ferronnerie désaffecté. Ils égorgèrent sur-le-champ la plus âgée pour mieux effrayer l'autre. De la pauvre fille terrifiée, Bartolomeo apprit tout ce qu'il voulait savoir. Quand il eut fini avec la prisonnière, il laissa son compagnon s'en satisfaire et écrasa ensuite la tête de la malheureuse avec un marteau avant de dissimuler les cadavres derrière un amas de poutres à demi brûlées.

Au milieu de l'après-midi, il s'empiffra de purée de lentilles, de prunes fripées et de cinq gros oignons rouges cuits dans leur jus car il lui fallait du bran. Enfin, lorsque la nuit fut venue, il retourna en ville et se glissa par les jardins jusqu'à une glycine qui serpentait sur la façade de la demeure. Souple comme un chat, il se hissa dans les étages. La nuit était chaude. Toutes les fenêtres étaient ouvertes. Il pénétra à l'intérieur sans être vu. Trois heures avant l'aube, les lieux étaient aussi silencieux qu'un cimetière. Bartolomeo sourit. Tout allait pour le mieux. Sans se presser, il délaça ses chausses, s'accroupit et fit sortir de lui un long ruban mou et brun, bien odorant, dont l'expulsion lui donna grande aise. Une fois rhabillé, il passa soigneusement sa lame dans le beurre noir de la crotte. À sa manière, Bartolomeo était un professionnel consciencieux : il savait que si, pour une raison quelconque, il ne pouvait achever sa victime, les blessures qu'il lui porterait avec cette arme souillée entraîneraient à coup sûr la gangrène. Tenant fermement le couteau, il s'avança sur la pointe des pieds le long d'un corridor menant à la chambre où dormait sa cible.

Au début, ce ne fut rien, rien du tout. Ou alors un souffle si léger qu'il pouvait être confondu avec la brise au cœur de la nuit. Puis, très vite, il ne fut plus possible de douter. Oui ! Il en était certain maintenant, quelqu'un, dans le *palazzo*, jouait un air de flûte ! L'homme se blottit dans un recoin et s'y contracta, tel un hérisson soudain attaqué. Les nerfs tendus, il tenta un instant de deviner la provenance de la mélodie. Mais, bientôt, son cerveau ne put s'empêcher de s'ouvrir lentement au rythme qui montait de l'instrument. L'air était gai et fort harmonieux, étrange aussi. Bartolomeo n'en avait jamais entendu de pareil. C'était une danse, une variation de tresque ou d'estampie...

Involontairement, son pied commença à battre la mesure. Mais c'était de la folie ! Il ne fallait pas ! Bartolomeo sentit son cœur cogner plus vite. L'air était si plaisant, si agréable... Il eut envie de l'entendre mieux. Quittant sa niche, il revint sur ses pas car il lui semblait que le son provenait des jardins, et non de l'intérieur de la maison. Il se pencha à la fenêtre pour écouter. Non, la mélodie venait des étages inférieurs ! Marchant dans ses excréments sans y prendre garde, Bartolomeo descendit l'escalier. Ses tempes étaient douloureuses et la sueur coulait sur son front. Cette flûte ? Où donc était-elle ? Puis l'envie fut trop forte : un sourire étirant ses grosses lèvres, il se mit à rire et à siffloter la ligne de l'instrument. Tout son corps se détendit d'un seul coup, comme la corde d'un arc. Il lâcha son couteau pour frapper dans ses mains et se mettre à danser. Un saut ! Une volte ! Un saut ! Bartolomeo n'avait pas été aussi heureux depuis qu'il avait tué son premier homme, à l'âge de onze ans ! Un saut ! Une volte ! Un saut encore !... Et cette flûte qui accélérait la cadence... Elle allait vite maintenant, toujours plus vite. Une volte... Un saut... Trop vite ! Trop vite ! Un saut ! Encore un saut ! Impossible de s'arrêter ! Son cœur éclatant sous l'effort, Bartolomeo s'effondra, sans vie, sur le sol. Juste au-dessus de lui, nichant dans le socle d'une statue de marbre représentant la muse Euterpe, l'esprit gardien des lieux se rendormit, satisfait d'avoir œuvré pour sa maîtresse, et fortifié par la mort qu'il venait de donner.

*

Longtemps, Dragoncino Galjero ignora tout de son père. Aux rares questions qu'il se risquait à poser lorsqu'il était enfant, son entourage répondait peu ou mal, laissant sa curiosité insatisfaite et toujours plus ardente. Joyeux, habile et jamais en repos, l'enfant étouffait auprès d'une mère pleureuse et craintive qui réprimait le moindre de ses mouvements. Bien qu'il fût fasciné par les chevaux, les écuries lui étaient interdites. Curieux des autres, il ne connaissait que des visages d'adultes austères et froids. À six ans il n'y tint plus et, après plusieurs tentatives avortées, parvint à s'échapper. Se glissant au-dehors par une brèche de l'enceinte, il battit la campagne pendant quelques heures avant que des paysans ne le retrouvent, assoupi dans le foin d'une grange. Cette petite aventure laissa en lui une empreinte profonde. Les insectes qu'il avait tenus dans ses doigts, les lézards qu'il avait laissés courir sur ses jambes et le parfum vif des fleurs dans lesquelles il s'était roulé le confortèrent dans le sentiment que la vie était un trésor à prendre et qu'il suffisait de tendre la main pour s'en saisir. Malgré les réprimandes de Nuzia et l'obligation qu'on lui fit de réparer immédiatement le trou dans le mur par lequel il s'était échappé, il réitéra ses escapades, trouvant toujours une façon nouvelle de tromper la surveillance jalouse dont il était l'objet.

Un jour qu'il devait avoir dix ans, il s'égara et glissa dans une sorte de ravine qui bâillait traîtreusement sous un tapis d'herbes sèches. Il s'affala près de deux vipères qui le mordirent sauvagement au cou et au visage. Ivre de colère et de douleur, le garçonnet saisit tour à tour les animaux pour leur faire éclater la tête sur l'angle d'une pierre et remonta par ses propres moyens de la fosse poussiéreuse où il était tombé. En dépit de tous ses efforts, le venin courant dans son corps ne lui permit pas d'aller bien loin sur le chemin du retour. Sous la chaleur de midi, son corps se couvrit d'un voile glacé et ses muscles durcirent comme une glaise passée au four. Il s'évanouit bientôt dans un taillis à l'écart de tout sentier.

Le soleil entama sa descente sur l'horizon sans que personne vienne lui porter secours. Déjà les insectes couraient sur son corps et les belettes venaient lécher sa peau froide quand une ombre fine s'avança vers lui. C'était Laüme. Dans sa paume, elle tenait un crapaud qu'elle avait cueilli au creux d'une mare. Caressant le ventre de la bête, elle tira une longue aiguille de ses cheveux roulés en chignon et la planta savamment dans les chairs molles du batracien. La petite créature ne souffrit pas. Ses pattes se contractèrent une seconde, son échine trembla à peine puis son esprit éclata comme une bulle de savon dans l'éther. Pressant le cadavre au-dessus du garçonnet, Laüme en exprima jusqu'à l'ultime goutte de sang avant de fracasser le crâne de la bestiole sur un silex. Plongeant alors les doigts dans la masse grise et rouge du cerveau en charpie, elle en extirpa comme une pierre lisse, une concrétion à peine plus grosse qu'une dragée, qu'elle plaça sous la langue de l'enfant. Une heure, deux peut-être, elle attendit. Sans s'impatienter, sans prier, les yeux juste posés sur les traits figés du fils de Galjero.

Son cheval noir se tenait tout près, attaché à un tronc. Ce fut lui qui attira l'attention des serviteurs envoyés à la recherche de l'enfant. Médusés, les domestiques osèrent à peine s'approcher de cette fille aux luxueux vêtements carmin, au bandier brodé d'or et dont l'aumônière rebondie pendait à côté d'une dague effilée. C'est alors que Nuzia les lança sur elle. Sans se débattre, les yeux plantés dans ceux de Nuzia qui hurlait de haine et de rage, croyant qu'on venait d'assassiner son enfant, Laüme se laissa prendre et traiter de sorcière, de meurtrière, de diablesse… Mais les insultes ne lui ôtèrent pas son sourire.

À l'instant où une fourche se levait, pointée sur sa gorge, un râle secoua Dragoncino. Dans une grande inspiration bruyante, le gamin revint soudain à la vie. Crachant instinctivement la crapaudine, il se releva à demi et battit des bras, comme s'il cherchait à percer la surface d'une eau sombre. Ses membres étaient redevenus souples et chauds, son souffle ample et régulier.

– Ton fils, je ne l'ai pas tué, expliqua Laüme. Deux vipères l'ont mordu. La pierre glissée dans sa bouche a pris le poison comme une éponge, et le sang d'animal répandu sur lui a gardé son esprit près de son corps pendant la purge. Moi, j'ai senti le danger et je suis venue à lui. Mais toi, que faisais-tu ? Tu geignais dans ta chambre ? Ou bien méditais-tu d'envoyer un nouvel assassin contre moi pour te venger d'avoir si mal aimé ton époux ?

Nuzia se mit à trembler, les paupières papillonnantes et la peau couleur de cendre. Laüme, tout à coup, parut plus grande, plus sauvage. Les deux hommes qui lui tenaient les bras la lâchèrent, et les piques tournées vers elle s'abaissèrent. Lentement, elle traversa la foule des paysans et remonta à cheval sans que quiconquc l'en empêche.

Fasciné, Dragoncino courut vers elle et referma sa petite main sur le bas de sa robe. Laüme lui sourit.

– Sais-tu, enfant, qu'Héraclès a étranglé de ses mains deux serpents qui l'attaquaient alors qu'il vagissait encore au berceau ? Aimerais-tu connaître le même destin que ce héros ?

– Je ne connais pas cet Héraclès dont vous parlez, avoua Dragoncino, tout penaud.

Cette réponse candide fit partir la cavalière d'un grand rire frais.

– Alors, je t'apprendrai, enfant. Oui, je te le promets, un jour prochain je t'apprendrai…

Et fouettant la croupe de son cheval d'un coup de cravache, elle lança au galop sa monture piaffante dans les pollens portés en mèches par le vent du soir.

*

Patiemment – ce qui était contraire à sa nature –, Dragoncino attendit que la femme au cheval noir revienne, ainsi qu'elle l'avait promis. Mais les années passèrent sans que la belle silhouette reparaisse. Peu à peu, il se lassa d'attendre et finit par se convaincre que l'épisode des serpents n'avait été qu'un songe de l'enfance. En grandissant, il alliait chaque jour davantage à l'ancienne beauté de sa mère la noblesse de traits de son père. Bouillant d'un feu toujours plus vif, exalté par la réclusion que lui imposait Nuzia au cœur de la solitude du grand domaine, les seuls instants de plaisir qu'il parvenait à voler consistaient, minuit venu, à se glisser hors de la maison pour battre en cachette la région sous le ciel de Toscane. Une nuit de pleine lune, alors qu'il déambulait au hasard des chemins en mâchant une tige de mauve, il aperçut une lumière sur un coteau de pâturages. S'approchant, il entra sans peur dans le cercle d'une petite troupe rassemblée autour d'un feu de camp. Tous les yeux se fixèrent sur lui.

– Hé, petit ! D'où sors-tu donc ? lui jeta un gaillard vêtu de cuir noir et d'acier.

– Vous êtes sur mes terres, répondit Dragoncino, sans paraître impressionné par l'aspect sauvage de cette bande de soudards.

– Sur tes terres, gamin ? s'esclaffa l'homme en l'attrapant par le col. Si tu es un seigneur, alors c'est que tu vaux cher ! Combien crois-tu que tes parents nous donneraient pour nous empêcher d'écorcher vif le doux lapereau que tu es ?

– Pas un florin ! Je n'ai pas de père, et ma mère ne m'aime pas !

– C'est bien dommage pour toi. Tu vas donc mourir sans que personne te regrette !

– Laisse-le aller, Mondo, intervint un vieux briscard qui portait une plume jaune cousue sur son pourpoint. Ce n'est qu'un enfant. Le duvet lui pousse à peine sur le menton.

Le dénommé Mondo retourna s'asseoir en maugréant près du feu, tandis que l'homme à la plume aidait le gamin à se relever et lui tendait une petite bonbonne gainée d'osier.

– Allez, bois ! Et pardonne-nous ce mauvais accueil. Tu n'as rien à craindre de nous. Nous levons le camp à l'aube et tu ne nous reverras plus.

– Qui êtes-vous ? interrogea Dragoncino après avoir avalé de bon gré une gorgée de l'infâme ratafia.

– Je m'appelle Kelus. Nous sommes du parti des Vénitiens et nous montons faire la guerre aux Français qui s'avancent vers les Alpes et traverseront bientôt la frontière.

Les yeux de Dragoncino s'agrandirent, et son cœur se mit à battre plus vite.

– Me prendrez-vous avec vous ? demanda-t-il aussitôt. Je veux être soldat !

Cette déclaration fit fuser les rires et les plaisanteries. Kelus frotta sa barbe blonde dans laquelle couraient des poux.

– Quel âge as-tu ?

– Quinze ans. Bientôt seize !

– Pas un mauvais âge pour battre le tambour ou pour porter un étendard. Ou encore pour frotter les armures ou huiler les épées. Comment t'appelles-tu ?

– Dragoncino. Dragoncino Galjero.

– Que dis-tu ?

La voix de Kelus s'était soudain brisée. Saisissant un brandon, il dévisagea l'enfant une longue minute en silence.

– Sainte Marie mère de Dieu ! C'est ma foi vrai, tu lui ressembles…, dit-il enfin. Tu es son fils ! Sans aucun doute possible tu es le fils de Galjero !

– Mon père ? s'écria le gamin, incrédule. Vous avez connu mon père ?

– J'étais un de ses cavaliers dans la cathédrale Santa Maria del Fiore… Nous avons tiré le Médicis des griffes des frères Pazzi, ce jour-là ! Ce fut une belle bataille. Tu aurais dû voir comme ton père taillait en pièces l'ennemi ! C'était le meilleur capitaine que j'aie jamais servi, il n'avait pas son pareil !

L'esprit de Dragoncino s'emballa.

– Ma mère ne m'a jamais dit cela. Elle s'est toujours tue lorsque je lui posais des questions. Vous, parlez-moi ! Mon père était-il grand ? Était-il fort ? D'où venait-il ?

Durant le reste de la nuit, Kelus apprit à Dragoncino ce qu'il savait de Galjero. Comment il avait formé une troupe sur ses propres deniers ; comment il avait chargé les batteries lucquoises cachées en haut d'une colline ; comment il s'était comporté de la plus étrange manière le jour de ses noces avec la belle Nuzia Oglieri.

– Tout le monde prétendait qu'il était amoureux d'une autre femme que ta mère. Une femme belle comme le soleil levant, mystérieuse comme la nuit. Une étrangère de son pays. J'ignore pourquoi il ne l'a pas épousée. On dit aussi que c'est à cause d'elle qu'il est mort, mais cela, je crois que c'est une fable…

Dans la lumière de l'aurore, les hommes de la petite troupe s'éveillèrent et sellèrent leurs chevaux. Kelus s'efforça de convaincre Dragoncino de rentrer chez lui, rien n'y fit. Fortifié d'un nouvel orgueil, l'enfant voulait se montrer digne de son père.

– La guerre est une chose laide, mon petit, murmura Kelus sur un ton de prêche. Et les soldats ne sont pas des figures de romans de chevalerie. Si tu nous suis, prépare-toi à souffrir, à connaître la faim, la peur et le dégoût de toi-même, car tu ne pourras survivre en te montrant miséricordieux. Tu donneras le plus souvent la mort par-derrière, et lorsque tu verras dans les yeux de ton adversaire s'éteindre la vie, plus jamais tu ne pourras effacer cette image de ta mémoire… Les fantômes accompagnent celui qui les a tués, sache-le, ils le tourmentent et se vengent de mille manières que tu ne peux soupçonner… Si tu viens avec nous, tu poses la malédiction sur toi. Comprends-tu mes paroles ?

Dragoncino fit signe que oui, bien qu'il ignorât tout encore des vérités que lui livrait Kelus à cet instant. On lui donna une dague et des gants trop larges pour lui, qui glissaient sans cesse au bout de ses doigts. Puis le vieux guerrier le mit en croupe et, sans regarder en arrière, sans même songer à sa mère et à tout ce qu'il laissait, Dragoncino entoura de ses bras la taille de Kelus. Enfin, il lui semblait vivre…

Des jours durant, la bande traça sa route vers Gênes, où cinq mille mercenaires aragonais achetés par les Vénitiens venaient de débarquer dans l'espoir de barrer la route au roi de France. Mais la bataille tourna mal et les Espagnols furent dispersés avant que la bande les ait rejoints. Ils apprirent la mauvaise nouvelle d'un aubergiste en entrant en Ligurie.

– Gênes va tomber, leur prédit l'homme. Ses défenses sont aussi molles que la chair d'une poire blette. Il paraît que les Français ont avec eux soixante-dix bouches à feu, une cavalerie de mille cinq cents lances et douze mille hommes à pied… Ils arriveront à Naples sans que personne puisse les arrêter ! Toutes les villes céderont, et Florence aussi !

Malgré l'impatience de Dragoncino à qui il tardait de ferrailler, Kelus fit tourner bride à ses hommes et les mena à Bologne, où il avait entendu que se rassemblait une armée de coalition. Le premier matin d'octobre, sous une pluie battante qui voilait le paysage à trente pas, ils rencontrèrent des éclaireurs de l'armée de Gian Galeazzo Sforza, le duc de Milan allié aux Français. L'affrontement fut lancé sans préparatifs et conduit sans merci. Dès qu'ils furent au contact de l'ennemi, Dragoncino se laissa glisser à terre et, se faufilant sous le cheval du guerrier qu'engageait Kelus, il trancha d'un coup net les jarrets de la bête. Dans un hennissement de douleur et de surprise, l'animal s'effondra dans l'herbe trempée en faisant jaillir une gerbe d'eau glacée. Sautant sur le cavalier désemparé, Dragoncino plongea sa lame dans un défaut de l'armure et sentit le sang chaud de l'homme dégouliner sur sa peau. Levant les yeux, il vit que Kelus le regardait en riant.

– Galjero, tu es aussi brave que ton père ! Continue, mon garçon ! La bataille n'est pas gagnée !

Galvanisé, empli d'une frénésie inextinguible, le garçon répéta sa manœuvre puis, lassé de cette perfidie trop facile, il désarma son deuxième mort dont il brandit l'épée pour affronter un Milanais face à face. Cherchant sa proie comme un jeune loup tourne autour d'un troupeau de cervidés, il avisa un piéton grimpé sur une souche qui faisait tournoyer une hache au long manche. Mondo gisait à ses pieds, la tête à demi arrachée. Dragoncino s'avança sans ressentir aucune peur. Le désir de tuer l'animait et il en éprouvait une volupté farouche, un plaisir brut qui décuplait ses forces et son habileté. Évitant d'une torsion le large fer de la cognée, il porta un coup d'estoc sous le menton du bûcheron, qui s'effondra en arrière en l'emportant avec lui puisqu'il était toujours agrippé à la poignée de son arme. Quand il se releva pour se choisir une nouvelle victime, Dragoncino constata que le combat était terminé. Le dernier adversaire venait d'expirer. Bouclier percé et épée ébréchée, Kelus mit pied à terre et saisit le harnais d'un cheval sans maître. S'approchant du fils de son ancien capitaine, il lui tendit la bride.

– Les morts n'ont plus besoin d'attirail, petit. Passe avant nous et prends sur eux ce qu'il te faut…

Avec un soin d'esthète, Dragoncino se composa un costume de hautes bottes, de chausses ferrées et d'un plastron en acier piqueté de rouille mais dont la forme lui convenait. Les pièces de son armure étant trop grandes, il dut gonfler sa chemise et ses braies avec des touffes de paille. Dépassant de-ci, de-là, les brins jaunes lui donnaient l'air d'un épouvantail et suscitaient les railleries de ses compagnons. Mais Kelus fit taire les mauvaises langues en rappelant que le jeune sire Galjero avait fait preuve d'un courage exceptionnel pour son premier combat et qu'il avait vengé leur compagnon Mondo en abattant d'un coup le bourreau milanais.

De ce jour, l'avance de la troupe fut ralentie par trois blessés graves qui retardaient l'allure. À la mi-octobre, la compagnie parvint en Romagne où l'armée française les avait devancés. Par un soir de grand vent, ils pénétrèrent dans le bourg de Mordano dont il ne restait plus que des pierres. Ce qu'ils virent là les fit maudire leurs ennemis pour l'éternité. Les Français n'avaient épargné personne. Les femmes gisaient, nues, dans la boue. Les cadavres de soldats étaient entassés sur les barricades et servaient de repas aux rats et aux chiens errants. Jetés les uns sur les autres, des corps de bourgeois replets débordaient d'un puits profond où on les avait précipités après les avoir dépouillés et torturés pour leur faire avouer où ils avaient dissimulé leur or. De sa vie, Kelus n'avait vu pareille horreur. Le visage décomposé, il ordonna à ses hommes de creuser des tombes pour ensevelir les villageois mais c'était une tâche trop lourde pour leur petite troupe. Trouvant de la poix dans des réserves, ils enduisirent les dépouilles de combustible et les firent brûler entre les murs effondrés de l'église.

– Croyez-vous qu'il y ait un Dieu ? demanda Dragoncino à Kelus comme tous deux regardaient la fumée noire du bûcher voiler l'éclat du dernier vitrail de l'édifice.

– C'est une question que je ne me suis jamais posée, avoua l'ancien. Et pour ton bien, je te conseille de suivre mon exemple. On se porte mieux à ne pas s'abrutir de ces questions. Cela rend mélancolique, peureux et inactif…

Ils reprirent donc leur chemin et traversèrent d'autres bourgs dévastés par les Français. Perdus dans les campagnes, des survivants erraient, telles des ombres. Beaucoup avaient perdu la raison et se terraient dans les fossés comme des bêtes à l'agonie. Les bois étaient désormais le repaire de bandes de pauvres hères à qui l'on avait tout pris et qui, en quelques jours, étaient devenus plus sauvages que des ours, plus sanguinaires que des charognards. La troupe dut repousser l'attaque d'un de ces groupes désespérés, composé d'anciens notables affamés et de clercs transis de froid. Ce qui se passa alors n'eut rien d'un combat. Ce fut triste et barbare, exempt de toute pitié. Les soldats ne déplorèrent aucune perte.

– Retournons sur nos pas, dit Kelus comme ils passaient Carrare. Je ne sais même pas où se trouve notre armée. À dire vrai, j'ignore même si nous en possédons encore une. Rien de tout cela n'a de sens… Les Français ont la partie belle et ce n'est pas notre petite assemblée d'éclopés qui les arrêtera. La première manche de cette guerre est perdue, il faut se rendre à l'évidence. Faisons route vers Mantoue. Le marquis est un vieil ennemi de Charles VIII. Là, on saura nous dire que faire…

Kelus et ses hommes passèrent les portes de Mantoue le jour même où Florence, assiégée par les Français, se rendait sans combattre, honteusement livrée à l'envahisseur par Piero de Médicis, le très médiocre fils du défunt Lorenzo. Le temps était curieusement doux pour la saison. Les chemins fondaient en une boue collante dans laquelle les chevaux s'enfonçaient jusqu'aux paturons, et les chariots s'engluaient dans des mares visqueuses dont il fallait des heures pour les dégager. À la caserne des lansquenets où on leur donna leurs quartiers, Kelus apprit que le marquis avait l'intention d'attendre le printemps pour lancer l'armée contre les Français.

– Le printemps ! s'affola Dragoncino. Mais pourquoi attendre ?

– Les Français veulent Naples. Grand bien leur fasse ! Une fois qu'ils auront installé leur pantin sur le trône, ils seront bien obligés de laisser des forces auprès de lui pour le protéger. Lorsque le roi remontera vers Paris, son armée sera plus faible et nous la détruirons alors facilement…

Les mois de cantonnement à Mantoue furent pour Dragoncino l'occasion de s'entraîner à manier l'épée comme un véritable reître. Kelus et ses hommes lui enseignèrent tout ce qu'ils savaient dans le domaine des arts de la guerre. Durante lui apprit à se tenir correctement à cheval ; il lui expliqua comment il fallait presser les jambes pour faire reculer sa monture, la faire tourner sur place, exiger d'elle qu'elle rue afin de se dégager d'ennemis trop pressants ou se cabre pour défoncer le poitrail d'un piquier. Nicolo lui tendit une arbalète et le fit tirer jusqu'à s'en démettre l'épaule sur des cibles en osier. Galmundo lui exposa comment tenir un bouclier et s'en servir pour parer les coups autant que pour en donner. Quand les jours se firent à nouveau plus longs que les nuits, Dragoncino avait pris du poids et s'était musclé, ses mâchoires avaient forci. Il avait enfin franchi la ligne qui sépare l'enfant de l'homme.

– Chaque jour tu ressembles un peu plus à ton père, lui disait souvent Kelus. Tu as les mêmes qualités que lui. Mais tu me parais un garçon plus joyeux… Aimes-tu les filles, au moins ?

Dragoncino assura qu'il n'en savait diantre rien et que le meilleur moyen de le découvrir était encore d'essayer. Avec quelques piécettes de cuivre, il acheta pour une heure une jeune ribaude dans une auberge. La catin n'avait pas froid aux yeux et lui montra tout ce que font d'ordinaire un homme et une femme lorsqu'ils sont ensemble. Dragoncino sortit de la soupente le rire aux lèvres, tout heureux de s'être découvert un appétit supplémentaire, mais il se trouvait peu finaud de ne pas s'être frotté à ces jeux-là plus tôt. Tous les jours il revint voir la fille, puis il se lassa d'elle. Il prit Luisa, une brunette, pour la remplacer. En montant dans le galetas où elle avait sa paillasse, la jouvencelle lui apprit qu'elle n'était pas de Mantoue mais venait tout juste d'arriver de Florence, où elle avait été cardeuse de laine.

– De Florence ? demanda aussitôt Dragoncino. Tu as vu les Français ?

– Ils ne sont pas restés longtemps. Dix jours à peine. Et ne se sont pas trop mal comportés. Mais, dès qu'ils sont partis, le Médicis a été destitué et s'est enfui... C'est un moine qui gouverne maintenant. Et c'est plus terrible que si la ville avait été rasée.

– Pourquoi cela ?

– C'est un fou qui fait brûler les tableaux et les richesses sur des bûchers dressés dans les rues. Tout le monde doit s'habiller de noir et faire pénitence. On ne peut plus jouer aux dés, ni boire, ni chanter ou porter de fausses nattes dans les cheveux ou des anneaux aux doigts. Ce sont les enfants qui sont en charge de la police. Ils dénoncent leurs parents s'ils cachent des bijoux ou des livres profanes. Moi, j'ai préféré partir plutôt que de vivre dans cette ville où l'on doit se composer une mine de carême pour n'être pas bastonnée dans les rues.

– Comment dis-tu que s'appelle ce moine ?

– Savonarole. Mais je ne veux plus parler de ça. Tu es beau et j'ai envie de sentir tes mains sur moi. Viens !

*

Dragoncino commençait à s'enticher de Luisa lorsque le marquis de Mantoue fit rassembler l'armée de la Ligue de Venise pour attaquer les Français, de retour de Naples.

– Les nouvelles sont bonnes, petit, dit Kelus en souriant. Les forces ennemies sont réduites et fatiguées. On raconte que leur roi souffre de la vérole et qu'il tient à peine sur son cheval. Les Français feront tout pour éviter la bataille mais nous allons les y contraindre en les bloquant vers

Parme, à la sortie des Apennins. Fais attention à toi quand tu te battras. Nous essaierons de rester groupés mais si une charge nous sépare, ce sera chacun pour soi…

L'armée de la Ligue fit halte au bord d'un torrent dont les eaux étaient assez basses pour être traversées par des hommes à pied, et s'installa légèrement en hauteur, sur le flanc d'un coteau. Deux jours durant, les coalisés attendirent l'ennemi. Enfin, le matin du troisième jour, l'émissaire français Philippe de Commynes s'avança pour négocier le droit de passer sans combattre, mais le marquis ne céda pas. Ordonnant le déploiement de ses troupes, il les divisa en deux pointes pour attaquer simultanément l'avant et l'arrière-garde. Les hommes de Kelus franchirent la rivière avec un gros parti de mercenaires espagnols et avancèrent sur l'ennemi sans rencontrer de résistance. En quelques minutes, les reîtres défoncèrent une mince rangée de gardes et fondirent sur les chariots de ravitaillement qu'ils s'empressèrent de piller. Kelus, le premier, descendit de cheval pour sauter dans un fourgon et faire main basse sur des coffres de vaisselle d'or frappée de la fleur de lys. Une telle aubaine était inespérée. Pourtant, Dragoncino se fichait des lourdes tentures et des soieries d'Orient dont ses camarades se paraient en riant. Tournant autour des chariots, il tentait de rassembler la troupe et de poursuivre l'assaut. Trop tard. Ordonnés et menés par leur souverain en personne, les chevaliers français fondirent sur eux au grand galop. Le choc fut terrible. Surpris en pleine euphorie et déjà ivres pour certains, ils furent peu nombreux à brandir l'épée pour se défendre. Dragoncino vit Kelus sauter sur son cheval et filer comme un vulgaire voleur de poules, ses amis Nicolo et Galmundo dans son sillage.

Le sang furieux de Galjero qui coulait dans ses veines interdisait au jeune homme de s'enfuir. Enragé, il talonna sa monture et piqua droit sur un groupe adverse qui s'acharnait à tailler en pièces un carré de piétons rassemblés autour de l'étendard d'Aragon. Menant sa monture avec les cuisses, Dragoncino lâcha les rênes et attrapa au passage une épée fichée en terre. Faisant tourbillonner les deux lames autour de sa tête comme les ailes d'un moulin, il se fraya un chemin jusqu'au cavalier d'un puissant destrier pommelé, qui tenait une guisarme au fer ouvragé. Distribuant une série de coups violents sur le heaume de son adversaire, Dragoncino l'obligea à se retourner vers lui. Le combattant, à coup sûr, était un grand seigneur, car son armure, faite du meilleur acier, était finement ciselée d'entrelacs compliqués. Il avait perdu son bouclier et n'opposait aux deux lames de Galjero que le manche ferré de sa longue pique. Dragoncino se voyait déjà victorieux et redoublait d'efforts et de célérité lorsque son cheval soudain bascula sous lui. Impuissant à le retenir, il tomba lourdement et demeura prisonnier de la masse de l'animal. Se recroquevillant autant qu'il le pouvait au milieu d'une mêlée frénétique, aveuglé par la poussière et le gravier, il sentit un sabot frapper violemment sa tempe, et il ne sut pas que le roi de France venait d'être sauvé par ses vassaux et emmené loin du combat.

Dragoncino ne resta pas longtemps sans connaissance. Quand il rouvrit les yeux, la bataille était perdue. Plus un combattant en vie n'était visible à l'horizon. Malgré leur petit nombre, les Français étaient parvenus à se tirer du traquenard tendu par le marquis de Mantoue. L'armée de la Ligue de Venise, en déroute, se repliait en désordre vers Parme, les étrangers galvanisés sur leurs talons. Tant bien que mal, le jeune homme tâta ses côtes et son crâne. Il était robuste, il n'avait pas un os brisé. À force de pousser sur le cadavre du cheval, il parvint à se dégager d'un violent coup de reins.

– Fort comme Héraclès ! Je te l'avais bien dit, autrefois… Mais t'en souviens-tu seulement, Dragoncino ?

Le taureau rouge

Elle était là, devant lui, en tous points identique au souvenir qu'il avait gardé d'elle. Fièrement dressée sur un palefroi sombre à la longue crinière, la cavalière n'avait pas changé depuis le jour où elle avait sauvé Dragoncino du venin des serpents. Son visage et sa silhouette étaient toujours aussi juvéniles, aussi séduisants.

– Êtes-vous amie ou ennemie ? lança agressivement le jeune homme, tout bouillant encore des fièvres de la bataille.

– Mon nom est Laüme, répondit la fille sur un ton amusé. Et je crois que je suis une amie… Oui. Une sorte d'amie de ta famille.

– Ma famille ? Vous êtes envoyée par ma mère, n'est-ce pas ? Vous perdez votre temps ! Vous pouvez lui dire que jamais je ne retournerai auprès d'elle !

Divertie par les mimiques rageuses de Dragoncino, Laüme partit d'un rire éclatant.

– Tu te trompes, dit-elle. Je n'ai pas reçu mandat de Nuzia. Je suis ici pour toi, pour t'aider, pour t'apprendre des choses et te rendre riche et puissant… Beaucoup plus puissant que ton père… mais un peu moins que ne le sera ton fils. Il suffit, maintenant ! Enfourche une monture et suis-moi ! Nous parlerons plus tard.

Et Laüme, sans plus attendre, éperonna sa bête et partit au galop.

Le cœur battant, le second des Galjero courut après un cheval errant et se mit en selle. Sur les crêtes alentour, sortant des bois et dévalant les pentes, se dessinaient les silhouettes de Français en armes venus enterrer leurs morts. Jusqu'à la nuit tombée, Laüme mena son compagnon vers le sud. Ils traversèrent des paysages de lande poudreuse et d'autres de prés épais, longèrent des rivières et passèrent des ponts de briques jaunes placés sous la protection de statues de saints enrubannées. Le soir, ils campèrent dans une forêt éloignée de tout village. Dragoncino rassembla du bois mort et voulut poser un collet, mais Laüme sortit de ses fontes un flacon de vin et un quartier de viande sèche qu'ils déchiquetèrent à belles dents.

Encore un peu étourdi par le formidable coup de sabot reçu lors de la bataille et grisé par le chianti qu'il avait bu, le second des Galjero pensa qu'il rêvait. L'idée lui vint même qu'il était mort et que son âme se trouvait maintenant en route vers un paradis inconnu, guidé par un ange blond au corps de femme. Avançant sa main vers Laüme, il lui enveloppa la taille et la plaqua contre lui. Il avait faim d'elle et il sentait en retour qu'elle avait faim de lui. Ses mains firent craquer les coutures de sa robe et dénudèrent ses seins laiteux. Étendus sur les feuilles sèches jonchant le sol, ils hurlèrent ce soir-là bien plus fort que les bêtes fauves qui hantaient les bois.

– Où me conduis-tu ? demanda Dragoncino lorsqu'ils reprirent la route.

– Nous descendons à Rome. Des richesses et des honneurs t'y attendent à la cour du pape Borgia.

Lorsqu'ils parvinrent à moins de cinq lieues de Florence, Dragoncino arrêta son cheval sur une hauteur et mit sa main en visière pour protéger ses yeux du soleil.

– D'ici, l'on peut voir la maison de ta mère, commenta sa compagne. C'est cela que tu observes, n'est-ce pas ?

Un peu honteux, Galjero le confirma d'un signe de tête.

– Depuis ta fuite, Nuzia dépérit. Un pas encore, et elle trépassera. Veux-tu que je change cela ?

– Comment le pourrais-tu ?

– Je ne le puis sans ta volonté, car une vie ne vaut que contre une autre vie…

– Que veux-tu dire ? Est-ce mon existence que tu réclames en échange du souffle de ma mère ?

Laüme sourit :

– Je suis attachée à ton sang. S'il s'épuise, je disparais. Ne l'as-tu pas encore compris ?

– Alors quoi ?

– Je te demande un sacrifice pour ramener Nuzia vers les vivants et lui montrer à nouveau le chemin de la lumière. Elle est jeune encore. Sa beauté peut même lui revenir… Elle t'a porté et nourri. Toi et moi lui devons cela, après tout, tu ne crois pas ?

– Ma mère et moi ne nous aimons pas.

– Craindrais-tu l'épreuve ?

Dragoncino se rembrunit.

– Parle ! Que veux-tu donc que je fasse ?

– Le sang porte les mystères et les impuretés de l'âme. Trouve un sang dépourvu de mystère… Une rosée de sang. C'est ce que je t'impose. Maintenant et ici, j'attends ton hommage ou bien je te quitte à jamais.

– Non !

Les yeux exorbités, le cœur battant à se rompre, Dragoncino éperonna sa bête et prit la direction d'une chaumière dont il connaissait l'emplacement, non loin de là. C'était la masure d'un vilain qui travaillait dans les champs appartenant à Nuzia. L'homme était connu pour infliger tous les neuf mois un nouveau marmot à sa femme exténuée. Instinctivement, Galjero savait que c'était là ce que réclamait Laüme. Comme il s'y attendait, il trouva la matrone en train d'allaiter, entourée d'une dizaine de gosses braillards, plus sales les uns que les autres. Voyant arriver au grand galop un chevalier au heaume baissé, la femme prit peur et courut se cacher dans une cave à l'accès protégé par une lourde trappe, mais Dragoncino la rattrapa avant qu'elle ne s'y glisse et l'étrangla sous les yeux de ses enfants. Saisissant des bâtons et des pierres, les trois aînés se jetèrent sur l'agresseur en le frappant aussi violemment qu'ils purent, mais Galjero tira son arme et les occit avec autant de férocité que s'il avait affronté des hommes faits. Entrant ensuite dans la chaumière, il extirpa deux fillettes de sous un châlit où elles s'étaient réfugiées. Il jugea l'une trop grande et la passa au fil de l'épée, puis il heurta la tête de l'autre contre un coin de table pour l'assommer, le temps de faire un sort aux survivants. Mais le reste de la fratrie s'était déjà éparpillé et il ne voulut pas perdre de temps à leur donner la chasse. Enveloppant la gamine inconsciente dans un sac, il empoigna le nourrisson vagissant sur le sol et retourna auprès de Laüme. Ses poumons étaient en feu et son esprit exalté par le massacre facile dont il s'était rendu coupable. Depuis que Kelus lui avait conseillé de ne pas s'abrutir de questions métaphysiques, Dragoncino avait réduit à néant tout son catéchisme. Que lui importait d'avoir assassiné des innocents si tel était le prix à payer pour garder Laüme près de lui ? Des femmes et des enfants ne mouraient-ils pas chaque jour sous les coups des soldats ? Et la peste ? Et la lèpre ? N'emportaient-elles pas indifféremment vieillards et enfants, saints et criminels ? À quoi bon faire pénitence alors ? Dragoncino déposa ses proies aux pieds de sa maîtresse, dont le visage s'illumina…

– Quels beaux présents tu me fais ! Ton père m'a fait de semblables offrandes autrefois, mais je n'en ai plus reçu depuis…

– Mon père… ?

– Plus tard. Je te raconterai plus tard !

Comme une ogresse grisée par la chair fraîche, Laüme s'approcha des enfants… Elle ne but pas leur sang mais s'en frotta comme d'un onguent. Dragoncino l'aida à se mettre nue et, de ses paumes, il étala le liquide poisseux sur le corps gracile de la fille. Il se dévêtit lui aussi pour se coller à elle, le sexe tendu. Énervés par l'odeur métallique qui s'élevait des flaques rouges, les chevaux piaffaient et hennissaient, tirant sur leur bride pour fuir cet endroit de folie et de mort.

Quand ils eurent fini de se donner du plaisir, Dragoncino et Laüme sautèrent dans le courant frais d'un ruisseau et se lavèrent à grande eau tout en y répétant leurs baisers et leurs caresses. Puis, serrés l'un contre l'autre, ils s'étendirent sur une pierre plate pour laisser le soleil les sécher. Un papillon coloré vint se poser sur les cuisses de Laüme, une libellule sur l'épaule de Dragoncino.

– Tu vois, les créatures des bois nous aiment, dit la fille en riant. Elles savent qu'il n'y a pas de péché dans ce que nous avons fait…

– Nous sommes pourtant des assassins, dit Dragoncino sans l'ombre d'un remords dans la voix.

– Non. Nous sommes forts et nous prenons ce qui nous fait envie. C'est la seule loi qui compte. Toutes les autres ne sont que des leurres, bonnes pour les ignorants et les peureux.

Ils retournèrent près de leurs montures pour tirer de nouveaux vêtements de leurs fontes. Dragoncino habilla Laüme comme si elle était son page et coiffa ses cheveux en chignon dans la lumière déclinante du soir. Il enfonça ensuite les restes des gamins à proximité d'une fourmilière grouillante. Sortant enfin des bois à la brune, les amants marchèrent en se tenant par la main et en guidant leurs chevaux par la bride jusqu'au domaine de Nuzia. Laüme fredonnait une alba occitane, que le jeune Galjero reprenait maladroitement, sans la comprendre.

Bel dos companh, tan soi en ric sojorn
Qu'eu no volgra mais fos alba ni jorn

Car la gensor que anc nasques de maire
Tenc e abras, per qu'eu non prezi gaire
Lo fol gelos ni l'alba...

Lorsqu'ils arrivèrent près du castel, ils ne virent qu'une maigre lumière à la fenêtre. Dragoncino attacha leurs bêtes dans les stalles désertes de l'écurie et pénétra dans la maison sans rencontrer personne. Laüme le suivit en silence dans les couloirs froids, sans couleurs, chichement éclairés jusqu'à la porte de la chambre de Nuzia.

Celle-ci était étendue sur un lit étroit, dans une pièce obscure, quasiment vide. Un prêtre la veillait, serrant sur sa poitrine une bible racornie. Quand elle les vit, Nuzia se redressa en geignant, battant des bras pour signifier qu'elle refusait qu'ils approchent. Le curé se leva à son tour et se porta au-devant d'eux. Dragoncino le connaissait bien : c'était le père Mariani, confesseur et directeur de conscience de Nuzia, un homme qui l'avait toujours poussée à plus de dureté envers elle-même et autrui. Une dragonne rattachait à son poignet un court fouet de cuir plombé.

– Dragoncino, fils indigne ! s'exclama-t-il en brandissant le livre devant lui comme un bouclier. Tu viens profaner les derniers instants de ta génitrice ! Comment oses-tu ? Va plutôt à Florence ! Va t'agenouiller aux pieds de Savonarole et supplier qu'il te pardonne tes péchés ! Va faire pénitence ! Va !

Plutôt que de gaspiller une seule seconde en palabres, Dragoncino tira sa dague et transperça le cœur du vieux fou sans une once d'hésitation. Horrifiée, Nuzia plaqua ses mains sur ses joues et poussa un cri strident. Laüme se pencha vers elle pour lui maintenir les poignets car elle commençait à griffer jusqu'au sang son propre visage à grands coups d'ongles.

– Nuzia ! Écoute mes paroles ! dit-elle. J'ai été injuste envers toi… Je t'ai laissée seule trop longtemps. Je sens que tu es une bonne fille, Nuzia… Je vais te redonner un peu de ce que je t'ai fait perdre.

Alors, avec mille précautions, comme si elle prenait soin d'une créature fragile, Laüme dénoua le crucifix qui pendait sur la poitrine osseuse de la femme et le remplaça par un mince collier qu'elle avait tiré des larges plis de sa manche. Au bout de la chaîne en argent pendait une pierre ronde couleur d'herbe. Nuzia ferma les yeux et se détendit aussitôt, comme calmée par une drogue puissante. Ses membres s'affaissèrent et elle cessa de crier. Laüme ôta son bonnet de lin et découvrit que Nuzia avait tondu ses cheveux : un duvet clairsemé de poils gris lui couvrait le crâne.

– Qu'allons-nous faire d'elle ? demanda Dragoncino. Il serait plus sage de mettre fin à ses souffrances…

– Non ! s'opposa Laüme. Je peux faire revenir la raison en elle… J'ai puisé assez de forces pour cela dans le sang des enfants.

Alors Laüme s'allongea auprès de Nuzia et la berça longtemps, comme une mère câline son enfant au sortir d'un cauchemar pour faire fuir les ombres de la nuit. Nuzia sembla d'abord s'endormir. Ses livres s'entrouvrirent, sa nuque s'amollit et ses doigts se détendirent. Laüme lui murmura à l'oreille de suaves paroles, dont Dragoncino ne saisit rien. Peut-être était-ce un chant, peut-être un prêche ou un poème. Peut-être n'était-ce qu'un idiome sans queue ni tête…

Lentement, le jour descendit dans la chambre à travers les volets de bois. Allongé à même le sol à côté du cadavre du père Mariani, Dragoncino s'endormit à son tour. Quand il s'éveilla, sa mère le regardait et lui souriait tendrement. De grosses larmes de joie roulaient sur ses joues et elle serrait fort la main de Laüme.

– J'ai si mal agi avec toi ! dit-elle d'une voix rauque. Si mal agi… Tu es un homme maintenant… Et j'en suis fière… très fière…

Dragoncino ignorait ce qu'il devait faire, et même ressentir.

– J'ai tué des hommes, mère, commença-t-il. Des enfants aussi…

– Je sais cela, répondit-elle en lui tendant les bras. Laüme me l'a appris. Mais ce n'est pas l'important ! Viens près de moi !

Hésitant davantage à serrer sa mère dans ses bras qu'à combattre l'ennemi sur un champ de bataille, Dragoncino se força à faire les trois pas qui le séparaient d'elle. Un rai de soleil tomba soudain sur le visage de Nuzia, et il crut qu'il rêvait… Jamais auparavant il ne l'avait vue aussi fraîche. Ses traits avaient perdu toute expression de dureté, de tourment. Ses rides même semblaient moins profondes. Ses cheveux, plus fournis que la veille, étaient aussi plus noirs, plus brillants, plus forts. Il lui donna l'accolade, le cœur troublé et joyeux à la fois, honteux et serein.

Deux jours encore, les amants demeurèrent au castel à prendre soin de Nuzia. Laüme la faisait manger et la distrayait en inventant des fables ou en chantonnant des caroles. Dragoncino jeta le corps du père Mariani dans la fosse à purin et rameuta les domestiques et les serfs que Nuzia avait congédiés lorsque, après la disparition de son fils, elle s'était vouée tout entière à la mortification.

– Le travail reprend au domaine Galjero, cria-t-il par les hameaux et par les bourgs des alentours. C'est à moi que vous rendrez compte si l'ouvrage est mal fait !

Le troisième matin après leur arrivée, les amants décidèrent de reprendre la route vers Rome. Nuzia, déjà, pouvait marcher. Sur le perron, elle prit le bras de Laüme.

– Je sais qui tu es, dit-elle. Je l'ai toujours su. Longtemps je t'ai haïe, c'est vrai, et j'ai comploté ta mort… Mais j'étais alors ignorante et jalouse, enfermée dans mon malheur comme dans un cercueil de plomb. Toi qui peux tout, me pardonneras-tu jamais ?

Laüme se contenta d'un sourire très doux pour toute réponse. Une fois en selle, elle promit de prendre soin de Dragoncino et de le faire accéder aux honneurs les plus hauts.

– N'arrache pas la pierre que je t'ai passée au cou, déclara-t-elle encore. Elle fera venir à toi un homme qui t'aimera et te donnera ce que tu voulais recevoir de Galjero. Ensemble, vous serez heureux…

*

Avant de gagner Rome, les voyageurs firent halte à Florence, au palazzo degli Specchi où Laüme voulait prendre des bijoux et quelques babioles. C'était la première fois que Dragoncino s'avançait dans les rues de la ville. Les rares moments où ils avaient évoqué la cité, sa mère, la vieille tante Isola Giorni ou le curé Mariani en avaient brossé un portrait digne de Sodome et Gomorrhe. Pourtant, le jeune homme jugea que c'était sous le gouvernement de Savonarole que l'endroit était à fuir : l'atmosphère y était lourde et les rares passants gardaient les yeux rivés au sol. Laüme montra du doigt sur des échafaudages de bois calcinés des morceaux de toiles peintes racornies et des reliures d'ouvrages noircies comme du charbon.

– Depuis le départ des Médicis, Florence donne la chasse à la beauté. Tout ce qui réjouit les yeux et procure du plaisir est maudit et déchiré… Cela n'aura qu'un temps, mais je préfère que nous partions pour Rome. Respirer le même air que les moines m'étouffe.

Dans une rue située au bord de l'Arno, ils attachèrent leurs chevaux à l'anneau d'une borne de pierre et entrèrent dans une maison patricienne.

– Est-ce ta demeure ? interrogea Dragoncino.

– Non, mais celle d'un ami…

Laüme n'eut pas besoin de se faire annoncer pour être reçue avec égards. Les domestiques semblaient la connaître et l'accompagnèrent sur-le-champ auprès du maître des lieux. Dans un vaste jardin surplombant la rivière, deux vieillards devisaient, assis sur un banc. En voyant Laüme, ils manifestèrent les signes du plus vif contentement et interrompirent aussitôt leur conversation. Chauve et serrant autour de sa gorge une étole de vair pour se protéger du vent, le plus vieux était Cristoforo Landino, l'ancien précepteur de Lorenzo de Médicis. L'autre, à peine moins âgé, était Marsilio Ficino, le traducteur des œuvres de Platon, Porphyre, Synésius et Hermès Trismégiste.

– Joie et félicité ! s'exclama Ficino en levant les bras au ciel. Les nuées se sont ouvertes, et des vapeurs de l'Olympe apparaît la belle Laüme ! Quelles nouvelles des sphères, ange du doux zéphyr ?

Laüme fit une profonde révérence devant les deux barbons et éclata d'un rire joyeux en tournant sur elle-même, dévoilant ses chevilles fines.

– L'Olympe déclare que vous n'êtes que deux vieux écervelés à demeurer ici. Je suis venue pour vous conduire à Rome ! Je m'y rends aujourd'hui même, accompagnée de ce jeune chevalier qui n'ose s'avancer.

Landino et Ficino jetèrent un coup d'œil jaloux à Dragoncino qui se tenait immobile, les bras croisés, à l'ombre d'un figuier.

– À Rome ? toussa Ficino. Tu n'y penses pas ! À nos âges ? La route est longue, et puis comment déménager nos manuscrits, nos bibliothèques sans que nos chariots soient arrêtés aux portes de la ville ? Ils brûleront tout, tu le sais bien.

– Distraire l'attention des gardes est chose possible, répliqua tranquillement Laüme en égrenant une grappe de raisin noir qu'elle avait prise dans une coupe en étain.

– Oui… peut-être… Cristoforo et moi n'ignorons pas que tu en es capable. Mais le voyage nous fait peur, à lui comme à moi… Non, décidément, nous préférons rester.

– Notre vie est à Florence, Laüme, renchérit Landino. Nos souvenirs dorment à l'abri de ces remparts… Les vieillards ont besoin des souvenirs, c'est une nourriture dont ils ne peuvent se passer. Nous apprécions ta proposition à sa juste valeur, mais nous la déclinons.

– Combien de temps encore espérez-vous échapper à la folie de destruction qui sévit ici ? Combien de temps avant que les sbires de Savonarole forcent la porte de vos maisons et s'emparent de vos précieux textes de philosophie pour les détruire sur le bûcher des vanités ?

Ficino et Landino tordirent leurs mains ridées sans savoir quoi répondre. Eux qui comptaient parmi les plus érudits de leur époque semblaient aussi vulnérables que des enfants sans la protection des Médicis.

– Ils n'oseront pas…, risqua timidement Ficino.

– Savonarole a perverti le cœur et l'esprit de Pico della Mirandola, qui est mort en implorant son pardon ! Depuis qu'il écoute ses sermons en tremblant pour son âme, Botticelli n'ose plus peindre un corps de femme. Il a mis au feu en personne tous les nus de son atelier ! Ne l'oubliez pas ! Cette vipère de Savonarole peut tout ! Le jour où vos noms lui reviendront en mémoire, il allumera la torche sous tes traductions et tes commentaires des maîtres païens, Marsilio !

Comme sous l'effet d'un coup, le vieux philosophe se tassa un peu plus et recula jusqu'au banc où il s'assit, pour y grommeler quelques courtes paroles avant de se tenir coi.

– Je peux aller tuer ce vilain moine, déclara Dragoncino en se décidant à prendre part à la conversation. Aussi méchant qu'il soit, il n'est pas immortel.

Laüme sourit et pressa la main de son amant.

– Tu ne peux assassiner Savonarole. Cela compromettrait les projets que je nourris pour toi.

– Et toi ? Tu sais guérir les victimes d'un empoisonnement. Tu sais sûrement aussi en composer. Pourquoi ne pas mêler du venin à son brouet ?

Laüme soupira et s'écarta pour s'asseoir sur le muret qui surplombait l'Arno. Ses yeux se fixèrent sur le cours de la rivière lente.

– Il deviendrait un martyr. Son fantôme serait encore plus dangereux que sa personne.

– Laüme a raison, renchérit Landino. Tuer cet homme, ce serait faire naître des vocations et susciter des envies de vengeance. Il faut éviter cela à tout prix.

– Alors, que faire ? s'énerva Dragoncino.

– Espérer que les excès des moines se retourneront un jour contre eux, préconisa la fille. En attendant, pour vous protéger, toi, Marsilio, et toi, Cristoforo, je peux fabriquer des amulettes qui dissuaderont les étrangers de franchir votre seuil. Vos livres précieux seront mieux gardés que par des gens d'armes.

Creusant à mains nues la terre molle à ses pieds, Laüme façonna deux figurines en glaise. Les deux vieux, fascinés, ne perdaient rien de ses gestes. Ensemble, ils récitèrent :

– *Verba secretorum Hermetis – Verum, sine mendacio, certum et verissimum : quod est inferius est sicut quod est superius ; et quod est superius est sicut quod est inferius, ad perpetranda miracula rei unius. Et sicut omnes res fuerunt ab uno, mediatione unius, sic omnes res natae fuerunt ab hac una readaptatione. Pater ejus est Sol, mater ejus Luna ; portavit illud Ventus in ventre suo ; nutrix ejus Terra est. Pater omnis telesmi totius mundi est hic. Vis ejus integra est si versa fuerit in terram. Separabis terram ab igne, subtile a spisso, suaviter, cum magno ingenio. Ascendit a terra in cœlum, interumque descendit in terram, et recipit vim superiorum et inferiorum. Sic habebis gloriam totius mundi. Ideo fugiet a te omnis obscuritas. Hic est totius fortitudine fortitudo fortis ; quia vincet omnem rem subtilem, omnemque solidam penetrabit. Sic mundus creatus est. Hinc erunt adaptationes mirabiles, quarum modus est hic. Itaque vocatus sum Hermes Trismegistus, habens tres partes philosophiœ totius mundi. Completum est quod dixi de operatione Solis...*

La solennité avec laquelle Ficino et Landino avaient psalmodié la *Tabula Smaragdina* fit pouffer Laüme.

– Ne croyez pas, comme les Juifs, que les mots soient importants ! leur dit-elle. Ce ne sont que des leurres pour les enfants. La vraie force est dans la volonté, et la volonté est muette... Les mots sont jolis, ils impressionnent les ignorants, mais le pouvoir glisse sur eux sans y laisser d'empreinte. La volonté, en revanche, est une matière autrement plus perméable...

Ce faisant, elle porta successivement les deux figurines sur son cœur. Fermant les yeux, elle resta longtemps immobile et silencieuse. Les trois hommes la regardaient sans oser bouger. Enfin, lorsque la nuit se fit noire autour d'eux, Laüme rouvrit les paupières et déposa les poupées à côté d'elle.

– Les gardiens sont prêts, annonça-t-elle. Je vais vous apprendre comment les maintenir en vie et les fortifier. Une fois que vous les aurez cachés à proximité du seuil de vos demeures, aucun inquisiteur ne pourra plus y pénétrer.

Fatigué, peu intéressé par le savoir que la fille transmettait gravement aux deux gérontes ébahis, Dragoncino alla s'allonger dans l'herbe, contre le tronc d'un citronnier. Enroulé dans sa cape, il tenta de compter les étoiles et sombra dans le sommeil en posant les yeux sur Sirius.

La pointe mouillée du soulier de Laüme contre sa joue le réveilla à l'aube. Couvert de rosée, frissonnant, mais heureux de contempler le visage de son aimée que dorait le soleil naissant, le jeune homme se leva d'un bond. S'ébrouant comme un jeune chien, il fit exprès de projeter des gouttelettes glacées sur Laüme qui se mit à rire et s'enfuit comme une fillette entre les arbres. Aussitôt, il s'élança sur ses pas, bondit sur elle comme un loup sur une biche et la roula dans les fleurs. Emmitouflés dans leurs fourrures et pelotonnés l'un contre l'autre sur le banc, Marsilio Ficino et Cristoforo Landino buvaient à courtes lampées une bolée de miel chaud mêlé de cassis pilé en se poussant du coude.

– Vois-tu, Marsilio, dit Landino, nous ne nous sommes pas trompés. Nos vieux maîtres avaient raison. Jamblique, Porphyre… ils savaient qu'il faut porter foi à l'existence des aimables nymphes… Elles existent ! Elles existent vraiment !

– Ah ! si Gemistos Plêthôn et Cosimo de Médicis avaient pu rencontrer Laüme ! gémit Ficino. Si seulement elle était apparue à l'époque du concile… Le miroir brisé d'Aphrodite aurait enfin pu être recomposé et le grand Pan régner à nouveau sur le monde.

– Qui te dit que ce n'est pas la véritable intention de cette sublime créature ?

Riant, plus mouillés l'un que l'autre et les cheveux constellés de brins d'herbe et de pétales froissés, Laüme et Dragoncino revinrent vers leurs hôtes. Des serviteurs apportèrent des œufs et des olives, du fromage et du lard, des cous de cygne à l'étuvée et du vin doux.

Lorsque tous furent rassasiés, Laüme et Dragoncino firent leurs adieux, reprirent leurs montures et franchirent le Ponte Vecchio sans qu'un seul commerçant les hèle. Les échoppes de planches sur les parapets étaient presque toutes closes, et les rares à offrir encore quelque marchandise proposaient des étoffes râpeuses et délavées et des crucifix de bois.

– Si telle est la cité de Dieu, je prends pension sans regret chez le Diable, murmura Dragoncino en jetant un coup d'œil dégoûté autour de lui.

À l'extrémité du pont, vingt ou trente *hurleurs*, des gamins espions mandatés par Savonarole, étaient assis près d'une fontaine. Leurs frusques avaient été frottées à la poussière de charbon pour s'assombrir et chacun d'eux portait à la ceinture une trique ferrée. Lorsqu'ils avisèrent le couple, ils se redressèrent et le plus grand, au visage déformé par des boutons d'acné et aux oreilles décollées, s'avança crânement.

– Vous deux ! Vous ne savez donc pas qu'il est interdit de porter des vêtements de couleur et de monter à cheval ? Ce sont des signes d'orgueil qui déplaisent fort à messire Dieu ! Mettez pied à terre et dévêtez-vous ! En guise de pénitence, vous irez nus implorer son pardon dans la plus proche église, puis on vous attachera au pilori deux ou trois jours en exposant vos parties honteuses pour rabattre un peu votre morgue.

Les autres gosses tirèrent leur gourdin et s'approchèrent, mi-fanfarons, mi-teigneux, tout empourprés d'excitation à la pensée des scènes fameuses qui s'annonçaient. Dragoncino serrait déjà le pommeau de son épée lorsque Laüme retint son bras.

– Attends ! lui murmura-t-elle. Reste en selle et laisse-moi traiter avec ces pouilleux.

Quand des mains s'agrippèrent au bas de la robe de Laüme pour la déchirer et aux bottes de Dragoncino pour le tirer au sol, le boutonneux ordonna soudain de tout arrêter. De goguenards et méchants, ses traits venaient subitement de se transformer pour exprimer une sorte d'extase mystique.

– Laissez-les ! hurla-t-il à ses troupes. Cette noble cavalière est une sainte et son écuyer un archange ! Ils viennent du Ciel et sont nos maîtres ! Laissez-les, vous dis-je ! Vos yeux sont trop sales pour se porter sur eux, et vos mains trop chargées de péchés !

Les gamins ne savaient plus que faire. Passant outre le commandement de leur chef, l'un d'eux tira un coup sec sur le vêtement de Laüme au point qu'une couture craqua. Fou de rage, le boutonneux se jeta sur lui et l'assomma avec sa matraque en criant au sacrilège. Le rebelle, inconscient, s'effondra comme une chiffe. Les autres gosses reculèrent, sans comprendre pourquoi leur maître les privait soudain d'une telle occasion de lorgner et palper, peut-être, les appas de la belle dame. Il y eut des murmures désapprobateurs, mais le regard noir que l'adolescent posa sur sa troupe calma sur-le-champ toute autre velléité de mutinerie. Cueillant à pleine main une rose qui fleurissait en bordure d'un mur, le capitaine des *hurleurs* la tendit à Laüme qui le remercia en riant de sa courtoisie. Le gamin s'inclina en faisant mille grâces comiques et maladroites.

– Où que vous vous rendiez, nous allons maintenant vous escorter afin que nul ne s'avise de porter ombrage à Votre Seigneurie, déclara-t-il après avoir tourné quelques compliments fort gauches.

Laüme et Dragoncino gagnèrent ainsi, sous les yeux effarés des rares passants, le palazzo degli Specchi. Dans sa chambre, Laüme rangea quelques affaires dans un gros sac de cuir tandis que Dragoncino l'attendait au-dehors. Les amants quittèrent Florence par la porte San Giorgio alors que sonnait sexte, l'heure canoniale du milieu du jour. Par la route d'Arezzo et de Viterbe, ils gagnèrent Rome en cinq jours.

– À quel jeu allons-nous maintenant jouer ? demanda Dragoncino lorsqu'ils arrivèrent en vue des sept collines.

– C'est une surprise, répondit Laüme en flattant l'encolure de sa bête. Mais il y a beaucoup à faire et je te promets que nous allons nous amuser comme jamais !

*

D'or au taureau de gueules sur une terrasse de sinople à la bordure du champ chargé de huit flammes du troisième. Telle était la lecture héraldique des armes de la maison Borgia. Né Roderic de Borja, en Espagne, un peu plus de soixante ans auparavant, le pape Alexandre VI avait depuis longtemps italianisé son nom et ses mœurs. Luxurieux, n'aimant rien tant que l'argent et les plaisirs, il avait dépensé une fortune pour monnayer son élection au trône de saint Pierre mais se remboursait très avantageusement en accordant ses indulgences au prix le plus élevé. Fin politique, sournois, évidemment dépourvu de scrupules, il avait maté avec brio une révolte de la curie menée par le cardinal Della Rovere, un proche de Savonarole. De tempérament sanguin, moins lettré que Pie II mais versé lui aussi en littérature courtoise, il était le père de quatre bâtards, dont une fille. Les deux aînés étaient mièvres et effacés, les cadets, fort beaux et voluptueux.

– Je connais un peu Cesare, le benjamin des fils du pape, dit Laüme. Nous nous sommes rencontrés plusieurs fois à Florence. Il est à peine plus âgé que toi mais a déjà été consacré cardinal. Nous nous placerons en premier lieu dans son sillage. Il a abandonné sa charge aujourd'hui mais c'est un rusé et un ambitieux. Vous êtes faits pour vous entendre…

À vingt et un ans, Cesare Borgia avait un profil d'aigle et des iris d'un noir insondable. Sa haute taille, son nez droit et sa courte barbe soigneusement entretenue en auraient fait un homme remarqué des femmes même s'il n'avait eu la bonne fortune de naître Borgia. Lorsqu'il apprit que Laüme venait de franchir les portes de la ville, il la fit conduire dans sa demeure du quartier Borgo, au bord du Tibre, à deux pas de la basilique Saint-Pierre. De sa vie, Dragoncino n'avait jamais vu un palais aussi vaste, aussi somptueusement décoré de statues de marbre et de fresques aux couleurs vives. À ses visiteurs Cesare Borgia offrit le gîte et le couvert sans limitation de temps.

– Votre inspiration a été bonne, dame Laüme, dit-il dès leur première entrevue. Florence n'est plus un lieu pour vous. Tant que les fanatiques y régneront, ma protection et celle de mon père vous sont acquises. Ici, vous mènerez la vie qui vous chante…

Laüme le remercia avant de s'isoler en compagnie de son hôte derrière une tenture où Galjero les entendit bientôt rire en sourdine. Alors qu'il sentait une bouffée de colère monter en lui, une toute jeune fille surgit soudain dans son dos pour s'accrocher à son bras.

– Je suis Lucrezia, lui dit-elle sans façons, la sœur de Cesare. Et toi ? Comment te nommes-tu ?

– Dragoncino. Dragoncino Galjero.

– C'est un nom étrange, mais il me plaît. Aimerais-tu un baiser ?

Lucrezia était fraîche, enveloppée d'un parfum de fleurs blanches qui tournait la tête. Ses cheveux blonds vrillaient tels des copeaux légers autour de son visage rieur piqueté de taches de rousseur. Dragoncino se pencha sur ses belles lèvres entrouvertes.

– Viens ! dit-elle après qu'ils eurent mêlé leurs langues. Allons voir ce qui amuse mon frère et ta femme !

Écartant le voile qui dissimulait l'alcôve, Lucrezia passa la tête dans la pièce attenante et poussa une exclamation de joie. Dragoncino écarta plus amplement le rideau.

Les braies baissées, Cesare pénétrait Laüme, à demi étendue sur un banc. La robe relevée sur le ventre, les yeux chavirés, la fille se mordait le poing pour étouffer ses soupirs de jouissance. Dragoncino sentit son cœur éclater dans sa poitrine. Un mélange de jalousie et de fascination pour la scène le saisit et déchira ses entrailles. Lucrezia surgit derrière lui et sautilla dans la chambre. Babillant des sottises, la jeune Borgia délaça les derniers rubans du bustier de Laüme, puis, s'emparant des beaux seins mis à nu, les tordit fort savamment pour les faire rosir et en durcir encore les pointes. Fortifié à cette vue, grognant et bavant comme un sanglier, Cesare augmenta la cadence de ses ruades. Remontant plus haut les cuisses de Laüme, il s'enfonça en elle toujours plus profondément et plus vite… Dragoncino n'y tint plus. Il s'avança vers Lucrezia qui venait à son tour de dégrafer sa robe, révélant un corps de liane, tout gonflé de sève…

Tous quatre renouvelèrent souvent ces divertissements au fil des mois qui suivirent. D'autres, parfois, se joignaient à eux, des hommes et des femmes choisis pour leur noblesse et leur belle apparence, patriciens de la cour du pape ou diplomates étrangers. Dragoncino partageait Laüme sans plus de réserve. Il prenait plaisir à la voir se donner telle une catin à d'autres hommes. Il aimait cela et ne le craignait pas, car toujours elle revenait vers lui, même après avoir passé la nuit avec Cesare et ses mignons, s'il n'avait pas été lui-même invité à l'orgie. Elle s'étendait alors près de lui, toute poisseuse encore de la semence d'étrangers, mais tendre et enveloppante. Il était le seul à qui elle disait des mots d'amour lorsqu'ils s'enlaçaient, et à qui, surtout, elle murmurait des promesses et des secrets…

– De toi je vais faire un grand seigneur, lui jurait-elle. Plus puissant que les Borgia. Et ton fils… Sur son front je poserai d'abord la couronne de fer des anciens rois lombards ; ensuite j'en ferai un pape et un empereur à la fois. Mieux que cela ! Ta famille, Galjero, maniera les deux glaives du pouvoir spirituel et du pouvoir temporel, comme toi-même sur le champ de bataille lorsque tu as attaqué le roi de France en brandissant tes deux épées !

Alors Laüme glissait en elle le sexe roide de son amant et les yeux de Dragoncino brillaient plus fort que les étoiles…

*

Quelques mois après leur arrivée à Rome, Cesare demanda à Laüme un philtre capable de mettre fin à la vie de Giovanni, son frère aîné, dont il briguait les honneurs et les charges. Une fois ce service accompli, Laüme réclama un lourd tribut de pierreries et un petit palais, sur l'Aventin, dont elle aimait l'architecture élégante. Trop content d'avoir trouvé une empoisonneuse de talent, Cesare lui accorda tout ce qu'elle demandait.

– Pourrais-tu faire passer aussi bien le mari de Lucrezia ? interrogea le pape peu après que sa sœur eut épousé Alfonso d'Aragon. Elle ne l'aime pas et désire retrouver sa liberté.

– Je le peux aisément, assura Laüme. Que ta sœur m'apporte seulement un cheveu de cet homme. Je n'ai besoin de rien d'autre pour donner la mort.

– Quelle rétribution désires-tu, cette fois ? D'autres bijoux ? De l'or ?

– Je souhaite que tu prennes Dragoncino comme capitaine de ta garde. Tu vas bientôt commander des batailles, n'est-ce pas ? Galjero s'ennuie et n'aime rien tant que chevaucher et trancher des têtes. C'est un bon soldat. Tu ne le regretteras pas.

Borgia sourit et caressa un instant la joue de Laüme.

– Tu sais donc que je pars bientôt à la guerre ? Qui te l'a dit ? C'est un secret qui n'est pas connu de beaucoup.

– Personne ne t'a trahi, Borgia. Il m'est facile de deviner tes intentions. Je te laisse souvent te répandre en moi, ce qui me permet de bien te connaître… Ce que j'ignore encore, en revanche, c'est le nom de la proie que tu t'es choisie.

– Ce sera d'abord la ville de Forli, en Romagne. Elle est gouvernée par une Sforza. C'est une mégère, elle ne mérite pas le pouvoir. Quant à Dragoncino, l'affaire est entendue. Il se tiendra à mes côtés quand je me mettrai en marche.

Cinq jours à peine après que Lucrezia eut profité du sommeil d'Alfonso d'Aragon pour trancher une mèche de son abondante chevelure, un voile de pourriture, dont aucun apothicaire ne put venir à bout, vint ronger la peau du malheureux époux. Une semaine plus tard, on cousait le linceul sur son corps décomposé. En retour, et comme il l'avait promis, Cesare conféra un grade à Galjero et l'admit dans son état-major. Au début du printemps, il entra en Romagne à la tête d'une armée de mercenaires. Au solstice d'été, Forli, Ferrare, Modène et Parme étaient tombées, et l'étendard frappé du taureau rouge des Borgia claquait fièrement sur la façade de l'hôtel de ville. Aux premières pluies d'automne, Borgia régnait de fait sur la moitié de la province. Dragoncino Galjero lui avait assuré par deux fois des victoires décisives.

– Laüme savait ce qu'elle faisait en te recommandant à moi, dit Cesare à son capitaine un soir qu'ils étaient seuls sous la tente à étudier des cartes dessinées par Léonard de Vinci. Tu es un fameux gaillard avec les femmes, c'est certain, mais tes véritables talents sont militaires, à n'en pas douter. Reste fidèle à ma cause et nous irons tailler des croupières au roi de France. Le Louvre sera notre auberge ! Quels banquets nous y donnerons !

– Avant cela, il faut encore nous assurer quelques fiefs, tempéra Dragoncino. Nos conquêtes nous coûtent bien des inimitiés. Les petits seigneurs trament des complots contre nous…

– Les moineaux peuvent bien se lier aux mésanges, cracha Cesare, cela n'empêchera pas le vautour de les dépecer tous.

Le gel précoce fin octobre mit provisoirement fin aux manœuvres militaires. Borgia et Dragoncino regagnèrent Rome en remettant les places fortes aux mains d'hommes de confiance. Prévenue par un messager, Laüme vint à leur rencontre dans la plaine, indifférente à la neige qui s'était mise à tomber aussi dru que dans les montagnes de Valachie. Un petit faucon sur le poing, et enveloppée dans une vaste houppelande souplement drapée sur la croupe de son cheval, elle galopa jusqu'aux deux hommes et revint en ville avec eux, tout enivrés de leurs histoires de batailles et de sang versé.

– Nous avons jeté la vieille Sforza de Forli dans le cul-de-basse-fosse de sa propre prison, s'amusa Borgia. Qu'elle y crève !

– Et nous avons passé par le fer tous les nobles de Parme, ajouta Dragoncino. Place nette y est faite pour la nouvelle génération !

Laüme applaudit à ces nouvelles. Le soir même, elle fit donner un magnifique banquet pour ses héros, en compagnie de Lucrezia et de quelques gentilshommes choisis. Le service était assuré par une cohorte de servantes portant un costume de lansquenet dont les larges crevés judicieusement placés laissaient tout apprécier du galbe de leurs seins et des rondeurs de leurs fesses. Jusqu'aux aurores, le palais de Laüme résonna du bruit des hanaps qui s'entrechoquaient et des corps qui s'unissaient... Des divertissements toujours plus somptueux furent organisés tout l'hiver.

Laüme s'était adjoint le maître ingénieur Vinci, qui servait ordinairement d'architecte militaire et de topographe à Cesare. Au cours de ces mois sombres où il ne pouvait parcourir les provinces pour dessiner des cartes utiles à la guerre, Léonard imagina les mécanismes les plus compliqués pour dépasser en audace et en raffinement les créations de son rival Brunelleschi. Il commença par redessiner entièrement les jardins du palais, où il fit dresser d'immenses volières ainsi que des folies et creuser des plans d'eau bouillonnante avec des fontaines aux jets colorés. Pour le bal donné à l'occasion de la pleine lune de décembre, il imagina des rouages animant sept énormes boules creuses qui tournaient les unes autour des autres, à l'image des planètes dans le ciel. Le trône sur lequel siégeait l'hôtesse constituait l'axe de l'engin. Chaque fois qu'une sphère entrait dans son orbite la plus proche, un personnage grimé en surgissait pour couvrir de fleurs Laüme et baiser sa jolie bouche.

La nuit célébrant la naissance du Christ, il y eut une gigantesque pantomime où chacun jouait un dieu ou une déesse de l'Olympe. Déguisée en Cérès, Lucrezia parcourut les salles sur un char tiré par des chevaux caparaçonnés qui ressemblaient à des dragons. Protégé par son gardien, Dragoncino revêtit la tunique d'Orphée et charma de véritables bêtes sauvages, tigres et lions capturés en Inde ou en Afrique. Des nymphes en toge fine subirent les assauts d'une troupe de satyres cornus, avant que Cesare Borgia, déguisé en Hercule, ne chasse les monstres et ne reçoive l'ardent hommage des rescapées. Enduits d'une sorte de plâtre, des figurants tenaient dans les niches la place qu'occupent d'ordinaire les statues. Immobiles, ils déclamaient en séquence des vers de Pétrarque ou de Virgile.

La fête du printemps fut la plus belle de toutes. Dans les jardins aménagés en labyrinthe, on rejoua la légende de la chasse infernale du chevalier Nastagio degli Onesti comme l'avait peinte Botticelli. Laüme à leur tête, vingt jeunes patriciennes seulement vêtues de quelques bijoux se dispersèrent dans les massifs et les tonnelles. Douze cavaliers galopaient à leur poursuite. Rejointes, les fugitives étaient passées par le fil d'une certaine épée puis décorées d'un ruban portant les armoiries de leurs bourreaux. Le jeu ne prit fin qu'à l'aube, lorsque chaque poursuivant eut décoré de son blason le corps des vingt biches…

Chaque matin, Laüme faisait brûler les vêtements qu'elle avait portés la veille, même ceux brodés de métaux précieux ou semés d'éclats de cornaline ou de lapis-lazuli. Chaque jour de la semaine avait sa couleur attitrée selon son maître astrologique. Le lundi, Laüme se parait des tons gris et nacrés de la Lune et ne portait que des perles. Le mardi, jour de Mars, elle ne voulait que du rouge, et ne tolérait que les rubis sur sa peau. Le mercredi était gouverné par Mercure, dont le bleu est l'emblème et le saphir la pierre. Le jaune était réservé au jeudi, jour de Jupiter, et le vert au vendredi, domaine de Vénus. Les robes noires étaient portées le samedi en l'honneur de Saturne, et les blanches le dimanche pour imiter le rayonnement du Soleil.

– Crois-tu que ton père accepterait de faire Galjero évêque d'une des villes qu'il a conquises pour toi ? demanda Laüme à Cesare lorsque les premiers bourgeons apparurent sous l'effet du redoux.

– Si tu sais te montrer compréhensive envers les besoins particuliers d'une personne de l'âge de Sa Sainteté, je ne doute pas d'une réponse favorable, sourit le prince. Mais quelle est au juste cette lubie ? Crois-tu que Dragoncino soit vraiment fait pour la robe ? C'est une intention surprenante !

Laüme sourit sans répondre. Le soir venu, blottie dans les bras de son amant, elle lui susurra son idée.

– Je veux pour toi un titre ecclésiastique. Le pape va te nommer évêque. Mais il faut agir vite. Alexandre VI est un vieillard, il peut mourir d'ici peu. Je veux que l'affaire soit réglée avec lui car je le sais malléable comme de la cire entre mes doigts. Mais auparavant je te demande de concevoir un héritier. Promptement. Nous arrangerons un mariage de convenance. Tu engrosseras ta femme et nous trouverons un prétexte pour la répudier dès qu'elle aura accouché. Ensuite, le pape te fera évêque de Parme ou de Ferrare… Nous verrons plus tard pour te faire cardinal.

– Et finalement pape ? s'enthousiasma Dragoncino.

– Toi ? Non, mon bel amour ! Je n'ai pas encore la force de t'assurer cette voie-là. Mais à ton fils, peut-être ! La prochaine génération des Galjero m'apportera la puissance qui me fait encore défaut. Alors, vous ne serez plus les mercenaires, mais les maîtres !

Au sortir de la très longue audience en privé qu'Alexandre VI Borgia lui accorda au Vatican dans l'intimité de ses appartements, Laüme obtint l'assurance de son vœu. Dès qu'elle en manifesterait le désir, Dragoncino serait ordonné prêtre puis, dans les jours suivants, nommé évêque de Parme.

– Nous n'avons plus qu'à trouver un parti convenable pour toi, dit-elle à Dragoncino le soir où elle revint du Saint-Siège. J'en ai parlé à Lucrezia. Elle me conseille Alessia, une nièce de la Vénitienne Caterina Cornaro, l'ancienne reine de Chypre. C'est un bon lignage.

– Cette drôlesse a-t-elle au moins belle figure ? s'enquit le jeune homme.

– Aucune importance ! répondit vivement Laüme, avec une pointe de jalousie.

Les fiançailles puis les noces de Dragoncino Galjero et d'Alessia Cornaro furent célébrées à quelques semaines d'intervalle. Cesare Borgia les pressait à s'unir car il voulait que son meilleur capitaine soit prêt au plus vite à reprendre conquêtes et pillages.

Alessia était une fort jolie personne de dix-neuf ans, grande, aux traits fins, au teint laiteux et aux longs cheveux raides, aussi noirs que l'encre d'une seiche. Son témoin était sa tante, Caterina, une nonagénaire encore vigoureuse dont on disait qu'elle avait compté parmi les plus belles femmes de son époque. Couronnée reine de Chypre par son mariage avec un Lusignan, elle avait exercé quelque temps le pouvoir seule à la mort de son mari, avant que la République de Venise, qui avait payé une dot de soixante mille ducats pour son mariage, ne la force à abdiquer et ne s'empare de l'île. Elle vivait depuis lors en exil dans un palais isolé, non loin de Trévise. Dès que les yeux perçants de la vieille souveraine se furent posés sur Laüme, ils ne la quittèrent pas de toute la cérémonie. Sans se cacher pour désigner du doigt la créature à sa nièce, elle aborda directement Laüme sur le parvis de la basilique du Latran, où l'union d'Alessia et de Dragoncino venait d'être célébrée.

– Es-tu bien ce que je pense que tu es, ma fille ? couina Caterina.

Comme Laüme feignait l'indifférence, l'autre insista.

– La famille de mon époux Lusignan a subi les affres d'une furie de ton engeance, autrefois. Elle avait pour nom Mélusine. Le pauvre Raymondin a cru qu'elle ferait son bonheur… Elle ne lui a apporté que misère et désespoir. Et toi ? Quel malheur vas-tu faire peser sur la tête de ces enfants qui viennent de se consacrer l'un à l'autre sous le regard de Dieu tout-puissant ?

– Vous n'êtes qu'une vieille folle, ma mie, rétorqua Laüme en riant. Le soleil de Nicosie vous aura dérangé l'esprit. Allez plutôt au banquet vous empiffrer de roses confites. Les douceurs sont certainement les dernières joies qui vous restent.

– Que te voulait donç la momie ? souffla Dragoncino lorsque Laüme passa près de lui.

– Rien d'important. Ne t'occupe pas de ça. Va faire ton office auprès de ta femme et reviens-moi vite. J'ai envie de toi…

Mais, ce soir-là, Galjero éprouva un vif plaisir à caresser la chair tendre d'Alessia. Laüme le sentit. Son humeur s'envenima à mesure que les heures de la nuit s'égrenaient sans que son amant daigne quitter la chambre nuptiale. Une heure avant l'aube, elle franchit les portes de son palais et marcha au hasard des rues mouillées par la bruine. Un feu mauvais de femme trompée cherchant vengeance brûlait dans son bas-ventre. Dans une venelle en pente raide, étroite et sombre, trois ivrognes frappaient à la porte d'un cabaret en beuglant des injures. Laüme s'approcha d'eux et laissa leurs mains rugueuses tâter ses formes et pétrir la douceur de sa peau sous les brocarts. À genoux, elle les satisfit d'abord dans sa bouche puis s'étendit sur le plateau d'une charrette pour qu'ils jouissent encore d'elle en s'essorant tour à tour entre ses cuisses. Les sens encore à vif, elle erra ensuite un moment le long du Tibre avant de rentrer au palais, triste, amère comme jamais elle ne l'avait été.

Dragoncino l'y attendait. La mine ravie qu'arborait le jeune homme fit déborder la colère de Laüme. Se jetant sur lui, elle le griffa et le poussa à terre avec une force de démente. Quand elle eut passé sa rage en le rouant de coups de pied, elle s'effondra en pleurs et le supplia de lui pardonner. Galjero la consola à grand-peine et dut la bercer comme une enfant pour qu'elle s'apaise enfin.

– Emmène-moi la voir, implora-t-elle. Emmène-moi auprès de la femme qui t'a ému au point que tu m'oublies.

Le ton était cajoleur, mais Dragoncino craignait une mauvaise ruse. Il céda cependant. Lorsqu'elle se tint auprès d'Alessia endormie, Laüme souleva le drap qui la recouvrait. La vue des larges tétons aux mamelons de cuivre rose, des longues jambes et de l'abdomen plat orné d'un orifice en forme de coquillage la fit frémir d'envie et de détestation tout à la fois. Sa main se tendit telle une serre vers le crucifix en or que la Cornaro avait gardé pour unique vêtement, mais elle suspendit son geste avant d'effleurer la peau de sa rivale.

– Pourquoi éprouves-tu de la haine pour elle alors que tu t'amusais de me voir prendre des dizaines d'autres filles ? chuchota Galjero.

Laüme se contenta de hausser les épaules et pinça les lèvres.

– Cette femelle est déjà enceinte de tes œuvres. Le sais-tu ? Ton père, de même, t'avait conçu le soir de ses noces avec Nuzia. C'est une tradition de famille qui me plaît. Si cette petite idiote ne perd pas son enfançon, tu n'auras plus à la toucher…

Dragoncino contempla Alessia. Désappointé par ce que venait de lui apprendre Laüme, il cherchait déjà le moyen de se débarrasser de ce maudit fœtus qui le dispensait de goûter encore à des caresses qu'il avait appréciées.

– Ne songe pas une seule seconde à cette horreur ! trembla Laüme. Si tu écrases l'enfant qu'elle porte, je disparaîtrai aussi brusquement que je suis apparue à ton père, mais pas avant d'avoir exercé ma vengeance sur toi et sur elle ! Ne commets pas cette erreur, Dragoncino !

Les brusques éclats de voix tirèrent Alessia de son sommeil. Sans ramener sur elle le drap, la fraîche épousée planta ses yeux dans ceux de l'étrangère et trouva assez de force pour soutenir son regard.

– Tu es celle dont la reine Caterina m'a parlé, n'est-ce pas ? Tu es la Mélusine ?

– S'il te plaît de m'appeler ainsi, grand bien te fasse, mais tu seras la seule à me connaître sous ce nom. Je suis Laüme et je t'apprends que tu conçois un fils. Sois une bonne mère avec lui. Moi, je veillerai à sa santé, à sa fortune et à sa gloire tout autant et mieux encore que je ne protège aujourd'hui ton époux.

– Es-tu une créature de Dieu ? s'enquit Alessia. As-tu reçu le baptême ? Peux-tu communier sans te rouler au sol et vomir du sang ?

Pour toute réponse, Laüme éclata d'un grand rire.

Les orgies

Neuf mois jour pour jour après ses noces, Alessia Galjero mit au monde Uglio, un mâle vigoureux, braillard et fort éveillé. Tandis qu'il bataillait avec Cesare Borgia pour la conquête de nouveaux territoires, Dragoncino apprit la nouvelle par une estafette. Il déchiffra avec peine la missive car il n'avait jamais cultivé le goût de la lecture, puis il lança la lettre au feu, se frotta les mains et repartit bouchonner son cheval sans plus penser à sa nouvelle famille. À Rome, Laüme s'invitait souvent dans les appartements d'Alessia, sous prétexte de veiller l'enfant. La Cornaro détestait ces intrusions mais ne pouvait s'y opposer. La protection directe des Borgia redoublait – s'il le fallait encore – les étranges pouvoirs de Laüme : à Rome, elle était intouchable.

– À Rome, peut-être, suggéra un jour l'ancienne reine de Chypre à sa nièce. Mais lorsque Rome ne sera plus dans Rome…

– Que voulez-vous dire, ma tante ? demanda Alessia.

– Le pape Alexandre VI n'est plus très jeune. Peut-être même mourra-t-il avant moi. À n'en pas douter, le cardinal Della Rovere, le plus farouche ennemi des Borgia, lui succédera. Lui est notre allié. Nous pouvons compter sur lui. Je lui ai déjà parlé de cette Laüme, peut-être saura-t-il quoi faire pour nous débarrasser de ce démon…

Dragoncino et Cesare ne reprirent le chemin de la Ville éternelle qu'au mois de décembre, cette année-là. Heureux d'avoir fait tomber d'autres places fortes, ils se préparaient à frapper un grand coup pour assurer définitivement leur domination sur les provinces situées au nord des possessions papales. Avant d'aller voir son fils, Dragoncino s'attarda longuement chez Laüme.

– Je ne reste que quelques jours, lui dit-il avant même de l'embrasser. Cesare a besoin de tes poisons. Peux-tu en préparer en grande quantité avant mon départ ?

– Les greniers de vos villes sont donc infestés de rats ? s'exclama-t-elle, amusée. Je peux vous en débarrasser mieux que par le poison, tu sais.

– Il s'agit bien de rats ! s'emporta Dragoncino sans saisir l'ironie. Non ! Nous allons réunir tous les petits princes qui ourdissent et murmurent dans notre dos pour nous en débarrasser en une seule fois. Au lieu de leur donner la chasse un par un, nous allons les inviter à des négociations et verser la mort dans leurs coupes.

– L'idée est plaisante. Mais je ne me contenterai pas d'être votre pourvoyeuse. Je veux assister au banquet moi aussi !

Dragoncino sourit et la prit par la taille.

– Ma Laüme, susurra-t-il en l'embrassant. Chaque jour, je te découvre plus féroce et plus belle.

– C'est que chaque jour je suis plus féroce et plus belle…

*

La forteresse de Senigallia n'avait jamais été parée de si belle manière. Le soir de la Saint-Sylvestre, la puissante bâtisse pavoisée aux armes de Cesare Borgia accueillait trente gentilshommes et leur cour venus fêter la naissance du Sauveur en même temps qu'échanger des promesses de paix. À minuit, les nobles reçurent l'hostie et, tout confits en dévotion, quittèrent la chapelle pour banqueter. Dragoncino et Cesare, comme eux, s'étaient agenouillés devant le ciboire tenu par le prêtre. À la différence des invités, cependant, une liqueur courait dans leurs veines qui les immunisait contre le poison mêlé par Laüme aux saintes hosties. Activé par les vins qui coulaient à flots et les épices qui relevaient les sauces, le venin commença à agir une heure tout juste après la fin de la prière. Le premier à vomir fut le noiraud Leoni, un hobereau de la région de Modène. Puis vinrent Dastinegli, de Bologne, et Tersetto, de Plaisance… Au milieu des rires, des musiques et des conversations bruyantes, cela se remarqua à peine. On crut à des étourdissements d'ivrognes, aux accès de faiblesse de quelques mauvaises constitutions. Mais le rythme des malaises s'accéléra et l'on comprit enfin la vraie nature du mal qui sévissait. Tirant les poignards d'apparat qui pendaient à leur ceinture, les survivants voulurent se venger de Cesare qui riait aux éclats devant le spectacle de ses ennemis agonisant à ses pieds. Dragoncino saisit son épée et commanda aux gardes d'achever sans pitié les derniers condamnés. Assise près de Borgia, Laüme assistait, sereine, au théâtre sanglant qui se jouait devant elle. Les bras croisés, elle observait les seigneurs en train d'expirer sans en éprouver ni plaisir ni pitié. Son épée rougie de sang, Dragoncino s'approcha d'elle pour vider une coupe de vin avant de retourner œuvrer à l'abattoir.

– Je croyais que le sang te procurait l'ivresse, Laüme. Pourquoi n'es-tu pas plus joyeuse ?

– Le sang des hommes porte la trace de leur médiocrité et de leurs bassesses. Celui des jeunes enfants est généralement moins souillé. La vulgarité des effluves qui se dispersent ici m'écœure…

Dragoncino haussa les épaules et repartit plonger son épée dans les ventres. Cesare, soulagé d'être débarrassé d'un grand nombre d'adversaires, regrettait cependant que ce vieux renard de cardinal Della Rovere ait flairé le traquenard et qu'au dernier moment il ait décliné l'invitation.

– Nous nous occuperons bientôt de lui, promit Laüme. Mais, avant cela, je veux que ton père tienne sa promesse. Dragoncino doit être nommé évêque au plus tôt !

– Il est marié, rappela Cesare avec un sourire d'ange. Le pape peut beaucoup, certes, mais ces deux états sont à l'heure actuelle incompatibles. Connais-tu une bonne raison d'invalider son mariage avec la petite Alessia ? Puisqu'ils ont maintenant une descendance, invoquer la non-consommation de l'union est impossible, évidemment…

– Peut-être l'adultère, songea un instant Laüme. Mais non ! Je ne veux pas que l'on colporte des ragots sur Dragoncino.

– Pourquoi t'agrippes-tu donc si fort à cet homme ? interrogea Cesare. Tu pourrais être reine si tu voulais. Une couronne ornera bientôt mon front – une couronne royale, et non un simple diadème de marquis ou de duc. Tu pourrais être celle que je mènerai à l'autel… Qu'en dis-tu ?

– J'en dis que je sais les Galjero capables de me donner ce que toi-même tu n'oserais m'offrir. J'ai un pacte avec cette lignée. Je ne le renierai pas.

– À ta convenance. Et pour Alessia ? Que comptes-tu faire ?

– Fi des complications, conclut Laüme. Je vais la tuer.

Pourtant, lorsqu'il apprit les intentions de sa maîtresse, Dragoncino employa tous les moyens pour qu'elle abandonne son projet. Il n'aurait su au juste expliquer pourquoi, mais la vie d'Alessia lui était chère. Peut-être plus que l'existence de son fils Uglio.

– Épargne-la, supplia-t-il. C'est une innocente. Trouvons un moyen de la répudier si tu le souhaites, mais elle doit vivre. Je céderai à toutes tes exigences si tu te montres clémente envers elle.

– Tu connais le prix que je fixe pour épargner une vie. Aujourd'hui encore, il te faudra payer si tu tiens vraiment à sauver cette petite idiote de Cornaro.

Pour quelques piécettes, Dragoncino acheta un nourrisson volé à une femme morte quelques heures plus tôt dans un lazaret. Sans hésiter, il remit l'enfant à Laüme. En retour, celle-ci consentit à ne pas attenter aux jours d'Alessia.

– Cette folie me contraint à trouver un stratagème pour te débarrasser légalement de ta femme, s'emporta néanmoins Laüme. Crois-tu que nous ayons du temps à gaspiller ?

– Dois-je vraiment devenir évêque ? répliqua Galjero. Es-tu certaine que c'est la voie vers un pouvoir assuré ?

– J'en suis convaincue. La crosse subjugue les âmes faibles mieux que les armes. Un peuple qui n'abdique pas sous la férule de son vainqueur oublie tout de lui-même à l'ombre de la Croix. L'Histoire nous l'enseigne trop bien. Tu le saurais toi aussi, si tu aimais les livres.

Dragoncino maugréa un peu, mais Laüme s'appliqua, comme elle seule savait le faire, à chasser sa mauvaise humeur à force de caresses et de baisers.

*

La nouvelle tomba au printemps et claqua comme un coup de tonnerre. Décomposé, Cesare en personne annonça à Laüme et à Galjero la mort de son père, le pape Alexandre VI.

– Son trépas n'est pas naturel, je le sens. Il a passé après une fête où il s'était montré joyeux et plein de vigueur. Un poison l'aura sûrement emporté… Della Rovere se tient derrière cette infamie, j'en suis convaincu.

– C'est possible en effet, convint Laüme. Mais qu'importe ? Pour plus de prudence, tu dois quitter Rome et t'enfermer dans la plus sûre de tes citadelles. Ton père avait-il préparé sa succession ?

– Bien sûr, nous avons déjà acheté l'élection de son successeur. Mais ces ecclésiastiques sont si volages ! Peut-être se rangeront-ils au dernier moment sous la bannière de Rovere ? Toi qui es un peu devineresse, pourquoi ne pas consulter les astres ?

– Il existe un miroir plus prompt à refléter l'avenir. Mais je sais qu'en cette occasion il restera obscur.

– Pourquoi ?

– Les cardinaux sont des roués qui connaissent la manière de cacher leurs intentions même aux prophétesses comme moi.

Suivant le conseil de Laüme, Cesare Borgia quitta Rome dans les heures qui suivirent le décès de son père. Escorté de Dragoncino et d'une poignée d'hommes, il referma derrière lui les lourdes herses de la forteresse de Senigallia en même temps qu'au Vatican on verrouillait les portes pour l'ouverture du conclave.

Quelques jours plus tard, les cardinaux sortirent de la Sixtine en ayant porté au pouvoir Francesco Todeschini Piccolomini, neveu du pape Pie II et ami des Borgia. Lorsqu'il apprit que Della Rovere avait perdu la partie, Cesare s'enivra pendant trois jours et trois nuits avant de revenir à Rome parader dans les rues. Mais son bonheur fut de courte durée : Piccolomini succomba mystérieusement, quelques semaines à peine après avoir reçu la tiare. Cette fois, Della Rovere ne laissa pas passer sa chance. Reclus dans la chapelle Sixtine, le Sacré Collège le désigna comme pape au bout d'une heure seulement, sous le nom de Jules II.

Homme d'action autant que de méditation, Della Rovere entreprit immédiatement de renforcer l'État pontifical en sommant Cesare Borgia d'abandonner les villes conquises en Émilie et en Romagne. Une partie de bras de fer s'engagea entre les deux hommes. Des canons bombardèrent les redoutes des cités qui n'avaient pas spontanément jeté à bas l'étendard des Borgia pour le remplacer par les couleurs du Vatican. Traqué, dépossédé, abandonné par son armée de reîtres qu'il ne pouvait plus payer, Cesare se fit capturer alors qu'il galopait vers la frontière du nord. Sur les conseils de Laüme, Dragoncino avait déserté lui aussi.

– Une époque s'achève, lui fit-elle remarquer. Ce fut amusant, mais cette fin nous contraint à trouver de nouveaux chemins, puisqu'il n'est plus question pour l'instant de te faire évêque.

– Faut-il fuir Rome aujourd'hui comme nous avons jadis quitté Florence ?

– Je ne crois pas. Della Rovere ne peut jeter en prison tous les courtisans autrefois nourris par la main des Borgia. C'est un pape guerrier. Peut-être a-t-il besoin d'hommes comme toi ?

Par mille manœuvres, Laüme parvint à faire entrer en grâce son amant auprès des conseillers militaires de Jules II. Intégrant les armées du Vatican, Dragoncino participa aux sièges de Pérouse et de Bologne, deux villes tenues par des petits seigneurs opiniâtres, au bout du compte moins faciles à dompter que le fils Borgia. Rentré à Rome après la victoire, Galjero, comme les autres capitaines, fut félicité par Sa Sainteté.

– N'est-ce pas toi, l'époux de la jeune Alessia Cornaro, la nièce de notre bien-aimée reine de Chypre Caterina ? interrogea Jules II lorsque Galjero s'agenouilla pour baiser l'anneau papal.

– C'est bien moi, Très Saint Père.

– N'as-tu pas dans ton entourage une femme que l'on dit d'une rare beauté ?

– Toutes les femmes qui vivent à l'ombre des saintes murailles de Rome répondent à cette description, je crois…

– Certes, reconnut le pape, amusé. Mais certaines possèdent des atouts plus rares. Je n'ai qu'un conseil à te donner, mon fils : les démons les plus dangereux sont ceux qui ressemblent à des anges. Si un jour tu veux me parler, je serai là pour t'écouter et t'apporter mon aide.

Le soir même, Dragoncino mima toute la scène pour Laüme. Imitant à la perfection les mimiques du vieux Jules, il fit rire aux éclats sa maîtresse.

– Te voilà prévenu, mon ami, lui dit-elle lorsqu'elle eut repris son calme. Je suis un diable en forme de femme ! Si ce vieux fou croit pouvoir me renvoyer d'où je viens avec ses crucifix et ses patenôtres, il se trompe.

– Il n'est donc aucun défaut dans ta cuirasse, Laüme ?

– Si, peut-être, admit-elle du bout des lèvres. Mais si un tel défaut existe, c'est un secret que je garde pour moi !

*

Toute l'année qui suivit et celle qui vint après, Dragoncino batailla pour le compte du pape contre les Français, qui conservaient toutes leurs prétentions sur le royaume de Naples, et contre les Vénitiens, qui cherchaient à étendre leur puissance dans la péninsule. Protégé par les sorts tissés autour de lui par Laüme, Galjero se jetait dans les combats sans hésiter à mener la charge ou à affronter des adversaires bien supérieurs en nombre. Plusieurs fois, il échappa inexplicablement à une mort certaine. À Seminara, on le vit traverser indemne une pluie de carreaux d'arbalète qui décimèrent les hommes autour de lui. À Cérignole, son épée se brisa contre le bouclier d'un cavalier mais, à l'instant où celui-ci allait lui transpercer la poitrine de sa hache d'arme, son destrier rua violemment, le désarçonna et le piétina jusqu'à lui broyer les os. À Garigliano, cinq spadassins cessèrent brutalement le combat et s'enfuirent sans raison alors qu'ils avaient isolé et engagé à leur avantage Dragoncino dans une tourbière.

Malgré la chance insolente qui favorisait ce dernier et lui permettait de traverser les plus furieuses mêlées sans une blessure, Alessia ne cessait de trembler pour la vie de son époux. Il n'était venu à elle qu'une seule et unique fois, le soir de leurs noces, mais la jeune femme avait gardé de cette fête charnelle un souvenir flamboyant, encore magnifié par les longs mois d'abstinence et d'attente qui avaient suivi cette union. Dragoncino l'avait initiée à des sensations intenses, que n'égalaient pas les caresses maladroites et tièdes qu'elle s'administrait nerveusement, chaque nuit, avant de trouver le sommeil. Pour assouvir ses besoins, elle aurait pu ouvrir la porte de sa chambre à n'importe quel gentilhomme romain ou, plus facilement encore, à un valet de sa propre demeure. Mais un scrupule qu'elle s'expliquait mal l'empêchait de se résoudre à un tel expédient.

– Serais-tu prête à employer tous les moyens pour faire revenir ton mari auprès de toi et tuer la fée rouge qui s'est accrochée à son lignage ? lui demanda un jour l'ancienne reine de Chypre.

– Tous les moyens, l'assura-t-elle en retour.

– Alors je vais appeler un homme qui saura quoi faire, dit la vieille Caterina Cornaro. Il était de ma cour autrefois et m'a rendu bien des services. Mais il est loin aujourd'hui, il réside en Terre sainte. Sa venue prendra plusieurs mois. D'ici là, tu dois faire l'effort de te concilier les bonnes grâces de cette Laüme. Elle vient souvent visiter l'enfant Uglio, me dis-tu…

– Elle pose sur lui des regards infâmes, s'emporta Alessia. J'ignore ce qu'ils signifient mais ils me sont odieux.

– Fais-toi douce avec elle, cajole-la, tente de connaître ses intentions. Deviens familière de ses habitudes, même si cela te répugne.

De ce jour, ainsi que sa tante le lui avait conseillé, Alessia fit en sorte de mieux accueillir Laüme. À chacune de ses visites, par petites touches, elle se montra plus courtoise, plus avenante. D'abord, elle se contenta de contenir les reproches muets dont elle avait longtemps été coutumière ; puis vinrent de timides sourires ; enfin, ce furent quelques paroles prononcées autour du berceau du troisième des Galjero.

– Pourras-tu rendre mon fils fort et vigoureux, comme tu l'as promis ?

– Uglio sera plus téméraire encore que son père. Et sa vie sera mieux remplie. Oui, je te le promets.

– Le rendras-tu riche ? Le couvriras-tu d'honneurs ?

– Il sera reconnu par tous et commandera davantage de légions que les Césars.

– Quel prix lui réclameras-tu pour cela ?

– Fort peu… Une vie… deux… Peut-être un peu plus.

– Des vies d'innocents ?

Laüme planta ses yeux dans ceux d'Alessia.

– Ne me le reproche pas. Cela me rendra plus forte pour veiller sur ton fils et ceux de son sang qui viendront après lui.

– Je ne te juge pas, mentit Alessia d'une voix douce. Mais c'est que je voudrais comprendre, vois-tu… Tu protèges Dragoncino, je le sais, et il t'aime… Je pourrais en nourrir une jalousie féroce, être ton ennemie et à chaque seconde prier pour ta mort. Cependant, je ne le veux pas. Tu es une grâce pour les Galjero, j'en suis consciente désormais. Penses-tu que toi et moi puissions un jour devenir amies ?

Le visage de Laüme s'ouvrit et ses yeux s'agrandirent. La question naïve d'Alessia la désarmait. Le trouble inattendu qui en naissait la fit sourire.

– Pourquoi pas ? répondit-elle en posant un regard neuf sur la jeune mère. Je commence à bien connaître les hommes mais les femmes me sont encore étrangères. Peut-être pourrais-tu m'aider à mieux les apprécier…

Ce disant, elle tendit la main vers Alessia. Leurs doigts s'enlacèrent. Leurs lèvres se joignirent. Alessia en conçut du plaisir et frissonna. Le parfum de la bouche de Laüme l'enivrait plus qu'un vin lourd. Étourdie, tremblante, elle se laissa lentement dévêtir. La langue de Laüme mouilla ses épaules, son torse, ses cuisses… Ses paumes caressèrent ses hanches, effleurèrent ses fesses et ses flancs… Puis la fée dénoua sa propre robe et en sortit avec la grâce d'un insecte quittant sa chrysalide. Elle plaqua son corps nu contre celui de la Cornaro. Leurs seins se frottèrent et se pressèrent, leurs bouches se trouvèrent encore. Fébrile, haletante, Alessia écarta les jambes et se laissa mener jusqu'au plaisir. Laüme fut une maîtresse patiente et raffinée, exclusivement vouée aux attentes de sa compagne. Si le corps féminin ne lui était pas inconnu, elle ne l'avait fréquenté que superficiellement lors des orgies orchestrées par Cesare Borgia. Pour la première fois, elle choisissait de se consacrer à une femme avec une attention équivalente à celle qu'elle accordait d'ordinaire à ses amants. De ce jour, elle prit l'habitude de passer de longues heures au côté d'Alessia.

Plus elle côtoyait la jeune Cornaro et plus Laüme découvrait en elle des qualités surprenantes. Son corps était beau, ses manières en amour à la fois pudiques et naturellement lascives. Bientôt, Laüme voulut d'autres jeux. Goûter en solitaire aux charmes d'Alessia ne lui suffisait plus. Elle noua un masque en argent à tête de louve sur le visage de la jeune femme et lia autour de ses chevilles des brodequins rouges à hautes semelles de bois, comme en portaient encore les prostituées des quartiers populaires d'après les anciennes façons de l'Empire de Rome. Elle lui amena deux frères plébéiens aux formes d'éphèbes, qui le jour posaient en saints pour les peintres et se vendaient la nuit aux dames romaines. La fois suivante, Alessia n'eut pas à dissimuler ses traits car Laüme avait loué, chez le maquignon d'hommes Franco Drossoti, un esclave levantin courtaud, velu face et revers, fort gras et fort laid, mais qui alliait à l'extraordinaire épaisseur de son membre une absence totale de regard.

– Les yeux de ce ladre ont été crevés au fer rouge afin qu'il ne voie pas qui il sert, avait expliqué Drossoti. C'est le meilleur gage de discrétion. Et puis, comme un rossignol, cela le fait mieux chanter…

Alessia goûta tellement le savoir-faire du mutilé qu'elle ne voulut pendant un temps plus d'autre colonne que la sienne en son vase. De la grosseur d'une pomme reinette, le gland brun, soigneusement épluché par le couteau du mufti, produisait en abondance un liquide blanc comme du lait, huileux comme un sirop, odorant comme un camphre d'église. Lorsqu'il émettait au-dehors, l'aveugle secouait son bâton avec la solennité d'un prêtre agitant son goupillon sur ses fidèles. Roulant des imprécations féroces dans son sabir de Bithynie ou de Trébizonde, il faisait pleuvoir des perles sur la blonde et sur la brune qui se trémoussaient d'aise et s'embrassaient en riant sous la douche chaude.

Quand le sauvage s'épancha pour la première fois à l'intérieur de sa matrice, Alessia craignit qu'une mauvaise graine y germe, mais Laüme la rassura :

– Il y a longtemps que je t'ai nouée, ma jolie petite. Le jour même de tes noces, j'ai pincé sur ton voile un de tes cheveux noirs. Tant qu'il ne sera pas retiré de la statuette que j'ai pétrie à ton image, tu ne pourras pas concevoir. Même si tu recevais la semence de tous les hommes de cette ville, tu resterais stérile. Sois heureuse : ton ventre est maintenant un autel consacré à Vénus. Héra n'y a plus sa place.

Une saison entière se passa en semblables dissipations. Malgré ses qualités, l'Oriental aux yeux brûlés finit vite par lasser Alessia. Drossoti ne fut pas en peine de lui trouver des remplaçants, car son échoppe était fournie en étalons aux morphologies et aux talents divers. Chevauchée chaque nuit par de nouveaux Priapes, Alessia semblait insatiable, et cela amusait fort Laüme.

– Sous tes airs de vierge, tu es une furie, ma douce. Est-il possible d'être aussi putain ? Il va falloir bientôt te modérer. Malgré le masque que tu portes, des bruits commencent à courir sur ton compte, et je ne veux pas que tes chienneries corrompent le nom des Galjero. Pendant quelque temps, tu devras te contenter de moi.

– Alors il va falloir que tu m'occupes bien, répliqua Alessia. Et pas seulement en tribade.

– Que veux-tu dire ?

– Apprends-moi, Laüme ! Apprends-moi ta science ! J'ai été ton élève dans les affaires de la chair, je me suis montrée appliquée et docile. Montre-moi maintenant la voie pour élever mon esprit. Aussi difficile que ce soit, je suis prête à te suivre…

Laüme sourit. Les deux femmes étaient assises en train de boire un vin épais sur la margelle d'une haute fenêtre en ogive. En contrebas, un verger ceint d'un mur de pierres sèches s'étageait en terrasses le long des pentes douces de l'Aventin. C'était la fin avril. Les poiriers étaient en fleur et le vent déjà chaud faisait trembler les carmins et les roses soufflés par la lumière du soir. Non loin de là, des corneilles voletaient en piaillant autour d'un campanile de briques pâles et de torchis de couleur ocre. Sans répondre, les yeux perdus dans l'azur, Laüme délaça rêveusement sa chemise et versa le reste du vin sur ses seins découverts. Alessia tendit les mains, pinça doucement les mamelons avant d'en sucer la pointe. La main de Laüme caressait sa nuque tandis qu'elle s'appliquait à la toilette.

– Je ne suis pas un bon professeur, déclara-t-elle enfin lorsque l'étrange tétée s'acheva. J'ai moi-même tant de choses à apprendre… Et à quoi veux-tu employer l'enseignement que tu réclames ? À quoi cela pourrait-il te servir puisque je suis là pour dispenser les soins, les protections et les amusements dont Uglio, Dragoncino et toi avez besoin ?

– Tu es pour moi plus qu'une sœur, Laüme, argua Alessia en se redressant. En retour, je veux être pour toi plus qu'une simple compagne d'orgies. Plus aussi que la mère de ton futur amant. Mon âme brûle des mystères du monde et depuis que tu t'es révélée à moi, je ne peux plus accorder foi à la religion de mes pères. Il me faut d'autres consolations désormais, d'autres réponses… C'est avec toi que je veux les chercher…

Le feu qui couvait dans le regard d'Alessia brûlait si fort que Laüme en fut saisie. Jamais encore elle n'avait vu une telle fièvre animer un visage humain. Même quand les hommes la prenaient. Même quand les enfants voyaient s'approcher la lame qu'elle brandissait pour trancher le fil de leur vie.

– Le désir est la plus puissante des imprécations, Alessia. Celui qui rugit au fond de toi, à coup sûr, est très fécond… Soit ! J'accepte. À dire vrai, cela me satisfait, même si j'avais espéré que Dragoncino exprimerait un jour la demande que tu viens de formuler. Mais c'est bien ainsi. Je vais m'exercer à être un bon professeur avec toi. Dès qu'il sera en âge, nous pourrons ainsi toutes deux former le petit Uglio. L'erreur que j'ai commise avec Nuzia, la mère de Dragoncino, ne se répétera pas…

Alors, Laüme agrippa le crucifix qui n'avait jamais quitté le cou d'Alessia et en brisa la mince attache. Jetant l'amulette dans un brasero où crépitaient des aromates, elle regarda la petite figure en or du Christ fondre dans les braises.

– Porter l'image de ce faux dieu ne te mènera nulle part, déclara-t-elle.

– Est-ce Satan que tu me demandes maintenant d'adorer ? Me faudra-t-il me rendre au sabbat et me laisser violer par Belzébuth et ses légions ?

Laüme éclata de rire.

– Le Diable n'existe pas plus que le Dieu unique des juifs, des chrétiens ou des mahométans. Seuls les fous et les ignorants découpent ainsi le monde en deux parties rivales. Non, la réalité est plus complexe, plus subtile. Plus belle, aussi…

– Pas de Dieu ? Pas de Diable ? Pas plus de Paradis que d'Enfer, alors ? Que deviennent donc les âmes quand les corps disparaissent ?

– Les âmes sont le fruit de la volonté, Alessia. Elles se forgent au cours de la vie. Ce sont les épreuves autant que les plaisirs qui leur donnent forme. Autant dire que bien peu d'humains peuvent se vanter d'en posséder vraiment une.

– La mort est donc une fin ? Il n'y a rien au-delà ?

– Pour la plupart des hommes, c'est vrai, le trépas est un point final. Irréversible. Leur vie n'a rien signifié. Pour les rares, en revanche, qui ont employé leur existence à condenser en eux un fragment d'esprit éternel, la mort est un simple seuil. Bien des chemins s'ouvrent au-delà.

– Et moi ? s'enflamma Alessia. Ai-je une âme ? Aurai-je d'autres vies ?

Laüme prit le visage de la Cornaro entre ses mains et baisa ses lèvres toutes luisantes encore de vin et de salive.

– Les plaisirs de la chair auxquels tu t'es adonnée ont commencé à densifier un germe en toi. Mais ce n'est pas suffisant. Il te faudra exprimer plus de désir encore, plus de volonté… Tu devras relever des défis… Mais, je le sens, bientôt, oui, tu pourrais posséder une âme toi aussi…

Cette nuit-là, les deux femmes restèrent seules à faire longuement l'amour sans autre témoin de leurs ébats qu'un petit singe domestique acheté la veille à un marchand jurant revenir de Cipango. Lorsqu'elle s'éveilla aux premières lueurs de l'aube, Alessia vit que Laüme observait son nombril sur son corps nu. Comme pétrifiée, les côtes à peine soulevées par un imperceptible souffle, la fée fixait cette marque qu'elle-même ne possédait pas. Cornaro n'osa bouger. Enfin, Laüme passa la main au-dessus du petit orifice.

– Si tu veux un jour un autre enfant de Dragoncino, je dénouerai l'aiguillette et ton ventre redeviendra fertile…

La voix de Laüme était si sourde, si triste, qu'Alessia en ressentit une peine profonde.

– Et toi ? interrogea-t-elle. Tu ne peux donc pas donner la vie ?

– Non. C'est impossible... Ou bien je n'en connais pas la manière. Comme je n'ai moi-même ni père ni mère, je crois que rien, jamais, ne sortira de mes entrailles.

– Est-ce une douleur ? un regret ?

Laüme ne répondit pas. Tournant son visage dans l'ombre, elle quitta la couche en désordre et appela ses chambrières pour qu'on la vête.

– Nous sortons ce matin, dit-elle à Alessia. Prépare-toi !

Le macaque s'amusant à passer alternativement sur leurs épaules, les deux beautés flânèrent dans les quartiers marchands jusqu'à midi. Chez un négociant d'épices, Laüme choisit des safrans et des cumins, du poivre et des clous de girofle. À un vendeur d'encens, elle prit de l'ambre gris de la Baltique, du styrax et des muscs. Chez un drapier, des soies et des damas d'Orient. Dans chaque rue, elle distribuait en souriant de lourds ducats parfumés ; les pauvres qui mendiaient l'appelaient « bonne dame » ou « sainte » en tremblant d'émotion lorsqu'ils recevaient d'elle l'énorme tribut.

– Tu dépenses en aumônes trois fois plus que chez les boutiquiers, remarqua Alessia sur un ton de reproche. L'argent n'a donc pas de valeur pour toi ?

– Aucune, mon doux corbeau ! L'argent est la chose la plus vulgaire et la plus sale au monde. Il passe de main en main, de poche en poche... Y as-tu jamais songé ? D'où viennent les pièces qui s'entrechoquent aujourd'hui dans ta bourse ? Hier, elles appartenaient peut-être à un lépreux ; la veille encore, à un bourgeois portant le mal français, et le jour d'avant, à une souillon couverte de gale. Mieux vaut se débarrasser de ces vilaines rondelles le plus vite possible. C'est ma pensée.

– Connaîtrais-tu un moyen de faire de l'or, Laüme ? s'enflamma aussitôt Alessia. Serais-tu alchimiste ? Tu sais le secret de la pierre philosophale ?

– Tu es si naïve, petite Cornaro ! Trouver de l'or est beaucoup plus simple que d'en fabriquer. Mes yeux sont plus ouverts que les tiens. Là où tu perçois seulement la blancheur sur la neige, je compte cent nuances de blanc. Là où tes prunelles distinguent dix déclinaisons de vert dans les ramures d'une forêt, les miennes en recensent mille et plus... C'est ainsi que je vois la terre que l'on a retournée pour y creuser une cache, que j'aperçois un bijou perdu qui brille dans la mousse ou un anneau qui luit au fond d'une flaque. Et même si je dilapidais tous les trésors oubliés d'Italie, il resterait toujours les mines d'or du premier des Galjero pour remplir nos coffres.

– Des mines d'or, dis-tu ?

– En Valachie... Le père de Dragoncino en connaissait l'emplacement. J'en ai tracé une carte grossière pour ton mari. Cela servira peut-être...

Alessia pinça les lèvres pour réprimer les questions qui se pressaient dans son esprit. Trouver des trésors comme Laüme en était capable, elle-même ne le pourrait jamais, mais s'emparer d'une mine d'or... oui ! Cela était humain, donc possible ! Le cerveau bouillonnant déjà de plans pour soutirer à Dragoncino la carte du filon, Alessia resta un instant rêveuse. Quand la main de Laüme se posa sur la sienne, elle sursauta presque. Sans qu'elle s'en soit rendu compte, leur marche les avait conduites sur un *campo* désert, à l'écart des districts de commerce. C'était l'heure la plus chaude. Autour d'elles, les maisons étaient plongées dans la pénombre par leurs volets tirés et les habitants, étourdis, digéraient benoîtement.

– Je vais maintenant te laisser seule, Alessia, dit Laüme, car c'est ici que je te mets à l'épreuve. Comme je l'ai exigé autrefois de Dragoncino et de son père avant lui, tu vas m'apporter un enfant en gage de soumission. Ce sera le pacte qui nous liera pour toujours. Si tu brises tes réticences, tu seras digne de ce que je t'enseignerai. Es-tu prête ?

Ce fut comme si le cœur d'Alessia cessait soudain de battre. Ses muscles se raidirent et son cerveau se figea. Sans pouvoir prononcer un mot ou esquisser le moindre geste, elle vit Laüme s'éloigner et disparaître dans les ruelles sombres.

Un long moment s'écoula. Qu'allait-elle décider? Refuser l'ordalie signifiait à coup sûr faire de Laüme une ennemie déclarée contre laquelle il était insensé de lutter. Satisfaire sa requête, en revanche, impliquait d'accepter de devenir une criminelle. Toute sa vie, elle devrait supporter le souvenir d'un meurtre. Mais sauver Dragoncino, sauver Uglio, surtout, était à ce prix ! Que lui importait de se damner si c'était l'unique façon d'épargner à son fils l'abominable contrat que la démone Laüme imposait à chaque génération de Galjero ? N'était-ce pas dans ce but qu'elle s'était prostituée et avait déjà fait de son corps l'autel des pires infamies ? N'était-ce pas pour cela qu'elle jouait la comédie de l'amour et de la fidélité à Laüme depuis tant de semaines ? Pourquoi hésiter maintenant à poursuivre le chemin ?

Alessia sentit peu à peu la vie revenir dans ses veines. Bientôt sa décision fut prise. Les mâchoires serrées mais sa résolution affermie, elle traversa la place et pénétra dans la petite église qui se dressait au coin du *campo*. Allongée à même les dalles froides devant la statue du Sauveur, elle demanda pardon pour tous ses reniements et tous ses péchés, ceux qu'elle avait commis et ceux qu'elle allait perpétrer. La figure compatissante du grand christ de bois lui fit venir les larmes aux yeux. Elle se serait répandue en pleurs si le singe de Laüme n'avait surgi en couinant de derrière un pilier. Sautant sur sa robe, il tira le tissu comme pour forcer Alessia à se relever et à quitter l'édifice. Trottant devant elle, il grimpa sur la vasque d'eau bénite, s'y abreuva de trois lampées et courut au-dehors pour mener Cornaro quelques rues plus loin. Escaladant un haut mur d'enceinte au niveau d'une vieille porte mangée de lichens, l'animal disparut dans un jardin, non sans vérifier qu'Alessia avait bien remarqué son manège. Interdite, pressentant un événement, la jeune femme attendit un instant en se collant à la pierre. Un bruit de loquet que l'on tirait la fit bondir. Tournant lentement sur ses gonds, la porte trembla et s'ouvrit à demi, laissant apparaître la tête du singe. Alessia se glissa avec précaution par l'ouverture et découvrit un vaste jardin de buissons de roses, de sauge et de menthe en fleur. Au milieu d'un carré d'herbe, sur un linge de gaufre blanche, un vilain poupard de quelques mois à peine était endormi sous un auvent brodé lié à des piquets. Alessia s'accroupit derrière le premier taillis et retint son souffle en observant les alentours. Le silence était presque parfait, seul le vol des abeilles et des frelons vrillait l'air calme. Puis elle perçut des gémissements crescendo qui provenaient d'une dépendance. Alessia sourit. À n'en pas douter, la nourrice de l'enfant préférait les attouchements d'un faquin à la monotonie de son office. Inspirant une profonde goulée d'air, la jeune femme franchit en trois pas la distance qui la séparait du bébé et souleva le bambin sans même le réveiller. Lorsqu'elle sortit du jardin, elle entendit le petit singe qui verrouillait consciencieusement la porte derrière elle.

*

Laüme était satisfaite. Dans la plus profonde des caves de son palais, elle avait installé l'enfant apporté par Alessia sur une longue table de bois. Dans ses langes souillés d'excréments, le paquet rose gigotait d'une manière grotesque. Ses hurlements crevaient les tympans et résonnaient sous les voûtes basses de la salle.

– Ne peux-tu lui donner du pavot pour l'endormir ? s'impatienta Cornaro dont les nerfs étaient à vif.

– Non. S'il est inconscient quand la mort le prendra, ses fluides n'auront pas la même qualité, ce ne seront que des eaux fades et sans pouvoir. La peur et la douleur sont les adjuvants indispensables pour activer les principes contenus dans le sang.

Alessia contempla l'enfant avec un mélange de pitié et de dégoût. Elle haussa les épaules et marmonna quelques mots entre ses dents pour annoncer qu'elle quittait la pièce et laissait Laüme opérer tout à son aise.

– Mais le bourreau c'est toi, ce soir, mon joli corbeau, répliqua la fée en retenant l'Italienne par la manche.

– J'ai volé l'enfant, Laüme. Je suis ta complice. C'est ce que tu désirais ? Cela ne te suffit pas ?

– Non, mon ange. Ma confiance en toi sera totale lorsque je t'aurai vue plonger la lame dans la viande de ce gosse. Pas avant !

Tremblante, Alessia referma les doigts sur le manche de la dague que Laüme lui tendait. Fermant les yeux et sans réfléchir, elle plongea l'arme par deux fois à l'aveuglette dans le torse du bébé. Mal manié, brandi sans véritable force, le stylet dérapa d'abord sur le cartilage des côtes, puis sur le pic du sternum. Ces blessures superficielles firent brailler de plus belle le gamin, dont les mouvements ressemblaient à ceux d'une grenouille piquée sur une tablette d'anatomie. Du sang colora ses linges. Laüme s'en amusa. Ses pupilles s'agrandirent et ses lèvres pleines se retroussèrent sur ses dents brillantes.

– Frappe ! ordonna-t-elle. Frappe, mon corbeau ! Frappe plus fort !

Alessia sentit la bile lui remonter du plus profond de l'estomac. Une troisième fois, elle poinçonna la petite victime. La lame, cette fois, avait trouvé le larynx. La gorge crevée, le bébé émit un grand soupir spongieux et tressauta en une brève série de convulsions qui le firent glisser au bord de la table. Alessia le rattrapa avant qu'il ne tombe, le maintint fermement comme un poulet qu'on découpe et hacha le petit cadavre au point d'en réduire les chairs en charpie. En sueur, ses longs cheveux défaits tout dégoulinants du sang projeté, elle martela un dernier coup qui détacha tout à fait la tête du tronc puis lâcha son outil pour s'adosser au mur. Sa robe, ses mains, son visage étaient couverts de matière humaine. Laüme s'approcha d'elle et respira les odeurs sucrées, les narines dilatées. Sa langue pointa au-dehors comme celle d'un lézard et glissa sur la joue d'Alessia pour lécher une goutte du liquide rouge. Jamais Cornaro n'avait vu une telle extase épanouir ainsi les traits de la créature.

– Les entends-tu, mon corbeau ? interrogea la fée.

– Qui ? s'inquiéta Alessia.

– Les Ombres ! Elles viennent et elles murmurent… Elles sont heureuses du sang versé car il est propre et les réchauffe. Cela leur redonne un peu le goût de la vie. Elles s'en repaissent autant que moi… Elles me chuchotent des secrets en récompense… Tu ne les entends pas ?

Alessia retint sa respiration pour mieux se concentrer. Elle crut entendre un bruissement près d'elle. C'était une voix, bientôt suivie d'une autre, puis d'une troisième encore… Elle sursauta car elle pensait que c'étaient les gens du guet qui venaient les arrêter, mais à la seconde où elle voulut s'enfuir, ses yeux aperçurent des formes penchées au-dessus du corps du nourrisson. C'étaient des volutes grises, des figures de fumée qui lapaient les ruisseaux de sang gouttant de la table comme Laüme le faisait au même moment sur la robe de la Cornaro. Surgissant du sol telles les émanations d'un marais, d'autres encore arrivaient…

– Tu les vois maintenant, n'est-ce pas ? Donner la mort à cet enfant t'accorde brièvement ce pouvoir ! Ces fantômes sont des âmes imparfaites, expliqua Laüme en se frottant contre Alessia. Elles n'ont pas su trouver le chemin qui mène à la vie éternelle mais ont suffisamment pratiqué les arts sorciers pour ne pas mourir tout à fait… Elles habitent les limbes et ont la nostalgie de leur séjour terrestre. Certaines connaissent de grands mystères. D'autres savent un peu de l'avenir… Veux-tu que nous les interrogions ?

Tirant Alessia par la main, Laüme la fit s'avancer à petits pas vers les spectres. L'un d'eux se tourna aussitôt vers elles. C'était une face de vieillard sous un capuchon de moine. Elle articula une longue sentence en latin dont Alessia ne comprit pas un mot mais que Laüme sembla goûter.

– Que dit-il ? interrogea Cornaro.

– Il dit qu'il a souvent pris grand plaisir à te voir pâmée sous les gitons. Il dit que tu es une fameuse catin et qu'il aurait fort apprécié que tu sois de son temps pour faire de toi sa truie. Il veut aussi récompenser tes talents de garce en te révélant dans ta langue un secret bien utile.

– Quel secret ?

– Il ne veut le murmurer qu'à toi.

Alessia fit encore deux pas en direction de l'esprit qui se coula vers son oreille.

– Je sais ce que tu cherches, ma fille… Je connais tes intentions. Je ne les condamne pas. Sache seulement que l'homme mandé par la reine de Chypre pour t'aider campe ce soir même à deux lieues de Rome. Demain, il sera là !

L'homme aux bras tordus

Selon le Talmud, quatre-vingt-dix-neuf variétés d'impuretés peuvent se glisser sous les ongles d'un homme. Depuis fort longtemps, Mose Tzadek de Famagouste ne craignait plus de telles salissures. Après l'avoir arrêté à Chypre au moment où la Sérénissime déposait du trône Caterina Cornaro, l'Inquisition vénitienne lui avait fait subir le supplice de l'estrapade pour qu'il avoue qu'il avait partie liée avec le Diable et ses cohortes. Un peu rabbin, un peu guérisseur, un peu astrologue, souvent escroc et affabulateur, Tzadek était tenace. Même sous la douleur, il ne fit aucune concession. Faute d'aveux, faute de preuves, on le relâcha. Mais dans ses bras déboîtés et brisés, les nerfs et les muscles ne retrouvèrent jamais leur place. Rétractés, vrillés, gonflés, ses membres étaient quasi morts et, au bout de ses mains déformées, ses doigts ne se refermaient plus qu'au prix d'efforts qui le faisaient hurler.

Quarante jours après qu'on lui eut rendu sa liberté, Mose Tzadek quitta Chypre et paya son passage jusqu'à Jérusalem. Avec le petit trésor qu'il s'était constitué pendant son séjour à la cour de la reine Caterina, il acquit quelques esclaves et une maison calme dans la vieille ville. Vivant de peu, il passait pour un sage et cela l'amusait fort car en lui bouillonnaient de sombres envies de revanche. Les tortures avaient corrompu son âme et seul un désir grandissant de faire le mal tempérait son amertume. Il se garda bien, pourtant, de mettre à exécution ses envies. Chaque nuit, de sa terrasse, il consultait les étoiles qui se reflétaient dans un bassin d'eau claire. Et, chaque fois, il lisait la même prédiction : le jour approchait où ses désirs de meurtres pourraient enfin s'assouvir.

Lorsqu'il reçut la missive de la main de Caterina Cornaro, il sut que c'était là le signe qu'il attendait. S'il n'était plus qu'un infirme, son intelligence était encore vive et son cerveau empli de savoirs étranges. Ses jambes pouvaient le porter au loin sans faiblir. Il fit venir le scribe Houda, le plus vigoureux de ses serviteurs, un grand Abyssin aux muscles tendus comme des haubans de felouque malgré sa maigreur, à la peau grumeleuse et aux yeux rouges, aussi féroce dans ses colères que minutieux dans ses calligraphies. Il convoqua aussi son page Yohav, une créature bistre au visage d'ange, âgé de seize ou dix-sept ans, mais si petit, si chétif et si mince qu'il en paraissait à peine huit. Avec eux, il quitta la Terre sainte et cracha trois fois dans la mer lorsque le navire passa au large de Nicosie. Les voyageurs changèrent d'embarcation à Malte et atteignirent le port de Naples par un soir de pluie. Ils achetèrent des chevaux. Tzadek fit remonter ses compagnons jusqu'à Trévise car c'est là que la reine Caterina les attendait. La vieille les reçut dans son palais en leur faisant mille grâces pour avoir bien voulu répondre à son appel.

– Ma nièce Alessia est ma seule famille désormais, se plaignit-elle. Un démon femelle est attaché aux pas de son époux. C'est une fée noire, une Mélusine comme celle qu'avait épousée autrefois Raymondin de Lusignan. Les exorcismes des prêtres sont impuissants contre ces monstres-là. Il faut des sciences plus anciennes, plus retorses. Vous êtes mon seul espoir, Tzadek…

L'homme aux bras tordus écouta ce récit avec attention avant de partir pour Rome entendre Alessia et préparer avec elle la perte du démon. Une maison de deux étages avait été louée à son intention non loin du Tibre. Il s'y installa avec Houda et Yohav, puis attendit qu'Alessia vienne le visiter.

Trois jours après s'être rendue coupable d'infanticide, la jeune Cornaro franchit en secret le seuil de la demeure du vieux juif. Chauve, la barbe et les sourcils rasés, Tzadek était long et mince comme un échassier des bords du Nil, sans aucune des lourdeurs habituelles de son âge. Son visage volontaire exprimait une énergie peu commune. Ses yeux étaient durs et clairs comme des opales, ses dents blanches. Aucune ne manquait dans sa bouche.

– Raconte-moi tout ce que tu sais de la créature que tu veux détruire, demanda-t-il. Comment dis-tu, déjà, qu'elle se fait nommer ?

– Laüme, souffla Alessia, très impressionnée par l'étrange silhouette de l'estropié.

– Laüme ? Je n'ai jamais entendu prononcer ce nom… Peut-être dérive-t-il de celui de l'esprit nommé Lamia par les Grecs… un fauve voleur d'enfants et suceur de sang. Mais peu importe. Allons ! Parle-moi d'elle. Apprends-moi tout ce que tu as commis sur son ordre. N'omets rien. Je ne suis pas ici pour te confesser, mais je saurai si tu tentes de me tromper ou si tu me caches quelque chose.

Pendant des heures, Alessia Galjero livra à Mose Tzadek tout ce qu'elle savait de Laüme – comment celle-ci l'avait corrompue en l'initiant à tous les plaisirs de la chair, puis comment elle avait fait d'elle une meurtrière.

– As-tu connu la jouissance pendant tes impudicités ? interrogea le juif.

Alessia baissa les yeux.

– Je le confesse, les hommes m'ont donné des joies fortes. Leur corps a fait naître en mes entrailles des sensations que je ne connaissais pas. J'ai aimé que leurs yeux s'attardent sur les formes de mon corps. J'ai aimé sentir leur sexe gonfler et pleurer entre mes mains. J'ai joui sous les caresses de Laüme, et j'ai été émue par sa beauté étrange. Je ne peux mentir. Oui, tout cela m'a souvent rendue heureuse.

– Quels ont été tes sentiments lorsque tu as obéi aux ordres de cette fille et que tu as tué l'enfant ?

– Le dégoût et la honte, maître. Et puis aussi… un grand frisson que je n'avais jamais éprouvé et que je ne saurais nommer… Une sorte de furie, une exaltation… Presque de la joie et de la fierté d'avoir trouvé en moi la force d'accomplir cette abomination. Mais, j'en suis certaine, il n'existe aucun mot dans aucune langue pour décrire cela correctement.

Tzadek approuva d'un hochement du menton. D'évidence, il appréciait la franchise de la jeune femme et voulait lui montrer que, sans la juger, il saisissait toute la teneur de ses paroles.

– Tu dis encore que Laüme utilise le fluide vital comme offrande pour des fantômes qui, en retour, lui enseignent des choses. C'est bien cela ?

– Oui, maître.

– Mais tu m'apprends aussi qu'elle absorbe la matière humaine et qu'elle semble y prendre un grand plaisir. Est-ce là, à ton avis, une simple perversion ou bien une sorte de nécessité ?

– Elle n'y est pas contrainte, je crois. Cependant, cela paraît lui procurer une jouissance incomparable. J'ai remarqué aussi que sa physionomie s'altérait légèrement après avoir lapé le sang.

– Explique-toi mieux, insista Tzadek.

– Il y a parfois chez elle de curieuses transparences… Sa peau est si pâle qu'elle en paraît diaphane. J'ai même cru voir, un soir, le vin qu'elle buvait couler à l'intérieur de sa gorge. Pourtant, le sang lui a donné un instant une nouvelle densité…

– C'est certainement un esprit jeune, commenta Tzadek, pas encore tout à fait incarné. Le sang lui est nécessaire pour affermir sa prise en ce monde. Je m'étonne seulement qu'elle n'en réclame pas plus. C'est par là que nous l'attaquerons.

– Comment cela ?

– Nous lui donnerons un mauvais agneau à sacrifier. Cela l'affaiblira et nous lui porterons alors facilement le coup de grâce.

– Mais elle a éveillé des gardiens qui la protègent, apprit encore Alessia. Tant qu'ils seront là, nous ne pourrons rien.

Mose Tzadek haussa les épaules.

– La science des golems que cette Laüme utilise n'est guère compliquée à défaire. Je connais des moyens simples de terrasser ces génies. Et d'autres encore pour les forcer à se montrer. Ne te préoccupe pas de cela, j'en fais mon affaire. Parle-moi maintenant de ton époux. Il ignore ce que tu complotes, n'est-ce pas ?

– Dragoncino est au loin, il bataille pour le pape. Je veux qu'à son retour à Rome tout soit terminé. S'il savait ce que je prépare, il me tuerait en personne.

– Malheureusement, ton mari constitue une pièce essentielle du rite… Laüme est spécifiquement attachée à son lignage, comprends-tu ? Tant qu'il sera en vie, la créature ne pourra pas tout à fait disparaître.

– Cela signifie qu'il doit mourir lui aussi ?

– C'est le prix à payer pour la liberté de ton fils, Uglio, et pour la liberté de tous les hommes de son lignage qui viendront après lui.

Alessia se tassa sur son siège. De toute son âme, elle avait souhaité occuper un jour sa place d'épouse auprès de Dragoncino. Ce que lui demandait Mose Tzadek anéantissait à jamais cet espoir.

– Si cela peut sauver l'enfant, alors j'accepte, dit-elle enfin après un long silence. Dis-moi ce qu'il faut faire, et j'obéirai.

*

Mose Tzadek rêvait. Il rêvait que son corps était intact et qu'il tenait une femme entre ses bras. Il rêvait que ses doigts se refermaient sur la reliure veloutée d'un livre. Que ses mains saisissaient à pleines paumes de douces fourrures et des draperies de soie crissante... Il se réveilla et poussa une longue plainte dans la nuit. Ses mains boursouflées lui faisaient mal.

Portant une chandelle, Yohav s'approcha et redressa le vieil homme sur sa couche. Depuis qu'il en avait fait l'acquisition, Tzadek ne confiait à personne d'autre qu'à l'enfant le soin de s'occuper de lui. C'était Yohav qui le nourrissait, le lavait et l'habillait. C'était Yohav encore qui prenait l'or dans sa bourse pour payer les domestiques et les fournisseurs. Le gamin mélangea du miel à du lait chaud dans un gobelet de cuivre et porta le récipient aux lèvres sèches de son maître. Lorsque celui-ci eut fini de boire, il essuya avec un chiffon de lin les gouttes de liquide qui perlaient aux commissures puis tisonna le feu et attendit patiemment que le vieillard se rendorme avant de s'allonger au pied du lit en s'y lovant comme un petit chien.

Né esclave, Yohav n'avait jamais connu la liberté. Il ignorait tout de la signification de ce mot et eût été bien en peine de conduire sa vie si d'aventure ses chaînes avaient été soudain rompues. Mose Tzadek était son quatrième propriétaire. Le garçon l'aimait au-delà de tout. Au premier coup d'œil, ces deux-là s'étaient compris. Dès qu'il l'avait aperçu sur l'estrade du marché aux esclaves de Jérusalem, le mutilé avait deviné chez le garçon des aptitudes rares au mal et à la cruauté. Cela lui avait plu. Il en avait obtenu le titre de propriété pour une somme dérisoire car, si beau qu'il fût, le gamin avait souvent servi de fille à ses précédents propriétaires et ne pouvait plus prétendre à la virginité. Gâtant encore un peu plus sa valeur, la peau de son dos était striée de vilaines cicatrices laissées par de nombreuses séances de fouet, et une large brûlure au fer plat lui avait été infligée sur le ventre pour le punir d'un chapardage. Tzadek, lui, n'avait ordonné aucun châtiment à l'encontre de Yohav. Bien au contraire. La morphologie étrangement juvénile de l'adolescent, cette incompréhensible obstination que la nature manifestait à lui conserver des traits d'enfant purs malgré les années, était si fortement en contradiction avec la noirceur naturelle de son âme que Tzadek considérait cette anomalie à l'égal d'un miracle.

À Chypre, à l'époque où il s'était rendu si célèbre par la précision de ses horoscopes que la reine Caterina avait fait de lui son devin attitré, il avait débuté une collection de monstres naturels. En deux ou trois années, son atelier s'était rempli de cadavres de grenouilles à deux têtes, de moutons siamois, de fœtus humains hermaphrodites ou sans bouche. Il avait disséqué ces anatomies erratiques, les avait dessinées et mesurées, et il avait juste eu le temps de détruire ses spécimens et les commentaires qu'il en avait rédigés avant d'être arrêté par l'Inquisition. Longtemps, il avait regretté son cabinet de tératologie, mais la découverte de Yohav avait compensé toutes ses peines. À lui seul, le gamin qui s'était arrêté de grandir valait davantage que toutes les chimères qui dormaient autrefois dans ses jarres. Mentir, voler, espionner était une attitude courante chez le gosse ; mais la torture était l'art dans lequel il exprimait le mieux ses capacités. Bien souvent, Tzadek l'avait vu mettre à mal de petits animaux pour le plaisir – des chatons, des chiots, des oiseaux. Son talent était de maintenir en vie les créatures le plus longtemps possible tout en leur infligeant des souffrances indicibles avec un raffinement qui aurait laissé songeurs les plus pervers bourreaux Shinkoku. À la différence cependant des tortionnaires patentés, il terminait toujours ces séances en dévorant vives ses pauvres victimes écorchées.

Comme son maître, Yohav sentait tout au fond de lui qu'il était destiné à une grande œuvre, une alchimie noire et terrible dont il voulait faire l'expérience. Lorsqu'il avait appris qu'il allait quitter la Terre sainte pour les contrées du Nord, il en avait conçu une joie folle et une impatience telle qu'il en avait perdu le sommeil pendant plusieurs jours ; il n'était parvenu à fermer les paupières qu'une fois les amarres larguées, lorsque l'étrave du navire avait fendu les flots en direction du septentrion. À Trévise, chez la reine Caterina, la première fois qu'on avait prononcé devant lui le nom de Laüme, son cœur avait bondi. D'instinct, il avait su que c'était là sa victime désignée. S'il ne devait tuer qu'une seule créature, à coup sûr, ce serait celle-là.

– Tu ne te trompais pas, Yohav, lui révéla Mose Tzadek après le départ d'Alessia. C'est bien cette Laüme que nous allons nous amuser à détruire. Moi, j'ouvrirai pour elle la porte du néant, toi, tu l'y pousseras ! Mais nous lui procurerons avant cela bien des souffrances pour la contraindre à nous livrer ses secrets…

Yohav n'avait rien répondu. Sa bouche, pourtant, s'était emplie de salive, comme si l'on venait de lui promettre un fabuleux festin, et tous les muscles de son corps s'étaient tendus.

Dans une chambre dont il avait fait retirer tous les meubles pour la transformer en parfait oratoire, maître Tzadek entra en méditation. Treize jours durant, il dormit à même le sol et n'absorba qu'une coupelle de rosée recueillie chaque matin à l'aube. Les dernières graisses de son corps fondirent. Au milieu de la treizième nuit, il quitta la solitude de sa cellule et s'assit près du feu pour réchauffer sa carcasse refroidie par la veille et les privations. Là, après qu'il eut mâché quatre cuillerées de pollen et bu un demi-verre de vin bouilli, il enseigna à Houda l'Abyssin et à Yohav le tortionnaire ce qu'il attendait d'eux.

– J'ai trouvé dans mes prières les réponses à mes ultimes questions. La reine Caterina a été bien inspirée de nous appeler pour se débarrasser du démon Laüme. Jamais les prêtres chrétiens n'auraient eu le courage d'accomplir ce que nous allons faire. Toi, Houda, tu vas maintenant servir Yohav à l'égal d'un maître, car c'est sur lui que se poseront les souillures qui empoisonneront Laüme. Cela va te demander beaucoup de détermination, mon enfant, poursuivit Tzadek en regardant l'adolescent, mais je sais que le but que nous poursuivons t'est cher et que dorment en toi des forces puissantes.

– Oui, Mose Tzadek, approuva solennellement le page.

– Laüme redoute l'impureté. Nous allons l'en abreuver tant et plus. Ton sang, Yohav, est déjà un vilain brouet ; il va falloir cependant l'épaissir encore. Et promptement. Tu vas cesser de pratiquer tes amusements sur de simples animaux. Désormais, ce sont des êtres humains que tu vas tourmenter et dévorer. Houda t'accompagnera dans les rues des mauvais quartiers de Rome. Tu y choisiras des proies qui te conviennent. Choisis-les bien dépravées surtout. Nobles ou roturiers, peu importe, mais choisis-les vulgaires. Prends des criminels et des prostituées, des bourgeois repus et des prêteurs avares, ou des soldats cruels et des courtisans confits d'hypocrisie. Houda s'en emparera et les conduira ici. Tu en feras ton affaire. Donne-leur l'horreur. Fais-les souffrir. Ingère-les. Gave-toi de leur sang. Mange leur cerveau et leur cœur, puis prends ton plaisir dans leur cadavre. Dors auprès d'eux. Profane leur dépouille comme toi seul sais le faire. À partir de cet instant, tu as treize jours et treize nuits pour accomplir la tâche de polluer ton âme autant qu'il te sera possible.

Alors, tel un chevalier rendant hommage à son suzerain avant de se lancer dans sa quête, Yohav s'avança vers Tzadek et s'agenouilla devant lui pour poser un bref instant le front sur ses cuisses maigres. Quand il se releva, ses yeux étaient humides et il frissonnait. Il serra un chaperon autour de ses épaules et quitta aussitôt la maison pour sa première nuit de chasse.

Houda marchait derrière lui. Sous sa houppelande de cuir et de fourrure de lièvre, la main du grand Noir était serrée sur le fer d'une sagaie comme en forgeaient les hommes de son pays pour pister le lion ou la hyène. Dans un sac accroché à sa ceinture s'enroulaient câbles et bâillons. Leur première victime fut une ribaude décatie et édentée qu'ils trouvèrent endormie sous un porche. Houda l'assomma, la jeta sur son épaule et l'enferma dans un des celliers de la maison au bord du Tibre. C'est là qu'opéra Yohav, dont l'apparence chétive dissimulait en réalité une grande force musculaire. Comme avec tous les patients qui vinrent après elle, il commença par lui arracher la langue et lui extraire les cordes vocales à l'aide d'une longue pince pour éviter que ses cris ne mettent en émoi le voisinage. Il la découpa et la transperça ensuite de mille manières avant de gober ses yeux au moment où elle expirait tout à fait. Après qu'elle eut rendu son dernier soupir, il gratta ses vertèbres et suça sa moelle. Il jeta ses restes dans un coin de la pièce afin qu'ils faisandent et partit à la recherche de sa seconde proie.

Tuer la pocharde lui avait donné moins de plaisir qu'il n'aurait pensé. C'était la première fois pourtant qu'il ôtait la vie à un être humain, mais la laideur de la commère avait gâté sa joie. Yohav était un esthète. C'étaient des peaux douces qu'il voulait déchirer, des courbes fraîches qu'il voulait profaner. Il avait compris que Laüme était une jeune et noble dame parée d'une grande beauté. Il avait hâte de la mettre nue pour ronger ses seins et enfoncer des fers rouillés dans son ventre. Hâte de raser ses longs cheveux et de lui casser l'échine à grands coups de trique. Hâte de peler sa chair pour voir, sur l'armature blanche de ses os, se crisper encore ses muscles fins et ses soyeux viscères. Tout habité de ces images, Yohav demanda à Houda de se saisir d'une adolescente qui semblait errer, sans but, près d'une auberge. Il répéta sur elle tout ce qu'il projetait de faire subir à Laüme et trouva, au cours de cette pratique, encore bien des idées nouvelles pour magnifier ses supplices.

Malgré l'immense plaisir qu'il conçut à faire crever la fille, il s'appliqua les jours suivants à revenir vers des êtres de basse extraction pour se conformer aux ordres de maître Tzadek. Il y eut un souteneur et deux de ses gueuses ; un banquier ; une avorteuse et trois coupe-jarrets ; une folle et un lascif ; un orgueilleux et une gloutonne, et d'autres encore… Dans la soupente, les cadavres s'amoncelaient et dégageaient une odeur pestilentielle. Yohav dormait au milieu d'eux, se frottant souvent à leurs chairs froides, les caressant et jouissant à profusion dans leurs carcasses mutilées qui grouillaient de mouches et de vers. Bourreau, nécrophage, nécrophile, le gamin était devenu une goule, une abominable créature à jamais retranchée du Grand Livre des hommes.

Lorsque les treize jours et treize nuits accordés par Tzadek furent consumés, Houda rassembla ce qui restait des dépouilles, les jeta dans une fosse et versa de la chaux vive par-dessus. Yohav fut confiné dans l'oratoire et ne reçut plus pour nourriture que de la bouillie de porc trempée d'urine de chien. À la demande du maître, son corps avait été couvert d'inscriptions impies tracées par Houda au moyen d'une encre composée de jus de grenade et de poudre de plomb. Ces signes avaient le pouvoir de conserver intactes toutes les laideurs accumulées dans le sang du meurtrier au visage innocent. Comme Tzadek l'avait espéré, une métamorphose avait résulté du cycle des crimes. Indiscutablement, Yohav était maintenant passé dans une autre dimension. Sa figure était la même, certes, toujours aussi enfantine, mais son esprit s'était engagé sur un chemin dont même Tzadek n'aurait pu dire où il menait.

Prévenue qu'il désirait la voir au plus vite, Alessia se rendit en toute hâte dans la maison du Chypriote. Elle le trouva amaigri et se demanda où était le petit page si beau et si prévenant qu'elle avait vu s'affairer auprès du mutilé lors de sa première visite.

– L'heure est bientôt venue de piéger Laüme, annonça derechef Tzadek. As-tu rappelé à Rome ton époux, comme je te l'avais demandé ?

– Dragoncino est arrivé hier. Mais il flaire un mauvais prétexte de ma part. Je vais avoir grand mal à le tenir près de moi plus de quelques jours. Il bout de repartir au combat.

– Cela ira vite maintenant et il sera le premier à mourir... Quant à toi, il te reste une ultime manigance à tramer.

– Je suis prête.

– Non cette nuit, mais la suivante, tu annonceras à Laüme que tu veux lui faire l'hommage d'un nouveau sacrifice. Tu mèneras près d'elle mon page Yohav... Tu insisteras pour manier toi-même le couteau. Tu inciseras l'enfant au poignet gauche sur une marque que j'y aurai laissée et tu laisseras goutter le sang dans une coupe dont tu feindras de boire une gorgée avant de la tendre à Laüme.

– Et ensuite ?

– Ensuite Yohav saura quoi faire… Je vous rejoindrai en compagnie de Houda. Toi, tu partiras immédiatement à Trévise chez la reine Caterina avec ton fils Uglio. Nous t'y retrouverons quelques jours plus tard pour t'y apporter la tête coupée du démon.

– Que sera-t-il arrivé à Dragoncino ?

– Houda le tuera à l'instant où ton ennemie trempera les lèvres dans le sang de Yohav. Je regrette de causer ton veuvage, mais c'est la condition sine qua non pour que ton fils soit libéré de l'emprise de la créature.

– Et les gardiens qui protègent Laüme ?

– Ils deviendront inoffensifs par mes soins, sois sans crainte.

Alessia regagna ce soir-là sa demeure avec autant d'espoir que d'appréhensions. Tout au long des heures nocturnes, elle but deux flacons de vin pour se forcer à présenter bonne figure à son mari, satisfaire convenablement ses ardeurs et celles de Laüme. Depuis qu'il savait les deux femmes entichées l'une de l'autre, Galjero avait le cœur plus léger. Heureux de pouvoir à nouveau jouir des charmes de son épouse sans encourir les reproches de son amante, il glissa son sexe dans l'une et l'autre avec une félicité béate. Riant de voir leurs beaux corps dévêtus s'étreindre, il comblait sans effort les urnes de la blonde autant que celles de la brune.

Le lendemain matin, vigoureux comme jamais, il alla prendre Uglio dans ses bras et resta longtemps à jouer avec son fils.

– Il me tarde tant de lui faire manier l'épée et de lui offrir son premier cheval ! dit-il à Laüme qui s'était approchée.

– Le temps passe vite… Bientôt, Uglio recevra ton enseignement de condottiere tandis que sa mère et moi nous chargerons de l'éveiller à des savoirs plus subtils.

À quinze ans, je te le promets, ce sera déjà un lettré et un batailleur sans rival. Même toi, tu ne pourras plus le vaincre. À vingt ans, il montera sur le trône d'Italie. À trente, il sera empereur. À quarante, il renversera le pape et mettra fin à cette peste chrétienne qui sévit depuis trop longtemps. À cinquante, il aura vaincu le Grand Turc, piétiné le Croissant et rasé Jérusalem à jamais… Grâce à nous trois, cet enfant changera la face du monde.

– Nous trois, dis-tu ? Tu considères vraiment qu'Alessia est une sorcière ? s'étonna Dragoncino. Ton intérêt pour elle n'est pas un simple caprice ?

– Une sorcière ! s'exclama Laüme. Quel grand mot ! Ne l'emploie pas sans savoir. Disons simplement qu'Alessia possède quelques talents qu'il serait contrariant de gâcher. Et puis, mieux vaut pour Uglio être élevé dans l'harmonie d'un foyer. Ton inspiration a été bonne le jour où tu as réclamé ma clémence envers elle.

– Nous formons donc tous quatre une famille ? plaisanta Galjero.

– Une famille bien étrange, releva Laüme. Mais tu dis vrai, mon amour, sans nul doute, nous formons désormais une véritable famille…

*

Kyste énorme gorgé de pus, le soleil tomba pourpre au-delà des collines de Rome. Nerveusement, comme s'il s'apprêtait à pénétrer dans la tanière d'un fauve, Houda tira le loquet qui fermait la porte de l'oratoire et pénétra dans la pièce glacée. Brandissant une torche, il éclaira tour à tour les recoins de la salle plongée dans l'ombre. Transi de froid, Yohav était là, recroquevillé sur lui-même pour tenter de conserver ce qui lui restait de chaleur. Il tremblait mais ne souffrait d'aucun mal. Houda le prit dans ses bras et le porta jusqu'aux cuisines où un grand baquet de bois avait été rempli d'eau très chaude. L'Abyssin le plongea dans l'étuve et frotta longuement son corps pour en effacer toute trace d'inscription. Maître Tzadek assistait à la scène. Ses lèvres bougeaient mais aucun son ne sortait de sa bouche, réduite à un trait mince.

Lorsque toute l'encre de grenade se fut diluée dans l'eau, Yohav sortit du bain, se sécha et se vêtit d'un pourpoint d'agneau blanc ourlé de perles fines. Ses pieds furent chaussés de courtes bottes taillées dans la même peau et il coiffa ses cheveux d'une toque de velours évasée en godet. Une heure d'attente silencieuse s'écoula avant que le heurtoir ne résonne sous la main d'Alessia. Aussi pâle que la lune, celle-ci dirigea les trois hommes à travers les rues jusqu'au *palazzo* de Laüme où elle les fit pénétrer par une porte de service. C'était bientôt l'heure du festin du soir et les couloirs embaumaient de fumets de gibier mariné, d'herbes compotées et d'épices cuites. Alessia évita les cuisines en passant par la réserve de linge où flottait un parfum de lavande et de citron.

– Et maintenant ? demanda-t-elle après s'être dissimulée avec eux dans le réduit.

– Assiste au repas, murmura Tzadek. Lorsqu'il s'achèvera, tu annonceras ta surprise à Laüme et tu viendras ici chercher Yohav pour le mener aux caves. Puis tu suivras mes directives.

– Mais les gardiens ? Et Dragoncino ?

– C'est à Houda et moi qu'en revient la charge. Nous nous occuperons de cela dès que tu auras rejoint le banquet. Aie confiance. Va, maintenant…

Alessia fit le signe de croix et quitta la remise pour rejoindre les étages.

Tandis qu'elle affichait sur son visage le masque de la courtoisie et de la joie pour tromper Galjero et sa maîtresse, Mose Tzadek se glissa dans les couloirs en compagnie du grand Africain. Ombres silencieuses marchant de niche en niche, les deux hommes s'avancèrent au hasard jusqu'à l'instant où Mose sentit glisser le long de son échine une goutte de sueur glacée. Il reconnut le signe de la peur. Immédiatement, sans attendre que son esprit se rétracte sous les assauts du gardien subtil qui venait de lancer contre eux sa première attaque, il ordonna à Houda de répandre à leurs pieds une barrière de copeaux de fer. En toute hâte, l'Abyssin dessina un cercle sur le sol avec de la limaille puisée dans une sacoche. Un instant plus tard, les battements de cœur de Tzadek cessèrent de s'emballer et Houda, décrispant ses longs muscles, se sentit comme soulagé d'un grand poids.

– Notre bouclier ne résistera pas longtemps. Il faut contraindre le génie à se montrer, susurra l'homme sans bras. Découvre notre arme ! Maintenant !

Des plis de son habit, Houda tira une sphère de terre cuite couronnée d'un bouchon de cire, sur laquelle une silhouette humaine était grossièrement tracée au doigt. De toutes ses forces, l'Africain projeta l'objet sur les dalles pour le faire éclater. Le liquide qu'il contenait se répandit en une épaisse flaque. Tournoyant comme un nuage, une forme trouble en émergea et fila vers les hauteurs du plafond pour y friser de courtes étincelles mates et froides. Dans ces lueurs se dessina une seconde silhouette vaporeuse : c'était l'esprit gardien conçu par Laüme pour infuser panique et désespoir à tous ceux qui oseraient s'aventurer indûment en sa demeure. Un combat silencieux s'engagea entre les créatures. Le génie conçu par Mose Tzadek affrontait un adversaire plus grand et plus large, doté d'une immense queue très fine serpentant derrière lui. Suivant au pas de course ce repère, Tzadek et son serviteur atteignirent une chambre, au fond d'un autre passage ; c'était un des cabinets de Laüme, dont la porte n'était pas fermée à clé. Houda pénétra le premier dans la pièce et défonça les ferrures d'un secrétaire marqueté de nacre d'où émergeait le filet crépitant. Derrière lui, Tzadek le pressait et lui rappelait quoi faire :

– Brise les scellés des statuettes et verse l'arsenic, vite !

Plusieurs figurines s'alignaient sur le plateau. Toutes étaient finement sculptées et modelées à l'image de guerriers ou d'amazones lourdement armés. Houda perça de ses pouces le sceau du premier gardien et émietta un peu de matière à l'intérieur de l'objet. En quelques secondes à peine, la membrane filandreuse qui en jaillissait se rétracta et disparut. Les étincelles éclatèrent comme des bulles de savon et s'évanouirent elles aussi. L'Abyssin recommença l'opération avec les autres supports. Un à un, les esprits qui protégeaient Laüme, Dragoncino et Uglio moururent sous l'effet de l'arsenic, le *dragon vert* des alchimistes.

– La première partie du travail est achevée, constata Tzadek avec un soupir de soulagement. C'est celle que je craignais le plus. Les défenses essentielles de la fée sont enfoncées sans qu'elle en soit seulement consciente. Tout se passera bien désormais…

Avec l'étoffe de sa manche taillée en triangle, Houda épongea le visage ruisselant de sueur de son maître et tous deux quittèrent le cabinet. Par un escalier que leur avait décrit Alessia, ils gagnèrent l'aile principale du palais où dînaient encore Galjero, sa femme et sa maîtresse au son d'un orchestre de luths et de clarines. Débouchant à l'improviste, une servante aperçut les deux étrangers. Interdite par l'apparence cauchemardesque du mutilé et du géant noir, elle s'apprêtait à donner l'alerte lorsque la sagaie de Houda traversa les airs en sifflant pour se planter droit dans sa gorge. L'Abyssin retira son arme du cadavre effondré, en essuya la lame sur la robe de la fille et rangea la javeline dans le carquois qu'il portait à l'épaule. Personne ne s'était rendu compte de l'incident.

Houda fit glisser le corps derrière une tenture et rejoignit Tzadek.

Ensemble, ils s'approchèrent autant qu'ils purent de la salle du dîner et, cachés dans un renfoncement, attendirent que cessent les notes de musique et que s'achèvent les agapes. Les musiciens empruntèrent le couloir sans les remarquer puis ce fut Alessia qui passa devant eux sans noter leur présence, la robe légèrement relevée pour marcher plus vite. Titubant sous l'effet du vin qu'il s'était généreusement distribué, Dragoncino apparut à son tour. Telle une panthère, Houda se glissa derrière lui jusqu'à la chambre où Galjero s'effondra sur un lit défait sans se dévêtir ni retirer ses bottes. Houda tira sa lance de son fourreau mais, dans le silence de la nuit, la pointe en acier crissa contre le bois de l'étui. Aussi ivre qu'il puisse être, Dragoncino était encore un chef de guerre. Réagissant plus vite que l'Africain ne s'y attendait, le second des Galjero se mit aussitôt sur ses pieds et s'empara d'une épée posée par chance sur un banc tout proche, pour faire face à son agresseur. Il souriait. Ce défi semblait l'amuser. L'espace d'un instant, les deux hommes se jaugèrent en silence puis ils se jetèrent l'un sur l'autre avec une férocité bestiale. Le combat fut bref. Croyant encore bénéficier de la protection du génie que Laüme avait fabriqué pour lui, Dragoncino se gardait de toute manœuvre de défense et se contentait de manier sa lame avec une force de brute. Il ne prit pas garde à la riposte qu'Houda lui préparait. Il décapita le Noir dont la tête vola à l'autre bout de la pièce dans une large éclaboussure rouge. Mais la lance de l'Africain avait déjà été projetée, Dragoncino ne put rien faire pour l'éviter. La pointe de la sagaie se ficha dans sa tempe en fracassant un large pan d'os. De la matière cervicale se répandit sur le sol, s'écoulant de la boîte crânienne comme d'une bonbonne percée. Dragoncino battit des paupières, lâcha son arme et tomba à genoux. Incrédule, il porta la main à sa tête et frotta un instant entre ses doigts la gelée humide mêlée d'escarbilles de sang. Puis son esprit s'éteignit et ses muscles cessèrent de le soutenir. Les yeux toujours ouverts et les pupilles rétractées, il bascula en arrière, la bouche bavant une écume blanche, le corps agité de soubresauts…

Maître Tzadek pénétra dans la chambre et vit que la raison du Galjero s'en était allée. Négligeant de lui porter un coup fatal, il quitta les lieux et se précipita vers les étages inférieurs. La perte de son serviteur contrariait ses plans et embrouillait ses pensées. Il dut produire un gros effort de concentration pour se remémorer ce qu'Alessia lui avait enseigné de la topographie de l'immense bâtisse. Enfin, il reconnut les frises commandées par Laüme au peintre Sodoma pour égayer un patio. On gagnait les sous-sols en passant sous la voûte d'un temple païen dessiné en trompe l'œil. Le cœur battant, Tzadek descendit une longue volée de marches et s'arrêta au seuil d'une longue cave brillamment éclairée de cierges liturgiques. Dissimulé dans l'encoignure, il observa des silhouettes qui s'agitaient au fond de la salle. Rien de ce qui se produisit ensuite ne lui échappa. Sur un vieil autel d'église était allongé Yohav, dont le bras gauche tendu saignait au-dessus d'une coupe de cuivre vert que tenait d'une main tremblante Alessia. Légèrement en retrait, attentive au sacrifice opéré par son élève, Laüme berçait l'enfant Uglio dans ses bras… « Pourquoi a-t-elle amené le fils ? » se demanda Tzadek.

Comme il cherchait vainement une réponse à cette question, la fée déposa le garçonnet sur un coussin auprès d'elle et porta sans méfiance la coupe de sang vicié à ses lèvres. Redressé sur les coudes, oubliant la douleur de la blessure à son poignet, Yohav fixait Laüme avec une concupiscence obscène qui déformait sa face et la rendait semblable à celle d'un chien lubrique.

D'un trait, Laüme avala le poison. Passant dans ses fibres, les souillures concentrées dans le sang de Yohav corrompirent aussitôt ses sens. Pour la première fois de sa vie, la créature connut la souffrance et la peur. En un instant, son âme fut envahie par les relents infects de tous les vices et de toutes les bassesses dont s'étaient rendues coupables les victimes de Yohav au cours de leurs répugnantes existences, mais, plus que cela encore, ce fut l'abjection qui grouillait dans la substance vitale du jeune bourreau qui la terrassa. Un flot de douleur et d'horreurs mêlées lacéra ses entrailles, abasourdit son esprit. Le gel de la nuit coula dans ses veines, ainsi que le magma du soleil. Ses yeux gonflèrent et saignèrent sous les images atroces qui défilaient à une vitesse vertigineuse sur sa rétine. Elle poussa un long ululement d'agonie, renversa les chandelles posées autour d'elle et tomba par terre en hurlant et en battant le sol. Pierre bouillante jetée contre une muraille d'obscurité, son esprit éclata en cent poussières de néant, son corps se figea, ses membres se raidirent. Yohav s'accroupit auprès d'elle et tâta sa gorge, à la recherche d'un signe de vie. Un moment, il crut qu'elle était morte, ce qui le désespéra. Mais il perçut soudain sous son pouce la pulsation lente d'une artère. Prestement, il tira un bandage de sa tunique et enserra sa propre peau tailladée. C'est alors que Tzadek quitta son encoignure et s'approcha en grande hâte. Alessia s'était emparée de son fils et le serrait contre elle, lui plaquant la main sur les yeux pour lui cacher la scène.

– Houda n'est donc pas avec vous, maître ? s'étonna Yohav.

– Dragoncino et lui se sont entre-tués. Nous ne pouvons plus emporter Laüme pour la questionner et lui faire cracher ses secrets. Il faut la tuer ici. Et vite. Mais avant, tu sais ce que tu dois faire.

Paniqué à l'idée de perdre sa proie, Yohav blêmit.

– Je suis fort, maître, s'écria-t-il. Je peux transporter cette garce au-dehors. Laissez-la-moi !

– Achève d'abord ta tâche ! Nous verrons ensuite.

Alors, tirant une dague fine de sa ceinture, Yohav se tourna vers Alessia et, avant qu'elle puisse rien faire, poignarda l'enfant Uglio en plein front. Le petit glissa comme une poupée molle entre les bras de sa mère, trop surprise pour crier. Part secrète de l'accord convenu entre Caterina Cornaro et le magicien venu de Terre sainte, la sentence condamnant le troisième des Galjero avait été soigneusement cachée à Alessia.

– Laüme ne peut pas mourir tant que tous les surgeons de cette lignée n'auront pas été arrachés, tenta de lui expliquer Mose. Ta tante te trouvera un autre parti. Tu recommenceras ta vie, tu auras d'autres bambins. Celui-là n'était que la promesse d'un monstre…

Alessia, prostrée, ne répondait pas. Ses yeux étaient vides, ses forces évanouies. Mose l'abandonna pour se retourner vers Yohav qui tentait de charger Laüme sur son dos. Mais elle était trop grande pour cet adolescent nain. Par trois fois, il échoua à la soulever.

– Cela suffit, ordonna Tzadek. Tranche la tête de cette gorgone et finissons-en !

Sourd aux injonctions de son maître, Yohav s'acharna encore et encore. Pour rien au monde il ne voulait céder le plaisir de faire courir ses doigts potelés sur le corps enchaîné de Laüme, de la vider vivante, comme un poisson, de s'amuser à différer son trépas pendant des jours ou des semaines… Tzadek tenta d'écarter le nabot mais il fut incapable de maintenir sa prise. Sans forces, il ne pouvait brandir qu'injures et menaces contre le page obstiné. En vain. Yohav ne voulait pas lâcher sa proie. Maudissant l'aveuglement de son esclave, maudissant surtout le destin qui l'avait rendu impotent, Tzadek se résolut à abandonner la partie. Laissant Alessia à son apathie et Yohav à son obsession, il remonta dans les étages chercher une issue pour quitter le palais au plus vite. Essoufflé, les pensées brouillées et la panique lui nouant le ventre, il se retrouva à rebondir d'un cul-de-sac à un autre. Affolé, entendant autour de lui les appels des serviteurs qui fouillaient la maison après avoir découvert les cadavres de Dragoncino et Houda, il chercha une cachette. Trois domestiques le surprirent et le poursuivirent au fond d'un passage où ils s'emparèrent de lui sans effort.

Tandis que l'infirme était roué de coups, Yohav prenait enfin la mesure de son impuissance à traîner Laüme hors des caves. Écumant de rage, il serra ses petits poings et martela le visage de la fée avec une violence décuplée par le dépit, puis il chercha sa dague oubliée sur les dalles. Si torturer la fille tout à son aise lui était impossible, il pouvait au moins arracher son cœur pour y planter les dents. Au moment où il refermait les doigts sur l'arme souillée par le sang d'Uglio, Alessia se jeta sur lui en grognant. Tous deux roulèrent dans une lutte implacable. La Cornaro était habitée par la vengeance. L'assassin de son fils allait étouffer sous sa prise lorsque, dans un ultime sursaut, il trouva un angle pour planter sa lame. Perçant les cotillons, la pointe d'acier fendit de bas en haut le ventre d'Alessia dont les intestins dégoulinèrent sur le sol avec un bruit mou. Elle ne cria pas. Lentement, comme un bateau qui prend l'eau au milieu d'une mer calme, elle s'allongea sur le côté pour se laisser mourir. Yohav repoussa son cadavre et se releva. Il se retournait vers Laüme quand des hommes dévalèrent les escaliers pour s'emparer de lui. Souple comme un chat, vif comme un singe, Yohav parvint à s'enfuir au-dehors par un soupirail étroit. Descendant l'Aventin aussi vite que le lui permettaient ses courtes jambes, il disparut en pleurant dans la nuit…

Les chemins creux

Une heure, cent heures ou mille peut-être, l'esprit de Laüme n'exista plus. L'acide versé en elle l'avait rongée et diluée comme une goutte de sang tombée dans l'océan infini. Les abysses s'effondrèrent dans les abysses. Les gouffres s'écroulèrent dans d'autres gouffres. Des mondes éteints tournèrent autour d'autres mondes éteints. Puis, sans qu'il y eût de raison, et justement parce que cela semblait impossible, une lumière frappa la surface…

Verba secretorum Hermetis – Verum, sine mendacio, certum et verissimum : quod est inferius est sicut quod est superius ; et quod est superius est sicut quod est inferius, ad perpetranda miracula rei unius. Et sicut omnes res fuerunt ab uno, mediatione unius, sic omnes res natae fuerunt ab hac una re, adaptatione. Pater ejus est Sol, mater ejus Luna ; portavit illud Ventus in ventre suo ; nutrix ejus Terra est. Pater omnis telesmi totius mundi est hic. Vis ejus integra est si versa fuerit in terram. Separabis terram ab igne, subtile a spisso, suaviter, cum magno ingenio. Ascendit a terra in cœlum, iterumque descendit in terram, et recipit vim superiorum et inferiorum. Sic habebis gloriam totius mundi. Ideo fugiet a te omnis obscuritas. Hic est totius fortitudine fortitudo fortis ; quia vincet omnem rem subtilem, omnemque solidam penetrabit. Sic mundus creatus est Hinc erunt adaptationes mirabiles, quarum modus est hic. Itaque vocatus sum Hermes Trismegistus, habens tres partes philosophiæ totius mundi. Completum est quod dixi de operatione Solis...

Laüme ouvrit les yeux. Un tampon mouillé humecta délicatement ses tempes et passa sur ses joues. Une bouffée d'air gonfla ses poumons vides. Ses pupilles se dilatèrent sous l'effet de la clarté du jour. Malgré le soleil qui baignait la pièce où elle était allongée, elle eut l'impression qu'elle fixait une nuit sans étoiles. Comme sous le filtre de voiles épais, les couleurs ne lui parvenaient plus qu'amoindries, étouffées, affadies... Un visage aux contours brouillés se pencha vers elle. Un visage souriant et bon, qu'elle connaissait mais dont elle ne se rappelait rien. Elle tenta de se relever mais aucune force n'étant revenue animer ses membres, c'est tout juste si elle eut assez d'énergie pour crisper les mains.

– Reposez-vous, maîtresse, murmura le visage. C'est moi, Anna, votre camériste. Je vous veille... N'ayez crainte...

La voix semblait résonner depuis l'autre côté de l'univers. Elle était faible aux oreilles de Laüme, si faible... rassurante, pourtant... La fée se répéta ces paroles. Une fois. Puis une deuxième. Une troisième. Apaisée, elle se rendormit.

Un cauchemar hideux l'éveilla en sursaut. Elle venait de revoir l'ignoble silhouette de Yohav. Le bourreau lui susurrait toutes les tortures qu'il avait imaginées pour elle. Elle cria dans la nuit comme une enfant terrorisée. Anna la prit dans ses bras et la berça, caressa son front et essuya la sueur sur son corps. Laüme s'agrippa aux bras de la chambrière. Elle voulut parler mais sa langue demeura figée dans sa bouche et un son informe gargouilla dans sa gorge. Une longue glaire de salive coula sur son menton. Affolée, cherchant désespérément à reprendre possession de ses sens atrophiés, elle roula des yeux blancs et ses muscles se contractèrent en des spasmes sans fin. Elle sentit qu'Anna forçait ses dents à mordre un morceau de bois, puis, à nouveau, son esprit vacilla.

Lorsqu'elle reprit conscience, elle se sentait assez de force pour se redresser. Anna la contraignit cependant à demeurer étendue. Des semaines et des semaines encore, la chambrière nourrit sa maîtresse et la soigna. Laüme ne demeurait jamais longtemps éveillée. Sitôt qu'un grain de lumière touchait son âme éperdue, les vagues noires du néant la reprenaient pour la jeter dans un labyrinthe de ténèbres aux murailles aussi hautes et solides que des tours de granite.

Un jour, pourtant, les yeux de Laüme ne se refermèrent pas. Elle resta immobile à écouter battre son cœur puis elle poussa sur ses bras et s'assit au bord de sa couche. Anna n'était pas là pour l'aider. Personne ne se tenait à son chevet. Ses yeux voyaient mal, il lui semblait évoluer dans un brouillard. Tout, autour d'elle, était flou et gris. Elle tendit les jambes et se leva tout à fait. Ce fut comme si elle atteignait le sommet d'une montagne, un vertige faillit la faire basculer mais elle résista et commença à marcher. Posant la main contre le mur pour se guider, elle fit lentement le tour de la pièce. Elle crut reconnaître l'une des plus petites chambres de son palais à Rome. Elle avança encore et gagna un couloir. Un courant d'air glacé la fouetta et balaya ses cheveux défaits. Elle frissonna. À peine couverte d'une chemise légère, on aurait dit un spectre parcourant les allées désertes de sa propre demeure. Longtemps elle erra, solitaire, à travers les pièces et les travées. Laüme vit qu'on avait pillé la bâtisse, abandonnée aux rats et aux araignées. Pas un meuble qui ne fût brisé, pas une salle qui ne fût souillée. Quand elles n'avaient pas été volées, les tapisseries et les peintures avaient été lacérées. Des feuilles mortes jonchaient le sol et la pluie gouttait par les trappes ouvertes des cheminées. À petits coups de langue, comme un animal blessé, elle lapa un filet d'eau qui courait au long d'une paroi. Le liquide lui redonna un peu de force et d'assurance. À tâtons, elle retrouva le chemin de son ancienne chambre. Des hirondelles avaient fait leur nid aux quatre coins du plafond. Effrayées par son entrée, elles jaillirent et s'enfuirent dans le ciel. Laüme avança au milieu de débris de bois fendu et de bibelots broyés. Les restes d'un grand miroir d'étain étaient posés contre un mur. Scintillant légèrement dans la pénombre, l'objet l'attira. Longtemps elle resta debout devant à observer la silhouette qui s'y reflétait en multiples brisures. Ses yeux ne cillaient plus. L'image qu'elle voyait la fascina et la fit rire. Elle se trouva belle. Son corps se pencha en une révérence. Elle rit encore et frappa dans ses mains. Sa face tuméfiée et sale lui sembla radieuse ; ses cheveux emmêlés et aussi épais que du crin lui parurent doux comme la soie ; sa pauvre chemise maculée était une robe de cérémonie. Elle voulut s'apprêter mieux encore. Elle chercha par terre ses pots de fards et d'onguents. Sa main trouva un peigne de corne aux dents brisées qu'elle passa si fort dans sa chevelure qu'elle s'en arracha des mèches. Elle se coiffa en haletant et piqua des feuilles craquelées dans ses tresses lâches. Ses doigts aux ongles démesurés trempèrent dans des pots de fards à demi secs et étalèrent des couleurs criardes sur ses lèvres et ses joues. D'un coffre, elle tira des guipures en lambeaux qu'elle ne sut plus lacer comme il convenait. Ses pieds restèrent nus. Alors elle se regarda à nouveau dans la glace fracassée et convint qu'il n'y avait pas plus magnifique jeune fille au monde… À ses oreilles résonnèrent des flûtes et des tambourins. Elle mima un pas de danse et donna son bras à un cavalier imaginaire. Était-ce Cesare Borgia ? Était-ce un des Médicis ? Était-ce le vieux pape Alexandre ? Elle n'en savait rien et peu importait.

Le fantôme à ses côtés, elle décida de sortir dans ses vergers. Les gouttes de pluie brouillèrent le carmin sur ses pommettes et le ponceau sur sa bouche, qui fondirent en torsades huileuses. Mais elle n'y prêta pas attention. Sous un arbre, elle venait d'apercevoir une silhouette d'homme occupé à ronger des fruits. Sans peur elle s'en approcha et s'assit à côté de lui. Sous ses cheveux brouillés et sa barbe hirsute, le visage du bonhomme était indistinct, pourtant Laüme sut qu'elle le connaissait. Elle tendit la main et posa sa paume sur son bras. L'homme grogna un peu mais ne la regarda pas. Son crâne portait la trace d'une profonde blessure sur le côté. Enfoncée, sa tempe formait un creux dénudé, tendu de chairs roses sur lesquelles perlait un peu de sang.

À l'abri sous la ramure, Laüme demeura auprès de Dragoncino jusqu'à ce que la pluie ait cessé. Elle avait oublié son nom mais sentait qu'elle devait lui donner tout son amour. Refusant de le quitter, elle le tira par la manche et obtint qu'il la suive car son instinct lui disait qu'il leur fallait se mettre en route. Ensemble, serrés l'un contre l'autre, ils quittèrent les jardins détrempés et marchèrent dans les rues. La ville était à l'image de leur esprit morcelé. Dans les vallons entre les sept collines, un incendie, à peine ralenti par l'averse, dévorait des quartiers entiers. Des cendres grasses noircissaient le ciel bas. Portées par le vent, elles voletaient comme des myriades de mouches au-dessus d'un cadavre. Des bourgeois déménageaient leurs meilleures possessions en toute hâte tandis que les marauds profitaient de la panique pour pénétrer dans les maisons et les mettre au pillage. Au milieu du chaos, nul ne prêta attention à Laüme et Dragoncino. Leurs vêtements déchirés, leur allure de déments et leurs yeux fixes les préservaient de la convoitise des rapaces jetés sur la ville, et ils franchirent les portes de la cité alors que le soir tombait. Ils passèrent cette nuit-là couchés contre le talus d'un sentier, entre les ronces. Si proches que le vent leur en apportait la chaleur, les flammes faisaient rougeoyer le ciel au-dessus de leur tête. Au matin, Laüme décida de prendre la direction du nord.

Des jours et des jours durant, ils suivirent des chemins creux sans croiser personne. C'était une nouvelle époque de guerre. Les Français et les Espagnols étaient revenus se battre en Italie. Les campagnes s'étaient vidées et les paysans se terraient dans les places fortes sans oser reprendre leurs travaux dans les hameaux et dans les fermes. Laüme déterra des racines dont ils se nourrissaient et ils buvaient l'eau de pluie. Muet, Dragoncino regardait la fille sans la voir. Chaque fois que Laüme s'éloignait un tant soit peu de lui pour gratter la terre ou chasser un lézard qui s'enfuyait dans l'herbe, il courait auprès d'elle et se collait à elle en geignant comme un enfant apeuré. Ils entrèrent dans une chaumière à l'abandon. Un peu de viande et de fromage rancis étaient oubliés sur la table. Un fond de mauvais vin stagnait dans un pichet. Ils s'en firent un festin. Dragoncino s'effondra sur une paillasse et sombra dans un sommeil sans rêves. Laüme rampa près de la cheminée en espérant y trouver un reste de chaleur mais le foyer était figé depuis longtemps. Dans la cendre grise, son doigt traça des signes. C'était son nom.

– Laüme…, articula-t-elle, les yeux fixés sur les lignes.

Depuis que le sang pourri de Yohav l'avait détruite, c'était la première fois que sa gorge parvenait à émettre autre chose qu'un rire grotesque ou un râle informe. Des larmes lui montèrent aux yeux et les battements de son cœur s'accélérèrent.

– Laüme ! Laüme ! Laüme ! répéta-t-elle de plus en plus vite et de plus en plus fort, et, à chaque fois, sa voix était plus claire, plus assurée.

Le visage empourpré, elle se tourna vers Dragoncino pour le prendre à témoin de ce miracle, mais Galjero ne se réveilla pas, malgré les secousses qu'elle lui donna. Toute la nuit, Laüme chercha fiévreusement d'autres mots à écrire dans la poussière. Elle s'en remémora un petit nombre mais les articula correctement. Il y avait « jour » et il y avait « nuit ». Il y avait « mort » et il y avait « amour ». « Savoir » et puis « vengeance »... Dans la lumière de l'aube, elle fouilla la maison, à la recherche de tissus pour réchauffer son corps. Elle trouva une longue cape de laine grossière, des sabots de bois pour chausser ses pieds nus, depuis longtemps mis à vif par les cailloux pointus des chemins. Elle trouva aussi une sorte de bure épaisse que Dragoncino enfila.

Laissant la cabane derrière eux, les deux errants se remirent en route. Sur le coup de midi, le vent se leva en fortes rafales. Les nuages bataillèrent un instant en mêlées confuses, puis se déchirèrent avant de disparaître tout à fait. Le ciel s'était éclairci mais les bourrasques sifflaient encore dans les cyprès et dans les chênes. Au carrefour d'une sente herbeuse et d'une piste de sable, s'élevait une grande croix de fer rouillée, dominant les pierres d'un bassin à la surface piquetée de joncs et de nénuphars. Une troupe faisait halte au réservoir, de trente personnes peut-être, ni soldats, ni pillards, ni pèlerins sous escorte. Venue des pays de Barbarie, c'était une compagnie de gitans qui abreuvaient les mules de ses attelages. Allant de village en village, ils effectuaient des tours pour ébaudir et jouaient des mystères pour édifier.

Lorsque Laüme et Dragoncino s'avancèrent au milieu d'eux pour boire, ils serrèrent les lèvres et les regardèrent en silence. Leur chef se dénommait Sartis. C'était un petit homme rond, à la peau jaunâtre et aux yeux globuleux. Il menait ses compères jusqu'en France où l'on disait les guerres désormais moins fréquentes que chez les Italiens. Sur les tréteaux, il jouait saint Joseph. Il n'était pas mauvais bougre, mais détestait manquer une occasion. Au premier coup d'œil, il avait vu que Laüme était belle, malgré la terre et la vermine rampant dans ses cheveux, malgré sa maigreur apparente sous ses hardes mal ajustées. Sur un signe de lui, un de ses escogriffes abattit son lourd bâton de marche sur la nuque de Galjero tandis que deux autres s'assuraient de la fille et déchiraient ses guenilles. Laüme hurla et montra les dents comme un animal pris au piège. Ses cris étaient si forts, son visage si furieux que Sartis recula, malgré la bosse qui gonflait déjà ses chausses.

– C'est une folle ! Ne la touche pas ou tu fais notre malheur à tous !

Une voix féminine s'était élevée. C'était celle de Calmine, une jeunette aux yeux fauves qui lisait les lignes de la main, savait danser sur une corde et tenait à l'occasion boutique de ses charmes lorsqu'elle avait fini d'incarner la Vierge. Écartant crânement Sartis, la bohémienne se dressa devant Laüme.

– Si l'on te relâche et qu'on vous laisse aller, toi et ton compagnon, sans plus vous toucher, viendrez-vous avec nous ?

Laüme devina le sens des paroles de Calmine plus qu'elle ne le comprit. Hochant la tête, elle fit signe qu'elle acceptait.

– Si tu ne veux pas qu'on s'amuse avec cette *troia*, soit ! pesta Sartis. Mais pourquoi nous encombrer d'elle et du simple qui traîne dans son sillage ?

– Je les prends avec moi dans mon chariot. Aussi longtemps qu'il me plaira, je partagerai ma nourriture avec eux. C'est ainsi et je n'ai rien d'autre à dire !

Sartis craignait Calmine. Superstitieux, il redoutait qu'elle chuchote son nom aux démons. Luxurieux, il s'effrayait surtout à l'idée qu'elle lui refuse sa couche s'il négligeait ses caprices. Il donna des ordres en maugréant pour qu'on relève Galjero et qu'on libère Laüme. La bohémienne installa les étrangers sous la toile empesée de sa petite roulotte. Elle leur offrit du pain et des fruits juteux, un peu d'alcool fort et des noix. Elle lava la figure de Laüme, nettoya la boue du visage de Dragoncino et pansa leurs plaies.

– Vous êtes beaux, dit-elle. Vos mains sont blanches et douces. Vous n'êtes ni des paysans ni des mendiants... Comment vous appelez-vous ?

La fée prononça son propre nom mais fut incapable de révéler celui de Dragoncino.

– Ce garçon est encore plus fou que toi, pas vrai ? Qui est-ce ? ton frère ?

Laüme fit signe que non.

– Ce n'est pas ton mari, puisqu'il porte une alliance et toi...

Calmine désigna le camée qui enserrait l'annulaire de Laüme. C'était la bague que le premier des Galjero avait trouvée sur l'île des Serpents en creusant une fosse pour enfouir le cœur cristallisé de son ami, le voïvode Tepes. Depuis le jour où elle l'avait réclamé, le bijou n'avait pas quitté le doigt de la fée. Un bref instant, Calmine eut envie de s'emparer de l'anneau, mais le même instinct qui l'avait fait intervenir en faveur des vagabonds lui interdit de le toucher.

– C'est ton amant, alors ? reprit la fille. Oui, ce doit être cela... Vous vous regardez avec trop d'affection pour n'être pas amoureux... Raconte-moi votre histoire...

Laüme fit une tentative mais pas un mot ne sortit de sa bouche. Son impuissance l'irrita. Elle serra les poings, gémit et balança nerveusement son buste d'avant en arrière au point que la carriole trembla. Les questions de Calmine venaient de susciter dans son esprit des images oubliées, aussi brèves que des éclairs claquant dans la nuit. Elle revit le cheval noir qu'elle lançait au grand galop dans la campagne autour de Corsignano. Les longs couloirs ensoleillés de la Villa aurea. Elle revit tour à tour les visages de Nicola da Modrussa, de Marsilio Ficino, de Cosimo de Médicis et de bien d'autres encore... Mais aucun nom ne se plaqua sur leurs faces. Aucun lien ne se fit entre ces instants de sa vie éclatés… Abattue, épuisée, elle fondit en larmes. Elle sanglota un long moment, réfugiée contre le torse de Dragoncino, puis ferma les yeux et s'endormit…

*

Lentement, les bohémiens remontèrent vers le nord. Ils allaient prudemment, envoyant des éclaireurs pour s'assurer un voyage sans encombre au long des routes. Il y avait surtout des hommes dans leur groupe mais ce n'étaient pas des gens de guerre. Peu d'épées cliquetaient dans leur harnois et ils n'auraient pas résisté longtemps à l'assaut d'une bande plus féroce. Tous les après-midi, quand le soleil était trop chaud et que les gitans faisaient halte au couvert d'un bosquet, Sartis se consolait auprès de Calmine de n'avoir pu porter les mains sur Laüme.

– Qui donc est cette garce pour que tu me la refuses ? demandait-il souvent à la diseuse de bonne aventure. Et quand me la laisseras-tu enfin ?

– J'en apprends sur elle chaque jour davantage, répondait la fille en refermant son corsage et en défroissant ses jupons. Et plus j'en apprends, moins je veux te la céder…

Si Calmine était une bonne acrobate, ce n'était qu'une passable putain. Lorsque les hommes venaient à elle, elle se contentait de leur montrer brièvement son corps brun et s'allongeait pour attendre en rêvassant qu'ils aient terminé leur affaire. Quant à ses pouvoirs de devineresse, s'ils étaient totalement inventés, ils constituaient la condition de sa survie dans un monde qui n'épargnait ni douleurs ni humiliations aux femmes faibles. Aussi Calmine s'était-elle forgé des talents de sorcière pour se protéger de trop de convoitises. Elle arborait autour du cou un collier de crânes de rongeurs et d'oiseaux ; elle donnait à son visage des airs de sombre connivence avec les fantômes et les farfadets ; elle traçait dans l'air des pentacles en direction de ceux qui la regardaient de travers et débitait mille fantaisies aux naïfs qui lui confiaient leur paume. Pourtant, aussi factice qu'elle soit, sa magie ne gâtait pas son instinct, bien au contraire. Dès qu'elle avait vu Laüme, elle avait senti que cette fille n'était pas ordinaire et qu'elle méritait qu'on lui vienne en aide. Dans le secret de son chariot bâché, Calmine lui réapprenait patiemment à parler. Le jour où la caravane atteignit les contreforts des Alpes, Laüme avait presque reconquis, grâce à elle, tous ses dons de parole. Avec les mots, sa mémoire aussi lui avait été rendue.

– Continue à jouer la demeurée, lui conseilla néanmoins Calmine. Beaucoup d'hommes ici ne pensent qu'à se saisir de toi. Ta seule vue les chauffe aussi vite que fer au feu. S'ils savent que les sens te sont revenus, je ne pourrai plus prétendre que te violer leur portera malheur. Ils te prendront tous et tueront ton compagnon.

– Tu es bonne avec nous, lui chuchota Laüme. Autrefois, j'aurais eu le pouvoir de te tirer de ta condition en te rendant riche au-delà de tes espérances. Mes forces ne sont plus les mêmes aujourd'hui. Je vais tenter de te récompenser cependant. Mais il faut que tu m'accordes une dernière et très grande faveur…

– Parle, je verrai bien si ce que tu me demandes me plaît.

– Le nom de mon compagnon ne m'est plus inconnu. Il s'appelle Dragoncino Galjero. C'était un grand combattant et un amant plein de fougue. Nous nous sommes beaucoup aimés. Mais sa tête est morte aujourd'hui et son corps est lui aussi sur le point de s'éteindre. Malgré tes bandages, la blessure de son front suinte encore d'autant de cervelle que de sang. Avant qu'il ne trépasse, j'ai besoin que tu portes son enfant…

Pas une seule fois Calmine n'interrompit Laüme lorsque cette dernière lui expliqua qui elle était vraiment et ce qu'elle attendait d'elle. Avec des mots simples, la fée lui conta comment elle avait déniché des trésors pour le père de Dragoncino, comment elle avait voulu faire la fortune des descendants du Valaque mais comment aussi elle était tombée dans un piège tendu par une reine déchue et une jeune traîtresse aux cheveux noirs.

– Ton histoire est plus folle encore que celles que je raconte lorsque je prétends lire les lignes de la main, déclara Calmine à la fin du récit. Mais le mensonge m'est trop familier pour que tu me trompes. Je sens que tu dis vrai… Si mon ventre fabrique pour toi un nouveau Galjero, comment me dédommageras-tu ?

– Mes yeux ne peuvent plus voir comme avant les chemins cachés et les trésors enfouis. Cela me reviendra un jour, je crois, mais il me faudra du temps. Je connais en revanche l'emplacement d'une mine d'or au cœur de montagnes sauvages. Je peux t'en dessiner la carte…

– De l'or dans des montagnes ? Mais comment m'y rendre ? Et comment toute seule tirer le métal de la roche ?

– Pars avec Sartis. Convaincs-le de te suivre et de t'aider… D'autres de la bande viendront peut-être avec vous. Le filon est assez généreux pour vous tous. En Dacie, vous deviendrez riches. En France, rien d'autre ne vous attend que votre mauvaise vie de rouliers.

– Et toi ? Pourquoi ne pas nous montrer le chemin ?

– Je ne le puis. Le venin que mes ennemis ont fait couler dans mes veines n'est pas encore purgé. Il ne le sera que lorsque j'aurai retrouvé le nain répugnant qui m'a souillée. Sa mort est la condition de ma renaissance. J'ai déjà perdu trop de temps, je dois me hâter au risque de ne jamais retrouver sa piste… Eh bien, que décides-tu ?

Pour toute réponse, Calmine se glissa près de Dragoncino et lui donna plus d'attentions et de caresses qu'elle n'en avait jamais accordé à quiconque…

Materia prima

La neige descendit des sommets et obstrua la route des cols. Mécontent d'avoir raté la dernière occasion de passer au nord avant le printemps, Sartis dut se résoudre à faire halte. Dans un vallon protégé des mauvais vents, les bohémiens se préparèrent tant bien que mal à attendre la fin de l'hiver. Sous une pluie glacée, ils coupèrent des troncs pour renforcer les pans tordus d'une vieille *pieve* à demi effondrée. Une fois ses murs colmatés et son toit couvert de branchages et de mousse, la ruine était assez grande pour les abriter tous. Ils dressèrent un foyer et allumèrent un feu qui ne devrait s'éteindre qu'au jour de leur départ.

Tant qu'elle ne fut pas certaine que Dragoncino avait planté une graine en elle, Calmine ferma l'échoppe de ses cuisses et refusa de se vendre. Habitué à ses brusques sautes d'humeur, Sartis haussa les épaules et en fut peu contrarié. Le froid lui figeait les génitoires et lui coupait l'envie de toute femme. Aux neiges de janvier, la silhouette de Calmine s'arrondit.

– L'œuvre de vie a commencé dans ton ventre, lui dit Laüme. Grâce à toi, la lignée des Galjero perdure. As-tu parlé à Sartis ? Va-t-il venir avec toi au pays des Daces ?

– Je n'ai pas confiance en Sartis, souffla la fille. C'est Lobo que j'ai choisi. Il est plus naïf mais plus fort, et plus beau aussi. Il joue le Christ dans nos pièces. Je lui ai fait croire que l'enfant était de lui. Il est d'accord pour quitter les autres et tenter sa chance avec moi.

– C'est donc maintenant que nous nous séparons, annonça Laüme. J'emmène Dragoncino… Toi, prends la direction de l'est dès que tu le pourras. J'ignore combien de temps il me faudra pour retrouver qui je cherche, mais sois certaine que nous nous reverrons… Adieu, ma sœur…

Laüme posa un baiser sur la bouche de Calmine et profita de la nuit pour se glisser hors du campement. Le regard vide et la lèvre pendante, Dragoncino la suivit. Pendant des heures ils marchèrent vite, mais Sartis ne lança personne à leur poursuite. Peut-être Calmine l'en avait-elle dissuadé ou peut-être le bohémien avait-il jugé que les deux fous ne valaient pas la peine qu'on les traque. Épuisé par l'allure que Laüme lui imposait, Dragoncino s'effondra peu après l'aube. Elle eut beau l'encourager à se relever, au bout de cent pas, il s'écroula à nouveau. La gorge nouée, la fée adossa son amant contre un arbre et se serra contre lui pour le réchauffer. Elle baisa son front meurtri et ses joues osseuses et, passant les doigts sur ses paupières, lui chanta très doucement l'alba qu'il aimait tant :

Bel dos companh, tan soi en ric sojorn
Qu'eu no volgra mais fos alba ni jorn
Car la gensor que anc nasques de maire
Tenc e abras, per qu'eu non prezi gaire
Lo fol gelos ni l'alba…

Tout en reprenant le refrain, elle attrapa une pierre et, de toutes ses forces, frappa Dragoncino, qui avait fermé les yeux, au creux de la tempe, là où la sagaie de Houda l'Abyssin avait ouvert l'os. La mince pellicule de peau et de cartilage recouvrant l'orifice éclata au premier choc. Dragoncino n'y survécut pas. Laüme jeta au loin le caillou rougi et courut longtemps sans se retourner, pleurant toutes les larmes de son corps.

*

Le monde dans lequel Laüme était entrée depuis qu'elle avait bu le sang de Yohav n'eut pendant longtemps pas plus d'odeurs que de couleurs. Lorsqu'elle avait quitté Rome en flammes, elle avait à peine perçu le pourpre de l'incendie. Lorsqu'elle avait traversé les forêts, elle n'avait pas distingué le miroitement des baies dans les taillis ni les taches vives des fleurs dans les buissons. Si ses yeux s'étaient lentement dessillés à l'abri du chariot de Calmine, rien ne lui était revenu encore de son odorat. Deux ou trois jours après qu'elle eut mis fin aux souffrances de Dragoncino, un fumet aussi violent que des sels astringents flotta pourtant jusqu'à elle. C'était le cadavre d'un lépreux, mort depuis quelques heures. Laüme se vêtit de son manteau et s'empara de la crécelle tombée près de lui. Elle enduisit ensuite son visage de terre noire pour imiter les ravages de la maladie. Et c'est ainsi que, silhouette menue aux traits noyés dans les plis d'un profond capuchon, elle parvint jusqu'aux murs de Trévise. Les rares groupes de paysans ou de soldats qu'elle avait croisés en route ne l'avaient pas inquiétée et s'étaient contentés de lui jeter des pierres avant de s'égailler à son approche, tels des pigeons menacés par un rapace.

Avant d'entrer dans la ville, elle nettoya son visage dans une flaque, rabattit sa capuche et cessa d'agiter sa crécelle. Au marché, elle demanda à des commères où l'on pouvait trouver le palais de la reine Caterina de Chypre. Suivant leurs indications, elle suivit une voie qui passait sous les murailles et repartait dans la campagne. Au terme d'un sentier ombragé de pins et de jeunes chênes, Laüme parvint à la demeure de son ennemie. Là, elle attendit, cachée dans les hautes herbes, que la nuit tombe. Quand plus aucune lumière ne sembla briller aux fenêtres du Castellet, elle retira ses galoches de bois, s'avança et franchit sans peine l'enceinte basse de la demeure. La reine n'avait pas de défenseurs pour la garder, seulement des chambrières replètes, des jardiniers nonchalants et des cuisiniers placides. Laüme pénétra dans la bâtisse et trouva sans peine les appartements de la vieillarde. Celle-ci reposait dans un lit fermé par d'épais rideaux que Laüme tira doucement. Aussitôt, dérangée par le mouvement, Caterina s'éveilla.

– Tu es la fée, n'est-ce pas ? geignit-elle en se redressant. Oui… c'est bien toi… Ta venue ne me surprend pas. Qu'attends-tu pour me donner la mort ?

– Vous tuer n'est pas mon projet, répondit Laüme d'une voix neutre. Pourquoi me tourmenter à précipiter un événement qui se produira spontanément très bientôt ? Non. Votre trépas n'est pas ce que j'attends de vous.

– Quoi donc alors ?

– Je veux connaître le nom de celui que vous m'avez envoyé. Le nain à l'apparence d'enfant… Qui est-il ? D'où vient son savoir ? A-t-il des complices ? Obéit-il à un maître ?

– Sois damnée ! Pourquoi le dirais-je ?

– Vos intrigues ont échoué. Votre nièce Alessia en est morte. Moi, je n'ai été qu'affaiblie. Chaque heure qui passe me rend un peu de mes forces. Bientôt, je retrouverai ce qui m'a été enlevé. Peut-être même en serai-je plus puissante. Vous avez perdu, Caterina. Mais si je retrouve vos sbires, je vous offre la consolation de punir la mort d'Alessia… Autant que de furie et de haine, je possède des trésors de clémence et de pardon. Réfléchissez…

La veuve du Lusignan soupira, puis céda.

– Je ne suis qu'une vieille folle, et ton propos est juste. Je m'incline devant tes raisons. J'ignore où est le nain, mais son maître a commis la stupidité de vouloir se réfugier auprès de moi. J'ai fait enfermer ce méchant bougre dans un cellier après qu'il fut venu me réclamer de l'argent pour retourner en Terre sainte. Je ne peux le livrer à l'Inquisition sans risquer beaucoup moi-même, mais je ne me décide pas non plus à ordonner sa mort. Ta venue apporte une solution à mon problème. Dispose à ta guise de Mose Tzadek…

Laüme saisit un flambeau et ouvrit la cellule du rabbin avec la grande clef que lui avait donnée Caterina. De courtes chaînes passées à un anneau enchâssé dans la pierre empêchaient Tzadek de s'allonger. Accroupi contre la paroi humide, il était répugnant à voir. Ses urines avaient creusé des rigoles sur le sol et ses excréments s'accumulaient sous lui. Laüme entra dans le cachot et porta la torche à hauteur de son visage.

– Maître Tzadek, je vous complimente pour vos savoirs, dit la fée. Ils ont été bien près de me coûter la vie. Voudriez-vous me révéler d'où vous les tenez ?

– Les hommes de l'Orient ont le pouvoir et la charge de tuer les fées d'Occident. C'est une bénédiction accordée par Dieu. C'est ainsi et tu n'y peux rien. J'ai échoué aujourd'hui. Un membre de mon peuple y parviendra un jour. Ce monde n'appartient pas aux esprits mais aux enfants d'Adam, dont le destin est d'être guidés par les douze tribus d'Israël. Ainsi l'a voulu le Seigneur. Quoi qu'il advienne, tu n'es qu'une créature sans avenir.

– Plus d'avenir que toi… J'ai résisté au sang répugnant de ton nain. Le tien ne saurait être pire.

Alors, Laüme se pencha sur Tzadek et lui creva de ses ongles la carotide. Elle imbiba de son sang un mouchoir prélevé au chevet de Caterina et enferma le linge trempé dans une petite boîte de nacre volée elle aussi à la reine.

– Ta matière intime est immonde, dit-elle. Elle doit charrier des miasmes qui auraient suffi autrefois à me tuer… Grâce à toi, pourtant, le temps de mes fragilités va s'achever. Je paye le prix fort, mais sache aussi que la lignée des Galjero n'est pas éteinte. Un nouvel héritier va bientôt naître, et un autre encore après lui. Un empereur surgira de cette souche, et je serai là, à ses côtés, lorsqu'il repassera le joug aux épaules de tes semblables…

Les traits du prisonnier se déformèrent de colère et de rage. Il allait lancer quelque imprécation quand Laüme jeta sa torche sur lui. Trop gêné dans ses mouvements pour éviter le brandon, Mose Tzadek de Famagouste vit ses vêtements s'embraser comme de l'étoupe. Ses hurlements ne résonnèrent pas longtemps sous la voûte du cachot. En quelques minutes à peine, il ne resta de lui qu'une silhouette recroquevillée de charbon et de cendres.

Satisfaite, Laüme remonta auprès de la vieille Caterina pour prélever un tribut dans les coffres de l'ancienne reine. D'un premier bahut elle tira des bourses de florins et d'écus, d'un autre des lettres de change valables auprès des banques lombardes de Bruges, de Paris et de Londres. Alors, rabattant le capuchon sur son visage, elle quitta la villa. Retrouvant dans les buissons le reste de sa panoplie de lépreuse, elle prit la direction de l'ouest et ne s'arrêta pas avant de s'être enfoncée au plus profond de la forêt. Là, allongée sur le sol, elle roula en boule le mouchoir tout raide du sang séché de Tzadek et, bien qu'elle en conçût grande répugnance, le posa sur sa langue pour le mâcher. Dilué par la salive, le sang émit aussitôt un peu de son principe et Laüme laissa la mémoire intime de Mose se mêler à la sienne…

Comme si des tragédiens jouaient sous ses yeux la vie de l'homme aux bras tordus, elle vit d'abord l'enfant naître dans une masure de Famagouste. Son père avait entamé autrefois l'étude de la Torah mais il avait dû cesser son apprentissage pour gagner sa vie comme artisan. Il connaissait un peu de latin et la plupart des mots qui s'écrivaient au moyen des cinq premières lettres de l'alphabet grec car il n'avait pas eu l'opportunité d'apprendre les autres. Mose étant le seul de ses fils à avoir survécu, il avait voulu en faire le prêtre que lui-même n'avait jamais pu être. Plus doué de rouerie que de véritable intelligence, le gamin avait pourtant retenu sans peine ce que son père lui avait transmis à propos du Talmud. Lorsqu'il eut treize ou quatorze ans, s'installa à Famagouste une petite colonie de Juifs fuyant les armées chrétiennes qui reprenaient peu à peu possession de l'Espagne. Menant cette communauté, le rabbin Zacharias passait pour être un sage. Son port majestueux, ses longs cheveux et sa barbe blanche et bouclée lui donnaient l'air d'un patriarche des temps anciens. Impressionné par tant de prestance, le père de Mose glissa sept fois sept pièces de cuivre, trois fois trois pièces d'argent et une fois une pièce d'or dans la main de l'Espagnol pour qu'il accepte de verser en son fils le miel de sa science des choses divines. Mais, une fois dans l'intimité du maître, il ne fallut pas longtemps pour que Mose surprenne son enseignant en fâcheuse posture en compagnie de quelque fille du clan des goys. Au lieu de chercher à excuser sa propre lubricité, le vieillard prit le gamin à part et lui dit :

– Toi, tu es intelligent. Je vais te révéler le plus grand des secrets dont j'ai la garde. Tu ne devras jamais le révéler aux simples. Si tu en parles un jour, il faudra que ce soit à quelqu'un qui nous ressemble.

– Quel secret, maître Zacharias ?

– La sagesse est une fable, petit ! La vie est courte et l'au-delà bien incertain. Peut-être existe-t-il un Dieu. Beaucoup le disent, c'est une explication commode et c'est probable. Pour ma part, cependant, je n'en suis pas tout à fait convaincu. Je tiens pour sûr en revanche la douceur de la peau des garces et le vertige bien agréable des viandes en sauce et du raisin fermenté. Je suis sceptique, petit, mais cela ne m'empêche pas de savoir des choses étranges, dont je ne comprends souvent rien mais qui améliorent encore les merveilles tangibles que je viens de te décrire. Je te les apprendrai si tu continues à dire autour de toi que je suis très respectable, très gentil et très savant dans l'art de complaire aux volontés de l'Éternel, béni soit-Il...

Pressentant qu'il faisait là une bonne affaire, Mose Tzadek accepta le marché. Et comme il répétait partout que le rabbin était le digne héritier de Moïse et de Melchisédech, Zacharias cessa en retour d'abreuver l'adolescent de commentaires fantaisistes sur la Torah pour lui révéler des recettes de magie quotidienne.

– La première chose à savoir pour être mage est que les hommes sont des créatures faibles, vaniteuses et crédules, lui dit-il. Ce constat ne souffre aucune exception. Donne-toi des airs de savant, joue la comédie du savoir, enfle ta voix et roule les yeux comme si tu voyais partout des anges et des démons flotter dans les airs. Ainsi, on te respectera. Le deuxième secret est que le monde est rempli d'énergies brutes qui ne demandent qu'à être dirigées, à la manière d'un ruisseau qu'on détourne et dont on enfle le cours pour faire tourner la roue d'un moulin. Comprends-tu mes paroles ?

– Je les comprends, maître.

– Chez les êtres humains, la plus grande des énergies communes est le désir de chair. Si tu le provoques et si tu sais l'exalter, tu pourras réaliser ce que les idiots prendront pour des miracles. Tu pourras guérir et soigner, comme tu pourras donner la souffrance et la mort... Mais assez parlé ! Je vais te montrer...

Pendant des mois, Zacharias enseigna à Mose Tzadek comment faire se lever la brume au fond d'un ravin ou se répandre en pluie un nuage isolé dans le ciel. Il lui montra aussi la façon bien utile de rendre ardente une femme trop froide et d'augmenter pour quelque temps la taille d'une verge. Il lui parla aussi de certaines choses qu'on avait évoquées devant lui mais qu'il n'avait jamais expérimentées par lui-même.

– Il semble que certaines formes, certains nombres et certains sons aient le pouvoir en s'associant de condenser les forces subtiles mieux que je ne peux le faire. Pour ma part, je t'ai appris tout ce que je sais. Comme tu le vois, il s'agit surtout de mêler en parts égales comédie, imposture et bon sens. Cela suffit à me rendre la vie facile. À toi maintenant de savoir si tu veux t'en contenter ou si ton esprit en réclame davantage…

Mose Tzadek était jeune et s'était découvert une faim immense.

– J'en veux plus ! lança-t-il fiévreusement.

– Alors va en Terre sainte. Là-bas, trouve ceux que l'on nomme *Mekoubalim*. Ce sont les vrais sorciers de notre peuple. Leur savoir est tel qu'ils n'éprouvent plus le besoin de se mêler des affaires des hommes. Je ne sais rien de ce qu'ils t'apprendront s'ils t'acceptent comme l'un des leurs, mais personne mieux qu'eux ne pourra étancher ta soif d'absolu.

Mose Tzadek replia les quatre coins d'un linge sur ses maigres possessions, jeta le baluchon sur son épaule et quitta l'île de Chypre pour les antiques royaumes de Judée et de Samarie. Longtemps, il vécut en mettant en pratique, de village en village, les minces savoirs qu'il maîtrisait. Il vivifia l'ardeur de quelques vieillards, soigna des chèvres et des ânes, découvrit de l'eau entre des dunes là où nul n'en avait décelé avant lui, fit revenir deux ou trois époux volages auprès de leur mégère… Lorsqu'il arriva à Jaffa, il était précédé par une petite réputation d'homme de bien. Une figure vêtue de noir l'aborda dans la rue et lui demanda d'où il tirait son savoir. Mose dut répondre correctement car l'autre, s'il n'avoua jamais être un *Mekoubal*, lui proposa de parfaire son éducation.

Plus savant que Zacharias, plus puissant dans ses charmes aussi, l'inconnu n'était ni vaniteux ni luxurieux, et vivait comme un ascète. Ce n'était pas un sage, pourtant, car il savait des choses immondes et ne rechignait pas à faire le mal. Il garda longtemps Tzadek auprès de lui sans jamais rien lui demander en retour. Il lui apprit à regarder les étoiles et à dresser des horoscopes comme les anciens sorciers de Babylone. Il l'emmena aussi dans le désert pour lui montrer comment on y dompte les djinns et les diables.

– Les démons sont les mauvaises pensées des hommes qui s'agglutinent. Le sang a le pouvoir de les cristalliser aussi vite que se fige une eau par grand gel. Le sang ! C'est la *materia prima* de l'alchimie la plus dangereuse et la plus forte, celle qui peut créer la vie de toutes pièces et appeler les âmes du fond des ténèbres… Le sang est la *clavicula magna*, la grande clef des secrets.

– Comment connaître ces secrets, maître ?

– Je le sais pour moi mais je l'ignore pour toi, répondit l'autre, car, dans cette voie-là, il n'y a ni enseignant ni élève. Tu dois tracer ton propre chemin et ce que tu apprendras ne sera vrai que pour toi. Jamais tu ne pourras transmettre ton expérience. Ou si peu…

Et, sans directive ni conseil, le sorcier laissa Mose Tzadek seul dans les montagnes. Là, sans autre témoin que les chacals et les vautours, le Chypriote découvrit ce qu'était le désespoir mais, du fond de sa solitude, il apprit aussi à réveiller les mystères en sommeil tout au fond de lui. Lorsqu'il revint à Jaffa, il ne retrouva pas la maison de son maître. Il eut beau s'en enquérir partout autour de lui, nul n'avait souvenir de l'homme sans nom.

Tzadek marcha jusqu'à Jérusalem. Au lieu de la ville grouillante et prospère à laquelle il s'était attendu, il ne vit qu'une cité malpropre et presque vide. Il fit le tour des murailles à demi effondrées, s'avança jusqu'au mur du Temple, lâcha un long jet d'urine contre les pierres du Saint-Sépulcre et repartit à Chypre où l'air était moins poussiéreux et la vie plus prospère. Installé à Nicosie, il s'introduisit à la cour des Lusignan et gagna la confiance de la reine Caterina en la débarrassant discrètement de quelques avortons mal venus. Protégé et pensionné par la souveraine, il passa quelques années dans la quiétude à perfectionner son savoir jusqu'au jour où des prêtres et des soldats marchant sous la bannière de saint Marc enfoncèrent sa porte. Jeté dans une geôle, il fut torturé et on lui brisa les bras. L'Inquisition de Venise était moins sévère que celle d'Allemagne ou de France. Ou peut-être était-elle moins patiente. Quelles que soient leurs raisons, ses juges finirent par le relâcher car il n'avait rien avoué de ce qu'on voulait lui faire dire. Ses membres supérieurs devenus insensibles et impropres à tout office, chassé de Chypre, Mose Tzadek retourna en Palestine, la seule contrée qu'il connaissait. Il acheta des esclaves et, parmi eux, aima tout particulièrement l'étrange Yohav, l'adolescent qui n'avait pas grandi depuis sa huitième année. Le gardant comme un animal précieux, telle une rose noire poussée sans raison dans un champ de fleurs communes, il lui passa tous ses caprices et intervint constamment en sa faveur dans les nombreux conflits qui l'opposèrent aux autres serviteurs. En Yohav mijotaient les mêmes miasmes qu'en Tzadek. Connaître Mose, c'était un peu connaître le nain, et sucer le sang du maître, c'était déjà pister celui de l'esclave.

Laüme quitta son abri et se remit en marche. Elle savait maintenant où trouver Yohav…

La forêt était vaste. C'était le royaume des renards, des hulottes et des loups. Cinq meutes se partageaient les collines. Aucune n'attaqua Laüme lorsqu'elle franchit l'un après l'autre leurs territoires. Malgré ses forces qui lui revenaient peu à peu, la créature devait souvent faire halte pour ne pas s'épuiser avant d'affronter son dernier ennemi. Elle aurait pu fortifier ses muscles en s'abreuvant du sang d'un enfant mais elle eut beau se poster en embuscade près des hameaux et des fermes isolées, elle ne trouva pas une seule proie à sa convenance, et n'osa pas se risquer dans les villes. La piste conduisait vers le midi, plus bas que Florence, plus bas que Rome, vers Naples et ses murs blancs. Laüme n'était jamais descendue aussi loin vers le sud. Quantité d'Espagnols et d'Allemands en maraude hantaient les provinces. C'étaient des combattants de l'empereur Maximilien, premier du nom, qui cherchaient des rapines faciles lorsque leurs capitaines ne les rassemblaient pas en ordre de bataille pour les confronter aux Français. Laüme évita leurs bandes en se cachant le jour et en ne cheminant qu'à la faveur de la nuit. Enfin, elle parvint là où se concentrait le fumet de Yohav…

C'était, un peu en dehors de Naples, le débouché marécageux de l'ancien *cloaca maxima*, l'immense réseau d'égouts creusé treize siècles plus tôt à l'image de celui de Rome. La corporation des bouchers et celle des pêcheurs y abandonnaient les carcasses invendables ; celle des tanneurs, les peaux gâtées ; celle des vétérinaires, les animaux morts de maladie dans les écuries et les étables… Des gens vivaient là, au milieu des ordures et des eaux pourries par l'acide des fèces et des mictions. C'étaient les pauvres parmi les pauvres, des êtres qui n'avaient même pas la force de mendier et devaient se contenter des restes viciés que rejetait la ville. Un peuple de bêtes plutôt que d'hommes. Beaucoup étaient fous ; certains avaient oublié le langage et se contentaient de pousser des râles pour exprimer leur colère, leurs envies et surtout la peur immense qui s'était abattue sur eux depuis que Yohav avait fait d'eux sa réserve de viande…

Lorsqu'il avait fui les pentes de l'Aventin, le soir de sa triste équipée aux côtés de Tzadek et de Houda, le nain avait d'abord eu l'idée de retourner en Terre sainte. Passant par Naples, il avait cherché un navire en partance pour l'Orient mais son apparence jouait contre lui. Il eut beau expliquer qu'il était bien plus âgé qu'il n'en avait l'air, comme il parlait mal l'italien, il n'était pas parvenu à rendre ses propos convaincants. On pensa que c'était un vilain garnement qui cherchait à se moquer. Quand il tendit les perles arrachées à son habit afin de prouver qu'il était assez riche pour payer la traversée, on l'accusa de vol. On le dépouilla de son trésor, on lui donna du bâton, puis, quand il fut étourdi de douleur, on le jeta pour rire dans une carriole de fumier qu'on alla déverser à la sortie du cloaque. Des mains noires l'avait aussitôt agrippé, cherchant à lui retirer ses vêtements en lambeaux. Il s'était débattu, avait crié et mordu, et s'était finalement réfugié dans les tunnels.

Il était resté plusieurs jours terré au cœur du labyrinthe sans boire ni manger. Enfin, le cœur plein de haine, il s'était armé d'un long clou de charpente qui dépassait d'une poutre vermoulue, et avait quitté son repaire à la faveur du crépuscule et du brouillard.

Il avait planté farouchement son aiguille dans le premier venu et s'était repu de la chair encore chaude du cadavre, retrouvant un peu de l'ivresse qu'il avait ressentie lorsqu'il était bourreau dans la maison des bords du Tibre. Depuis lors, presque toutes les nuits, Yohav chassait les pauvres hères qui vivaient à proximité du marigot. Il les traînait dans les tunnels et en faisait ses repas autant qu'il s'en amusait. Amplifiés par les voûtes, les cris des victimes dévorées vivantes résonnaient en échos infernaux jusqu'au champ d'immondices, provoquant l'envol des mouettes et des corbeaux en grandes nuées irritées…

Parvenue aux abords du royaume du nain, Laüme ne marqua aucun arrêt. Elle s'engagea dans un conduit bourbeux et descendit le long d'une pente que n'éclairait aucun fanal, aucun flambeau. Le conduit formait une bouche d'entonnoir. Concentrée sur son seul instinct, s'interdisant toute pensée, elle pénétra toujours plus profond dans le ventre de la terre. Ses yeux ne captaient plus aucune lumière mais peu importait, elle savait que chaque coudée franchie la rapprochait inexorablement de Yohav. S'écorchant les bras et les genoux à ramper dans la vase de tunnels trop bas pour qu'elle puisse s'y tenir debout, Laüme sentit soudain un courant d'air froid sur son visage et elle déboucha dans une vaste caverne, au plafond percé d'orifices comme autant de puits de lumière grise. C'était un réservoir désaffecté, aux parois tapissées de mousses suintantes d'humidité, envahi par les rats et par des toiles d'araignées aussi larges que des tentures de château. Laüme se redressa et demeura immobile, le temps que ses yeux s'accoutument à la clarté diffuse de l'endroit. Ses battements de cœur s'accélérèrent. Yohav, c'était certain, était là, tout près, à l'observer d'un recoin. Les relents méphitiques émanant de la petite créature n'avaient jamais été aussi puissants.

Affaiblie, désarmée, Laüme était une proie facile et elle se présentait face à son ennemi sans aucune protection. Dans sa fragilité, pourtant, résidait toute sa force. Son désespoir était plus redoutable que le tranchant d'une épée. Elle s'avança. Ses sabots écrasèrent du gravier, puis elle marcha sur les restes d'un cadavre. Un os craqua sous son talon. Elle s'arrêta et se pencha sur le corps, qui portait sur le ventre des traces de morsures. Les incisives de Yohav y avaient découpé la gelée brune du foie, le ruban rouge des intestins… Laüme fit glisser de ses épaules la bure qu'elle avait trouvée sur le lépreux et, un à un, se dépouilla des bliauds malpropres qui lui servaient d'habits. Lorsqu'elle fut nue, elle se redressa et se tint immobile. Son corps blanc vibrait d'une flamme pure dans la pénombre. Sa nudité était un appel, un défi.

Yohav céda. Il quitta l'anfractuosité où il s'était replié à l'arrivée de la fille et s'avança devant Laüme. Son visage était bouffi par ses festins de charognes et ses pupilles agrandies comme celles d'une bête des abysses. Une de ses mains tenait le clou de charpente vivement aiguisé dont il avait fait une arme mortelle. L'autre se refermait sur un filet de pêche effiloché. Il souriait.

Revoir Laüme ne le surprenait pas, il savait que la fille était liée à lui aussi sûrement qu'une souris est destinée au chat qui va la dévorer. D'un geste rapide et souple de rétiaire, il lança son filet. Lesté par des pierres, l'objet tournoya un instant dans les airs avant de s'abattre sur Laüme. Emprisonnée dans les mailles, celle-ci ne commit pas l'erreur de se débattre. Laissant s'approcher le nain déjà triomphant, elle attendit qu'il se jette sur elle et la renverse pour planter ses ongles dans ses orbites et les crever d'une seule poussée. Hurlant de douleur et d'étonnement, Yohav abattit au hasard son long clou sur le corps de Laüme mais la pointe ne transperça que le défaut de l'épaule de la fille. Avec une énergie décuplée par la douleur, celle-ci enfonça jusqu'à l'extrême ses pouces dans les globes oculaires de Yohav, déchirant les tissus, émiettant la pâte élastique du cerveau. Il y eut des convulsions et des jappements de chien à l'agonie… puis plus rien.

Laüme repoussa la dépouille sur le côté, s'arracha du filet qui enserrait encore son corps nu et, d'un coup sec, retira la pointe fichée sous sa clavicule. Elle dépeça méthodiquement le nain, le démembra, le décapita et sortit son cœur de sa poitrine. Alors, comme un grain de raisin qu'on fait éclater au-dessus de sa bouche, elle pressa le muscle cardiaque à la verticale de ses lèvres et but la liqueur qui en ruisselait. Le sang d'un mort possède d'autres vertus que celui d'un vivant. Il répond à d'autres secrets. De poison, il peut se métamorphoser en remède ; d'acide, il peut devenir baume…

Laüme avait traversé un océan de souffrances, mais elle avait survécu. Ce que le venin lui avait pris, le venin le lui rendit. Mieux encore... Lentement, ses yeux distinguèrent à nouveau les couleurs. La pénombre s'ouvrit et scintilla de nouvelles lumières. Les odeurs se révélèrent, les sons aussi... Des veines profondes du sol montèrent les bruits que font les taupes en creusant leurs galeries. Elle entendit éclore les larves des drosophiles et battre les ailes des papillons albinos au fond des gouffres. Les crocs d'une araignée crevèrent la chitine d'une chenille et les mandibules d'une mante cisaillèrent la carapace d'un jeune criquet. Toutes les vermines au secret de la terre, elle les perçut. Les crissements des rats fouillant les ordures et le glissement mouillé des membranes sur la cornée des crapauds. La contraction des vers blancs, et puis les trompes dures des puces perçant l'abdomen velu des chauves-souris... Sa bouche toute baignée de salive, Laüme écouta avec délice les premiers gaz qui s'accumulaient dans la dépouille de Yohav et la délicate chimie des nécroses qui raidissait déjà ses muscles épars. Affreux à tout autre, ces doux concerts la firent rire aux éclats. Oubliant le froid de la caverne et la peur qui l'avait si longtemps tenaillée, elle demeura longtemps immobile à goûter la joie de ses sens retrouvés. Penchée au-dessus d'une flaque, elle constata que sa silhouette elle-même avait changé. Sa taille était un peu plus haute et ses seins plus épanouis. Son visage paraissait plus mûr. Ses envies aussi étaient plus fortes, envies de jouissance et de savoirs... De longs frissons délicieux la parcoururent et un sourire de fauve étira ses lèvres pleines. Enfilant ses hardes, elle jeta la bure sur ses épaules et appela à elle les créatures de la nuit. Le premier, un rat pointa son museau. Sautillant, il lui montra le chemin pour rejoindre la surface sans avoir à ramper de nouveau dans les tunnels. Pour le remercier, elle prit le rongeur dans sa main et lui gratta longuement la tête. Il lécha sa joue. Ses moustaches dures chatouillant sa peau l'amusèrent. Par un mystère qu'elle ne s'expliquait pas, le sang du nain avait fait d'elle une reine pour les rongeurs et les araignées, une déesse pour les loups et les lombrics...

Dans le fourré où elle les avait cachées, elle retrouva les bourses et les lettres de change dérobées chez la reine Caterina. À l'heure où la garde ouvrait les portes de la ville, elle entra dans Naples en même temps que les fermières avec leurs paniers chargés d'œufs et les bûcherons pliés sous leurs fagots. Dans la rue des tailleurs, elle paya pour qu'on lui coupe sur-le-champ une robe et une cape de voyage. Dans le quartier des cordonniers, elle acheta des bottes et une ceinture. Aux écuries, elle arrêta son choix sur un bel alezan au large poitrail. Quand il sut qu'elle comptait voyager seule en pays étranger, le maître des écuries se proposa de lui vendre un carrosse doté d'un équipage et d'une escorte lourdement armée, mais Laüme répondit que son humeur n'était pas à la compagnie. Désespérant le bonhomme, elle fit seller sa bête et quitta la ville au plus vite. Elle voulait retrouver Calmine avant le terme de sa grossesse. Éperonnant sa monture sur les pistes, elle remonta vers Venise et passa, après Trieste, les montagnes qui commandent l'entrée chez les Slaves. Dans la campagne près d'Emona, elle séduisit un jeune pâtre qui gardait son troupeau dans un vallon écarté.

– Aimerais-tu contempler et toucher mon corps ? demanda-t-elle au garçon pour l'appâter et l'attirer dans un bois tout proche.

Dans le sang du candide, Laüme lut que Calmine venait d'accoucher de la dernière génération des Galjero. Comme Nuzia et Alessia avant elle, la bohémienne avait conçu un mâle. Remontant en selle, Laüme traversa la Styrie et s'engagea dans la plaine de Hongrie. Ses doigts ayant façonné deux statuettes pour la protéger des rôdeurs et des curieux, elle n'avait plus besoin de se cacher ou de voyager la nuit. Les talismans étaient assez puissants pour la faire chevaucher au milieu d'une armée de pillards, sans qu'aucun lève les yeux sur elle. Mieux qu'invisible, elle était présente au monde mais le monde ne la voyait pas...

Dans un paysage aride de friches et de souches, sans nulle chaumière à dix lieues à la ronde, elle aperçut enfin de minuscules silhouettes avançant à grand-peine dans la poussière. C'étaient Calmine et Lobo. La fille n'était pas belle à voir. L'enfantement lui avait tout ôté de sa beauté de jeune renarde. Son visage était émacié et ses yeux profondément enchâssés étaient soulignés de larges cernes bistre. Elle se tenait voûtée, serrant un châle autour de ses épaules. L'homme qui l'accompagnait la soutenait comme il pouvait, tout en portant dans son bras replié sur la poitrine le nouveau-né bien emmailloté. S'il n'était pas lourd, le fardeau entravait sa marche. Laüme fit virevolter un instant son cheval autour eux avant de tirer sur la bride.

– L'enfant ! ordonna-t-elle seulement. Donne-moi l'enfant...

Calmine avait d'abord souri en reconnaissant Laüme mais son expression s'était fermée lorsqu'elle avait perçu le ton dur et méprisant de la cavalière.

– Montre-lui, dit-elle à Lobo.

Hésitant, mais soucieux de ne pas déplaire à Calmine, qu'il aimait, l'homme tendit le nourrisson à Laüme. Sans descendre de sa monture, celle-ci défit les linges qui enveloppaient l'enfant et poussa un cri de dégoût en découvrant sur sa face les traits d'un attardé.

– Un monstre ! Ton ventre a fabriqué un monstre ! hurla-t-elle. Que veux-tu que je fasse de ça ?

Comme pour se débarrasser de la plus répugnante ordure, elle jeta le bébé à terre et, d'un coup de cravache sur la croupe, fit se cabrer son cheval pour qu'il l'écrase.

Mais Lobo se précipita pour ramasser l'enfant et lui faire un rempart de son corps. Les sabots retombèrent lourdement sur le bohémien qui résista au choc, se dégagea sur le côté avec le petit et s'enfuit. Calmine s'agrippa à la bride pour empêcher Laüme de le poursuivre.

– C'est Dragoncino ! cria-t-elle. Il était fou ! C'est lui qui m'a mis cette mauvaise graine dans le ventre ! C'est sa faute, pas la mienne ! Pitié ! Ne tue pas l'enfant ! Ne tue pas l'enfant !

Exaspérée, humiliée, trahie, Laüme leva sa cravache. Une fois. Puis une autre, et encore une autre. La fille hurla mais ne céda pas. Plus longtemps elle résisterait, plus loin Lobo parviendrait à s'enfuir. Le visage en sang, elle finit par s'écrouler sur le sol. Laüme pressa les cuisses et tira sur les rênes. S'abattant de tout son poids sur Calmine, l'alezan lui ouvrit la tête comme un marteau défonce une coquille de noix.

– Garde-le, ton monstre, l'ami, hurla-t-elle à l'intention de Lobo, dissimulé dans les taillis. Montre-le dans les foires. Il te fera gagner ta vie… Il s'appelle Galjero et il aurait pu être le roi du monde ! Souviens-toi de son nom ! Galjero ! Galjero !

Alors, Laüme éperonna sa monture au poitrail couvert d'écume et la lança comme une flèche au plus loin de la plaine immense.

Neuvième tombeau des chimères

À trois ou à quatre ?

Les lèvres serrées et les bras croisés, David Tewp leva les yeux au ciel et poussa un profond soupir. Depuis une heure au moins, Garance de Réault s'amusait à enchaîner fox-trot et lambeth walk en compagnie d'un danseur mondain gominé comme c'était la mode dans les années trente. Comment diable cette femme, qu'il avait vue presque agonisante quelques jours plus tôt, avait-elle l'énergie de s'adonner à de pareils amusements ?

– Vous me trouvez ridicule, n'est-ce pas, colonel ?

Son joli visage ridé rosi par l'excitation, la Française était revenue s'asseoir au côté de l'Anglais.

– Je ne me permettrai jamais une telle appréciation, madame.

– Ne soyez donc pas aussi bien élevé, David. Je sais que mon comportement vous choque, mais c'est ma dernière croisière, voyez-vous. Tout le temps que durera notre traversée jusqu'à Stamboul, je tiens à jouer l'insouciante. Nous aurons suffisamment de problèmes sitôt que nous aurons posé le pied à terre. Et vous ? Pourquoi ne dansez-vous pas ? L'orchestre est assez bon, et une dizaine de dames bien faites vous dévorent des yeux. Toutes ne sont pas des cocottes, vous savez…

Tewp plissa les yeux et rougit légèrement. Pour se donner une contenance, il porta à ses lèvres sa tasse de café bien qu'elle fût vide depuis longtemps, ce qui fit rire Garance. Du moment où ils étaient montés à bord de ce vaisseau de luxe à Marseille, Tewp était plus emprunté que jamais. Hésitant. Rêveur, même, parfois. Décidément, cet homme n'était qu'un petit garçon. Voilà pourquoi il s'entendait si bien avec les enfants et vivait si gauchement dans le monde des adultes.

– Vous êtes un cœur pur, David Tewp. Quand donc vous déciderez-vous à grandir ?

– Si grandir signifie accepter trop de compromissions, jamais, madame de Réault. Jamais, je crois... Tout comme vous...

– Bien dit ! Et si je vous enseignais le tango ?

*

Garance de Réault et David Tewp débarquèrent à Istanbul sous un ciel bas. Il faisait froid et les quais étaient bondés. Tewp chercha la haute silhouette de Thörun Gärensen parmi les badauds venus assister aux manœuvres d'accostage, mais nulle part il ne vit le Norvégien.

– C'est curieux, dit l'Anglais. Gärensen a été prévenu de notre arrivée. Il aurait dû être là pour nous accueillir. Je ne comprends pas.

– Rien de grave, certainement. Ne vous affolez pas. Installons-nous, nous aviserons ensuite.

Un rutilant taxi Lincoln les conduisit au Pera Palace où Garance avait ses habitudes. Plus luxueux encore que le Harnett à Calcutta, l'hôtel avait été autrefois réservé à l'usage des passagers de l'Orient-Express par la Compagnie des wagons-lits.

– Vous avez votre chambre habituelle, la 103, madame de Réault, annonça le concierge dans un français impeccable. Comme vous l'avez demandé, Monsieur aura la chambre 105.

– 103, c'est la chambre de Greta Garbo, et 105, celle de Mata Hari, précisa Garance en clignant de l'œil mieux qu'un titi parisien. J'ai pensé que cela nous conviendrait…

Son vieux Webley calé au creux de ses reins, Tewp attendit longtemps, au bar Art nouveau de l'hôtel, que sa compagne daigne apparaître. Il était sur le point d'aller frapper à sa porte lorsqu'elle se présenta enfin sur le seuil du grand salon, aux murs émaillés de bleu clair et d'or doux. Ses yeux étaient fatigués et sa démarche lente.

– Je paie mes excès, je le crains, confia-t-elle à Tewp d'une voix de petite fille cherchant à se faire pardonner.

– J'irai donc seul à la rencontre de Gärensen. Restez vous reposer. Je crois que cela vaudra mieux.

– Vous ne vous débarrasserez pas de moi comme ça, cher colonel. Je viens de prendre un cachet de pervitine qui fera effet dans quelques minutes. C'est un remarquable excitant. Allons, montrez-moi le chemin…

Traversant les rues d'Istanbul pris dans la brume du crépuscule, la vieille femme et l'homme au nez coupé se firent conduire jusqu'aux abords de l'ancienne résidence de Dalibor Galjero. La bâtisse était sombre et nulle lumière ne brillait aux fenêtres. La porte principale était légèrement entrouverte et David Tewp n'eut qu'à la pousser pour entrer. Un claquement sec résonnant soudain dans son dos le fit bondir.

– Je suis navrée ! s'excusa aussitôt Garance qui venait de tirer sur la culasse d'un de ses Colt pour faire monter une balle dans le canon.

Entre ses mains ridées, l'objet noir et graisseux semblait aussi incongru qu'une porcelaine de Saxe entre les gants d'un boxeur.

– Je crois que vous en faites un peu trop, madame…, souffla Tewp dans un murmure.

– S'il n'y a pas de danger, pourquoi donc chuchotez-vous, mon garçon ?

Exaspéré, Tewp serra les mâchoires avant de pénétrer dans le palais. Pour n'y avoir séjourné que peu de temps, il connaissait assez mal les lieux. C'était le palais où Galjero avait choisi de se réfugier, seul, sans Laüme, après la guerre. L'endroit aussi où Thörun et lui-même avaient conduit Ruben Hezner après l'avoir capturé sur le pont enjambant la Corne d'Or.

– Gärensen ! appela Tewp. Gärensen ! Vous êtes là ?

La voix de l'Anglais se répercuta en écho sur les murs, sans susciter de réponse. Hésitant, se dirigeant mal dans l'obscurité, le colonel éprouva l'envie de calmer son angoisse en tenant son Webley dans sa paume. À contrecœur, il sortit l'arme de sa ceinture sans jeter un coup d'œil à Réault.

– Cette grande baraque est-elle reliée au réseau électrique, au moins ? interrogea la vieille dame.

– Oui…

À tâtons, Tewp pressa une poire de luminaire. Un halo rougeâtre grignota chichement la pénombre.

– Allumons tout, conseilla Réault. Si des marauds sont ici à nous attendre, je veux pouvoir les viser correctement.

L'Anglais alluma les lumières une à une au fur et à mesure de leur progression. Ils avançaient lentement de pièce en pièce, appelant toujours vainement Gärensen. Au premier étage, ils découvrirent une vaste bibliothèque qui avait été pillée. D'innombrables ouvrages jonchaient le sol. D'autres, pêle-mêle, étaient ouverts sur une large table, près d'une écritoire où s'amoncelaient des feuilles volantes griffonnées à l'encre noire. Réault en ramassa quelques-unes pour les observer.

– Des notes laissées par votre ami, dirait-on. Je ne connais pas le norvégien mais je sais à quoi ressemble l'alphabet scandinave. Tenez !

David Tewp prit la liasse et la parcourut avant d'acquiescer.

– Évidemment. C'est très vraisemblablement l'écriture de Gärensen… Mais puisque nous sommes incapables de déchiffrer ces lignes, cela ne nous dit pas pourquoi il a disparu.

– Ni où se trouve votre M. Hezner. Pourquoi ne pas poursuivre la visite ? Manifestement, nous nous sommes un peu monté le bourrichon en entrant ici. Nous sommes seuls. Si on avait voulu nous tomber dessus, il y a longtemps que les hostilités auraient été déclenchées.

Mme de Réault rangea son Colt 45 dans son sac à main et le colonel rengaina son Webley. Ils continuèrent à arpenter des pièces vides avant de trouver la chambre que s'était attribuée Gärensen. Il y avait des restes de cigare dans un cendrier, une des chemises du Norvégien suspendue sur un cintre accroché à la poignée de la penderie. Sur le lit défait, dans un désordre comparable à celui de la bibliothèque, des robes et toute une panoplie d'effets féminins étalés ou chiffonnés. Tewp n'osa toucher les vêtements mais Garance les porta à son visage pour en humer l'odeur. Tous, sans exception.

– Un seul parfum. Une seule taille… Et un style suffisamment raffiné pour que vous et moi pensions la même chose, n'est-ce pas ?

– Ces habits ont été portés par Laüme Galjero. C'est cela qui vous vient à l'esprit ?

– De toute évidence, oui. Quant à savoir pourquoi ils se retrouvent sur le lit de Gärensen…

– C'est une autre histoire, n'est-ce pas ?

– Une histoire qui ne me plaît guère. Mais gardons cela pour plus tard et parons au plus pressé. N'aviez-vous pas dit que vous gardiez votre M. Hezner dans les combles de cette demeure ?

– Pas dans les combles, corrigea Tewp, au sous-sol. C'est là que Gärensen et moi l'avons enfermé après l'avoir interrogé.

– Eh bien, allons lui rendre visite, suggéra Garance. Enfin… s'il est toujours ici, bien sûr.

Tewp sursauta. Obnubilé par la disparition inexpliquée de Thörun, il ne lui était pas venu à l'idée que Hezner ait pu lui aussi quitter les lieux.

– De prime abord, à quoi pensez-vous ? demanda Réault en peinant à suivre Tewp qui marchait d'un pas vif.

– Les sbires de Hezner ont dû retrouver sa trace et le récupérer ! Ces chasseurs de nazis sont bien organisés, ils ont des contacts partout. Jamais je n'aurais dû laisser Gärensen seul. C'était de l'inconscience. S'il lui est arrivé quoi que ce soit, je ne me le pardonnerai pas !

Dévalant les escaliers quatre à quatre, Tewp gagna en toute hâte les niveaux inférieurs et s'engouffra dans le couloir qui donnait sur la pièce où, quelques semaines plus tôt, Thörun et lui-même avaient fait subir à Hezner un interrogatoire au Pentothal. Lorsqu'il entra dans le réduit, Tewp ne put s'empêcher de pousser un juron. Sur le sol gisait le cadavre nu de Ruben Hezner. Le corps n'était pas beau à voir, les chairs grises, les joues creusées, le nez pincé. La bouche était ouverte et laissait passer une langue énorme, gonflée et violacée, caractéristique d'une mort par strangulation. De larges ecchymoses brunâtres striaient la gorge du docteur Hezner.

– D'après la description que vous m'en avez faite, il ne s'agit évidemment pas de votre ami Gärensen, conclut Garance de Réault.

Tewp s'adossa au mur et resta un moment immobile, les yeux fixés sur le mort.

– Je ne sais plus quoi penser, dit-il enfin. Tout cela me devient incompréhensible…

– Chaque problème possède sa solution. Raisonnons simplement. Vous avez laissé Hezner et Gärensen seuls dans cette demeure lorsque vous avez quitté la Turquie pour Londres. Exact ?

– Exact.

– D'après vos dires, Gärensen et Hezner étaient en rivalité constante…

– Rivalité n'est pas le terme approprié. J'ignore la raison profonde de leur conflit, mais, en Argentine, Hezner a contraint Gärensen à tuer une de ses anciennes connaissances de jeunesse.

– Il est donc logique qu'il ait cherché à se venger. Votre ami est-il colérique ?

– Je ne l'ai jamais vu sous cet angle. Il m'a sauvé la vie face à Ostara Keller. Je ne peux pas croire que sa nature soit viciée. Qu'il se soit abaissé à assassiner Ruben Hezner de sang-froid me paraît impossible.

– Peut-être y a-t-il eu provocation ? Qu'en savons-nous ? Quoi qu'il en soit, rester ici à palabrer est inutile. Ruben Hezner est mort. Gärensen s'est volatilisé. Engrangeons ces deux informations et passons sans remords à l'étape suivante. Il n'y a que cela à faire.

– À l'étape suivante ? À quoi faites-vous allusion ?

– Retourner au Pera Palace pour y ouvrir une des bouteilles que nous avons achetées en France ! Le bourgogne m'a toujours aidée à réfléchir !

Tewp referma la cave, laissant Hezner sans sépulture, et insista pour remonter dans la bibliothèque afin d'y rassembler les notes prises par Gärensen.

– Je vais les envoyer à Londres pour les faire traduire, dit-il en glissant les feuillets dans une sacoche en cuir. Je suis persuadé que nous en tirerons quelque chose.

– L'espoir fait vivre, tempéra Garance en contenant difficilement un bâillement.

À l'hôtel, la Française insista pour que Tewp accepte de boire un verre de vin dans sa chambre mais, lorsqu'elle voulut ouvrir la bouteille de nuits-saint-georges, son poignet la trahit et le flacon se brisa sur le sol. Confuse, la vieille femme s'effondra sur une bergère. Son teint était soudain devenu très pâle et ses lèvres pincées s'étaient mises à trembler.

– Vous ne vous sentez pas bien? s'inquiéta Tewp. Voulez-vous que je fasse appeler un médecin?

– Appelez seulement le garçon d'étage pour qu'il nettoie ma maladresse. Je n'ai pas besoin de voir un médecin, il me faut seulement un peu de repos. Voulez-vous que nous nous retrouvions demain? Je crois que j'aurai des choses à vous dire…

Tewp quitta à regret la vieille dame et tourna en rond dans sa chambre avant de se décider à retourner en ville pour se changer les idées. La nuit était déjà fort avancée, pourtant de nombreux cafés étaient encore ouverts. Tewp entra un instant dans l'un d'eux mais l'endroit était trop bruyant pour lui et il ressortit aussitôt de l'établissement. Une heure durant, il marcha sans but précis. Cependant, des visages défilaient dans son esprit. Celui de Thörun Gärensen, qu'il n'aimait guère se représenter en assassin, et celui de Perry Maresfield, qu'il aurait aimé rejoindre. Celui de Laüme Galjero… Cette dernière vision suscita de la colère en lui, la rage que l'on éprouve face à quelqu'un d'irréductible, la rage de l'impuissance…

À la fin du pénible interrogatoire qu'ils avaient fait subir à Hezner, le docteur les avait prévenus, lui et Gärensen :

– Même si vous tuez Laüme Galjero – ce qui sera fort difficile et ce dont je ne vous crois pas un instant capables –, vous n'éliminerez jamais le mystère qui l'a fait naître. D'autres créatures semblables à elle existent… et elles viendront… tant que les hommes continueront d'exister. C'est un principe dont vous ne viendrez pas à bout. Vous poursuivez des chimères, messieurs. Des hydres aux têtes perpétuellement renaissantes… Vous vous battez contre l'impossible… Vous vous battez contre le rêve… Moi, j'aurais pu tuer Laüme Galjero en prenant des chemins pires encore que ceux empruntés par Mose Tzadek et Yohav… Mais à quoi bon, puisque ce qui l'a conçue n'est autre que l'imaginaire des hommes ? Renoncez ! Oubliez vos rancœurs. Retournez à vos petites vies. Vous êtes jeunes encore, le monde vous réclame. Mais votre croisade est vaine et je vous conjure de le comprendre avant qu'il ne soit trop tard !

Était-ce là la clé de l'énigme ? Peut-être. Tewp ne pouvait en avoir aucune certitude. Somme toute, que Gärensen se soit rendu aux raisons de Hezner et ait décidé de déserter la chasse sans préavis paraissait vraisemblable. Morose, l'Anglais enfonça les poings dans ses poches et retourna au Pera Palace. La défection probable de Thörun le décevait au-delà des mots, mais pouvait-il en tenir rancune au Norvégien alors que lui-même sentait chaque jour plus forte la tentation d'abandonner la traque ? S'allongeant sur le lit sans même se dévêtir, il ne parvint pas à trouver le sommeil. À l'aube, quand il perçut les premiers signes d'agitation matinale, il se doucha, s'habilla et alla frapper doucement à la porte de Garance de Réault. Il ne la réveilla pas. Après quelques heures de repos, un peu de vivacité était revenu sur les traits de la vieille femme.

– Eh bien, colonel ? Quel est le fruit de vos réflexions nocturnes ? Perdrons-nous notre temps à apprendre ce qu'est devenu Gärensen ou considérerons-nous qu'il est définitivement perdu pour la cause ?

– D'évidence, nous ne sommes plus que trois.

– Alors, prions pour que votre Lewis Monti ne jette pas l'éponge à son tour.

Place Loubianka

Bubble Lemona quitta à regret le confort du Lockheed *Constellation* et se tint une seconde immobile en haut de la passerelle accolée au fuselage de l'appareil. Couvrant de son borsalino ses rares cheveux, il frissonna, remonta le col de son manteau et marmonna un juron. De sa vie, il n'avait jamais ressenti un tel froid. Même lorsque le blizzard canadien charriant des tempêtes de neige passait au-dessus de la Nouvelle-Angleterre pour s'abattre en hurlant sur New York. Même lorsque sa mère le punissait, enfant, de ses innombrables bêtises en le plongeant dans une bassine d'eau glacée. Rien, décidément, ne pouvait soutenir la comparaison avec le gel moscovite intense qui transperçait son pardessus, la veste de son complet finement rayé et la mince chemise de soie achetée deux semaines plus tôt chez Macy's, le grand *department store* voisin de l'Empire State Building. Dès le premier instant, Bubble sentit que ce pays n'était pas fait pour lui.

– Je ne sais vraiment pas comment vous avez réussi à me convaincre de vous suivre, *don*, souffla-t-il à Monti qui le pressait de descendre. J'ai dans l'idée que je vais détester la Russie.

– Ne m'appelle pas *don*, je te prie. Dis *camarade*. Et oublie aussi le mot *Russie*. C'est une dénomination réactionnaire, ici c'est l'Union soviétique… Mets-toi ça dans le crâne une bonne fois pour toutes, vieille mule !

Haussant les épaules, Bubble se racla la gorge et regarda où il mettait les pieds. Le sol était aussi glissant qu'une patinoire. Comme la vingtaine d'Américains reçus dans la capitale moscovite à l'occasion du congrès du Komintern, Bubble et Monti durent supporter le discours de bienvenue prononcé en plein vent, avant qu'un petit orchestre militaire joue *L'Internationale*. Lemona tenta de manifester sa bonne volonté en fredonnant les paroles que lui avait phonétiquement apprises son professeur de russe Natacha, mais il ne se rappela que très imparfaitement le refrain.

Vstavay, proklyat'yem zaklyeymyennyy,
Vyes'mir golodnykh i rabov !
Kipit nash razum vozmushchyennyy
I v smyertnyy boy vyesti gotov.
Vyes'mir nasil'ya my razrushim
Do osnovan'ya, a zatyem

Cette petite participation lui attira la sympathie d'un grand type, un Américain qui disait se nommer Trevor Flaw et qui n'avait pas desserré les dents depuis le début du voyage. Bubble et lui échangèrent des sourires de plus en plus mielleux tout au long des formalités d'immigration et du voyage en autocar qui conduisit la délégation du CPUSA jusqu'à un bel hôtel du centre-ville.

Dès qu'il fut installé, Luigi Monti alla frapper à la porte de Lemona. Gagnant l'étage supérieur, les deux hommes entrèrent aussi discrètement que possible dans la chambre de Sebastian Deinthel, le chef des agents du FBI infiltrés parmi les très authentiques militants communistes formant le gros de la troupe. Depuis six ans, Deinthel était la taupe principale placée par l'Administration américaine au sein du modeste parti américain. Connaissant son *Capital* sur le bout des doigts, jouant son rôle avec conscience et détermination, considéré par ses « camarades » comme un pur, un marxiste-léniniste de stricte obédience, il n'avait jamais éveillé le moindre soupçon parmi ceux qu'il était chargé de surveiller. Prévenu par Allen Dulles et William Donovan, il était l'homme qui avait rendu possible l'arrivée de Monti et de Lemona à Moscou.

– Eh bien, messieurs, vous voici dans la place ! s'exclama Sebastian en accueillant ses visiteurs. Ma mission vous concernant est presque terminée. Il ne me reste plus qu'à vous mener à votre contact. Ce ne sera guère compliqué puisque c'est l'un des interprètes désignés pour nous accompagner tout au long de cette semaine.

– Comment allons-nous procéder exactement ? demanda Monti.

– Le programme officiel des jours à venir est assez strict. Plusieurs cérémonies de bienvenue sont encore prévues ici et là avant l'inévitable visite de la ville, bien sûr. Et puis, les travaux du Congrès pendant une petite dizaine de jours. Je prononcerai moi-même un discours mercredi. Évidemment, notre séjour s'effectue sous haute surveillance. Les Soviétiques ne sont pas idiots, ils se doutent bien que quelques membres de notre groupe sont en réalité des espions. Ils vont nous tenir à l'œil. Nous allons donc la jouer finement. Demain matin, nous irons tous déposer une gerbe sur la tombe de John Reed, l'un des fondateurs du CPUSA enterré ici, à Moscou, au Kremlin même. Votre contact sera présent. Il vous accompagnera sans se cacher. Si vous feignez d'avoir avec lui une conversation anodine, personne ne fera attention à vous. Parlez librement, comme si vous commentiez l'architecture de la place Rouge ou celle du mausolée de Lénine. C'est aussi simple que cela…

– Et une fois les renseignements recueillis ?

– Cela, messieurs, ne me concerne plus. J'ignore les motivations de votre présence ici. Dulles et Donovan m'ont demandé de vous introduire dans la place et de vous mettre en relation avec un informateur. Voilà les limites de mes services vous concernant. Je réponds moi-même à mon propre agenda et je suis tenu de le respecter. Ne donnez pas aux Soviétiques l'occasion de venir fouiner dans mes affaires. Nous risquons tous très gros ici. Prudence est notre maître mot. Méfiance, même ! De tout et de tous !

La première soirée à Moscou se passa péniblement pour Monti et Lemona. Lewis s'ennuya ferme et Bubble se sentait nu sans le poids d'une arme sous son aisselle ou la pression d'une bande élastique serrant un couteau à cran d'arrêt autour de sa cheville. Le dîner se déroula dans une vaste salle traversée de courants d'air. D'immenses babouchkas en blouse grise assuraient le service sans un sourire, en faisant rouler de table en table de bruyants chariots de cantine militaire. La qualité de la nourriture était si discutable que même Lemona bouda son bortsch.

Le lendemain matin, devant la sépulture de John Reed, un petit homme bien mis portant une barbichette grise taillée de façon quasi géométrique s'avança vers Monti et lui tendit la main. Il se présenta dans un anglais très pur :

– Je suis le professeur Bogdan Rodion. Enchanté de faire votre connaissance, camarade. Le camarade Deinthel m'a longuement parlé de vous.

Entraînant Monti à l'écart du groupe d'Américains qui se tenaient, confits en dévotion, devant la plaque commémorative rappelant la contribution de Reed à la révolution d'Octobre, Rodion livra tout de go son rapport comme s'il était pressé de se délester d'un fardeau.

– Nos agents et moi-même avons travaillé à résoudre votre problème, monsieur Monti. Nous savons quel service du NKVD s'occupe du cas Galjero. Nous avons même le nom de l'officier supérieur chargé du dossier.

C'est le général Alantova – une femme. Nous possédons peu d'informations fiables sur elle, mais nous connaissons l'adresse de son domicile privé sur le boulevard Petrovski, à quelques blocs d'ici. Elle se rend au bâtiment de la Loubianka tous les matins à pied, comme le bon soldat de l'armée du peuple qu'elle est.

– Et Galjero lui-même ? pressa Monti. Est-il à Moscou ?

– Pas directement. Il se trouve en résidence à une soixantaine de miles d'ici, dans une zone réservée, sous le strict contrôle de l'armée. Alantova lui a rendu visite de nombreuses fois ces dernières semaines mais elle semble cantonnée à Moscou depuis plusieurs jours. Aucune chance pour l'heure d'en savoir plus. Aucune chance non plus de déloger Galjero par vos propres moyens, il vous faudrait une armée. Et encore, je ne suis pas certain du résultat de l'opération…

Monti remercia chaleureusement Rodion et retourna se mêler à ses compatriotes. Il ne trouva pas l'occasion de parler en privé à Lemona avant la fin de la journée.

– Vous n'êtes pas plus avancé, *don*, constata ce dernier lorsqu'il fut mis au courant de la situation. Très franchement, je me demande s'il était indispensable de venir jusqu'ici pour aussi peu de résultats. Que pouvons-nous faire maintenant ?

Monti soupira et eut un geste d'impuissance. Son cœur était plein d'amertume. Jusqu'au dernier moment il avait voulu croire qu'il était encore possible d'agir. Mais, ce soir, sur cette terre étrangère et sourdement hostile, l'horizon paraissait se refermer à jamais.

– Je crois que j'ai perdu la partie, mon vieux Bubble. Je suis désolé de t'avoir fait perdre ton temps. Je dois me résoudre à oublier ma vengeance. Tewp et Gärensen ont manqué notre seule chance à Istanbul. Quoi qu'il advienne désormais, les Galjero sont intouchables…

La tristesse de Monti rejaillit sur Bubble. Jamais il n'avait vu le *don* aussi abattu, hormis le jour où il avait mis en terre sa femme et son fils. Le vieux soldat de Cosa Nostra tira une flasque de bourbon de son veston et l'offrit au *don* avec un sourire crispé.

– Et si nous allions rendre visite à ce général soviétique ? suggéra-t-il soudain, en feignant l'enthousiasme. On vous a donné son adresse, non ?

Monti lampa une longue gorgée d'alcool puis il se laissa choir dans un fauteuil.

– Proposition noble et téméraire, mais totalement dépourvue de bon sens, mon ami. Crois-tu vraiment que le général va nous ouvrir sa porte en souriant, converser avec nous autour d'une tasse de thé et nous conduire jusqu'à Dalibor Galjero pour que nous en prenions livraison comme d'un vulgaire colis ?

Mis en face de l'évidence, Lemona rougit et tapa du poing dans sa paume ouverte.

– Bon sang, il doit bien y avoir quelque chose à faire ! rugit-il tel un lion blessé. La garce qui a causé le malheur de votre famille ne va tout de même pas s'en tirer comme ça ! Le bon Dieu ne peut pas le permettre ! Il n'y a jamais d'impasse totale pour la vendetta ! C'est contraire à l'ordre du monde, à la justice éternelle !

Monti laissa passer la tempête en fermant les yeux. La nuque rejetée en arrière, il réfléchissait à une solution lorsque, surmontant les paroles de Bubble, des éclats de voix s'élevèrent soudain dans le couloir. Au ton sec des appels, Monti comprit aussitôt que la situation dans l'hôtel venait brusquement de s'envenimer. Se redressant, il s'approcha du seuil pour écouter tandis que Lemona ouvrait la fenêtre pour examiner leurs possibilités d'évasion.

– Inutile de songer à nous enfuir, dit Monti en revenant vers son garde du corps. Nous n'irions pas loin. Et puis, notre escapade constituerait une preuve contre nous… Quoi qu'il arrive maintenant, il faut rester calmes et ne pas démordre de la version officielle : nous sommes des militants communistes new-yorkais et nous appartenons à la cellule de Sebastian Deinthel. Point final.

Bubble hocha la tête et essuya sur sa manche la sueur qui perlait déjà à son front. Soudain, la porte de la chambre trembla sous des coups redoublés.

– Ouvrez, Monti, dit une voix forte. Rassemblement immédiat dans le hall pour tous les membres de la délégation américaine. Vite !

Monti tourna la poignée. Devant lui se tenait Trevor Flaw.

– Que se passe-t-il ? demanda le Sicilien.

– Rien de bien méchant, répondit l'autre pour le rassurer. Juste une vérification générale menée par nos amis soviétiques. Par les temps qui courent et les menaces que font peser sur ce pays les capitalistes de tout poil, il est normal que ce genre de petit désagrément se produise, vous ne croyez pas, camarade ?

– Certainement, certainement, approuva Monti, les dents serrées.

– Allons, prenez votre veston et descendez comme tout le monde au rez-de-chaussée. Le camarade Lemona aussi. La police est bien faite ici, cela ne prendra pas longtemps.

Encadrés par des agents du NKVD en civil, les Américains furent escortés jusqu'à la salle de restaurant de l'hôtel. L'endroit était désert. Venant des cuisines, des remugles de boucherie et de beurre ranci piquaient les narines. Monti s'assit avec les autres dans un coin et chercha vainement Deinthel des yeux.

– Sebastian n'est pas ici, murmura-t-il à Lemona. Je n'aime pas ça…

L'un après l'autre, les militants furent appelés à une table éloignée où s'étaient installés un commissaire politique, deux officiers des services de renseignements et

Trevor Flaw en personne. De toute évidence, ce dernier menait l'interrogatoire au même titre que les Soviétiques. Monti l'avait entendu parler couramment russe. Trois heures interminables s'écoulèrent ainsi. À tour de rôle, les Américains furent passés en revue puis évacués de la salle. Ne restèrent plus que Monti et Lemona.

– À nous, camarades, leur dit Flaw en s'avançant vers eux. Vu l'heure tardive, je crois que nous pouvons procéder à un interrogatoire commun. Cela ira plus vite.

Monti et Lemona se levèrent pour s'installer devant les agents. Engourdis par l'immobilité, leurs corps étaient rétifs au mouvement.

– Vous appartenez tous deux à la cellule de Sebastian Deinthel, n'est-ce pas ? fit Flaw avec un large sourire.

– C'est exact, répondit Monti.

– Oui, camarade, acquiesça Lemona. Nous sommes new-yorkais. De vieux militants de New York. New York, c'est ça…

– Tout au long du voyage qui nous a conduits ici, vous m'avez semblé en très bons termes avec Deinthel. Vous n'avez d'ailleurs parlé qu'à lui ou presque, si je ne m'abuse. J'ai cru remarquer que vous n'étiez pas très loquaces avec les autres membres de la délégation. D'ailleurs, à ce propos… personne ne vous a jamais vus auparavant à aucune convention, aucun comité, jamais. C'est étrange, vous ne trouvez pas ?

– Nous sommes des militants très ordinaires, argua Monti pour se défendre. Nous n'aimons pas usurper une place qui ne nous revient pas…

– Et pourtant vous êtes ici en tant que représentants. N'est-ce pas contradictoire ?

– Le camarade Deinthel a voulu récompenser nos années de bons et loyaux services, je pense.

Flaw sourit.

– Bons et loyaux services, je n'en doute pas une seule seconde. Mais à quelle cause exactement ?

– Que voulez-vous dire ?

– Deinthel est un traître. Pire, c'est un espion ! La police soviétique a fait son devoir en l'arrêtant. Et vous ? Travaillez-vous comme lui pour l'OSS ou le FBI ?

Monti sentit sa bouche s'assécher. Les muscles de sa gorge se nouèrent, rendant pénible toute déglutition.

– Nous ne savons rien des activités du camarade Deinthel, expliqua-t-il. Vous pouvez fouiller nos chambres et nos affaires, vous ne trouverez rien de compromettant.

– Je vous remercie de votre proposition, mais c'est une formalité qui a été exécutée depuis l'instant où vous êtes entrés dans cette pièce. Effectivement, nous n'avons rien découvert de suspect dans vos valises. Hormis des cigares de prix, des bouteilles d'alcool et, dans les malles du camarade Lemona, des vêtements bien luxueux pour un soi-disant prolétaire de Brooklyn.

Du coin de l'œil Monti fusilla Bubble qui se tassa sur sa chaise et s'abîma dans la contemplation de ses souliers.

– Je n'ai pour l'instant que des soupçons. Nous allons donc vous séparer du reste du groupe. Là où vous serez conduits, vous ne pourrez communiquer avec personne. Vous y resterez sous surveillance jusqu'au départ des autres membres de la délégation. Nous vous remettrons dans l'avion à ce moment-là. À la condition, bien sûr, qu'aucun élément nouveau n'ait fait surface qui nous contraigne à prolonger substantiellement votre séjour en Union soviétique. Vous saisissez l'allusion, bien sûr ?

Monti hocha la tête tandis que des hommes de la sécurité les prenaient par le bras pour les conduire, lui et Lemona, hors de l'hôtel et les faire monter dans deux voitures banalisées. Les Américains en descendirent pour pénétrer dans l'immeuble de la place Loubianka qui abritait les services secrets staliniens. L'aube se levait à peine. Une pluie glacée tombait. Monti passa là deux jours sans visite ni nouvelles, recluş dans une cellule à peine plus confortable que celle qu'il avait fréquentée, quelque trente ans plus tôt, dans la prison de Blackwell's Island. Deux fois par jour, à six heures du matin et à six heures du soir, on lui apportait un repas composé d'un quart de litre d'eau, d'une soupe aux pois, d'une pièce de lard avec plus de gras que de viande, et de la moitié d'une pomme flétrie. Il aurait pu se croire dans un monastère tant l'atmosphère était silencieuse. Les murs épais étouffaient tout bruit. Entre les barreaux de la lucarne, Monti ne voyait qu'un bout de ciel dans lequel ne volait aucun oiseau. Passant son temps à dormir tout habillé sur son grabat, il espérait de toute son âme que Deinthel ne livrerait pas le secret de son identité aux Soviétiques. Si par malheur cela devait arriver, il savait qu'il ne reverrait jamais l'Amérique. Au cours de ces longues heures d'isolement total, il se revit, enfant, courant dans les collines de Sicile. Il revit le visage rieur de sa grand-mère, la bonne Giuseppina, et celui, beau et tendre, de sa mère, Leonora. Comme s'il était encore sur le pont du bateau, il ressentit l'émotion qui l'avait étreint quand il avait découvert Ellis Island et la statue de la Liberté dans la rade de New York.

– Comment t'appelles-tu ? lui avait demandé le douanier.

– Luigi, monsieur. Luigi Monti.

– Je vais inscrire Lewis plutôt que Luigi. Cela fera plus américain, qu'en dis-tu ?

– Cela me semble bien, monsieur…

Lewis Monti ! Cela faisait presque cinquante ans qu'il portait ce nom. Cinquante ans d'aventures et de drames. Cinquante ans de gloire et de tragédie. Un demi-siècle pour écrire l'histoire d'un gamin sans le sou traînant dans les rues qui, à force de coups donnés ou reçus, était devenu l'un des plus importants personnages de la mafia de la côte

Est, un roi de la pègre… Un roi incontesté, jusqu'au jour où s'était dressée devant lui la silhouette vénéneuse de Laüme Galjero, une sorcière comme il n'en avait jamais connu. Ce monstre qui lui avait pris son fils et sa femme. C'était une créature infernale qui savait faire revenir les morts du plus profond des limbes sur la terre des vivants. Ce démon l'avait contraint au plus abject des accouplements, là-bas, dans une baraque délabrée sur le port… Depuis qu'il s'était réveillé nu, pantelant, sur le sol brut du Cabaret Flanders, Monti avait tenté par tous les moyens de s'abstraire du souvenir cauchemardesque de cette nuit où, agité comme une marionnette par le colossal Maddox Green, il avait dû s'enfoncer contre sa volonté dans les entrailles de la Galjero. Il s'était efforcé de croire que cela n'avait été qu'un délire, une fantasmagorie de son esprit égaré par la douleur et l'impuissance, mais il savait qu'il se mentait. La scène avait eu lieu, indiscutablement… Là, enfumé entre les murs de sa geôle moscovite, il ne pouvait plus échapper à cette évidence, et cette pensée le torturait.

Quand la porte s'ouvrit et qu'on vint le chercher sans ménagement, il n'en éprouva pas de crainte. Il était heureux que prenne fin sa solitude et que le réel, de nouveau, s'impose face aux fantômes du passé. La raison, aussi sordide soit-elle, l'emportait sur l'impossible… Sans résister, Monti se laissa donc mener à travers un dédale de couloirs jusque dans les étages supérieurs du bâtiment. On ne l'avait pas entravé. Dans le reflet d'une porte vitrée, il se vit mal rasé, l'œil terne, les rides creusées. Sa silhouette était presque celle d'un vieillard et il sentit une énorme fatigue s'abattre sur ses épaules. On le fit asseoir dans un bureau spacieux et confortable où siégeait un homme qu'il n'avait jamais vu. C'était un type d'une bonne quarantaine d'années, élégant, mieux habillé que n'importe quel Russe qu'il avait croisé jusqu'ici. Sa main tenait un paquet de Benson & Hedges. Souriant, l'inconnu lui tendit une cigarette.

– Mon nom est Wolf Messing, monsieur Monti. Je parle anglais assez correctement mais je ne suis pas parfaitement bilingue. Vous me pardonnerez donc les erreurs de syntaxe que je pourrais commettre.

Monti prit la cigarette et se pencha pour l'allumer à la flamme du briquet de Messing.

– Vous vous exprimez parfaitement, monsieur Messing. Nul doute que nous parviendrons à nous entendre.

– Je le souhaite vivement, monsieur, repartit Messing en accentuant encore son sourire. Je crois qu'il y va de notre intérêt à tous.

– Posez vos questions et j'y répondrai de mon mieux, soyez-en certain.

– Oh ! Je ne crois pas que notre relation se limite à un simple jeu de questions-réponses, répliqua l'autre en tirant une bouffée de tabac blond. Ou du moins, nous devrons certainement croiser questions et réponses. Voyez-vous, monsieur Monti, le cas qui nous occupe est très particulier. Nous ne serons pas trop de deux pour le démêler.

– À quoi faites-vous allusion, monsieur Messing ?

– À Dalibor Galjero, bien sûr… Mais, avant que nous poursuivions, permettez-moi de vous adresser cette simple requête : cessons là les dénégations et circonlocutions en tout genre, voulez-vous ? Je sais déjà beaucoup de choses sur vous. Sebastian Deinthel a parlé. De même que le professeur Bogan Rodion. Nous savons ce que vous êtes venu chercher à Moscou… ou plutôt *qui* vous êtes venu voir. Nous en avons la preuve. Donc économisons du temps, voulez-vous ?

– Vous avez arraché des aveux à ces pauvres types par la force ?

– Par la force ? Certes, non ! Deinthel et Rodion ont parlé de leur plein gré. Une grande volubilité… Voyez-vous, je dois vous expliquer. C'est là ma touche personnelle, mon petit talent, mon gagne-pain en somme. Je ne contrains pas aux aveux. Je les obtiens par la persuasion, l'amitié, la douceur… Je tiens du serpent, non du gorille ou du lion. Oui, oui, je vois, cela vous fait sourire… Peut-être serai-je bientôt obligé de pratiquer mon art sur vous, mais cela me demande une dépense d'énergie considérable et, étant un homme paresseux par nature, je vous serais très obligé de m'épargner cette fatigue. Parlons donc tranquillement et à cœur ouvert. Ainsi donc, monsieur Monti, vous cherchez à rencontrer Dalibor Galjero. Pour quelle raison ?

Monti ignorait si Messing était une sorte d'hypnotiseur comme il semblait le soutenir, et s'il commençait déjà à opérer sur lui bien qu'il s'en défende, mais il sentait son esprit s'ouvrir inexplicablement aussi largement que les vannes du Hoover Dam. Soudain détendu, ne ressentant plus ni faim ni soif, et laissant sa cigarette se consumer au bout de ses doigts, il s'entendit raconter dans les grandes lignes son histoire personnelle, comme s'il ne maîtrisait plus sa langue. Messing ne l'interrompit pas. Lorsque enfin Monti sentit qu'il reprenait barre sur lui-même, il vit que le cendrier était rempli d'une bonne vingtaine de mégots écrasés… Messing se leva pour prendre une carafe d'eau, lui tendit un verre et attendit que le Sicilien se soit désaltéré pour livrer son verdict.

– Monsieur Monti, je suis infiniment heureux de vous avoir rencontré. Sachez, premièrement, que l'histoire de votre vie est l'une des plus extraordinaires que je connaisse – et vous m'accorderez que je suis un expert en ce domaine. J'ai eu moi-même plusieurs vies. Celle que je mène actuellement n'est peut-être pas la dernière… Mais fi des considérations personnelles ! Passons à plus important. Malgré les apparences, je ne suis pas votre ennemi, monsieur Monti. Et je crois que je peux vous aider dans votre quête, comme vous pouvez m'aider dans la mienne.

Interloqué, Monti voulut planter son regard dans celui de Messing mais, au dernier moment, son instinct le dissuada de fixer intensément les yeux noirs de l'agent du NKVD.

– Apprenez-moi comment c'est possible, dit-il seulement en détournant le visage.

– J'ai la réponse à la question que vous vous posez concernant Dalibor Galjero. Je sais pourquoi il a voulu revenir en Russie.

– Revenir ?

– Mais oui ! Nos amis communs, les Galjero, ont eu des vies bien plus longues qu'à l'ordinaire. Dalibor a beaucoup voyagé... Il a fait maintes rencontres intéressantes, dont une, ici, il y a un peu plus de trente ans, sous le tsar Nicolas II. Trente ans ! Une goutte d'eau à l'échelle du temps. Et pourtant, c'était un tout autre monde à l'époque. Que faisiez-vous il y a trente ans, monsieur Monti ? Vous veniez d'assassiner Nalfo Giletti et vous apprêtiez à être consacré par *don* Balsamo à la tête de votre propre famille, c'est bien cela ?

Monti tourna à nouveau son regard vers Wolf Messing qui feuilletait les notes qu'il avait prises pendant la confession de l'Américain.

– Oui, avoua Monti à voix basse. Il y a trente ans... Il y a trente ans... C'est si loin...

– Certes, mais pas si l'on considère les choses à l'échelle du temps des Galjero, corrigea Messing. Pas si vous connaissez leur aventure comme je la connais...

– Ils vous l'ont confessée ? Tous deux ?

– Non. Dalibor seul nous l'a livrée. Mais je peux vous la faire entendre. Le voulez-vous, monsieur Monti ?

Alors, comme le général Alantova le faisait parfois pour elle-même dans la solitude de son appartement boulevard Petrovski, Wolf Messing enfonça du pouce le bouton d'alimentation d'un gros appareil d'enregistrement pour écouter une fois encore Dalibor Galjero se raconter...

Second Livre
de Dalibor Galjero

Quai d'Orléans

Je n'étais plus qu'un murmure de vie à peine audible, et elle m'a entendu. Elle, Laüme…

On m'avait pendu haut et court, on avait livré mon corps au vent et à la tempête, après m'avoir jugé coupable de meurtres dont Bucarest n'avait jamais gardé trace dans ses archives. Mieux que le joueur de flûte de la légende, j'avais mené une horde de rats et l'avait laissée faire œuvre de haute justice : sous mon commandement, les bêtes avaient dévoré vivants mon père et mes jeunes sœurs, coupables tous trois de s'être laissé corrompre par l'ivrogne Forasco.

Mon père, Isztvan Galjero, était un rebut, une épave répugnante… l'ultime descendant d'une lignée déchue initiée jadis par un guerrier pourtant si vaillant qu'un esprit à la silhouette de femme s'était attaché à lui pour le guider et le protéger. Mais cet esprit faisait payer son amour à un prix exorbitant – le prix du sang des innocents… Le guerrier s'était acquitté de sa dette, et son fils après lui, Dragoncino, condottiere sensuel et brutal promis aux plus hautes destinées mais devenu fou après qu'une pointe d'acier eut percé son crâne. Fou ! Fou à ne plus savoir parler. Fou à jeter dans le ventre d'une bohémienne une semence corrompue, tout juste bonne à transmettre ses tares à des générations de Galjero, dont j'étais, moi, Dalibor, le point final…

– Il faut encore que tu saches de quelle tourbe tu viens pour comprendre qui tu es vraiment et ce que j'attends de toi, m'avait dit Laüme en me prenant dans ses bras. Je n'ai jamais revu le second fils de Dragoncino. Je savais pourtant qu'il était en vie. Comment a-t-il grandi ? Je l'ignore. Il a sûrement été protégé par Lobo… Et je préfère ne pas savoir comment il a perpétué la lignée. Après cet enfant, il y en eut un autre. Et un autre. Et puis encore un autre… Le sang des Galjero avait beau être perverti, il n'en était pas moins vivace. Même sans moi, ta famille s'accrochait à la vie. Je ne sais combien d'héritiers il a fallu pour effacer peu à peu la marque de la folie dans votre sang, je n'en ai connu aucun. Jusqu'à toi…

– Et moi ? Pourquoi es-tu venue à moi ? Pourquoi m'as-tu sauvé ? Qu'espères-tu ?

Laüme était toute proche de moi dans l'obscurité. Pour percer les ténèbres, nous n'avions que la lueur orangée d'un tronçon de chandelle dans une lanterne de fer. La flamme suffisait pourtant à illuminer ses traits. Un instant, j'observai sa bouche délicate, ses yeux gris brillants comme la lune, ses longs cheveux blonds encadrant son fin visage… Elle était en tous points semblable à l'image qu'avaient gardée d'elle Galjero et Dragoncino : une apparence d'esprit subtile, une délicatesse de statue de porcelaine, la légèreté d'une colombe et pourtant la force d'une chaîne en acier…

Un parfum de tubéreuse flottait autour d'elle. Cette fragrance insolite, mêlée à d'autres notes inconnues, emplissait mes poumons comme un baume et me faisait revivre.

– Pourquoi ? lui demandai-je à nouveau. Pourquoi être revenue vers moi et m'avoir tiré du néant ?

– Parce que tu es le dernier, Dalibor. Si je n'avais opéré sur toi le grand mystère de la résurrection des morts, les Galjero auraient disparu à jamais. Je ne pouvais laisser survenir une telle chose. Je veux que revive l'antique serment. Je me suis liée à ton sang, Dalibor. J'ai noué de plein gré ma destinée à celle de ta lignée. Même au long de tous ces siècles, c'est une alliance que je n'ai jamais oubliée. Regarde !

Tendant la main devant moi, elle me montra la bague que mon ancêtre avait découverte dans l'île aux Serpents. L'anneau n'avait pas quitté son doigt depuis le jour où elle l'avait réclamé comme sceau de leur union.

– Ce signe témoigne un engagement que je ne renierai que si tu me déçois ou si tu me trahis. Mais cela n'arrivera pas, n'est-ce pas, Dalibor ? Promets-le-moi…

– Non, assurai-je dans un filet de voix. Je t'en fais le serment.

Avec un doux sourire, Laüme prit mon visage entre ses mains et m'embrassa tendrement. C'était la première fois que ma peau était effleurée par une femme et que je recevais un baiser. J'en conçus un vertige et une volupté si forte que j'en tremblai.

– Allons, me dit Laüme, amusée par mon trouble, il est l'heure pour toi de revenir vers les vivants. Ton destin est de faire ton chemin dans leur monde et de leur imposer ta volonté. *Notre* volonté… Viens !

Elle me prit par la main et me mena au-dehors. Mon corps ne me faisait pas souffrir, mon esprit était calme et je me sentais plus heureux que je ne l'avais jamais été. Le miracle de ma renaissance ne me surprenait ni ne m'effrayait ; c'était comme une évidence. Toute angoisse m'avait quitté.

Nous avançâmes le long d'interminables couloirs éclairés par quelques flambeaux crépitants. Où étions-nous ? Dans la crypte d'une église ? Dans un monastère ou un château ? Jamais je n'avais vu cet endroit, et cela m'importait peu. Seule comptait désormais Laüme. Elle m'avait tiré de la mort et m'avait fait naître une seconde fois. Elle était ma mère, et je savais qu'elle allait devenir ma maîtresse et mon épouse. Dans sa longue robe de soie sombre et crissante, on aurait dit mon âme qui marchait devant moi pour me conduire hors des Enfers…

Nous passâmes sous des arches de pierre et traversâmes des salles voûtées au sol usé par les siècles, puis, après un escalier aux marches verdies par l'humidité, Laüme poussa une épaisse porte de chêne. Une lumière dorée d'aube claire frappa mon visage sans m'éblouir. Sur le chemin attendait une berline de voyage attelée à quatre chevaux impatients.

– Nous quittons la Roumanie, m'annonça Laüme lorsque nous fûmes installés à l'intérieur du véhicule. Ton visage est trop connu à Bucarest. Nous y reviendrons peut-être plus tard, dans vingt ou cinquante ans. Le temps n'a plus guère d'importance désormais…

– Suis-je immortel ? demandai-je avec naïveté. Vivrai-je auprès de toi pour toujours ?

– La mort demeure une menace pour toi, Dalibor. Mais nous travaillerons à remédier à cet état. Cela exigera de ta part beaucoup d'efforts et de sacrifices. Je serai là, néanmoins, pour te guider et te récompenser de tes peines. L'immortalité, je ne puis te la donner, mais j'ai appris la manière dont tu peux la gagner.

– Comment ?

– Tout doux, mon ami. Je souhaite que tu vives un peu ta vie d'homme avant de t'engager dans cette voie. Tu es jeune, presque un enfant encore. Et tu ne sais rien du monde. Tu n'es pas curieux de connaître notre destination ?

Enfiévré par la beauté de Laüme et par les perspectives insensées qui s'offraient à moi, je n'avais même pas songé à m'inquiéter du terme de notre voyage.

– Où me conduis-tu ? interrogeai-je pour lui complaire.

– Mais en France, mon cher ! Et même mieux que cela : à Paris !

J'entendis claquer au-dehors le fouet du postillon et la voiture s'ébranla. Je restai longtemps silencieux. Laüme me regardait avec patience et douceur mais, moi, je n'osais l'observer. Une sorte de mélancolie m'avait envahi... Elle était belle et j'étais dévoré du désir de la toucher, de me blottir contre elle et de sentir le grain de sa peau frissonner sous mes mains. Mon cœur en battait la chamade. Pourtant, de toute la force de ma volonté, je repoussai les images d'étreintes qui se formaient dans mon esprit et le polluaient d'envies violentes. Le souvenir de ce qui m'était arrivé à la vue de Flora Ieloni dévêtue dans l'arène me hantait encore. J'avais peur d'être trahi par mon corps et, sous aucun prétexte, je ne voulais revivre une telle humiliation. Aussi me forçai-je à regarder le paysage par la fenêtre. Cette lutte contre moi-même, cette tension que je m'imposai pendant les longues heures de ce premier voyage en compagnie de Laüme firent bientôt naître une sourde mélancolie en moi. J'eus envie de pleurer, et il fallut que je puise dans mes dernières ressources pour ne pas fondre en larmes devant ma bienfaitrice.

Enfin, la nuit tomba et nous fîmes halte dans une auberge de bon aloi où l'on fit grand cas de notre présence. On donna à Laüme la meilleure chambre ; à moi, une pièce petite mais confortable où ronflait un grand feu. Dans le miroir suspendu au-dessus de la cheminée, j'aperçus mon reflet, qui me terrifia. Mes vêtements – ceux que je portais lorsque le bourreau m'avait suspendu à la potence – étaient sales et déchirés, mes cheveux répugnants de crasse, et un cercle sombre enserrait mon cou là où la corde avait écrasé ma trachée et rompu mes vertèbres. M'approchant de la glace, j'ôtai mes vêtements et examinai soigneusement mon corps. J'étais maigre et j'avais le teint cireux. Les côtes saillaient sous ma peau. Un instant, je doutai d'être en vie. N'étais-je pas plutôt un spectre, un esprit ? Je tendis les mains vers les flammes du foyer et en sentis la chaleur. Cela m'apaisa... M'aspergeant d'eau, je tentai de me rendre présentable mais tous mes efforts furent vains. Laüme entra dans la chambre alors que je frottais frénétiquement la marque du nœud coulant.

– Cette trace s'effacera d'ici à quelques jours. En attendant, laisse-moi prendre soin de toi.

Laüme fit mander un valet. D'une petite malle qu'elle avait fait apporter, l'homme tira de quoi me raser et me coiffer. Docile, je m'installai sur une chaise pour qu'il coupe mes épis et passe ma barbe à la lame. J'enfilai ensuite la culotte, la chemise, le gilet et la jaquette qu'il me présenta. Jamais je n'avais porté de vêtements aussi bien coupés et aussi chatoyants. Tout me convenait à la perfection. Chaussé de hautes bottes de voyage, une lavallière négligemment nouée autour du cou, c'est à peine si je me reconnus lorsque je m'observai de nouveau dans le miroir. Laüme elle-même parut satisfaite.

– Tu es beau, Dalibor, dit-elle en me fixant intensément. Il me semble retrouver en toi tout ce que j'ai aimé chez Galjero et Dragoncino. En dépit des mauvais rameaux qui vous séparent, tu as su conserver la promesse de leur force.

Le compliment me flattait, mais je doutais de le mériter.

– Je ne suis pas un guerrier. Je serais incapable de te prouver ma valeur sur un champ de bataille.

– Si nous n'en trouvons pas à ta mesure, je t'inventerai des guerres, m'assura Laüme, amusée. Cela fait partie du jeu…

– Et quoi d'autre, encore ? demandai-je.

– Quoi d'autre ? Mais moi, bien sûr ! Je fais partie du jeu ! J'en suis même à la fois l'ordonnatrice et le lot ! L'inspiratrice et la récompense !

Glissée derrière moi, Laüme passa ses mains autour de mon cou, fit descendre ses paumes sur ma poitrine et pressa son torse contre mon dos. Ronronnant comme une chatte, elle agaça longuement ma nuque en y plantant ses petites dents.

Le cocher comprit qu'il lui fallait s'éclipser. Laüme tira aussitôt le loquet. Une flamme ardente brillait dans son regard. Cette flamme, je l'avais déjà vue : c'était la lueur de lubricité qu'ont les femmes lorsqu'elles abandonnent toute contenance pour s'adonner à la débauche. D'instinct, je détournai la tête et fermai les paupières, si bien que je ne vis rien d'elle lorsqu'elle se dénuda pour s'offrir. Rien de sa beau blanche immaculée, rien de ses beaux seins aux pointes roses, rien de ses cuisses longues et parfaites… Lentement, elle me dévêtit, me susurrant des mots d'amour, des mots de force et de consolation. Je fus bientôt nu devant elle à mon tour mais je refusais toujours de la regarder. Ses paumes me massaient, ses doigts m'effleuraient et sa bouche se posait sur moi. Je sentis sa langue aller et venir sur ma poitrine, puis mouiller mon ventre et descendre plus bas, toujours plus bas… Adossé au mur et livré à elle, j'étais comme un prisonnier rivé à la muraille de la forteresse. Le plaisir et la terreur tout ensemble forgeaient mes chaînes, et il n'y avait rien que je puisse faire pour briser l'engourdissement qui me paralysait. Puis une chaleur nouvelle monta autour de ma verge. Un instant très bref, mon pénis se dilata et le sang afflua si fort que j'en eus grande douleur. Je rouvris les yeux. Laüme était à genoux devant moi, belle et patiente, active et aimante… Mais au lieu de me vivifier, ce tableau provoqua chez moi le reflux immédiat de toute énergie, mon membre fondit et se mît en repos ; en quelques secondes à peine, il ne fut plus qu'un vermisseau inerte. Moi qui avais tant redouté l'explosion adolescente, incontrôlée et humiliante de mon plaisir, voilà que j'étais victime au contraire d'une impuissance tout aussi fâcheuse. Une fois encore, la honte me submergea. Le rouge me monta aux joues et des perles de sueur roulèrent sur mes tempes. Laüme eut beau tenter tout ce qu'elle put pour y remédier, rien n'y fit. Ni ses caresses appliquées, ni l'exposition des plus intimes secrets de son anatomie ne purent stimuler ma virilité. Pis encore, plus elle insistait, et moins l'élan me venait pour la prendre. Une sorte d'ennui même, une lassitude, un dégoût envers cette chair étalée, trop facilement offerte. À la fin, la situation apparaissant sans espoir, je ne pus m'empêcher d'exprimer clairement ce désintérêt. Blessée par le rejet dont, pour la première fois de son existence, elle était victime, Laüme me quitta sans un mot, sans un reproche, mais cette froideur extrême était pire qu'une véritable scène.

De retour dans sa chambre, de l'autre côté du palier, j'entendis qu'elle brisait miroirs et pots de faïence, renversait les meubles sur le plancher, criait de rage dans une langue inconnue de moi. Le tintamarre réveilla toute la maisonnée. Le cocher rétribua largement le maître d'auberge pour le dédommager sur-le-champ des contrariétés qu'il subissait, et le silence se fit enfin.

Recroquevillé contre l'âtre, j'attendis l'aube sans pouvoir dormir. Mon trouble était absolu. Hier encore, à la même heure, je n'étais qu'un cadavre voué à servir de festin aux mouches et aux vers. Aujourd'hui, j'étais à nouveau en vie, et une sorte de fée, une créature impossible, attendait de moi quelque agissement héroïque que je savais hors de portée. Laüme me voulait lion mais je n'étais – au mieux – qu'un rat, un des sujets sans éclat du roi des rongeurs auquel Raya m'avait fait prêter allégeance autrefois. Et on venait de me faire cadeau d'un destin bien trop grand pour moi…

*

La suite de notre voyage vers Paris souffrit inévitablement du fiasco du premier soir. Le second jour, nous ne nous parlâmes presque pas. Nous ne fûmes guère plus loquaces au cours du troisième. Assis face à face dans la calèche, nous évitions même de croiser le regard. Laüme, je crois, commençait à douter de mes capacités à combler ses vœux et regrettait peut-être d'avoir tant œuvré pour ma résurrection. Moi, je ne savais que dire, et la révélation de mon impuissance pesait comme une fonte sur mes épaules et sur mon cœur. La pensée de ma lignée dégénérée m'obsédait et je ne parvenais pas à m'imaginer par quel miracle je pourrais rattraper à moi seul le handicap de tant de générations polluées par la démence de Dragoncino.

Au travers des lucarnes de la berline, le paysage se modifia. Nous passâmes la Hongrie et entrâmes en Autriche. À chaque halte, nous soupions dans nos chambres respectives. Le repas achevé, je demeurais longtemps assis dans un fauteuil à ne rien faire, attendant que Laüme vienne me rejoindre. C'était à la fois un espoir et une crainte, mais cela ne se produisit point. Mes nuits demeuraient solitaires. Au matin, nous nous retrouvions à l'instant d'embarquer dans la voiture et la longue épreuve de la journée silencieuse recommençait jusqu'à l'étape suivante. Laüme s'enroulait dans un plaid de fourrure et faisait mine de dormir. Je savais néanmoins qu'elle m'observait à travers ses paupières mi-closes. Même dans la pénombre de l'habitacle, je sentais son regard posé sur moi. Plus les jours passaient, et plus il me semblait que ce regard se durcissait. Après Vienne, de longs soupirs s'ajoutèrent aux reproches muets. Laüme paraissait de plus en plus nerveuse, fébrile, et son irritation, palpable, achevait de me paralyser.

Un soir, alors que nous étions dans un relais à une quarantaine de lieues de Munich, je ne touchai pas à mon repas et réclamai un second flacon de vin afin de noyer mes appréhensions et mon ressentiment dans l'alcool, mais le breuvage, loin de m'étourdir, m'échauffa les sangs. La colère venant, je me crus soudain assez fort pour m'imposer à Laüme. Seule ma passivité, j'en étais maintenant persuadé, était à l'origine du courroux de la fée. Les premiers Galjero étaient des hommes forts, audacieux, entreprenants ; elle attendait à l'évidence que je me montre digne d'eux... Alors, maladroitement toiletté, parfumé à l'excès pour cacher les vapeurs d'alcool qui flottaient autour de moi, j'allai frapper à sa porte. Personne ne répondit. Je frappai encore. Dans l'ombre du couloir, une voix sourde gronda :

– Madame n'est pas visible. Allez vous coucher, Monsieur.

C'était notre cocher boiteux qui, tel Cerbère aux portes des Enfers, avait pris position près des appartements de sa maîtresse. Son poing serrait un long nerf de bœuf tressé d'éclats de plomb. J'aurais dû lui répondre, tenter de me rebiffer, mais sa silhouette était si impressionnante, son ton si impérieux que mes épaules se tassèrent et que toute ma belle énergie m'abandonna d'un coup. L'homme me prit par l'épaule et me raccompagna comme on reconduit prestement dans sa chambre un galopin après une incartade. Me sentant piteux et misérable, j'éclatai en pleurs sans retenue devant lui. Murmurant quelque vaine consolation à mon oreille, il finit par lâcher :

– Si vraiment il vous faut voir Madame, je sais où elle se trouve...

– Dites-le-moi, je vous en prie, m'écriai-je aussitôt.

– Faites-moi cependant le serment de ne lui en souffler mot.

Je jurai les grands dieux de garder le secret.

– Venez donc..., m'enjoignit-il.

Nous descendîmes sur la pointe des pieds jusqu'à l'étage inférieur. Je portais une chandelle. Le cocher en pinça la mèche à l'instant où nous marquâmes un arrêt devant une porte très ordinaire.

– Madame est ici, souffla-t-il. Peut-être pourrez-vous l'apercevoir si vous jetez un coup d'œil par le trou de la serrure...

Il y avait dans ses propos tant de fiel dissimulé sous la douceur, tant de méchanceté derrière un semblant d'amitié que, naïvement, je ne soupçonnai rien du piège qu'il me tendait. Stupidement, je collai donc mon œil à l'orifice. L'angle de vue était parfait. Droit devant moi, se trouvait un lit fortement éclairé par un grand feu de cheminée. Et dans ce lit, Laüme livrait son corps aux caresses d'un inconnu. Cette vision fut comme une brûlure et je me reculai aussitôt. Mes larmes reprirent de plus belle. Le cocher étouffa un rire.

– Madame est exigeante. Elle a des besoins. De grands besoins. Elle déteste se priver. Vous faire revenir d'où vous étiez lui a demandé des efforts dont elle attendait récompense. Elle prend donc chez d'autres ce que vous faillissez à lui donner. C'est aussi simple que ça ! Sur ce, je vous souhaite la bonne nuit, Monsieur…

Le type me quitta sans plus de commentaires, et je remontai dans ma chambre, la gorge nouée et le cœur au bord des lèvres, torturé par une incommensurable, une térébrante jalousie…

*

Le reste du périple jusqu'à Paris fut un enfer. À l'étape, chaque soir, je le savais, Laüme s'offrait à des rencontres de hasard, ce qui m'était odieux. Mes nuit étaient des drames, mais une force – ou plutôt un vice plus puissant que ma volonté et que ma peine – me poussait à rôder autour de l'endroit où Laüme se livrait à ces turpitudes. Le cocher m'attendait pour m'y mener. C'était comme un rituel cauchemardesque répété jusqu'à la nausée. J'avais beau être incapable de m'attarder plus d'un instant à ces spectacles horribles et fascinants, ce que j'en percevais témoignait à chaque fois de plus d'impudeur et de licence. La perversité de Laüme semblait sans fond. Je la vis à l'œuvre avec des bourgeois et des capitaines, des étudiants et des ouvriers, et jusqu'à un abbé et son bedeau de retour d'une visite à leur évêque, tous voyageurs émerveillés, trop heureux de l'aubaine… Mes yeux salis par ces frasques immondes, je demeurais prostré. Le cocher, lui, se goinfrait des saynètes et s'amusait à m'en faire des commentaires détaillés… Le jour, dans la calèche, je demeurais silencieux et absent. Je laissais passer les heures dans une indifférence devenue par la force des choses mon seul refuge. Mon avenir ne m'intéressait plus. Chaque seconde de mon existence me semblait détachée de la précédente et résolument étrangère à la suivante, ce qui était la seule manière de conserver un semblant d'équilibre…

Enfin, nous franchîmes les portes de Paris. Au matin d'un dimanche, alors que les cloches de Notre-Dame battaient à toute volée pour célébrer la fin de la grand-messe, nous longeâmes la Seine jusqu'à l'île Saint-Louis, où le cocher fit arrêter l'attelage à l'angle du quai d'Orléans et de la rue de la Femme-Sans-Tête. Laüme possédait là un vaste hôtel particulier où elle avait fait préparer pour moi des appartements, trois pièces claires décorées de mobilier français. De mes fenêtres, j'apercevais la coupole du Panthéon et l'eau du fleuve où voguait une flotte de navires marchands ravitaillant la capitale en convois continus. Toute ces beautés me semblaient pourtant sans charme et sans couleur. Je ne voyais là que le lieu assuré de nouvelle humiliations, de nouvelles souffrances.

Lorsque ses malles furent défaites, Laüme me fit appeler. Elle me reçut comme elle l'aurait fait d'un étranger, non dans sa chambre. ni même dans son boudoir, mais dans un bureau qu'elle réservait aux questions d'administration courante.

– Je t'ai bien observé pendant notre voyage, Dalibor, me dit-elle sur un ton doctoral. Tu es encore un enfant. Tu n'as aucune expérience du monde et des êtres. Tu réagis donc avec excès et maladresse quand j'attends de toi mesure, maîtrise et décision. Dominée, ta sensibilité pourrait cependant se transformer en véritable force, j'en suis persuadée. Tu vas donc devoir travailler à cela, mon garçon. C'est la tâche que je t'assigne.

Ces paroles furent comme une ondée bienfaitrice métamorphosant soudain le désert en un jardin luxuriant. Une joie profonde explosa dans mon cœur. Ainsi donc, Laüme avait des projets pour moi ! Elle ne m'avait pas rayé de sa vie, comme je l'avais tant redouté ! Tout, oui, tout était encore possible !

– J'apprendrai tout ce que vous voudrez m'enseigner, promis-je avec ferveur, en la vouvoyant pour bien marquer le respect que je voulais lui témoigner.

– Avant de m'occuper de toi personnellement, je veux te confier à deux précepteurs très estimables. Tu te dégrossiras avec eux, puis nous passerons ensemble à des savoirs plus intéressants. Mais chaque chose en son temps. Dès demin, M. Syllas te donnera ta première leçon.

Je voulus protester, assurer que je ne tolérais qu'elle comme instructrice et que je refusais tout autre maître, quels que puissent être leurs compétences et leurs certificats, mais ma révolte, encore une fois, tourna court. Congédié, je m'en retournai dans ma chambre en n'ayant d'autre recours que de prendre mon mal en patience.

Le lendemain, bien avant l'aube, alors que je dormais profondément, une main ferme me secoua pour me réveiller.

– Debout, monsieur Dalibor ! Je déteste les paresseux et nous avons beaucoup à faire, assurément !

Dans son habit noir impeccablement coupé, M. Syllas aurait pu ressembler à un curé, si n'avaient brillé dans ses yeux les éclats de douce malice qui, au grand jamais, n'égayent le regard des malheureux passés par le laminoir intellectuel du petit séminaire.

Roumain arrivé à Paris dans les bagages des Prussiens après les Cent Jours, il était chargé de m'inculquer toutes les subtilités du français, premier élément indispensable, selon Laüme, à mon éducation de gentilhomme. C'était un vieux gandin d'humeur charmante à la peau pommadée et aux cheveux teints à l'encre. Grammairien et linguiste hors pair, il savait rendre sa discipline amusante en appuyant ses leçons d'exemples comiques. Cependant, malgré toute sa bonne volonté et les nombreuses heures de travail qu'il m'imposa, je me révélai un élève médiocre, peu doué pour l'apprentissage des langues. Ce n'était pas faute d'essayer, pourtant, car je ne voulais pas déplaire à Laüme, mais, en dépit des ressemblances entre le roumain et le français, mon cerveau avait toutes les peines du monde à assimiler les bases de la langue de Molière. Mes leçons commençaient aux aurores par de fastidieux exercices de conjugaison et de syntaxe, puis, vers onze heures, nous sortions pour enrichir mon vocabulaire de termes précis inspirés par nos rencontres et le spectacle des rues.

Dès son arrivée quelque quinze années plus tôt, M. Syllas était tombé amoureux de la France. Il connaissait Paris comme s'il y était né et me fit découvrir la ville avec autant d'enthousiasme que de cocasserie. J'aimais me promener avec lui, et la cité me semblait merveilleuse. Tous les jours, nous passions vers midi dans les jardins du Palais-Royal sous les ormes et les tilleuls plantés en quinconce. À la pointe d'une pelouse, nous faisions une halte devant un petit canon surmonté d'une lentille concentrant les rayons solaires. Lorsque l'astre était au zénith, le foyer de l'optique allumait la mèche de la bombarde, qui tonnait d'un coup à blanc bien rond et bien sonore. M. Syllas tirait alors sa montre de son gousset et donnait un microscopique réglage aux aiguilles. Nous allions ensuite prendre un verre de vin au Café des Aveugles, sous les arcades de la galerie de Valois. Enfin, nous nous amusions au théâtre d'ombres de M. Séraphin avant de revenir tranquillement vers l'île, où les cours reprenaient de façon plus académique.

Au bout de deux mois de ce régime, M. Syllas, contraint et forcé, dut faire l'aveu de mes médiocres progrès à Laüme. À nouveau convoqué dans son bureau, je baissai la tête tel un mauvais sujet morigéné.

– Tu fais le désespoir de ton professeur, Dalibor, cela me chagrine. Non pour lui, mais parce que nous perdons du temps. J'ai donc décidé de te stimuler d'une manière très particulière. Tu vois ceci ?

De ses longs doigts, la fée ouvrit un coffret de bois vernis posé devant elle. À l'intérieur, je vis une statuette de cire dont la face me ressemblait indiscutablement.

– C'est le premier génie familier que j'ai fabriqué pour toi. Je l'ai commencé il y a plus d'un mois, au début du dernier cycle lunaire révolu. Il était destiné à ta protection physique, mais j'ai décidé d'en modifier l'usage lorsque M. Syllas m'a rapporté la modestie de tes progrès. Il est prêt désormais. Il t'aidera à t'exprimer en français afin que tu abordes rapidement d'autres domaines.

– Comment dois-je m'y prendre ? Comment cet objet fonctionne-t-il ?

– Ce n'est pas une mécanique, répondit Laüme avec un brin d'impatience. Tu n'as rien à faire. Moi seule ai fourni l'effort de le concevoir et de le faire vivre. Contente-toi de bénéficier de ses avantages…

Perplexe, je me retirai du bureau et retournai auprès de Syllas. Il fallut encore quelques jours avant que les effets du génie des langues ne se fassent sentir mais, une fois amorcés, ils furent rapides et spectaculaires. En quelques jours, les subtilités de la conjugaison n'eurent plus de secrets pour moi, les mots, les tournures et les expressions courantes me vinrent spontanément aux lèvres sans aucun effort de ma part. Dix jours après l'activation de la statuette, je lisais couramment et commentais les poésies de Chamfort, les œuvres de Voltaire ou de Rousseau… M. Syllas m'en fit compliment, sans comprendre ce qui avait pu déclencher chez moi cette soudaine aisance.

– Votre accent est assez bon, monsieur Dalibor, dit-il pour me complimenter, et votre syntaxe est bien au-delà du convenable. J'apprécie beaucoup le soin que vous prenez à varier votre lexique. Cependant, prenez garde à articuler vos phrases. Les Français ont d'énormes qualités, mais leur oreille n'est pas musicienne. Ils ne feront pas l'effort de chercher quel mot se cache derrière la bouillie que vous leur servez.

– Je me surveillerai, maître…

Lorsque je fus suffisamment aguerri à la langue, Syllas me présenta mon second précepteur. M. Hubert était français. C'était un homme d'une soixantaine d'années, fin et élégant, vif dans ses mouvements et d'allure fort séduisante. Il avait été capitaine de cavalerie dans l'armée de Napoléon et racontait volontiers ses souvenirs de campagne. Né marquis, il avait reçu la parfaite éducation d'un jeune aristocrate voué à la même vie de cour que celle de ses aïeux. Mais la Révolution avait bouleversé ces perspectives et Hubert avait laissé passer l'orage de la Terreur et les extravagances du Directoire avant de sauter en selle derrière l'aventurier Bonaparte dès la formation de l'armée d'Italie. Galoper d'Arcole à Austerlitz et de Wagram aux Quatre-Bras l'avait doté d'une solide expérience des chevaux et des armes. Laüme l'avait choisi pour m'enseigner l'équitation, l'escrime, le tir et les bonnes manières en toutes circonstances. Vieux grognard, Hubert détestait les Bourbons mais n'était pas républicain pour autant car il rêvait de voir un jour l'Empire renaître de ses cendres à l'initiative d'un nouveau Napoléon. Pour suivre ses leçons, je n'eus cette fois besoin d'aucune aide surnaturelle. Grand familier des bêtes, je me plaisais en compagnie des chevaux et l'escrime m'amusait. Dans les allées du bois de Boulogne ou aux Tuileries, nous faisions aller nos montures dans un grand vent de poussière et de sable, avant de croiser le fer rue aux Ours – où l'homme avait ses habitudes –, dans une salle déjà fréquentée par les mousquetaires au temps de Louis XIII et Richelieu.

– Ne perdons pas notre temps au fleuret, monsieur, m'annonça Hubert dès la première leçon. Je vais vous apprendre à tuer, non à parader. En l'occurrence, le sabre et l'épée de cavalerie sont indétrônables. Commençons par la claymore écossaise. C'est un instrument redoutable qui allie lourdeur et équilibre. Mais vous devrez fortifier vos muscles afin de le manier correctement.

Dans mon poing, l'arme était effectivement pesante et il m'était impossible de la brandir plus de quelques minutes sans être épuisé.

Voyant ma médiocre constitution, Hubert entreprit de me faire manger de la viande rouge de bon matin et me contraignit à de pénibles exercices physiques. Je n'avais pas vingt ans à l'époque, tout m'était profitable. En quelques mois, je m'étoffai et me développai si bien que la claymore finit par ne pas peser plus lourd qu'une brindille entre mes mains.

Parallèlement à l'escrime, Hubert m'enseigna le tir. Il fallait à l'époque presque une minute pour garnir une arme à feu, ce qui rendait l'ancien officier fou d'impatience.

– Les fusils français sont plus précis mais beaucoup plus lents à recharger que les carabines anglaises ou les tromblons prussiens. Cela nous a coûté la victoire à Waterloo ! Je n'insisterai jamais assez sur la rapidité avec laquelle il vous faut placer l'amorce sur la platine ou enfoncer la bourre dans le canon. C'est une question de vie ou de mort…

Dix fois par jour, je devais exécuter des exercices pour améliorer mes performances. Comme Syllas dans son domaine, Hubert était un excellent professeur et il savait donner du goût pour sa matière. Sous sa férule, je devins rapidement un assez bon écuyer, un tireur précis et un bretteur passable.

– Techniquement, vous en savez maintenant autant que moi, me déclara-t-il un soir, alors que nous revenions de la rue aux Ours par le Châtelet. Seule la pratique vous fait défaut. Nul doute qu'un jour prochain l'opportunité de prouver votre valeur vous sera offerte. En attendant, j'ai reçu l'ordre de vous préparer à d'autres prouesses.

– Lesquelles ?

– Mon garçon, maintenant que vous pouvez venger votre honneur sans craindre aucun adversaire, vous devez faire votre entrée dans le monde. Nous allons pour un temps abandonner les écuries et le plancher des salles d'escrime pour le parquet des salons et le velours des théâtres. Je vais vous inculquer les manières de la haute société.

Ne pas confondre verre à vin et verre à eau, savoir que l'on ne baise jamais la main d'une dame mais qu'on l'effleure seulement, danser la valse sans perdre l'équilibre et quantité d'autres connaissances futiles constituèrent pour moi, pendant quelques semaines, de nouvelles matières d'étude. Cela ne m'exaltait pas autant que les exercices martiaux et je mettais un peu de mauvaise volonté à suivre les conseils de mon maître, ce qui faisait parfois resurgir sa rudesse d'officier.

– Vous serez toujours un peu pataud, je le crains, déplorait-il souvent. Peut-être vous faudrait-il quelques bons coups de lanière sur les côtes pour vous forcer à vous appliquer… Mais enfin, lorsque vous vous serez ridiculisé une fois ou deux et que vous entendrez les rires fuser dans votre dos, vous vous souviendrez peut-être de mes conseils. Ce n'est pas mon affaire. Quant à moi, j'estime qu'il ne reste plus qu'à vous aguerrir. Pour votre première sortie demain, nous irons au Cénacle !

– Qu'est-ce donc ? demandai-je d'un air niais.

– Le Cénacle, monsieur ? rétorqua Hubert d'une voix soudain hautaine. Mais c'est le lieu où l'esprit de Paris se construit, le salon où M. Hugo reçoit les plus beaux talents de notre époque. C'est un honneur d'y être reçu.

Le lendemain, comme il me l'avait promis, Hubert me conduisit rue Notre-Dame-des-Champs dans la demeure d'un jeune poète qui se piquait de révolution littéraire. On s'y bousculait de la cave au grenier et on ne pouvait y faire un pas sans tomber sur un exalté récitant des vers ou déclamant des répliques de théâtre. Hubert me soufflait des noms à l'oreille, mais je n'en retenais aucun. Le vieil officier avait un grand respect pour les livres et un respect plus vif encore pour les écrivains. Je trouvais une telle sensibilité curieuse et amusante chez ce vieux briscard qui pouvait pleurer en écoutant une ode. Il me présenta à M. Hugo, lequel, comme je n'avais rien à lui faire lire, ni à lui dire puisque je n'avais rien lu de ses œuvres, se désintéressa de moi en moins de temps qu'il n'en faut pour souffler une chandelle. Tandis que je froissais Hubert en le suppliant de me faire quitter cet endroit où je périssais d'ennui, un jeune extravagant me tendit la main sans façons avec un large sourire. Ses yeux sombres pétillaient de bonne humeur et d'énergie. Sa peau était étrangement mate, et ses traits les plus ronds que j'aie jamais vus.

– Je suis Dumas, me dit-il. Alexandre Dumas, auteur dramatique… Vous êtes… ?

– Dalibor Galjero, répondis-je en serrant la main du métis. Et voici M. Hubert…

– Excellent maître d'armes, je sais, commenta Dumas en saluant l'ancien capitaine. J'ai eu parfois l'occasion de mesurer l'étendue de ses talents dans la salle de la rue aux Ours. J'ignorais votre passion pour les belles-lettres, monsieur. Elle me ravit…

Hubert et Dumas échangèrent quelques courtoisies.

Dumas appela ses amis autour de lui et nous les présenta : il y avait un certain Gautier, un peintre, Delacroix, et un M. de Nerval, à l'œil fiévreux et à la tignasse ébouriffée.

– Ne trouvez-vous pas l'endroit furieusement irrespirable ? demanda Dumas après quelques minutes de palabres. Si nous allions plutôt dîner ?

Engagés d'office dans la troupe, Hubert et moi accompagnâmes ces beaux messieurs jusqu'à un restaurant des bords de Seine, où nous occupâmes un grand salon. On nous servit à profusion des huîtres et du vin blanc, des poulardes et des sauces délicates. Nous ripaillâmes entre hommes jusque fort tard dans la nuit. Ces bouillants messieurs se dénommaient eux-mêmes « Jeune France » ou « Romantiques ». Ils disaient aimer le peuple et mépriser les bourgeois, et prétendaient vivre comme des aristocrates. Leur compagnie était plaisante et gaie. À mon âge, cela me suffisait. À la fin du repas, M. Hubert nous raconta la manière dont il avait fendu la tête d'un général autrichien à Austerlitz et comment il s'était emparé du drapeau d'un escadron de lanciers russes durant la bataille de la Moskova. On fuma la pipe et le cigare, on but de l'absinthe et du cognac.

– Parlez-nous de vous, monsieur de Galjero, me dit enfin Dumas. Hormis le fait que vous semblez un brave garçon et un ami très cher de M. Hubert, nous ne savons rien de vous. Votre accent est étrange. Sous quels cieux avez-vous vu le jour et que nous vaut le plaisir de votre présence à Paris ?

– Mon nom est Dalibor Galjero, précisai-je tout d'abord. Je ne porte pas la particule.

– Peu importe, mon cher ! s'exclama Dumas. Bien qu'il en possède une, tout marquis qu'il est, M. Hubert ne l'arbore pas. Son absence ou sa présence ne marque évidemment pas la valeur d'un homme. Mais n'oubliez pas la musique de la chose. Cela sonne bien à l'oreille dans votre cas ! Allons, poursuivez, monsieur de Galjero…

En quelques phrases, je m'inventai des origines et une histoire pour justifier ma venue à Paris.

– J'ai grandi à Bucarest. J'ai été envoyé en Allemagne et en France pour parachever mon éducation. C'est ce que les Anglais nomment le *Grand Tour*, je crois. Mais Paris me plaît tant que je pense y demeurer.

– Fort bien… Écrivez-vous ?

La question m'amusa.

– Certes non. Pourquoi me demandez-vous cela ?

– Parce qu'il y a chez vous une aura étrange, ce me semble. Un parfum… ou plutôt un souffle mystérieux comme on n'en rencontre que chez les gens habitués à fréquenter l'imaginaire.

– Tu te trompes, Alexandre, corrigea aussitôt Nerval. M. de Galjero n'est pas un auteur. Il est infiniment mieux que cela : c'est un personnage ! Je l'ai senti tout de suite lorsque nous avons été présentés. Oui ! Il ferait un magnifique modèle pour un héros de roman. Il en possède à la fois la prestance et l'exotisme.

– Un héros de roman ou une figure pour mes toiles, surenchérit Delacroix en vidant son verre. Son visage est superbe. En plus jeune, il ressemble à mon Sardanapale. J'aimerais vous peindre un jour, si vous le permettez. Vous devez beaucoup plaire aux femmes, monsieur. Je vous devine fortuné avec elles.

C'était là un sujet qu'il me déplaisait évidemment grandement d'aborder. Soudain très mal à l'aise, je me sentis rougir et balbutai une phrase sans queue ni tête qui fit s'esclaffer les convives.

– Ah ça donc ! Seriez-vous donc puceau, monsieur ? me titilla gentiment Dumas.

– Il est vrai que je ne me suis jamais intéressé à ces choses, avouai-je, tout en priant le ciel pour que le sujet de conversation dévie rapidement.

Hélas, ma réponse relança l'intérêt que mes nouveaux camarades portaient précisément à ce domaine.

– Il n'est pas permis, à votre âge et possédant votre allure, d'être ignorant en ce domaine, reprit Delacroix. Voudriez-vous que nous y remédions ? Nous avons tous nos entrées dans les meilleures maisons parisiennes, et nous trouverons à coup sûr la fille de vos rêves, quel que soit votre penchant. Je vous garantis que l'affaire peut être entendue dans l'heure.

– Il est fort tard, messieurs, et je crois que nous allons vous laisser à vos frivolités, intervint aussitôt Hubert. Je suis une sorte de chaperon pour le jeune M. Galjero, voyez-vous. Ma mission est de veiller sur sa moralité. Boire et converser en bonne compagnie sont possibles, mais fréquenter les lieux que vous vous proposez de lui faire visiter, je crois que cela n'est pas encore pour lui !

– Et qui donc tient ce jeune chien de race si court en laisse ? s'étonna Dumas. Est-ce monsieur son père qui a donné ces ordres affreux ?

– Non, messieurs. C'est une dame d'une grande beauté. Et si elle le tient en bride, c'est évidemment qu'elle se le réserve…

Les galeries du Palais-Royal

Les semaines qui suivirent me trouvèrent assidu auprès des Romantiques. Delacroix partageait mon amour des chevaux ; nous montions souvent au Luxembourg ou aux Tuileries. Les contradictions, l'impertinence et la vive imagination de Dumas m'amusaient. Nerval m'intriguait et la conversation de Gautier était souvent mystifiante. Seul Hugo, chez qui nous nous rendions souvent, ne me plaisait guère : ses grands airs m'ennuyaient. Il était pourtant considéré comme un maître par beaucoup. Une aura malsaine flottait autour de lui et m'indisposait à l'extrême. Ma présence devait lui causer un malaise équivalent car il évitait lui aussi de m'adresser la parole.

– Hugo est une sorte de voyant, m'apprit Gautier alors qu'il me conseillait dans le choix de gants et de chapeaux dans la boutique d'un pelletier réputé de la rue Saint-Honoré. Moins brillant que Nerval, qui a des fulgurances insensées, mais plus ancré dans le réel. Il sait mettre ses dons à profit tandis que Gérard reste un poète dans tout ce qu'il fait. Hugo, lui, est un renard. Ses écrits ne sont jamais spontanés. Chacun de ses mots est un calcul, chacune de ses phrases une équation. Tout cela flatte et rutile, mais reste finalement bien froid et stérile.

Je ne possédais à l'époque aucune culture littéraire et me trouvais incapable de juger les œuvres de tel ou tel auteur. Je tentai de lire les textes de mes nouveaux amis mais mon esprit n'était pas encore assez formé pour comprendre les subtilités de leurs écrits et goûter les variantes de leur style.

Je m'y employai assidûment, pourtant, car il faut dire que mes journées étaient désormais composées d'oisiveté plus que d'étude. Je ne voyais plus guère M. Syllas et M. Hubert. J'allais souvent seul croiser le fer rue aux Ours ou me promener le long de la Seine jusqu'au Louvre. Quant à Laüme, je ne la voyais presque plus et ne savais au juste à quoi elle employait ses heures. L'hôtel du quai d'Orléans était si vaste que nous pouvions y vivre sans nous croiser. Quelquefois, pourtant, elle me convoquait dans son bureau pour me demander comment je me portais et si je me trouvais bien de mes leçons, mais sa sollicitude n'allait pas au-delà de ces questions. Avec le temps, ma jalousie s'était amoindrie. J'ignorais si Laüme répétait à Paris les odieux commerces qu'elle avait tenus presque devant moi lors de notre voyage de Roumanie en France et, par-dessus tout, je n'en voulais rien savoir. J'avais bien entendu parfois le cocher marquer de son pas désaxé sa présence devant ma porte à minuit mais, puisque j'avais trouvé la force de résister à son invitation muette, il n'avait pas insisté. Mes pensées, maintenant, je les tournais vers mes nouveaux camarades romantiques. Amusé par leur compagnie brillante, je pris à cette époque l'habitude de fréquenter chaque soir avec eux le théâtre ou l'opéra. Ces sorties étaient plaisantes et me divertissaient efficacement de mon obsession pour Laüme. Elles se poursuivaient fort tard par des agapes fort joyeuses où nous retrouvions de jeunes modèles des ateliers de Delacroix et des apprenties comédiennes recrutées par Dumas. Rieuses, peu farouches, ces demoiselles finissaient d'ordinaire très dévêtues dans les salons du Véfour ou du Procope où nous tenions table ouverte pour tous les poètes de la capitale. Passant plaisamment de bras en bras, embrassant à pleine bouche et laissant tâter leurs formes, elles se moquaient de moi qui restais froid à leurs œillades.

– M. de Galjero n'est pas pour vous, mes friponnes, s'amusait Dumas. Ce grand loup surgi des brumes est la propriété d'une autre. Une mystérieuse créature bien plus belle que vous, paraît-il ! N'est-ce pas, Dalibor ?

Gêné, je ne répondais pas, préférant quitter les lieux quand sonnait l'heure des débauches les plus crues.

Servant de modèle aux nymphes de Delacroix, l'une de ces grisettes se prénommait Sandrine. Son visage expressif était attendrissant de fraîcheur. Son corps gracile, peu formé, semblait celui d'une enfant. Je lus dans ses yeux qu'elle avait pour moi une attirance particulière. Chaque soir, elle s'approchait et tentait de m'amadouer. Ses sourires se faisaient tristes lorsque je m'éclipsais sans répondre et que je l'abandonnais aux mains et aux baisers des autres. Peu à peu, pourtant, je me laissai attendrir par cette fille en qui je croyais retrouver un peu de mes propres naïvetés. Nous partagions une certaine vulnérabilité, et, d'une beauté toute simple, joyeuse et piquante, elle était comme l'inverse de Laüme. Sandrine ne m'impressionnait pas. Femme, elle l'était sans morgue, sans exigence et sans cette perfection qui me rendait Laüme si glaciale, si lointaine, si impossible à mériter.

Un soir, elle me susurra des mots d'amour qui surent m'émouvoir. Dès lors je ne voulus plus la quitter. Elle me conduisit dans sa chambre, aux abords du quartier de Grenelle, où nous débutâmes de suaves étreintes qui portèrent mon esprit au rouge. Mais, malgré la folle envie que j'avais d'elle, ma verge ne se tendit pas. Que Sandrine la frotte dans ses mains, l'entoure de sa langue ou la presse entre ses seins, rien n'y fit, ma virilité demeurait en berne et ne donnait pas plus de signe d'éclat que lorsque Laüme s'était jetée sur moi dans la chambre de l'auberge roumaine. Honteux, je bafouillai des excuses maladroites et des larmes me montèrent aux yeux. Compréhensive, Sandrine me serra dans ses bras et me murmura de douces paroles de consolation. Longtemps nous demeurâmes ainsi, nos corps dénudés étroitement collés l'un contre l'autre mais contraints à une chasteté totale en dépit de notre désir douloureux.

Quand l'aube pointa, il me fallut rentrer dans l'île Saint-Louis. Je quittai Sandrine à regret, lui promettant de la revoir au plus vite et lui chuchotant mille bêtises pour flatter sa beauté mutine et la préparer à mon retour. Malgré mon impuissance, je venais de passer les heures les plus lumineuses de mon existence, et j'aurais été à deux doigts d'un bonheur parfait si j'avais été un homme ordinaire. Mais j'étais un Galjero, un homme d'une vieille lignée marquée par la faveur d'une fée puissante et dangereuse. Mes actes ne répondaient pas aux mêmes lois que ceux du commun, un juge sanctionnait mes écarts. Un juge qui avait gagné tous les droits sur moi, pour m'avoir un jour tiré d'entre les morts.

À mesure que j'avançais vers l'hôtel du quai d'Orléans, ma peur grandissait. Peur d'affronter Laüme. Peur d'avoir à répondre devant elle de mes faiblesses. Peur que, par œuvre de magie, elle n'ait déjà tout découvert de mes intentions de tromperie... Pâle et tremblant, les genoux flageolants, une sueur aigre coulant sur mes tempes, je me fis annoncer. Rajustant mon habit, renouant ma lavallière, je m'apprêtais à supporter une scène terrible. Mais Laüme ne me posa aucune question sur ma longue escapade.

– J'ai établi un nouveau programme pour toi, Dalibor, annonça-t-elle d'un ton neutre. Je serai ta tutrice désormais. Je veux faire de toi un mage. Il est l'heure de commencer ton initiation. Nous allons débuter en étudiant des rudiments d'astrologie...

De ce jour et sans autre préambule, l'essentiel de mon temps fut donc consacré à l'austère science des astres.

Laüme m'expliqua les symboles et me décrivit la course des planètes. Elle me montra comment construire un thème et comment l'interpréter. Tout cela était fort abstrait pour moi et demeurait complexe. J'avais beau m'appliquer, les notions de précession des équinoxes ou de rétrogradation me rebutaient; je confondais souvent les dessins de la Vierge et du Scorpion, mémorisais mal la nuance entre les planètes en opposition et en quinconce, butais sur l'attribution de la maîtrise des douze maisons du zodiaque. Laüme était exigeante et ne comprenait pas mon peu d'intérêt.

Comme celui de tous les mauvais élèves, mon esprit était ailleurs. Les instants passés à caresser Sandrine ne cessaient de me hanter. Chaque minute, chaque seconde, son image jaillissait devant mes yeux. Son parfum paraissait flotter autour de moi et ma bouche salivait à l'idée de se poser à nouveau sur ses lèvres. J'avais faim d'elle... Je dus pourtant attendre trois soirs avant de la retrouver dans sa chambre. J'avais prétexté une sortie au théâtre avec Dumas pour quitter quelques heures l'île Saint-Louis. Un peu meilleure que la précédente, ma prestation ne fut cependant pas assez brillante pour me permettre de consommer notre union. Ma compagne ne me tint pas rigueur de cette nouvelle faiblesse. Nous prîmes la chose en riant et trouvâmes cent façons d'oublier cette défaillance.

Avec Sandrine s'allégeait la pesanteur qui m'écrasait lorsque j'étais en présence de Laüme. Grâce à elle, il me semblait regagner un peu de ma liberté perdue. Je me crus amoureux. Lorsque je la quittai cette nuit-là, ma résolution était prise : je voulais parler à Laüme, lui avouer que je n'étais pas à la mesure de ses attentes, que ce qu'elle espérait de moi n'était pas à ma portée, et je me sentais assez de force pour rompre le pacte qui me liait à la fée. Mes arguments étaient prêts, ma décision arrêtée. Je m'imaginais tel un prince sur le point d'abdiquer pour l'amour d'une bergère, et cela m'exaltait. Je voulais mener une vie ordinaire au côté d'une femme douce sachant m'aimer pour qui j'étais et non pour qui elle voulait que je sois. Pendant trois siècles, Laüme avait vécu sans aucun Galjero. Pour quelle raison avait-elle aujourd'hui si désespérément besoin de moi ? Aucune ! J'étais au fond un être médiocre incapable d'assumer le destin trop grand auquel elle me vouait. Elle m'avait permis d'écouter l'histoire de Galjero et de Dragoncino pour me fortifier et pour effacer la honte que je ressentais lorsque je songeais à mon enfance. Elle voulait me donner des exemples à suivre, des exemples de bravoure et de vaillance, de férocité et de liberté… Mais, au fond de moi, je savais que je ne ressemblais pas à mes ancêtres. Les crimes qu'ils avaient commis au nom de Laüme, je ne me sentais pas capable de les reproduire, même pour garder son amour ou mériter la vie éternelle qu'elle m'avait promise ! Rien d'exceptionnel ne m'habitait. Aucune force. Aucun courage. Aucune volonté de puissance. Nul besoin de faste.

Convaincu que la fée se rendrait à mes arguments, je franchis le seuil de l'hôtel particulier avec la certitude de mon bon droit et me présentai malgré l'heure tardive à la porte des appartements de Laüme. Les rares domestiques encore au travail m'annoncèrent que Madame était sortie sans indiquer l'heure de son retour. Une sourde appréhension m'envahit. Je courus aux écuries. Comme je m'y attendais, la berline n'était plus là… J'attendis en vain jusqu'à l'aurore. La matinée passa. Les tasses de café que j'ingurgitai pour me tenir éveillé ne suffirent bientôt plus à enrayer mon indolence, et je m'endormis comme une masse dans un fauteuil quand sonnait la demie de trois heures. Mon esprit était embrumé de quelque rêve sans queue ni tête lorsqu'une tape assez rude me fouetta la joue. M'éveillant en sursaut, je vis Laüme devant moi, les gants à la main, debout dans la pénombre, un large manteau sur les épaules couvrant sa robe à paniers. Il faisait nuit et la pièce n'était éclairée que de quelques bougies.

– Nous sortons, me dit-elle. Prends ton frac et ton chapeau.

Le ton de sa voix ne souffrait pas de réplique. Je cherchai en hâte mes habits tandis qu'elle faisait déjà résonner les talons de ses bottines sur le parquet des couloirs. Mes résolutions concernant Sandrine étaient oubliées. Envolées. Dispersées comme cendres par un grand vent. La fée n'avait qu'à apparaître pour que je redevienne aussitôt une chiffe molle. Conscient de ma lâcheté mais incapable de la conjurer, je baissai la tête et suivis Laüme sans connaître notre destination.

Nous longeâmes la Seine vers l'aval. De l'île Saint-Louis, nous passâmes sur l'île de la Cité, juste derrière la cathédrale Notre-Dame et le Palais de l'évêché. Là, directement adossé au fleuve, un bâtiment oblong de briques sombres, bas, percé d'étroites fenêtres à barreaux, ressemblait à une prison. Protégée par une haute grille ouverte en permanence, drainant une populace de bourgeois bien vêtus et de pauvres hères en guenilles, c'était la morgue municipale.

– Paris n'est pas seulement la ville des arts et des plaisirs, annonça Laüme alors que nous franchissions à notre tour le portail. C'est aussi un lieu de mort et de misère. Nombreux sont les malheureux qui mettent fin à leurs jours en se noyant dans la Seine ou en se jetant sous un fiacre. Les rixes entre légitimistes et républicains, les duels, les vengeances d'ordre privé et les guet-apens tendus par les mauvais sujets des bas quartiers grossissent encore le lot de cadavres quotidiens. C'est ici qu'on amène ceux que l'on trouve gisant sur la voirie. Ici qu'on les expose afin que les badauds puissent venir les reconnaître. On y vient comme au théâtre. Toutes les âmes fascinées par la mort se repaissent du spectacle des corps assassinés. Moi aussi, j'aime cet endroit et toi, tu dois apprendre à en goûter les charmes et les secrets. Pas de sorcellerie sans familiarité avec les cadavres…

Décomposé, révulsé par les propos de Laüme et pourtant incapable de me dérober à son emprise, j'entrai à sa suite au cœur de la maison des morts. Dans une vaste salle glaciale vivement éclairée au gaz, nous nous mêlâmes à la foule disparate venue chercher son content d'émotions écœurantes. Une coursive métallique équipée de barrières séparait deux rangées de tables en marbre noir sur lesquelles reposaient les corps, la tête relevée par un oreiller de granite. Sous les lits de pierre, des tiroirs métalliques contenaient d'énormes parpaings de glace afin de retarder la putréfaction des chairs autant qu'il se pouvait. Ce que je vis alors n'était qu'une succession de monstruosités qui me força souvent à baisser le regard. Laüme serrait mon bras et semblait s'exalter à la vue de ces immondes charognes. Dans ses veines courait encore un peu du sang de la goule Yohav… Comment expliquer, sinon, les frissons d'extase que je voyais naître sur sa peau ? Comment comprendre les jappements de plaisir qu'elle émettait en contemplant un visage fendu par la roue d'une calèche ou un torse enfoncé par la quille d'un navire ?

– Viens, me dit-elle à la fin de notre pénible marche dans la galerie. Je connais un endroit meilleur encore.

Alors, sans cesser de s'accrocher à mon bras, elle m'entraîna dans un couloir peu fréquenté. Frappant à une porte vitrée, elle se fit reconnaître d'un homme en blouse qui nous conduisit jusqu'à l'aile du bâtiment où l'on entreposait les cadavres fraîchement recueillis. C'était un privilège chèrement acquis que de pouvoir assister au déballage de ces corps. En moins d'une heure, nous vîmes arriver trois ou quatre dépouilles dont les blessures suintaient encore, dont la peau était tiède et les membres pas encore raidis par la rigidité cadavérique.

– Je perçois le peu d'âme qui leur reste, dit Laüme, haletante. Elle me parle, me raconte leur aventure et leur misère... Parfois aussi, elle me révèle des secrets... Je t'apprendrai à les voir et à les écouter...

C'en était trop pour moi. La tête me tournait et des papillons lumineux voletaient sur ma rétine. Je me détachai fermement de l'emprise de Laüme et sortis presque en courant de cet endroit sordide. Il me fallait de l'air...

Le froid de la nuit me fit du bien. Accoudé au parapet, le ventre crispé et l'esprit confus, je sentis une main fraîche se poser doucement sur ma nuque.

– La mort te fait peur, n'est-ce pas, Dalibor ?

La voix de Laüme était douce comme celle d'une mère. Toute hystérie morbide semblait l'avoir quittée. Je me tournai vers elle. Son visage avait retrouvé son calme. Il me semblait la regarder comme au premier jour de notre rencontre, alors que je n'avais pas encore révélé mon impuissance, alors qu'elle me croyait aussi fort que Galjero, m'espérait aussi intrépide que Dragoncino...

– Je suis passé par la mort, dis-je presque en tremblant. Elle ne me fascine pas...

– Moi aussi, j'ai presque connu le trépas, susurra-t-elle. Il y a longtemps de cela, mes ennemis m'ont presque tuée... Mais j'ai trouvé dans les ombres une richesse inédite, qu'avant cela j'ignorais... Le monde des morts est aussi fascinant que celui des vivants, Dalibor. Il peut tant nous apprendre... J'ai survécu grâce à lui. Tu en découvriras un jour les beautés et les trésors... Je te le promets...

Alors, pour la première fois depuis des mois, Laüme m'embrassa. Ce n'était pas le baiser d'une mère ni celui d'une amie, mais un vrai baiser d'amante, long, profond, passionné... Quand elle se recula, je voulus reprendre notre étreinte et enlaçai sa taille, mais elle me repoussa avec autant de tendresse que de fermeté.

– Soyons patients, veux-tu ? Je ne veux pas brusquer les choses. Cela viendra en son temps et tout se passera alors comme il se doit.

Nous rentrâmes lentement chez nous en marchant côte à côte. Laüme appuyait sa main sur mon bras et moi, j'étais maintenant fier de me trouver à ses côtés...

*

Quelques semaines durant, je craignis que nos visites à la morgue ne se répètent. Je savais que Laüme s'y rendait parfois seule mais jamais plus elle ne m'imposa ce pénible exercice, et je pus me consacrer aux occupations qu'elle avait imaginées pour moi. Après le français, il avait fallu en effet que j'entame des études de latin et de grec en parallèle avec mes devoirs d'astrologie. Le génie familier conçu pour m'aider dans ce domaine opéra à merveille. En moins d'un mois, je pus, sans aucun enseignant et seulement par quelques lectures personnelles, maîtriser ces deux langues avec autant d'aisance qu'un vieux professeur de la Sorbonne. Avec ferveur, et dans le souci constant de satisfaire le moindre vœu de Laüme, je lus Ptolémée, Hippocrate et Galien...

L'hôtel du quai d'Orléans comptait plusieurs milliers d'ouvrages. Tous étaient précieux, beaucoup étaient rares. Quelques-uns, uniques au monde, inconnus des plus grands bibliophiles, jamais référencés, étaient comme des rêves inaccessibles d'érudits. Laüme les avait obtenus aux quatre coins de l'Europe, au fil de ses siècles d'existence, sans qu'un Galjero se tienne à ses côtés, et je n'avais pas encore acquis le droit de consulter l'intégralité de ces volumes ni même de m'aventurer seul dans toutes les collections. Selon leur appartenance thématique, les livres étaient classés dans des pièces différentes, toutes verrouillées et difficiles d'accès. Pour mes études d'astrologie, base de toute les sciences sorcières, Laüme ne m'avait ouvert que le salon bleu, un petit local agréable au dernier étage de la maison, aménagé tout exprès sous les combles afin qu'on puisse observer le ciel. Une large baie percée dans le toit, selon les plans conçus par Laüme, et un télescope permettaient, les soirs de printemps et d'été, de regarder les étoiles. De hauts meubles à tiroirs où ranger à plat les cartes célestes, des astrolables d'Arabie, des éphémérides ouvertes sur des lutrins et de nombreux traités savants faisaient de l'endroit un monde à part, dévolu à la science des astres.

Sans les avoir jamais vues, je savais que l'hôtel renfermait d'autres pièces comme celle-ci. Laüme m'avait parlé du salon vert, dédié aux pouvoirs des plantes ; du salon gris, où j'étudierais un jour la magie des pierres ; du salon blanc, voué à la magie cérémonielle, et enfin des autres locaux, encore mieux protégés, les cellules d'étude rouge et noir où, elle me l'avait juré, nous opérerions un jour ensemble les grands mystères du sang et de la mort…

Comme je faisais montre d'une évidente bonne volonté et que, peu à peu, je m'imprégnais de quelques rudiments d'astrologie, Laüme ne s'opposait pas à ce que je fréquente mes amis romantiques.

– Plaire aux beaux esprits parisiens est une sorte de brevet, m'assura-t-elle. Les séduire et les fréquenter est un exercice salutaire et commencera à t'aguerrir.

Ce fut donc avec le plein assentiment de mon mentor qu'en dehors de mes heures de cours ou d'étude solitaire je continuais à voir mes amis artistes et dramaturges. Nos rendez-vous au Palais-Royal étaient nombreux et auraient été plaisants si Sandrine ne s'était stupidement attachée à me reconquérir. Ne comprenant pas pourquoi je lui avais manifesté une soudaine froideur après deux nuits passées ensemble, elle jouait de ses atouts pour regagner mon cœur. Pour ma part, hanté par les paroles de Laüme après notre visite à la morgue et stimulé par l'attention nouvelle qu'elle me portait, je refusai d'accorder quelque intérêt à la grisette. Comment cette fille aurait-elle pu rivaliser avec la fée qui me voulait pour compagnon ? C'était impossible. Nous eûmes des scènes. Elle exigea des explications que j'étais bien incapable de lui fournir. Si je lui avais révélé la vérité sur les liens exceptionnels qui m'unissaient à Laüme, elle m'aurait traité de fou et n'aurait pas voulu me croire. Je fus donc contraint au mensonge et à la lâcheté. Repoussant sans ménagement ses avances, je me fis dur et méchant, ce qui ne me ressemblait guère, au fond. J'en éprouvais une grande peine. Cela acheva de décourager Sandrine. La petite se montrait encore à nos tablées mais, après s'être conduite devant moi de la plus licencieuse manière avec mes amis dans le but de susciter ma jalousie, elle se renferma, les fois suivantes, dans une attitude languissante qui n'attirait plus personne. Elle maigrit, dépérit. Ses joues se creusèrent et ses yeux s'enfoncèrent dans leurs orbites. Il arriva qu'elle ne vint plus. J'en fus à la fois soulagé et inquiet. Les semaines passèrent, et puis, un jour de novembre, Delacroix me prit à part sous la galerie.

– Savez-vous que Sandrine est à l'Hôtel-Dieu, mon garçon ? Et que c'est à cause de vous ?

La nouvelle exprimait mes peurs les plus secrètes. Terrassé, je me sentis blêmir d'un coup et je dus m'adosser à un pilier.

– À cause de moi ? Mais comment ? Pourquoi ? Vous ne voulez tout de même pas dire…

– Votre légèreté a provoqué en elle un désespoir si profond qu'elle ne l'a pas supporté. Elle a maladroitement tenté de mettre fin à ses jours. Je l'ai appris aujourd'hui même. La malheureuse se tient entre la vie et la mort…

Refusant d'en entendre davantage, je hélai aussitôt un fiacre pour me rendre au chevet de la malheureuse. L'Hôtel-Dieu était un endroit abominable, pire même que la morgue. Les malades y étaient entreposés plus que soignés. Rares étaient les vrais médecins et l'on donnait des soins dérisoires aux indigents qui n'avaient pas les moyens de se faire soigner à domicile par un médecin, comme c'était l'ordinaire pour les bourgeois et autres gens de bonne condition. Je trouvai Sandrine à l'agonie dans une salle commune, parmi quatre dizaines de paralytiques, tuberculeux et autres phtisiques sur le point de franchir les eaux glacées du Styx. Pour mettre un terme à son existence, ma petite maîtresse avait avalé quelque poudre empoisonnée vendue deux sous au marché pour se débarrasser des rats. Le visage décomposé, la chair déshydratée, on aurait dit une momie d'un millénaire avec sa peau grise et ses yeux éteints. Son souffle était rauque et ses membres déjà presque raidis par la mort. Terriblement ému, je me jetai au pied de son lit et la suppliai de me pardonner. Un signe, je ne voulais qu'un signe pour laver ma conscience.

– Quelle que soit votre faute envers elle, il est bien tard pour lui demander pardon, mon garçon, me dit une bonne sœur toute ridée en s'approchant à petits pas. La pauvrette ne vous entend plus. Cette enfant ne passera sûrement pas la nuit…

– C'est ce qu'ont dit les médecins ? demandai-je, éploré. Aucun qui n'ait un espoir ?

– Tous ? s'exclama la religieuse. Comment cela ? Cette fille n'a été vue par aucun médecin. Elle a été amenée ici par une amie qui n'a pu payer que pour son lit et quelques soins sans effet. Rien d'autre.

– Comment ? m'écriai-je. Aucun médecin ne l'a encore vue ?

– Pas un. Mais si vous avez de l'argent, je peux en faire venir un tout de suite.

– Le meilleur ! Je paye pour le meilleur médecin de votre charnier. Le meilleur de Paris, même, mais sauvez cette jeune fille, je vous en conjure !

Laissant ma bourse pleine entre les mains de la sœur médusée, je me jetai sur la couche de Sandrine pour la supplier de revenir parmi les vivants. Je baignais encore son visage de mes larmes lorsqu'un homme en blouse blanche se pencha enfin sur elle…

Sandrine

– Charles X et le gros ministre Polignac accumulent les bourdes. Ils donnent du grain à moudre aux nostalgiques de la République. Je pressens la France grosse d'une nouvelle révolution. La poudre et les balles vont bientôt sortir des caches. Le régime tombera avant un an, je vous le parie trente louis !

– Pari tenu, mon cher Dumas, répliqua Théophile Gautier. Et toi, Dalibor, quelle est ton opinion sur la situation ?

– Je m'en moque, déclarai-je avec une moue boudeuse en haussant les épaules. Que le diable emporte les républicains et les royalistes tout ensemble ! Je ne comprends rien à leurs querelles et n'en veux surtout rien savoir…

Cette réponse sans appel reflétait ma pensée du moment. Non seulement je ne m'intéressais pas à la politique, mais j'avais bien d'autres préoccupations en tête. Depuis dix jours, seule m'importait la santé de Sandrine. J'avais payé de ma poche tous les frais de son rétablissement, ce qui m'avait coûté fort cher. Je tenais alors mon argent de Laüme. Chaque mois, elle m'allouait de quoi satisfaire mes besoins pour diverses babioles, mais ses largesses n'étaient pas exubérantes. Sauver Sandrine avait non seulement entamé mes réserves financières mais aussi plongé mon esprit dans des affres nouvelles, car le remords d'avoir provoqué tant de malheur chez cette fille le disputait au regret de n'être pas débarrassé d'elle une bonne fois pour toutes. Sandrine, depuis qu'elle était revenue à elle, ne cessait de me déclarer son amour. Dès qu'elle avait pu marcher, je l'avais fait reconduire chez elle et j'avais loué les services d'une garde-malade pour l'assister dans sa convalescence. Chaque fois que cela m'était possible, je me rendais à Grenelle pour la visiter et l'encourager à reprendre des forces, mais cette sollicitude, cette pitié que je nourrissais pour elle étaient aussi de redoutables pièges pour moi-même. Alors que Laüme m'avait rendu sa confiance et que j'étais de nouveau parvenu à croire en ma destinée auprès d'elle, alors que je ne voulais plus vivre que pour les promesses de la fée, voilà que j'étais contraint de prendre soin d'une fille qui ne pouvait rien m'apporter et qui refusait de comprendre que nous ne pouvions vivre ensemble.

– Tu m'aimes, Dalibor, je le sais, affirmait la grisette en serrant fort ma main et en me regardant de ses yeux mouillés. Tu refuses de te l'avouer, mais tu m'aimes puisque tu m'as sauvée. C'est la preuve… Oui, c'est la preuve que je voulais…

J'eus beau protester, essayer de la détourner de moi par toutes les démonstrations de la raison et les artifices de la veulerie, rien n'y fit. Je cessai mes visites et interrompis même un temps la fréquentation de mes amis, de peur que Sandrine ne reprenne sa place dans le cercle des petites oies dont s'entouraient mes compagnons. Mais, un matin où je tirais le rideau de ma chambre, je vis la silhouette de la fille rôdant sur le quai. Dans son mince manteau, elle tremblait sous la pluie glacée qui tombait depuis la veille. Nos regards se croisèrent et je vis ses lèvres bouger en une muette prière. J'eus peur qu'elle ne s'aventure à sonner à la porte. Qu'arriverait-il si Laüme la croisait ? Pour rien au monde je ne pouvais prendre ce risque. Faisant signe à Sandrine de m'attendre un peu plus loin, je me vêtis à la hâte et sortis en bousculant le domestique qui apportait ma collation du matin.

– Que veux-tu de moi ? demandai-je aussitôt à la pauvrette. Je ne peux vivre à tes côtés, tu le sais, je te l'ai déjà répété cent fois ! Pourquoi ne comprends-tu pas ?

– C'est à cause d'elle, n'est-ce pas ? C'est à cause de la femme qui habite ici ? Delacroix m'a dit que tu étais le jouet d'une dame qui te nourrissait et te gardait auprès d'elle comme un chiot docile. Comment est-elle ? Dis-le-moi ! Je veux savoir ! Est-elle jeune ? Plus belle que moi ? Tu ne réponds pas ? C'est qu'elle est plus vieille, alors. C'est une harpie qui te tient par son argent, n'est-ce pas ? Dis-moi que j'ai raison ! Dis-le-moi !

La voix de Sandrine, son exaltation étaient celles d'une hystérique. Les passants se retournaient sur nous dans la rue. J'eus honte. De peur qu'un scandale n'éclate si près de la demeure de Laüme, je pris Sandrine par le poignet et l'entraînai à quelque distance, dans une ruelle sombre, un fond de cour désaffecté où personne ne s'aventurait. Là, elle fondit en larmes et se serra contre moi en m'étreignant de toutes ses forces.

– Je t'aime, Dalibor, gémit-elle encore, n'ayant que cet odieux mot à la bouche. Je t'aime et je serai ta maîtresse si tu le veux ! Reste avec ta marâtre et viens me voir quand tu le peux… Je saurai m'en contenter si je peux encore caresser ta peau…

– Non, dis-je. Même cela, je ne le peux…

– Alors ici ! hurla-t-elle. Ici et maintenant, une dernière fois ! Que je me presse contre ta poitrine, que j'entende battre ton cœur et que je t'embrasse… Une ultime fois ! Ne te dérobe pas !

Elle prit mon visage entre ses mains et attira mes lèvres à elle. Son baiser furieux enflamma mes sens. Sans que ma volonté sache s'y opposer, mes mains agrippèrent ses épaules, déchirèrent le tissu de sa houppelande et de sa robe, écartèrent son bustier pour faire jaillir ses seins et les offrir à ma bouche avide… Sandrine gémit, se tordit, remonta les pans de sa jupe, puis ses doigts trouvèrent mon sexe. C'était une colonne de sang dressée par le désir soudain. Elle plongea mon membre dans sa matrice et s'épanouit. Je criai à mon tour. Mes reins entamèrent une danse furieuse. La pluie avait redoublé et fouettait mon dos d'aiguilles glacées. Le corps de Sandrine se couvrit lui aussi de ces myriades de gouttes qui reflétaient le grain délicat de sa peau en autant de minuscules miroirs. Tous mes sens s'exacerbèrent. Pour la première fois, une femme me donna du plaisir et en prit de moi. Nous nous effondrâmes l'un sur l'autre, nous écorchant aux pavés grossiers du sol, éclaboussés par la boue des flaques. Sandrine gémissait encore. Moi, j'étais tremblant et enfiévré. Je me redressai debout et me rajustai maladroitement, puis partis en courant vers le fleuve, sans même jeter un regard à cette fille aux jupons retroussés et au buste dénudé qui avait fait de moi un homme…

*

Il fallut que Dumas prenne la peine de me faire porter un message pour que je consente à me montrer de nouveau en ville. « Tu peux revenir parmi nous, disait le billet. Delacroix nous assure que ta Sandrine pose maintenant pour un autre que lui et qu'elle ne veut plus nous fréquenter. La gamine repousse tout ce qui lui rappelle ton souvenir. Ton calvaire est terminé et la voie est libre, mon ami… »

Ce fut comme si l'on ouvrait la porte de ma prison : des semaines durant, j'avais vécu en redoutant un retour de Sandrine quai d'Orléans. Le soir même, j'étais donc de retour au Véfour où l'on m'accueillit avec force coupes et flacons… L'année nouvelle arriva de cette manière. Laüme m'enseignait toujours l'astrologie, je me forçais à être bon élève. En février, elle me jugea suffisamment armé pour m'initier aux secrets du salon vert, celui dévolu à l'étude des mystères des herbes et des plantes. L'attitude de la fée envers moi était restée la même depuis notre visite à la morgue : elle était affectueuse, certes, mais demeurait distante. Si elle me passait parfois la main sur la joue ou jouait avec une mèche de mes cheveux, elle ne m'embrassait plus. Moi, je la vouvoyais toujours, trop heureux qu'elle n'ait rien su de ma sordide aventure avec Sandrine. De la manière dont elle passait ses journées lorsqu'elle ne m'enseignait pas quelque discipline, je ne savais presque rien. Ses appartements m'étaient interdits et je ne cherchais pas à forcer la frontière délimitant mes allées et venues dans l'hôtel. La seule information dont j'étais presque certain la concernant, c'était qu'elle avait totalement cessé d'admettre des hommes dans sa couche. Laüme vivait maintenant presque aussi recluse qu'une moniale, et tout aussi sage.

– Les chaleurs de Madame sont passées, m'avait dit un jour le cocher boiteux comme je le croisais dans la cour. Je n'ai plus à la conduire au-dehors ni à chercher des étalons pour la satisfaire. Je m'ennuie…

Si la verdeur des mots et l'irrespect du propos m'avaient heurté, l'information m'avait réjoui. Je pouvais en être certain désormais : moi, Dalibor, j'étais revenu au centre des préoccupations de Laüme, et la fée n'avait d'autre projet que de me former jusqu'à l'heure sublime où, enfin, elle ferait de moi son amant unique et éternel…

Telle était ma disposition d'esprit quand, un soir de février, M. Hubert se présenta à ma porte, accompagné d'un inconnu. L'homme était couturier et devait, selon les ordres de mon maître d'armes, me tailler sur-le-champ un gilet rouge identique à celui dont il était lui-même vêtu.

– Cela ne se fait pas, monsieur ! avait gémi l'artisan. Je vous assure, cela ne se fait pas ! Je ne comprends pas comment vous pouvez commettre une telle faute de goût, monsieur Hubert !

Le grognard avait ri mais ne s'en était pas laissé conter. De mon côté, je ne comprenais rien à la manœuvre.

– C'est un grand soir que ce soir, m'expliqua Hubert lorsque le vêtement recouvrit ma poitrine. Je vous conduis à la Comédie-Française. On y joue la première de M. Hugo. Elle n'a pas encore eu lieu que cette représentation fait déjà parler d'elle dans tout Paris. Je n'aurais voulu pour rien au monde que vous la manquiez.

– Pourquoi cela ? demandai-je, intrigué.

– Parce que le spectacle sera autant dans la salle que sur scène. Je crois que nous allons bien nous amuser !

Bien avant le Louvre, les voies menant au théâtre étaient si encombrées qu'il était impossible d'avancer. Malgré le froid intense du mois de février, nous nous dirigeâmes donc à pied par la rue de la Boucherie et la cour Saint-Guillaume jusqu'à la Comédie-Française. Une foule énorme attendait l'ouverture des portes. Déjà, ce n'étaient que bousculades, invectives et rodomontades entre deux factions qui semblaient se détester. Me tirant par la manche, Hubert m'attira vers le groupe de nos amis. Gautier, Dumas et les autres portaient le même vêtement que nous.

– Pouvez-vous enfin m'expliquer les règles en vigueur ici, monsieur ? demandai-je à Hubert. Je ne saisis rien de ce qui se passe !

– Hugo va donner ce soir une pièce qui brise les canons classiques énoncés par nos anciens dramaturges. Depuis Louis XIV, les tragédiens respectent toujours les mêmes règles pour construire leur œuvre. Aujourd'hui, une ère nouvelle commence. Mais la vieille école ne l'entend pas de cette oreille et vient ici en force pour perturber la représentation, huer M. Hugo et crier au scandale...

– Heureusement, nous sommes là pour protéger l'auteur et acclamer son génie...

Quand on ouvrit enfin les portes du théâtre, ce fut une cohue indescriptible. Les esprits s'échauffaient à mesure qu'approchait l'heure du lever de rideau. Les tenants de M. Hugo occupaient le parterre, les fidèles de la tradition avaient pris position au balcon. Tout autour de moi les portes claquaient, les voix s'élevaient, les lustres faisaient ronfler leur triple couronne de gaz avec des bruits d'orage. Des odeurs de parfums capiteux alourdissaient l'air tandis que les femmes faisaient battre leur éventail et tiraient de leur bourse de soie des lorgnettes de cuivre. Les décolletés étaient audacieux, les épaules souvent dénudées. Applaudies à leur entrée, les plus belles spectatrices faisaient mine de se dissimuler derrière leur bouquet tout en rougissant de plaisir sous les hommages et les œillades.

L'orchestre entama une sorte de marche et le spectacle débuta enfin. Les acteurs n'avaient pas déclamé dix phrases que les premières injures fusèrent du balcon. Tout acquis à la cause de l'auteur, le parterre répliqua de furieuses imprécations. Hubert souriait comme un enfant. Les altercations entre partisans et détracteurs de M. Hugo semblaient l'amuser beaucoup plus que les mièvres aventures qui se jouaient sur scène. Au troisième acte, la tension était à son comble. Répondant à une insulte, Dumas réclama que M. Gautier lui fasse la courte-échelle pour lui permettre d'escalader la façade d'une loge où s'était réfugié le fâcheux qui l'avait apostrophé. S'accrochant aux moulures dorées, il bondit sur son ennemi et le secoua sans ménagement. Des coups furent échangés, donnant naissance à un début de rixe collective, tandis que la ravissante Mlle Mars, la comédienne interprétant le premier rôle, récitait ses dernières répliques sans se préoccuper du charivari. Je sentis qu'on tirait mon frac et je reçus sans raison un coup de canne sur la nuque. Indigné, je frappai mon agresseur à toute volée et le jetai au sol. Il y eut des sifflets de gens d'armes et l'on sut que la police était sur le point de faire évacuer la salle. L'émeute se généralisa. Du haut de son perchoir, Dumas nous fit signe de le rejoindre dans les coulisses pour échapper aux désagréments qu'allait nous causer la maréchaussée. Amant fougueux de nombreuses actrices, il connaissait parfaitement les lieux pour y avoir fait jouer lui-même une pièce quelques mois plus tôt.

– Allons retrouver Victor dans les loges !

– Oui ! Victor avec nous ! cria Gautier.

– Et Mlle Mars aussi ! renchérit Nerval.

Dumas embrassait en riant les actrices et danseuses croisées en chemin. Hugo, comme à son ordinaire, me parut bien laid et fort peu aimable, malgré tous les compliments qu'on lui faisait sur son œuvre. Par chance, nous ne nous attardâmes pas en sa compagnie et nous allâmes souper au Procope, dont nous ne quittâmes pas les salons avant l'aube.

Jusqu'au printemps, je vécus ainsi, partageant mon temps entre maintes frasques des Romantiques et les leçons austères dispensées par Laüme. Puis, en mai, un valet m'apporta un billet taché, qu'aucun cachet ne scellait. Les quatre coins pliés sans autre précaution, la lettre ouvrit un abîme sous mes pieds. C'était Sandrine qui me suppliait de lui porter secours. Mes œuvres l'avaient faite grosse, assurait-elle, et la gestation se passait mal. Elle n'avait pas de quoi subvenir à ses besoins, plus aucun peintre ni sculpteur de la place de Paris ne voulant d'elle pour modèle. Par l'entremise d'un domestique de Delacroix, je voulus lui faire porter une belle somme d'argent, mais l'opération finit mal car le coursier n'était qu'un filou qui profita de l'aubaine pour disparaître avec la bourse. Confus, Delacroix proposa d'y remédier mais je ne pouvais accepter qu'il couvre un incident qui ne le concernait en rien. L'affaire, pourtant, me mettait dans la gêne. Je voulais aider Sandrine, évidemment, et surtout recourir à une faiseuse d'anges ; il était hors de question que je sois le père d'un quelconque marmot. Laüme, j'en étais persuadé, en aurait conçu une jalousie et une haine incommensurables.

Vendant en secret quelques-uns des bibelots précieux qui décoraient mes appartements, je parvins à réunir assez de fonds pour payer une avorteuse. Dumas m'en indiqua une de bonne réputation qu'il connaissait pour solliciter lui-même fréquemment ses services. Nous allâmes ensemble la chercher un soir au quartier Saint-Paul, où elle logeait, dans un vilain appentis adossé à l'église. Nous la conduisîmes à Grenelle et je la fis monter jusqu'à la soupente où logeait Sandrine.

– Attendez-moi un instant ici, lui dis-je comme nous arrivions sur le palier. Mieux vaut que je parle seul à la fille avant de vous faire voir.

Maugréant, la mégère s'assit sur une marche et posa son sac sur ses genoux.

Quand elle me vit, la grisette se jeta à mon cou et éclata en sanglots. Elle était maigre, presque aussi ravagée que lorsque le poison courait dans ses veines à l'Hôtel-Dieu. Elle m'avoua n'avoir pas mangé depuis plusieurs jours. Sous sa chemise, son ventre paraissait énorme. Criant ma demande à Dumas, resté au bas des marches, je l'envoyai chercher au plus vite du vin, du fromage, des terrines et des fruits. J'attendis que Sandrine ait mangé pour la préparer à l'opération que j'avais conçue pour elle. Ce ne fut pas sans mal que je parvins, à grand renfort de cajoleries et de fausses promesses, à lui faire accepter l'inévitable. Les privations, je crois, la misère et le désespoir avaient amolli ses défenses. En larmes, terrifiée par ce qui s'annonçait mais aussi pleine de confiance dans les paroles de réconfort que je ne cessais de lui servir, elle vit l'avorteuse se préparer en serrant ma main avec une force qui valait bien celle de deux hommes. Enfin, la faiseuse d'anges approcha du grabat. La vieille avait été cantinière au temps de la Grande Armée. En 1812, elle avait été de la campagne de Russie, et Moscou avait brûlé sous ses yeux. Mais, le cours de la guerre ayant mal tourné pour les armées de Napoléon, de ravitailleuse elle était passée infirmière, avant de finir par opérer ou amputer elle-même les blessés après que le fourgon transportant les trois officiers médecins de son régiment eut chuté dans les eaux glacées de la Bérézina. Habituée des interventions défiant tout bon sens, la vieille ne craignait pas d'arracher un enfançon de sept mois du ventre d'une jeune fille malade. L'opération fut affreuse. Sandrine hurlait de douleur et de peur. Les choses se compliquèrent. La première manière échoua et provoqua des hémorragies. Il fallut se résoudre en dernier recours à ouvrir le ventre de la patiente pour en extraire le fœtus. Les murs se couvrirent de sang. Dumas vomit et s'évanouit. Contre toute attente, je tenais bon… Sandrine, à son tour, perdit connaissance. La vieille sortit enfin la frêle créature de la matrice. Elle la posa sans façons sur la table et entreprit de recoudre l'énorme plaie de la grisette. Cet ouvrage terminé, elle s'approcha de l'enfant. Il vivait, je voyais son petit corps animé d'un souffle. De son sac, la femme tira un marteau de chirurgie au manche usé, frappé d'une vieille aigle de cuivre, et leva l'instrument au-dessus du nourrisson. Le coup fatal allait tomber quand je saisis violemment son poignet et arrêtai l'exécution.

– C'est mon fils, dis-je fièrement. Il veut vivre. Personne ne le tuera !

*

De ma vie je ne m'étais senti aussi désemparé… Contre toute raison, Sandrine et son bébé avaient survécu. Vendant à perte quelques objets autrefois acquis par Laüme, je réglai les honoraires d'un médecin que je déléguais chaque jour dans la chambre de Grenelle afin qu'il prodigue les meilleurs soins à mon fils et à sa mère. J'effaçai également les dettes de Sandrine et lui donnai de quoi vivre dignement pour quelques semaines encore. Cependant, il était urgent de trouver une solution durable à cette situation inattendue. Mon idée était d'acheter une petite maison en Touraine ou en Anjou et d'y loger la jeune femme afin qu'elle y élève l'enfant, loin des regards indiscrets, loin de Laüme surtout… Cela supposait des dépenses conséquentes et régulières. Mais comment les supporter alors que je ne vivais que de subsides ? Impossible de continuer à dilapider les biens précieux qui décoraient l'hôtel du quai d'Orléans. Il me fallait trouver un autre moyen, mais lequel ? Discrètement, je tentai d'interroger Laüme quant aux voies magiques permettant d'obtenir rapidement la fortune.

– Elles existent, confirma-t-elle, et sont assez simples. Mais tu n'es pas encore prêt à les mettre en œuvre. Dans deux ou trois ans peut-être, si tu travailles bien…

Deux ou trois ans ! Le délai était décidément trop long. Il me fallait une grosse somme d'argent, et vite ! Égaré, ne sachant plus vers qui me tourner, j'allai chercher conseil auprès de Dumas.

– Je pourrais te présenter à des éditeurs si tu savais écrire, me dit-il, mi-sérieux, mi-pendard. Mais en as-tu le talent ? Penses-tu pouvoir imaginer comme moi des histoires étonnantes ?

Je faillis lui répondre que j'en connaissais certaines qui valaient dix fois ses plus folles trouvailles, mais je m'en abstins.

– Je n'ai pas ton génie, Alexandre, le flattai-je. Cette solution n'est pas la bonne.

– Reste le vol, mon garçon. Ou le jeu… Ce qui est presque la même chose.

– Le jeu ? Quelle sorte de jeu ?

– Le whist ou le pharaon, peu importe, du moment que les mises sont importantes. Je connais quelques fripons qui ne vivent que par ce moyen. Certains sont presque riches !

Je n'eus pas à insister beaucoup pour que Dumas m'introduise dans les cercles de jeu. Il y en avait partout à Paris, et particulièrement au Palais-Royal… Dans un bouge, tout près du restaurant des Frères Provençaux, Alexandre me présenta à deux de ses connaissances qui m'initièrent aux rudiments des cartes. Poussé par la nécessité, je me révélai vite un élève à la fois doué et chanceux. Voyant là l'expédient de me tirer de mes soucis pécuniaires, je vendis un dernier bibelot appartenant à Laüme afin de financer mes parties de grande envergure. La chance des débutants me sourit, et ces tournois me rapportèrent de coquettes sommes. Toujours bien conseillé par Gautier en matière d'élégance, je me laissai aller à quelques belles dépenses chez des tailleurs et des bottiers de renom. J'entamai de nouvelles parties et gagnai encore, ce qui me procura une assurance désastreuse. Dès lors, la désinvolture s'invita dans mon jeu. Ma bonne étoile pâlit bien vite et je tombai dans le cercle vicieux que connaissent tous les joueurs : plus je perdais, plus je jouais gros dans l'espoir de combler toutes mes dettes d'un seul coup victorieux. Malheureusement, je perdis au final le double et plus de ce que j'avais initialement gagné. Ajoutées aux préoccupations causées par Sandrine et son enfant, ces pertes m'emplirent de fiel. Je devins irritable, incapable de me concentrer. Un temps, je parvins à dissimuler l'état de mes nerfs à Laüme, mais le masque finit par se craqueler. La fée m'adressa des remarques perfides sur mes habitudes nocturnes et elle menaça même de m'interdire la fréquentation de mon cercle d'amis. Une sourde tension naquit entre nous, comme un vent mauvais qui se lève avant l'orage. Pour ma part, j'étais si épuisé, si soucieux, que je n'avais plus la force d'éviter la confrontation qui s'annonçait. Et pourtant, celle-ci n'éclata pas comme je l'avais pressenti, car une autre tempête se déclara soudain…

Nous étions à la fin du mois de juillet 1830 et les rues de Paris s'étaient hérissées de barricades. Échauffé par quelques provocateurs, le peuple se souleva pendant trois jours et trois nuits. On crut un instant qu'une seconde République allait naître du chaos. Des volontaires affrontèrent la troupe en de sanglants combats. Mais toute cette agitation ne m'intéressait pas. Je maudissais seulement ces excités et leurs luttes stériles qui contrariaient mon désir de revenir hanter les cercles de jeu du Palais-Royal.

Malgré les risques que j'encourais et malgré l'interdiction formelle de Laüme, je me glissai au-dehors. Dans les rues, je ne rencontrai que des insurgés traînant leurs blessés et des régiments d'une soldatesque prête à faire feu sur le moindre civil. Arpenter ainsi Paris en solitaire était périlleux. Je dus faire d'impossibles détours par la rive droite puis par la Montagne Sainte-Geneviève, où des Républicains, me prenant pour un espion royaliste, faillirent m'occire. Tandis que je revenais vers le carrefour de l'Odéon, une patrouille de la garde municipale se lança sans raison à ma poursuite, et il fallut que je me cache dans le foin d'une écurie pour lui échapper. Ricochant de nouveau entre légitimistes et révolutionnaires, j'arrivai enfin dans les jardins du Palais-Royal, où tous les établissements de cartes étaient clos. Un concierge m'apprit qu'une partie se tenait pour les habitués près de la barrière de Charenton. Il me fallut presque deux heures pour m'y rendre. Dans ce quartier, les maisons étaient sales et délabrées, bien qu'aucun combat ne s'y déroulât. Les volets pendaient aux fenêtres sur les façades lépreuses et la chaussée n'était plus empierrée. C'était un labyrinthe de ruelles sans éclairage. Seule la lune, qui brillait haut dans un ciel sans nuages, donnait un peu de clarté. La chaleur de la nuit était lourde, étouffante.

Errant au hasard, j'avais perdu depuis longtemps tout espoir de trouver l'adresse que l'on m'avait indiquée. Au fond d'une cour, je perçus le clapotis d'un abreuvoir à chevaux irrigué par une fontaine et je voulus m'y désaltérer. Comme je buvais, j'entendis soudain gronder des menaces affreuses. Dans les étages, une femme appela à l'aide. Ayant gravi un mauvais escalier, j'entrai dans la pièce unique d'un logis misérable, où un homme frappait une jeune fille. J'étourdis l'agresseur d'un coup de canne sur la nuque. Pleurant tant et plus, la gamine agrippa mon vêtement et me bénit au nom de tous les saints. C'était une pauvresse de l'âge de Sandrine, dix-huit ans peut-être, et au ventre gros. Elle n'aurait pas manqué d'une certaine beauté si son visage n'avait été marbré de nombreuses ecchymoses. Ému par sa détresse, je lui abandonnai le fond de ma bourse en lui conseillant de quitter au plus vite l'homme qui la maltraitait ainsi, mais elle ne voulut rien entendre et prétendit que le vaurien la retrouverait où qu'elle se cache. Sentant qu'aucun argument ne saurait surmonter ses craintes, j'attendis que le bougre se réveille. L'étouffant à dessein en lui posant le pied sur la gorge, je le menaçai à mon tour des plus vives représailles si jamais il recommençait à frapper sa compagne.

– Je reviendrai souvent vous voir, promis-je. Si jamais j'entends des plaintes contre toi, je ne balancerai pas pour te décharger un pistolet dans le ventre. Tu m'entends ?

– Je vous entends, monsieur… Je vous entends…

Comme je quittais la maison, la fille courut après moi.

– Je m'appelle Lorette, murmura-t-elle en me baisant les doigts. Lorette…

Le premier cercle

Les émeutiers se calmèrent aussi vite qu'ils s'étaient enflammés. Un mois plus tard, la piteuse révolution de juillet avait porté au pouvoir le roi bourgeois Louis-Philippe. Une fois encore, le peuple avait été trahi par ceux-là mêmes qui prétendaient le défendre. Mais les événements politiques m'étaient indifférents. Depuis le début de l'été, ma situation n'avait guère évolué. Mes dettes étaient immenses et des créanciers me pressaient de toutes parts. Dumas connaissait ma situation et, sans que j'en sache rien, il prit le parti d'en faire confidence à nos amis. Ceux-ci apportèrent leur obole à une caisse commune dont ils me firent don lors d'une grande assemblée dans les salons du restaurant Lapérouse.

– Nous n'exigeons de vous aucun remboursement en numéraire, dit Alexandre en signant un billet à ordre libellé à mon nom. En retour, il nous faut seulement la promesse d'une faveur.

– Parlez et vous serez exaucés sur-le-champ.

– Quoi que nous exigions ?

– Quoi que vous exigiez.

– Nous sommes curieux de celle à qui tu appartiens. M. Hubert nous assure qu'il n'a de sa vie vu plus beau visage et plus admirable silhouette. Le mystère dont s'entoure ton amie échauffe nos imaginations. Présente-nous à elle, Galjero, et nous te tiendrons quitte.

Cette requête me contrariait mais je n'avais aucun moyen de refuser. À contrecœur, je leur promis donc d'accéder à leur désir. Toutefois, comme je m'y attendais, convaincre Laüme ne fut pas chose facile.

– Je n'ouvre ma porte à ces gens que sous ton insistance, Dalibor, mais sache que je n'approuve pas la vie que tu mènes. Côtoyer trop de poètes et d'artistes ne peut qu'amollir le caractère. Je ne t'ai pas tiré du gibet pour que tu t'amuses, l'horizon auquel je te destine est bien plus vaste. N'oublie jamais cela.

– Et quel est-il ? demandai-je, non sans effronterie.

– À ton âge, ton ancêtre Dragoncino menait des armées de brigands à la conquête des villes pour le compte de Cesare Borgia, cracha Laüme. Toi, tu vas au théâtre avec des écrivains et tu te préoccupes de la meilleure manière de nouer ta cravate ! J'ai voulu te protéger et t'instruire en douceur. Mais tu es un Galjero, et peut-être était-ce une erreur. Ton éducation aurait dû se faire dans la fougue et les combats. J'aurais déjà dû t'y précipiter !

– L'Europe est en paix, remarquai-je, narquois. Le temps des guerres est passé.

– Cela reviendra ! Et si ce n'est ici, il y en aura toujours ailleurs. En Chine, en Amérique, que sais-je… Mais nous reparlerons de tout cela bientôt.

Le jour suivant, l'humeur presque méchante et la bile échauffée, comme un collégien tancé, je rendis visite à Dumas. Delacroix était chez lui. L'annonce de leur invitation les transporta.

– Enfin nous allons connaître celle qui te dresse comme un étalon !… Quel honneur !

En sortant, j'arrêtai un fiacre pour entamer la tournée de mes créanciers. Ma situation mise au net, j'indiquai la destination de Grenelle. Je voulais voir mon fils et donner le peu d'argent qui me restait à Sandrine. L'enfant était sain. Il semblait n'avoir pas souffert des conditions ayant présidé à sa naissance et dormait tranquillement dans son berceau. Je le jugeai beau et baisai son front avec une tendresse infinie.

– Je veux le faire baptiser, déclara Sandrine. Il faut que nous décidions d'un prénom.

– Dis à ton prêtre de le nommer Isztvan, dis-je brièvement, car cela me rappelait désagréablement mon père et je voulais jouer de tous les artifices pour ne pas m'attacher à ce nouveau-né qui, déjà, ne m'émouvait que trop.

La fille acquiesça, puis voulut m'attirer dans son lit, mais je n'eus aucun mal à résister à l'invite. Depuis l'inexplicable fulgurance qui m'avait pris, au fond d'une cour de l'île Saint-Louis sous la pluie glaciale de novembre, j'éprouvais un immense dégoût pour le corps féminin. La pensée même de l'acte de chair me soulevait le cœur. Aussi séduisantes fussent-elles, les femmes du commun me répugnaient désormais, et Laüme me semblait l'unique horizon possible aux épanchements de ma sensualité.

– Je reviendrai bientôt t'apporter une grosse somme, promis-je à Sandrine en la quittant. Tu quitteras Paris et je t'établirai dans une jolie maison en province, avec une rente honorable pour toi et l'enfant…

De retour quai d'Orléans, je déambulai hypocritement dans les diverses pièces afin d'y recenser les objets précieux à vendre à l'encan, mais j'en avais déjà trop dérobé. Je devais de toute urgence trouver une nouvelle solution pour me procurer des sommes importantes. En vain, je cherchai dans les salons bleu et vert des ouvrages de magie indiquant comment se rendre ami de la fortune. Je dénichai bien des indications éparses au sein de divers volumes, mais mon savoir en ésotérisme était encore trop frais pour que je suive ces pistes jusqu'à leur terme. Devenir riche n'était à l'évidence ni une question d'astrologie ni une branche de la science secrète des herbes. Pourtant, je le sentais, quelque part dans cette maison se cachait certainement un vieux manuscrit expliquant comment réaliser un talisman propice au jeu ou à la trouvaille d'un trésor. Oui, mais dans quelle bibliothèque ? Pour le découvrir, je ne pouvais assurément rien tenter de jour. Trop de domestiques parcouraient les couloirs. Je fis donc de nuit une première exploration des étages susceptibles d'accueillir les bibliothèques grise, blanche, rouge ou noire dont Laüme avait mentionné l'existence. À pas de loup, j'arpentai des heures durant les travées et les recoins de la maison que j'habitais depuis plus d'un an.

Pour la première fois, je pris conscience des dimensions réelles de la bâtisse. L'hôtel du quai d'Orléans était un véritable château, un labyrinthe de corridors, de galeries, d'escaliers et de niveaux variant sans cesse. À la fin, je ne savais même plus où je me trouvais. Je visitai des caves, des celliers, des réserves remplis d'assez de provisions pour nourrir une armée. Je passai une chapelle souterraine désaffectée puis une crypte où, sous des gisants médiévaux, devaient reposer toujours des corps tombés en poussière depuis un millénaire. Plus loin, je découvris un interminable passage aux portes solidement verrouillées. Revenant le lendemain soir avec quelques outils dans l'espoir de faire sauter les loquets, je passai des heures à fatiguer maladroitement un premier verrou, craignant à chaque instant d'être surpris. Quand enfin je pénétrai dans la pièce, je découvris un salon sans intérêt, un boudoir dont même les consoles et les commodes décoratives étaient vides. En rage, je n'abandonnai cependant pas là.

La troisième nuit, j'étais si désespéré que je tentai de m'introduire dans les appartements de Laüme, tout en craignant de voir le grand cocher boiteux, l'âme damnée de la fée, sortir soudain de l'ombre pour me punir de mon intrusion d'un grand coup de trique. Cela n'arriva pas, mais ce qui se produisit fut pire encore. Dès l'antichambre, un malaise me prit, une migraine terrible, et j'en perdis presque l'équilibre. Les jambes tremblantes, le front couvert de sueur, je dus m'asseoir par terre pour reprendre mes esprits. Je me forçai à respirer posément mais aucun air ne semblait entrer dans mes poumons. J'étouffais. Une panique inexplicable m'étreignit soudain. J'entendis des voix rauques proférer des menaces à mon encontre, je crus voir des formes sombres sur le point de m'attaquer pour m'entraîner avec elles dans le séjour des spectres… Rampant, je sortis de cet endroit maudit et regagnai ma chambre où je ne pus trouver le sommeil… C'étaient, j'en étais persuadé, les génies gardiens fabriqués par Laüme pour empêcher toute intrusion qui venaient de me faire goûter leur terrible pouvoir. Leur intervention anéantissait mon espoir de forcer un jour les portes des bibliothèques interdites. Décidément, je n'étais pas de taille à lutter contre une telle puissance, et c'était dans le monde ordinaire qu'il me faudrait trouver la solution à mon problème… Je sortis donc dès la nuit suivante pour tenter de nouveau ma chance aux cartes. Je n'avais plus beaucoup d'argent, aussi jouai-je avec prudence et méthode. Je gagnai un peu… Cela me redonna confiance et je m'appliquai durant toute une semaine à me limiter à des parties courtes, d'enjeu modeste. En quelques jours, j'amassai ainsi un petit pécule. Je m'apprêtais à en distraire une portion pour une mise importante quand je m'aperçus que la date fixée par Laüme pour recevoir les Romantiques était arrivée…

*

Lorsque mes amis franchirent le portail de l'hôtel du quai d'Orléans, malgré les poses que je tentais de prendre pour me donner une contenance, je n'étais guère à l'aise.

Ces Romantiques portaient beau et je connaissais leur habileté à flatter les femmes. Je tremblais à l'idée que Laüme puisse s'enticher de l'un d'eux.

Décidée à se faire aimable, celle-ci, évidemment, les subjugua. Anodine tout d'abord, la conversation roula bientôt sur l'histoire et la philosophie, l'art et la religion, les sciences et l'avenir du genre humain. Ces sujets, d'ordinaire rebattus, prenaient ici un relief particulier grâce aux points de vue originaux et profondément audacieux de chacun. Pour ma part, manquant de culture et incapable d'idées neuves, gauchement accoudé à la cheminée de marbre, je tentais de dissimuler mon aigreur derrière les volutes de mon petit cigare.

Fasciné par la grâce de son hôtesse, Delacroix traça son portrait au fusain sur le carnet à esquisses qui le suivait partout. Il l'avait imaginée dans une pose lascive, parée de colliers barbares et vêtue à l'antique, entourée de fauves feulant à ses pieds. Ce dessin osé me déplut mais amusa grandement Laüme.

– Votre art est d'une grande force, monsieur Delacroix. Je vous en complimente. J'aime bien mon visage sous votre trait mais les formes de mon corps ne ressemblent guère à celles que vous me prêtez. Aimeriez-vous vous référer au véritable modèle ?

– Madame, je n'attends que cet instant, répondit Eugène, soudain tout tremblant. Mon atelier du quai Voltaire vous est ouvert quand vous le souhaitez. Je vous vois en Salomé ou en Judith, en Diane ou en Proserpine ! J'ai déjà mille idées de compositions pour vous…

– Que diriez-vous de commencer ici même et dès maintenant ? renchérit Laüme avec un sourire charmeur.

J'eus un pincement au cœur et un grand silence se fit dans le salon. Avant qu'aucun d'entre nous ait pu ouvrir la bouche, Laüme se leva et se mit à dégrafer sa robe.

– Êtes-vous certaine, madame ? balbutia Delacroix.

– Imaginez la scène qu'il vous plaira et je suis à vous dans un instant, répondit-elle. Dalibor, mon ami, serais-tu assez aimable pour m'aider à dénouer mes lacets ?

L'invitation était une provocation grossière, j'en étais certain. La comédie allait cesser bien vite et l'effeuillage forcément tourner court… Écrasant la pointe de mon cigare sur le marbre froid de la cheminée, je pris l'air le plus amusé du monde. Souriant, je tirai un ruban, fis sauter une attache. La première parcelle de peau se trouva ainsi livrée aux regards. Une minute plus tard, les épaules étaient dégagées, et la robe entière tomba sur le sol. Laüme apparut en lingerie. Ses formes, déjà, se révélaient. Mes mâchoires étaient crispées à m'en faire mal. Je marquai une pause, espérant à chaque instant recevoir l'ordre d'arrêter là.

– Continue ! commanda au contraire Laüme. Dépêche-toi !

En sueur, les mains tremblantes, je posai les doigts sur l'armature du corset et, mortifié, pinçai une à une les agrafes de nacre. L'étui de soie s'ouvrit et glissa. Laüme n'était plus vêtue que d'une chemise légère et d'un jupon de dentelle.

– En voilà assez, dis-je. Votre théâtre est devenu lassant. Plus personne ne prête intérêt à votre jeu !

– Continue, Dalibor, insista la fée d'une voix dure. Je veux tenir la promesse faite à M. Delacroix. Obéis !

Déchiré mais trop lâche pour tenter la moindre rébellion, je dus livrer moi-même à mes amis la vision du corps parfait de Laüme, avant de m'effondrer dans le fauteuil le plus proche. Humilié, honteux, fou de jalousie et étouffant de rage, je la laissai retirer seule les épingles fixant son chignon serré. La coque de ses cheveux s'évasa en rubans lourds. Aussi vulnérable que la Vénus de Botticelli, elle était pourtant comme cuirassée de fer. Nous, les hommes, étions muets, effarés, anéantis par la puissance sans rivale de sa beauté.

– Eh bien, maître, je n'attends plus que vos consignes !

Hésitant et fiévreux tout à la fois, Delacroix fit s'étendre son modèle sur une méridienne. Il la dessina sous tous les angles pour mettre tour à tour en valeur son buste, sa nuque, la chute de ses reins ou ses fines épaules. Telle la plus effrontée des cocottes, Laüme appuyait lourdement l'impudeur des poses, pressant ses seins et faisant admirer complaisamment la fleur rose de son sexe. Dumas buvait son vin à petites lampées en se délectant du spectacle, mais Gautier et Nerval s'étaient pudiquement détournés. Moi, empourpré et les sens en feu, je tentais de soutenir les regards méprisants et grossièrement aguicheurs que Laüme me lançait. Je vivais cette séance avec autant de douleur que si l'on avait planté des aiguilles dans mon ventre. J'étais à l'agonie.

Cette séance grotesque ne prit fin qu'à la tombée de la nuit. Delacroix avait dessiné tant de croquis que sa main ne pouvait plus tenir son crayon. Aidée d'une camériste, Laüme passa un long négligé damassé et chaussa ses petits pieds de mules de velours. Avec un naturel désarmant, elle remercia fort courtoisement ses visiteurs et disparut enfin dans les profondeurs de la maison.

– Ce qu'a dit Hubert lors de notre première rencontre est-il exact ? me demanda alors Alexandre. Est-il vrai que cette femme est follement éprise de toi ?

La question était blessante. J'en voulus à Dumas, presque autant que d'avoir effrontément détaillé le corps de Laüme.

– C'est une longue histoire, marmonnai-je. Une histoire impossible. Tu ne pourrais en croire un mot si je te la racontais.

– Peut-être un jour passeras-tu outre tes réticences. Me permets-tu d'en entretenir l'espoir ?

– Diable non ! rétorquai-je sèchement.

L'hôtel une fois vidé de ses invités, je frappai comme un fou à la porte des appartements de Laüme, la suppliant de m'ouvrir. Lorsqu'elle y consentit, je lui infligeai une scène digne d'un adolescent trahi.

– Pourquoi ce jeu sinistre ? hurlai-je en pleurant quasiment. Pourquoi me torturer ainsi ?

Mais il n'y eut pas de réponse. J'insistai, exigeant une explication. Cette obscène exhibition m'avait meurtri au plus profond de moi et je voulais comprendre ce qui avait poussé Laüme à m'humilier ainsi devant mes amis, mais ni mes hurlements ni mes pauvres menaces ne brisèrent son silence. Insensible à mon chagrin, elle me toisait dans la pose la plus provocante qui fût. Ses appas révélés m'avaient échauffé le sang et mon regard ne pouvait se détacher de sa poitrine luisante, dont je voyais l'amorce doucement bomber sous son vêtement entrouvert. À la contempler ainsi dans la pénombre, je sentis mon désir monter. Il était là, charnel, violent, impérieux comme celui qui m'avait pris lorsque Sandrine s'était montrée quai d'Orléans. Gauchement, je voulus l'enlacer. Mon bras entoura sa taille, ma bouche chercha ses lèvres, mais la fée se déroba comme une anguille et, d'une force décuplée par la colère, me jeta au sol sans effort. Dressée au-dessus de moi, le pied posé sur ma poitrine, elle ressemblait à une Furie des temps antiques.

– Avant cela, tu devras me mériter, Dalibor ! Il faudra me prouver que tu es digne de moi car je n'ai plus te concernant que des doutes !

Refermant sa porte à double tour, elle me laissa là, submergé d'amertume, bouillant de désir insatisfait, l'âme déchirée par le tourment… Pantelant, je pris mon habit et sortis dans la nuit pour tenter de me calmer. Je marchai jusqu'au cercle de jeu du Palais-Royal. Je crus trouver dans les cartes un dérivatif à mon malheur mais, l'esprit distrait par de répugnantes pensées, j'enchaînai les parties perdues. Ma détresse et mon inconscience profitèrent à trois adversaires auprès desquels je contractai en quelques heures des dettes énormes, bien supérieures à celles qui auparavant m'avaient plongé dans la gêne. Furieux contre moi-même, je bus plus que de raison pour oublier mon infortune et fraternisai avec un autre malchanceux qui cherchait, comme moi, sa consolation dans l'absinthe.

Le cerveau embrumé par l'alcool, je me laissai entraîner par mon nouvel ami jusqu'à une mauvaise maison derrière Saint-Eustache où des créatures grossières se vendaient pour trente sous. Le jour pointait, gris et triste, lorsque je m'allongeai auprès d'une poissarde grasse et vérolée comme une grenouille. La drôlesse puait l'alcool autant que moi. Elle voulut se consacrer à sa tâche mais mon sexe n'était qu'un ver incapable de se raidir. Lassée, elle s'endormit en ronflant tandis que je sombrais dans une torpeur éthylique dont je ne m'éveillai qu'à la première heure après midi. Dégrisé, je m'enfuis aussitôt de ce taudis. Nerval habitait non loin, j'allai frapper à sa porte. Il me reçut sans paraître surpris de cette visite impromptue.

– C'est elle, n'est-ce pas ? demanda-t-il après m'avoir servi un bol de café fumant. C'est ta Laüme qui te fait souffrir ?

– C'est un démon, avouai-je sans prendre garde à mes mots. Un ange pervers. Je suis pris dans ses rets et jamais je ne pourrai m'en délivrer. Je sens qu'elle va tuer mon âme et me faire franchir les sept cercles de l'Enfer. Je le sais, ce que je vis n'est qu'un début.

Nerval alluma un cigare et versa un fond de cognac dans un verre qu'il me tendit.

– Je te plains sincèrement. De tout mon cœur… Tes paroles ne sont pas de simples métaphores, je ne le devine que trop bien. Toi aussi, tu vis sous l'emprise d'une force qui te dépasse, n'est-ce pas ? Je connais cela… Oui, je sais le prix que font payer les créatures célestes pour leur amour… La raison en est le prix…

Un bref instant, l'espoir revint en moi car les paroles de Gérard étaient si justes que je crus qu'il parlait d'expérience, et non en poète.

– Tu sais vraiment ce que je veux dire ? m'écriai-je.

– Laüme est une femme tourmentée. Trop intelligente. Trop belle, bien trop belle… Ce sont des qualités difficiles et exigeantes. La solution est dans la compassion dont tu dois l'entourer. Ce n'est pas toi qui as besoin d'aide, Dalibor. C'est elle !

Non, décidément, Nerval ne comprenait pas qui était vraiment Laüme. Son intuition le percevait peut-être, mais sa logique refusait de l'admettre. Et lui raconter mon histoire – lui parler du premier des Galjero, de Dragoncino, d'Alessia Cornaro et de maître Tzadek – n'aurait servi qu'à me faire traiter d'exécrable feuilletoniste ou d'aliéné. Cependant, je ne voulus pas retourner quai d'Orléans. Pour calmer mes angoisses, Gérard, ancien étudiant en médecine, me donna une solution de laudanum qui m'assomma jusqu'au soir. Durant mon sommeil, je revis en rêve Sandrine en sang sur son grabat et son enfant sur le point d'être écrasé par le marteau de l'avorteuse ; Raya agitant son moignon vers moi et riant de mes échecs ; je revis le visage simiesque de Forasco et mon père étendu sur les corps violés de mes jeunes sœurs ; je revis Flora Ieloni sur son cheval gris caracolant face à mon gibet, et Laüme se donnant en bacchante à des amants sans nombre…

Vers minuit enfin, Gérard me conduisit au Véfour pour le souper. Dumas et Gautier s'y trouvaient déjà.

– Ne te laisse pas miner, Dalibor, dit Alexandre pour me consoler. La distraction est un baume. Si ta Laüme joue avec toi, il est juste que tu joues avec elle en retour. Provoque sa jalousie. Domine-la. Les femmes sont impossibles si nous abandonnons la prétention d'en être les maîtres.

Attentif aux conseils de mon ami, je me montrai ce soir-là le convive le plus agité aux libations des romantiques. Oubliant ma retenue passée, j'accueillis avec une ferveur de novice toutes les filles qui voulurent bien se jeter dans mes bras. Je m'enivrai du parfum de leur peau, m'étourdis à respirer leurs cheveux et sentis mon cœur battre plus vite quand j'osai les embrasser sur la bouche. Mais cette excitation était fausse, forcée, et je ne pus m'abandonner à ces mignardises sans saveur. Le dégoût de la chair me reprit et je repoussai bientôt les avances des jolies mutines. À l'aube, je retournai au logis de Nerval où je passai encore trois jours à fumer des herbes d'Afrique sur son sofa.

Enfin, je me décidai à faire amende honorable auprès de Laüme. J'avais résolu de suivre désormais un rythme de vie à sa convenance. Mes excès de jeune chiot devaient cesser. J'étais même décidé à quitter le cercle de mes amis pour me consacrer à l'étude exclusive des astres, des plantes ou à quelque autre matière qu'il plairait à la fée de m'indiquer. En un mot, je voulais être sage pour regagner sa confiance et obtenir tout ensemble son amour et son corps. Quant au problème que posaient Sandrine et son bébé, je m'étais résolu à la pire des solutions. La mort dans l'âme, je voulais confier à quelque escarpe du Palais-Royal la mission d'étrangler la grisette et de déposer son bâtard sur le parvis d'une église afin qu'on le confie à la charité publique. Cette manière de faire était la seule apportant une solution définitive à la paternité intempestive qui me gâchait l'existence depuis trop longtemps. Affermi par ma décision et le cœur presque léger, je regagnai mes appartements. En passant dans un couloir, j'entendis le murmure d'une conversation. La chose m'intrigua. J'entrai sans me faire annoncer. Trois hommes devisaient gravement avec Laüme. Mon cœur s'arrêta de battre lorsque je les reconnus. Quelques nuits plus tôt, j'avais fait leur connaissance à une table de jeu. J'étais leur débiteur et ils venaient réclamer leur dû. Les bras croisés, le visage assombri par une sourde colère, Laüme me lança un regard si mauvais que ma bonne humeur vola en éclats comme un verre fragile.

– Je ne paierai pas tes dettes, Dalibor, m'annonça-t-elle froidement. Non que je ne le puisse pas, car j'en juge le montant dérisoire, mais elles sont le signe de ta faiblesse et cela, je ne le supporte pas. Si tu es assez sot pour te conduire comme un enfant, tu dois en assumer seul les conséquences. Où qu'elle te mène, je n'interviendrai pas pour effacer ton erreur.

– Êtes-vous en mesure d'assurer vos engagements, monsieur ? s'enquit aussitôt un des joueurs en m'apostrophant.

– Je ne le puis, avouai-je.

– Puisque madame ne souhaite pas se substituer à vous pour assumer vos dépenses, nous vous demandons réparation sur le champ de duel, déclara un autre. Voici nos cartes. Nos témoins prendront contact avec les vôtres pour régler les modalités de notre affaire. Nous osons espérer que vous n'aurez pas la couardise de vous défiler. Il y va de votre honneur, Galjero. À supposer que cette notion vous soit familière…

Mes doigts se refermèrent sur trois bristols. Décomposé, les yeux mouillés par des larmes de colère et d'amertume, je ne m'enquis même pas de l'identité de mes adversaires. Tel un garçonnet humilié, je quittai la pièce sans mot dire, la tête basse, remarquant seulement la concupiscence qui marquait les traits bouffis du visiteur le plus âgé lorsqu'il observait Laüme. Je passai une nuit blanche, sans savoir quelle résolution prendre, le ventre traversé de crampes. J'avais envie de quitter Paris pour gagner au plus vite une lointaine province et m'y cacher à jamais. Mais, au petit matin, un semblant d'orgueil revint me vivifier. Résolu à affronter mon destin, je me rendis finalement chez Dumas pour lui demander d'être mon témoin. Par un heureux hasard, Nerval était présent chez Alexandre.

– Je dois soutenir un triple duel contre des fâcheux, leur annonçai-je. J'ai songé à vous pour me seconder. M'accorderez-vous cette faveur ?

– Bien sûr, Dalibor, répondit Alexandre en me tapant sur l'épaule, l'air plus amusé que navré. Un jeune homme sans expérience, fraîchement arrivé à Paris, qui trouve le moyen de cumuler trois duels en une seule journée ! Voilà un joli début pour un roman ! Qui dois-tu affronter ?

– À dire vrai, je l'ignore. Je n'ai fréquenté ces drôles que le temps de leur abandonner une somme coquette. Connaissez-vous ces gens ? demandai-je en lui présentant les bristols et en décrivant sommairement la physionomie de mes opposants.

– Je le crains, admit Dumas. Aucun n'a bonne réputation. Le premier, celui que tu dépeins comme un vieux séraphin potelé aux cheveux jaunes, est le financier Fabres-Dumaucourt, un usurier des bas quartiers grandi à l'ombre de Talleyrand. Parti de rien mais il possède aujourd'hui une grosse fortune. Bonapartiste sous Napoléon, royaliste sous la monarchie, prêt à devenir républicain dès que la monarchie tombera. Comme tous les gens d'argent, c'est un philistin, un opportuniste et un parvenu. Bon escrimeur. Ombrageux. Encore habitué à régler ses différends à coups de pointe, malgré son âge mûr. C'est un sanguin, avec une somme d'énergie colossale, un bouc toujours prêt à la saillie, dit-on aussi. Il ne paradera pas avec toi. Il te sabrera comme un boucher. Ne te laisse pas berner pas ses rides et son crâne à moitié chauve.

– Si tu veux le vaincre, il te faudra esquiver ses premières attaques, conseilla Nerval. Laisse-le s'épuiser. Économise-toi. Porte tes coups une fois que le premier orage sera passé et que la fatigue aura fait son œuvre.

– Le second est le petit baron d'Andrésy, poursuivit Dumas. Son père et sa mère ont été décapités pendant la Terreur. Il a été élevé par un oncle émigré à Londres. Les manières fourbes des Anglais ont déteint sur lui. Il est proche de la cour mais c'est un vaurien en culotte de soie. Sournois, stupide et méchant. Fais attention à ne pas le tuer, celui-là. Cela te vaudrait de gros ennuis.

– Comment se bat-il ?

– Je l'ignore. Mais vise ses jambes. Paralyse-le. N'atteins ni sa gorge ni sa poitrine. S'il meurt, tu es bon pour l'échafaud.

J'eus un sourire en pensant à ma première exécution. Ni Dumas ni Nerval n'en comprirent le pourquoi.

– Le troisième est le plus dangereux. C'est peut-être un des meilleurs tireurs de Paris. Gaucher. Il s'entraîne souvent dans la salle de la rue aux Ours. M. Hubert le connaît bien. C'est un demi-solde, comme lui, mais plus jeune, plus nerveux. Il était officier de cuirassiers. Huit chevaux tués sous lui à Waterloo ! Son escadron anéanti par les carrés écossais de la Black Watch ! Et lui, pas une égratignure ! C'est une carne que la mort ne veut pas prendre.

– Comment se nomme-t-il ?

– Pierre de Sainte-Hermine. Trente et quelques duels à son actif. Il ne blesse jamais. Il tue. Là, franchement, je ne sais quel remède te conseiller. M. Hubert pourrait peut-être nous révéler ses faiblesses mais, malgré toute l'amitié qu'il te porte, je doute qu'il trahisse un de ses anciens camarades de la Grande Armée. Il préférera certainement demeurer neutre dans l'affaire qui vous oppose.

– J'en prends mon parti, dis-je en tentant d'affermir ma voix. Va donc pour ces messieurs. Il me tarde fort de leur tailler la couenne tout à mon aise !

– Tout beau, Dalibor, tout beau ! tempéra Dumas. Ne te laisse pas aller à trop d'ardeur. Faire le follet entre amis passe encore, mais l'affaire sera différente lorsque tu seras en chemise face à ces gaillards. Tu ne veux pas reprendre un peu ton entraînement ? Quelques passes te feraient le plus grand bien.

Au lieu d'écouter la raison et de prendre le chemin de la salle d'armes, je préférai boire et manger. Après nos libations, Dumas me garda pour la nuit. L'état d'exaltation dans lequel j'avais brûlé tout le jour retomba à mesure que les aiguilles de l'horloge avançaient. L'angoisse me prit. Les duels qui m'attendaient, j'en étais maintenant certain, avaient ma mort pour issue. Inexpérimenté, j'étais une proie facile pour des adversaires rompus au combat.

– Es-tu certain de ne connaître aucun autre moyen de te tirer d'affaire, Dalibor ? me demanda Dumas au matin. Peut-être pouvons-nous solliciter nos amis. Avec leurs contributions, je crois possible de rassembler la somme nécessaire pour rembourser une partie au moins de ce que tu dois. Tes bourreaux prendront peut-être patience pour le reste…

– Vous m'avez tous généreusement tiré d'affaire une fois. Et il y a peu. Renouveler la chose n'est pas possible. Non, c'est vers Laüme que je dois me tourner, lâchai-je en maugréant. Je vais la supplier. Un contrat est passé entre nous. Son indifférence n'est qu'une feinte. Elle interviendra pour m'épargner ces affrontements. J'en suis certain !

Il me fallut attendre jusqu'au soir pour ravaler ma fierté et trouver le courage de revenir dans l'île Saint-Louis. Un fiacre n'appartenant pas à nos écuries stationnait dans la cour de l'hôtel. Le boiteux tournait autour de la voiture et l'observait en connaisseur. Dès qu'il me vit, il me gratifia de ce sourire affreux que je connaissais bien. Une sourde inquiétude m'envahit. Je grimpai quatre à quatre les marches du grand escalier, en pressant les domestiques de me révéler où se trouvait leur maîtresse. Le cocher me rattrapa et m'indiqua la direction d'un couloir. Des murmures étranges provenaient d'un boudoir.

J'ouvris la porte à toute volée. Laüme était là, ses doigts agrippés au montant d'une ottomane, sa robe froissée jetée par terre, son corset et ses linges étalés au loin sur une console. Sa croupe nue était levée. Un homme à la carrure de taureau et à la couronne de cheveux filasse lui donnait du plaisir en la possédant contre nature. C'était le vieux banquier Fabres-Dumaucourt. L'horreur de la scène me fit défaillir. Les jambes comme fauchées par une serpe, je m'écroulai contre le mur mais ni mon intrusion ni mon malaise n'interrompirent l'immonde copulation. Vêtu de sa seule chemise dont il tenait les pans relevés entre ses dents cariées, le financier faisait claquer son ventre gélatineux contre les reins étroits de Laüme. Roulant vers moi des yeux ravis, il sortit aussitôt tout entière la longue corne rouge de son vit et l'exhiba pour m'en faire apprécier l'ample diamètre et la dure congestion. Puis, rengainant son membre dans le fourreau bâillant comme un gouffre, il s'amusa à répéter crânement la séquence. À trois reprises il opéra ainsi, chaque nouvelle plongée de sa hampe faisant se pâmer plus fort l'objet de son rut. À la quatrième extraction, Laüme se retourna. Sans me concéder un regard, elle ouvrit grand ses cuisses au butor. Vernie de cyprine, sa vulve fine bavait d'écume. Hâtivement, Dumaucourt acheva de se dévêtir et saillit la fée en la baptisant de noms infâmes. « Chienne du diable », « traînée », « fille publique », disait-il, et mille autres grossièretés plus ignobles encore qui semblaient agir comme un aphrodisiaque sur Laüme. Extatique, gémissante, comblée, elle était belle comme jamais. Brisé, pantin sans force et plus mort que je l'avais été après avoir été confié au bourreau de Bucarest, je vis les amants s'enivrer de volupté jusqu'à hurler. Fabres délivrait des coups puissants et rapides qui résonnaient dans le corps de Laüme et faisaient claquer ses seins en une saltarelle hypnotique et sauvage. Lorsqu'il en eut assez de cette position, le vieux verrat lui donna sa tige à gober. Ses mains fines pressant tendrement les bourses mauves et sa bouche tétant l'affreux pilon, Laüme entama une succion lente. Fabres poussa un long soupir de contentement puis, d'une diction parfois entrecoupée de sourds vagissements, il m'avertit :

– N'allez surtout pas espérer, monsieur Galjero, que madame solde en cet instant le montant de votre dette. Que je la possède n'efface rien du contentieux qui nous oppose. Le hasard seul a voulu que vous surpreniez nos ébats privés. Cela ne semble d'ailleurs pas vous déplaire, si j'en juge par la complaisance que vous manifestez à nous observer. Nos amusements vous contentent, n'est-ce pas ? Ils vous instruisent ? Je suis certain que vous n'avez jamais connu une telle joie par vous-même. C'est que cela se mérite, voyez-vous, cela s'obtient de haute lutte. Mais vous n'avez pas assez de fibre pour gagner cette récompense… Les femmes, Galjero ! Les femmes ! Voyez comme les yeux de votre Laüme brillent lorsqu'on lui fait jouer le rôle de courtisane pour lequel elle est faite. C'est une concubine-née, une catin royale que vous avez là. Vous n'en êtes pas digne, Galjero… Vos traits sont ceux d'un Adonis mais vous n'êtes qu'une chiffe ! Malheureusement pour vous, ma lame tranchera le fil de votre vie dans quelques jours. Jamais cette panthère ne vous donnera ce que j'obtiens d'elle à cet instant.

Je voulus répondre mais j'en fus incapable. Une mousse coula au coin de mes lèvres et mes muscles tremblèrent dans un début de crise d'épilepsie. Comme Dumaucourt tapait sa verge contre le visage de Laüme pour lui cracher de longs traits de semence à la face, je sentis sur mon bas-ventre jaillir une miction chaude. Jouissance et douleur mêlées m'arrachèrent des râles pathétiques et grotesques qui se fondirent avec les ahanements de Fabres et de Laüme. Son sac vidé, le satyre sécha son harpon dans la soie des cheveux blonds. Laüme laissa faire. Elle ruisselait de lourds rubans de crème blanche qu'elle cueillait du bout des doigts pour l'étaler en pommade sur son torse et son ventre. Vomissant une nouvelle injure, Fabres la gifla à toute volée. Au lieu de provoquer sa colère, ce geste rendit Laüme encore plus chatte. Elle poussa un feulement d'extase et voulut aussitôt reprendre en bouche le sexe déclinant du vieux coq, mais celui-ci en avait assez. Il se dégagea d'une bourrade, ramassa son frac et la laissa trouver par elle-même le plaisir auquel elle aspirait encore. Son corps se cabra une dernière fois, puis demeura pantelant, misérable et fragile aux pieds de l'argentier. Fabres se mit à rire.

– Je reviendrai, madame, puisque vous aimez tant que je vous remplisse. Et même dès demain, avec quelques compagnons. Quatre ou cinq, peut-être. On me dit égoïste mais vous êtes décidément trop belle et trop facile pour qu'on ne publie pas largement vos dispositions à la galanterie. J'ai mille idées d'amusements nouveaux. Et le jeune M. Galjero pourra encore regarder nos fredaines puisqu'il y trouve sa joie…

Dumaucourt enjamba le corps de Laüme et s'éclipsa en sifflotant comme un portefaix. La tension qui bandait mes muscles se relâcha alors, mon souffle redevint régulier. Comme ivre, Laüme était maintenant plongée dans une torpeur profonde. Je me glissai près d'elle et posai la main sur son épaule. Sa chair était glacée. Elle puait le venin d'homme jeté partout. Je la couvris d'une étole. Naïvement, désespérément, je voulais croire encore qu'elle avait été contrainte par Dumaucourt mais, lorsque je la soulevai pour la porter dans son lit, elle s'éveilla et me repoussa comme si j'étais un étranger. La lueur mauvaise qui brillait dans ses yeux acheva de détruire mes pauvres illusions. Écœuré, je laissai ma colère déborder.

– Je vais le tuer ! promis-je. Je vais tuer ce Dumaucourt ! Tuer tous ceux qui vous toucheront et se dresseront sur ma route ! Et cela vaut aussi pour vous !

– Voilà enfin des paroles qui me plaisent, mon tout petit, répondit Laüme, amusée. Prends donc un poignard et plonge-le dans mon cœur si tu le peux et si tu l'oses…

De mes yeux jaillirent des flammes de haine.

– Vous auriez dû m'abandonner au gibet de Bucarest, crachai-je. Vous êtes pire qu'un monstre ! Jamais plus je ne veux vous revoir !

Tournant les talons, je dévalai le grand escalier et courus comme un fou au hasard dans les rues jusqu'à en faire éclater mes poumons…

Le château des Brouillards

– Il est l'heure, Dalibor ! gronda Alexandre Dumas. Allons, mon garçon, réveille-toi !

Trois jours s'étaient écoulés depuis que Fabres-Dumaucourt avait découvert les délices du corps de Laüme. Soixante-douze heures passées chez Dumas dans le tourment, le délire et la fièvre, anesthésié par des doses de laudanum et d'opium que me délivrait Nerval. Soixante-douze heures de répit avant le moment fixé pour mes duels.

– Si tu veux renoncer et t'enfuir, c'est ta dernière chance, Dalibor. Lorsque nous monterons dans le fiacre, il sera trop tard. Alors, que décides-tu ?

– Tu le sais, Alexandre. Même si je dois mourir aujourd'hui, je veux me battre. Je ne changerai pas d'avis.

Dumas soupira et me serra sur son cœur. Après lui, Nerval me donna l'accolade.

– Nous nourrissons beaucoup d'amitié pour toi, Dalibor, me dit ce dernier. Si tu disparais aujourd'hui, nous t'immortaliserons dans nos œuvres.

– Je vais vaincre, répliquai-je. J'en suis certain. Mais que cela ne vous empêche pas de donner mes traits à l'un de vos héros. J'en serai bien heureux…

Une voiture nous attendait dans la rue.

– Où allons-nous ? demandai-je.

– À Montmartre. La rencontre aura lieu au château des Brouillards. C'est un endroit tranquille. La police ne viendra pas nous interrompre.

Le voyage jusqu'à la Butte se fit en silence. La mort planait au-dessus de ma tête mais j'en étais peut-être le moins inquiet. La vie n'avait plus aucun goût pour moi, j'avais hâte de la quitter au plus vite. Seul m'importait le coup fatal que je voulais porter à Dumaucourt. Soufflant, hennissant, les bêtes de l'attelage peinèrent à gravir la pente de l'ancien mont des Martyrs. Le soleil se levait lorsque nous arrivâmes au lieu-dit. Le champ de bataille était un terrain herbeux qui s'étendait derrière une haute bâtisse aux allures de manoir. J'ignore pourquoi on l'avait nommée château des Brouillards mais Nerval semblait y voir le signe d'un secret.

Six voitures étaient déjà postées dans l'allée menant au jardin. Parmi elles, je reconnus celle de Laüme. Nerval et Dumas allèrent s'entretenir avec les témoins des parties adverses. Les ultimes détails réglés, on vint me chercher. À quelques pas de moi, les trois hommes que je devais affronter se tenaient les côtes en m'observant. Aux mimiques obscènes de Fabres, je compris que le banquier décrivait à ses amis comment il avait possédé la Galjero sous mes yeux. Ses compères ne cessèrent de se gausser qu'à l'instant où Laüme quitta son fiacre pour marcher dans la rosée jusqu'au terrain prévu pour les combats. Tous les hommes soulevèrent leur haut-de-forme pour la saluer mais il fallut que Fabres fanfaronne encore derrière son dos en balançant son bassin pour mimer l'accouplement. C'en était trop pour moi. Je voulus me jeter sur lui. Il y eut un début de pugilat mais on me ceintura et Dumas me calotta sévèrement pour me faire revenir à la raison.

– Un duel est une affaire grave, Dalibor ! Tiens-toi ! Si tu t'oublies, tu humilies tes témoins. Respecte notre engagement à tes côtés !

Serrant les mâchoires, je parvins à maîtriser mes nerfs, malgré mes mains tremblantes et la sueur qui gouttait déjà de mon visage. Je quittai mon frac et mon gilet. En chemise, le cou libre, je pris enfin place.

– Puisque trois plaignants vous demandent raison, m'annonça un juge, nous avons pensé convenable de laisser au hasard l'ordre de leur passage. Les opérations ont été faites. C'est à M. le baron d'Andrésy que revient l'honneur de vous engager.

Une épée fut placée dans mon poing. Machinalement, je fendis l'air pour juger de son équilibre et me sentis désavantagé. L'arme était trop légère pour moi, moins puissante que la lourde claymore que j'employais à l'entraînement avec M. Hubert. Mon adversaire vint me faire face et s'obligea à un mauvais salut. Son visage était aigu, ses lèvres minces se retroussaient sur des dents minuscules perdues sous une large gencive. Il me parut bien énervé et très impatient de me passer son fer au travers du corps.

– Surtout, ne le tue pas, celui-ci ! me souffla Dumas en guise d'ultime conseil. Ses jambes ! Vise ses jambes !

Je balbutiai quelque chose mais mon esprit n'écoutait pas. Je ne savais plus où j'étais ni ce que je devais faire. Mes yeux s'accrochèrent à ceux de Laüme, qui détourna aussitôt la tête pour sourire ignominieusement au gros banquier Fabres-Dumaucourt. Rougeaud, suant peut-être plus que moi, celui-ci contenait mal sa furieuse envie de reprendre au plus vite l'œuvre de fornication.

Il y eut un « Allez ! » que je n'entendis pas. Aussitôt, me prenant de court, la lame du petit Andrésy s'enroula autour de la mienne et son poignet donna un coup sec qui manqua de me désarmer. Riant, le baron se dégagea et lança une série d'attaques vives et longues qui me firent reculer de plusieurs mètres. Dumas et Nerval avaient la tête dans les mains, et le chirurgien convié par les juges ouvrait déjà sa mallette pour en tirer des bandages. Je parai en catastrophe les violentes piques d'Andrésy. Cela n'avait rien d'académique ou de chevaleresque. Je luttais pour ma vie. Si je ne donnais pas le meilleur de moi-même en cet instant, alors, oui, j'allais mourir ! Cette pensée fut la dernière ; ma raison, ensuite, se tut pour laisser place à mon instinct. Retrouvant ma souplesse et mon énergie, je commençai par effacer mon corps sur le côté, ce qui surprit Andrésy qui croyait avoir épuisé mes capacités de défense. Emporté par son élan, il passa devant moi sans pouvoir s'arrêter. Baissant alors le bras, je laissai filer ma lame le long de sa cuisse en appuyant sur le fer aussi lourdement que je le pus. Hurlant de douleur, il tomba dans l'herbe sans pouvoir se relever.

Le premier duel était terminé, sans aucun mal pour moi. Crachant la salive qui s'était accumulée dans ma bouche et respirant à pleins poumons, je restai sourd aux injures et aux protestations qui pleuvaient sur moi. Mon coup était jugé litigieux, indigne d'un gentilhomme et donc irrecevable. Je m'en moquais comme d'une guigne. Seul m'importait de m'être débarrassé de cette sangsue d'Andrésy sans l'avoir trop amoché.

– C'est parfait, me dit Dumas en me jetant un manteau sur les épaules. Tant pis pour les règles de l'art. Ce qui compte, c'est ta survie. Emploie tous les moyens, ne t'embarrasse pas de scrupules. Tu peux passer les deux autres, Dalibor ! Tu vas leur faire fumer les mauves !

On pansa grossièrement le blessé et ses témoins l'évacuèrent. Quand ses cris de furie se furent estompés, mon deuxième opposant gagna la ligne. C'était le redoutable cuirassier Pierre de Sainte-Hermine. Moustachu, fier, le front ridé et les épaules droites, l'homme était un guerrier-né. Calme, sûr de lui, il ne me provoqua pas. Sa froideur et son silence étaient plus terribles que l'arrogance du baron d'Andrésy. On remplaça dans mon poing l'épée légère par un sabre de cavalerie. Peut-être Sainte-Hermine pensait-il m'effrayer en m'imposant cette arme impressionnante, lourde, faite pour infliger d'épouvantables blessures à qui ne pourrait la contrer. Mais j'étais habitué à ce type de lame et Hubert m'avait bien formé à son maniement. J'opposai au cuirassier une défense franche, régulière, sans tenter de feindre ou risquer une manœuvre de ruse trop facile à déjouer pour le combattant aguerri qu'il était. Pour le vaincre, il fallait être irréprochable et lutter d'égal à égal. Cet homme était un lion, puissant mais honnête dans ses coups. J'optai pour le même style de combat. Notre engagement dura de longues minutes sans qu'aucun de nous parvienne à prendre l'avantage. Il avait l'expérience ; j'avais les réserves que me conférait la jeunesse. Nos qualités s'équilibraient. Les bottes qu'il m'imposait, je les connaissais pour les avoir étudiées avec Hubert ; de même qu'il anticipait les miennes pour les avoir pratiquées avec mon maître à l'entraînement. Bientôt, pourtant, nous manquâmes tous deux de souffle. Exténués, nous rompîmes un instant nos passes d'un commun accord.

– Monsieur, me dit Sainte-Hermine d'une voix hachée par les goulées d'air qu'il avalait à grands traits, monsieur, vous vous battez bien… Et je constate que nous sommes de force comparable. Je vous ai cru un adversaire indigne quand j'ai vu votre mauvais coup contre le baron d'Andrésy. Face à moi, en revanche, votre art est honnête. Pour ma part, j'estime que c'en est assez. Je retire ma plainte contre vous. Après tout, l'argent est une considération vulgaire et ne vaut pas que deux braves s'entre-tuent. Si vous en acceptez la perspective, soyons plutôt amis, monsieur…

Heureux de cette déclaration, je serrai la main de Sainte-Hermine. Époustouflés par ce soudain revirement, Dumas et Nerval s'approchèrent pour me congratuler mais la grosse voix de Fabres-Dumaucourt couvrit leurs mots :

– Ne comptez pas sur moi pour me montrer aussi chevaleresque, monsieur le freluquet ! Dès que j'en aurai fini avec vous, j'ai prévu un souper fin avec votre Mlle Laüme. Je la vois tous les soirs, savez-vous ? Et je la présente chaque fois à de nouveaux compères. Elle raffole de ce que nous lui donnons. C'est une furieuse jument que nous menons au fouet et à la longe. Dommage que vous n'ayez pas cru bon d'être des nôtres pour nous voir la chevaucher encore et encore…

Bondissant sans attendre l'ordre des juges, je voulus lui faire ravaler ses paroles. Piqué au vif, j'entamai une combinaison mal articulée de tailles et d'estocs. Fabres était plus véloce que sa grosse bedaine ne le laissait penser. Il para les coups et m'en décocha un en retour que je ne connaissais pas et qui m'entailla vilainement l'épaule. Sa férocité accrue par cette percée, il redoubla de violence dans ses attaques.

Mes forces consumées par l'affrontement avec Sainte-Hermine, je ne pus résister comme je le voulais. Bientôt débordé, je ne parvins pas à éviter le fil de sa lame qui glissa contre mon flanc. Une douleur déchira mon ventre et un flot de sang s'écoula le long de ma hanche. Les yeux du banquier s'étrécirent, ses lèvres se retroussèrent.

– J'ai fait de ta Laüme ma putain ! fulmina-t-il. Elle consent à tout ce que j'ordonne et j'ai mis l'accès de ses cuisses aux enchères ! Sa réputation est établie. Tous les farauds de Paris s'arrachent des billets pour décharger dans ses vases ! La garce affiche complet !

Je levai mon sabre pour parer la pluie de coups que le bonhomme m'assena à la fin de sa tirade. Glissant l'une contre l'autre, nos épées faisaient des étincelles et tintaient en écho dans l'aube froide. Résonnant dans mon bras fatigué, les chocs provoquaient plus de souffrance encore que mes deux blessures. Je changeai soudain promptement de main et profitai de l'effet de surprise causé par cette variante pour passer à mon tour la défense de Fabres. Ma lame vola au beau milieu de son front et décalotta sa trogne répugnante comme un œuf qu'on découpe au petit déjeuner. Le banquier s'effondra dans de grotesques flatulences d'éponge qui dégorge. Vrillé de douleur et presque saigné à blanc, je tombai à mon tour. Pantelant, je laissai le chirurgien recoudre à gros points mes blessures tandis que, souriante et superbe, déesse noire du plaisir et de la douleur, je voyais Laüme s'approcher de moi…

Le vin d'éponge

Je m'éveillai en sursaut. Me redressant, je reconnus ma chambre, quai d'Orléans. Il faisait grand jour. Le doux soleil d'avril baignait la pièce et une brise tiède venait jusqu'à moi par la fenêtre ouverte. Laüme était là, assise dans une bergère à me veiller. Durant de longues secondes, nous nous observâmes sans parler. J'avais envie de cracher ma haine au visage de cette immonde créature mais mes lèvres demeurèrent closes et mes mains ne la frappèrent pas.

– Pourquoi ? demandai-je enfin. Pourquoi vous plaisez-vous à me faire souffrir et à vous donner à d'autres comme la pire des catins ?

– Tu dois tout connaître de moi, Dalibor. Mes obscurités. Mes exigences. Mes cruautés. C'est la condition pour que tu m'aimes tout entière. Je ne suis pas une sainte. Pas même une déesse. Je suis la vie, avec ses clartés et ses ténèbres, ses puretés et ses souillures… C'est ainsi. Tu devras changer et te fortifier si tu veux supporter cette vérité et mériter les merveilles que je peux t'offrir.

– Mais pourquoi vouloir me donner ce que je ne suis pas certain de désirer ? Pourquoi ne me demandez-vous pas de perpétuer la lignée des Galjero comme vous l'avez exigé de mes ancêtres ? Je peux faire un fils et vous l'abandonner. Vous choisirez la mère selon votre bon vouloir. Une fille des rues, mais saine et forte. Nous la paierons pour que je l'engrosse et qu'elle abandonne toute prétention sur le rejeton… Ensuite, je partirai sans espoir de retour. Si vous l'élevez, l'enfant vous obéira en tout…

– Non ! De toi viendra un fils, c'est vrai, mais il ne sortira pas du ventre d'une étrangère. C'est en moi qu'il grandira. Moi qui le mettrai au monde…

Ce fut comme un choc physique en pleine poitrine. Le souffle coupé, je ne trouvais pas de mots pour exprimer toutes les questions qui assaillaient mon esprit.

– Oui, Dalibor, je vais bientôt pouvoir enfanter moi aussi, reprit Laüme en s'approchant de moi. Après des années, des siècles même à en parfaire le rituel, j'en connais désormais la manière et j'en ai la volonté. Nous allons marcher ensemble sur des chemins difficiles. Toi pour prolonger ta vie et moi pour devenir définitivement apte à concevoir. La comédie des épousailles avec des femmes indignes est terminée. C'est avec moi que tu vas fêter tes noces… N'en es-tu pas heureux, mon amour ?

– J'en suis terrifié, avouai-je dans un murmure. Je n'en aurai pas la force…

– Tu en es digne et tu t'en montreras capable, j'en suis convaincue. Je le sais ! Je l'ai vu quand tu t'es battu. Car je te parle d'arrêter le temps pour toi, Dalibor, et de rester pour toujours à mes côtés. Je te parle de réaliser le miracle de ta vie éternelle et d'enfanter avec moi la créature la plus formidable qui soit… Un enfant fée, Dalibor… Y songes-tu ? Un roi et un renouveau pour le monde ! Un roi qui le régénérera et qui nous devra sa force et sa sagesse ! Nous serons la source où il s'abreuvera. Il suivra nos conseils et sera l'instrument par lequel nos rêves les plus grandioses prendront enfin vie…

– Est-ce vrai ? Savez-vous vraiment les mystères de telles œuvres ?

– Ne suis-je pas venue te chercher dans le royaume des morts ? Comment peux-tu encore douter de moi ?

– Que faudra-t-il que je fasse ? demandai-je en tremblant. Faudra-t-il… faudra-t-il que j'assassine comme Galjero et Dragoncino l'ont fait pour vous ?

– Oh oui, il le faudra ! Bien sûr…, répondit Laüme en riant et en prenant mon visage dans ses mains fraîches. Crois-tu que c'est en priant à Notre-Dame que tu enclencheras nos métamorphoses ? Non. Cela se fera dans la souffrance. La tienne, la mienne et celle des autres. Beaucoup d'autres !

– Mais n'y a-t-il pas d'autres voies ?

– Peut-être cela existe-t-il, admit-elle du bout des lèvres. Mais je ne connais qu'une seule manière valide de procéder. Et c'est une voie rouge… C'est celle-là que nous emprunterons. Regarde !

Du tiroir de ma table de chevet, Laüme tira alors une gaine de galuchat. Une longue dague effilée y dormait, tel un serpent dans son nid.

– J'exige de toi deux sacrifices, Dalibor. Si tu consens à mes demandes, j'effacerai à jamais les doutes que j'ai pu nourrir te concernant. Je te jurerai un amour éternel et tu seras mon seul époux. Tous mes secrets, je te les apprendrai…

– Il n'y aura plus d'artifices entre nous ? Vous m'en faites le serment ?

Laüme approuva d'un signe de tête, puis, me regardant droit dans les yeux :

– Ni mensonge ni tromperie si, sous mes yeux, tu égorges ta Sandrine et ton répugnant petit bâtard !

À ces mots, je cessai de respirer et une énorme boule enfla dans ma gorge. Ainsi donc Laüme connaissait mon secret ! La révélation me bouleversa au point que je restai coi. Interdit, je baissai seulement le menton. Il me semblait être un gibier trop longtemps chassé qui vient d'atteindre un cul-de-sac et doit se résigner à son sort.

– Je le ferai, convins-je enfin dans un murmure.

*

Ce fut long et compliqué. Dramatique et épuisant. Une lutte morale s'engagea en moi, qui faillit me coûter le peu de raison qui me restait. Force ou faiblesse, cela n'avait plus de sens. Tout se mêlait, toutes les valeurs se pervertissaient. Il n'y avait plus ni Bien ni Mal, mais un océan de chaos où toute chose pouvait, à chaque instant, s'inverser… Il n'était plus question de suivre une quelconque morale, ni même de complaire à Laüme pour la séduire. Il n'était plus question que de ma propre survie, et, à ce moment précis, elle passait par la mort inévitable de deux innocents. Et puis quoi ? J'avais bien songé à rétribuer un coupe-jarret pour me débarrasser de la grisette. Quelle différence cela pouvait-il faire si c'était moi qui brandissais le couteau ? Et pour l'enfant ? Pourquoi le laisser vivre ? Ne valait-il pas mieux lui ôter la vie plutôt que de l'abandonner à l'orphelinat comme je me proposais de le faire ? Ce rejeton était le fruit d'une union fortuite, le fruit sans goût de mon inexpérience, le fruit pourri de ma faiblesse… Laüme voulait faire de moi un assassin ? Je l'étais depuis longtemps. J'avais même été pendu pour cela… Oui, à moi qui avais livré sans défense mes sœurs et mon père à des cohortes de rats, que m'importait un supplément de victimes ?

*

C'était une soirée pluvieuse et, à ma ceinture, pendaient les deux bourses pleines d'or dont Laüme m'avait fait cadeau sitôt mes blessures refermées. J'avais pris grand soin de mon apparence avant de sortir. J'avais longuement brossé mes cheveux et je m'étais détendu dans un bain très chaud. Choisissant ensuite soigneusement les couleurs de mes vêtements, j'avais harmonisé mon gilet et ma jaquette à la teinte de mon fuseau et au cuir de mes bottes – une manière étrange, mais pour moi efficace, de me concentrer, de rassembler mes forces. Car ce soir n'était pas un soir ordinaire. Ce soir, j'allais tuer ma maîtresse et mon propre fils. Ce soir aussi, elle l'avait promis, Laüme se donnerait à moi et je deviendrais le digne héritier de mes ancêtres…

Le cocher boiteux m'attendait dans la cour de l'hôtel. Je lui indiquai le chemin de Grenelle. Laüme avait ordonné au bougre de suivre mes instructions à la lettre et de m'obéir en tous points. Ce n'était pas un commandement à la convenance du maraud mais il ne contesta pas la consigne. À l'allure d'un petit trot régulier, nous traversâmes la moitié de Paris. Il y avait bien longtemps que je n'étais retourné voir Sandrine, plusieurs semaines au bas mot, et je vis avec soulagement un rai de lumière filtrer sous sa porte. La petite éclata aussitôt en sanglots et se précipita dans mes bras. Elle avait cru que je l'avais abandonnée et qu'elle ne me reverrait jamais. Je séchai ses larmes en la consolant de mille paroles réconfortantes et en lui montrant des pièces d'or.

– J'étais occupé à devenir riche, dis-je pour justifier mon absence. Mais je suis revenu aujourd'hui afin de te sauver. Regarde ! J'ai de quoi t'emmener loin de Paris et te sortir de la misère.

– C'est vrai ? s'exclama-t-elle, soudain submergée de bonheur. Nous allons vivre tous les trois ? Ensemble pour toujours ?

– Je te le promets, Sandrine, mentis-je. Je te le jure…

Son menton effilé dans ma main, ses joues baignées de larmes, ses grands yeux égarés m'émurent. Pour la première fois depuis nos deux nuits d'étreintes non consommées, je la trouvai belle. Ses caprices, la démonstration puérile des sentiments qu'elle me portait, sa possessivité m'avaient fait oublier sa grâce, ses charmes, ses attraits fragiles… Son sourire me rappela mon ancienne tendresse et son corps élancé me troubla de nouveau. J'eus soudain honte de lui avoir fait subir l'horreur d'un avortement calamiteux et raté. Honte de l'avoir laissée dans le besoin. Honte, plus encore, de comploter maintenant sa mort et celle de son enfant.

Je m'approchai du berceau où mon fils dormait. Il était rose et de belle allure. Vigoureux, charmant. Non ! Décidément, je n'étais qu'un misérable si j'acceptais d'offrir ces deux innocents en oblation à Laüme. Il me fallait trouver un moyen de les sauver tous deux, mais comment ? Voyant ma mine se renfrogner, Sandrine se blottit contre moi. Je l'enlaçai et passai mes mains dans ses cheveux. Mes yeux se portèrent sur l'unique fenêtre de la chambre. Au-dehors, derrière les vitres sales, on devinait les toits de Paris. Des millions de vies anonymes palpitaient là, qui m'étaient indifférentes… Ne pourrais-je trouver le moyen de pratiquer une sorte d'échange ? Et soudain le souvenir confus d'un visage me revint en mémoire. Je revis une ruelle, un taudis. Et une silhouette de femme au ventre rond ! Lorette ! La fille de la barrière de Charenton ! Je m'étais porté à son secours alors qu'elle se faisait rosser par son drôle… Elle semblait presque à terme à l'époque. Se pouvait-il qu'elle ait accouché d'un petit mâle ? L'idée m'exalta et je sus à l'instant qu'il me fallait tenter ma chance. J'embrassai Sandrine avec ferveur et la quittai en lui laissant la bourse pleine d'or et en jurant de revenir au plus vite.

– Aie confiance en moi, la suppliai-je encore. Je vous aime tous deux plus que tout…

J'étais si scélérat que peut-être même étais-je sincère en prononçant ces paroles.

Je descendis les marches quatre à quatre et retrouvai en bas le cocher. Sans explication, je lui donnai l'ordre de fouetter ses chevaux jusqu'au faubourg de Charenton. Je n'étais pas certain de retrouver l'endroit et craignais fort de me perdre dans le labyrinthe des ruelles du quartier, mais quelque sens infaillible de prédateur me guida jusqu'à la cour sordide où je m'étais autrefois désaltéré. Du pommeau de ma canne, je frappai à la porte. Ce fut l'homme qui m'ouvrit. Il me reconnut aussitôt et prit un air rogue.

– Tu ne m'as pas oublié, n'est-ce pas ? demandai-je.

– Non, monsieur, dit-il entre ses dents.

– J'avais promis de revenir voir si tu traitais convenablement ta femme. Est-elle ici ?

– Où d'autre ?

– Laisse-moi la voir !

J'entrai d'autorité et le mari s'effaça en grommelant. Au coin d'un poêle, Lorette allaitait son enfant. Son visage s'éclaira quand elle me reconnut.

– Ton marmot, demandai-je, est-ce un mâle ou une garce ?

– C'est un mâle, monsieur, répondit fièrement la jeune femme.

– Ton époux a-t-il amendé sa conduite ? m'inquiétai-je encore.

Lorette haussa les épaules et fit la moue.

– Ma femme vient d'accoucher, mentis-je alors. Je cherche une nourrice. C'est une place sûre que je t'offre. Tes gages seront honnêtes. Tu seras nourrie, blanchie, avec une chambre pour toi seule. Ton mari pourra te visiter une fois par semaine. Qu'en dis-tu ?

Lorette me regarda avec autant de surprise que d'intérêt. J'en fus soulagé. Mon piège allait fonctionner, c'était sûr.

– L'affaire ne peut pas se
dit l'homme en s'approchar
puis, Lorette n'a rien d'une
assez pour nourrir deux n
quelques jours, je vous au
dotée pour l'office…

– C'est maintenant que
prendre ou à laisser.

Plaquer cinq pièces d
emporta la décision. Lore
un vieux sac de toile et, s
prit place à mes côtés dar
Nous roulâmes jusqu'à l'

La fille me couvait d'u
ferveur. Ma venue soud
devait lui sembler un mi

– Vous êtes un saint,
ment quand nous pénétr
sens que cet endroit sera

Le cocher la mena d
quartiers des autres do
serré par une horrible
ma trahison, j'allai prév

– J'ai fait venir Sand

– Tu as été bien long

– Oui.

Les yeux de la fée
comme pour mordre.
tiroir et me remit sole
m'avait déjà montrée.

– Tu as conduit les
mise à mort. C'est bie
la vie maintenant.

Je pris le poignar
Laüme sur mes talon

Sandrine at
Éclairée pa
la large éch
plaisant. Se
fis un pas
dans l'embr
Au moment
déroba.

– Je ne pe
Laüme. Mên

Jetant la
sans écouter
lus la sauve
même. Mais
loir. Fondan
tique fit claq
lutter.

Lorsque je
mes poignets
dans cette m
Lorette, ligot
Elle roulait v

– Tu viens
se penchant v
tes lâchetés, d
mais je savais
que tu me pro
poupon le fru
ner mais pas
qu'un cloport
je réserve aux

D'un geste
gorge de Lore
vibra. Elle mit
nie, elle comp

Laüme, le visage allumé d'un regard dément, démaillotait déjà le nourrisson pour le préparer à sa lame. Posant le bambin sur la table, elle abattit l'acier en travers de son cou, causant une décapitation franche. Le petit crâne roula et tomba par terre avec un bruit mou, dans un clignement d'yeux et un rictus pitoyable avant de se figer tout à fait. Du tronc coupé, un ruisseau de sang jaillit sur moi et traversa mes vêtements, je sentis sa chaleur sur mon torse et mon ventre… Laüme brandit le minuscule cadavre au-dessus d'elle et le laissa goutter sur sa face, pétrissant les chairs flasques du nourrisson comme pour vider une outre. Puis elle tomba dans l'hystérie et le spectacle qu'elle donna fut le plus monstrueux qui se puisse imaginer. En elle vivait encore l'esprit de Yohav, le nain l'avait souillée à jamais. Et pourtant, dans l'outrance et le paroxysme de l'horreur qu'elle atteignit ce soir-là, s'épanouit le zénith de sa beauté. Jamais je ne l'avais vue aussi sensuelle, aussi affreusement désirable, même lorsque je l'avais surprise à se pâmer sous le rostre du banquier Dumaucourt. Néanmoins, la jouissance spontanée, honteuse, qui m'était venue alors ne se répéta pas. Les magies rouge et noire qu'elle opérait n'avaient rien d'érotique. Dépassant l'entendement, ce qu'elle pratiqua sur les corps de Lorette et de son fils rompit mon équilibre, et ma raison préféra s'effacer plutôt que de voler en éclats…

*

Plongé dans l'inconscience, je ne compris pas ce qu'on me voulait. Des mains couraient sur moi, des mains avides de pillards des rues… On s'empara de mon manteau, on arracha ma bourse à ma ceinture, on retira même mes bottes… Je hurlai. Je fus traîné sur le pavé humide et l'on me roua de coups… Puis tout cessa brusquement.

Aussi vite qu'ils s'étaient abattus sur moi, les miséreux s'égaillèrent en me laissant à demi nu, meurtri et désormais plus pauvre qu'eux… Je me relevai et frottai le sang qui avait coulé de mon arcade sourcilière fendue. J'étais au bord de la Seine, sur la rive gauche, à l'aube. En face, je voyais l'île Saint-Louis. Sous un pont tout proche, des clochards dormaient, roulés dans des loques. Le vent m'apportait leur puanteur. Laüme m'avait fait jeter là comme un rebut. J'avais froid, j'avais faim, mes blessures me faisaient mal et, surtout, je me maudissais d'avoir causé la mort de Lorette et de son enfant…

Frissonnant, je me mis à marcher sans but. Lorsqu'une pluie serrée commença à tomber, je ne m'arrêtai pas… Soudain, des chevaux soufflèrent dans mon dos et des roues ferrées grincèrent sur les pavés. Me retournant, je reconnus le fiacre de Laüme. Le cocher me fit signe de monter. J'obéis. La voiture était vide et je m'allongeai sur la banquette de cuir, soulagé, persuadé que la fée avait voulu me donner une leçon et envoyait maintenant son âme damnée me chercher. Mais loin de regagner l'hôtel du quai d'Orléans, elle stoppa devant la morgue.

– Descends, dit-il sans façons en m'ouvrant la portière.

De nouveau, la pluie trempa ma chemise et mes pieds nus foulèrent le gravier.

– Quelqu'un t'attend là-dedans, reprit l'homme. Tu peux prendre ton temps pour y aller. Rien ne presse.

Tel un somnambule, je gagnai la salle où l'on exposait les morts. Malgré l'heure matinale, des nécrophiles arpentaient déjà les travées… Tremblant, aussi pâle que les dépouilles allongées sur le marbre, j'entamai un long examen des corps sans reconnaître personne. Puis un commis en blouse s'avança.

– C'est par ici, me dit-il comme s'il me connaissait.

Je le suivis jusqu'à une remise où l'on entreposait des surplus de parpaings de glace. Sandrine était là, étendue sur une console de tôle, un suaire craquant de givre cachant sa nudité. À côté d'elle reposait mon fils… Je versai sur leurs dépouilles toutes les larmes de mon corps, jurant de ne jamais les oublier, jurant surtout de tout mettre en œuvre pour punir leur meurtrière… Je les veillai de longues heures.

Enfin, l'on me demanda si je pouvais payer les frais de leur enterrement. Je n'avais rien sur moi, l'enfant fut donc conduit avec sa mère à la fosse commune du grand cimetière du Nord. Je les suivis à pied sous la pluie battante. Le commis de la morgue m'avait pris en pitié et donné une paire de sabots noirs ainsi qu'une vieille blouse retirés à un mort. Dans le carré des pauvres, je pleurai jusqu'à la nuit…

*

Combien de fois avais-je essayé? Dix? vingt fois? Trente peut-être… Mais toujours les mêmes symptômes apparaissaient. Dès que je tentais de franchir un pont menant à l'île Saint-Louis, la nausée et une panique incoercible me reprenaient. Mieux protégé que par des herses et des canons, ce quartier de Paris m'était devenu inaccessible. Laüme y vivait toujours, je le savais. Elle avait conçu de nouveaux gardiens pour m'empêcher d'y rôder. De la rive, je passais souvent des heures à regarder la lumière briller aux fenêtres de sa demeure, me demandant pourquoi elle ne m'avait pas tué moi aussi et ce qu'elle complotait, maintenant que je n'étais plus là pour lui assurer la descendance qu'elle désirait… Malgré la mort de Sandrine, malgré même la mort de mon fils, j'éprouvais toujours le même mélange de haine et de possessivité, de répulsion et d'absolue fascination qu'au premier regard posé sur la fée. Je la détestais et ne pensais qu'au moyen de la tuer, mais je l'aimais encore, et ces aspirations contradictoires me rendaient fou…

Des mois passèrent ainsi. Des années. J'étais un misérable parmi les autres, un pauvre hère sans argent ni amis, sans toit ni métier. Je vivais d'ordures ramassées dans les cours, mendiais sous le porche des églises et volais parfois des lapins dans les clapiers de Montmartre ou de Chaumont. Quand j'avais trois sous, j'allais au bistrot me soûler de vin d'éponge, ces restes de vinasse collectés par les bougnats le long des écoulements de carafe ou sur les flaques du comptoir, puis pressés dans une bouteille gardée pour les nécessiteux. Je portais toujours les sabots donnés à la morgue et je n'osais plus depuis longtemps fréquenter les beaux quartiers des Romantiques. J'avais appris à craindre la maréchaussée, qui jetait en maison de force les vagabonds et les ivrognes comme moi, rongés de poux et puants de crasse. Je ne sais combien de temps au juste dura cette misère. Il me fallait peut-être la connaître afin de m'aguerrir et de changer… Car je changeais. Oui, malgré mes malheurs et mes tourments, je devenais plus tenace, plus décidé. Je sentais confusément que mon heure n'était pas encore venue et qu'un événement inattendu allait survenir pour justifier toutes mes peines. Cette pensée me donnait du courage, elle seule me maintenait en vie.

Un jour, une main se tendit vers moi, celle de Gérard de Nerval… Par quel miracle nos chemins se croisèrent-ils ? Mon ami me reconnut alors que j'étais vautré le long d'un mur, dans un quartier qu'il ne fréquentait jamais, où la providence seule lui avait fait porter ses pas. Terrifié par mon apparence, Gérard m'emmena chez lui et prit soin de moi. Il me donna de la nourriture, me lava, me vêtit et, surtout, ne me posa aucune question. Pendant plusieurs semaines, le temps pour moi de reprendre des forces, nous vécûmes ainsi, sans avoir une vraie conversation. Je ne pouvais d'ailleurs presque plus parler. D'une vive sensibilité, Nerval sentait bien que j'étais devenu sauvage et il comptait sur le temps pour me réapprendre la confiance et les mots. D'ici là il gardait jalousement le secret mon séjour chez lui et la réalité de ma déchéance.

– Comment se portent Dumas, Gautier et Delacroix ? demandai-je enfin, un soir que nous terminions un modeste repas.

– Alexandre est en pleine gloire, m'expliqua Gérard. Théophile en est jaloux et écrit comme un forçat pour l'égaler. Ses textes sont meilleurs mais le public ne le goûte pas encore à la hauteur de son rival. Les choses changeront un jour, je crois. Quant à Eugène, il n'a jamais été aussi heureux. Tous les trois évoquent souvent ton souvenir. Tu leur manques et te revoir les comblerait de joie…

Mes yeux se mouillèrent.

– J'en aurais grand plaisir moi aussi, avouai-je. Dans quelques jours, peut-être, j'aurai assez de courage pour me présenter devant eux.

– Quelle faute as-tu donc commise, mon ami, pour tomber dans l'obscène misère où je t'ai trouvé et ne point chercher à t'en extraire ?

– Une faute bien lourde, en effet, et dont je t'épargnerai le récit. Mais peut-être pourra-t-elle un jour se racheter… As-tu… ?

Ma gorge se serra, et ma voix mourut comme une branche morte se casse entre les mains d'un enfant.

– Ai-je des nouvelles de ta Laüme ? C'était bien ta question ?

J'acquiesçai en baissant les yeux.

– Très peu, en vérité. Elle ne fait pas parler d'elle. Cette discrétion est d'ailleurs l'un des nombreux mystères dont elle s'entoure. Le simple fait de posséder son immense hôtel particulier dans l'île Saint-Louis devrait la placer parmi les noms qui comptent dans la capitale, or personne ne semble la connaître – ou si peu… Son nom a bien circulé à l'époque de ton triple duel. Il se chuchotait comme un mot de passe entre fieffés coquins et amateurs de friponneries. Fabres-Dumaucourt en avait lancé la mode, je crois. Et puis, c'est passé. Laüme Galjero semble aujourd'hui redevenue une parfaite inconnue…

– Sa maison est toujours habitée pourtant, dis-je en espérant me faire comprendre à demi-mot. Mais je ne peux pas moi-même y aller…

Gérard soupira et leva les yeux au ciel.

– J'irai prendre mes renseignements, si tu le souhaites vraiment. Mais mon conseil est plutôt d'oublier cette femme qui ne t'a que trop nui…

– Impossible… impossible…

Dès le lendemain soir, Gérard revint avec quelques nouvelles :

– Laüme est présente. J'ai pu parler avec la concierge d'un immeuble contigu qui l'a remarquée depuis longtemps. Mais elle sort peu et reçoit encore moins…

– Ses habitudes n'ont donc guère changé. As-tu pu te promener librement dans l'île ? N'y as-tu pas ressenti quelque nausée étrange, une panique soudaine et irraisonnée ?

– Rien de tout cela, répondit Nerval sans comprendre. Pourquoi cette question ?

Je balbutiai quelques mots qui ne voulaient rien dire et évitai de répondre.

– Il se tient demain un dîner chez M. Nodier, enchaîna Nerval. C'est un de nos bons amis, et tous ceux que tu apprécies en seront. Pourquoi ne pas profiter de l'occasion pour te montrer enfin ? Tu ne peux continuer à vivre en ermite, Dalibor…

La main de Nerval serrait mon poignet et ses yeux sincères cherchaient à retenir mon regard fuyant.

– Soit, lâchai-je. Demain, nous leur ferons la surprise…

Les secrets de l'Arsenal

Mon arrivée inopinée parmi les Romantiques fut saluée et fêtée telle une résurrection. En vérité, ça l'était presque.

– Dalibor ! Nous vous avons cherché partout ! hurla Dumas dès qu'il m'aperçut. Nous avons noyé votre Laüme sous les billets sans jamais recevoir de réponse ! Mordious ! Où étiez-vous donc passé, mon garçon ?

Me serrant sur son cœur à m'étouffer, Alexandre ne voulait plus me lâcher.

– Laissez-en pour les autres, Dumas, tonna Gautier. Il nous a manqué à nous aussi, notre jeune prince roumain…

Dans les salons de M. Nodier, je fis le tour des tables pour saluer tous mes amis. Le champagne coula à flots et tous se bousculèrent pour me parler et m'étreindre encore.

– Eh bien, roula soudain une voix profonde sur le ton de la plaisanterie, c'est moi qui reçois et je ne suis même pas le roi de la fête ! Qui est donc ce jeune homme que je suis le seul à ne pas connaître ?

Charles Nodier fendit la foule et s'avança vers moi. C'était le maître des lieux, le conservateur de la bibliothèque de l'Arsenal, dans les salons de laquelle nous dînions ce soir-là. Moins prolixe que Dumas, moins talentueux que Nerval, Nodier se piquait pourtant lui aussi d'écrire. C'était un petit homme affable aux cheveux clairs, à la silhouette mince, aux yeux très mobiles. Il nous lut quelques-uns de ses feuillets les plus récents à la fin du repas et j'y pris du plaisir. En dépit de leur atmosphère sombre, ses pièces dégageaient un charme auquel je me montrais sensible.

– Vous aimez les histoires de fantômes, monsieur de Galjero, me dit-il, ravi d'avoir trouvé en moi un auditeur captivé. Je vous en conterai d'autres si vous voulez.

– Votre imagination ne connaît pas de bornes, dis-je un peu pour le flatter.

– Ne croyez pas cela, monsieur de Galjero ! J'en invente quelques-unes, c'est vrai, mais la plupart sont des légendes que je recueille auprès du petit peuple. Paris est une ville de spectres et de vampires, de nécromants et de sorciers. Vous ne le croiriez pas mais, de nos jours encore, chaque rue compte un laboratoire d'alchimie installé sous les combles. Dans chaque habitation, ou presque, vaticine une diseuse de bonne aventure, un devin ou un astrologue. Dans le quartier des Halles, tout près de l'ancien cimetière des Innocents, je connais des caves où s'encastrent des dolmens gaulois, des pierres de sacrifice encore tachées par le sang de victimes tuées au nom des dieux païens… On dit que ces pierres n'ont jamais cessé d'être abreuvées… Il existe des cultes mystérieux ici, monsieur de Galjero, des secrets ancestraux se transmettent toujours… L'auriez-vous cru ?

Je réprimai un petit rire. Nodier roulait des yeux en évoquant ces mystères. C'était un intellectuel, certes, mais aussi un exalté impressionnable, facilement électrisé par ses propres fantasmagories. Je le trouvais néanmoins fort sympathique.

– Notre ami est trop modeste pour te l'apprendre, m'expliqua Nerval, mais sous sa direction la bibliothèque s'enrichit chaque jour de manuscrits de grande valeur. Je viens parfois y consulter des textes d'alchimie ou des grimoires de magie pour nourrir mon imagination.

– Des grimoires de magie ! m'exclamai-je. Est-il possible de les voir ?

Trop ravi de me montrer ses collections, Nodier m'ouvrit aussitôt la porte de ses salles de lecture. C'était un peu comme de me retrouver dans le salon bleu ou le salon vert du quai d'Orléans. Les mois d'étude passés là-bas me permirent de commenter point trop sottement quelques volumes rares. Nodier s'extasia de mon érudition.

– Mais vous êtes un maître en la matière, monsieur Dalibor ! s'exclama-t-il après que j'eus mentionné des références connues des seuls experts. Votre savoir ne doit pas se perdre. Pourquoi ne pas écrire une brochure sur ce sujet où vous excellez ? Je vous donne accès sans restriction aux rayonnages afin de compléter votre documentation, si vous le souhaitez…

Je haussai les épaules et fus bien près de décliner cette proposition, mais l'opportunité de fouiner tout à mon aise dans les collections me sembla finalement des plus intéressantes. J'acceptai donc. De ce jour, on ne me trouva plus qu'à l'Arsenal. J'y passais des journées entières et parfois des nuits. Laüme m'avait peu appris au cours des mois où j'avais vécu chez elle, mais ce peu était plus que n'en pourrait accumuler un bibliothécaire au cours de toute sa vie, fût-il un passionné comme Nodier.

Recensant d'abord les collections, je compris vite que la plupart des volumes n'avaient aucun intérêt pratique. Tous les prétendus grimoires imprimés, du *Picatrix* à la *Poule noire* ou à *La Magie sacrée d'Abramelin le Mage*, étaient des fantaisies forgées, au cours des siècles, à la demande de l'Inquisition pour discréditer l'authentique sorcellerie. Plus intéressants, en revanche, étaient les récits d'apparence anodine qui, sous le prétexte de fiction, contenaient des pépites d'antique sagesse. Plus précieux encore les minces manuscrits rédigés sur du mauvais papier, véritables grimoires de sorcellerie. C'étaient les œuvres d'envoûteurs de campagne, de rebouteux, de magiciens frustes, sans érudition mais héritiers scrupuleux de quelques façons anciennes parvenues jusqu'à eux.

C'est dans l'un de ces pauvres feuillets que je découvris un jour des lignes qui précipitèrent les battements de mon cœur. Une écriture brune, fine, tout juste déchiffrable, relatait en vieux français la manière de faire naître un génie pour guérir. Elle disait aussi comment se débarrasser d'un génie devenu encombrant... Je fis une copie aussi exacte que possible du document avant de jeter l'original dans le poêle afin que personne, jamais, n'utilise ce savoir. Pendant des mois, je pratiquai en secret l'opération qui consistait à tuer le gardien de l'île Saint-Louis. J'habitais toujours chez Nerval et je gagnais ma vie en rédigeant des textes de bibliophilie pour Nodier. Mes revenus étaient modestes mais ils suffisaient à assurer ma subsistance. Enfin, utilisant tous mes savoirs et jetant toute ma volonté dans l'ouvrage, je complétai le rituel indiqué pour anéantir le gardien. J'opérais dans les combles de l'Arsenal où je m'étais fait une sorte de repaire, accumulant peu à peu le matériel nécessaire. L'opération me laissa exténué, presque incapable de respirer, et je mis plusieurs heures avant de pouvoir redescendre dans les couloirs de la bibliothèque. Avais-je réussi ? Impossible de le savoir encore. Dans la fièvre, courbé par les douleurs physiques issues du rituel, je marchai jusqu'au pont Marie et m'engageai sur le tablier. Je fis dix mètres, puis vingt... cinquante et enfin cent... J'arrivai à l'angle de la rue Saint-Louis-en-l'Île, l'esprit échauffé mais sans aucune panique. Je gagnai la rue de la Femme-Sans-Tête et m'arrêtai auprès de l'hôtel de Laüme. La porte cochère était fermée mais toutes les fenêtres de son étage étaient illuminées.

Je rentrai chez Nerval, ce soir-là, trop heureux de mon énorme victoire pour la gâcher par de l'impatience. Ce que je voulais faire au juste, je l'ignorais. Peut-être venger Sandrine et tuer Laüme. Peut-être, au contraire, prouver à la fée que je n'étais pas un médiocre et que j'avais encore la volonté de me dresser face à elle pour la contraindre à me donner l'héritage de mes ancêtres… Pendant des semaines, je demeurai indécis. Mais pas inactif.

Fort de mon premier succès personnel en sorcellerie, j'entrepris de confectionner un génie pour éloigner de moi tout souci d'argent. Confectionner la créature fut l'affaire d'un mois lunaire, au terme duquel je découvris des pièces à foison entre les pavés. Ce fut d'abord de la menue monnaie tombée des poches des passants, puis, très vite, des bijoux ou des babioles en or dans les endroits les plus incongrus. Il ne se passait pas une heure au cours d'une promenade sans que je me baisse pour ramasser une perle, un collier d'argent ou un lourd bracelet de vermeil. Cela devint si fréquent, si banal, que je cessai bientôt mes récoltes car ces objets déformaient mes poches et gâtaient la ligne des habits que je m'étais fait couper chez un tailleur de bonne renommée. Ce regain de fortune tombait à point car Gérard, à la même époque, se mit à souffrir de crises nerveuses nécessitant des drogues qu'il ne pouvait s'offrir. Comme il avait pris soin de moi, je pris soin de lui. Je prétextai cette contrainte pour quitter l'emploi de bibliothécaire offert par Nodier. J'avais pris copie, à l'Arsenal, des textes de valeur, puis détruit ou rendu illisibles ces derniers. Les sorciers ne sont pas des humanistes, ils se livrent peu et gardent volontiers pour leur usage exclusif les vérités qu'ils finissent par découvrir… Je me mis en tête de confectionner un nouveau génie afin de soigner Nerval mais, cette fois, j'échouai lamentablement… L'état du poète ne s'améliora pas. Sa famille insista pour qu'il prenne du repos à la campagne, et je me retrouvai donc seul à Paris.

Je louai un appartement rive gauche, rue de Buci. C'était un second étage clair et tranquille, modeste mais confortable. Le soir de mon installation, je me rendis en pèlerinage au cimetière du Père-Lachaise. Je n'y étais pas allé depuis l'enterrement de Sandrine, des années plus tôt. Longtemps, je méditai devant la fosse où pourrissaient les cadavres de ma maîtresse et de mon fils. Avais-je encore envie de les venger ? Rien n'était moins sûr. Ma mémoire avait à peine conservé la forme du visage de la grisette, la lumière de son sourire. Quant à l'enfant, je ne l'avais jamais tenu dans mes bras… Ils étaient mes erreurs, des fantômes du passé. Quoi que je fasse, ils ne pourraient jamais revenir à la vie. Devais-je consumer mes forces pour eux ? risquer ma vie en témoignage de fidélité à leur souvenir ? J'en doutais. Tels des vaisseaux de guerre, d'étranges nuages grondant de feux électriques roulèrent dans le ciel. Une pluie sombre se mit à tomber, me chassant du territoire des morts, comme si je n'y étais pas le bienvenu, comme si je n'avais plus rien à faire parmi eux. Une fois rentré chez moi, ma décision était prise.

Avec la régularité d'un clerc se rendant au travail, je quittais donc Buci chaque jour à la tombée de la nuit. Arpentant les plus pauvres quartiers de Paris, j'étais à la recherche d'une occasion… Plusieurs fois, j'aurais pu voler un enfant laissé sans surveillance à jouer dans le caniveau ou sur un terrain vague mais, au dernier moment, un incident survenait toujours qui gâtait ma tentative. Enfin, je finis par gagner la confiance d'une gamine des rues en lui donnant quelques sous et en lui offrant je ne sais quel colifichet aperçu dans une vitrine. C'était à Belleville, où l'on ne me connaissait pas. Sa petite main dans la mienne, je parvins à la conduire jusqu'au fleuve et l'emmenai dans l'île Saint-Louis. Pas méfiante, elle crut la fable que je lui racontais.

– Dans la maison que tu vois là, dis-je en désignant les appartements de Laüme, loge une très belle dame. Tu lui diras que c'est Dalibor qui t'envoie. Elle comprendra. Elle t'habillera alors en princesse et fera de toi un ange…

Et, avec un sourire d'encouragement et une petite tape dans le dos, je poussai l'enfant vers l'entrée.

Sans se retourner, la petite pénétra dans la cour de l'hôtel particulier tandis que je restais dans une encoignure à observer la rue. Les minutes passèrent. Puis les heures. La gosse ne revenait pas. Laüme avait accepté mon offrande et j'en étais fou de joie… Trois ou quatre fois, je renouvelai ainsi ma chasse. Toujours, les enfants disparaissaient sous l'ombre du grand porche mais aucun signe ne me venait en retour… Laüme paraissait indifférente à mes efforts, mon dépit était immense. Il me semblait avoir épuisé tous les moyens possibles de me racheter à ses yeux. Je noyai alors mon chagrin et mon ennui dans l'alcool. Je n'avais plus de goût à rien et ne voyais aucun horizon à ma vie.

Gérard de Nerval, de retour à Paris, souffrait lui aussi de mélancolie. Nous allions ensemble boire de l'absinthe et nous imbiber de haschich ou d'éther… Gérard fréquentait également les prostituées, contrairement à moi. Les femmes, définitivement, ne m'intéressaient plus, mon corps était mort à tout désir.

Un jour que je visitais Delacroix avec Nerval, je me mis à feuilleter un carton à dessins. Parmi les études et les repentirs se trouvaient les croquis réalisés par le peintre lors de l'obscène séance de pose chez Laüme. Mon cœur se serra, le sang battit à mes tempes. Comme si elle apparaissait réellement devant mes yeux dans sa divine nudité, je ressentis tout le pouvoir de la fée, sa sensualité barbare, son érotisme fauve, ce mélange infernal de lubricité et d'innocence qui fascinait tous les hommes… J'en tremblais.

– Je suis incapable d'utiliser ces études, déclara Delacroix. Aucun pigment, aucune huile ne peuvent rendre justice à la beauté de Mlle Laüme. Malheureusement, les siècles n'auront d'elle que ces témoignages dérisoires…

Ces dessins me mirent en rage et, les brassant soudain tous ensemble, je les jetai au feu en criant. Delacroix hurla au scandale et me frappa. Il y eut rixe. Gérard eut toutes les peines du monde à nous séparer avant que le peintre nous jette dehors en m'interdisant à jamais la porte de son atelier.

Si je m'étais brouillé avec Eugène, je fréquentais encore M. Nodier. Il venait parfois me visiter rue de Buci et nous allions déambuler au hasard, comme je le faisais autrefois avec M. Syllas, mon maître de français. Paris n'avait pas encore été nettoyé par Haussmann. La ville était telle qu'à l'époque des Louis et le centre en était à peine plus dégagé qu'aux temps médiévaux. C'était une cité d'ouvriers et d'artisans tout autant que de banquiers, de cocottes et d'industriels. Des jardins potagers fleurissaient à deux pas du Louvre. Des moulins tournaient sur les buttes et l'on entendait des poules piailler dans les cours du boulevard Saint-Germain.

– Cette ville est remplie de symboles et de mystères, me dit un jour Nodier. Les frises sur les palais sont des codes. Les statues sont des appels et bien des bâtiments d'apparence anodine sont en réalité des temples construits selon les règles de l'architecture sacrée… Je veux vous montrer un endroit étonnant !

Il me conduisit rue de Flandres. Au milieu de la voie, il s'arrêta devant une maison ordinaire que rien ne semblait distinguer des autres, hormis deux larges portes cochères ouvrant sur une vaste cour dans laquelle nous entrâmes sans qu'on nous demande rien. Au fond d'un préau, Nodier poussa un portillon de fer mité de rouille qui grinça sur ses gonds quand il le força d'un coup d'épaule. Au-delà, c'était un jardin en friche, un coin de forêt vierge. Des arbres immenses poussaient au hasard au milieu de buissons de ronces et d'herbes hautes.

– C'est le repos des hérétiques, m'expliqua Nodier en dégageant une pierre tombale de la pointe de sa canne. C'est ici qu'on enterrait les sorciers et les apostats sous Louis XIV. Cette terre n'est pas consacrée, elle est impie… Vous étonnerai-je si je vous révèle qu'aujourd'hui des adeptes de Satan viennent y célébrer des messes noires et des sabbats ?

– Monsieur Nodier, vous vous moquez. Qui donc croit encore sérieusement au Diable de nos jours ? Les festivités que vous me décrivez existent peut-être, je vous le concède, mais elles sont le fait de quelques âmes égarées, avides de décorum pour agacer leurs basses pulsions. Rien de plus…

– Ainsi, vous n'êtes pas sataniste, monsieur de Galjero ? C'est curieux… Je l'aurais pourtant cru.

– Pourquoi cette idée ? Ai-je donc la mine si folle ?

– Il faut me pardonner, dit Nodier, visiblement confus. C'est Nerval… Il vous prend, je crois, pour une sorte de Faust. Savez-vous qu'il a traduit le texte de Goethe, il y a quelques années ? Il… il… J'ose à peine vous le dire tant la chose me paraît grotesque…

– Mais enfin quoi, monsieur ?

– Il pense qu'une diablesse est remontée des Enfers pour vous accompagner. Il pense que vous êtes un théurge venu à Paris pour initier des élus au culte d'Hécate ou de Proserpine, mais que Satan a pris sa revanche sur vous en vous faisant l'esclave d'un esprit succube.

De la sueur perlait sur le front de Charles Nodier, ses mains tremblaient. De toute évidence, le pauvre homme m'avait approché dans le seul espoir de se faire admettre comme disciple du prêtre des démons que j'étais supposé être. Éclatant de rire, je fus contraint de le décevoir.

– Gérard est un enfant qui a bien failli vous transmettre sa fièvre, monsieur Nodier. Je ne suis pas un bon chrétien, je vous le concède, mais ma foi ne va certes pas à Lucifer et à sa cour.

Nodier parut fort dépité de cette révélation. Son attention pour moi décrut notablement. Ses visites rue de Buci s'espacèrent avant de cesser tout à fait. Cela ne me priva guère. Je n'avais rien à apprendre de lui et j'avais depuis longtemps épuisé l'intérêt de ses collections. Entre deux étourdissements d'alcool ou de drogue, il m'arrivait encore de me rêver sorcier. Mais où trouver désormais des manuscrits dignes de ma curiosité ?

– Que dirais-tu d'un voyage ? proposai-je un jour à Nerval. Nos soûleries m'ennuient. Mon esprit et mon corps réclament de nouveaux piments…

– Où veux-tu aller ? demanda Gérard.

– Je pense à l'Angleterre, dis-je sans conviction.

– Et si nous allions plutôt en Orient ? proposa Nerval.

L'étoile du roi Paon

Au cours du dernier mois de 1842, Nerval et moi embarquâmes à Marseille et fîmes voile vers Alexandrie, *via* Malte. En bon mystique qu'il était, Gérard considérait ce périple comme une sorte de rédemption après des années passées à glisser lentement vers la folie.

– J'ai traversé des crises terribles, m'avoua-t-il, mais j'en suis seul responsable, je crois. Je veux maintenant me laver le corps et l'esprit au soleil neuf du Nil et de l'Euphrate. C'est là que le monde a commencé. C'est là que je veux renaître…

Je le laissai dire et rêver d'un nouveau départ, mais je savais que, pour lui, ce voyage ne changerait rien. Les années l'avaient terriblement vieilli et il m'enviait ma jeunesse quasi intacte depuis l'époque où nous avions fait connaissance. En Égypte, nous remontâmes le fleuve jusqu'au Caire, où nous prîmes nos quartiers dans le district copte. Nous vivions à l'orientale, un turban sur la tête et le corps enveloppé d'une gandoura. En quelques jours, je sus parler assez convenablement l'arabe. Le familier que j'avais consacré à l'apprentissage des langues me permettait maintenant de comprendre presque sans délai et de pratiquer les idiomes les plus barbares. Ce talent qu'il ne me connaissait pas fit l'admiration de Gérard et le renforça dans l'idée que je n'étais pas tout à fait un homme. Il me regardait souvent avec une étrange lueur dans les yeux et je sentais que mille questions se bousculaient dans son esprit, même s'il n'osait pas les formuler. Un soir que nous étions restés à contempler les constellations sur la terrasse en buvant du vin de Chiraz, une sorte d'ivresse brisa mes réticences et je me laissai aller non à de réelles confidences, mais à une sorte de monologue erratique qui fit grande impression sur mon ami poète.

– Tu as un secret, je le sais, me dit-il. J'en ignore la teneur exacte mais je devine qu'il tourne autour de ta Laüme. Ni elle ni toi n'êtes tout à fait du monde des vivants, n'est-ce pas ?

Ce fut à cet instant que je me trouvai le plus près de révéler toute mon histoire à Nerval. Avouer la vérité, confesser mes crimes, m'aurait grandement soulagé. Au lieu de cela, je balbutiai quelques phrases obscures qui ne valaient guère mieux qu'un mutisme complet. Gérard se jeta pourtant sur leur maigre contenu comme un affamé sur les reliefs d'un fabuleux festin. Il s'en appropria la matière jusqu'à composer une histoire qui comble les désirs de merveilleux, l'insatiable besoin de mystère et de grandeur qui l'habitaient et dévoraient lentement sa raison.

– Nous sommes tous deux en quête, s'exclama-t-il. Toi, tu me sembles avoir déjà trouvé ce que je cherche encore, mais tu n'es pas au bout de ton chemin. Ton esprit a toujours soif, n'est-ce pas ? Les questions qui le troublent n'ont pas encore reçu leur réponse. Eh bien, mon ami, cherchons ensemble puisque les vieux contes nous assurent que la vérité se traque à plusieurs, même si elle se découvre toujours seul…

Ainsi fîmes-nous. En mai, las de l'Égypte, nous effectuâmes la traversée jusqu'à Beyrouth où nous vécûmes parmi les druzes, ces hérétiques qui ne se disent musulmans que pour couvrir leurs pratiques schismatiques et leur philosophie autrement plus ancienne que celle du Prophète. Adeptes de la métempsycose et curieux des choses étranges, ils me parurent bien plus intéressants que les tristes imams rencontrés dans les mosquées du Caire. Nerval fut fasciné par leur doctrine et s'amouracha d'une des leurs, une jolie jeune femme nommée Suleïma, vive et d'esprit subtil. Une partie de la famille vivait dans un village des montagnes de l'Anti-Liban. Gérard et moi goûtâmes là l'hospitalité la plus généreuse, la plus spontanée qui soit. Une nuit, alors que je dormais d'un sommeil d'enfant dans une chambre fraîche, deux frères de Suleïma vinrent me chercher pour me conduire par des sentiers de chèvres aux abords du désert. Sans rien m'expliquer, on me laissa à l'entrée d'un défilé de roches rouges qui se terminait par une paroi lisse percée d'une grotte. Là vivait un sage. L'anachorète n'était pas un vieillard mais un tout jeune homme d'une vingtaine d'années. Il jouissait d'un très grand respect auprès des druzes qui l'honoraient à l'égal d'un saint. Il se nommait Nasrân et m'apprit qu'il m'avait vu en songe fouler l'antique terre des Phéniciens.

– Tu es un roumi très particulier, me dit-il en souriant. Je le sais. Un djinn marche sur tes pas… Cela arrive parfois. Cela peut être une chance. Cela peut être une malédiction. Et toi, comment le vis-tu ?

La question me désarçonna.

– Je l'ignore encore, avouai-je. Il arrive que j'y prenne plaisir et aussi que j'en sois mortifié. Je n'ai rien fait pour mériter ce qui parfois m'apparaît comme une grâce, ni pour subir ce que je ressens comme une punition et une injustice…

– Ton âme est encore trouble, jugea Nasrân. Faire pencher les plateaux de la balance entre le Bien et le Mal ne dépend que de ton bon vouloir, même si des gens viendront à toi pour te faire basculer tantôt vers le blanc, tantôt vers le noir. Sois patient avec eux. Écoute-les. Mets en pratique leurs conseils, qu'ils te semblent bons ou mauvais. Expérimente… C'est la seule manière de clarifier ton esprit et de rassembler en toi la force de t'opposer à ton démon, si d'aventure tu veux un jour briser les chaînes qu'il a passées autour de toi.

– Qui t'a dit mon histoire ? questionnai-je.

Mais Nasrân se contenta de rire. Il pointa son index vers la voûte céleste et me conseilla de suivre l'étoile du roi Paon jusqu'à trouver les enfants de Ta'us.

– Qu'est-ce que l'étoile du roi Paon et qui sont les enfants de Ta'us ? me demanda Nerval lorsque je lui narrai l'épisode.

– Je l'ignore, mon ami. Sur ce point, l'ermite est resté muet. Mais je vais m'appliquer à chercher !

Il ne me fallut pas longtemps pour trouver ce qu'était l'étoile du Paon. Dans un traité d'astronomie ancien, je découvris que les Arabes nommaient ainsi Vénus au matin.

– Vénus du matin ? s'écria Nerval. Mais c'est l'annonciatrice du soleil, la Porteuse de lumière, la Lucifer des Anciens !

– Vénus est l'étoile de Satan ?

– Satan n'est pas Lucifer, mon ami. Ce serait une grossière erreur de les confondre. Non, Vénus est de tout temps la représentation de la sagesse la plus secrète, la plus raffinée… celle réservée aux sages, et non la sagesse vulgaire seulement bonne pour la foule. C'est saint Jérôme, je crois, qui l'assimile à l'Ange rebelle, mais je ne sais pourquoi, au juste… Satan, lui, est le Mal à l'état pur, la destruction brute. Son symbolisme est trop fort, trop absolu pour qu'aucun astre le représente.

– Alors, il faut que je me mette en route en suivant la Porteuse de Lumière, dis-je d'un ton méditatif. Le plein orient… c'est là que je trouverai les enfants de Ta'us. Viendras-tu avec moi, Gérard ?

Mais Nerval déclina l'invitation. Amoureux de Suleïma, il était réticent à abandonner la jeune fille et se plaisait trop dans la compagnie des druzes pour les quitter si tôt.

Une bourse de quelques pièces suffit à assurer mon passage au sein d'une caravane en partance vers Damas. De ce voyage déraisonnable en tous points, je ne connaissais pas le terme ni l'enjeu. Une intuition, pourtant, me poussait à l'entreprendre malgré les dangers qu'il comportait. Se déplacer en Orient, à l'époque, était encore incertain pour un roumi. Pour moi, néanmoins, les choses étaient différentes. Protégé par mes génies, je ne pouvais craindre de trop mauvaises rencontres. Je me décidai cependant à dissimuler ma silhouette d'Occidental sous un costume de voyageur levantin. Bien m'en prit, je crois, car je parvins ainsi sans encombre aux portes de Damas, l'orgueilleuse capitale de l'ancien empire omeyyade. Dans les ruelles des souks, sur les places ombragées où murmuraient des fontaines, aux abords des mosquées après l'heure de la prière, dans les cours où les hommes fumaient le narghilé et mâchaient le kif, partout j'interrogeai les Damascènes, mais personne ne put me dire qui étaient les enfants de Ta'us. Mon échec était si patent que je perdis tout espoir au bout de quelques jours. J'en étais venu à croire que je courais après une chimère et j'envisageais mon prompt retour à Beyrouth lorsque, dans un quartier pauvre, donnant sur la campagne, par une trouée dans la muraille je remarquai une vieille tour mal entretenue recouverte de lierre. Entre les feuilles, des restes de mosaïques étaient visibles. Les motifs avaient pour sujet un oiseau à queue immense, un paon mille fois répété dans toutes les variantes imaginables de rouges et de jaunes. J'essayai d'entrer dans le bâtiment mais la porte était bardée d'épaisses ferrures neuves et un gros cadenas crapaud, bien huilé, empêchait toute intrusion. Assis non loin de là à même le sol, un vieillard caressait un petit singe tenu en laisse.

– C'est la tour du Paon, m'apprit-il quand je l'interrogeai. C'est le refuge des vagabonds venus de la vallée de Lalish. Eux seuls possèdent une clef pour rentrer dans cette bâtisse. J'ignore ce qu'ils y font. Si tu veux en savoir plus, il te faudra attendre le passage de l'un d'eux.

– Viennent-ils souvent ?

– Seulement un à la fois, jamais plus. Et sans aucune régularité. Certaines années, la tour est occupée constamment. À d'autres, personne n'y vient pendant des mois…

– En ce moment ?

– Personne, mon fils. Personne depuis la fin de l'hiver…

– Et la vallée de Lalish ? Est-ce loin ?

Le vieux éclata de rire, dévoilant une bouche édentée.

– C'est au pays des Abbassides… Il faut compter presque cent jours de marche vers l'est pour une caravane. Pars sur-le-champ si tu veux l'atteindre avant la saison froide. Mais méfie-toi : c'est une contrée de traîtres et de fantômes !

Je tâchai de me procurer des cartes pour situer précisément cette vallée de Lalish ; en vain, le nom n'était porté sur aucun plan. Longtemps je balançai à prendre la direction de la Mésopotamie car j'avais pour tout guide ma seule intuition – trop peu pour entreprendre pareil voyage. Pendant quelques jours, je vins rôder chaque matin dans le quartier de la tour au Paon, espérant qu'un vagabond serait enfin venu y prendre résidence. Puis, las d'attendre, je me fis admettre dans un convoi qui partait dès le lendemain pour Bagdad. La traversée fut calme, sans péril. Les pillards ne s'intéressèrent pas à nous et plusieurs femelles dromadaires ou humaines mirent bas, suscitant la fierté de leurs propriétaires car les nouveau-nés étaient tous des mâles vigoureux et bien formés.

J'arrivai sur les bords du Tigre à la fin du mois de novembre. L'air était doux et clair, la chaleur point trop forte. Installé sous les arcades en stuc d'un caravansérail, lorsqu'on m'interrogeait, je répondais que j'étais un négociant en manuscrits antiques travaillant pour des collectionneurs roumis. Ce mensonge avait le mérite de me procurer un statut respectable sans susciter la convoitise et, surtout, de me fournir un excellent prétexte pour questionner la populace sur les sujets étranges qui m'intéressaient sans me rendre excessivement suspect.

– Je cherche des textes concernant les enfants de Ta'us, demandai-je, aussitôt arrivé. Savez-vous s'il en existe ?

On ne fit tout d'abord que hausser les épaules à mes questions, puis un homme bien mis, qui se tenait derrière moi, me tapa sur l'épaule de sa badine.

– Les enfants de Ta'us ont deux livres saints, me dit-il sans se présenter. Le premier texte est le *Meshef Resh* ou Livre noir. Le second est le *Kitâb al-Jalwâ* ou Livre de la révélation. Mais ce sont des ouvrages réservés aux seuls adeptes de leur foi. Ils ne te les vendront pas, pas plus qu'ils ne t'autoriseront à les lire. Pourquoi veux-tu savoir cela ?

– Ce sont des roumis de Londres, mentis-je. Ils ont entendu parler des enfants de Ta'us et souhaitent collectionner tout ce qui s'y rapporte.

– Des roumis, vraiment ? s'exclama avec ironie l'inconnu pour me montrer qu'il n'était pas dupe. Ne serait-ce pas plutôt toi qui les traques pour ton propre compte ?

L'homme était grand, avec un noble visage. Il portait un cimeterre à large lame passé dans la ceinture. Deux serviteurs le suivaient à distance respectueuse, prenant garde de ne pas fouler son ombre sur le sol. Je compris qu'il était vain de chercher à dissimuler.

– J'ai suivi jusqu'ici l'étoile du roi Paon, avouai-je. Et je vais la suivre encore jusqu'à la vallée de Lalish... Je la suivrai quoi qu'il arrive, jusqu'à ce que j'aie trouvé ceux que je cherche.

– Aucune parole ne te découragera donc ?

– Aucune. Et pourquoi cela devrait-il être ?

– Parce que les enfants de Ta'us sont les adorateurs du Démon, mon ami menteur !

– Le Démon nommé Lucifer ? L'étoile du matin ?

– Ta'us est le nom qu'ils donnent à Vénus, c'est exact. Ils le représentent aussi sous la forme d'un paon. Selon eux, c'est le premier des sept anges qui ont aidé Allah dans la Création du monde. Il est celui qui a enseigné aux hommes à fabriquer les armes et à battre monnaie. Il a donné aux femmes les secrets des poudres et des fards qui trompent les sens, rehaussent et dissimulent. Il a également enseigné les arcanes des poisons, les charmes pour lier les cœurs et la manière de lire la destinée en observant la course des planètes dans le ciel. Lorsque Allah, loué soit Son nom, lui a demandé de se prosterner devant l'homme, il a refusé car il ne voulait adorer que Dieu. Malgré cette désobéissance, Dieu lui pardonna et l'éleva même au rang d'archange. Il lui offrit le gouvernement de ce monde et c'est pourquoi les enfants de Ta'us l'appellent aussi *malek*, le roi.

L'homme qui m'avait parlé si librement s'appelait 'Attar. Il était l'un des négociants en soieries et mousselines les plus riches de Bagdad. Cinq fois par an, il affrétait de longues caravanes en partance pour les Indes et la Chine. Malgré son activité de commerçant, c'était un esprit curieux de tout, vif et agréable, enclin aux arts et à la philosophie. Intrigué par ma personne, il voulut savoir qui j'étais vraiment.

– Et si je t'invite dans ma demeure pour y jouir de tous les conforts d'un vrai foyer, me diras-tu ce qui t'a mis en quête des adorateurs du Diable ?

Les longues semaines de marche à travers le désert et les plateaux arides m'avaient épuisé. La perspective de dormir dans un lit douillet abolit mes dernières réticences. Promettant de tout lui raconter, je suivis 'Attar jusqu'à sa demeure, un palais digne d'un sultan des *Mille et Une Nuits*. Avec un bonheur infini, je retirai les vêtements puants que je portais depuis mon départ de Damas. Lavé, rasé, massé dans le bain de vapeur par des serviteurs silencieux, je revêtis ensuite une tunique et un pantalon brodés, avant de me présenter de nouveau devant le maître des lieux. Maintenant que j'étais débarrassé de la pellicule de crasse qui m'avait recouvert comme un camouflage, et malgré le soleil qui m'avait tanné la peau, l'on pouvait voir que j'étais un Franc, et non un Phénicien, comme je l'avais prétendu.

Mon statut d'infidèle, pourtant, n'effraya pas 'Attar. Nous dînâmes somptueusement, accroupis face à face sur un tapis moelleux tandis que je payais l'hospitalité de mon hôte en lui racontant des bribes de mon histoire.

– Ainsi donc, tu te nommes Dalibor et tu as rencontré un ermite dans une grotte, conclut-il.

– C'est cela.

– Et il suffit qu'un pouilleux te fasse une prophétie pour que tu marches sans relâche depuis la côte dans le but de trouver une vallée de Lalish dont tu ignores même si elle existe réellement ? Eh bien, vois-tu, mon ami, tu me sembles aussi extraordinairement courageux que stupide ! Je ne parviens pas à décider quel adjectif l'emporte sur l'autre. Te rends-tu compte du danger extrême de ton voyage ? C'est un miracle que tu n'aies pas été découvert. Les infidèles ne sont pas les bienvenus ici. Ceux qui se risquent en solitaire dans nos contrées finissent souvent la tête fâcheusement éloignée du reste de leur corps. Cette pensée ne t'a jamais effleuré ? La vie n'est donc pas importante pour toi ?

– Mourir en tentant de répondre aux énigmes que l'on rencontre sur sa route me paraît une attitude plus noble que celle de demeurer chez soi par crainte de perdre le peu que l'on possède. Même toi, 'Attar, es-tu vraiment heureux ici, malgré ta fortune ? N'y a-t-il pas une voix en toi qui te porte vers l'aventure et te fait regretter de ne jamais entendre ton cœur battre soudain plus fort quand monte le danger ?

– Nul regret ! Nul regret ! Mon paradis, je l'ai construit de mes mains ! Il est ici et mon âme y est heureuse. Plus aucune question ne la tourmente, plus aucune crainte, plus aucun besoin… Veux-tu voir un peu de ce miracle ?

– J'en serais curieux, répondis-je, intrigué par la ferveur nouvelle du Bagdadi.

À pas de loup, tel un conspirateur se glissant dans un lieu interdit, 'Attar me conduisit à travers un dédale de couloirs jusqu'à une autre aile de sa demeure. Nous gravîmes un escalier en colimaçon qui s'envolait vers les étages. Posant un doigt sur sa bouche pour me signifier le silence, 'Attar s'y engagea le premier. À l'étage, nous débouchâmes sur une longue coursive bordée d'une cloison de bois ajourée, sculptée de motifs géométriques. Par les orifices, je constatai que la galerie surplombait une vaste salle où s'ébattaient des femmes, agrémentée de bassins, de fontaines, de montagnes de coussins et de fourrures sur lesquelles se roulaient les filles, toutes jeunes, d'un contour fort agréable et parées de colliers de perles, d'or et de mousselines aux couleurs acidulées. 'Attar soupira d'aise à la vue de cet éden.

– Chacune d'elles est un ange du plaisir, mon ami. Il n'y en a pas une que je n'aie bercée dans mes bras, qui ne m'ait rendu au centuple mes caresses et mes baisers. Pourquoi irais-je risquer ma vie dans les jungles et les toundras alors que ces créatures contentent mes sens autant que mon esprit ?

– Tu dis qu'elles contentent ton esprit ? Et comment cela se peut-il ? Tes catins seraient donc philosophes ?

– Les plus grandes philosophes du monde, mon ami ! Leur enseignement est sans pareil – après celui d'Allah, bien sûr ! Viens te désaltérer au miel de leur conversation.

Au bout de la travée, un nouvel escalier permettait de descendre jusqu'au paradis. 'Attar m'y précéda. Aussitôt, les colombes s'attroupèrent autour de nous. Leurs mains se posèrent sur moi. Toutes étaient belles et désirables, mais je ne voulus pas me laisser aller à leurs tendres invites et je me dégageai avec un peu de rudesse de leurs étreintes.

– Tu es bien sage ou bien fou pour refuser le cadeau que je te fais, remarqua 'Attar. Tu n'es pas impuissant au moins ?

– Non, mais j'ignore tout des jeux de la chair, et je veux réserver cette découverte à une femme qui occupe tout mon esprit…

– Amoureux ? Tu es amoureux ? s'exclama 'Attar sur un ton d'admiration et de moquerie mêlées.

– Peut-être n'est-ce pas tout à fait de l'amour, convins-je. Mais une femme siège dans mes pensées et je me sens incapable de la trahir.

– Et tu souffres d'une maladie terrible, mon ami, dit 'Attar avec gravité. Une peste qui t'obscurcit l'âme et te fait manquer toutes les beautés de la vie car *une* femme, une seule femme, ne vaudra jamais que l'on se prive des merveilles qu'offrent les autres. Je vais essayer de te guérir de cette fantaisie. Regarde-moi, cela t'inspirera sûrement…

Et, sous mes yeux, 'Attar connut deux de ses concubines. Mais la scène ne suscita en moi aucun désir d'imitation. Ma froideur désespéra mon hôte.

– Eh bien ? me dit-il, pantelant, après avoir honoré les deux garces. Crois-tu vraiment qu'il existe un paradis plus enivrant que celui-ci ? Maintenant que je t'ai montré comment les mordre, n'es-tu pas désireux de goûter à ces beaux fruits ?

– Tu dis vrai, 'Attar, approuvai-je. Tous les hommes arrêteraient ici leur quête, car tu as rassemblé sous ton toit les plus parfaits enchantements qui se puissent rêver…

– Alors reste ici, Dalibor. Mes affaires ont besoin d'un roumi comme toi. Travaille pour mon compte plutôt que de persister à chercher les enfants du démon. Deviens négociant et, en quelques années, tu seras aussi riche que moi. Tu pourras construire ton propre palais et acquérir tes propres esclaves. Ne serait-ce pas une bonne manière de calmer tes fièvres et de te rendre la joie qui te fait défaut ?

Mais je ne me rendis pas aux raisons de ʻAttar. Malgré les trésors de persuasion qu'il déploya, je décidai de poursuivre mon voyage vers la vallée de Lalish. Un obscur désir m'y poussait, une soif intense que pas même les ineffables bonheurs vécus au harem ne pouvaient apaiser.

– Qu'il en soit ainsi, conclut ʻAttar avec une sincère tristesse. La seule chose que je puisse faire pour toi désormais est de t'indiquer la bonne direction.

Sur une carte, il pointa du doigt, dans la région de l'antique Ninive, un renfoncement entre deux massifs montagneux.

– C'est ici que tu trouveras les enfants de Ta'us. Prends garde. Ce sont des Kurdes qui vivent repliés sur eux-mêmes. Personne ne les fréquente et ils ne se mêlent pas aux autres communautés. Tu vas à la rencontre de ta mort, Dalibor. Mais tu ne pourras pas me reprocher de n'avoir pas essayé de te dissuader d'une telle folie.

– Je n'ai qu'à me louer de t'avoir rencontré, ʻAttar. Je ne t'oublierai pas. Je reviendrai te voir et je te raconterai ce que j'ai vu.

– Optimiste et prétentieux ! Roumi, tu me manqueras !

De nouveau sanglé dans mes habits de vagabond, je quittai Bagdad en solitaire et marchai vers le nord, en direction de Mossoul, en longeant la rive du Tigre. J'allais lentement car je me dirigeais sans boussole ni carte sur un terrain accidenté, au relief tourmenté, peuplé de pillards. Une tribu de pasteurs m'accueillit un soir dans une oasis où je pus faire le plein de provisions sans qu'on me demande rien en échange, mais, tandis que je dormais en confiance, ceux-là mêmes qui m'avaient nourri voulurent me plonger un poignard dans le cœur. Me débattant comme un diable, je parvins à saisir un long *khandjar* effilé et me retournai vers eux. Adossé à une roche, ma science de l'escrime les tint en respect avant de les déborder. Ces gaillards n'avaient pas l'habitude qu'on leur résiste et, enchaînant les septimes, les parades et les contres comme je les avais longtemps pratiqués en salle d'escrime, je parvins à en toucher deux à mort. Les autres déguerpirent à toutes jambes. Exalté par cette mésaventure, je disparus dans la nuit en beuglant à tue-tête une chanson de marche des grenadiers de Napoléon que m'avait apprise M. Hubert à l'époque où nous fréquentions la rue aux Ours.

Ce fut quatre ou cinq jours après cet événement que, à la sortie d'une combe, je débouchai à l'extrémité d'un plateau surplombant une large vallée modelée de quelques éminences très douces. Le ciel était blanc et se reflétait sur le sol de même couleur. C'était un paysage de craie, un désert qui commençait là. Ma gourde était presque vide mais je ne voulus pas rebrousser chemin pour aller la remplir au puits le plus proche. J'avançai donc, confiant dans la Providence pour me faire découvrir un nouveau point d'eau. Cependant, mes espoirs demeurèrent lettre morte. Au fur et à mesure des heures, la soif se fit plus intense et le petit caillou que j'avais placé sous ma langue pour ralentir la déshydratation n'y fit rien. Bientôt, le délire me prit et une fatigue immense me noua les membres. J'avançai, jusqu'au moment où la craie et le sel cédèrent la place à du sable. Au crépuscule, je longeais la crête d'une dune immense. Sous la lourdeur de mes pas, le fragile équilibre des cristaux de roches se rompit et la ligne de crête se cassa lentement, générant un son étrange, aussi profond que celui d'un cétacé plongeant au plus noir des eaux. Je voulus courir pour échapper à l'effondrement, mais le sol céda sous mes pieds et m'avala tout entier dans un tourbillon d'ombre de poussière…

Le maître de la *frawarti*

Une datte fondit sous ma langue et du miel mêlé d'anis coula dans ma bouche. Un parfum poivré rafraîchit mes narines. J'ouvris les yeux.

– Enfin tu es réveillé. Tu as dormi longtemps.

Assis en tailleur sur une natte, se tenait un inconnu svelte et de belle prestance. Quel âge pouvait-il avoir ? Quarante ans ? Plus ? Difficile d'en décider. De longues mèches de cheveux épais encadraient ses tempes et ses pommettes saillantes. Son profil était noble, sa silhouette vigoureuse.

– Je me nomme Nhuwwas, dit-il. Tu es l'hôte de ma demeure. Puisses-tu recevoir ici la paix à laquelle tu aspires.

L'invite était douce et sincère. Le timbre profond et serein inspirait confiance. Je tentai de me relever.

– Comment m'avez-vous trouvé ? demandai-je un peu sottement.

– Malek Ta'us, mon dieu, m'a conduit à toi, répondit Nhuwwas. Ta tête émergeait à peine d'une nappe de sable, tu te consumais dans les fièvres et seul un filet de souffle soulevait ta poitrine. Mais je savais que la vie n'était pas promise à te quitter.

– Malek Ta'us, dis-tu ? Tu es un adorateur du démon ?

Nhuwwas éclata de rire.

– Le grand dieu Paon n'est un diable que pour les ignorants, mon ami. Pour les gens comme toi et moi, c'est un guide et un protecteur. Il est le maître de l'ultime sagesse, celle qui mène par-delà le Bien et le Mal. Si tu le sers avec foi, il pourra t'aider comme il m'a aidé.

– M'aider ? À quoi ?

– À t'affranchir de celle qui est venue à toi, Dalibor Galjero. À la dominer et à la faire obéir, comme il m'a appris jadis à dompter Ta'qkyrin. Car c'était bien là le but secret de ton voyage vers la vallée de Lalish, n'est-ce pas ?

– Oui, admis-je. C'est bien cela.

– Alors viens avec moi…

Nhuwwas m'aida à me relever. Appuyé sur son épaule car j'étais encore faible, je sortis de la chambre. Nous nous engageâmes dans un couloir dont les murs étaient passés à la chaux. Le sol était couvert de tapis. Aucun bruit ne troublait le silence. Nhuwwas m'arrêta devant un lourd portail de plomb, verrouillé par un cadenas compliqué. Gravées dans le métal, d'étranges inscriptions striaient ce qui ressemblait à une porte de prison. Un judas s'ouvrait de l'extérieur pour qu'on puisse observer la cellule. Nhuwwas me fit signe de coller mon œil à l'orifice. L'espace d'une seconde, je crus que c'était Laüme elle-même qu'il avait capturée et enfermée là. N'étaient ses cheveux noirs et ses yeux de jais, la fille assise dans la pénombre lui ressemblait comme une sœur. Sa carnation avait la même transparence et son visage une forme jumelle. Sa beauté était plus tranquille cependant, plus maternelle. Elle était grande – un peu plus que Laüme. Une longue bure flottante, dénuée de couleur, dissimulait les formes de son buste droit. L'inconnue semblait surprise d'être observée. Elle ne pouvait rien deviner de moi, mais son regard planté dans le mien se fit soudain brûlant, insoutenable. Je reculai.

– Cette créature se nomme Ta'qkyrin, souffla Nhuwwas. Elle partage la même nature que ta Laüme. Mais j'ai appris à la dompter. Et je vais te former dans cet art…

*

L'amour est servilité. Le désir de chair est servilité. L'un, pas plus que l'autre, n'est digne d'un homme libre. Telle était la première leçon que je reçus de Nhuwwas. La première, dis-je, car il y en eut beaucoup d'autres. Personne n'avait plus de légitimité que lui pour m'enseigner. Pas même Laüme…

– Je suis presque comme toi, Dalibor, m'apprit Nhuwwas. Une sorte de frère aîné désireux de te faire profiter de son expérience. Taq'kyrin est pour moi ce que Laüme est à toi : un ange et un démon tout ensemble. Une bénédiction qui m'est venue autrefois sans que j'en fasse la demande, et un malheur que je ne méritais pas. Cela s'est produit il y a longtemps… des siècles… des éons… La religion du Christ n'était qu'un culte balbutiant. J'étais alors un chevalier parthe. Mon peuple s'était rendu maître de l'Orient. Nous rivalisions avec Rome. Mais il y eut des trahisons et des bassesses parmi nos vassaux. Un jour, nous vîmes des fumées s'élever dans le ciel. Des cités brûlaient à nos frontières. Les légions de Trajan s'avançaient vers nous – un mur de boucliers et de lames qui allait nous renverser car nous n'avions plus d'alliés. Nous aurions dû fuir ou nous soumettre, c'était la voix de la raison, et pourtant, plutôt que de vivre en esclaves ou en vagabonds, nous ajustâmes nos armures et couvrîmes nos chevaux d'un long manteau de mailles en acier. Tu aurais dû nous voir, Dalibor ! Nous étions une poignée face à la mer de nos envahisseurs. Notre souverain nous plaça en fer de lance sur la crête d'une dune de cendres blanches. Moi, à quinze ans, j'étais le plus jeune des combattants d'élite, j'occupais le pivot exact de la phalange. Dissimulés dans les friches, nous patientâmes jusqu'à l'ultime instant pour charger, puis nous nous enfonçâmes comme un coin dans les rangs de l'ennemi, parvenant presque à le disperser mais pas tout à fait à le faire plier. Combien aurait-il fallu être pour gagner la bataille ? Cent de plus ? Cinquante ? Seulement dix, peut-être. Il n'en fut pas ainsi. L'ennemi nous mit à terre l'un après l'autre, tua nos montures et nous massacra. Nos capitaines tombèrent, puis nos princes, notre roi, enfin... Alors, je vis que j'étais seul. Les haches et les lances allaient s'abattre sur moi quand je sentis un souffle sur ma nuque. Une main fine enserra ma taille. Je crus qu'un ennemi était monté en croupe pour me désarçonner et je me retournai pour plonger mon épée dans son corps. Mais c'était un ange des batailles qui m'avait rejoint, une femme d'une beauté rayonnante, caparaçonnée pour la lutte et armée d'un lourd marteau de guerre. À nous deux, nous fendîmes l'host des ennemis. À chaque coup de l'inconnue, une tête éclatait ; à chacun des miens, un torse s'ouvrait. Aucun champion adverse ne put rivaliser avec nous. Traversant les colonnes hostiles, nous nous enfuîmes dans les montagnes... “Je suis Ta'qkyrin, me dit alors la créature. Je suis ta *frawarti*, ta gardienne et ta conseillère. Je suis l'âme des guerriers morts à tes côtés dans la bataille, née des noces intimes de leur sacrifice et de ton courage. C'est cela qui m'a appelée dans ce monde et je veillerai désormais sur toi et tes fils à jamais...”

« J'étais jeune alors, je crus à ces promesses. Dix années durant, elle fit comme elle avait dit. Sous le joug de l'étranger, ce qui restait de mon peuple s'éteignait lentement mais moi, j'étais un homme libre, galopant dans les steppes. Ta'qkyrin me protégeait des périls et me donnait son amour. Grâce à son bras qui secondait le mien, j'étais vainqueur dans tous les combats... Autour de moi s'assemblèrent des hommes de l'ancien royaume, dont je devins le chef. Nous fûmes d'abord une bande, puis une troupe, et enfin presque une armée... "Je peux faire de toi le nouveau roi de ces hommes, me dit Ta'qkyrin. J'ai le pouvoir de vous donner la victoire. Vous pourrez rebâtir vos cités et les construire plus grandes encore. Vos greniers regorgeront de grain car je ferai tomber la pluie sur vos déserts. Tu seras acclamé comme un dieu et, à tes fils, je donnerai la vie éternelle. Ce pays sera le vôtre à jamais. Nul envahisseur n'osera plus jamais le violer..."

« Mais toutes ces promesses avaient un prix, tu le devines, Dalibor : Ta'qkyrin exigeait le sang d'innocents en guise de salaire à ses miracles. Et, comme tu l'as fait, j'ai d'abord accordé ce qu'elle réclamait. J'immolai à ses pieds des enfants issus de mon peuple par dizaines, mais ce n'était jamais assez. Ses besoins étaient immenses. Si nous entrions en libérateurs au matin dans des villes reconquises, il me fallait dès le soir lui offrir l'oblation des fils et des filles de ceux que nous avions délivrés.

« Deux fois vingt saisons passèrent ainsi, et peut-être aurions-nous pu refonder notre empire si je n'avais eu tant d'orgueil. Car l'immortalité que Ta'qkyrin avait promise à mes fils, je voulus l'obtenir pour moi-même. "C'est un don que je ne peux te faire, Nhuwwas, m'avait-elle averti lorsque je l'avais pressée d'y consentir. Mes forces sont consacrées à la reconquête. Ma magie ne peut se disperser..." C'est ce refus, oui, ce refus, comprends-tu, Dalibor, qui me donna la force de m'éloigner de Ta'qkyrin et de chercher seul ce qu'elle m'interdisait.

« Par une nuit sans lune, je quittai le campement de mon armée. J'avais gorgé la *frawarti* de sang. Elle s'en était enivrée au point qu'elle avait sombré dans une inconscience béate. Seul, je pris alors un chemin étrange, que même Ta'qkyrin ignorait. Où en avais-je appris la géographie? Je l'ignore. J'allais comme inspiré. Une voix parlait en moi qui me disait que faire… Et puis, dans mes songes, apparut un oiseau de feu, un paon gigantesque au corps dessiné d'étoiles. Toutes les nuits, je rêvais de lui, jusqu'au matin où mon réveil ne le chassa pas. Présent à mes côtés, il me guida au-delà de la sécheresse d'un désert de pierres vers la fournaise d'un désert de sel. Mon cheval s'effondra mais j'avançais encore. Autour de moi, il n'y avait plus rien, ni plantes, ni animaux, ni insectes. La poussière du sol elle-même n'existait plus. Mes pieds foulaient un terrain lisse et blanc, sans hauteurs ni dépressions. Alors, en plein midi, le soleil se voila puis s'éteignit. Mais ce n'était pas une éclipse. C'était qu'un astre à la clarté mille fois plus intense s'était soudain levé au firmament. Cet astre, c'était Vénus, la planète du dieu Paon, qui luisait pour moi plus vivement que Phébus. Sous ses rayons, un autre monde se révéla. Une autre conscience aussi. Ta'us naquit en moi et je naquis en lui. Il y eut la révélation d'un secret – un secret unique, effacé aussitôt qu'appris, détruit aussitôt qu'appliqué. De cette odyssée intime, je ne peux reproduire le tracé pour toi ou pour d'autres. Il ne m'en reste aujourd'hui qu'une succession d'images imprécises. Je revois des corps d'enfants étendus devant moi, des cadavres écartelés, déchiquetés, dans lesquels je cherchais les secrets de la mort et de la vie. Cela s'acheva aussi soudainement que cela avait commencé. Le vent passa sur mes tempes, le chant des oiseaux résonna clair dans le petit matin; j'étais allongé près d'une source, nu. Dans le reflet de l'eau, j'observais ma silhouette. Amaigri, je pouvais compter mes os. Mes cheveux n'avaient pas été coupés depuis des mois, ils me tombaient jusqu'aux reins. Une barbe sale mangeait mon visage hâve et, sous mes ongles longs et noirs, pourrissaient des restes de chair de mes victimes. Leur sang séché maculait ma peau comme des peintures de guerre sur le torse d'un Barbare… J'étais revenu à la conscience, pourtant. Mon cœur battait calmement et mon cerveau me semblait raisonner mieux et plus rapidement que jamais. Je le savais, mon but était atteint, mais pas tout à fait celui auquel j'aspirais. Non ! Si j'avais fait éclore en moi la fleur rarissime de la longévité, le nectar d'éternité m'échappait encore ! Le dieu Paon ne m'avait pas accordé la couronne d'or que je convoitais. Je savais cependant que j'avais devant moi des siècles pour l'arracher. Des siècles, Dalibor, à la condition d'entretenir mon corps par de fréquents rituels et une ascèse scrupuleuse… Mais peu m'importaient ces contraintes puisque la fée venue à moi n'était plus la source exclusive de mes pouvoirs !

« Je voulus revenir vers mes hommes pour les conduire à nouveau à la bataille, mais nulle part je ne trouvai trace de mon armée. Ta'qkyrin, pour se venger de mon départ, avait conduit mes rebelles sous le fer de nos ennemis. Plus rien ne demeurait de nos efforts passés. La colère de la *frawarti* était si vive qu'elle brisa les serments qu'elle m'avait faits et chercha à me tuer. Mais la force de Ta'us ne m'avait pas quitté. Nous luttâmes et je dominai l'ange guerrier. Oui, Dalibor ! J'en eus la force ! Lorsque l'affrontement cessa, j'étais son maître. Je lui refusai tout nouveau sacrifice, et cette privation figea ses pouvoirs : si elle pouvait toujours me protéger et m'accorder quelques privilèges, elle n'était plus assez puissante pour poser sur mon front la couronne d'un empire. Peu m'importait. J'avais conquis le plus grand bien qui se puisse concevoir : la vie éternelle. Que pouvais-je désirer d'autre ?

« Les années passèrent, les décennies, puis les siècles. Ta'qkyrin était toujours à mes côtés. Malgré sa beauté, je ne posais jamais les mains sur elle. Tentatrice, perverse, manipulatrice et provocante, elle le fut pourtant. C'était, pensait-elle, une voie très sûre pour regagner son ancienne emprise sur moi. Je ne cédai pas, malgré mon envie, l'ogresse en eût été trop heureuse. Depuis le jour où je suis sorti du désert de sel, je ne l'ai plus caressée, je n'ai même plus voulu contempler sa nudité qui est peut-être la plus redoutable de ses armes. Je lui fais cacher les courbes de son corps sous une bure grise, je lui interdis les bijoux et les parures... Les *frawartis* sont des êtres dangereux, Dalibor, des créatures fantasques et sournoises sachant mieux que personne exploiter nos faiblesses. Nous ne devons pas leur confier nos plus grandes espérances. Nous ne devons pas leur devoir nos plus grandes joies. C'est seulement ainsi que nous pouvons nous en faire vraiment obéir...

« La religion du Christ s'étendit et corrompit Rome jusqu'au cœur. L'Empire s'effondra sous la pourriture de cette nouvelle foi. Puis le temps du caravanier Muhammad arriva à son tour. Mais Ta'us, mon dieu, s'en moquait. Il était plus ancien qu'Allah et n'avait pas de parole pour les foules. Ta'us est un dieu pour les forts, Dalibor, un dieu dont la seule morale est la puissance et la beauté. Il n'ambitionne pas de dominer le monde ou de convertir les peuples. Seules l'intéressent les âmes d'exception. Il est le dieu des solitaires, ceux dont l'esprit embrasse l'ombre et la lumière avec une même passion, et il jette un pont entre l'horreur et la volupté. Facile et complexe, obscure et évidente, sa philosophie contradictoire n'est pas plus faite pour le vulgaire que pour ceux qui se croient sages et savants. C'est pourquoi tous la nomment œuvre de Satan, savoir mauvais... Il est vrai qu'on ne peut construire sur elle des cités et des nations car elle n'est pas un ciment pour les peuples. C'est une voie transmise non de sang à sang, mais d'âme à âme ; non de père en fils, mais de semblable à semblable… Et semblables, je sais que nous le sommes, Dalibor Galjero !

*

Nhuwwas accrocha une gourde de lait de chamelle au cou de sa monture et sauta en selle.

– C'est pour ce soir, expliqua-t-il. Au bivouac, nous aurons une motte de beurre de baratte. Allez, suis-moi…

Je remontai sur ma bouche les pans de mon chèche et enfonçai mes talons dans les flancs de mon cheval. C'était l'aurore, et le soleil éclatait juste au-dessus de l'horizon, mais l'air était froid et des naseaux de nos bêtes fusaient des traits de vapeur dense. Au petit trot, nous quittâmes le village de Nhuwwas. Lui qui aurait pu connaître une destinée plus illustre que celle d'Alexandre ou de César vivait depuis des siècles dans un hameau de bergers et d'artisans, au fond d'une vallée oubliée de Mésopotamie. Il n'était ni prince, ni chef de guerre, ni même chef de clan ou prêtre.

– Je me contente de soigner les troupeaux, dit Nhuwwas. Je retrouve les enfants perdus lorsqu'ils s'éloignent de leur mère et tombent dans les ravines. J'aide les vieux à mourir lorsque leur corps les fait trop souffrir. Je surveille aussi les sources pour qu'elles ne tarissent pas. Je pourrais faire davantage, bien sûr, mais je me limite à cela. Il n'est pas bon d'étaler des savoirs que ne maîtrise pas le commun des hommes.

Nous quittâmes la vallée de Lalish et prîmes la direction de l'est. Nhuwwas prétendait partir à la rencontre des nomades des plateaux afin de les aider à préparer la mauvaise saison en réactivant les charmes de protection de leurs bêtes et d'eux-mêmes. En réalité, cette tournée était un prétexte pour demeurer sans témoins avec moi.

– Malek Ta'us m'a conféré la prescience de ton histoire, Dalibor. Mais il y a des choses qu'il me faut entendre de ta bouche. Parle-moi de ta *frawarti*, surtout. Dépeins-moi les sentiments bons ou mauvais qui te lient à ta Laüme…

Décrire Laüme en termes justes fut une tâche longue et difficile qui m'occupa pendant plusieurs jours. Avec le plus de détails possible, je relatai mon existence à Nhuwwas, sans omettre ce que m'avaient confié les ombres anciennes de Galjero et de Dragoncino. Lorsque j'achevai ce récit, nous avions atteint les abords d'une brousse d'épineux dont l'œil ne percevait pas la fin.

– J'ai chassé le lion ici autrefois, dit Nhuwwas. C'était une époque plus noble que celle que le monde s'apprête à connaître…

Sa voix était mélancolique et son propos empli d'une secrète nostalgie. Néanmoins, il ne s'attarda pas à faire d'autres commentaires. Nous pénétrâmes dans la steppe et bivouaquâmes pour la nuit.

– Je vais t'enseigner une magie facile et utile, me dit alors mon maître. Cette lande est habitée par des pillards. Sois certain qu'ils ont déjà vu notre feu. Nous allons nous dissimuler à leurs yeux…

Nhuwwas jeta de toutes ses forces quatre cailloux d'ambre aux points cardinaux, puis il fit tomber un dernier galet à ses pieds. Avec la pointe d'un brandon tiré du foyer, il traça un entrelacs autour de cette cinquième pierre qui se couvrit aussitôt de condensation. Un brouillard épais venu de nulle part se forma autour de nous. En quelques instants, nous fûmes protégés par un anneau de brume si compacte qu'on aurait pu penser que nous nous étions soudain élevés au milieu des nuages. Cette nuit-là se passa le plus calmement du monde. Le lendemain, lorsque nous reprîmes notre route, Nhuwwas me révéla comment il avait procédé et comment opérer d'autres miracles de cet ordre.

– Il faut canaliser et projeter sa volonté, Dalibor. C'est là le secret. Les pierres sont de simples supports, tout comme les signes magiques. Ce sont des marques qui ne possèdent d'autre puissance que celle que tu leur accordes. Ni plus ni moins…

Dans une combe, je m'entraînai à faire se lever une nappe de brume puis à la dissoudre. Ce fut chose aisée. Alors, Nhuwwas me montra comment assembler de petits nuages dans un ciel limpide et même comment densifier une nuée jusqu'à lui faire cracher un éclair.

– C'est l'ancienne science des tempestaires, m'expliqua-t-il. Le Grec Pythagore la maîtrisait bien. On raconte que c'est grâce à elle qu'il mit le feu aux voiles de l'armada abordant Syracuse. Puisque tu sembles présenter de bonnes dispositions, je pense que tu pourras réussir une autre prouesse…

Dans un buisson d'épineux, Nhuwwas tailla une badine qu'il émonda pour la rendre rectiligne et, précautionneusement, à la pointe d'un couteau à lame fine, il évida la tige qu'il remplit ensuite de cristaux d'ambre pilés entre deux cailloux. Durcie au contact de l'air, la sève épaisse d'un arbuste servit à sceller l'objet.

– Prends cette baguette et utilise-la pour diriger ton énergie vers un être vivant, m'ordonna Nhuwwas. N'importe lequel, ce gros lézard paressant sur cette pierre, par exemple.

– Que va-t-il se passer ? demandai-je, intrigué.

– Je n'en ai pas la moindre idée, Dalibor. Peut-être rien, ni pour toi ni pour la bête. Peut-être quelque chose d'extraordinaire pour vous deux. Essaie ! Nous verrons bien…

Je tendis sans y croire la badine lestée d'ambre en direction de l'animal. Comme je l'avais déjà ressenti lorsque j'avais fait naître la foudre, un frisson parcourut mes muscles et se concentra dans mes mains. Je crus qu'un éclair allait jaillir à la pointe de la baguette mais, au lieu de cela, je vis le lézard commencer à se tortiller étrangement, puis se tordre sur place, comme frappé par une peste soudaine. La badine toujours tendue, je m'approchai pour mieux observer l'effet de mon sort. De la peau du reptile sortait une fumée et son épiderme se craquelait sous l'effet d'une combustion dans ses entrailles. La bête mourut ainsi, brûlée de l'intérieur en quelques secondes, sans que j'en aie consciemment formulé le vœu. Nhuwwas découpa le lézard et nous le dégustâmes en riant.

– Je n'ai vu cela qu'une seule fois auparavant, m'apprit mon maître. Et c'était il y a longtemps. Comme toi, un de mes premiers apprentis était doué pour canaliser son énergie, mais son orgueil était sa faiblesse. Il s'est cru suffisamment fort pour maîtriser sa *frawarti* et m'a quitté avant d'avoir terminé son apprentissage. Sa fée l'a tué avant de disparaître. Prends garde à ne pas suivre cet exemple, Dalibor. Reste avec moi jusqu'à gagner assez de force pour sortir victorieux de la confrontation avec ta Laüme.

– Combien d'hommes sont venus vers toi, Nhuwwas ? Combien y a-t-il d'hommes à notre image de par le monde ?

Nhuwwas fit une moue interrogative.

– Qui peut le savoir, Dalibor ? Chaque siècle qui passe en amène moins dans le désert. Tu seras peut-être l'un des derniers. Les temps changent. Les hommes d'aujourd'hui n'exigent plus le courage et la noblesse d'autrefois, leur vie est plus facile et plus morne. Ils ont fait de la médiocrité leur compagne et ne supportent plus qu'on les dérange dans leurs petites ignominies quotidiennes. Leur âme n'est pas de pierre dure mais de vase puante. Il est juste que les *frawartis* ne leur apparaissent plus…

– Mais combien ? insistai-je.

– Dix peut-être dans tout l'Orient. Bien moins en Occident. Ailleurs, je ne sais pas.

– Dix en Orient et une poignée seulement en Europe, répétai-je, songeur.

– Je ne les connais pas tous, tempéra Nhuwwas. Peut-être sont-ils plus nombreux que je ne le pense. Mais ne cherche pas à le savoir, Dalibor, ni à les rencontrer. Ils ne pourraient pas t'aider, et tu ne pourrais rien faire pour eux en retour. Tu dois faire face seul. C'est mieux ainsi…

Il me sembla que Nhuwwas laissait une explication en suspens ; comme j'allais l'encourager à surmonter son hésitation, il se leva et se remit en selle sans un mot. Durant deux jours nous cheminâmes en silence, limitant nos échanges au strict nécessaire dans ces montagnes aux confins de l'antique route de la soie. Deux heures après l'aube du troisième jour, nous atteignîmes une forêt pétrifiée sur la pente d'une montagne de schiste. Loin au-dessus des fûts dénudés se dressait une tour dont la forme évoquait celle que j'avais vue à Damas. Nhuwwas s'empara des brides de mon cheval.

– Un trésor t'attend au sommet de cette colline, me dit-il. À toi d'y aller…

– Tu ne m'accompagnes pas ?

– Tu sais bien que c'est inutile. Je t'attendrai ici. Va, maintenant…

Le cœur battant, je grimpai la pente caillouteuse, m'agrippant aux troncs pour gravir la forte déclivité. Enfin, après des heures d'effort, j'atteignis le sommet et contemplai le monument. Comme sa sœur de Syrie, la tour était ornée de faïences claires, variations infinies sur le thème du paon. La construction était en bon état et semblait même avoir subi récemment des travaux de réfection. La porte s'ouvrit sans bruit lorsque je la poussai. Contrastant avec la vive lumière du dehors, l'obscurité semblait impénétrable. Une bourse à ma ceinture contenait une petite lampe à huile. Je battis mon briquet, allumai la mèche et avançai…

D'abord, je vis que les murs étaient décorés des mêmes motifs qu'à l'extérieur : des paons multicolores, du sol au plafond. Je fis quelques pas encore, m'attendant à chaque instant à trouver un escalier car, je l'avais vu, le diamètre de la construction n'était guère important. Au lieu de cela, l'unique couloir, depuis l'entrée, semblait ne jamais finir. Je traversai ainsi une longue galerie voûtée, déserte et silencieuse, dont le plafond s'abaissait au fur et à mesure que se modifiaient les motifs sur les murs. Ils s'épuraient mètre après mètre, de même que les couleurs se fondaient jusqu'à tendre vers un noir de plus en plus affirmé. Les oiseaux s'effilaient en lignes minces entrelacées, serpentant en vrilles hypnotiques, en spirales dont la dynamique s'accélérait tandis que les parois du couloir se rétrécissaient et que le plafond s'abaissait. Finalement, je dus m'accroupir pour continuer à progresser dans ce boyau devenu aussi mince qu'un goulet d'entonnoir. Une vague de chaleur s'abattit soudain sur moi, m'enveloppant tout entier et raréfiant l'air. J'eus l'impression d'être coincé dans un four et la peur me saisit. Je voulus rebrousser chemin mais il était trop tard. J'étais entraîné dans une chute horizontale qu'aucun effort de volonté ne pouvait contrarier. Affolé, le regard rivé aux toiles et aux entrelacs qui couraient sur les parois, je haletais, cherchant à avaler l'oxygène à pleins poumons. L'étouffement me paralysait et une douleur intense éclata dans mon cerveau à l'instant même où la flamme de ma lampe s'éteignait. La souffrance était si violente que je crus un instant sombrer dans l'inconscience. Pourtant, je bandai mes muscles et je frappai des poings les murs qui m'enserraient comme une fosse de cimetière. De ma vie, de *mes* vies, je n'avais jamais eu aussi peur, même lorsque le bourreau de Bucarest avait serré le nœud de chanvre autour de mon cou…

Un cri déchira mes poumons, un ultime appel, auquel répondit un autre cri, puis un deuxième, et un troisième encore ! Partout, autour de moi, montaient des voix ! Stridentes, aigres, discordantes et abominables… Elles me perçaient comme des aiguilles, me coupaient comme des lames de rasoir… Des voix d'enfants… les voix de tous les enfants que j'avais amenés à l'ogresse Laüme, quai d'Orléans.

Alors, je les vis s'avancer vers moi : rampant telles des larves blêmes, ils sortirent des murs pour me couvrir de leurs corps glacés et murmurer leurs plaintes à mes oreilles… Leur poids immense s'abattit sur moi et m'enveloppa comme un linceul. Leurs visages s'étaient figés à l'instant où la vie les avait quittés, leur bouche bavait du sang et leurs yeux me jetaient des regards de haine, à moi, le complice de leur meurtrière. Je fermai les paupières mais cela ne suffit pas, leur image s'infiltrait dans mon esprit comme un serpent, une myriade de scorpions venus déchiqueter mon âme avec la même férocité que j'avais mise à dépecer et à meurtrir leur chair… Contre cette bande démoniaque, je sus que je ne pouvais rien. Mon familier n'était pas assez puissant pour repousser l'assaut des spectres. La fée elle-même n'aurait pu vaincre ces fantômes venus chercher leur vengeance depuis les limbes. Pourtant, au moment où je croyais sombrer, une forme étincelante écarta les revenants et leur fit lâcher prise. Un visage apparut, c'était celui de Lorette, la fille de Charenton, que j'avais voulu offrir à la place de Sandrine.

– Dalibor Galjero, me dit-elle d'une voix tendre, je viens pour entendre votre repentir et vous pardonner… Voulez-vous me dire vos regrets ? Voulez-vous avouer votre chagrin de nous avoir sacrifiés, moi et mon fils ?

Pleurez sincèrement nos morts et nos souffrances, Dalibor Galjero. Pleurez sur les innocents envoyés à la mort pour payer votre dette à Laüme. Réchauffez-nous de votre amour et nous vous accueillerons parmi nous comme un père et un protecteur. Faites-vous humble, reniez pour toujours le démon Laüme, abjurez votre foi en elle et nous effacerons vos souffrances pour vous abreuver au lait de notre infinie mansuétude…

Une honte abominable monta du plus profond de moi. Mon âme ploya sous le remords. Je fondis en larmes et joignis les mains pour implorer Lorette de me pardonner mes crimes mais, à l'instant exact où j'allais exprimer ma contrition, mon cœur se ferma tout à fait. Une vigueur surgie de quelque noyau d'orgueil me galvanisa soudain et me fit exploser de rage. Crachant au visage du spectre plutôt que de m'humilier devant lui, je refusai la pénitence qu'il exigeait. Alors, ce fut comme si une boule de gaz brûlant incendiait mes veines et mes nerfs. Lorette se dressa devant moi, terrible et vengeresse :

– C'est cette Laüme qui a fait de toi le monstre que tu es devenu, Dalibor Galjero. La douleur et la mort vont te purifier des pourritures dont elle a couvert ton âme…

De l'obscurité monta le second assaut des enfants sacrifiés. Ils s'agglutinèrent sur moi comme j'avais autrefois lancé les rats sur mon père et mes sœurs incestueuses. Ma peau éclata sous leurs crocs de fumée, mes os se rompirent sous leurs mâchoires, mes muscles furent épluchés au fil de leurs dents acérées… Fou de douleur, j'appelai la mort de tous mes vœux mais la fierté de n'avoir pas cédé au repentir me donnait la force d'affronter ce trépas sans faiblir. Et puis, alors que je touchais au firmament des ténèbres, surgit un oiseau de feu, un paon gigantesque, couleur de soleil, qui me saisit dans ses serres et m'arracha aux vengeurs dans un grand cri souverain…

La porte de plomb

Rien n'était plus comme avant. Tout en moi avait changé. Enlevé par Ta'us, l'oiseau roi, j'avais franchi des océans de feu et m'étais enfoncé au cœur d'immenses étendues de basalte et d'ébène, des territoires sans lumière ni oxygène où rien de charnel ne pouvait exister. Mon âme y fut calcinée, détruite, recréée puis réduite à néant pour être encore recomposée et battue, telle une lame d'épée sur une enclume. Je criai de douleur, je m'en souviens, mais personne ne répondit à mon appel. Il y eut la peur aussi. Et puis rien d'autre qu'un silence parfait au sein d'une obscurité parfaite. Un calme absolu, le calme du renouveau et de la métamorphose…

Alors, le dieu Paon revint planer au-dessus de moi et son chant se mêla à mon rire pour tisser une mélopée rapide et joyeuse. Un courant d'énergie formidable me ranima et rejeta mon corps sur la rive du monde des vivants. Mes paupières se rouvrirent et mes doigts s'enfoncèrent dans le sable. Je laissai s'écouler un à un les grains de poussière que contenaient mes poings et observai ce spectacle, fasciné. Tout homme ordinaire y aurait vu le symbole même de la consomption du temps qui nous précipite inexorablement vers le néant. Pour moi, en revanche, il n'avait désormais plus aucune signification puisque, comme Nhuwwas, je m'étais extrait à jamais de la fuite du temps par ma seule volonté… Oui ! Je le savais au plus intime de ma conscience, mon séjour dans les ténèbres avait forgé autour de moi une armure parfaite sur laquelle les ans pouvaient désormais glisser sans laisser leur empreinte. À condition de suivre une voie qui convienne à mon dieu, moi aussi j'étais devenu immortel !

– Ton corps ne changera plus, Dalibor, m'expliqua Nhuwwas lorsque je le retrouvai au pied de la montagne. Ta'us t'a fait don de ce privilège pour récompenser ton orgueil, que ni la peur ni la charité ne sont parvenues à faire plier. Ton visage restera tel qu'il est aujourd'hui, ainsi que ta force et ta beauté. Tu ne connaîtras jamais l'horreur de la sénilité… Mais il y a des règles à respecter…

– Quelles règles ? demandai-je.

– Mon frère, tu dois vivre maintenant ce que les anciens Grecs nommaient l'*hybris*, c'est-à-dire la démesure. Il te faut édicter tes propres règles, car l'ordinaire du Bien et du Mal n'a plus de sens pour toi. Leur référence ne t'est plus nécessaire. Oublie-les sans retour, ou la folie s'emparera de toi.

– Comment cela ?

– Je t'y aiderai. C'est une tâche qu'il te faut accomplir dans le but de dompter ta *frawarti*, cette Laüme à qui tu dois t'imposer pour gagner définitivement ta liberté. Mais l'instant n'est pas encore propice. Tu as survécu aux épreuves de la tour du dieu Paon. Tu dois t'en réjouir ! Viens ! Fêtons cet événement !

Nhuwwas sauta en selle et piqua droit devant en hurlant comme un sauvage ivre de liberté. Son exemple mit le feu dans mes veines. Je saisis à mon tour la bride de mon cheval et partis à sa poursuite. Ma monture était un cheval arabe vif et toujours prêt à la course. Heureux d'être brusquement sollicité, il se donna tout entier pour rattraper Nhuwwas. Nous galopâmes ainsi à perdre haleine sur plus d'une lieue, criant comme des gosses, jouant à nous dépasser et à nous couper la route, filant sous les branches basses en nous couchant sur l'encolure de nos bêtes, sautant par-dessus des troncs abattus et des rochers luisants… Nous n'arrêtâmes notre cavalcade qu'à l'orée du désert. Mon cœur battait à tout rompre et mon esprit baignait dans une exaltation sans bornes. Après mes tristes années d'enfance, mon adolescence qui s'était terminée dans l'horreur de la misère, de l'humiliation et du crime, j'avais le sentiment d'une délivrance, d'un accomplissement. Enfin, je sentais mon corps et mon âme vibrer à un rythme qui n'appartenait qu'à moi. Et cette renaissance, je la devais à Nhuwwas…

Tout le restant du jour, nous chevauchâmes côte à côte, lui, heureux et fier de son rôle d'initiateur, moi, exultant de me découvrir soudain si amoureux de la vie et si plein d'envies nouvelles. Toute morosité m'avait quitté, toute incertitude. Le voile sombre qui, depuis toujours, m'avait tenu lieu d'horizon venait enfin de se déchirer. Le soir, nous atteignîmes une oasis nichée au milieu des sables. Un profond bassin d'eau claire en occupait le centre en reflétant la lumière douce du soleil couchant. Ce refuge secret abritait une colonie d'oiseaux et d'ibis, des familles de renards argentés et d'écureuils des dunes, des troupeaux d'antilopes et de gazelles. Nous entrâmes au grand galop dans l'eau fraîche et nous nous dévêtîmes pour nager dans l'étang jusqu'à ce que la lune et les étoiles se lèvent au-dessus de nos têtes. Nous étions sur le point de nous endormir auprès d'un feu lorsque nos bêtes tirèrent soudain sur leur longe et frémirent.

– Les chevaux ont senti l'odeur de dromadaires qui s'approchent, me dit Nhuwwas sans paraître s'inquiéter.

Tendant l'oreille, je perçus le bruit d'une petite troupe et nous vîmes bientôt arriver une quinzaine de nomades venus chercher refuge dans l'oasis jusqu'au matin.

Nhuwwas se redressa pour s'entretenir un instant avec le patriarche du groupe.

– Il n'y a rien à craindre de ces gens, m'expliqua-t-il. C'est une famille de marchands qui fait ici une brève halte. Laissons-les prendre du repos.

La tribu s'installa à distance respectueuse de notre position. Les femmes firent cuire des galettes sur la pierre de leur brasier et un homme nous offrit de partager leur festin. Nous acceptâmes avec gratitude et Nhuwwas demanda si l'un des voyageurs ou l'une des bêtes du convoi nécessitait des soins car il était guérisseur.

– Un enfant a la fièvre depuis trois jours, répondit le commerçant. C'est le second fils de mon frère. Si tu veux le voir, je te mènerai auprès de lui.

De ses fontes, Nhuwwas tira un sac de cuir et me fit signe de l'accompagner jusqu'au malade. Le gamin devait avoir sept ou huit ans. Malgré la chaleur, il tremblait et sa mère l'avait emmailloté dans deux couvertures tant il grelottait. Sa peau était vilainement décolorée et toutes les veines de ses yeux avaient éclaté. Nhuwwas tira une pierre blanche de son sac et la plaça sous la langue de l'enfant, puis, avec un bout de charbon tiré du feu, il traça des signes mystérieux sur les joues et le front du gamin. En quelques minutes, celui-ci cessa de s'agiter. Ses yeux retrouvèrent leur éclat et sa peau reprit une apparence plus honnête. Lorsque la fièvre tomba, le garçon recracha la pierre avec une moue de dégoût : le caillou était devenu aussi noir que le plumage d'un corbeau. De la pointe de sa botte, Nhuwwas le poussa dans le feu et il demanda son nom au petit.

– Je m'appelle Za'hran, répondit ce dernier d'une voix claire.

Toute la famille de marchands fêta Nhuwwas pour cette guérison spectaculaire. On lui offrit un coupon de soie et un paquet de sel, des feuilles de tabac et une peau de chèvre fraîchement tannée. À moi, qui n'avais nul mérite dans l'histoire, on fit don d'un joli couteau damasquiné et d'un éclat de corne pour l'aiguiser.

– Ces voyageurs sont généreux, dis-je à Nhuwwas lorsque nous fûmes revenus auprès de nos chevaux.

– Ils le sont. Ce sont des gens de bien…

Je dormais profondément lorsque mon maître me secoua peu avant l'aube.

– Surtout, ne fais pas de bruit et suis-moi en silence, souffla-t-il.

Nous nous approchâmes de l'étang et nous assîmes sur une pierre plate de la berge. Nhuwwas trempa ses doigts dans la terre humide, traça des signes boueux sur ses paumes et passa un long moment à observer intensément les dessins avant de plonger les mains dans l'eau. Dans la lumière montante, je vis alors distinctement un nuage d'encre se diffuser dans le bassin, brouillant l'onde et salissant sa pureté. Cela ne dura qu'un instant, bientôt la souillure se dilua et disparut tout à fait, tandis que les échassiers pataugeant sur la rive s'envolaient en poussant de grands cris effrayés. Sur les paumes de Nhuwwas, les glyphes avaient disparu.

– Retournons à notre place, murmura mon maître, et attendons.

Il ne fallut pas longtemps pour que je comprenne ce qu'il venait de faire. À leur réveil, les caravaniers allèrent l'un après l'autre se désaltérer à la mare. Trop heureux d'être délivré de ses fièvres, le gamin Za'hran sauta à pieds joints dans l'eau, entraînant à sa suite deux ou trois gosses de son âge qui jouèrent longtemps à s'éclabousser. Mais, bientôt, tous ceux qui avaient bu ou s'étaient trempés dans le lac ressentirent des douleurs qui s'amplifièrent de minute en minute, et l'oasis résonna de leurs plaintes ou de leurs hurlements. Nhuwwas regardait, impavide, un léger sourire aux lèvres.

Qu'il ait empoisonné la mare grâce à ses glyphes ne provoquait chez moi nulle révolte. J'étais calme, détaché. À quelques mètres de là, des gens se tordaient de douleur et se vidaient sous mes yeux sans susciter en moi aucune émotion charitable. Leur mort m'amusait, au contraire. Un mauvais rire monta du fond de mon ventre et me secoua tout entier. Nhuwwas lui aussi riait à gorge déployée. Pour mieux apprécier le spectacle, nous déambulâmes parmi les mourants. Quelques victimes à l'agonie avaient encore la force de nous regarder, l'incompréhension et la peur se lisaient sur leur visage. Nhuwwas tira une lame et entreprit d'égorger méthodiquement les membres de la tribu, à commencer par le patriarche.

– Je te laisse les femmes et les enfants, Dalibor, me dit-il. C'est la meilleure part…

Avec le couteau même que les caravaniers m'avaient offert quelques heures plus tôt, je tranchai sans états d'âme la gorge des femmes de la troupe. Ce fut l'affaire d'un instant car l'odeur du sang, m'enivrant comme jamais, donna à mon bras une vigueur de possédé. Cette furie criminelle ne ressemblait à rien de ce que j'avais expérimenté jusque-là. Les crimes de Laüme, dont j'avais été le témoin, m'avaient répugné, mais ici, dans ce désert, en compagnie de mon maître, tuer ces innocents était un jeu, la révélation d'un plaisir inédit, l'exercice d'une puissance nouvelle et grisante… Ce ravissement atteignit son comble lorsque je tranchai la carotide du petit Za'hran. Attrapant le gosse par les pieds, je le brandis, tête en bas, pour qu'il se vide plus vite. Son sang s'étala sur le sable en une tache sombre que de gros essaims de mouches vinrent butiner…

Nous étions occupés à dépouiller les cadavres lorsque je découvris, au milieu des ballots amassés auprès des dromadaires, une survivante. Elle devait avoir quinze ans. Contrairement aux autres, elle n'avait pas été contaminée par l'eau empoisonnée car elle se débattit avec force lorsque je la saisis, me griffant et me crachant au visage en hurlant comme une strige. Au lieu de la faire passer d'un coup de poignard dans le cœur, je l'assommai avec une pierre et l'immobilisai au sol, pieds et poings liés.

– Ne la viole pas, me recommanda Nhuwwas. Ces animaux-là grouillent de vermine…

– Je veux simplement savoir si ce qui s'est passé avec le lézard peut se répéter avec un humain, répondis-je.

Trouvant ma badine d'ambre parmi mes affaires, je me concentrai pour projeter ma volonté sur la fille, comme Nhuwwas me l'avait appris. Le résultat fut rapide et spectaculaire. La douleur que je faisais naître dans ses entrailles tira tout de suite la gamine de l'inconscience. L'incompréhension de la torture que je lui faisais subir augmenta encore l'intensité de sa terreur. Elle se débattit comme une démente et implora ma pitié dans toutes les langues qu'elle connaissait, ce qui ne changea rien à son destin. Très vite, sa peau noircit et se craquela, ses yeux dans leurs orbites et sa langue gonflèrent puis éclatèrent. Ses cheveux fondirent comme de la paille et ses vêtements s'embrasèrent d'un coup, la transformant en torche. Mais la fille était déjà morte. Son corps brûla longtemps, craquant comme une bûche gorgée de résine. Nous la regardâmes se consumer jusqu'au bout en silence avant que Nhuwwas me prenne par l'épaule pour me ramener au bord de l'eau.

– Défais le sortilège que j'ai jeté, m'ordonna-t-il.

Il me fallut une petite heure pour pratiquer sans faute la technique que mon maître m'enseigna alors. Il s'agissait comme toujours de densifier suffisamment le désir pour le rendre réel en le concentrant dans une marque, un dessin, un symbole. À mon tour, je traçai des lignes boueuses sur mes paumes et plongeai les avant-bras dans l'eau. Après deux essais infructueux, des volutes noires se formèrent autour de mes doigts et s'enroulèrent autour de mes poignets. L'opération dura une minute ou deux, et cessa brusquement. Aussitôt, une première grue vint se poser au bord, puis une autre. Des volées d'échassiers se posèrent à leur suite sur l'eau. Juste en face de nous, trois renards dorés sortirent des herbes pour venir se désaltérer.

– Tu es décidément doué, Dalibor, me félicita Nhuwwas. Mais si tu n'avais pas tué ces femmes et ces enfants juste auparavant, cette opération t'aurait réclamé des jours, peut-être des semaines d'efforts. Et tu aurais souffert de sentir le poison imprégner ton corps. La vigueur prise aux morts t'a épargné tout cela.

– Il faudra donc toujours que je tue avant d'opérer ?

– Ce n'est pas une nécessité. Mais la mort est l'une des deux plus importantes sources d'énergie pour les œuvres de magie. Ceux qui veulent s'en passer perdent beaucoup.

– Quelle est l'autre source ?

– Le désir charnel. Son exacerbation ou, au contraire, sa retenue absolue. Le libertin et l'ascète sont égaux dans cette voie.

– Où va ta préférence, Nhuwwas ?

– Dans ce domaine, j'ai choisi la sobriété, Dalibor. Je n'ai plus touché une femme depuis des siècles. Et ce n'est pas une image !

– Est-ce aussi le chemin que je dois emprunter ?

Nhuwwas éclata de rire.

– Toi seul pourras répondre à cette question, Dalibor, je n'ai pas de conseil à te donner. Cela dépend de ton inclination personnelle. Moi, j'ai opté pour la chasteté en réaction au comportement de Ta'qkyrin. La nature des *frawartis* est luxurieuse, mon ami. Ce sont des êtres d'ombre qui ont besoin des jeux de la chair pour densifier leur incarnation. Elles, qui ne sont pas issues d'un accouplement, sont médusées par l'union charnelle. C'est pourquoi elles en abusent et la répètent souvent, même avec des êtres grossiers. Ta'qkyrin ne m'a pas épargné ce que ta Laüme t'a fait subir. Elle s'est souvent donnée à d'autres. En punition, j'ai décidé de la sevrer à tout jamais de ce qui lui donnait du plaisir. Je lui interdis l'accès à ma couche comme je m'interdis tout contact avec quiconque. C'est dans cette intransigeance que je trouve assez de force pour la dominer.

– J'ignore si ma volonté sera assez puissante, dis-je.

– Alors, tu peux essayer l'autre voie, celle qui doit te conduire à battre ta *frawarti* sur son propre terrain.

– Je ne comprends pas.

– Maîtrise les arts érotiques. Consomme sans retenue toutes les femmes qui croiseront ta route. Apprends les secrets du corps. Fais-toi familier des extases et gave ta Laüme de plaisir comme nul autre homme ne pourrait le faire. Cela la rendra fidèle et docile.

– Et où apprendre de telles merveilles ?

– Très franchement, je l'ignore. Peut-être aux Indes, peut-être à Cipango… Il te faudra faire cent fois le tour du monde pour trouver un savant en cet art. Mais le temps n'a plus d'importance, n'est-ce pas ?

*

Nhuwwas nous fit rester au désert vingt longs jours encore. Il me montra d'autres secrets, m'enseigna le dogme du dieu Paon et me parla de la lutte infinie que les enfants de Ta'us livraient aux fils du Dieu unique.

– Ceux qui se nomment aujourd'hui yezidis sont les descendants des fidèles de Zoroastre et de Mithra. Toutes les religions antiques se sont agglomérées pour mieux résister à la vague infecte des adorateurs de Jéhovah. Depuis des siècles nous sommes entrés en résistance contre les valeurs de ce faux dieu, mais notre crépuscule touche à sa fin, je le sens. Un jour prochain, sous la contrainte d'une terrible menace, les hommes rejetteront les ténèbres de la pitié universelle et le joug de la laideur. Alors, nous saurons que nous n'avons pas attendu en vain, et nos cœurs s'empliront d'une joie inconnue. Tu verras, Dalibor, cet instant, je te le promets, nous le vivrons ensemble…

Revenant vers la vallée de Lalish, nous rencontrâmes un pèlerin que Nhuwwas connaissait. C'était un prêtre yezidi maigre et sale qui revenait de l'Est où il était allé méditer dans une des tours du dieu Paon.

– Cet homme possède-t-il une *frawarti*, lui aussi ? demandai-je à Nhuwwas lorsque nous quittâmes le voyageur.

– Non, certainement pas lui, répondit mon maître avec une pointe de mépris dans la voix. Ce n'est qu'un petit hiérophante sans importance, comme la plupart de ceux qui s'isolent dans les tours. Ce sont des méditatifs, des contemplatifs. Leur foi est juste et sincère, mais ils ne peuvent se comparer à des hommes comme nous et ne possèdent pas le centième de nos pouvoirs…

Une fois dans le village de Nhuwwas, je demeurai de longues semaines en sa compagnie. Chaque jour qui passait nous rendait plus proches et, chaque nuit, il entrait dans mes rêves pour m'initier dans mon sommeil. L'idée germa en moi de ne plus jamais quitter la vallée de Lalish car je m'y sentais en sécurité, avec le seul être qui m'ait jamais compris.

– Tu ne dois pas t'enfermer ici, Dalibor, me conseilla cependant Nhuwwas. Ce serait une erreur. Pas avant d'avoir dompté ta Laüme en tout cas… Tu dois promettre de ne pas revenir avant d'avoir passé le mors à ta diablesse.

Je promis, bien sûr, et je me résolus à préparer mon voyage de retour en Europe.

– Quel chemin vas-tu prendre ? me demanda Nhuwwas. Par l'ouest et la Porte, ou par le sud et les marais entre les deux fleuves ?

– Je descendrai le Tigre, déclarai-je. J'ai bien réfléchi à la manière de traiter les débordements de Laüme et je veux la prendre à son propre piège. Il y a à Bagdad un homme expert aux jeux de l'amour, dis-je en songeant à 'Attar. J'irai lui demander conseil…

*

La veille de mon départ, je dînai en tête à tête avec Nhuwwas d'un frugal repas composé de fromage, de dattes et de miel. Puis, le cœur triste, je rejoignis ma chambre, une pièce vide sans autre luxe que des tapis amoncelés qui me servaient de lit. J'étais profondément endormi lorsque, au milieu de la nuit, je perçus un souffle à mon oreille. Ce n'était pas une voix d'homme, ni de femme. C'était la voix du dieu Paon.

– Lève-toi, mon fils. J'ai ouvert pour toi la prison de Ta'qkyrin. Les glyphes secrets sont effacés et un grand bonheur t'attend dans ses bras…

Était-ce vraiment Ta'us qui me parlait, ou mon désir qui cherchait un masque pour mieux se faire obéir ? Je l'ignorais. Pourtant, tiré comme par un fil jusqu'à l'endroit interdit, je trouvai le cadenas ouvert et la porte de plomb entrebâillée. Dans le silence de la nuit, je me glissai dans la geôle qui abritait la fée depuis des siècles. Je m'apprêtais à trahir Nhuwwas de la plus ignominieuse façon, je le savais, mais la trahison n'était-elle pas enseignée par notre dieu ? Malek Ta'us ne préconisait-il pas le rejet de toute morale ? En trompant la confiance de Nhuwwas, je ne pouvais que plaire au dieu Paon…

Par une minuscule trouée dans la cloison filtrait un rai de lune. Dans cette flaque d'argent se tenait Ta'qkyrin, qui m'attendait. Avant que je la touche, elle laissa tomber sa bure à ses pieds. Aussitôt, sa sensualité enflamma mes sens. La vision de ses épaules rondes, de ses seins voluptueux, de son ventre dur, aussi lisse que celui de Laüme, fit aussitôt se raidir mon sexe. Son visage se pencha sur le mien et sa bouche toucha ma bouche, nos langues se mêlèrent, nos doigts s'enlacèrent. Avec ardeur, avec avidité, j'embrassai Ta'qkyrin et pétris ses courbes. Nous roulâmes sur le sol. Me chevauchant, elle saisit ma verge roide et l'enfonça en elle. Longtemps, nous restâmes unis, alternant lenteur et vitesse avec une béatitude croissante. Ta'qkyrin geignait autant que moi, qui connaissais pour la première fois l'extase d'un véritable accouplement, languissant, sensuel et doux. J'en éprouvais une joie immense qui culmina bientôt en un spasme ravageur, tordant mes muscles, comprimant mon cœur et fendant mon esprit comme un coup de sabre... Ta'qkyrin jouit avec moi et planta ses dents dans ma peau pour ne pas hurler.

Nous recommençâmes et recommençâmes encore. Notre faim de plaisir était inextinguible, nos corps infatigables. Elle et moi avions été trop longtemps privés d'extase pour cesser nos caresses. Tendres d'abord, celles-ci se firent de plus en plus sauvages. Je pris enfin Ta'qkyrin comme j'avais vu Fabres-Dumaucourt traiter Laüme. La domination que je lui imposais ainsi décupla mon vertige. Je me gorgeais de ses baisers dociles quand Nhuwwas fit soudain irruption dans la cellule, le regard foudroyant, avec aux commissures de ses lèvres une écume distillée par la rage. D'un geste violent, il arracha sa compagne à notre étreinte et la traîna par les cheveux dans un coin de la pièce où il la frappa de ses poings et de ses pieds bottés tout en hurlant dans une langue inconnue de moi. Avant que j'intervienne, il tira un fouet de sa ceinture et fit pleuvoir sur elle des coups terribles. Recroquevillée, protégeant son visage de ses bras croisés, Ta'qkyrin reçut la volée en criant.

– Nhuwwas ! Arrête ! Tout est de ma faute ! éructai-je pour mettre fin à la vengeance de mon maître.

– Pars, Dalibor ! commanda-t-il. Pars immédiatement ! Prends tes affaires et va-t'en !

Je voulus encore m'interposer, tentai de lui arracher son arme. En vain ; le yezidi me repoussa et me jeta hors de sa maison. Revenant à la charge, je donnai du poing contre la porte close mais le bruit de notre altercation avait déjà ameuté des villageois. On m'insulta. On me jeta des pierres. On me précipita à terre puis on me traîna loin du hameau. À demi assommé, la bouche remplie de sang et les paupières tuméfiées par les coups, je n'avais d'autre choix que de quitter la vallée de Lalish comme j'y étais venu. L'esprit brouillé, les muscles raides, je me dirigeai à l'estime et finis par trouver une piste vers le sud que je suivis pendant plusieurs jours, en solitaire, avant de longer les rives du Tigre. Couvert de poussière et ivre de fatigue, j'arrivai un midi auprès d'un feu où deux ou trois pêcheurs faisaient griller leurs prises du matin. Je leur quémandai un peu de nourriture mais ils refusèrent et voulurent me chasser en me donnant le bâton. Cela me mit en rage, et je vidai sur ces pauvres bougres toute la colère qui s'était accumulée pendant mon triste voyage. Leur assassinat me calma et me rendit suffisamment d'énergie pour continuer sereinement mon périple jusqu'à Bagdad. Dans l'ancienne capitale des Abbassides, je retrouvai mon ami 'Attar, qui ouvrit de grands yeux lorsque je me présentai devant lui.

– Impossible ! Tu es revenu vivant de la vallée de Lalish ? Dalibor, tu dois être le premier roumi à réaliser cet exploit depuis des siècles. Raconte-moi ! As-tu trouvé là-bas tout ce que tu cherchais ?

– Et plus encore. J'y ai trouvé le chemin d'un autre moi-même…

– Un autre toi-même ? reprit le Bagdadi en lissant la pointe de sa barbe d'un air pensif. Quel est le vrai sens de tes paroles ?

– Si tu m'autorises à pénétrer encore au paradis de tes femmes, je te montrerai…

Cela dura le temps que je fasse mienne chacune des esclaves d''Attar. Car je voulus les connaître toutes, et à plusieurs reprises même… De ces jours passés dans le harem du marchand, je garde un souvenir ravi. Je revois, comme si je l'avais caressée hier, une grande Orientale, métisse de Blanche et d'Asiatique, aux longues jambes, à la poitrine menue, aux mains fines et aux ongles laqués, taillés en pointe. Avec elle, j'appris quelques façons de faire venir l'humidité entre les cuisses d'une fille. Une Circassienne aux yeux bleus me donna de belles leçons avec sa bouche, et deux jeunes sœurs d'origine égyptienne firent de moi un pédicant bien doux et bien savant… La nature m'a doté d'un membre généreux et d'une émission abondante, mais aucun homme ordinaire n'aurait pu combler toutes les filles du harem comme je le fis alors. Le meurtre des pêcheurs effectué quelques jours plus tôt m'avait galvanisé.

« C'est dans la mort des autres que gisent les secrets de notre longévité et de notre vitalité », m'avait révélé Nhuwwas. C'est dans le harem d''Attar, à Bagdad, que j'éprouvai pour la première fois toute la force de cette maxime. Sitôt avais-je joui que je voulais recommencer. À peine avais-je satisfait une fille que je m'approchais d'une autre… Ébahi, admiratif, mon hôte n'en croyait pas ses yeux.

– Ton vit ne débande donc jamais, mon garçon ? Si c'est un diable de la vallée de Lalish qui t'a jeté un sort, dis-moi vite comment me damner moi aussi, je t'en supplie !

Bien sûr, je ne révélai rien de mes véritables aventures à 'Attar. Pour lui, j'inventai une fable qu'il crut sans peine.

– Les voyages m'ont déniaisé, lui racontai-je. J'ai croisé quelques belles garces en chemin qui m'ont ôté toutes les sottises que j'avais en tête. Et puis, tes sages paroles m'avaient déjà disposé à revenir sur la résolution de fidélité que j'avais prise. Ces événements combinés ont produit le résultat que tu vois…

Ma bonne humeur et mes aptitudes à la paillardise mirent 'Attar en joie. Il réitéra la proposition qu'il m'avait faite quelque temps auparavant.

– Seconde-moi dans mes affaires, Dalibor. Les Français viennent de s'emparer du pays autour d'Alger. Cela nous place en meilleure position pour commercer avec la Porte. J'aimerais t'envoyer là-bas comme émissaire. Qu'en dis-tu ?

À terme, je savais que je voulais revenir en France pour m'imposer à Laüme, mais la perspective ouverte par 'Attar me séduisait.

– Les gens de là-bas voudront-ils d'un roumi ?

– Ils s'en accommoderont, répliqua le marchand avec un haussement d'épaules. Mais tout irait mieux si tu te faisais musulman, ton âme rejoindrait la vraie Lumière, et nos affaires n'en seraient que plus fructueuses !

Le refus que j'opposai à la conversion ne découragea pas 'Attar.

– Peu importe ! déclara-t-il. Va à Istanbul et ouvre-nous un beau comptoir. Si tu possèdes le sens des affaires que je devine, nous prospérerons grandement et traiterons même bientôt avec Londres et Paris…

Les espoirs fous d''Attar ne se concrétisèrent pas exactement comme il l'entendait. Installé à Constantinople pendant deux années entières, je réalisai d'assez belles transactions et vécus en me faisant accepter des Turcs.

Sur les rives du Bosphore, je fis l'acquisition d'un petit palais délabré, que je fis remettre en état par une troupe d'ouvriers que je payais mal et que je tyrannisais à loisir. J'y enfermai une collection de volumes de magie arabe et autres traités rares, parfois acquis à prix d'or chez les antiquaires de la Corne d'Or. Car j'étais une sorte de mage désormais : il me fallait augmenter mes savoirs sous peine de connaître un déclin rapide et de ne pouvoir entretenir la jeunesse que j'avais arrachée aux spectres de la tour du Paon. « Les pouvoirs sorciers sont comme un feu réclamant toujours plus de combustible pour briller », m'avait prévenu Nhuwwas. Il me fallait toujours plus d'efforts, toujours plus d'excès, toujours plus de folie pour faire briller la flamme que le dieu Ta'us avait allumée en moi…

Quand ma demeure fut telle que je l'avais voulue, j'achetai une dizaine de filles dont je fis mes concubines et avec lesquelles je poursuivis les enseignements débutés chez 'Attar. Malheureusement pour moi, depuis que les troupes françaises avaient pris la citadelle des pirates d'Alger et que les rebelles de Grèce avaient conquis leur indépendance – en un mot avec la fin des barbaresques et des colonies du Péloponnèse –, les marchés aux esclaves d'Orient souffraient d'une grave pénurie de femmes blanches. Les produits de Tripolitaine, de Judée ou de Cappadoce que je me procurai ne me donnèrent qu'à demi satisfaction.

Ce fut à cette période qu'un courrier m'apprit la mort d''Attar. Mon ami me léguant tous ses biens, il fut un temps question que je m'installe à Bagdad. Cependant, un soir, après une dernière orgie, je préférai égorger mes esclaves, ensevelir leurs corps dans mes caves et partir pour un nouveau voyage…

Hybris

D'Istanbul, je gagnai l'Italie. Depuis longtemps, j'étais curieux du pays où Laüme avait vécu au côté de Galjero et de Dragoncino. Pendant des mois, je parcourus toute la péninsule, de Milan à Naples. Longtemps résident à Florence, je retrouvai un à un les lieux où la fée s'était arrêtée. Au cœur de la Toscane, je visitai Corsignano et vis de mes yeux les vestiges de la Villa aurea achetée au légat Nicola da Modrussa. Je descendis ensuite vers Rome, où je foulai les ruines du palais qu'elle avait reçu de Cesare Borgia en récompense de ses talents d'empoisonneuse et où elle avait bien failli mourir, empoisonnée par maître Tzadek et Yohav, le nabot à l'apparence d'enfant. Remontant plus tard vers Venise pour le seul plaisir de découvrir la ville, je monnayai la propriété d'une jolie demeure près de la Salute et y vécus fort chastement. Mes journées commençaient par une heure agréablement dépensée à boire du café au Florian ou au Quadri. J'allais ensuite travailler dans les diverses bibliothèques publiques, dans l'espoir d'y dénicher des manuscrits intéressants. Nodier m'avait souvent vanté le caractère exceptionnel des collections vénitiennes et je pus rapidement constater combien il avait dit vrai. Sur des rayonnages antiques, je découvris des trésors enrobés de poussière, des manuscrits tout aussi précieux que ceux conservés par Laüme quai d'Orléans. Galvanisé par mes lectures, je repris avec un sérieux nouveau l'étude des sciences occultes : je complétai mes connaissances en astrologie et en palingénésie, entrepris de m'initier à l'alchimie et à la magie cérémonielle.

Depuis l'échec du génie guérisseur destiné à soigner Nerval, je n'avais pétri aucun familier. L'idée me vint de tenter à nouveau l'expérience. Fort de mon savoir tout neuf, je fabriquai une sorte de magot, une statuette formée à la manière chinoise. La figure était celle d'un combattant aux traits agressifs, à la bouche armée de crocs, qui brandissait une épée et un ceste. Je lui attribuai ma protection physique. Pour l'activer et en vérifier l'efficacité, je filai crier quelques invectives contre Vienne et les Habsbourg au Quadri, repaire des officiers de la garnison autrichienne. Or ces gaillards-là ne toléraient aucune provocation. Rien ne m'arriva cependant. J'avais beau faire un esclandre et proférer les pires insultes au nez de ces messieurs, nul ne porta la main à son sabre ni ne leva le poing contre moi. Ce fut comme s'ils n'entendaient que les miaulements d'un chat. Satisfait, je traversai néanmoins la place Saint-Marc pour me rendre chez leurs adversaires du Florian.

– À bas la République ! criai-je. Mort aux Carbonari ! Vive l'Autriche-Hongrie ! Gloire à Metternich !

Mais je ne fus pas plus inquiété dans cette académie de l'émeute républicaine que je n'avais été insulté chez les partisans de l'Empire… Ravi des prestations de mon fétiche, je jetai toutes mes forces dans l'étude pour améliorer encore mes prochaines productions. J'avais mille idées en tête. Je voulais faire de l'or, et puis donner la mort par envoûtement. Séduire les femmes et rendre les déserts fertiles… Ce fut peut-être cet enthousiasme puéril qui attira à moi un gentilhomme italien. C'était un homme dont j'avais souvent remarqué la silhouette, sans toutefois lui prêter attention. Je savais qu'il fréquentait, comme moi, les bibliothèques, mais j'ignorais ce qu'il y cherchait et peu m'importait. Lui, en revanche, avait noté depuis longtemps mes centres d'intérêt. Il m'aborda un matin d'été dans un couloir où nous nous croisions. La chaleur était si accablante qu'il agitait devant lui un grand éventail de papier cartonné.

– Je suis le comte Agabio Caetano, me dit-il avec un sourire affable. J'ai remarqué que vous vous intéressiez beaucoup aux arts ptolémaïques. Cela m'intrigue, monsieur…

À peine plus âgé que moi, il savait séduire son monde et me plut immédiatement. Avec lui, je retrouvais un peu de ce que j'aimais chez mes amis français : la vivacité d'Alexandre Dumas, la profondeur de Théophile Gautier, le mystère de Gérard de Nerval… Nous conversâmes longtemps cette fois-là et nous nous quittâmes en nous promettant de nous revoir bientôt. Caetano, issu d'une très ancienne famille vénitienne, possédait un palais austère dans le quartier du Dorsoduro et s'intéressait depuis son plus jeune âge au mesmérisme, à la magie, à la sorcellerie…

– Un intérêt d'ordre purement intellectuel et récréatif, précisait-il. N'allez pas croire que je sois un de ces superstitieux qui prêtent foi aux histoires de revenants et de mandragores. Non. Toutes ces légendes m'amusent, en revanche, et je leur trouve souvent une profondeur et une vérité qui vont bien au-delà de celles inculquées par la Bible et les docteurs en théologie.

Caetano possédait en propre un fonds de plusieurs milliers de volumes consacrés aux sujets les plus incongrus. Cela allait de la nécromancie à la spagyrie en passant par la théurgie, la magie cérémonielle, les mancies, l'astrologie, bien sûr, mais aussi la cryptographie, la stéganographie, l'herboristerie… Il m'invita chez lui et me montra des manuscrits originaux d'Agrippa de Nettesheim, de Maître Eckhardt, Raymond Lulle et John Dee. Notre conversation brassa ensuite toutes sortes de sujets, commentant, au-delà du seul ésotérime, nombre de faits religieux ou philosophiques.

– Outre la curiosité qu'elle suscite chez le vulgaire, la magie ne se réduit pas à un fait brut, commença Caetano. Une vision du monde la sous-tend et l'explique. Une vision du monde qui débouche sur une métaphysique et une politique…

Le comte défendait une vision profondément aristocratique de l'histoire. Il méprisait par-dessus tout les jacobins et tenait la Révolution française pour l'un des épisodes les plus déplorables de l'aventure humaine.

– Notre continent s'est engagé dans une inexorable marche vers le bas, disait-il. Partout, les idées républicaines gagnent des partisans. Si nous laissons les peuples se gouverner eux-mêmes, les principes les plus vils triompheront et notre civilisation sera condamnée à brève échéance. Il serait bon d'écrire la chronique de cette décadence que nous subissons depuis trop longtemps par la faute du christianisme et de ses enfants dénaturés que sont les prétendues Lumières et le républicanisme… Malheureusement, ces horreurs ont encore un bel avenir. Néanmoins, le décret prononcé contre nous n'est pas inexorable. Peut-être y aura-t-il moyen, un jour, de le contrer…

J'étais si peu éduqué de ces choses à l'époque que je ne pouvais me figurer en quoi la religion du Christ et les Lumières relevaient du même principe.

– Les voltairiens n'ont-ils pas farouchement combattu l'obscurantisme ? demandai-je. Pourquoi associez-vous les Encyclopédistes et les gens d'Église ?

– Parce que les uns procèdent des autres, mon cher, m'expliqua Caetano. Sur le devant de la scène, ils font mine de se combattre, mais les principes qui les animent sont identiques. Le christianisme avec sa charité et le jacobinisme avec la sienne sont tous deux contre nature. Ils glorifient les faibles et dénigrent les forts. Ce sont des aberrations qu'il est nécessaire de combattre de toute notre âme…

– En quoi y voyez-vous des chimères ?

Caetano me regarda comme si j'avais proféré une aberration.

– Mais enfin ! Parce que la liberté que nous vantent les démocrates n'est qu'une illusion, un idéal coupé de la réalité du monde. Les hommes ne peuvent être libres, les peuples encore moins. Sans maîtres, ce ne sont que des animaux que rien ne rassemble, sinon les plus bas instincts, la plus abjecte médiocrité. C'est ainsi et aucune Constitution au monde ne pourra rien y changer. Tous ces petits messieurs qui complotent dans leurs sociétés secrètes ridicules pensent mieux valoir que les princes qu'ils combattent. En réalité, leur morale n'est pas plus élevée. Je tiens en horreur le bon droit qu'ils pensent incarner.

– À quoi croyez-vous donc alors ?

– À la force, qui nous garde de la petitesse, et à la beauté, qui exalte. Ce sont là mes seuls phares…

J'aurais aimé poursuivre la conversation mais nous en restâmes là de nos considérations.

Longtemps, je fréquentai le comte Agabio Caetano. À son contact, je me formais aux questions de politique, que j'avais totalement négligées jusqu'ici. Il n'eut guère de mal à me convertir à ses vues car elles coïncidaient avec la morale du dieu Ta'us. Je devins donc un très conscient adversaire des démocrates modernes et un fieffé réactionnaire… Enfin, je me lassai de Venise. Je me lassai même de l'Europe tout entière. Mon cœur, qui s'ouvrait à l'existence, avait faim d'un nouveau continent. Je me rendis à Gênes, où j'achetai mon passage pour les Amériques. Nous étions en 1854 et j'avais quitté Paris en compagnie de Nerval depuis douze ans déjà…

Cette traversée eut pour seule particularité une exceptionnelle lenteur. Cette saison-là, il ne souffla presque aucune brise sur l'Atlantique. Sa voilure étalée pour cueillir le moindre souffle, notre navire ressemblait à un papillon épinglé sur une planchette de liège. Enfin, au terme de plusieurs semaines exaspérantes, nous parvînmes en Nouvelle-Angleterre.

De Boston, je descendis la côte jusqu'à Philadelphie, passant rapidement par New York, qui n'était à l'époque qu'un gros bourg provincial sans intérêt. La ville de Benjamin Franklin m'ennuya rapidement elle aussi. Composée principalement de protestants d'origine saxonne, tudesque ou batave, sa population était bourgeoise, bigote et méfiante. Je ne m'y sentis pas à l'aise et me refusai à prospérer parmi ces gens rances et suffisants. J'entendis parler d'Atlanta et de La Nouvelle-Orléans : plus aristocratique et sauvage, le Sud qu'on me décrivait semblait mieux convenir à mes attentes.

Sur les conseils des Français installés aux Indes occidentales depuis la fin du règne de Louis XV, je fis l'acquisition d'une plantation de coton à la frontière de la Géorgie et de la Floride. J'y demeurai presque trois années, à mener la vie d'un grand propriétaire terrien, achetant huit cents bois d'ébène aux négriers d'Atlanta pour leur faire assécher des marais et étendre mon domaine cultivable. La mangrove toute proche abritait des tribus séminoles contre lesquelles j'entrai vite en conflit. Ces métis de Noirs et d'Indiens, eux-mêmes fils d'esclaves en fuite, tentèrent plusieurs coups de main pour brûler ma résidence et libérer mes nègres. Je les combattis aux côtés de mes voisins français qui subissaient eux aussi leurs assauts. Protégé par les différents génies familiers que j'avais fabriqués, je partis seul, en éclaireur, dans les voies d'eau infestées d'alligators et de serpents. Aucun Blanc n'osait s'y aventurer, et les guides indigènes eux-mêmes refusèrent de me suivre. Pourtant, malgré les dangers de la nature et les embuscades tendues par les Séminoles, je devins un coureur de jungle expérimenté, sachant me tirer de situations impossibles, survivant comme par miracle à des aventures qui auraient coûté la vie à tout autre.

En peu de temps, j'acquis une réputation de sorcier, voire de diable, qui aurait fait frissonner d'envie M. Nodier et sa cour de satanistes parisiens. Par nuit noire, sans lanterne et sans plan, je conduisis des colonnes de mercenaires au travers d'impénétrables forêts de roseaux qui poussaient dans ces eaux chaudes. Prenant garde à ne pas effrayer les pélicans ou les flamants qui couvaient dans les herbes, je menai mes spadassins jusqu'à plusieurs camps de sauvages repérés au cours de mes expéditions en solitaire. Nous les massacrâmes sans pitié, femmes, enfants, vieillards compris. Pour terroriser ces tribus, je m'appliquai à broyer les cadavres de la plus horrible manière, jetai leurs restes dans des sacs de cuir que je couvris de symboles fantaisistes tracés en lettres de sang, avant de les accrocher aux branches des hautes plantes ligneuses qui poussaient en palissades serrées. Morbides et théâtrales, ces mises en scène effrayaient jusqu'aux plus rudes de mes compagnons. Grâce à elles, pourtant, nous matâmes nos adversaires en quelques semaines et n'eûmes plus jamais à redouter leurs rapines.

Ce succès me valut une notoriété nouvelle dans la région. On voulut me faire épouser des filles de bonne famille et on m'en présenta même de fort appétissantes. Mon choix se porta sur Blanche de Sauves, la fille aînée d'un planteur de tabac de Pensacola. Grande, fraîche et saine, Blanche était l'une des plus jolies femmes que l'on puisse imaginer. Ses yeux étaient d'un stupéfiant vert pâle et sa peau, toujours sous le couvert d'une ombrelle, d'une transparence admirable. Durant quelques jours, j'en fus un peu amoureux, je crois. Je lui appris les jeux de la chair et lui fis aimer le plaisir. Sa conversation m'était indifférente mais son corps était superbe et je prenais grande satisfaction à le contempler et à en tirer ma jouissance. Elle avait une sœur, Constance, de deux ans plus jeune qu'elle et presque aussi séduisante. La cadette était aussi naïve que l'aînée et je parvins sans mal à la persuader de se livrer à moi. Blanche surprit nos ébats mais, plutôt que de fondre en larmes ou d'exploser de colère, elle se laissa convaincre de tolérer cette liaison. Pendant quelques mois, nous fîmes ménage à trois dans le plus grand secret. Je dormais chaque nuit entre elles, commençant avec l'une ce que j'achevais avec l'autre sans qu'aucune s'en plaigne. Puis arriva ce que je m'étais efforcé d'éviter : Blanche tomba enceinte. Cela la jeta dans des transports de joie et elle ne voulut rien entendre lorsque je lui suggérai de mettre rapidement terme à ce fâcheux incident. Je ne voulais pas d'un marmot. Cela me rappelait trop ma sinistre aventure avec Sandrine.

Du moment où elle sut qu'elle allait être mère, Blanche refusa de se laisser toucher et ne toléra plus mon commerce avec sa sœur. Son caractère s'aigrit, et je ne trouvai plus aucune satisfaction en sa compagnie. Les paysages de Floride eux-mêmes me rendirent mélancolique et je me désintéressai des travaux dans la plantation. J'avais envie d'autres horizons, d'autres visages et d'autres aventures... J'aurais pu partir, disparaître pour ne jamais revenir, mais je ne pouvais le faire sans effacer auparavant la trace de mes amours avec Blanche. Une idée de destruction et de malheur germa en moi que je ne cherchai pas à étouffer car j'en éprouvais un plaisir trouble. M'enfonçant de nouveau seul au cœur des marais, j'allai secrètement pactiser avec mes anciens ennemis séminoles. Je m'avançai sans crainte car ils me prenaient pour le démon et n'osèrent rien tenter contre moi lorsque je pénétrai sur leur territoire. À un chef de clan, j'annonçai mon départ à la prochaine nouvelle lune et lui fis même cadeau des clefs des cellules où mes Noirs étaient enfermés au terme de leur journée de travail.

– Libère-les, dis-je. Détruis la plantation si tu le veux, tue les contremaîtres et tous ceux qui y résident. Venge-toi ! Moi, je ne serai plus là pour m'opposer au pillage.

Incompréhensible à leurs yeux, ce revirement me conféra auprès des sauvages un prestige sans égal. Obéissant à ma volonté comme à un ordre, ils brûlèrent ma propriété le soir même de ma fuite. Ce fut sur un steamer descendant le Mississippi que j'appris la nouvelle : l'information faisait la première page des journaux. Bien qu'on n'eût pas retrouvé mon cadavre, de longs articles déploraient ma mort et relataient avec horreur celle de Blanche. Aucun Européen n'avait survécu à la folie destructrice des nègres et des Indiens. On avait retrouvé le corps de ma femme cloué dans un tronc d'arbre à la lisière de la mangrove, les jambes et le buste rongés par les charognards. Le fruit de son ventre avait été dévoré par les bêtes. J'imaginai avec délectation sa fin et le martyre qu'elle avait certainement dû subir avant de mourir. Riant, je jetai sur-le-champ mon alliance dans les eaux du fleuve. L'assassinat de Blanche m'exalta comme l'avait fait le massacre des filles de mon harem à Istanbul.

Je voulus connaître d'autres instants susceptibles de distiller cette saveur unique, incomparable, que l'on ne goûte qu'après avoir commis les méfaits les plus abjects. Je me choisis donc un nouveau nom et m'installai à La Nouvelle-Orléans où je prospérai bientôt comme négrier. Le métier me plaisait et je le fis assez bien. Fort des savoirs que j'avais acquis au côté de Nhuwwas, à la bibliothèque de l'Arsenal ou dans celles de Venise, je fabriquai des fétiches pour protéger mon cheptel des maladies et des épidémies. J'affrétai plusieurs goélettes pour commercer avec l'Afrique et les Antilles, et mes navires furent bientôt connus pour être les plus sûrs et les plus chanceux de tous les États du Sud. Jamais un nègre ne mourait de fièvre ou de dysenterie dans mes cales, et mes négresses mettaient bas plus souvent qu'à leur tour, si bien qu'à l'arrivée la marchandise était toujours plus nombreuse qu'au départ.

Le hasard voulut qu'un jour un membre de la famille de Sauves me croise dans le Vieux Carré. D'abord incrédule, le bougre hurla qu'il me connaissait – que le diable l'emporte si j'étais un fantôme ! Seul un coup de surin dans la gorge parvint à le calmer. Heureusement, j'eus le temps d'entraîner cet excité à l'écart et personne ne me vit lui régler son compte. Traînant le cadavre jusqu'à un ponton tout proche, je le précipitai dans la vase du Mississippi où il dut se décomposer en quelques jours à peine.

Durant toutes les années où je demeurai à La Nouvelle-Orléans, je ne commis jamais l'erreur de me compromettre officiellement avec une femme. J'eus pourtant de nombreuses maîtresses, aux faveurs tarifées ou gracieuses, mais je ne m'attachai à aucune, même si beaucoup éprouvèrent pour moi une passion violente. Il faut dire que les années m'avaient rendu maître dans l'art d'aimer, si bien qu'Ovide lui-même aurait pu prendre des leçons auprès de moi. Longtemps, je gardai et nourris un fétiche chargé de m'assurer une victoire facile auprès de n'importe quelle femme, et je lui dois quelques conquêtes dignes de Casanova ou d'un des petits marquis inventés par Laclos. L'expérience que j'acquis ainsi généra bientôt de nouveaux succès, tant il est vrai que les femmes sont des animaux au flair infaillible pour déceler le coq à même de leur donner le plus de plaisir. Ma constitution d'étalon, mes savoirs peu ordinaires, ma propension naturelle à la volupté firent que des mères m'amenèrent leur fille à dépuceler, des dévotes brisèrent pour moi leur vœu d'abstinence et une société de libertines se créa autour de ma personne. Au nombre de quinze ou vingt, les demoiselles affiliées avaient accès tour à tour à ma couche ; leur seul droit de péage était de m'amener d'autres donzelles. Une fois par mois, je les réunissais pour les amuser toutes ensemble, et jamais je ne faillis à combler l'une d'entre elles.

Il fallut cependant que cesse un jour cette vie douce et amusante, car les esprits chagrins de Washington jugèrent inconvenantes les manières des colons du Sud. Je le concède, j'exprime ici avec légèreté une vérité autrement plus grave et plus triste. En réalité, la guerre qui dressait les treize États du Sud contre ceux du Nord était un véritable affrontement de civilisations. Deux visions du monde irréconciliables s'opposaient. D'un côté, et sous couvert de bons sentiments, une modernité industrielle dominée par l'argent voulait s'emparer de nouveaux marchés. De l'autre, une société aristocratique et agricole pratiquant l'esclavage tentait de résister. Pour la première fois, je fus jeté au cœur d'un conflit de grande ampleur. Voulant y prendre une part active, je m'assurai grâce à mes relations et à mon argent une place de choix dans l'armée des Confédérés. Sur mes fonds personnels, je levai une troupe de volontaires comportant une centaine de cavaliers que j'équipai de pied en cap. L'épisode me fit songer à Galjero, armant des *condottieri* pour le compte de Lorenzo de Médicis, ou à Dragoncino, devenu capitaine de guerre sous la bannière de la maison Borgia.

Les premiers mois de la guerre nous furent hautement favorables. En marge de nos troupes régulières dirigées avec brio par des généraux compétents et honnêtes, je menai des actions de guérilla sur les flancs de l'ennemi pour le harceler et exaspérer sa patience. Ma bande n'était pas la seule à pratiquer cette forme de combat. D'autres capitaines avaient choisi cette manière de lutter contre l'envahisseur, et les batailles rangées combinées aux effets de nos coups de main produisaient des résultats dévastateurs sur les Nordistes. Cette manière de procéder dura quelque temps, elle était près de nous assurer la victoire lorsque la fortune décida soudain de changer de camp. Nous subîmes d'abord quelques escarmouches sans importance, puis la bataille de Saratoga signa le début de notre descente aux enfers. Mieux organisés qu'auparavant, mieux conduits et surtout plus nombreux et désormais mieux armés, les gens de l'Union nous bousculèrent et enfoncèrent nos lignes en plusieurs points. Leurs armées firent irruption dans nos villes et les mirent au pillage. Quand ils libéraient des nègres, ils les enrôlaient aussitôt de force dans leur piétaille et les envoyaient se faire tuer en première ligne. Protégés par ce rideau de chair à canon, leurs meilleurs hommes avaient beau jeu d'arriver frais et dispos pour nous massacrer, alors que nous avions épuisé toutes nos munitions afin de décimer les Noirs. Nous allâmes nous battre en Caroline et en Géorgie, où ma bande subit de lourdes pertes. Après des années de guerre, la ligne de front s'était diluée sur des centaines de kilomètres et il était souvent impossible de savoir si nous chevauchions en territoire ami ou ennemi. Un village pouvait au matin nous appartenir, voir flotter la bannière étoilée sur ses toits à midi et revenir sous notre coupe avant la nuit. L'ennemi pratiquait la politique de la terre brûlée. Il ravageait nos champs et incendiait nos forêts. La famine s'installa et jeta sur les routes des hordes de civils devenus aussi dangereux que des bêtes prises au piège. De l'enfant au vieillard, tout le monde était armé, et les rixes éclataient au moindre prétexte. Pour survivre, il fallait se méfier de tout et de tous.

Par un soir de grand froid où j'étais en campement dans un bois, un officier de haut rang me fit chercher. En compagnie d'une petite troupe, on me conduisit dans une ferme isolée où s'était réuni tout un état-major. Un civil en manteau fin me fut présenté. C'était un émissaire secret envoyé par la France pour juger notre situation et considérer l'opportunité de nous venir en aide. Sachant que je parlais bien sa langue, on me chargea de la délicate mission de le persuader que son pays devait entrer en guerre à nos côtés. L'homme n'était pas déplaisant, il ne manquait ni de culture ni de jugeote. Il comprit assez vite les avantages qu'il y avait à aider les États du Sud à résister au Nord.

– Le roi Louis XV a eu grand tort de ne pas prendre au sérieux nos colonies du Canada et des Indes. Les Anglais nous les ont soufflées malgré la bravoure de nos gens. Napoléon aussi a commis l'erreur de vendre la Louisiane. Louis-Philippe, enfin, a cru bon de jeter son dévolu sur la Barbarie. C'est une monstrueuse sottise : rien de fécond ne nous attend là-bas, je le pressens, bien au contraire ! La France devrait plutôt vous soutenir dans vos efforts de sécession. Cela nous permettrait de damer le pion à ces Anglais qui nous chagrinent depuis trop longtemps. Je vais faire mon possible pour vanter vos mérites auprès de l'empereur. Son intérêt pour votre continent est vif et sa politique au Mexique moins sotte qu'il n'y paraît. Vous êtes en droit d'espérer un peu plus que notre sympathie, monsieur…

Le cœur réjoui de ces bonnes paroles, je me risquai à exprimer une requête personnelle.

– J'ai connu à Paris, il y a longtemps, une femme prénommée Laüme. Elle possédait un hôtel quai d'Orléans. Se peut-il que vous la connaissiez ?

Le diplomate me regarda avec surprise mais ne put rien m'apprendre sur Laüme car il n'avait jamais entendu prononcer son nom.

– Je suis bien introduit en cour, monsieur, répondit-il. L'impératrice Eugénie me fait même l'honneur de m'accorder son amitié. Soyez certain que si la personne que vous évoquez était une figure, je ne manquerais pas d'en être informé.

Cette réponse me laissa un goût étrange. J'ignorais si je devais m'en féliciter ou m'en inquiéter. Au cours de toutes ces années passées loin d'elle, Laüme n'avait évidemment jamais quitté mon esprit. Elle était la justification intime du moindre de mes actes, de la moindre pensée. Mon objectif était toujours de la dominer, et je savais que j'en serais capable un jour. Pourtant, il me fallait encore accumuler les expériences, pour ne pas risquer un nouvel échec en l'affrontant prématurément.

C'est dans le but de m'aguerrir davantage que je refusai de rendre les armes quand l'heure de la défaite sudiste sonna. Notre général en chef, Lee, fut contraint à la reddition par Grant, celui des Nordistes. Notre armée régulière fut dissoute et nos États, autrefois libres, passèrent sous la tutelle des affairistes du Nord. Malgré leur intérêt à le faire, les Français n'étaient pas venus se battre à nos côtés. Cela aurait changé l'histoire pourtant, et diablement rebattu les cartes, mais peu importe. Les enjeux de hautes politiques se trouvaient alors hors de portée pour moi et pour la vingtaine de rescapés de mon escadron.

Lorsque le traité de paix fut signé entre les Confédérés et les Unionistes, je tins conseil avec mes gens. Une poignée seulement décida de s'aventurer vers l'ouest et de refaire sa vie dans des territoires vierges. Les autres préférèrent rester avec moi afin d'en découdre encore avec les Bleus. De nombreux mois durant, nous tendîmes des embuscades dans les environs de Richmond et d'Atlanta, mais ce n'étaient que de ridicules égratignures portées au grand corps de l'armée ennemie. Pour chaque soldat tué, les Nordistes en envoyaient cinq en renfort. Le combat, absurde, sans fin, était perdu d'avance. Lassés de cette existence, plusieurs hommes nous quittèrent. Réduite à dix, et bientôt à cinq, notre troupe ne pouvait rien faire contre la soldatesque de Washington. Crevant de faim, maigres comme des loups et traqués de toutes parts, nous fondîmes sur des proies faciles, d'abord des fermiers, puis des planteurs qui s'étaient soumis sans trop de mauvaise grâce à la nouvelle autorité. Il ne fallut pas longtemps avant que nous abandonnions tout prétexte patriotique pour détrousser et tuer ceux qui passaient à notre portée. Nous n'étions plus des soldats, ni des mercenaires, mais de vulgaires bandits de grand chemin qui mettaient à profit la confusion générale pour assouvir leurs désirs dans la violence. Depuis l'époque où M. Hubert m'avait enseigné le maniement des armes à feu, les progrès techniques avaient considérablement amélioré ces engins. À la ceinture, je portais deux revolvers Remington qui tiraient six coups chacun et, dans mes fontes, dormait une carabine Scofield qui abattait son homme à mille cinq cents mètres. Au bout de quelques mois, ces instruments avaient tué plus de civils innocents que de Nordistes au cours de toutes les années de guerre. Une nuit que nous étions en maraude à la recherche d'une nouvelle rapine, nous vîmes des feux se mouvoir rapidement dans l'ombre. Nous avançâmes en silence jusqu'au carrefour des deux grandes pistes. Des cavaliers s'étaient rassemblés là, vêtus de longues toges blanches et le visage dissimulé sous de hautes cagoules pointues. Ils tenaient des torches et faisaient cercle autour de cinq ou six Noirs, tremblants de peur, sur lesquels ils tirèrent à bout portant après les avoir rudoyés.

– Si ces braves gens exécutent les nègres, c'est qu'ils ne sont pas nos ennemis, dis-je à mes gaillards. Montrons-nous.

Nous sortîmes de notre cachette et fraternisâmes avec les étranges chevaliers. Leur chef ôta sa coiffe et me tendit la main.

– Je m'appelle Absalon Cassard, me dit-il, et je suis gouverneur du Ku Klux Klan pour cette région. Si vous voulez vous affilier à notre société, vous êtes les bienvenus.

Cassard n'était pas un inconnu pour moi. Avant la guerre, j'avais souvent vendu des esclaves à ce gros planteur de coton du nord de La Nouvelle-Orléans. Je me fis reconnaître et nous bûmes à la bonne fortune qui présidait à nos retrouvailles, après tant d'aventures et de misères. Absalon me conduisit dans une cabane qu'il avait gardée sur ses terres. À l'arrivée des Nordistes, il avait feint d'accepter de bonne grâce la libération de tous les Noirs et payait maintenant un salaire à ceux qui étaient restés travailler chez lui.

– Comme beaucoup ici, j'ai fait semblant de m'incliner devant le changement qu'on nous imposait par la force. Mais si le jour je suis un agneau respectueux de mes nègres, la nuit j'écume les comtés voisins pour abattre sans sommation tout ce qui n'a pas la peau blanche. Il faut que ces raclures d'hommes sachent que jamais ils ne seront les maîtres ici, jamais ils ne seront en sécurité sur nos terres.

Partageant pleinement l'opinion de Cassard, je lui prêtai longtemps main-forte dans ses expéditions nocturnes. Nous fîmes un assez bon travail pendant plusieurs mois et tuâmes sans vergogne près d'une centaine de Noirs, y compris des femmes et des enfants. Pour nous faire craindre, nous clouions les cadavres sur de hautes croix enduites de poix avant de jeter une allumette pour incendier l'échafaudage. Craquant et brillant dans la nuit, ces signes de feu nous restituaient un peu de notre fierté perdue…

Il arriva enfin que je me lassai de cette vie tissée d'amertume et de rancœur. Cassard, de même, perdit le goût de nos expéditions.

– Je vais reconstruire ce que j'ai perdu, me dit-il un jour. Il est temps pour moi de prendre une femme et de fonder une famille. Je veux une lignée, un fils… Je vais remettre à un autre le commandement du Klan. Es-tu prêt à me remplacer ?

Mais je ne voulus pas de cette offre. Après des années passées dans la même région du monde, j'étais désireux de découvrir d'autres paysages. Je pris résidence à Cuba, alors possession espagnole, où je coulai des jours paisibles jusqu'à ce que j'apprenne l'ouverture de nouvelles hostilités entre la France et la Prusse. L'opération s'annonçait mal pour Napoléon III, et les Allemands volaient de victoire en victoire. Sans réfléchir, je m'embarquai sur le premier voilier en partance pour l'Europe dans les jours suivant la chute de Sedan et la capture de l'empereur par Bismarck. À la faveur d'un vent favorable, nous mîmes un peu plus de trois semaines pour arriver à Bordeaux.

– Et à Paris ? demandai-je. Quelle est la situation à Paris ?

– Les *Pruscos* avancent droit sur la capitale. Rien ne les arrêtera. Ils vont raser la ville, c'est certain. On dit qu'ils coupent les mains des femmes et mangent les enfants !

J'eus toutes les peines du monde à me procurer un cheval car des régiments de conscrits partaient toutes les heures pour le Nord afin d'endiguer l'avance des assaillants, et les bêtes étaient réquisitionnées afin de transporter des combattants ou de tirer des chariots de munitions ou de ravitaillement. Sachant que je devais prendre grand soin de ma monture, je me gardai de la solliciter trop durement.

Je mis donc fort longtemps à traverser le Poitou et la pointe du Berry. Dans les collines au-dessous de la Loire, je croisai des soldats battant en retraite qui m'apprirent que Paris était désormais une ville assiégée. Le contraste était saisissant entre ces colonnes d'éclopés brisés, ensanglantés et hagards, et les files de volontaires encore frais que j'avais vues se former en Gironde. Aux abords d'un village à la frontière de la Sologne, mon cheval se cabra, s'énerva et refusa d'avancer. Je dus le tirer par la bride et lui tanner la croupe à grands coups de ceinture pour qu'il accepte de continuer jusqu'aux premières habitations. Des militaires français étaient là, qui se préparaient à la bataille, sous la houlette de M. de Saunis, un jeune officier de belle prestance mais à la tête farcie de désir de sacrifice.

– Les Prussiens sont droit devant nous, monsieur, me prévint-il. À vrai dire, ils sont partout. Je ne pense pas que vous puissiez découvrir dans leur ligne une trouée qui vous permette de passer. Ils nous ont écrasés de bout en bout et j'avoue ne pas comprendre comment ils ont pu s'y prendre, tant ils nous ont renversés avec aisance. Peut-être étions-nous trop sûrs de nous…

Peut-être, en effet. Peut-être aussi manquait-il aux Français d'avoir compris que le monde changeait, et que le pragmatisme et l'efficacité brute allaient maintenant l'emporter systématiquement sur le panache et la riante désinvolture. Avec les pantalons rouges de leur infanterie de ligne et leurs culottes de zouaves, les Français étaient des sémaphores, sur lesquels on faisait mouche sans peine à cinq cents mètres, alors que les Prussiens, depuis longtemps convertis au réséda, se noyaient dans le paysage et y évoluaient, presque invisibles.

– À quoi bon résister encore ? conseillai-je à M. de Saunis. Cette guerre est perdue. Négociez, reprenez des forces et déclarez-en une autre avec l'objectif de reconquérir les territoires que celle-ci vous a fait perdre. C'est la voix de la sagesse…

– Vous dites vrai, monsieur. Vos paroles sont pleines de bon sens. Mais c'est un discours qui fait la part maigre à l'honneur et à la dignité. Quant à moi, j'en ai assez de fuir. Je vais attendre mes hommes ici. Lorsque nous aurons tiré notre dernière cartouche et brisé notre dernière baïonnette, alors, oui, il sera temps d'écouter la voix de la morne raison…

– Votre régiment sera réduit à néant bien avant cela, monsieur. Vous n'avez même pas d'artillerie…

– À Dieu vat, monsieur…

La pluie se mit à tomber et le vent à souffler fort. Je profitai du couvert que me procuraient les intempéries pour tenter ma chance et passer l'armée allemande. Mes fétiches protecteurs œuvrèrent bien ce jour-là car il s'en fallut de peu que je ne débouche en plein sur le gros d'un corps d'armée prussien composé de trois ou quatre escadrons lourds, au moins sept régiments de marche et une bonne quinzaine d'obusiers de campagne. Lorsque la pluie cessa, j'avais atteint le sommet d'une colline boisée d'où j'apercevais encore le village. Les Allemands firent rouler sur les Français un feu du diable qui rasa le hameau en une heure. Je vis à la jumelle les derniers défenseurs se rassembler derrière M. de Saunis et lancer une charge désespérée sur les lignes adverses. Ce fut une exécution plus qu'un combat, pas un Français ne parvint à moins de cent mètres des Prussiens… Partageant le sort de ses hommes, le fringant officier ne survécut pas à l'affaire. Peut-être cela valait-il mieux pour lui. Comment aurait-il supporté, sinon, la défaite de son pays et le changement d'époque que cette humiliation annonçait ?

Le cœur triste d'avoir assisté à ce sacrifice inutile, je repris ma route avec plus de détermination que jamais car j'avais mesuré la terrible efficacité de l'armée allemande et je ne doutais pas un instant que, si Bismarck parvenait à briser la résistance des Parisiens encerclés, il mettrait à sac la capitale. Non que je m'inquiétasse pour Laüme, je savais qu'elle ne craignait rien, comme moi elle était préservée du pire par les sortilèges tissés autour d'elle. Je voulais cependant me tenir en cet instant à ses côtés. Peut-être espérais-je une réconciliation après toutes ces années de séparation… Peut-être désirais-je autre chose que mon esprit ne savait formuler avec précision… Ce sentiment diffus qui me poussait à agir en dépit du bon sens me fit songer à Saunis. Lui aussi avait calqué sa conduite, non sur l'intérêt, mais sur le sentiment et sur l'impulsion. Son courage m'avait impressionné. Bien plus que moi, il méritait d'être élu par une *frawarti*. Peut-être, à cet instant même, une créature se penchait-elle sur son cadavre pour le ranimer et lui offrir la vie éternelle en échange de son amour ? Peut-être le jeune capitaine était-il déjà loin, en train de découvrir, émerveillé, la joie d'une seconde vie ? Mais, si cela se pouvait, c'était maintenant une histoire qui n'était pas la mienne…

Je cassai sur le tronc d'un arbre le goulot d'une bouteille de vin, avalai de grands traits d'alcool pour me réchauffer, puis je repris ma route au petit trot. Paris se trouvait encore à cinquante lieues et ma monture était épuisée. La bête s'effondra au milieu d'une lande de bruyères n'offrant aucun abri. Maugréant, j'étais occupé à déboucler mes fontes pour les jeter sur mon dos lorsqu'une patrouille de trois uhlans apparut à la lisière d'un bois tout proche. Pointant aussitôt leur longue lance effilée sur moi, ils menèrent la charge au galop pour m'embrocher. Calmement, je tirai mon vieux Scofield hors de son étui, m'agenouillai posément et, prenant appui sur le ventre de mon cheval mort, les mouchai tour à tour en quelques secondes. Je craignis un instant que les détonations ne donnent l'alerte mais seule la danse des corbeaux au-dessus des cadavres anima le paysage. Cet incident était ma chance : je pus récupérer les trois montures et reprendre ma route dans de meilleures conditions. Je passai la Loire à gué du côté de Saint-Benoît et traversai la Beauce en me servant de ma baguette d'ambre pour lever autour de moi un brouillard qui me dissimula aux yeux des nombreuses compagnies prussiennes y ayant installé leur campement.

Enfin, j'arrivai sous les murs de Paris. Les Allemands avaient bloqué toutes les portes et lançaient des assauts réguliers jusque dans les faubourgs. Des colonnes de fumée noircissaient le ciel et le roulement de sourdes canonnades finissait de conférer au décor des allures de fin du monde. De ma rencontre avec les uhlans, j'avais gardé un uniforme de lancier. Ainsi déguisé, je traversai sans encombre la ceinture des attaquants et me glissai parmi les ombres jusqu'à la ligne de front. Toute la difficulté fut de reconnaître le lieu et l'instant propices au changement d'apparence. Dans une cour déserte, je me défis de mes habits de soldat et me glissai en direction des barricades françaises. On me demanda un mot de passe mais j'inventai une histoire que les sentinelles crurent facilement : mon accent était parfait et les gardes jugeaient inconcevable qu'un espion allemand puisse parler leur langue sans se trahir. Aussitôt je courus vers l'île Saint-Louis. Je n'avais pas revu Paris depuis plus de trente ans et je ne reconnaissais rien ! Certes, le chaos causé par la guerre avait transformé la cité, mais ce n'étaient pas seulement les chariots renversés dans les rues, les visages tourmentés des rares passants, les rats courant en bandes sur la chaussée qui créèrent ma surprise. J'avais vu brûler Atlanta, piller Richmond, je savais ce qu'était une cité assiégée. Non, Paris avait changé différemment, de fond en comble. D'élégants bâtiments se dressaient là où autrefois s'étalaient des ruelles sombres, grouillantes de plèbe. Partout, des avenues larges et droites avaient été percées. La ville était d'une beauté à couper le souffle.

Lorsque j'arrivai derrière Notre-Dame, je constatai que la morgue avait été rasée ; pourtant, quai d'Orléans, rien n'avait changé. Derrière les volets clos de l'hôtel de Laüme, des lumières brillaient. J'hésitais à monter. Je finis par battre en retraite car je ne voulais pas me présenter devant la fée dans un tel état d'irrésolution. Épuisé, ne sachant où me rendre, je finis par échouer au Palais-Royal, là où j'avais passé autrefois de si heureux moments avec mes amis Nerval et Dumas, et subi de si grands malheurs avec la petite Sandrine. Entre les galeries, le parc avait été transformé en cantonnement pour les défenseurs. De la cantinière au conscrit de quinze ans, toute une population s'y mêlait. Avec mes bottes, mon manteau de voyage, mes cartouchières et ma carabine à l'épaule, on ne me posa pas de questions. On me fit une place autour d'un feu, on me donna une soupe claire et un quignon de pain, sans même que je les réclame.

– Mâche lentement, camarade, profites-en bien, me recommanda la fille qui m'avait ravitaillé. Dans deux jours, toutes nos réserves seront épuisées. Alors, la famine commencera vraiment…

Le lendemain, je me laissai entraîner vers les barricades des Gobelins. J'y fis le coup de feu toute la journée, embusqué sur les toits. L'allonge et la précision de mon arme me valurent la considération des défenseurs.

– Qui es-tu ? me demanda un jeune type quand nous retournâmes, le soir, nous réchauffer sous la galerie de Valois. Je ne t'ai jamais vu auparavant.

– Je reviens des Amériques, dis-je avec un haussement d'épaules. J'ai quitté la France il y a des années…

– Tu es un vrai patriote alors, siffla le gars sur un ton admiratif. Tu es un républicain exilé après le coup d'État de Bonaparte, c'est ça ?

– Oui, fis-je pour me débarrasser de l'importun.

– Tu vas nous aider à prendre le pouvoir à notre tour dès que nous en aurons fini avec les *Pruscos*, n'est-ce pas ?

– Je ferai ce que je pourrai, répliquai-je en m'enroulant dans ma couverture.

– Je m'appelle Galland, poursuivit le petit sans se décourager. Jérôme Galland. Ébéniste au faubourg Saint-Antoine.

– Ravi de te connaître, Galland, marmonnai-je. Mais repose-toi. Cette nuit est peut-être la dernière que tu passes sur terre.

Galland ne me quitta pas de tous les jours suivants. Je ne sais au juste pourquoi il s'était attaché à mes pas, mais il se fit un devoir de me servir comme l'aurait fait une ordonnance pour un officier. Le matin, il cherchait dans les caves un peu de nourriture pour nous sustenter, puis il prenait mes cartouches, décomptait les Prussiens que je parvenais à abattre et graissait mon arme le soir venu. C'était un bavard mais sa conversation, toujours joyeuse et pleine d'optimisme, même aux pires moments, n'était pas déplaisante. Dès que les combats nous en laissaient le temps, il me parlait République et égalité entre les hommes. Son enthousiasme était puéril et trahissait une si profonde méconnaissance de l'esprit humain qu'il en devenait presque touchant.

– Ta candeur est grande, Galland, finis-je tout de même par lui dire. L'égalité parmi les hommes est un leurre. C'est une chose qui n'existera jamais et qui rompt avec tous les principes de la nature. Les hommes sont différents, tous autant qu'ils sont. C'est une vérité parmi des gens de la même espèce, et je te prie de croire que c'est encore plus vrai entre des quidams de races étrangères.

– Et alors ? La nature est bien vilaine de nous avoir fait inégaux. La raison triomphera de cette injustice. Bientôt, tous les hommes seront frères. Les Noirs, les Blancs et les Jaunes se mêleront, et les guerres n'existeront plus.

– En attendant ce grand jour dont je ne souhaite pas l'avènement, prends ton arme, mon ami, nous avons encore une armée à repousser…

Malgré la résistance acharnée que les Parisiens leur opposaient, les Prussiens ne se décidaient pas à lever le siège. Chaque jour, la situation empirait. Des centaines de milliers de personnes n'avaient plus de quoi se nourrir, et même l'eau potable finit par manquer. Le typhus fit son apparition et les cadavres s'amoncelèrent dans les rues. En désespoir de cause, on abattit les animaux du jardin des Plantes et on découpa leur chair pour la distribuer aux habitants du quartier. Galland mangea de la girafe, je dévorai du zèbre… Et puis, un soir, je revins seul au Palais-Royal. Une balle allemande avait cueilli en plein front le petit Français, alors qu'il se glissait vers moi pour me lancer une poignée de cartouches. Je ressentis cruellement son absence. Sa vivacité me manquait et l'alibi qu'il me donnait pour éviter l'île Saint-Louis disparaissait avec sa mort. Le lendemain de ce triste événement, je retournai à l'endroit où il avait été abattu. Son corps était toujours là, couvert de rosée. Les Allemands avaient momentanément décroché de leur position d'attaque et je pus sans risque récupérer sa dépouille. Voulant lui donner une sépulture décente, je parvins à le transporter dans une charrette à bras jusqu'au cimetière du Père-Lachaise où des tombes étaient creusées chaque heure. Je l'ensevelis à cent mètres à peine de l'endroit où j'avais autrefois pleuré Sandrine et mon fils…

Redescendant vers le fleuve, je me décidai enfin à passer le pont Marie pour rôder quai d'Orléans. Mais il me manquait une once de courage pour mettre mon projet à exécution. Comme un être faible qui cherche dans la gorgée d'alcool la vigueur lui faisant défaut, je sentis qu'il me fallait à moi aussi une manière de stimulant. Non loin vers l'est roulèrent à cet instant les premiers coups d'un long pilonnage : les Prussiens venaient de prendre pour cible les bassins de l'Arsenal. Il s'agissait d'une affaire sérieuse engageant vingt ou vingt-cinq pièces. Le quartier, je le savais, allait subir d'importants dommages. Mon fusil entre les mains, je gagnai le secteur au pas de course. J'entrai au hasard dans une venelle pour défoncer d'un coup d'épaule la première porte venue. Une famille entière se tenait là. Serrés les uns contre les autres dans un coin de l'unique pièce, un homme, une femme, une vieille et deux enfants en bas âge essayaient de se prémunir du bombardement en récitant des prières. Je leur fis à tous la grâce d'agir vite et bien. Le père, je le tuai d'une balle au front, la femme, d'un violent revers de crosse qui lui éclata la mâchoire et lui brisa la nuque. Je n'eus qu'à pousser la grand-mère contre le mur pour qu'elle s'écroule sans plus bouger. Je tuai l'aîné des gamins en lui plongeant mon couteau dans le cœur, quant au plus jeune, garçon ou fille, je ne sais, je pris au contraire tout mon temps pour le mettre à mort. Il cria, hurla, se débattit – rien que de très normal avec les horreurs que je lui faisais subir. Le bruit des canons couvrait tout. Au bout d'une heure, je mis fin à ses souffrances. Méconnaissable, il n'était plus qu'une boule de chair écorchée, un cœur pelé, mis à vif, que je jetai dans l'âtre où se consumaient des braises. Cet exercice m'avait galvanisé. S'il m'avait vu, Nhuwwas aurait été fier de moi. Les tortures infligées au gamin avaient tonifié mes nerfs et affermi ma volonté. Plus que jamais je voulais retrouver Laüme. Je quittai l'Arsenal à la nuit, alors que des incendies éclataient dans le quartier, et gagnai l'île Saint-Louis. Là, posté dans une encoignure, enroulé dans une vieille couverture comme dans une cape pour dissimuler mes traits, j'attendis, les yeux braqués sur la porte cochère. Qu'avais-je exactement en tête ? J'aurais été bien incapable de le dire moi-même précisément. J'attendais une opportunité, un signe…

Haut dans le ciel, un orage éclata. La pluie se mit à tomber à grosses gouttes et me glaça jusqu'aux os. C'est cet instant que choisit Laüme pour quitter sa tanière. Je reconnus immédiatement sa silhouette enveloppée d'un large manteau huilé sur lequel l'eau glissait en rigoles. Marchant seule, elle ne me prêta pas attention en passant à côté de moi. Je la suivis sur la rive gauche lorsqu'elle descendit au bord du fleuve pour le longer jusqu'à la hauteur du pont Saint-Michel. Une multitude de cadavres étaient alignés sur des tréteaux, sans surveillance. La tempête avait emporté les suaires et les avait jetés au hasard du courant. La surface de la Seine était couverte de voiles blancs, telles des âmes flottant sur le Styx… Laüme s'approcha des défunts et passa la paume sur les visages déchiquetés de quelques-uns. Je lui trouvai la même expression extatique que celle qu'elle avait arborée lorsqu'elle m'avait conduit à la morgue pour la première fois. Je me rappelais ce soir-là comme si je l'avais vécu la veille. Pourtant, quelque quarante années s'étaient écoulées… Puis, brusquement, la fée se retourna et me fixa. Elle abaissa son capuchon, je me débarrassai de la couverture trempée qui m'enveloppait. Mes joues étaient mangées de barbe et mes yeux entourés de cernes profonds. Jamais, pourtant, je n'avais été plus calme, plus fort. Je n'étais plus face à elle l'adolescent, indécis, lâche et retors d'autrefois. Ma vie d'aventures et de crimes, de luxure et de sauvagerie, ma vie de sorcier enfin, m'avait presque rendu son égal…

– Dalibor, murmura-t-elle en s'avançant. Tu me reviens alors que je ne t'attendais plus…

Ses mains se posèrent sur mes joues. Elle m'observa longtemps en silence. Enfin, une question naquit sur ses lèvres.

– Ton âge, Dalibor… Tu devrais être un vieillard maintenant. Quel miracle s'est-il produit pour que tu conserves ta jeunesse sans mon aide ?

– J'ai trouvé seul des chemins que tu ignores peut-être, lui répondis-je. J'ai traversé des épreuves dont tu ne connais pas la nature. Et si j'étais maladroit, j'avais aussi plus de volonté que tu n'imaginais. Je ne voulais pas te devoir ce que tu m'offrais. J'ai arrêté moi-même les aiguilles du temps…

Les prunelles de Laüme s'illuminèrent alors comme celles d'une louve. Dans ses yeux, je lus à la fois la tendresse et l'admiration, le respect et l'amour, la joie et le désir. Peut-être aussi sentait-elle sur moi l'odeur du sang de mes meurtres, et cela l'exaltait. Ses lèvres se posèrent sur ma bouche et nous nous embrassâmes comme deux amants passionnés trop longtemps séparés. J'arrachai sa robe et jusqu'au dernier de ses voiles. Nue, je l'allongeai sur un plateau où reposaient des cadavres. Alors, sous la pluie battante, au milieu même des morts lavés par la pluie, j'écartai ses jambes et la fis mienne…

La maison d'Argyle

Pour la première fois de ma vie, j'arpentais en maître les couloirs de l'hôtel du quai d'Orléans, dont aucune pièce, aucune bibliothèque, aucun lit ne m'étaient interdits. Paris était toujours assiégé mais la guerre ne me concernait plus. Seuls m'importaient le corps de Laüme, ses caresses et le plaisir charnel que nous nous donnions. Nos jours et nos nuits, nous les passions unis, mêlés, fondus… Nos corps s'aimantaient, souffrant mille morts quand ils n'étaient pas chevillés l'un à l'autre. Commencée parmi les cadavres du quai Saint-Michel, notre étreinte ne s'était pas arrêtée là. Pendant des jours, des semaines, nous ne fîmes que la poursuivre et l'amplifier. Nous ne dormions plus, mangions à peine, ignorions tout des événements du dehors…

Enfin, nous apprîmes que le conflit entre la France et la Prusse avait cessé. Les régiments de Poméranie et de Bavière avaient reçu l'ordre de se replier, les escadrons du Wurtemberg et de la Ruhr de regagner leurs cantonnements. Durant quelques semaines, l'anarchie régna. Un gouvernement populaire fut mis en place puis il y eut un semblant de guerre civile, mais la troupe ramena l'ordre dans la capitale à grands coups de canon, et les Français proclamèrent la IIIe République. De toutes ces péripéties, nous ne vécûmes presque rien, exclusivement intéressés par ce qui nous concernait l'un ou l'autre.

Laüme m'interrogea sur mes voyages. Je lui racontai en détail les années passées aux Amériques, mais je gardai pour moi ma rencontre avec Nhuwwas, dans la vallée de Lalish, et celle de la recluse Ta'qkyrin, derrière sa porte de plomb. Tout cela constituait l'essence même de mon mystère et le noyau de ma force nouvelle... Afin de laver les humiliations subies quai d'Orléans, je fis murer le boudoir où Laüme s'était autrefois prostituée au calamiteux Fabres-Dumaucourt et à ses canailles. Le soir même, je bandai les yeux de la fée et la conduisis en secret au cimetière du Montparnasse. Glissant deux pièces d'or dans la main du gardien, je la dévêtis près de la tombe du banquier et m'accouplai furieusement à elle, faisant du marbre funéraire notre couche. Lorsque nous fûmes soûls de plaisir et trop fatigués pour continuer, je dénouai le bandeau de Laüme et lui fis lire le nom sur la pierre. Elle éclata de rire. Alors, je tirai d'un sac le long *khandjar* que j'avais rapporté de Mésopotamie et sabrai d'un coup de lame le réhoboam. Le champagne gicla sur le corps dénudé de Laüme, et je bus la mousse perlant à ses seins et coulant sur son ventre. Nous festoyâmes de victuailles fines préparées par nos cuisinières et nous eûmes encore commerce. Tout en jouissant de Laüme qui s'agrippait à la croix, j'espérais que Dumaucourt dans sa tombe contemplait nos amours et en pleurait de rage... Si je tirais ma vengeance posthume du scélérat, j'appris à regret le décès déjà ancien du cocher boiteux. Cela me chagrina car j'aurais bien aimé besogner sa maîtresse dans sa berline...

Tandis que je conjurais de la sorte quelques-uns de mes plus mauvais souvenirs, en France, contre toute attente, la République durait. S'appuyant sur quelques hommes probes, le régime garantissait des années d'aisance au pays tout entier. Laüme et moi passions le plus clair de notre temps à faire l'amour et à nous divertir. Nous menions grand train et fréquentions chaque soir le théâtre ou le nouvel Opéra Garnier où se produisaient les gloires de l'art lyrique. Laüme était la plus belle femme et je sentais son amour sincère. Après toutes ces années terribles, il me semblait enfin goûter au paradis…

– Veux-tu que nous fassions un fils ? me dit-elle un jour.

– Un fils ? Peux-tu vraiment être mère, Laüme ?

– Je n'ai cessé d'y travailler, répondit-elle comme sa respiration s'accélérait soudain. Maintenant que tu m'es revenu si différent, si fort, je suis prête à risquer cette épreuve.

– Risquer ? C'est donc dangereux ?

– Toute métamorphose est périlleuse. Mon corps n'est pas fait pour enfanter, c'est une trahison que je lui impose. Mais je n'ai que trop longtemps repoussé cet instant.

Laüme me regarda dans les yeux et saisit ma main.

– Es-tu prêt à me suivre dans cette voie, Dalibor ? La mort nous y attend peut-être, mais si nous réussissons, il n'y aura plus de limites à ce que nous pourrons entreprendre…

– Que dois-je faire ?

– Il nous faudra d'abord du sang, murmura Laüme, beaucoup de sang…

Son ton était presque navré. Pour la première fois, je sentais que la peur avait fait son nid en elle. Je la serrai dans mes bras et l'embrassai pour la réconforter.

– Ne crains rien, dis-je. Tout au long du chemin, quoi qu'il arrive, je serai avec toi…

*

Nous avions choisi Londres car il nous fallait un endroit où vivre sans témoins. Nous prîmes résidence à Argyle Street, juste derrière Regent Square. C'était une lourde bâtisse sans charme, mais vaste et retirée au fond d'un grand parc qui nous cachait des rues alentour. Nous n'engageâmes aucun domestique, ni cameriste pour Laüme, ni valet pour moi. Il nous fallait être seuls… Le seul contact que je pris, par une suite de hasards, fut un Français nommé Barbillon. Il était le seul à connaître mon nom, le seul à savoir où j'habitais.

C'était un homme bouffi aux cheveux longs et graisseux. Agent de la Sûreté sous le Second Empire, il avait fini par diriger un réseau d'indicateurs tout dévoués au régime et particulièrement efficaces. La proclamation de la République avait failli lui être fatale. Poursuivi par ceux qu'il avait traqués avec tant de zèle, il n'avait dû son salut qu'à son exil au-delà de la Manche. Désormais à l'abri de ses ennemis dans la capitale britannique, il était devenu souteneur, propriétaire de plusieurs maisons de tolérance. En échange d'une bonne rétribution, il avait accepté de me céder les fruits malencontreux du commerce des filles. Ce qu'il me fournissait constituait la matière première nécessaire à la fécondation de la fée. Bien sûr, ce n'était là qu'une base sur laquelle se composaient les plus étranges, les plus affreux rituels. Les crimes qu'avait pratiqués Laüme sous mes yeux sur les corps de Lorette et de son bébé n'étaient rien en comparaison de ce qu'elle fit des nouveau-nés achetés à Barbillon. Longtemps, elle se prépara sans que je puisse l'aider. Je déposais la nuit les marmots devant sa porte et n'en retrouvais que les os, jetés dans le couloir, au matin. Le sang vierge était pour elle un cordial par lequel elle espérait diluer les scories incrustées au plus profond de son être par Yohav. Cette œuvre initiale était de longue haleine et exigeait un gros apport de matière première. Barbillon peinait à nous fournir, j'allais donc parfois hanter Aldgate et Stepney, quartiers fangeux de l'est de Londres, en quête des compléments nécessaires. J'y trouvais des produits d'assez bonne qualité, bien que toujours plus âgés que les bambins des prostituées… Laüme vivait en recluse, le plus souvent nue comme une bête, gorgée de sang, extatique dans une ivresse impie qui l'avait rejetée loin du territoire des hommes. Cette crise dura des mois. Chaque pièce de notre demeure était un tombeau renfermant les corps d'enfants sacrifiés. Venus du sous-sol, les rats rongeaient les petits cadavres et des essaims de mouches vertes ronflaient dans les couloirs. Le sang est une eau obscure, un miroir sombre où dorment les sortilèges les plus ambigus. Laüme s'en servait comme d'un éther pour développer sa conscience et maîtriser les moindres évolutions de sa chair. Moi, je n'étais plus qu'un Charon, un passeur, le seul lien qui l'unissait encore au monde des vivants. Tel un prêtre de l'antique Carthage au service du dieu Moloch, je lui tendais des enfants qu'elle dépeçait avec la férocité d'une hyène. Je la regardais parfois, mais ne participais en rien à ces tueries. Non que j'en aie quelque dégoût, simplement le rituel l'interdisait encore.

Enfin arriva le moment où la fée me fit entrer en scène… À mon tour, il me fallut une bête. Quand je rompis toute attache avec l'humanité, nous nous accouplâmes hideusement. Répandant en Laüme une semence qu'il m'avait fallu conserver jalousement durant des mois, je n'en conçus qu'une douleur immense, intolérable, qui me jeta aussitôt hors d'elle et me fit me tordre sur le sol… Quelques jours durant, nous crûmes que ma liqueur s'était perdue au-dehors et ne l'avait pas fécondée mais Laüme, rayonnante, m'apprit qu'elle sentait la vie germer en elle ! Dès lors, nous organisâmes un incendie et quittâmes Argyle Street alors que la maison s'embrasait telle une torche… Nous regagnâmes le continent car c'est en Italie que Laüme voulait mettre au monde son enfant.

– Je possède une maison à Venise, lui dis-je. Tu y seras bien…

Elle sourit et se laissa installer chez moi. Elle y passait ses journées en solitaire et ne voulait voir personne. Moi, je prenais patience en fumant au Quadri ou au Florian, ou en marchant des heures durant dans les *calle* désertes. Lorsque la nuit tombait, Laüme me rejoignait et nous nous serrions l'un contre l'autre avant qu'elle ne disparaisse, à l'aube, pour s'enfermer le reste du jour dans sa chambre sans m'autoriser à la visiter. Il fallut quelque temps de ce régime avant que je ne remarque ses traits de plus en plus tirés, pâles, ses pupilles brillantes comme sous l'effet de la fièvre. Elle ressemblait chaque jour un peu plus à une malade et, malgré ses dénégations, cela m'inquiéta. Mes questions sur son état restaient sans réponse ou, pis encore, déclenchaient sa colère au point que je n'osai bientôt plus évoquer son état devant elle. Pourtant, son souffle se fit plus rauque, sa peau devint plus rugueuse, et ses cheveux s'effilaient en longues mèches cassantes. Un après-midi, je l'entendis hurler dans sa chambre. Les lourds rideaux tirés donnaient une atmosphère de caveau à la pièce. Sur son lit, Laüme tremblait, les yeux révulsés et l'écume à la bouche. Ses mains griffaient son ventre comme s'il était léché par les flammes. Elle perdit l'enfant dans des douleurs immenses. Inconsciente, elle ne vit pas la chose sortie de ses entrailles, et cela valait mieux. Ce n'était pas un être humain que nous avions conçu, mais un monstre, l'embryon d'un nabot infâme, une aberration…

J'emballai l'affreuse créature dans un linge et allai la jeter de nuit au fond de la lagune. Après le fils de Sandrine, assassiné par Laüme, celui de Blanche de Sauves, tué dans la matrice par les Séminoles, c'était le troisième enfant conçu par moi qui disparaissait. Tous les efforts que j'avais fournis au côté de Laüme n'avaient servi à rien, abouti qu'à un simulacre de vie. J'en étais attristé pour moi-même mais surtout pour ma compagne. La fée dormait encore lorsque je rentrai. J'avais calmé ses spasmes avec de l'opium et elle reposait, les membres détendus, le souffle régulier. Ses lèvres étaient grises, pourtant, et son visage creusé. C'est de ce jour, je crois, que ses traits perdirent à jamais toute trace d'enfance…

*

L'état de faiblesse dans laquelle elle se trouvait après sa fausse couche ne permettait pas à Laüme de quitter Venise pour revenir quai d'Orléans, comme elle le souhaitait. De ce séjour forcé, elle ne se plaignit pourtant pas. Peu à peu, elle accepta de m'accompagner au-dehors. Elle connaissait mal Venise, n'y étant passée qu'avec le chevalier Galjero jadis, lorsque celui-ci lui avait fait traverser l'Adriatique depuis Raguse. Je lui montrai tout ce que je savais de la ville et elle parut charmée. Peu à peu, elle sortit du mutisme où elle s'était enfermée et reprit chaque jour un peu de beauté et de force. Dans les rues du Dorsoduro, nous croisâmes un jour un vieil homme qui m'arrêta en m'appelant affectueusement. C'était Agabio Caetano, l'aristocrate vénitien rencontré des années plus tôt. Me revoir inchangé ne le surprit guère. Lui-même était presque vieillard maintenant.

– J'ai toujours su que vous procédiez d'une nature différente de celle du commun des mortels, *signor* Galjero, dit-il. Je vais peut-être vous surprendre, mais je ne suis pas curieux de votre secret. Toute ma vie j'ai cherché à transmuter le plomb en or ou à trouver l'élixir de jouvence. J'ai échoué. Pourtant, cela ne me frustre pas puisque vous me donnez la preuve par votre exemple que ces merveilles ne sont pas des chimères. Voilà qui me suffit pour partir en paix… Soyez heureux avec cette jeune splendeur que je vois à votre bras, monsieur de Galjero, et sachez que vous m'avez fait un grand honneur en m'accordant votre amitié… Veillez, si vous le pouvez, sur mon fils. Il est tout aussi passionné que moi des arcanes de l'esprit. C'est un garçon intelligent mais ne lui révélez rien de votre mystère. S'il est assez savant, il découvrira seul ce qui lui est destiné…

C'étaient là des paroles dignes d'un véritable sage, et je promis de ne jamais manquer de venir saluer le comte Caetano, lors de mes futurs séjours à Venise, afin de célébrer la mémoire de son ancêtre et de faire quelques offrandes à ses mânes.

– Qui est ce vieux fou ? me demanda la fée quand nous fûmes seuls.

– Un homme à qui je dois quelques leçons de politique et ma détestation des doctrines républicaine et libérale.

– Tu es devenu bien savant, Dalibor, s'amusa Laüme. Je suis heureuse que tu t'intéresses également à ces choses. Mais prends garde à ne pas te troubler excessivement devant les changements qui s'annoncent. Ce monde qui te révulse va mourir sous tes yeux, et un autre surgira que tu détesteras plus encore. C'est une crise que le genre humain tout entier doit traverser, une longue catharsis qui commence. Il y aura des soubresauts, des crispations énormes, des guerres et des catastrophes. Puis ce sera le chaos général, et les survivants pourront recommencer une vie plus saine… Jusqu'à la prochaine fois…

D'où Laüme tenait-elle ses prophéties ? De sa magie ou de sa seule intuition ? Je ne sais. Mais il est vrai que le nouveau siècle approchait et le monde se transformait à grande vitesse sous nos yeux. Enfin, nous revînmes à Paris. En 1888, nous visitâmes l'Exposition universelle qui montrait les prouesses techniques promises à faire bientôt notre quotidien. Nous y essayâmes le téléphone de M. Edison, écoutâmes le phonographe de M. Marconi, marchâmes sous des guirlandes d'ampoules électriques… La science semblait vivre un âge d'or et promettait un futur où se concrétiseraient à coup sûr les rêves les plus fous. Dans un ascenseur bondé de curieux en extase, nous montâmes les étages de la tour élevée par M. Eiffel. Le restaurant panoramique dominait tout Paris. L'ambiance était à l'allégresse collective. Oubliant sa défaite devant la Prusse, la France se noyait dans le champagne et se gorgeait de bonne chère. Laüme, pourtant, restait insensible à cette atmosphère de fête.

– Ce que je vois concrétise mes craintes, m'expliqua-t-elle. La science va devenir une nouvelle religion et les savants seront bientôt plus puissants que des prêtres. Le savoir servira à flatter les bas instincts plutôt qu'à exalter la noblesse… Et la populace deviendra reine. Le monde sera moins dangereux mais aussi moins beau. Plus facile mais infiniment plus vulgaire. Oui, le futur que je pressens me remplit de peine…

La fée disait vrai. En ce XIXe siècle finissant, le règne de la plèbe arrivait. Devenus affairistes, les politiciens ne songeaient qu'à flatter la masse et la finance anonyme avait plus d'importance que l'intérêt de la nation. La publicité vint dénaturer les murs et la presse les esprits, si bien que l'on ne croisait plus dans les rues que des larrons arborant les certitudes du bonhomme Homais. Les Romantiques et les exaltés avaient disparu, ainsi que les poètes et les visionnaires. Les maîtres de l'art littéraire étaient des besogneux atteints de frilosité et, dans les salons de peinture, on s'extasiait devant des horreurs aux couleurs ternes, brouillées, qui violaient effrontément les règles du bon goût.

Contaminé par l'atmosphère du positivisme, je commençais à étouffer en France. Je rêvais aux jours passés dans les forêts de Géorgie à combattre les Unionistes… aux barricades et aux uhlans…

Laüme, elle, semblait indifférente à tout. Même à la fête des sens. Nous n'avions pas fait l'amour depuis notre séjour dans la maison d'Argyle et il n'était plus question de tenter l'expérience d'une nouvelle fécondation ni même de reprendre une existence frivole. Nos jours étaient gris et j'arpentais les couloirs de notre hôtel particulier sans savoir comment employer mon temps. Tous mes amis étaient morts : Alexandre Dumas, l'année même où j'avais retrouvé Laüme ; des années plus tôt, Nerval s'était pendu rue de la Vieille-Lanterne, victime de ses chimères. Gautier et Delacroix n'étaient plus.

Les festivités accompagnant le nouveau siècle m'offrirent une brève distraction. Le 31 décembre 1899, Laüme et moi bûmes le champagne chez Maxim's puis, pour la première fois depuis si longtemps, nous nous enlaçâmes et je serrai son corps nu contre le mien. Mais notre union fut dénuée de joie et nous laissa plus amers encore. Entrant en conflit avec ces messieurs du Transvaal, ce furent les Anglais qui me donnèrent enfin prétexte à quitter Paris…

Le nouveau siècle

Au premier mois de l'année 1900, Laüme m'accompagna à Marseille, d'où j'embarquai pour l'Afrique. La fée n'avait pas cherché à me retenir et nos adieux – un baiser presque froid – ne débordèrent pas d'émotion. Ce n'était pas une séparation définitive, cependant. Nous savions que nous étions promis à nous revoir mais il nous fallait aussi rester éloignés quelque temps pour raviver notre désir et bâtir de nouveaux espoirs…

En Afrique, les Britanniques s'étaient mis en tête de s'approprier les régions riches en mines d'or et de diamants des Boers, ces Hollandais, Français et Allemands qui s'étaient associés en petites Républiques d'hommes libres. Le rapport de forces jouait en la défaveur des colons, mais les Anglais s'étaient vu infliger quelques fameux revers qui les avaient contraints à envoyer des renforts et à employer les grands moyens pour mâter les rebelles. Des massacres de civils avaient eu lieu, et les occupants avaient, sans s'en cacher, ouvert des camps de concentration où ils laissaient sciemment mourir de faim les vieillards, les femmes et les enfants des partisans. D'Europe et d'Amérique, des aventuriers venaient comme moi de leur propre chef prêter main-forte aux insurgés. Quelques-uns par idéal, beaucoup par espoir de ramasser un peu d'or ou de découvrir un filon de pierres précieuses. Pour ma part, je devais bien être le seul à s'y rendre purement pour se divertir ! Au Cap, pour remplacer mes vieux Remington à six coups, j'avais choisi une arme allemande automatique avec chargeurs de neuf balles. Mon Scofield, lui, était encore capable de soutenir la comparaison avec ses équivalents contemporains. Je l'améliorai d'une lunette de tir avec laquelle j'aurais sans doute fait des merveilles pendant le siège de Paris.

Les Boers étaient majoritairement protestants mais, dans ces circonstances particulières, ils me parurent plutôt sympathiques. C'est en période de conflit que l'on comprend que les fantaisies et les raideurs de la religion sont une question superflue. En guerre, l'homme oublie la morale et retrouve l'essentiel ; il s'ouvre vraiment au monde et fait vivre la meilleure part de lui-même. Tout confits qu'ils soient en général dans leurs principes, les parpaillots n'échappent pas à la règle. Deux jours après mon arrivée, je fus incorporé à une colonne commandée par un Hollandais prénommé Ghert. Il était venu d'Utrecht dix ans plus tôt et se promenait constamment avec une bible noire sous le bras. Pour rien au monde il ne lâchait son livre, même lorsqu'il tirait à la carabine. Avec trois cents types robustes, nous montâmes vers le plateau du Transvaal, où nous devions renforcer un des principaux corps d'armée boer. Chevauchant en avant du détachement, je me liai avec un Allemand de Berlin qui se faisait appeler Franck. Il connaissait bien la région et m'emmena patrouiller avec lui. Nos caractères s'accordaient et nous devînmes vite inséparables. Je retrouvais chez lui un peu de cette poésie naturelle que j'avais aimée chez Nerval, de cette désinvolture que j'avais tant appréciée chez Dumas, de cette noblesse hautaine qui m'impressionnait chez Nhuwwas et de cette candeur qui m'avait touché chez le petit ébéniste Jérôme Galland. Mais Franck ajoutait à toutes ces qualités le regard unique qu'il portait sur le monde : c'était une sorte de panthéiste, un amoureux éperdu de la Création.

– Les hommes sont bons à tuer, affirmait-il, il y en a trop, de toute manière. Mais les animaux et les arbres, il faut les respecter. Ils sont plus beaux que nous et appartiennent vraiment à cette Terre, qu'ils ne sont pas contraints de saccager pour y survivre. Ce sont eux, les vraies créatures de Dieu.

Franck avait un don pour se faire accepter des bêtes. Avec lui, à l'écart du tumulte de la caravane, je traversai sans les déranger des troupeaux d'éléphants et de buffles paissant tranquillement dans la savane. Il me fit observer le jeu des lions et des guépards, la chasse des crocodiles qui saisissent les gnous lorsqu'ils se penchent pour boire à la rivière et le pas majestueux du serpentaire dans les hautes herbes.

Alors que nous étions dissimulés dans les ramures d'un arbre au zénith, nous perçûmes un martèlement de sabots qui montait soudain vers nous. Dans la lunette de mon Scofield, je vis un cheval noir sellé à l'anglaise filer droit devant lui. Les étriers vides lui battaient les flancs et l'écume lui couvrait le poitrail. Sautant à terre, nous remontâmes prudemment la piste de la bête affolée jusqu'à la berge d'une mare où un civil s'agitait auprès du corps affalé d'un soldat britannique. Nous fîmes le tour de la mare pour nous assurer que les deux hommes étaient seuls avant de nous approcher en pointant sur eux nos fusils. Dès qu'il nous vit, le type tira un revolver de sa vareuse mais je fus plus rapide et ma balle, s'écrasant sur le fût de son arme, fit sauter celle-ci de sa main. Franck abattit sa crosse sur la nuque du type qui voulait en découdre et l'assomma. Tandis que je passais une corde autour des poignets de l'Anglais, Franck examina rapidement son camarade étendu.

– Un serpent l'a mordu. Il va mourir. Il n'y a rien à faire contre ça.

J'aurais compris ma réaction s'agissant d'un des nôtres, mais pourquoi me penchai-je à mon tour sur l'Anglais ?

Je l'ignore encore aujourd'hui. Comme l'autre, c'était un type jeune, de vingt ou vingt-cinq ans. Pris d'une inexplicable pitié, je voulus le sauver. Quel que soit le venin qui courait dans ses veines, j'avais le pouvoir de le guérir, Nhuwwas m'avait montré comment... De mes poches, je tirai un caillou blanc semblable à celui que mon maître avait autrefois glissé dans la bouche du petit nomade empourpré de fièvre, puis je pratiquai sur lui des opérations de magie élémentaires. Le résultat fut immédiat. L'homme ranimé ouvrit les yeux et il cracha bientôt la pierre devenue noire.

– Comment as-tu fait cela ? me demanda Franck, ébahi. Je n'ai jamais vu personne survivre à pareille morsure !

J'éludai la question d'un geste de la main et portai ma gourde aux lèvres de l'Anglais.

– Comment te nommes-tu, mon garçon ?

– Bentham, monsieur. Et lui, là-bas, c'est M. Churchill. Winston Churchill...

*

Trois heures avant notre rencontre, le lieutenant Bentham et le correspondant de guerre du *Daily Telegraph* Churchill trinquaient ensemble dans un train blindé de l'armée britannique. Attaqué à la dynamite par les nôtres, le convoi dérailla partiellement et les Boers lancèrent l'assaut. Malgré leur résistance, les Anglais allaient être débordés lorsque, d'extrême justesse, Bentham et Churchill parvinrent à sauter à deux sur le même cheval et à quitter indemnes le lieu de la bataille. Galopant au hasard dans la savane, les fuyards firent halte au premier point d'eau où, pour leur malheur, un serpent sortit brusquement des herbes pour mordre l'officier.

Ancien élève de Sandhurst, Bentham n'était pas totalement antipathique. Courtois, sobre et sincère, il me remercia de lui avoir sauvé la vie d'une façon qui révélait un tempérament d'authentique gentleman. Churchill, en revanche, n'était qu'une petite brute pleine de mépris et gonflée d'orgueil. Sa tête de chien et ses lèvres humides ne me plurent pas. Il me cracha au visage une salive pleine de relents de mauvais cigares lorsque je l'interrogeai, essaya ensuite de me mordre et, en désespoir de cause, me tira même la langue en jurant abominablement. Je faillis lui loger une balle dans le crâne sans autre forme de procès, mais Franck s'interposa.

– L'un est lieutenant et l'autre journaliste, me rappela-t-il. Ils savent sûrement des choses importantes sur la stratégie de Kitchener. Nous devons les conduire en lieu sûr pour les mettre à la question. Ils peuvent aussi servir de monnaie d'échange… Surtout, n'en tuons aucun.

À cet instant, bien sûr, c'était la voix de la raison. Mais qu'aurait dit Franck le Berlinois s'il avait su que, quarante ans plus tard, ce même petit morveux de Churchill allait presque à lui seul empêcher la grande Allemagne de conquérir l'Europe ?

Comme convenu, donc, nous livrâmes nos prisonniers à un officier du haut commandement qui nous félicita de notre prise. Lorsqu'il passa aux mains de ses nouveaux gardes, Bentham se retourna vers moi et, très digne dans son uniforme écarlate, me gratifia d'un mystérieux au revoir. Trois jours plus tard nous apprîmes que nos deux garnements avaient pris la poudre d'escampette en soudoyant leur geôlier… L'anecdote nous fit longtemps rire, Franck et moi, et nous la racontions à l'envi à nos camarades à la veillée.

Une mitraille anglaise finit par coûter la vie à mon ami. Indemne comme à mon ordinaire, j'assistai, impuissant, à la victoire définitive des Britanniques sur les rebelles et quittai l'Afrique un peu avant que le traité de paix ne soit signé. Triste jour ! J'avais perdu beaucoup de nouveaux camarades dans cette guerre et je me demandais si j'allais enfin choisir le camp du vainqueur plutôt que celui du vaincu. Au cours des trois conflits auxquels j'avais participé, mon armée avait toujours connu la déroute !

Je remontai vers l'Europe par Aden et la mer Rouge, une route dangereuse car les tribus se faisaient la guerre et aucune n'aimait les étrangers. Par Suez, je revins en Méditerranée et retrouvai Laüme à Paris un peu plus de deux ans après l'avoir quittée. Je lui fis cadeau d'un énorme diamant que mon fétiche dénicheur de trésors m'avait fait découvrir dans les montagnes du Transvaal. Elle avait voyagé elle aussi, avait voulu découvrir l'Amérique à son tour. Elle avait vu La Nouvelle-Orléans, que j'avais tant vantée, mais elle ne s'y était pas attardée, préférant New York, qui l'avait fascinée.

– Je n'y ai vu à l'époque que des baraques de planches et des fermes basses, commentai-je, étonné. La ville a donc changé à ce point ?

– Aucun doute. New York est maintenant la ville la plus moderne du monde. J'y ai acheté un terrain. Je vais sans doute m'y faire construire une nouvelle maison. Je connais trop Paris…

Elle insista pour que je l'accompagne dans un nouveau voyage transatlantique. Malgré mon peu d'enthousiasme pour cette destination, nous nous installâmes tous deux quelque temps à New York. Si Laüme se plaisait en compagnie de ces Américains-là, pour moi, tous ces gens de la côte Est demeuraient des Yankees que j'avais ardemment combattus dans les rangs des Confédérés. Ma haine envers eux était intacte. Je redescendis donc seul vers le Sud. Feuilletant un annuaire, je retrouvai la trace de la famille d'Absalon Cassard, l'ancien gouverneur du Ku Klux Klan. Mon ami était mort, bien sûr, mais il avait un fils, Neron, et même un petit-fils, Ephraïm, déjà âgé de dix ans. Je me fis connaître d'eux en prétendant que j'étais le rejeton d'un ancien compagnon de leur ascendant. Lorsqu'ils me reçurent, je pus constater que leur haine des gens du Nord et leur mépris des Noirs étaient entiers.

– Le Klan est encore vivant, m'exposa Neron. Il est le gardien de nos valeurs les plus sacrées. Un jour, grâce à lui, nous renverserons l'Union et le Sud retrouvera sa grandeur…

– Je le souhaite, dis-je avec mélancolie. Du fond du cœur…

Je voulus repartir, traversai le continent d'est en ouest dans les luxueux wagons du Pacific Railroad, tandis que Laüme demeurait dans la vaste demeure qu'elle avait fait construire près de Central Park.

En Californie, on ne parlait que de la guerre civile qui déchirait le Mexique tout proche. Le général Huerta y combattait les bandes révolutionnaires de Pancho Villa, un sauvage au discours confus mais qui s'était rendu fort populaire auprès des *peones* en pendant haut et court quelques gouverneurs de province. J'achetai un cheval et passai le Rio Grande en louant les services d'un guide navajo un peu *brujo*, un peu sorcier, qui tenta de m'impressionner en me montrant quelques tours censés lui conférer du prestige à mes yeux. Mais lorsque je fis soudain naître un brouillard autour de nous, ou sourdre un filet d'eau entre deux roches du désert, il me manifesta un respect teinté de crainte et d'envie. Avec lui, j'atteignis Tijuana sans encombre et poursuivis jusqu'à Chihuahua avant de décider pour qui prendre parti. Le pays était plongé dans l'anarchie mais l'atmosphère qui y régnait était très différente de celles que j'avais connues en de semblables circonstances. Ici, l'État semblait avoir abdiqué toute autorité sur les populations. Aucune règle ne prévalait sur celle de la force brute. À tout instant, on pouvait se faire agresser par n'importe qui et tuer pour une brouille. Que leurs soldats portent l'uniforme ou soient vêtus d'oripeaux, les armées n'étaient que des bandes luttant sans plan méthodique. Pas de stratégie ni de tactique chez les Mexicains, mais une guerre faite d'opportunités, de paris, de coups de main et de raids d'une audace insensée…

Lassé de mon indécision, mon guide navajo finit par me quitter à Chihuahua. Il avait essayé de me soutirer quelques-uns de mes secrets, mais en vain. Le matin de son départ, je jetai en l'air une pièce de un dollar. Le sort décida pour Villa… Je suivis, durant quelques mois, les bandes de ce pillard professionnel, petit homme rond aux énormes mains de palefrenier. Nous attaquâmes des garnisons isolées, remontâmes une fois au nord pour attaquer une banque dans une ville frontalière du Texas, fîmes sauter des trains… Mais cette agitation ne m'amusa guère. Il manquait à Villa une profondeur, une perspective sur le long terme, ce qui désamorça rapidement le peu d'intérêt que j'avais pour ce pays. Et puis, les Mexicaines n'étaient pas à mon goût. Je n'aimais ni la manière dont elles laissaient leur corps brun se couvrir de duvet aux jambes, ni leur façon fruste de se donner. D'autres horizons m'appelaient, et je quittai ce pays sans regret pour regagner San Francisco et ses prostituées parfumées. Un navire de luxe m'emmena ensuite en Chine puis un autre de Shanghai en Inde.

Je vécus quelque temps solitaire à Calcutta, dans une belle villa, située à Shapûr Street, dont j'avais assassiné le propriétaire, un idiot qui refusait de me la vendre, et m'occupai à regarder les singes jouant dans les arbres et les éléphants qui barrissaient au bord de la rivière.

Une nuit, des ombres s'invitèrent dans mes rêves. C'étaient des spectres qui me réclamaient justice : le fantôme de la gosse brûlée dans l'oasis, celui du gamin égorgé à Paris, ceux que j'avais livrés à Laüme à Argyle Street… Je me réveillai d'un sursaut, en nage, et ne pus retrouver le sommeil. La nuit suivante, le rêve se répéta, tout aussi intense, tout aussi menaçant. Et puis une troisième fois encore. Je n'osais plus m'endormir. Je craignais l'arrivée de la nuit… Puis ces images vinrent me hanter même aux heures les plus claires de la journée, et je crus devenir fou. Elles surgissaient devant mes yeux grands ouverts, tels des mirages dans le désert. Observant mon reflet dans un miroir, je vis que mon visage était pâle et creusé. Regardant mieux, je m'aperçus qu'un fil blanc s'était invité dans ma chevelure. Nu devant la psyché, je scrutai mon corps durant des heures avec la plus extrême attention. Ma silhouette, subtilement, avait changé : des rondeurs s'étaient invitées sur mon ventre. L'empâtement gâtait mon cou. Des tavelures étaient apparues sur le dos de mes mains. J'en conçus une inquiétude dévorante, plus vive encore que celle causée par la ronde des spectres autour de moi. Ceux-ci se mirent à rire et à se moquer, me promettant de les rejoindre bientôt dans leur séjour glacé. Il fallut bien me rendre à l'évidence : la longévité arrachée de haute lutte dans la tour du dieu Paon commençait à s'altérer… Peut-être avais-je négligé la mise en garde de Nhuwwas : « Les pouvoirs sorciers sont comme un feu réclamant toujours plus de combustible pour briller. » Grande avait été ma faute d'oublier cette vérité. J'avais gaspillé des années à vivre des aventures ordinaires, sans accorder d'importance à des mystères plus profonds. Moi qui avais choisi la voie de la licence et du crime pour honorer le dieu Ta'us, je n'avais été qu'un mercenaire pitoyable, un médiocre bandit. Depuis des années, j'étais devenu ascète et n'avais pas touché le corps d'une femme. C'était contraire au pacte, et j'en payais maintenant le prix. Comment ce vieillissement allait-il s'opérer ? Pouvait-il seulement se conjurer ? Il me fallait savoir.

Dans le jardin de ma nouvelle demeure, je fis dresser un stupa au milieu du bassin ornemental. J'en dessinai moi-même les plans pour qu'il ressemble aux tours yezidis. J'y passai des jours en méditation, priant le dieu Paon de me montrer la voie à suivre, mais jamais Malek Ta'us ne me parla. Rongé d'inquiétude, je débutai des sacrifices. Je remontais le soir le cours du Gange pour enlever des enfants des castes inférieures et les immoler en les brûlant. Ces holocaustes chassèrent les spectres et mes nuits redevinrent calmes. Des filles sans nombre passèrent ensuite par mes bras. Tous ces efforts semblèrent enfin contrarier les ravages du temps. Lentement, je sentis ma silhouette s'affiner et mes cheveux s'assombrir. La fin de cette terrible crise fut comme une renaissance. J'eus alors envie de revenir vers Laüme. Je la trouvai à Paris, quai d'Orléans. C'était en 1914, quelques semaines à peine avant le début d'une nouvelle guerre en Europe. La fée sembla presque fâchée de me revoir. Non que sa froideur fût expressément déclarée, mais elle demeurait distante et repoussa mes caresses lorsque j'entrepris de rejoindre son lit. Mes récentes débauches m'ayant redonné un goût impérieux pour la chair, je voulus la violer, mais sa force était plus grande, et j'échouai à la contraindre.

– Veux-tu encore que nous tentions de mettre au monde un fils ? lui demandai-je pour l'amadouer.

Elle faillit fondre en larmes.

– J'ai vu le monstre que tu as planté dans mon ventre, cracha-t-elle alors. Il m'a parlé. Il m'a prévenue que ta semence n'est bonne que pour les femelles humaines et que tous les fils que tu pourras me donner seront des gnomes. Il m'a dit qu'un autre me fécondera et que mon fils sera plus beau et plus fort encore que je ne le rêve…

Ces paroles furent comme une flèche fichée dans mon cœur. Je saisis la fée par les épaules et la serrai à lui faire mal.

– Tu as rêvé cela ! hurlai-je. C'est un cauchemar que tu prends pour une vérité !

Pourtant, au fond de moi, je savais que Laüme disait vrai. Elle possédait un pouvoir de nécromancie dont je ne jouissais pas. Peut-être avait-elle vraiment rappelé la chose infecte sortie d'entre ses cuisses…

– C'est donc fini ? dis-je. Il n'y a plus d'espoir pour nous ?

– Aucun, décréta Laüme. Les Galjero ne seront jamais les empereurs d'une nouvelle Rome. Toi seul en portes la faute. Tu n'aurais pas dû t'éloigner de moi, Dalibor, ni donner ta foi à un autre dieu et suivre une voie où nul ne pouvait te guider. Cette inconséquence te coûte ta descendance.

– Et toi, que vas-tu faire ? Vas-tu retourner d'où tu viens ? Vas-tu disparaître de cette terre ?

Laüme se redressa et me regarda d'un air de défi.

– Je vais vivre, Dalibor ! Mon ventre n'est pas un cimetière. Je trouverai un autre père pour mon fils. Dans dix ans, dans cent ans, peu importe…

– Tu ne feras pas cela ! criai-je. Je le tuerai !

Mais Laüme se contenta de rire de mes menaces. Je n'avais aucun pouvoir sur elle et elle le savait.

De nouveau, je choisis de partir…

– Où vas-tu ? s'inquiéta tout de même la fée quand elle me vit préparer mes bagages. Vas-tu t'engager au côté de la France ?

– Non. Je me tiens à l'écart cette fois. Et puis, Paris combat pour une mauvaise cause, l'Angleterre est son alliée. Si j'avais un camp à choisir, ce serait celui de l'Allemagne, mais l'envie me manque. Cette guerre dresse la plèbe contre la plèbe. Je n'ai rien à y faire…

Je partis pour Constantinople, où je m'installai dans le palais construit du temps d''Attar le Bagdadi. J'y vécus en mêlant crimes, orgies et étude, car je sentais qu'une course contre le temps venait de s'engager. Mon corps dépérissait dès que je cessais de suivre la voie noire qu'un jour j'avais eu la folie d'édicter pour moi-même. L'ascèse du crime ne pouvait connaître de répit, c'était le prix à payer pour rester jeune. Mais le coût de ces excès enflait avec le temps, et j'avais compris la nécessité pour moi de trouver un remède à cette pente diabolique. Dans les livres je cherchais frénétiquement une piste, un chemin pour conquérir définitivement l'immortalité… Et puis, un soir de 1916, un homme força le barrage de mes domestiques. Dans la pénombre, je ne reconnus pas tout de suite sa silhouette. Mais sa voix, elle, je n'en avais oublié ni la chaleur ni le timbre.

– J'ai besoin de toi, Dalibor, murmura Nhuwwas.

Les steppes blanches

C'était un monde inconnu, une planète non encore arpentée. De la Russie, je ne connaissais rien. C'était pourtant l'endroit le plus fascinant que l'on puisse concevoir. Une fois ses frontières franchies, on en sentait l'étreinte comme si un corps immense s'abattait sur vous pour vous serrer et vous garder à jamais. Mais était-ce pour vous protéger ou pour vous étouffer ? Impossible de trancher…

Alliés des Français et des Britanniques, les Russes de Nicolas II se battaient depuis deux ans contre l'Allemagne, l'Autriche-Hongrie et l'Empire ottoman. Leur armée ne remportait que peu de succès car le matériel manquait au point que des régiments partaient souvent à l'assaut avec des fusils dénués de cartouches et des canons projetant des obus de bois. Les pertes étaient énormes, mais le réservoir humain semblait inépuisable : de Sibérie arrivaient sans cesse de nouveaux trains chargés de moujiks.

D'Istanbul, Nhuwwas nous fit passer le Caucase puis nous traversâmes les déserts ouzbeks pour atteindre Moscou par le sud. Notre itinéraire ne s'arrêtait pas là, notre destination était Saint-Pétersbourg, où les Romanov tenaient leur cour. Nous ne voyagions ni en clandestins, ni en espions. Nhuwwas présentait des papiers officiels dès qu'on lui demandait son identité, des certificats portant le tampon de l'Okhrana, la police secrète impériale. Il se portait garant pour moi et, partout où nous faisions halte, nous bénéficiions de toutes les facilités pour trouver le gîte et le couvert.

Revêtu d'un long manteau de peau sur un costume occidental, mon compagnon ne ressemblait en rien au sorcier des montagnes que j'avais connu. Toujours aussi noire, sa barbe était soigneusement peignée et ses cheveux longs, plaqués en arrière par la brillantine, ne lui tombaient plus devant les yeux. Il n'avait eu qu'un mot à dire, et j'étais à l'instant même parti avec lui – sans lui demander comment il m'avait retrouvé, sans l'interroger sur l'aide qu'il attendait de moi. Tant que dura notre voyage, nous n'échangeâmes qu'un minimum concernant les affaires du quotidien. J'avais en mémoire les circonstances de notre rupture et je brûlais de savoir s'il m'en voulait encore pour avoir cédé aux avances de Ta'qkyrin. Je m'abstins cependant de formuler ces pensées car je savais que, tôt ou tard, les réponses me seraient données. Bien m'en prit, je crois, de ne pas bousculer mon ancien maître : sa mine se radoucit au fur et à mesure que nous avancions vers le nord. Quand nous arrivâmes enfin à Saint-Pétersbourg, il me conduisit dans un vaste appartement qu'il occupait, seul, sur la Neva. Les plafonds étaient hauts et les parquets brillaient sous les lustres de cristal.

– Prends tes aises, me dit le yezidi. C'est ici que tu vas vivre le temps que nous menions à bien notre tâche.

– Que veux-tu que je fasse ? demandai-je enfin clairement.

– Il s'agit de tuer un homme, répondit sobrement Nhuwwas en prenant place face à moi.

– Seulement cela ? Ne peux-tu le faire seul ?

– Oh non, mon ami ! J'ai déjà essayé, et j'ai échoué, tout comme d'autres avant moi. Personne n'a réussi. Ce n'est qu'à nous deux que nous y parviendrons… En dépit de ce qui s'est passé, j'ai confiance en toi, Dalibor. Tu comptes parmi mes meilleurs élèves. Tu es doué. Une fois tes dons combinés aux miens, notre victime sera impuissante.

– Qui est donc cet homme extraordinaire qui te résiste ?

– C'est un secret qui te sera révélé ce soir même par un prince de cet Empire. Il te parlera et tu l'écouteras sans poser de questions. Je te relaterai ensuite en privé tout ce que lui-même ignore. Tu comprendras alors pourquoi j'ai fait appel à toi, malgré ce qu'il en a coûté à mon orgueil.

Pour en savoir plus, je dus patienter jusque fort tard dans la soirée. Après un souper que je pris en solitaire et une longue attente au fumoir, j'entendis qu'on s'agitait dans l'appartement. Nhuwwas apparut, suivi de trois nouveaux venus aux allures de conspirateurs, que menait un quatrième larron en grande tenue d'officier, aux allures de bravache.

– Prince Ioussoupov, je vous présente Dalibor Galjero, dit Nhuwwas en me désignant.

Je bondis aussitôt sur mes pieds et répondis d'un signe de tête à l'amorce de salut dont m'avait gratifié le prince de sang, tandis que, au fond de la pièce, un de ses accompagnateurs eut un hoquet de surprise en découvrant mon visage.

– Vous ! ne put-il s'empêcher de s'exclamer.

Détaillant à mon tour l'homme qui venait de m'interpeller, je fus frappé de stupeur. Je l'avais croisé quelque vingt ans plus tôt dans la savane africaine. Il gisait alors au bord d'un marigot et du venin de serpent coulait dans ses veines. Légèrement empâté, le cheveu plus rare, c'était l'Anglais Bentham !

– Vous vous connaissez ? demanda aussitôt le prince Ioussoupov d'un ton méfiant.

– Oui, répondit l'autre. Nous nous sommes rencontrés il y a bien longtemps. C'était sur un autre continent, pendant une autre vie… Jc vous raconterai l'histoire, elle est plaisante. Mais ce n'est qu'une anecdote, et ne concerne en rien ce qui nous amène ici.

Nhuwwas, à son tour, me lança un regard interrogateur. Je le rassurai d'un hochement de tête pour signifier que j'approuvais le jugement de Bentham.

– Puisqu'il apparaît que nous pouvons donc travailler ensemble, reprit le prince Ioussoupov en s'adressant directement à moi, voici en deux mots notre affaire. Il y a quelque temps de cela, un aventurier s'est frayé un chemin jusqu'à la cour. C'était un starets, un mystique errant du nom de Raspoutine, un grossier moujik sachant à peine lire et écrire. Toutefois, il possédait un don de guérison miraculeuse et parvint par ses tours à soulager le fils de notre tsar des crises d'hémophilie dont il souffrait. Depuis ce jour, son influence n'a cessé de grandir auprès de la famille impériale. Il s'est mêlé de politique et la tsarine n'écoute plus que lui. Il dit avoir des visions et prédit une révolution en Russie si nous n'arrêtons pas immédiatement notre guerre aux côtés de nos alliés français et anglais. Notre bien-aimé tsar lui-même se montre de plus en plus sensible au charme de cette vipère malfaisante. Pour le bien de la Russie, pour la poursuite de notre diplomatie et pour la victoire finale face à l'Allemagne, nous devons nous débarrasser de ce Raspoutine au plus vite.

– Pourquoi ne pas lui tirer une balle dans la tête ? demandai-je.

– Nous avons déjà tenté de le faire, répondit Ioussoupov. À plusieurs reprises nous avons voulu l'empoisonner ou le poignarder. Mais ces tentatives ont toujours échoué. Je commence à penser que cet homme est le Diable en personne. Ce n'est pas tout à fait l'avis de votre ami Nhuwwas, le seul à être parvenu à le blesser, mais il m'affirme avoir besoin de votre secours pour terminer le travail. Monsieur, si vous nous aidez à tuer ce démon, soyez certain que votre fortune est faite !

– Mes coffres sont assez remplis, prince, rétorquai-je. Je n'ai pas besoin d'argent. Je vais vous prêter main-forte, cependant, puisque je ne suis ici entouré que d'amis...

*

– Tu dois t'en douter, Dalibor, le prince Ioussoupov ne connaît pas toute l'histoire de ce paysan sorti de la taïga pour devenir l'homme le plus puissant de Russie...

Nous étions de nouveau seuls lorsque Nhuwwas se décida enfin à me révéler les pièces manquantes de l'énigme Raspoutine.

– Je mis longtemps à me faire obéir de Ta'qkyrin, après ton départ, poursuivit-il. J'usais souvent du fouet car la garce avait repris goût au plaisir dans tes bras, et je voyais que sa lubricité ne s'éteignait pas. Enfin, après presque un an où j'occupai tout mon temps à la mâter, je pensais qu'elle s'était radoucie. La vie reprit son cours normal... Une nuit, le dieu Ta'us m'adressa la vision d'un homme dans un paysage de neige, une image qui ne me quitta plus. Je voulus partir à sa recherche mais je ne le trouvai pas, ni en Mésopotamie, ni en Syrie, ni en Phénicie... Aucune des tours de notre dieu n'avait été visitée par lui. Les rêves se multipliaient pourtant, toujours plus insistants, plus puissants. Ils avaient beau se répéter chaque nuit, je ne les comprenais pas. Lorsque je revins dans la vallée de Lalish, je découvris avec horreur que Ta'qkyrin s'était enfuie. Je ne m'attardai pas à chercher comment elle avait pu briser les barrières magiques dressées autour d'elle et me lançai aussitôt à sa poursuite. C'était il y a cinq ans déjà... Sa piste menait vers le nord, au-delà de l'Elbourz. Je traversai à mon tour les montagnes et parvins en Russie au début de l'hiver. Les steppes étaient infinies et, chaque nuit, je rêvais de l'homme mystérieux tandis que tombaient les premières neiges. À l'approche de Moscou, les songes cessèrent soudain et les voyances qui me permettaient de suivre Ta'qkyrin à la trace se tarirent à leur tour. Je désespérais de jamais retrouver ma *frawarti* lorsque je vis, épinglé sur les planches d'une cabane à journaux, la première page d'un illustré populaire. Une gravure représentait l'homme mystérieux au chevet d'un bel enfant, avec cette légende : « Raspoutine guérit le prince héritier. » Raspoutine ! Tel était donc le nom du visage qui me hantait depuis des mois… Je me rendis à Saint-Pétersbourg sans savoir ce qui m'y attendait. L'atmosphère était fébrile, des anarchistes faisaient exploser des bombes au passage du carrosse impérial et des communistes appelaient à la révolte. La police politique était partout. Il me fallut beaucoup de patience avant d'apercevoir enfin ce Raspoutine, sur un parvis, à la sortie d'une messe où il avait accompagné la tsarine. Je me tenais au premier rang de la foule, cherchant quelque moyen d'attirer l'attention du moujik.

« – Ta'us ! lui criai-je, en espérant que le nom de mon dieu agirait comme un sésame. Ta'us m'appelle à toi !

« Mais je ne reçus qu'un regard étonné, aussitôt évanoui. À côté de moi, un homme auquel je n'avais pas prêté attention tira de sa poche un revolver et pointa le canon sur le starets au cri de « Vive la révolution ! ». Juste avant que son doigt ne presse la détente, j'abattis mon poing sur son bras et le désarmai. La police le captura et l'on me présenta au moujik qui n'avait rien manqué de la scène.

« – Tu m'as crié tout à l'heure une chose que je n'ai pas comprise, et maintenant tu me sauves la vie… Qui es-tu donc ?

« – J'ai quitté mon pays pour partir à ta recherche après t'avoir vu dans mes rêves, expliquai-je. Mais je ne sais pas encore de nous deux lequel est le maître, lequel est l'élève. Quoi qu'il en soit, je ne doute plus que le destin veuille nous réunir.

« Les circonstances de notre rencontre intriguèrent Raspoutine. Il me fit monter dans sa voiture et m'emmena avec lui à Tsarskoïe Selo, au Palais d'hiver, où il avait ses appartements. De nombreux apprentis sont venus à moi dans la vallée de Lalish. Tous étaient exceptionnels et toi, Dalibor, l'es plus encore. Mais Raspoutine vous dépasse tous en matière d'étranges pouvoirs. Il émane de sa personne un rayonnement, une aura d'une intensité inégalée. Il ne connaissait rien de Ta'us, pourtant, et rien des yezidis. Tout ce que je lui nommais, il l'ignorait. À force de converser avec lui, je compris vite qu'il n'était qu'un paysan inculte et misérable, assez doué toutefois pour profiter d'un charisme extraordinaire et de quelque don de magnétiseur qui le faisait passer pour un sorcier ou pour un saint, selon qu'on le détestait ou qu'on se laissait prendre à ses manières. Car c'était avant tout un séducteur, un bouc perpétuellement en rut qui ne pouvait se passer des femmes. À la fois conquises et bouleversées par son corps qu'il ne lavait jamais, les frêles comtesses de la cour de Russie se donnaient à lui avec volupté, et des rumeurs persistantes prétendaient que la tsarine en personne goûtait à son vit plus souvent qu'à celui de son époux. De son côté, il se rendait compte que je n'étais pas un homme du commun et il cherchait à percer mon identité. Nous étions deux loups qui se flairent sans savoir s'il leur faut combattre ou fraterniser. Encore indécis, Raspoutine me fit raccompagner en me promettant une prochaine audience. La nuit même, l'Okhrana encercla ma soupente et donna l'assaut. Je dus m'enfuir par les toits pour échapper à la brigade mobilisée. Me jugeant sans doute plus dangereux qu'amical, Raspoutine avait donné l'ordre qu'on se débarrasse de moi. Dormant la nuit dans des écuries ou des caves, me cachant des patrouilles de police qui quadrillaient la ville et ne parlant à personne, j'utilisai un peu de ce que je t'ai enseigné pour pénétrer dans le Palais d'hiver : Raspoutine était désormais mon ennemi déclaré et je voulais le tuer. Cependant, lorsque, au prix de bien des ruses, j'approchai enfin des fenêtres de ses appartements, je vis le moujik en grande conversation avec une longue créature au corps fin, pris dans une robe moulante. Ce fut comme si l'on m'arrachait le cœur car, tu l'as compris, cette fille, c'était Ta'qkyrin ! Mon bras faiblit et mon esprit chancela. Je battis en retraite sans rien tenter ce jour-là. Il me fallut du temps pour accepter la réalité de ce que j'avais vu, mais enfin cette dernière scène donnait un peu de sens à toutes les aventures que j'avais traversées depuis la nuit où j'avais rêvé pour la première fois de l'inconnu dans la neige. Sûrement, Ta'qkyrin avait ressenti comme moi le mystérieux appel du moujik… Mais elle l'avait mieux décodé que moi et – je n'osais imaginer de quelle manière – elle était devenue son égérie et sa protectrice. Ses dons naturels maintenant associés aux pouvoirs fantastiques de la fée faisaient assurément de Raspoutine un adversaire redoutable. Si je voulais que Ta'qkyrin me revienne, il me fallait trouver des alliés pour abattre ce chien lubrique. La cour de Russie grouillait d'ennemis du starets, je l'avais compris depuis longtemps. En dépit de la police qui me traquait toujours, il ne me fut pas difficile d'approcher le plus acharné d'entre eux, Ioussoupov. Tout prince de sang qu'il était, le grand-duc était moins protégé que le moujik faiseur de miracles. Je prouvai ma valeur par quelques tours faciles qui l'impressionnèrent et le convainquirent que, s'il y avait un homme capable de lutter d'égal à égal avec Raspoutine, c'était bien moi. Il me donna sa protection et ensemble nous complotâmes plusieurs attentats contre notre cible. Tous échouèrent, et je dus me rendre à l'évidence : protégé dans l'ombre par la fée Ta'qkyrin, Raspoutine était invincible. Il me fallait un allié aussi versé que moi dans les arts magiques. Il me fallait Dalibor Galjero !

L'histoire de Nhuwwas était incroyable et terrifiante, mais la perspective d'affronter pour la première fois de mon existence un puissant sorcier m'exaltait. Je me gardai cependant d'afficher mon enthousiasme car quelques questions me taraudaient encore.

– Quel sort réserves-tu à Ta'qkyrin ? demandai-je au yezidi. La ramèneras-tu prisonnière dans la vallée de Lalish ? La puniras-tu pendant des siècles de ton fouet ?

Nhuwwas étendit ses mains au-dessus du feu crépitant dans l'âtre. Quand il se retourna, son visage était tout de dureté.

– Non, Dalibor. Je vais la tuer. Ensuite, je t'aiderai à te débarrasser de ta Laüme…

– Tuer Laüme ? m'écriai-je. Mais dans quel but feraisje cela ? Pourquoi ?

– Tu le dois. C'est le prix à payer pour les dons que t'a donnés Malek Ta'us. C'est son exigence pour t'avoir extrait au fleuve du temps et pour ton immortalité. Sa condition aussi pour te délivrer des spectres qui attendent l'instant propice pour prendre leur revanche sur toi.

À ces paroles, une sueur infecte coula entre mes omoplates. Une fraction de seconde, je crus revivre les terribles semaines passées en Inde à conjurer les fantômes de mes victimes et me mis à trembler.

– Comment sais-tu ? demandai-je d'une voix brisée.

Redressé de toute sa hauteur, Nhuwwas retrouvait face à moi sa stature d'ancien maître. Il sourit.

– Rien de ce qui te concerne ne m'est étranger, Dalibor. Malgré ta trahison, ton sort m'a toujours importé. Maintenant, l'heure est venue pour toi d'accomplir ta destinée. Tu le sais au plus profond de ton cœur : le sceau de ton avenir, c'est la mort de Laüme !

La mort de Laüme ! Mon esprit se noyait d'ombre à cette pensée. Et pourtant, je savais que Nhuwwas ne faisait qu'énoncer la vérité : la mort de Laüme était le prix de mon immortalité.

– Sois fort, Dalibor, me conjura Nhuwwas. Laüme est pour toi une racine exsangue dont tu ne peux plus tirer aucune force. Elle te rejette et cherche avidement un autre homme qui la rendra mère.

Je ne m'étonnais même plus du savoir de Nhuwwas. À quoi bon lui demander d'où il le tenait ? Seule comptait la justesse de son propos. Laüme m'avait promis l'immortalité mais ne me l'avait jamais donnée. Et voilà qu'aujourd'hui elle me chassait de sa couche et ne voulait plus de moi pour père de son enfant. Avec qui tenterait-elle l'expérience de la maternité ? De quel ribaud irait-elle chercher la semence ? Et quel être sortirait de ses entrailles si elle parvenait à ses fins, sinon l'usurpateur de la lignée Galjero ? L'usurpateur de ma propre chair, de ma propre vie ! Décidément, Nhuwwas disait vrai : mieux valait tuer la fée plutôt qu'adviennent de telles infamies !

Ces pensées allumèrent une immense colère en moi.

– Tu sais donner la mort aux *frawartis* ? demandai-je à Nhuwwas. Il est donc possible de les tuer ?

– Oui. C'est compliqué mais c'est possible. J'en connais le moyen.

– Quel est-il ?

Nhuwwas ouvrit la bouche avant de se raviser. Il parut balancer un moment entre la révélation et le silence.

– Il en existe deux, avoua-t-il enfin. Le premier est complexe et aléatoire. Quasi irréalisable tant il exige de réunir des circonstances exceptionnelles. Nous ne pourrons l'utiliser pour Ta'qkyrin. Pour Laüme, en revanche…

– Quelles circonstances ? le pressai-je.

– La *frawarti* doit manifester la volonté d'abdiquer partiellement son état. Comme Laüme, elle doit s'être engagée sur le chemin de sa métamorphose. Si elle parvient à faire éclore la vie en elle, alors, durant sa grossesse, elle perdra chaque jour un peu de son pouvoir. C'est aussi inexorable que le mouvement de la marée descendante. Lors de la délivrance, elle sera aussi vulnérable qu'une humaine. Ensuite, sa force lui reviendra rapidement, mais il sera trop tard…

– Tuer Laüme lors de son accouchement ?!

– Au moment même où son enfant passera la tête. Alors, pour un très bref instant, elle ne sera plus une fée.

Perdu dans mes pensées, je demeurai silencieux. Assis dans une bergère, je pressais ma tête dans mes mains pour mieux réfléchir.

– Tu ne me demandes pas comment faire pour tuer Ta'qkyrin ? interrogea Nhuwwas après m'avoir laissé méditer.

Absorbé par la perspective d'assassinat de Laüme, j'en avais totalement oublié Raspoutine et le complot tramé autour de lui. D'un mouvement du menton, j'indiquai que j'étais de nouveau attentif.

– Puisque ma propre *frawarti* ne manifeste aucune velléité de maternité, contrairement à la tienne, il va nous falloir l'affronter rituellement. Ce qui exigera de nous coordination et concentration… Es-tu prêt à consacrer de nombreuses heures à t'entraîner ?

– Que faut-il faire ?

– Transpercer en parfaite harmonie deux points vitaux de Ta'qkyrin. Ton objectif sera le cœur, à l'exclusion de tout autre. Le mien, la fontanelle, les reins ou bien le point où aurait dû se trouver son ombilic. Les circonstances en décideront…

– Et si nous échouons ?

Sans me répondre, Nhuwwas s'approcha d'une table, s'empara d'une carafe et nous versa deux verres d'alcool fort.

– Nos aventures s'arrêteront là, Dalibor. Ce sera malheureux pour nous mais nous aurons mieux vécu que n'importe qui d'autre sur cette chienne de terre !

*

Comme le voulait mon maître, nous pratiquâmes cinq jours durant de fastidieuses répétitions. Nous nous entraînâmes d'abord sur des mannequins de paille, puis demandâmes à Ioussoupov l'autorisation d'opérer sur des cibles vivantes afin de polir notre technique. Accédant à notre désir, le prince nous fit livrer cinq gamines, apprenties bolcheviques ou anarchistes, qui croupissaient dans ses geôles depuis des semaines. Les libérant de leurs chaînes, nous leur confiâmes une lame identique à la nôtre et les lâchâmes dans les caves du palais. Nous voulions qu'elles se débattent et qu'elles nous opposent la résistance la plus farouche, afin que nous nous habituions à porter des coups simultanés, même en situation difficile. Nous les poinçonnâmes toutes sans hésitation, dans une belle harmonie...

– Nous voilà fin prêts, décréta Nhuwwas lorsque nous eûmes occis l'ultime prisonnière. Nous devons maintenant consulter Bentham pour décider de la date de notre opération. Comment se fait-il que vous vous connaissiez ?

Je lui narrai brièvement l'incident du Transvaal et lui demandai à mon tour quel était le rôle que jouait l'Anglais à la cour des tsars.

– C'est un diplomate, fils de lord et bientôt héritier du titre. Il est un peu espion aussi et cherche à s'assurer que la Russie ne signe pas d'armistice avec les Allemands. Si tel était le cas, l'Angleterre et la France auraient à supporter à elles seules tout le poids des armées du Kaiser. La guerre serait alors certainement perdue pour elles.

– Militer pour cette paix séparée fait de Raspoutine un ennemi direct de la Couronne britannique.

– C'est exact. Bentham est un homme intelligent. Je devine chez lui des potentiels intéressants. Je crois qu'il les pressent également mais ignore comment les faire fructifier. Tout ce qui est occulte le fascine. Il nous aidera certainement du mieux qu'il pourra…

*

– Je ne suis pas ici sous mon identité officielle, me confia Bentham. Mes papiers sont rédigés au nom d'Oswald Reyner. Seuls l'entourage direct du prince Ioussoupov, Nhuwwas et vous connaissez mon secret, Dalibor. J'espère que je peux vous faire confiance et que vous ne me trahirez pas…

Assis en face de moi, Bentham me scrutait d'une étrange manière.

– Je n'ai aucune raison de vous nuire, assurai-je. Ici encore moins qu'au Transvaal. J'avais en Afrique de bons motifs de vous tuer, et je vous ai sauvé la vie, au contraire. Pourquoi vous méfiez-vous de moi maintenant ?

– Ce n'est pas de la méfiance, mais une simple précaution, voilà tout, répondit l'Anglais. Après tout, Raspoutine a le pouvoir de nous faire tous arrêter et torturer. Il est déjà après vous, me semble-t-il. Si jamais vous aviez à répondre aux gens de la police secrète, vous mettriez dans la gêne l'hôte de Buckingham si, par mégarde, mon nom véritable franchissait vos lèvres.

– Vous pouvez rassurer votre roi, affirmai-je avec un soupçon de mépris. Je ne me laisserai pas aller à commettre une telle étourderie.

– Fort bien. Comment allons-nous procéder pour éliminer notre homme ? Je ne veux plus de coup manqué, cette fois. Cette crapule doit mourir au plus vite. Pas d'amateurisme, employez les grands moyens. Et ne me cachez rien, je veux tout savoir de vos méthodes…

Nhuwwas m'adressa discrètement un signe d'impuissance. Bentham était pour nous un poids plus qu'une aide, mais il fallait en passer par ses desiderata pour assurer notre forfait.

– Si Raspoutine échappe à tous les attentats, c'est qu'il jouit sans aucun doute d'une forme de protection que je connais bien, dis-je. Une fois débarrassé de ce parapluie, il redeviendra aussi vulnérable qu'un enfant. Le principal problème auquel nous nous heurtons est donc de le priver de ses boucliers.

– Je n'entends rien à ce que vous me dites, mais cela paraît passionnant, exulta Bentham. Continuez, je vous prie !

– Nhuwwas sait comme moi qui lui procure son bouclier. C'est cette personne qu'il faut faire parler.

– Comment ? Vous voulez dire que Raspoutine n'est pas seul ? Il reçoit de l'aide ?

– Une grande aide, en effet, renchérit Nhuwwas, sans laquelle il n'aurait jamais pu devenir l'homme qu'il est aujourd'hui.

– C'est une femme, dis-je. Il nous faut impérativement la tuer avant Raspoutine.

– Tuer une simple femme ? s'étonna Bentham. C'est vraiment tout ce qu'il faut faire ? Eh bien, messieurs, tuons cette garce et vogue la galère !

– Cette femme est différente, gronda Nhuwwas d'un air mauvais. D'elle émanent des pouvoirs que vous ne pouvez concevoir.

– Des pouvoirs ? Que voulez-vous dire ?

Nous restâmes muets. L'espion insista. Comme nous ne voulions rien lui révéler, il nous menaça :

– Vous me jetez de la poudre aux yeux, messieurs ! Le prince Ioussoupov s'en laisse peut-être conter, mais pas moi… Voulez-vous me dire enfin quels pouvoirs réels vous évoquez ?

Énervé par l'Anglais et fatigué de cette conversation, je tirai de ma ceinture la baguette d'ambre qui ne me quittait jamais et la pointai un bref instant sur lui. Aussitôt, Bentham se mit à hurler comme un goret qu'on écorche. Sa peau devint écarlate et sa langue se gonfla tant qu'il dut ouvrir la bouche pour la laisser sortir. Je cessai aussitôt mon sortilège. S'écroulant sur le tapis, le pseudo-agent secret Oswald Reyner semblait avoir été victime d'une insolation. Sa peau paraissait tannée par un sévère coup de soleil.

– Voilà quels sont *mes* pouvoirs, dis-je en rengainant mon arme. Quant à ceux de la femme, ils sont plus grands encore…

– Comment… comment faites-vous cela ? haleta-t-il en se relevant. C'est impossible !

– Voulez-vous que nous recommencions l'expérience ?

– Non ! Surtout pas ! Je vous accorde ma confiance. Faites comme vous l'entendez, *gentlemen*…

*

En accord avec Ioussoupov, nous choisîmes la soirée du 16 décembre pour agir. Le prince, chef du parti des occidentalistes favorables à la poursuite de la guerre, avait officiellement convié le slavophile et pacifiste Raspoutine à un dîner de conciliation. L'objectif était de séparer le starets de Ta'qkyrin pour éviter une confrontation collective qui ne pouvait tourner qu'à notre désavantage. Tuer la *frawarti* était notre priorité. Une fois celle-ci abattue, Raspoutine n'avait aucune chance de survivre à nos assauts. Caché dans un recoin du palais de Tsarskoïe Selo, j'attendis avec Nhuwwas qu'on nous confirme la présence du moujik auprès du grand-duc.

Nous laissâmes passer quelques minutes avant de nous diriger vers les appartements où, nous le savions, se trouvait Ta'qkyrin. Comme nous l'avions pressenti, celle-ci avait protégé les accès de sa chambre par des gardiens subtils. En pénétrant dans leur champ d'action, nous en ressentîmes les effets classiques – angoisse soudaine, nausées violentes. Heureusement, nous avions mis en œuvre les moyens de nous prémunir de ces attaques et passâmes ces barrières presque sans désagrément. Enfonçant la porte à coups d'épaule, nous fîmes irruption dans la chambre de la *frawarti*, le poignard à la main. Nous surprîmes la fée alors qu'elle se reposait, sans appréhension, sur un divan. Nhuwwas, le visage fermé et les yeux étrécis comme ceux d'un tigre, se précipita sur elle, qui ne put l'esquiver. Enlacés, ils roulèrent au sol. Je cherchai à mon tour à frapper sans trouver dans ce tourbillon d'angle d'attaque. Enfin la zone du cœur parut se dégager, et je livrai un premier coup. Ma lame, je le sentis nettement, s'enfila sous les côtes et pénétra une masse plus dense. J'avais touché le muscle cardiaque. Un flot de sang coula sur mon poignet et sur mon bras. Ta'qkyrin poussa un hurlement, mais sa vigueur était intacte. Elle saisit le revers de ma veste et me projeta au loin tout en serrant de son autre main la gorge de Nhuwwas. Je heurtai le mur et, sous la violence du choc, lâchai mon arme.

Mon poignard fiché en plein cœur, Ta'qkyrin luttait vigoureusement. Elle était assise sur la poitrine de Nhuwwas et frappait le crâne de mon maître contre le sol avec une force décuplée, tout en ahanant des mots inconnus. J'entendis un craquement d'os et une flaque rouge souilla le parquet sous l'occiput éclaté de Nhuwwas. Blanche de colère et de haine, Ta'qkyrin martelait ses coups. La partie était perdue pour nous. Il ne lui avait fallu que quelques secondes pour déjouer notre piteuse attaque et retourner la situation en sa faveur !

La peur m'envahit soudain. Peur de mourir. Peur de perdre tout ce que j'avais acquis. Peur, surtout, de ne jamais accomplir ma destinée. Je voulus m'enfuir mais, alors que je me redressais, une flamme d'orgueil et de férocité consuma soudain toute faiblesse en moi. D'un bond, j'arrachai le poignard de la main du yezidi agonisant et, retirant ma propre pointe du cœur de Ta'qkyrin, j'enfonçai d'un même geste les deux armes dans le ventre et au sommet du crâne de la fée. La *frawarti* ne hurla pas, elle s'effondra sur elle-même. Son corps se recroquevilla, telle une feuille de papier qu'on froisse. En une seconde, sa chair devint cendre, tandis que sa longue chevelure volait en éclats comme du cristal… Je tirai Nhuwwas de sous l'horrible cadavre. Il était inconscient mais encore vivant. Sa respiration était forte, son pouls ferme. Je l'étendis sur un sofa et lui fis un bandage de fortune autour de la tête pour stopper l'hémorragie. Mon maître ouvrit un instant les yeux.

– Cherche les gardiens que Ta'qkyrin a fabriqués pour protéger Raspoutine, m'ordonna-t-il dans un souffle. Détruis-les et va tuer ce chien. Vite, Ioussoupov t'attend…

À regret, tout en lui promettant de revenir, je fouillai la pièce à la recherche des fétiches protecteurs. Je les trouvai enfin dans un secrétaire dont j'avais dû défoncer les serrures à coups de botte. Je fracassai les statuettes sur le sol et quittai Nhuwwas pour courir aussitôt accomplir ma seconde mission. Mes habits étaient rouges de sang et je ne pouvais ainsi faire irruption au dîner du prince sans déclencher une réaction méfiante de Raspoutine. Je dus faire une halte dans mes appartements afin me rendre présentable. À onze heures du soir, enfin, je me fis annoncer dans la salle où se tenait le dîner. Bentham, le premier, vint aux nouvelles. Dès qu'il pénétra dans l'antichambre où je patientais, son visage blêmit.

– Eh bien, Galjero ? Que se passe-t-il ? Où est Nhuwwas ?

– Je suis seul, répondis-je sourdement. Nhuwwas ne viendra pas. Les choses ont failli mal tourner mais je peux affronter Raspoutine. Ses protections ont sauté.

– En êtes-vous certain ? demanda encore l'Anglais.

– Absolument. Allons, il faut en finir !

À la suite du prétendu Oswald Reyner, je pénétrai dans la pièce où soupait Raspoutine. On me présenta rapidement à lui, m'inventant quelque qualité de conseiller. Le personnage me fit penser à Forasco, le dresseur de chiens qui avait marqué ma jeunesse. Il était aussi sale et puait plus encore. On sentait immédiatement que cet homme était un bouc, une créature chthonienne ancrée au plus profond de la terre – un animal plus qu'un être humain. Son charisme était indéniable, pourtant. Il émanait de sa personne un charme hypnotique qui mesmérisait, sous lequel les âmes molles devaient fondre sans résistance. Même Ioussoupov, qui possédait la carrure d'un lutteur de foire, se voûtait en sa présence et bégayait lorsqu'il lui adressait la parole.

Je demeurai un instant à l'écart, en observateur, assis dans un canapé d'angle au côté de Bentham. Malgré mon silence, Raspoutine coulait souvent son regard vers moi et me scrutait plus longtemps qu'il n'aurait dû le faire s'il ne s'était douté de rien. Dans le salon, l'atmosphère était saturée d'odeurs de sueur aigre et de tabac. Bentham attendait que je passe à l'acte mais je demeurais inexplicablement inerte. Toutes mes pensées étaient tendues vers Nhuwwas, je craignais qu'il meure, et cela anéantissait en moi toute tentative d'action. L'Anglais se tortillait d'impatience à côté de moi, il essayait de me sortir de ma torpeur par de discrets coups de coude dans les côtes. Enfin, excédé par mon inertie, il tira soudain son revolver de son holster et fit feu à bout portant sur le moujik. Touché, une tache rouge s'étalant sur sa poitrine, celui-ci fut pourtant à peine secoué par le choc. Il grogna comme un ours et se redressa de toute sa hauteur pour se préparer au combat. Saisissant un partisan de Ioussoupov à la gorge, il écrasa d'une seule main la trachée du pauvre type. Bentham fit feu à nouveau et visa le torse, sans rien arrêter de la furie de Raspoutine. Le prince lui-même saisit un coupe-papier sur une console et se jeta sur son adversaire, mais la pointe de son arme se brisa sur la lourde croix d'or ornant la poitrine du starets. Bentham tira trois autres balles, et une dernière encore qui fit long feu. Le sorcier, inexplicablement, était toujours vivant.

– Faites quelque chose, Galjero ! hurla Bentham. Abattez-le !

Ce fut comme si je sortais d'un songe. Saisissant ma baguette d'ambre, je la pointai sur Raspoutine. À peine commençais-je à me concentrer que le moine s'en prit directement à moi. Il enserra ma taille de ses mains et tenta de me briser les reins. Ma badine se rompit sous la charge et l'ambre se répandit par terre. Je tentai de résister de toutes mes forces à l'assaut du moujik et je parvins à le déséquilibrer. Nous roulâmes au sol, nous livrant une lutte à mort. Il reprenait le dessus et pressait ma trachée lorsque Bentham lui porta un coup violent à la tempe, qui l'étourdit un instant. Je me relevai en soufflant mais le bougre bandait déjà ses muscles pour revenir au combat. Son souffle était rauque et ses poumons percés chuintaient d'horrible manière. Ioussoupov s'approcha avec une hache qu'il était allé décrocher d'une panoplie murale. Sans hésiter, il abattit le fer sur son ennemi et lui trancha le cou à moitié. Un geyser de sang s'éleva. Le corps du géant eut encore quelques soubresauts, puis sa carcasse s'immobilisa tout à fait. Longtemps, nous regardâmes la dépouille de Raspoutine comme s'il s'agissait d'un lion monstrueux vaincu lors d'une traque épique. Nous étions exténués, dépenaillés, les habits trempés de sueur et tout poisseux de sang.

– Allons jeter le corps de cette carne dans la Neva, ordonna Ioussoupov.

Il fallut encore transporter le cadavre dans la neige jusqu'à la rive du fleuve, dont les eaux étaient prises par le gel, et casser l'épaisse couche de glace à la pioche, ce qui prit du temps. Enfin, nous pûmes glisser le mort dans sa tombe de glace. Personne ne pria pour le repos de son âme, personne non plus n'eut de sourire pour fêter sa mort, pas même Ioussoupov. Sitôt que le corps eut disparu, je revins en courant au Palais d'hiver, retrouver mon maître à l'endroit où je l'avais laissé. Son bandage de fortune était maintenant rouge de sang et ses yeux clos. Il respirait mal. Je m'employais en vain à le tirer de son inconscience lorsque Bentham pénétra dans la pièce. Incrédule, il s'arrêta d'abord pour observer le bloc de matière répugnante, aux formes vaguement féminines, qu'était devenue Ta'qkyrin.

– Quelle horreur avez-vous fait subir à cette fille ? interrogea l'Anglais sans cacher sa répulsion.

– C'était votre ennemie, Bentham ! Ne l'oubliez pas.

Il grommela et toucha de la pointe de sa chaussure le tas de poussière. La silhouette de la fée se dispersa dans l'air comme un pollen de pissenlit soufflé par le vent. Bentham haussa les épaules et entreprit de fouiller méthodiquement la pièce. Déjà, le palais résonnait d'une agitation nouvelle. La nouvelle de la mort de Raspoutine se répandait… Dépêchés par Ioussoupov, des hommes de l'Okhrana nous rejoignirent, puis le grand-duc lui-même nous fit l'honneur de sa présence. Il s'était changé et recoiffé. Il jeta un coup d'œil à Nhuwwas et promit de le faire soigner par son médecin personnel dans la meilleure des cliniques impériales.

– Je me charge du rétablissement de cet homme, assura-t-il. Il devient mon hôte jusqu'à sa guérison complète. Vous pouvez rester vous aussi, monsieur Galjero. La Triple Entente vous est redevable d'un immense service. La guerre contre l'Allemagne va se poursuivre sur deux fronts, et c'est en grande partie votre œuvre…

Mais je n'écoutai qu'à peine les remerciements du Russe. Les événements de la soirée m'avaient laminé. J'avais tué Ta'qkyrin, la première femme que j'avais possédée en toute conscience, mais aussi – et surtout – une *frawarti*, la jumelle de Laüme… Il me fallut quelques jours pour sortir de l'abattement qui m'accablait, une fatigue que de longues heures de sommeil avaient à peine atténuée.

L'après-midi du solstice d'hiver, je retrouvai Bentham sur les bords de la Neva et nous allâmes visiter Nhuwwas à l'hôpital. Ioussoupov n'avait pas menti : une infirmière était attachée en permanence à ses soins et les plus habiles chirurgiens l'avaient opéré du crâne. L'un d'eux m'assura qu'aucune séquelle mentale ou physique ne serait à déplorer.

– La masse cérébrale de votre ami est intacte ou peu s'en faut, dit le médecin. L'os va se reconstituer. Il lui faut maintenant du repos. Dans quelques mois, avec un peu de chance, il sera rétabli.

Rassuré sur l'état de mon maître, je quittai la Russie en compagnie de l'Anglais.

– Oswald Reyner a terminé son travail, plaisanta Bentham. Il n'a plus de raison d'être. Je regagne maintenant la mère patrie. Et vous, Galjero, qu'allez-vous faire ?

– Je l'ignore encore.

– Pourquoi ne pas m'accompagner ? Je pourrais vous dénicher un beau parti. Les Anglaises ne manquent pas de charme, et beaucoup sont fortunées…

Évidemment, je déclinai l'invitation, préférant retrouver Laüme que je savais à New York. Mon instinct me poussait vers elle. Il me fallait la revoir à n'importe quel prix. Allais-je tenter de la convaincre de m'accepter de nouveau près d'elle, ou œuvrer à sa destruction comme le voulait mon dieu Ta'us ? J'étais encore indécis…

Dans ce monde en guerre, ce fut un long et pénible voyage. Lorsque enfin j'arrivai près de la fée, elle m'ouvrit sa porte aussi simplement que si nous nous étions quittés la veille. Nous étions restés séparés presque quatre années. La lueur étrange qui brillait dans ses yeux me glaça et je compris qu'entre l'Hudson et l'East River une nouvelle ère avait déjà commencé pour nous…

Dixième tombeau
des chimères

La reine et le fou

Dans son vaste bureau de la place Loubianka, Wolf Messing observait attentivement Luigi Monti. Une nuit entière s'était écoulée depuis que l'agent soviétique avait appuyé sur le bouton du magnétophone pour lancer la bobine contenant la confession de Dalibor Galjero. La voix du Roumain s'était éteinte et la queue de la bande tournait dans le vide en cliquetant. Durant toute la diffusion, Monti était resté silencieux et Messing n'avait apporté aucune précision.

La matinée débutait ; frais et dispos, les agents administratifs de la centrale d'espionnage soviétique revenaient occuper leur poste, après le calme de la nuit. Ni Monti ni Messing n'étaient aussi fringants. Un voile de barbe couvrait leurs joues, leurs vêtements sentaient la sueur. Wolf, qui changeait de chemise deux fois par jour, n'aimait pas cela.

– Je vais nous faire apporter du café, dit-il. Puis je m'absenterai une petite heure. Ensuite, vous me donnerez vos impressions sur ce que vous avez entendu.

Tassé dans son fauteuil, Monti se redressa.

– Pourquoi pas maintenant ? Pourquoi ne pas me dire tout de suite ce que vous attendez de moi et pour quelle raison vous m'avez fait écouter cette bande ?

Messing haussa les épaules et alluma sa première Benson & Hedges de la matinée. Il reposa son lourd briquet en plaqué or sur la table et tira une bouffée.

– Soit. Allons droit au but… Dalibor Galjero s'est rendu car il cherche un homme que nous possédons.

– Il cherche ce Nhuwwas, c'est cela ? devina Monti. Il s'est finalement décidé à éliminer sa Laüme et réclame l'aide à son ancien maître, n'est-ce pas ?

– C'est très vraisemblable, convint Messing. Mais les intentions réelles de Galjero sont extrêmement difficiles à cerner. En fait, il est impossible de les pénétrer, même pour le médium que je suis. Je vous prie de croire que j'ai essayé. Mais rien n'y a fait… De vous à moi, Monti, ce type me fiche une sacrée frousse. J'ai beau le nier devant mes supérieurs, Galjero est extrêmement dangereux. Si les conclusions de l'enquête que nous avons menée sur lui sont exactes, il sera présenté à Staline et le séduira d'un seul regard. Le vieux barbon lui accordera tout ce qu'il voudra…

– Et il prendra votre place, c'est ce que vous craignez ?

Wolf Messing écrasa nerveusement sa cigarette pour en allumer une autre sur-le-champ.

– Oui, c'est ce qui arrivera, en effet. Je n'ai plus vingt ans. Je suis trop vieux pour tout recommencer à zéro et je ne me vois pas relégué aux oubliettes jusqu'à la fin de mes jours. C'est humain, non ?

– Très humain et fort compréhensible, reconnut Monti tandis qu'un sourire éclairait son visage. Si je comprends bien ce que vous n'avez pas encore formulé mais qui occupe votre esprit, vous souhaiteriez que je vous débarrasse de Galjero ?

– C'est un danger pour moi et vous êtes à ses trousses. Nous sommes faits pour nous entendre.

– Quel plan avez-vous en tête, Messing ? Sachant que je ne veux pas assassiner notre homme puisqu'il est la clef qui mène à Laüme.

– Même si vous le vouliez, vous ne pourriez pas le tuer, j'en suis conscient, rectifia Wolf. Le plan que j'ai en tête ne concerne pas son élimination physique mais… disons… son effacement territorial, tout au plus.

– Son effacement territorial ? Je ne comprends pas.

– La raison de la présence de Galjero en URSS porte un nom et un seul : Nhuwwas. Que ce dernier quitte le territoire et Galjero le suivra. Nous n'intéressons pas Dalibor politiquement. Il ne se trouve pas dans nos bureaux par conviction, je vous le répète.

Monti se leva, étira son corps raidi par la longue immobilité de la nuit et fit quelques pas. Son front se plissait sous l'effet d'une intense réflexion.

– Vous allez me faire sortir du pays en compagnie de Nhuwwas ? C'est très risqué pour vous, Messing.

– Moins risqué que de laisser Staline s'enticher de Galjero. Et puis, c'est un bon compromis pour le patriote que vous êtes. Les Soviétiques ont depuis longtemps ouvert un département de recherche en parapsychologie – un terme générique pour désigner tous les phénomènes échappant à une explication scientifique logique. Et ces phénomènes sont nombreux, vous ne l'ignorez pas. Imaginez l'avance que ce département pourrait prendre si Galjero collaborait avec nous. Son équivalent américain – je pense qu'il en existe un également, n'est-ce pas ? – serait littéralement écrasé… L'avenir de la planète n'aurait plus qu'une seule couleur : le rouge !

Monti grommela. Messing avait raison. Sa vengeance personnelle était une chose, mais l'intérêt de son pays obéissait à une raison supérieure qu'il lui fallait prendre en compte.

– Vos arguments ne manquent pas de poids, concéda-t-il. Disons que je pourrais peut-être me laisser convaincre. Où est ce Nhuwwas ?

Wolf Messing poussa un discret soupir de soulagement. À jouer ainsi contre son camp, l'espion risquait gros, et amener Monti à partager ses vues n'était pas la moindre des étapes à franchir pour parvenir à son but. L'Américain était ferré. Restait à lui lancer le plus gros défi. Inspirant à fond, Messing reprit :

– Je sais où se trouve Nhuwwas. Mais il reste que…

– Que… ?

– Qu'il va m'être très difficile de le faire sortir sans me compromettre. Il va donc falloir que vous vous en chargiez vous-même.

– Et comment ? s'esclaffa Monti. En le pliant dans mes bagages ?

– Non. Ce sont vos amis qui vont le tirer de là où il est. Vous, vous allez quitter le pays comme vous y êtes entré : en compagnie de la délégation américaine du CPUSA et, surtout, sans faire de vagues…

Luigi Monti se gratta la nuque et souffla comme un taureau.

– Où le gardez-vous, ce Nhuwwas ?

– En réalité, il n'a pas quitté la Russie depuis l'assassinat de Raspoutine. D'après ce que j'ai pu reconstituer de son histoire, il s'est laissé entraîner du mauvais côté lors de la révolution et a pactisé avec des Blancs. Vous lui demanderez le détail de ses aventures si cela vous chante. Quoi qu'il en soit, il est actuellement dans un camp de prisonniers.

– Depuis trente ans ? s'exclama Monti. Un homme comme lui ? Ce n'est pas possible !

– Comment ? Vous n'avez pas compris ? Nhuwwas est redevenu comme vous et moi… Je veux dire qu'il a sacrifié son immortalité. Il n'a plus aucun pouvoir désormais, seulement des souvenirs…

Monti se laissa choir dans un fauteuil, qui gémit sous son poids.

– Où le gardez-vous ? En Sibérie ?

– Non. Il se trouve actuellement sur la rive sud de la mer d'Aral. Des dizaines de milliers de déportés creusent là-bas des canaux pour irriguer les nouveaux champs de coton à proximité du désert. Il fait partie du lot.

– Vous êtes fou, Messing ! Comment voulez-vous que nous récupérions ce type dans un bagne en plein territoire soviétique ? C'est tout simplement impossible.

– Un impossible que vous rendrez possible, Monti, sourit tranquillement Messing. C'est maintenant votre seule chance de récupérer Galjero. Faites évader Nhuwwas ou bien abandonnez à jamais vos prétentions de vengeance, et que l'Amérique se prépare à chanter *L'Internationale*…

*

Vstavay, proklyat'yem zaklyeymyennyy,
Vyes' mir golodnykh i rabov !
Kipit nash razum vozmushchyennyy
I v smyertnyy boy vyesti gotov.
Vyes' mir nasil'ya my razrushim
Do osnovan'ya, a zatyem…

Entrecoupés de brefs réveils, aussi soudains qu'angoissés, les rêves de Bubble Lemona étaient emplis de chants étranges et de musiques martiales. Depuis trois jours qu'il était séparé de Luigi Monti, retenu dans une pièce sans fenêtre, l'Italo-Américain tentait de faire passer le temps et d'étouffer son inquiétude en dormant. Paisible au cours des premières heures, son sommeil s'était peu à peu empli des images les plus improbables et des perspectives les plus surprenantes. Il avait revu le visage de sa mère, imaginé celui de son père, qu'il n'avait jamais connu, recensé les mets qui composaient ses menus favoris et qu'il craignait de ne plus jamais goûter, puis ses pyjamas de soie avaient défilé devant ses yeux. Il avait mentalement compté ses chemises et ses costumes, dressé l'inventaire de ses chapeaux et de ses cravates soigneusement rangées par teinte sur leurs tringles de laiton, examiné ses quarante et une paires de chaussures confectionnées sur mesure… Dans ses rêves trônait aussi le lit en acajou sur lequel il avait pris de mémorables cours de russe avec Natacha. Ah ! Natacha ! pensa Bubble dans un demi-sommeil. Même s'il ne devait plus jamais battre la semelle sur les trottoirs de New York, oui, même si sa vie de vieux cheval sur le retour devait s'arrêter dans la grisaille de Moscou en 1947, au moins aurait-il rencontré Natacha ! Bubble n'avait jamais connu de femme comme cette tigresse. Personne n'avait su comme elle l'amuser ni lui donner autant de plaisir entre des draps. S'il s'en sortait – il s'en faisait aujourd'hui la promesse solennelle –, il épouserait cette fille et lui ferait une portée de petits Vladimir et de petites Olga…

La gorge serrée, reniflant et serrant les dents, le vieux *soldato della famiglia* se retourna sur le bat-flanc qui lui servait de lit, remonta son manteau étalé sur ses épaules et glissa ses mains entre ses cuisses pour conserver un peu de chaleur. La pièce était pourvue d'un radiateur en fonte trop petit pour réchauffer les murs glacés. Bubble rêvait encore lorsque la porte de sa cellule s'ouvrit enfin. Sursautant, il ouvrit de grands yeux ravis.

– *Don* Monti ? s'exclama-t-il en voyant la silhouette du Sicilien se découper dans l'embrasure. Qu'est-ce qui se passe, *porca miseria* ? Les Ivans nous gardent ici pour de bon, pas vrai ?

– C'est ce qui a bien failli nous arriver, mon vieux, répondit le sénateur d'une voix trahissant sa fatigue. Mais j'ai trouvé un arrangement avec un de leurs gros bonnets. C'est assez spécial, je te raconterai. En attendant, dépêche-toi. On file d'ici au triple galop !

Bubble chaussa péniblement ses pieds pointure 45, noua ses lacets et boutonna son manteau de travers. Trois minutes plus tard, il quittait avec Monti l'immeuble de la Loubianka. Une voiture banalisée les attendait devant les marches du perron. Messing était là, assis à côté du chauffeur.

– Vos effets personnels sont dans le coffre, leur dit ce dernier. Rien n'a été oublié. La visite de la délégation du parti communiste américain a été écourtée. Nous vous renvoyons tous immédiatement à l'Ouest. Prochaine escale : Bonn. Vous réglerez vos comptes entre vous dans l'avion, ce n'est pas mon problème. Il va sans dire que vous êtes tous désormais *personae non gratae* en URSS. Mais je pense que vous n'aviez pas l'intention de revenir…

– Ah, pour ça non ! répliqua Bubble. La qualité de la réception est déplorable ici. Franchement, je m'attendais à autre chose de la part des Russes. J'en connais qui m'ont donné une tout autre image de l'hospitalité slave…

– Tais-toi, *testa di cazzo* ! Ce n'est pas le moment ! gronda Monti en lui enfonçant son coude dans les côtes.

– N'oubliez pas ce dont nous sommes convenus, sénateur Monti, lui rappela Messing sans tenir compte de Lemona. N'oubliez rien, parce que…

Wolf avait brusquement suspendu sa phrase, comme s'il venait à l'instant de songer à un nouveau paramètre qu'il fallait intégrer dans son plan. Jetant un coup d'œil dans le rétroviseur de la voiture, l'Américain lut une vive lueur d'inquiétude dans le regard de l'hypnotiseur.

– Parce que quoi ? interrogea Monti.

– Parce que nos intérêts sont communs, acheva Messing d'une voix trop douce.

Le cœur de l'Américain se mit à battre plus vite. Quelque chose venait de se détraquer dans la mécanique trop bien huilée qu'avait montée Wolf Messing. Il regarda par la fenêtre du véhicule lancé à vive allure vers l'aéroport et observa un paysage sinistre. Il songea un instant à se précipiter dehors au premier ralentissement, mais chassa tout de suite cette pensée. Seul dans cette ville étrangère immense et quadrillée d'indicateurs en tout genre, avec les services secrets à ses trousses, sans amis, sans appuis, il ne survivrait pas douze heures. Il soupira et rajusta son feutre. Il était dans la main du destin et ne pouvait plus rien faire – une sensation détestable. Il aurait donné cher pour sentir une Thomson à chargeur tambour au creux de son bras, comme lorsqu'il se battait contre les Irlandais de la Main Blanche sur le port de New York ou contre le Ku Klux Klan d'Ephraïm Cassard dans les bayous de Louisiane.

Ils quittèrent la ville et traversèrent la banlieue. Enfin, après une interminable portion de route s'étirant entre les champs, les grilles de l'aéroport furent franchies. Le *Constellation* attendait déjà en bout de piste, ses moteurs tournant au ralenti.

– Tous les Américains sont déjà à bord. Pas un ne manque. Vous rentrez chez vous et cela vaudra mieux ainsi. Après tout, nous sommes officiellement alliés, n'est-ce pas ? Nous pouvons oublier les petites trahisons des uns et des autres au nom de l'intérêt général.

Soulagé, Monti ouvrit la porte et fit signe à Lemona de le suivre.

– Une dernière chose, sénateur Monti, chuchota Wolf Messing. M. Lemona est le seul d'entre vous que je vais garder auprès de moi.

Les deux Américains pâlirent. Le cœur de Monti se pinça, celui de Bubble éclata.

– C'est hors de question, se rebiffa Monti. Lemona part avec moi immédiatement ou notre accord est rompu.

– Au contraire, Monti. Notre accord est renforcé. Je n'ai pas une totale confiance en vous, voyez-vous. Une fois rentré chez vous, rien ne vous contraindra à enlever Nhuwwas. Garder avec moi un otage lève cette hypothèque. Allons ! Ne faites pas cette tête ! La pratique était courante dans le Vieux Monde. L'histoire antique et médiévale abonde en exemples de ce type. Et puis, M. Lemona est ravi de rester un peu avec nous. Il va pouvoir perfectionner son russe. N'est-ce pas, monsieur Bubble ?

Lemona sentit se poser sur lui les yeux noirs de Messing. L'énergie du médium fractura son esprit et il s'entendit prononcer des paroles qu'il ne pensait pas.

– Bien sûr, *don* Monti, dit-il sur un ton mécanique. Je vais rester à Moscou. C'est une excellente suggestion. Tout se passera bien. Oui. Tout ira bien.

– La question est réglée, confirma Messing en pointant un revolver sur le torse de Monti. Sortez Nhuwwas de son camp de prisonniers et attirez avec lui Galjero loin d'URSS. Alors seulement je vous rendrai votre ami…

Monti sentait sa gorge et sa tête prises dans un étau. Il voulut argumenter mais c'était inutile, et il le savait. Il quitta la voiture aussi vite qu'il put, franchit à grands pas les quelques mètres le séparant de la passerelle, et la porte du Lockheed se referma sur lui…

Messing regarda l'avion prendre de la vitesse et quitter la piste pour filer plein ouest. Le manchon à air indiquait un vent soutenu qui faciliterait le voyage. Il sentit que c'était un bon présage, mit ses mains en coupe pour allumer une cigarette et en tendit une à Lemona qui la prit sans envie et la posa mollement entre ses lèvres sans même chercher à l'allumer. L'esprit de l'Américain était calme, éteint. Aucune image ne s'y formait.

À la Loubianka, Messing suivit son patient jusqu'à sa cellule. Bubble réintégra la pièce mal chauffée sans manifester le moindre mouvement d'humeur et s'allongea aussitôt pour se rendormir. Wolf remonta dans son bureau pour y changer de chemise. Il poussa la double porte matelassée de cuir et porta sa main sur le mur pour y trouver l'interrupteur du plafonnier mais l'ampoule ne s'alluma pas. Dans l'obscurité de la pièce, il ne vit que l'éclair bleuté de l'arme à feu munie d'un silencieux qui venait de tirer à bout portant et sentit une douleur intense juste au-dessus du genou. Il s'écroula sans crier.

– C5 / D5, dit alors le général Grusha Alantova. C'est ce que vous m'avez appris pour bien jouer aux échecs, n'est-ce pas ? Eh bien, ce soir, mon ami, la reine que je suis prend le fou que vous êtes…

La frontière

David Tewp s'ennuyait ferme sous les ors du Pera Palace. Sur un morceau de papier, son stylo dessinait machinalement une sorte de long ponton de promenade au bord d'une mer agitée. Des mouettes tournoyaient au-dessus des eaux et deux petites silhouettes, un homme et une femme, étaient assises sur un banc à contempler l'horizon. Le dessin lui était venu sans y penser, après plus d'une heure passée à couvrir une page de son carnet de noms divers : des noms d'amis sûrs ou d'ennemis déclarés, ceux aussi de personnages troubles. Des noms suivis de points d'interrogation, ou soulignés d'un ou deux traits. La liste s'étalait sur presque toute la hauteur d'une page.

– Vous possédez un beau coup de crayon, colonel, remarqua Garance de Réault en regardant par-dessus l'épaule de l'Anglais. Vous m'aviez caché vos talents d'artiste.

Tewp étala sa main sur la feuille pour la cacher, rougit subitement et bredouilla quelques mots pour déprécier son croquis.

– Ce n'est qu'un mauvais gribouillage. Je fais mieux d'ordinaire… Enfin, je veux dire, ce n'est qu'un passe-temps, je dessine sans y penser… Ça ne représente rien de précis…

Garance leva les yeux au ciel avant de s'asseoir en ramenant sa jupe sous elle avec un geste appliqué de jeune pensionnaire.

– Alors ? demanda-t-elle, sentant plus courtois de changer de sujet. Où en êtes-vous de vos réflexions solitaires ? Si vous dessinez, je suppose que toutes vos interrogations ont trouvé leur réponse. Partagerez-vous avec moi le fruit de vos cogitations ?

Le rouge aux joues de Tewp vira au cramoisi. Les coins de ses lèvres retombèrent en une moue de dépit.

– Pour tout vous avouer, je ne suis pas plus avancé que lors de notre arrivée à Istanbul. Ça s'est même compliqué. Je ne comprends pas la disparition de Gärensen. J'ai contacté lord Bentham, qui me conseille d'attendre ici jusqu'à ce que nous recevions des nouvelles de Luigi Monti… J'ai l'impression d'avoir les mains liées et cela me met en rage !

Garance jeta un coup d'œil autour d'elle, puis se leva en prenant d'autorité le colonel par la main.

– Venez avec moi. Nous allons tenter une petite expérience.

Tewp se leva et suivit la vieille dame sans opposer de résistance, ni même chercher à se dégager de son emprise. Ils traversèrent ainsi les salons du Pera Palace sous le regard narquois des clients hautains et du personnel guindé. Garance fila dans un couloir jusqu'à une pièce qu'elle semblait bien connaître, où trônait une table de billard anglais. À cette heure de la matinée, personne d'autre qu'eux ne s'y était installé.

– Prenez une queue, ordonna-t-elle. Nous allons faire une partie…

Tewp soupira. Tout habitué qu'il était aux lubies de la Française, son esprit n'était cependant pas à l'amusement.

– Je n'ai jamais joué au billard de ma vie, protesta-t-il. Cela ne me tente pas…

– Il ne s'agit pas de jouer pour jouer, expliqua-t-elle, mais d'occuper son esprit, ce qui est très différent.

J'entame une sorte de thérapie. Allons, mon garçon, faites-moi confiance et prenez cette satanée queue !

Et elle lui lança la tige de bois qu'elle avait prise au râtelier. Tewp la rattrapa au vol.

– Bien. Maintenant appliquez-vous… Tapez la boule rouge avec les boules blanches, ou l'inverse, peu importe. Mais mettez-y du cœur !

Tewp soupira, pour bien manifester qu'il cédait de mauvaise grâce au caprice de Garance, puis il se pencha sur la table. Le premier coup fut hésitant et raté. Le deuxième hésitant, mais un peu mieux placé. Le troisième pas si mauvais…

– C'est bien, jugea Garance. Poursuivez…

Durant quelques minutes, Tewp ne relâcha pas ses efforts et commença à y trouver un plaisir relatif. Il ne frappait plus au hasard mais tentait d'anticiper le parcours de la boule, imaginant ses rebonds afin de calibrer l'allonge et la force qu'il fallait lui imprimer pour la faire aller selon son désir. Lorsqu'elle comprit qu'il était pris au jeu, Garance lui lança :

– Nous allons passer à la vitesse supérieure et nous amuser aux associations d'idées. Mais continuez à jouer et surtout répondez sans réfléchir. Si je vous dis… MI6 ?

– Un service qui ne devrait pas exister dans un pays civilisé. Des voyous qui se donnent des allures de gentlemen et des gentlemen qui se comportent comme des voyous.

– Réponse intéressante mais trop longue, corrigea aussitôt Mme de Réault. Épargnez-moi vos commentaires. Contentez-vous de phrases courtes, voire d'un seul mot. Essayons encore. Si je vous dis Calcutta ?

– Les meilleures années de ma vie, répondit le colonel en réussissant son premier coup sur deux bandes.

– Mieux ! applaudit Garance. Maintenant, si je vous dis lord Bentham ?

– Un reflet…, répondit spontanément le colonel. Oui, une sorte de…

– Ça suffit pour Bentham ! Cette réponse me convient. Ensuite, si je vous dis Dalibor Galjero ?

– Un monstre sans cœur. Un dépravé. Un ennemi…

– Pas d'ambiguïté sur celui-là. Jouez encore.

Garance laissa passer trois ou quatre coups avant de reprendre.

– La Seconde Guerre mondiale ?

– La mort de l'Occident.

– La magie ?

– La mort de la raison.

– Thörun Gärensen ?

– L'homme qui m'a sauvé la vie. Un ami en qui j'ai confiance.

Tewp tapa trop fort sur la boule rouge qui passa par-dessus bord et roula par terre. Garance se baissa pour la ramasser et la reposa au centre du plateau sans faire de remarque.

– Le docteur Ruben Hezner ? reprit-elle comme si de rien n'était.

– Un homme qui s'est trouvé au mauvais endroit au mauvais moment. Perdu par son excessive confiance en lui.

– David Tewp ? acheva Garance sans modifier le ton de sa voix.

– Un pauvre type. Un incapable ! Un imbécile ! s'énerva l'Anglais.

Sa colère était si vive que la queue qu'il maniait, prenant un mauvais angle, déchira le tapis sur un bon pied de long.

– Bon sang ! grommela Tewp en crispant ses mâchoires.

Garance s'approcha pour lui administrer une gifle magistrale, qui claqua aussi fort qu'un coup de pistolet.

– Mais enfin ! Je vous jure que je ne l'ai pas fait exprès ! dit le colonel pour se justifier en regardant le tissu gâté.

– Celle-là, vous ne l'avez pas volée, Tewp, mais ce n'est pas à cause de votre maladresse. C'est l'opinion que vous avez de vous-même qui est insupportable, stupide et complaisante. En fait, vous êtes un orgueilleux. Votre orgueil est inimaginable. Terrible ! Gargantuesque ! Falstaffien !

Vexé, l'Anglais alla ranger la queue dans le rack avant de croiser les bras et de se tenir coi dans un angle. Une seconde, il avait cru que la colère de la Française était simulée, mais non, Garance de Réault était bel et bien sortie de ses gonds. Il le voyait à sa respiration saccadée et à ses yeux étrécis.

– Si vous avez une telle opinion de moi, finit-il par dire, peut-être vaudrait-il mieux en rester là et suivre chacun son chemin...

– Décidément ! De ma vie je n'ai jamais rencontré quelqu'un qui soit à ce point soucieux de sa fierté personnelle. Tewp, vous n'êtes plus un jeune homme ! Je suis navrée de vous le dire, mais ce genre de coquetterie fait *vieille poule* ! Il est temps de devenir adulte et de vous accepter tel que vous êtes. Vous vous complaisez dans une impuissance imaginaire. Parce que le monde n'est pas tel que vous le rêvez et que vous avez vous aussi vos faiblesses, vous négligez vos atouts. Vous êtes un homme bien, Tewp, assumez cet état de fait et allez de l'avant, nom d'un chien !

Le colonel grommela pour la forme et frotta sa joue échauffée.

– Vous avez des manières bien à vous d'argumenter, dit-il sur un ton déjà plus détendu.

– Ne vous dépréciez pas, Tewp. C'est une facilité que vous vous accordez trop souvent, et c'est le seul défaut que je vous reproche.

– Que feriez-vous à ma place ?

– Je me remuerais, mon petit ! Avez-vous vraiment besoin des autres pour agir ? Vous n'attendiez personne lorsque vous étiez en Inde, vous fonciez bille en tête. C'était anarchique et décousu mais sympathique et, au final, cela a porté de beaux fruits, non ?

Le visage de Tewp s'assombrit et le cœur de Garance se serra tout à coup. Elle venait de commettre un impair qui risquait de saboter toutes ses savantes manœuvres d'approche. Tewp porta immédiatement le fer dans la plaie.

– Porté des beaux fruits ? releva-t-il sèchement. Des morts partout. Des enfants que je n'ai pas pu sauver. Habid Swamy que j'ai traîné jusque dans la neige pour qu'il y trouve une mort atroce. Mon propre visage tailladé… Et les Galjero toujours en liberté, après dix années et plus passées à les poursuivre. Pardonnez-moi, madame, mais il me semble que ce bilan ne plaide guère en ma faveur.

– Ce sont des points noirs et je ne les conteste pas. Mais vous avez aussi secouru des gamins, Tewp. Ceux qu'Ostara Keller conduisait à l'abattoir, ils vous doivent la vie. Sans votre acharnement, sans votre courage, ils auraient été sacrifiés. Keller a été mise hors d'état de nuire grâce à vous ! Imaginez que vous ne l'ayez pas traquée ? La Terre compterait aujourd'hui une folle criminelle de plus en activité. Combien de vies avez-vous sauvées en retrouvant sa trace ? Et qui d'autre que vous aurait fait ce que vous avez fait à Jérusalem ? Qui aurait encore…

Tewp fit un signe pour intimer le silence à la vieille dame. Ses paroles étaient la pure vérité, il le savait. Elle mettait autant d'acharnement à recenser ses mérites qu'il en avait déployé lui-même à comptabiliser ses échecs, mais leur passe d'armes était un exercice de style vain. Rien ne pouvait jaillir d'un pareil échange. Garance de

Réault fouilla dans son sac et en sortit un fume-cigarette, qu'elle emmancha à l'extrémité d'une courte brune. Elle en tira quelques bouffées avant qu'une violente quinte de toux l'oblige à écraser sa gitane. Tewp l'aida à s'asseoir. Elle était pâle, avec les traits creusés. Le fond de teint et les fards dont elle avait usé pour se donner bonne mine ne faisaient plus illusion : la maladie reprenait le dessus.

– Rester en Turquie ne sert à rien, déclara Tewp. Pour vous, c'est une fatigue inutile et dangereuse. Pour moi, c'est une perte de temps. Ce n'est pas ici que nous piégerons les Galjero.

– Que décidez-vous alors, colonel ?

– Je vais vous ramener au plus tôt à Paris. Vous y recevrez les soins dont vous avez besoin.

Garance baissa la tête et son cœur se serra.

– Et vous ? demanda-t-elle dans un filet de voix.

– J'attendrai à Londres le retour du sénateur Monti. Nous posséderons plus d'éléments à son retour. Nous aviserons alors de concert avec lord Bentham.

– Bien, agissons comme vous le dites, colonel. Il est vrai que je ne suis plus en mesure d'imposer mon point de vue. Je regagne ma chambre et je ne la quitterai pas jusqu'à notre départ. Faites-moi seulement connaître à temps les modalités de notre retour, voulez-vous ?

Sans mot dire, David Tewp regarda Garance quitter le salon et disparaître à petits pas dans les couloirs feutrés du Pera Palace. Il demanda ensuite au concierge, derrière son comptoir, de joindre l'agence de détectives privés Xander, à Londres. Au bout du fil, l'homme en charge de l'affaire Galjero n'avait rien de nouveau à lui apprendre. Lewis Monti était bien arrivé à Moscou mais il ne s'était pas manifesté depuis lors.

– Et Gärensen ? interrogea Tewp.

– Disparu. Nous avons diffusé son signalement auprès de nos contacts un peu partout dans le monde, mais cela ne donne pour l'heure aucun résultat. Il est désormais manifeste que M. Gärensen a fait mine de nous aider dans le seul but de soutirer de l'argent à lord Bentham. Il serait raisonnable de ne plus compter sur lui…

Tewp réserva un double passage pour Marseille avant d'aller frapper doucement à la porte de Garance. Il la trouva alitée, en proie à la fièvre. Le regain d'énergie qui l'avait animée depuis qu'elle avait quitté la France venait de retomber subitement et la maladie, trop longtemps niée, réclamait maintenant ses droits. La Française accepta sans rechigner le spécialiste que Tewp envoya à son chevet. Dans l'antichambre, l'Anglais attendit nerveusement la fin de la consultation.

– L'état de madame votre mère est très préoccupant, exposa le médecin sans que Tewp le reprenne. Elle n'est pas transportable actuellement. Il lui faut beaucoup de repos. Vous envisagiez un long voyage, m'a-t-elle dit ?

– Oui.

– Alors, modifiez vos projets. Et préparez-vous à ce que votre mère ne puisse peut-être jamais retrouver son pays natal…

Tewp blêmit et ses mains devinrent moites. Lorsqu'il se présenta au chevet de Garance, la table de nuit était de nouveau encombrée de pilules et de flacons aux odeurs d'hôpital. Les yeux de la Française étaient clos. Ne voulant pas la réveiller, il referma doucement la porte et partit marcher le long des quais de Galata, sans se douter une seule seconde qu'un des lingots d'or emportés par Mme de Réault venait de passer dans la sacoche du médecin et que, dans son lit, la Française était bien aise du théâtre qu'elle venait de lui donner.

*

– Votre blessure est superficielle, dit Grusha Alantova en jetant un coup d'œil à la jambe de Messing. Cessez donc de grimacer et répondez plutôt à mes questions.

Pressant son mouchoir gorgé de sang sur le bas de sa cuisse, Messing ne partageait pas cet optimisme. La peur et la rage augmentaient sa douleur et lui arrachaient des gémissements à intervalles réguliers.

– C'est pour cela que vous m'avez tiré dessus, n'est-ce pas ? Pour que je ne me dérobe pas à l'interrogatoire en vous hypnotisant ?

Messing avait deviné juste. Depuis longtemps, Alantova savait que la souffrance désamorçait les talents du mage et brouillait sa force psychique.

– Expliquez-moi en détail ce que vous tramez, Messing, et convainquez-moi du bien-fondé de vos actes par le seul emploi d'arguments rationnels.

Wolf Messing fit la grimace. Les quarante années au cours desquelles il avait manipulé les autres en modelant leur volonté comme un potier pétrit la glaise lui avaient fait négliger l'art de la rhétorique.

– Fort bien. À votre guise. Que voulez-vous savoir, camarade ?

– Qui est cet Américain que vous avez expédié à Bonn, ce matin même, en avion, de votre propre chef ?

– Un type soupçonné un temps par nos collègues d'avoir infiltré une cellule du CPUSA pour le compte du FBI. Ils ont voulu que je l'interroge. Ce que j'ai fait avec conscience. Il n'était pas celui que nous pensions. Je l'ai ramené à ses compagnons de voyage. Voilà tout.

Messing se donnait un air dégagé et son ton sonnait assez juste pour tromper quiconque, mais Grusha Alantova le pratiquait depuis trop longtemps pour se laisser prendre aussi facilement.

– Vous l'avez gardé dans votre bureau toute la nuit. C'est bien long pour un interrogatoire, même consciencieux.

Vous brisez d'ordinaire les résistances les plus farouches en quelques minutes. Cet Américain vous a donc posé des problèmes inédits ?

– Pas particulièrement. C'était un type intéressant, avec un parcours original. Nous avons bavardé.

– Bavardé ? s'étonna Alantova. Bavardé comme de vieilles connaissances, peut-être ?

– Non. Je ne l'avais jamais rencontré auparavant…

– De quoi avez-vous bien pu parler, alors ?

– De tout et de rien, je vous le répète, camarade.

Alantova observa attentivement le décor du bureau de Messing. C'était une pièce qu'elle connaissait pour y avoir passé de nombreuses heures à travailler en compagnie du médium. Elle connaissait la combinaison du coffre-fort caché derrière les rayonnages de livres. Elle connaissait le tiroir où était entreposée la réserve de papier à lettres, dans quel placard il fallait chercher pour trouver de l'encre ou un ruban neuf de machine à écrire, quelle porte ouvrir pour dénicher une bouteille de vodka ou de whisky pur malt importé en contrebande. Elle savait même ce que Messing ignorait de cet endroit : la disposition exacte de deux minuscules micros dissimulés dans le mur sous une mince couche de plâtre… Messing la vit avec angoisse scruter lentement l'intégralité du décor et, avec plus de frayeur encore, arrêter son regard sur le magnétophone où une bobine était toujours en place.

– C'était peut-être cela, le sujet de votre entretien, murmura alors Alantova en désignant la bande magnétique du bout de son arme.

Et avant qu'il puisse l'en empêcher, elle se leva pour manipuler l'engin. Rembobinant un instant la bande, elle appuya sur la touche lecture. La voix profonde de Dalibor Galjero se fit entendre :

« *En accord avec Ioussoupov, nous décidâmes d'agir dans la soirée du 16 décembre. Le prince, chef de parti des occidentalistes favorables à la poursuite de la guerre, avait officiellement convié le slavophile et pacifiste Raspoutine à un dîner de réconciliation…* »

– Vous avez fait écouter l'histoire de Galjero à l'Américain, n'est-ce pas ?

– Oui, lâcha Messing, sachant qu'il était inutile de nier plus longtemps.

– J'espère pour vous que vos raisons sont bonnes, Wolf, car dans le cas contraire, c'est la corde qui vous attend.

*

Lewis Monti descendit le premier la passerelle du *Constellation* et soupira de soulagement lorsqu'il vit le drapeau américain flotter sur un des mâts de l'aérodrome. Il s'était tenu à l'écart des autres durant tout le voyage et était resté silencieux lorsque Sebastian Deinthel lui avait demandé où était passé Lemona. Sur le tarmac attendait une voiture envoyée par Dulles et Donovan. À l'intérieur, un officier des services de renseignements américains se mit à la disposition de Monti.

– Où allons-nous, monsieur ?

– Là où je trouverai une tasse de café et un téléphone, répondit le Sicilien.

*

Grusha Alantova ne savait comment démêler le vrai du faux parmi les arguments confus que venait de lui servir Wolf Messing. Avait-il joué franc jeu avec elle ou son histoire n'était-elle qu'une fable destinée à gagner du temps ? Mais, dans ce cas, du temps pour quoi ? Les mains toujours pressées sur le tampon anti-hémorragique improvisé qui couvrait sa blessure, Messing sentait la tête lui tourner et son estomac se contracter jusqu'à la nausée. Il s'évanouirait bientôt si sa blessure n'était pas pansée correctement.

– J'ai été honnête avec vous, camarade général, assura-t-il aussi posément que possible. Vous ai-je jamais menti en quinze ans ? J'ai toujours cherché à vous épauler, au contraire, même lorsque je vous connaissais à peine. J'ai gardé pour moi le secret de vos compromissions du temps du camarade Nikholai Yezhov. Staline a eu beau faire effacer l'image de votre amant de toutes les photographies officielles, le vieux grigou n'a rien oublié de son ancien ennemi, vous savez… Ne vous acharnez pas contre moi, Grusha. Jouons plutôt ensemble, comme auparavant…

– Galjero est une chance unique pour nous, répliqua le général. Imaginez que les Américains s'en emparent. Vous croyez qu'ils négligeront la mine d'or que ce monstre représente ?

– Galjero refuse de collaborer avec les Américains, et vous le savez. Il déteste les Yankees de Washington depuis… depuis bien longtemps. Ce qu'il veut aujourd'hui, c'est accomplir sa destinée en tuant sa partenaire. C'est son seul objectif. Si nous le laissons filer, il disparaîtra pour toujours. Nous ne profiterons pas de ses savoirs, c'est vrai, mais les Américains non plus. Match nul ! Pour le bien de tous…

– Les Américains possèdent la bombe atomique, rappela Alantova. Si Galjero nous faisait bénéficier de certains de ses pouvoirs, nous pourrions équilibrer la balance.

– Mais nos savants y travaillent et leurs recherches avancent vite. Dans deux ans, trois tout au plus, Moscou fera exploser sa propre bombe. Ce n'est qu'une question de mois !

La voix de Messing déraillait vers les aigus. Pour la première fois, le petit émigré juif allemand perdait son calme, et dans sa bouche coulait une salive amère.

– De quoi êtes-vous convenu au juste avec Monti, Wolf ? interrogea Alantova. Quel est votre plan ?

– Monti doit faire en sorte de conduire hors d'URSS ce Nhuwwas, dont Galjero désire l'aide.

– Et en échange ?

– J'ai gardé un de ses compagnons prisonnier dans nos murs.

– Comment l'Américain est-il supposé s'emparer du prisonnier Nhuwwas ?

– Je n'en ai pas la moindre idée, murmura Messing au bord de l'effondrement. Il semblait compétent et je l'ai poussé dans ses retranchements. Aussi osée soit-elle, je me suis dit qu'il trouverait une solution…

*

Toutes les deux ou trois heures, David Tewp allait frapper à la porte de Garance de Réault pour vérifier si elle n'avait besoin de rien. Le plus souvent, la vieille dame était assoupie et il ressortait aussitôt sur la pointe des pieds. Quelquefois, lorsque la Française lui faisait signe d'entrer, il s'asseyait à son chevet pour prendre sa main et la distraire durant quelques minutes par une conversation frivole. Mais Tewp n'avait jamais été maître dans l'art de parler pour ne rien dire, ses phrases tombaient à plat. Il se demandait quel sujet aborder lorsqu'un groom vint l'avertir qu'un certain M. Monti le réclamait à la réception.

– Oh ! fit Garance en se redressant sur ses oreillers plus énergiquement que ne l'aurait fait une authentique malade. On dirait que les affaires reprennent ! Faites monter votre ami ici. Je ne veux rien manquer de ses paroles.

Lorsqu'il entra dans la chambre, Monti eut un haut-le-cœur à cause des vapeurs de médications saturant la pièce. Il crut d'abord que Tewp était malade, puis il aperçut Garance de Réault alitée et resta interdit. Gêné, Tewp abrégea le protocole des présentations.

– Mme de Réault connaît tout des Galjero, dit-il pour justifier la présence de la Française à Istanbul. Nous nous sommes rencontrés aux Indes, lorsque j'étais lieutenant. Ma confiance en elle est absolue.

– Comme vous voudrez, admit Lewis sans conviction. J'avoue ne pas avoir le temps de polémiquer. Pardonnez-moi d'en venir au fait sans préambule…

En quelques phrases bien tournées, Lewis relata son voyage à Moscou, ce qu'il y avait appris de la bouche de Rodion, l'informateur, et de celle de Messing, le médium du NKVD. À chaque étape de ce récit, Tewp perdait un peu plus l'espoir de toucher au but de sa croisade contre les Galjero.

– Décidément, nous tombons de Charybde en Scylla, dit-il. Mais, cette fois, je crois que notre aventure touche à son terme.

– Il n'en est pas question, protesta Monti. Messing a conservé un otage. Il faut tout faire pour récupérer Lemona. J'ignore ce que vous décidez pour vous-même, Tewp, mais moi, je vais respecter ma part du marché.

– C'est-à-dire enlever ce dénommé Nhuwwas de son camp de prisonniers en plein territoire soviétique ?

– Oui. Sans l'ombre d'une hésitation.

– Vos amis de l'OSS vous prêtent main-forte, je suppose ?

Monti se redressa de toute sa hauteur et planta son regard dans celui de Tewp.

– Non. C'est une opération qu'ils ne peuvent ni organiser ni couvrir. J'ai longuement parlé à Allen Dulles et à Bill Donovan dès mon arrivée à Bonn. La tournure malheureuse du voyage à Moscou les a échaudés. La dernière chose qu'ils ont pu faire pour moi, c'est de me transférer à Istanbul par Dakota. À partir de maintenant, ils sont hors jeu et ne veulent plus rien savoir de nos activités.

– Comment comptez-vous vous y prendre, alors, Monti ?

– Je l'ignore encore, mais je trouverai. Avec ou sans vous.

– La mer d'Aral, avez-vous dit, sénateur ? demanda alors Garance d'une petite voix.

– Oui, madame.

– J'ai vécu dans ces régions durant plusieurs mois à la mort de mon époux. Je devais avoir vingt-cinq ans, et j'en garde un excellent souvenir. S'ils sont encore en vie, quelques hommes des steppes en conservent eux aussi une certaine nostalgie. Enfin, je l'espère…

Dans les yeux de Tewp et de Monti naquit la même lueur d'incrédulité.

– Madame, ne seriez-vous pas en train de…

– En train de vous proposer mes services comme guide ? Mais si, sénateur. Ne faites pas cette tête !

*

– Alors, camarade général ? Décidez-vous : lequel prenez-vous ?

Penchée au-dessus d'un carton rempli de sciure, Grusha Alantova regardait s'ébattre les trois chatons roux que lui proposait la concierge de l'immeuble du boulevard Petrovski.

– Qu'allez-vous faire de ceux que je ne choisirai pas ?

– Personne n'en veut. Je vais les noyer, pardi !

– Non. Alors, je les prends tous les trois.

– Grand bien vous fasse, camarade. Tenez ! Ils sont à vous. Vous voilà chargée de famille maintenant !

Le carton sous le bras, Alantova regagna son étage par l'escalier car l'ascenseur, en panne depuis un mois, n'avait toujours pas été réparé. Elle libéra les animaux dans la cuisine et leur versa un peu de lait dans une soucoupe. « Je n'ai jamais eu de chat et voilà que j'en adopte trois d'un coup, songea-t-elle. Je suis vraiment une vieille idiote ! » Revenant dans le salon, elle ôta ses bottes et s'assit face à l'échiquier pour entamer une partie en solitaire. S'attribuant les blancs, elle imagina que son adversaire était Messing. Elle joua longtemps, cette nuit-là, déployant toute son habileté et une parfaite neutralité. Au coup n° 38, le fou noir prit la reine blanche. Au coup 41, la dernière tour noire et les deux cavaliers mirent mat le roi blanc. Les trois chats s'étaient endormis depuis longtemps l'un contre l'autre sur le fauteuil à côté d'elle. Alantova se leva sans les réveiller et s'étira. La nuit était bien avancée mais elle ne ressentait aucune fatigue. « Même quand vous n'êtes pas là, vous parvenez à me battre, Messing », pensa-t-elle en regardant l'échiquier d'un air navré. Alors, reprenant sa veste d'uniforme et renfilant sa capote, elle sortit dans l'obscurité pour marcher sous la pluie glacée jusqu'à la place Loubianka.

*

Le lit de Garance de Réault disparaissait sous les cartes étalées. Achetés le matin même dans une librairie du Bazar, une demi-douzaine de plans avaient été annotés aux crayons de couleur.

– Dommage que notre destination ne se trouve pas deux mille kilomètres plus à l'est, soupira Garance. J'ai plus longuement parcouru la Mongolie près du lac Baïkal que le désert d'Ouzbékistan. Enfin, nous ferons avec ! Jetez un coup d'œil à ça, sénateur. Selon l'itinéraire que je vous propose, nous pourrons atteindre l'URSS deux jours après notre arrivée à Téhéran.

– Et ensuite ? demanda Monti.

– La voie de chemin de fer s'arrête à Bender-Shah, à vingt kilomètres de la frontière. Au pire il y aura des barbelés à couper pour la franchir. Puis il faudra gagner les montagnes le plus rapidement possible et se faufiler vers le nord. Après cela, il y aura fatalement une longue plaine à traverser. Nous éviterons toutes les villes : Khiva, Tachaouz…

– À vol d'oiseau, cela représente un voyage de quatre cent cinquante miles en plein territoire soviétique, commenta David Tewp. Sans relais et sans couverture d'aucune sorte, à travers des déserts et des montagnes. À supposer que nous ne nous fassions pas prendre ou que nous ne succombions pas aux pièges du terrain, il nous faudra ensuite pénétrer dans un camp bien gardé pour y enlever un prisonnier à demi fou que nous ne connaissons pas et qui ne voudra peut-être même pas venir avec nous. Vous vous rendez compte de l'absurdité d'une telle tentative ? Et je ne mentionne même pas votre état de santé, madame.

– J'irai avec vous jusqu'à la frontière. J'y négocierai votre passage avec des tribus nomades. C'est un pari qui n'est pas trop risqué. Ensuite, c'est vrai, je vous serais un poids plus qu'une aide, j'attendrai donc votre retour à Bender-Shah…

Jusqu'au dernier moment, David Tewp ne crut pas à la réalité du plan concocté par Garance, il ne pouvait en accepter l'invraisemblance. Tout au long des préparatifs nécessaires au voyage jusqu'à Téhéran, le colonel resta passif, détaché, presque résigné, consentant à toutes les décisions par de simples hochements de tête. C'est seulement lorsque le Dornier décolla de l'escale d'Ankara pour se diriger plein nord vers la dernière ville d'importance avant l'URSS que Tewp réalisa qu'il ne s'agissait pas d'une tocade, mais que ses deux compagnons entendaient sérieusement mener à bien l'opération. Une dernière fois, il tenta de les faire renoncer à leur projet.

– Il faudra des semaines pour arriver jusqu'à la mer d'Aral, hurla-t-il dans le but de se faire entendre dans la carlingue bringuebalante. Et comment ferons-nous pour revenir ? Nous n'en avons même pas parlé !

– Nous improviserons, Tewp, répondit Monti. Nous l'avons toujours fait…

– Voyez où cela nous a menés ! ironisa l'Anglais.

– Plus le temps de discuter, Tewp ! Décidez-vous maintenant. Abandonnez ou bien suivez-moi, mais sans états d'âme. Je ne vais pas vous implorer de m'accompagner.

Vexé, Tewp s'abîma dans la contemplation de la masse nuageuse qui s'étirait à mille pieds au-dessous du trimoteur. Dans l'ancien avion militaire reconverti en transport civil, le système de chauffage avait bien du mal à maintenir une température acceptable. Tewp se tourna vers Garance. Enveloppée dans une couverture de laine bigarrée, celle-ci lui fit signe de s'approcher.

– Vous avez l'impression de vous heurter à un mur, n'est-ce pas, David ? Où que se porte votre regard, vous ne voyez pas d'horizon…

La voix assourdie par la boule qui lui serrait la gorge, Tewp répondit par un simple « oui ».

– Cette quête vous ronge depuis trop longtemps. À cause d'elle, vous n'avez rien construit…

– Je le sais, madame. Mais renoncer est impossible.

– Même si la mort vous attendait au bout du chemin ?

– Ma vie ne compte pour personne. À part vous, peut-être. Je n'ai pas d'existence, et c'est bien ainsi. Seule une ombre peut traquer d'autres ombres…

*

S'il avait été plus jeune, Wolf Messing aurait pu surmonter la douleur causée par sa blessure à la jambe et se concentrer suffisamment pour subjuguer les gardes que le général Alantova avait placés devant sa porte. Mais à l'approche de la cinquantaine, c'était un exploit qui dépassait ses capacités. Depuis trois ou quatre ans, il le sentait, ses pouvoirs faiblissaient ; hypnotiser un sujet pour l'obliger à révéler ses secrets exigeait de lui plus de temps et d'efforts. Messing avait bien essayé de lutter contre la dégradation de ses facultés en se contraignant à des régimes alimentaires particuliers et à une vie sexuelle moins intense, mais ces privations lui coûtaient beaucoup, sans ralentir le déclin de ses dons. Cela l'effrayait, même si c'était une réalité qu'il était encore seul à connaître. Il avait recouru à toutes sortes de ruses pour la dissimuler et, pour l'instant, il était assez bien parvenu à dissimuler la perte de ses pouvoirs à Staline et Alantova. Mais un jour, cette vérité éclaterait au grand jour. Qu'adviendrait-il alors de lui ? Tous les privilèges qu'il avait si chèrement gagnés lui seraient retirés. Il n'y aurait plus ni souper au caviar dans les restaurants réservés aux plus hauts dignitaires du parti, ni jolies filles venues d'Odessa ou de Minsk pour lui tenir compagnie dans son lit. Plus de costumes ni de chaussures sur mesure. Redevenu un homme comme les autres, Messing devrait retourner au ruisseau d'où il était sorti. Cette perspective lui était insupportable. À cette pensée, une sueur froide perla sur son front. Voilà pourquoi éliminer le danger représenté par Dalibor Galjero était une priorité absolue. Alantova, il en était certain, n'avait pas encore arrêté sa décision quant au Roumain. Rien n'était encore perdu, il fallait seulement se battre. Malgré la douleur. Malgré l'incertitude. Oui, se battre jusqu'au bout…

*

Une piste d'atterrissage dessinée sur une bande d'herbe aussi verte que le gazon d'un terrain de rugby écossais, deux baraques de planches, un hangar de tôle rouillée. Une manche à air flottant mollement au sommet d'un mât de bois noir. C'était là toute l'infrastructure de l'aérodrome de Bender-Shah. Lewis Monti fut le premier à emprunter la passerelle, Garance de Réault le suivait à quelques mètres, coiffée d'un foulard, et Tewp fermait la marche.

Longtemps théâtre de rivalités plus ou moins feutrées entre l'Angleterre et la Russie des tsars, puis celle des dirigeants soviétiques, l'Iran venait à grand-peine de s'émanciper de cette double influence. Dans ce pays indépendant depuis peu, la fierté nationale, longtemps mise à mal, était exacerbée.

– Les Perses diffèrent profondément des Arabes, leur expliqua Garance. Si la majorité d'entre eux professe le chiisme et non le sunnisme, contrairement à la plupart des Sémites musulmans, c'est davantage pour cultiver une différence aristocratique d'avec leurs voisins que par conviction religieuse.

Monti haussa les épaules et grogna comme un ours. Peu lui importaient les remarques de la Française, il ne s'était pas déplacé jusqu'à ces confins éloignés pour goûter la couleur locale, et il entendait qu'on le sache.

En ville, les trois Occidentaux trouvèrent un hôtel aménagé dans un vieux bâtiment colonial datant de la domination russe. Un gigantesque portrait de Nicolas II trônait encore, intact, dans le hall – ce qui n'avait manifestement pas dérangé les soldats de l'Armée rouge y ayant élu domicile au début de la Seconde Guerre mondiale, puisqu'ils ne lui avaient même pas décoché une rafale. Tewp et Monti se partagèrent une chambre au parquet gondolé et couvert de poussière, aux murs de plâtre effrité. Garance s'attribua une pièce plus petite, mieux entretenue, ornée de fresques naïves représentant des tribades absorbées par des activités fort suggestives. Sous l'effet de lointaines réminiscences, la Française s'endormit avec un sourire béat qui aurait violemment heurté la pudeur naturelle de David Tewp, s'il l'avait aperçu.

Le lendemain matin, Garance de Réault ressentit de violentes douleurs dans les côtes. Le souffle court, le teint plus pâle que jamais, elle dut faire un grand effort de volonté pour arpenter la ville à la recherche d'une voiture. Parlant encore assez bien le persan, elle se fit conduire jusqu'à un garage où quelques engins militaires réformés dormaient sous des bâches déchirées. En échange de deux petits rubis, elle porta son choix sur un véhicule soviétique tout-terrain, en assez bon état malgré des impacts de balles qui émaillaient le pourtour de sa carrosserie. Une étoile d'un rouge éteint s'étalait sur le capot. Ils achetèrent du ravitaillement pour plusieurs jours et de l'essence autant qu'ils purent en stocker dans des jerricans.

– Je vous remercie pour tout ce que vous avez fait pour nous, madame de Réault, dit David Tewp lorsque les préparatifs furent enfin terminés. Nous allons vous raccompagner à l'aérodrome et attendre avec vous le premier vol pour Téhéran. Ensuite nous nous mettrons en route pour la frontière, et à Dieu vat…

– Ne soyez pas ridicule, colonel, répondit Garance. Vous savez bien que vous ne pouvez pas vous débarrasser de moi aussi facilement. Je ne suis pas venue ici simplement pour vous acheter une vieille guimbarde et trois cageots de dattes. C'est maintenant que je deviens vraiment utile. Sans moi, vous n'atteindrez jamais la mer d'Aral…

Tewp soupira.

– Et qu'allez-vous faire si je refuse catégoriquement que vous nous accompagniez, madame ?

– Votre ami, le sénateur Monti, s'est déjà rallié à ma cause, jeune homme, déclara la vieille dame en souriant doucement. Si vous refusez catégoriquement ma venue, Lewis vous assomme. Tout aussi catégoriquement…

– Mme de Réault sait ce qu'elle veut, mon vieux, remarqua Monti en tapant sur l'épaule de l'Anglais. Et nous avons besoin d'elle. Allons, laissez-vous faire… De toute façon, vous n'étiez pas dupe, vous saviez dès le départ que cela finirait ainsi.

– À tout juste cent cinquante miles d'ici vers le nord-est, colonel, vit un homme qui pourra peut-être nous prêter main-forte, plaida encore Garance. Si je ne viens pas avec vous, il n'acceptera jamais de vous aider. Le sénateur est dans le vrai. Faites-vous une raison. Allons, embarquons maintenant et prenez le volant. Cela vous empêchera de trop réfléchir !

Tewp n'insista pas. Monti et la Française avaient raison. Ce n'était pas un hasard si le colonel s'était arrêté à Paris lorsqu'il était revenu de Londres faire son rapport aux délégués de l'agence Xander. Le nier aurait été le signe d'une hypocrisie confondante. Tournant la clef, il chauffa le moteur une minute avant de lancer le véhicule sur la route du nord. Garance avait pris place à côté de lui. Silencieux à l'arrière et serré entre le ravitaillement et les bidons d'essence, Monti ruminait des pensées qu'il ne voulait pas partager.

*

Dans le petit verre renflé, la vodka polonaise teintée d'herbe de bison avait des reflets d'absinthe. Wolf Messing en but une gorgée et reposa son godet en le faisant claquer sur le plateau.

– Combien de temps allez-vous me garder prisonnier dans mon bureau ? demanda-t-il à Alantova. Croyez-vous vraiment que ce soit une situation tenable très longtemps, camarade général ?

Sans répondre, Grusha Alantova ouvrit les rideaux et tourna la poignée de la fenêtre pour laisser pénétrer un peu d'air frais dans la pièce.

– J'ai adopté trois chatons avant-hier soir. Trois rouquins. Je vous l'ai dit ?

Une veine bleue grossit sur le front de Messing et ses mâchoires se crispèrent.

– C'est la seconde fois que vous mentionnez ces animaux, camarade. Ils semblent occuper vos pensées plus que moi ou Galjero…

– C'est qu'ils sont turbulents, vous savez. On n'imagine pas ce que ces créatures de quelques grammes seulement peuvent causer comme dégâts dans un appartement ! Les pieds des meubles portent déjà des traces de griffures et certains de mes livres sont déchirés par leurs petites dents.

– Croyez bien que je compatis à vos ennuis domestiques, Grusha, mais ce sont des problèmes que vous vous êtes créés. Vous êtes une victime consentante.

– Exactement comme vous, mon cher Wolf ! Vous aussi êtes entièrement responsable de votre situation actuelle. Vos ennuis sont nés de votre peur. Si vous aviez affronté le problème que vous pose Galjero, vous ne seriez pas suspendu à mes lèvres pour connaître mes dispositions d'esprit.

Le cœur de Messing se mit à battre plus vite.

– Vous vous êtes enfin décidée ?

– Oui, admit Alantova. Et je vais vous dire ce qui va se passer désormais pour vous, Galjero et ces Occidentaux que vous avez inconsidérément encouragés à violer notre territoire.

*

C'était une double rangée de fils rouillés, tendus entre des piquets métalliques. Sur des dizaines de kilomètres, la frontière se réduisait à ce mince cordon de métal. Pas de miradors, pas de bunkers, pas de postes de garde ni de barrière à contrepoids. Et pas plus d'une patrouille toutes les trois semaines pour réparer les brèches pratiquées à grands coups de pince par les nomades kazakhs.

David Tewp se passa la main sur le visage. Le rasoir n'avait pas effleuré sa peau depuis plusieurs jours et ses joues piquaient. Il avait arrêté le véhicule près d'une trouée de vingt pieds de large, la première découverte après avoir vainement longé la ligne sur plus de cent miles au nord-est de Bender-Shah.

– En passant ce point, nous entrerons en Union soviétique. Êtes-vous toujours certains que c'est ce que vous voulez ?

– Certain, répondit Monti.

– Certaine, appuya Garance.

Tewp ferma les yeux un instant. Pour se donner du courage, il songea à Habid Swamy et aux enfants de Calcutta tués par les Galjero. Utilisant comme stimulant la colère née de ces souvenirs, il enfonça nerveusement la pédale d'accélérateur et traversa la ligne de démarcation, la rage au ventre. Il conduisit quatre jours d'affilée sans accepter que Monti le relaie, malgré les contractures de ses bras et de ses jambes que la courte halte de midi ne résorbait pas. Garance indiquait la direction – vague, estimée au jugé. La boussole qu'ils s'étaient procurée à Bender-Shah ne servait à rien : affolée par des magnétismes naturels trop puissants, l'aiguille tournait en tous sens sans vouloir se fixer. À l'aube, ils prenaient donc le soleil levant comme repère, corrigeaient leur direction en plantant un bâton dans le sol à l'heure du zénith, puis, au bivouac du soir, Garance s'étendait sur une couverture pour étudier la voûte céleste afin de faire le point en observant les étoiles. La Française connaissait sur le bout des doigts le nom des astres, elle les savait dans sa langue maternelle et de quinze autres manières encore.

– En cette saison, les tribus sont remontées plus à l'est. Il faut avancer pour les trouver, dit-elle.

– Combien de temps encore ?

– Moins d'une semaine, sénateur Monti. Si la chance est de notre côté…

– Et sinon ?

Garance ne répondit pas mais, de la pointe de son bâton, elle traça un point d'interrogation dans le sable. Pourtant, la fortune leur sourit. Après trois autres journées pendant lesquelles ils traversèrent un paysage désolé, ils virent s'élever une fumée dans l'air léger du soir. C'était un camp kazakh composé de quatre yourtes basses et de vingt chevaux enfermés dans un enclos de corde. Petites et robustes, les bêtes étaient excellentes pour la steppe rase et les franges du désert, mais incapables de sauter des haies, de franchir des rivières en crue ou de courir longtemps dans des champs gras.

Garance se chargea seule du premier contact. Impressionnés par cette vieille femme à la peau blanche, surgie de nulle part, qui parlait leur langue avec un accent inconnu, les nomades se laissèrent convaincre de partager leur feu avec les étrangers. Monti et Tewp burent et mangèrent de bon cœur ce qu'on leur offrait, sans savoir dans quoi ils mordaient. À la fin du repas, une femme broya des grains de café dans un long cylindre de bois qui servait aussi à moudre le blé sauvage. À peine mouillé par un peu d'eau bouillante, le breuvage était fort, noir comme de l'encre, et aussi épais qu'une glaise fine. En grande cérémonie, le chef de clan épiça la mixture d'une pincée de poudre qu'il tira d'une boîte. L'Anglais et l'Américain remercièrent sans comprendre. Garance aussi remercia, puis, lampant le liquide brûlant à petites gorgées respectueuses, elle s'amusa à regarder l'Anglais et l'Américain ingurgiter à leur insu les cendres du dernier défunt de la famille, dispersées dans la boisson afin d'attirer la bonne fortune sur les voyageurs.

Au cours de cette rencontre, Garance collecta des informations qui lui permirent de mieux guider l'expédition. La Française et ses compagnons n'étaient désormais plus seuls dans le désert. Chaque jour, ils prenaient la direction d'une tribu ou d'un clan dont on leur indiquait précisément la position et, chaque soir ou presque, ils trouvaient asile parmi ces nouveaux hôtes qui les renvoyaient dès l'aube vers leurs prochains voisins. Le désert n'est un vide, une solitude, une absence que pour les citadins. Pour les nomades, c'est au contraire un lieu vivant, avec ses rites et ses lois, ses habitudes et ses nécessités. Le hasard n'y a pas sa place. Pour avoir longtemps parcouru steppes, toundras, ergs et landes, Garance le savait. Si âgée qu'elle fût, elle n'avait rien perdu de son intimité avec la nature ni de son amour pour la beauté du monde qui se perçoit dans les régions retirées plus fortement que partout ailleurs. Parfois, elle priait Tewp d'arrêter un instant la voiture pour contempler, durant quelques minutes, le reflet des nuages sur le miroir immense d'une plaine de sable, ou la bruine en suspension au-dessus d'un cours d'eau. Docile, Tewp obtempérait toujours et s'asseyait même souvent en silence à côté d'elle. Ces haltes lui faisaient du bien à lui aussi. Monti, pour sa part, restait à l'écart sans comprendre pourquoi les deux autres gaspillaient ainsi un temps précieux.

– Croyez-vous en Dieu, monsieur le sénateur Monti ? lui demanda Garance un jour où elle sentit sur elle un regard plus sévère qu'à l'ordinaire.

– Non, madame, répondit l'Italo-Américain sur un ton presque provocant.

– Vous faites bien. C'est un concept d'une imbécillité profonde. Il ne faut pas croire en Dieu, il faut croire en bien plus que cela. Il faut croire dans le divin… Ce pays exsude le divin par toutes ses roches, tous ses cieux. Le divin nous abreuve et nous nourrit, sénateur Monti. Il nous donne la force de continuer notre quête. Nos ennemis ont oublié depuis longtemps de le contempler. C'est cette capacité d'ouverture au monde qui nous différencie d'eux. Croyez-moi, c'est une distinction à cultiver avec passion, au risque de nous comporter nous aussi comme des monstres…

Mais la harangue n'avait pas entamé l'indifférence de Monti. En dépit de tout ce qu'il avait traversé au cours de sa vie, et malgré, même, l'étonnant parallèle qu'il ne cessait d'opérer entre Garance de Réault, sa mère Leonora et sa grand-mère Giuseppina, il se refusait à accorder la moindre valeur au mysticisme de la Française. Depuis des mois, l'esprit de Monti était voilé par une angoisse qui le taraudait et que cette longue dérive dans le désert exacerbait. Chaque nuit, il était le dernier à trouver le sommeil et, à l'aube, le premier à s'éveiller. Tel un enfant, il demandait sans cesse quand allait s'achever ce périple et quand reviendrait le temps concret de l'action. Réault lui répétait inlassablement de prendre patience et lui rappelait qu'il était préférable d'approcher prudemment l'Aral par les sentiers détournés des nomades, plutôt que de foncer en ligne droite sur une piste au risque de se faire prendre sottement par une patrouille soviétique. Cela, bien sûr, Monti le savait, et il n'était pas assez fou pour le contester. Pourtant, plus le temps passait, plus son malaise augmentait.

Vint un moment où il se mit à craindre de fermer les paupières. Aucune de ses pensées ne fut assez puissante pour le distraire du souvenir de sa nuit passée au Cabaret Flanders lorsque, réduit à l'état de pantin, il avait été contraint de s'unir à Laüme Galjero et de se répandre dans le ventre de la créature dont il avait juré la perte… Mais avait-il vraiment vécu cette nuit d'horreur ou l'avait-il rêvée ? Il était incapable de le dire. Certes, tous ses sens avaient été marqués au fer rouge par cette rencontre, il se souvenait des lumières et des formes évoluant dans le bar. Son ouïe avait conservé l'empreinte des voix et des sons. Sa peau frissonnait encore du contact du corps de Laüme. Il se rappelait, comme s'il le respirait, le parfum intime de la Galjero, et goûtait encore la suavité de la liqueur rouge qu'il avait bue au comptoir en compagnie de Preston Ware et Maddox Green, avant l'accouplement forcé avec celle qu'ils nommaient Isis la Noire, la Grande Déesse à la fois maternelle et destructrice, vierge et souillée, dont ils soutenaient que Laüme était l'incarnation. Sa mémoire était une éponge dégorgeant ces relents trop longtemps combattus. À chaque minute, le barrage mental péniblement érigé pour contenir la déferlante de ce cauchemar se lézardait un peu plus.

Ce fut quand ils franchirent la frontière de la République d'Ouzbékistan que Monti ne fut plus en mesure de dissimuler son état. Déjà, Garance avait remarqué sa mauvaise humeur et sa volonté d'isolement chaque jour plus manifestes. Tewp, lui, pensait que le sénateur se souciait du sort de son ami gardé en otage par les Rouges, ou bien qu'il s'inquiétait pour Thörun Gärensen, disparu depuis des semaines en laissant derrière lui des indices évoquant au mieux un abandon, au pire une trahison. En réalité, Monti était incapable de se préoccuper de quelqu'un d'autre que de lui-même tant son désespoir était grand et son âme bouleversée.

Un matin, Réault et Tewp découvrirent à leur réveil que le sénateur avait quitté le bivouac. Ses traces, pourtant, n'étaient pas difficiles à suivre, il n'avait même pas cherché à les dissimuler. Ils le trouvèrent à quelques miles de là, couvert de poussière et de sable, prostré dans une anfractuosité entre deux roches, brûlant de fièvre et à demi délirant. Ils le dévêtirent, lavèrent son corps et puisèrent dans leur trousse de pharmacie pour le soigner du mieux qu'ils purent. La journée se passa ainsi. Le soir, le Sicilien ouvrit les paupières et put se redresser. Son esprit s'était calmé et son cœur avait repris un rythme lent. Les mots lui vinrent naturellement aux lèvres. Comme s'il se purgeait d'un maléfice, il livra alors le secret de sa nuit au Cabaret Flanders, sans rien cacher, sans rien déformer. Son récit achevé, Garance le regarda avec beaucoup de compassion mais Tewp demeura longuement silencieux. Des années plus tôt, alors qu'il était encore aux Indes, il lui avait semblé que Laüme s'était glissée dans sa couche une nuit et l'avait contraint à s'unir à elle. Les mots qu'avait employés Monti, il aurait pu les prononcer. Les émotions que le *don* avait ressenties, il les avait connues lui aussi. Mais des années s'étaient écoulées depuis lors et, aussi forte qu'ait pu être la vision, il avait presque fini par l'oublier. Cependant, le témoignage de l'Américain ramenait ce souvenir enfoui à la surface, et un grand trouble se peignait sur le visage du colonel. Garance s'en aperçut et devina la vérité.

– Elle est venue jusqu'à vous aussi, n'est-ce pas, David ? dit-elle d'une voix blanche.

– Oui. J'ai longtemps voulu croire que ce n'était qu'un délire nocturne, un songe honteux. Mais je n'en suis plus certain, désormais. Peut-être Laüme Galjero s'est-elle vraiment allongée à côté de moi…

Aucun des trois voyageurs ne put trouver le sommeil cette nuit-là. Trop de questions restaient en suspens. Au matin, Tewp relança le moteur malgré sa fatigue et le découragement qui, de nouveau, s'était abattu sur lui. Ils ne firent pas vingt miles ce jour-là, tant le terrain était défoncé. Ils furent bloqués par deux fois dans des ornières et s'épuisèrent pendant des heures à dégager les roues d'un sable si fin qu'il coulait comme un liquide entre leurs doigts, mais, au soir, ils trouvèrent enfin l'homme que cherchait Garance de Réault dans ces étendues immenses.

Le prisonnier de la mer vide

Cela s'était passé quelque trente ans plus tôt. Près de onze mille jours. Plus de deux cent soixante mille heures… Et pourtant aucun détail ne s'était effacé de la mémoire de Garance de Réault. La Française n'était plus une jeune femme alors, elle se tenait exactement au midi de sa vie. Juste avant de basculer sur « l'autre versant de la colline », comme disent les Anglo-Saxons – ou peut-être était-ce juste après. Garance se souvenait de ce franchissement du point de non-retour, elle n'avait éprouvé ni de la crainte, ni de la terreur ou de l'abattement, mais une légèreté, une délivrance soudaine même. « Maintenant, le plus gros est fait, ma fille, s'était-elle dit. La vie ne peut plus rien me prendre, puisque je descends tout droit vers la tombe. » Et ce n'était pas un constat d'échec ou l'expression d'une amertume, mais le sentiment d'une liberté nouvelle, une seconde enfance où tout – oui, tout – était à nouveau possible.

À la fin de la Première Guerre mondiale, Garance se trouvait à l'abri des remous du monde. Recluse volontaire dans une lamaserie des hauts plateaux tibétains, elle ne savait rien du sort des armées françaises ou anglaises qui se battaient dans les tranchées contre l'Allemagne de l'empereur Guillaume, ni du naufrage de la Russie à Moscou ou à Iekaterinbourg. Ses yeux voyaient seulement la chaîne des montagnes et, en contrebas, les vallées grasses où grondaient des rivières bouillonnantes. Son esprit n'était empli que de beauté et de sagesse. Une ombre, cependant, souillait ses pensées, une ombre intime et secrète, qu'un homme ne pouvait connaître. De plus en plus souvent, parfois sans s'en rendre compte, elle passait la main sur son ventre et se navrait de ce qu'il n'avait pas porté de fruit. « J'ai bien vécu, songeait-elle, et je veux vivre encore. Mais, pour tout connaître, il faut que je sois mère… » Rassemblant son peu de bagages, elle enfila sa grosse veste de peau, noua les molletières autour de ses jambes et repartit vers les hommes. « Quel fils voudrais-je ? » se demanda-t-elle en cheminant, seule, un revolver passé dans sa ceinture, le long des sentes caillouteuses. « Oui, quel fils voudrais-je ? » Car elle était certaine de mettre au monde un mâle. Un lama lui en avait fait la prédiction un jour, et elle l'avait vu maintes fois en rêve… « Je veux un fils grand et beau. Un fils libre, surtout… »

Garance ne retourna pas en Occident chercher un compagnon de sa race. Elle se dirigea vers les déserts et les steppes, là où elle savait que son enfant pourrait grandir sans connaître de frontières et cheminer sans jamais descendre de cheval… Elle marcha longtemps. Elle croisa des hommes robustes et sains qui lui plaisaient et qu'elle aurait pu facilement séduire mais, à chaque fois, elle renonçait et préférait continuer sa route. Un jour de grand froid sec, elle atteignit un erg immense dont le sol lisse scintillait comme un miroir sous le soleil. Une tribu se tenait là, comme sortie de l'époque de la Horde d'Or, composée de cavaliers aux bottes de cuir usées, aux tuniques de soie déchirées et aux gants rembourrés sur lesquels venaient se poser des faucons de chasse. Étaient-ce les derniers survivants de l'empire khazar ? Les descendants des princes païens balayés par les armées du Prophète ? Ou un mélange de tous ces peuples qui, de Samarcande aux étendues de Tartarie, avaient autrefois dominé le monde et qui n'étaient plus désormais que des bergers sans autres richesses que leurs souvenirs et leur fierté ? « C'est d'un tel homme que je veux un fils », se dit Garance. Alors, elle s'avança sans peur vers eux et leur montra qu'elle était belle. Le chef des nomades la prit dans ses bras et la posséda tendrement. En quelques étreintes, il lui donna le fruit qu'elle attendait. Elle demeura neuf mois dans la tribu sans qu'on lui pose de questions, sans qu'on la maltraite. Son ventre s'arrondissait et elle était heureuse. Enfin, quand elle sentit approcher l'heure de la délivrance, elle trouva un bel arbre dont les racines plongeaient dans le filet d'un torrent. S'adossant au tronc rugueux, elle s'accroupit dans l'onde et laissa venir l'enfant. C'était un fils. Elle le présenta au vent et à la terre, à l'eau et au feu du soleil, et le nomma Pahlavon, ce qui signifie « brave » dans l'ancienne langue des Perses. Le soir même de sa venue au monde, elle posa le bébé dans les bras de son père Botirlik. Elle lui susurra à l'oreille le nom qu'elle avait choisi pour l'enfant et partit sans se retourner. Elle avait fait œuvre de vie et était la plus épanouie des femmes…

*

Botirlik n'avait plus une dent ; sa chevelure épaisse s'était éclaircie au vent de trente printemps, au point que l'on voyait son crâne rose par-dessous. Mais Garance le trouva encore plein de noblesse. Depuis que la patte d'un ours lui avait brisé l'échine au cours d'une traque, il n'était plus tout à fait le chef de sa tribu, bien qu'il en demeurât la mémoire et la sagesse vivantes. Les jambes paralysées, il passait ses journées à fumer du tabac noir, installé sur une chaise percée posée au-dessus de feuillées puantes. Même en plein air, l'odeur qui flottait autour du vieillard était difficilement supportable. Le colonel David Tewp et le sénateur Lewis Monti laissèrent Garance converser avec lui, pensant que le vieil homme n'était qu'une autre balise qui les renverrait le lendemain vers une nouvelle étape, toujours plus loin dans les profondeurs du désert. Mais quand ils virent tous les hommes de la tribu s'assembler autour de l'infirme et ce dernier leur parler comme à des enfants, ils pressentirent que, peut-être, la monotonie de leur périple allait prendre fin. Après d'interminables palabres qu'elle écouta sans prendre une fois la parole, la Française revint vers eux, accompagnée d'un étrange gaillard aux yeux bleus et au nez droit.

– Je ne sais que vous dire, commença Garance. Vous allez certainement mal me juger – surtout vous, *monsieur* Tewp ! Je vous aurais volontiers menti à tous deux, mais maintenir les apparences n'est plus une priorité. Donc, voici Pahlavon, fit-elle en désignant l'homme à ses côtés. C'est mon fils unique et, pensez de moi ce qu'il vous plaira, je ne l'avais pas revu depuis le jour de sa naissance !

Tewp fronça les sourcils et Monti haussa les siens. Voulant commenter la nouvelle, ils ne parvinrent qu'à bredouiller quelques mots hachés, sans suite. Garance s'en amusa.

– Puisque l'unanimité semble se faire sur la futilité de cette information, je peux maintenant vous annoncer la bonne nouvelle…

– Quelle bonne nouvelle, madame ? s'enquit Tewp, qui balançait entre tancer la vieille dame ou la plaindre.

– Pahlavon est un bon fils. Il accepte de nous guider au plus près de notre but.

– Il connaît l'emplacement du camp ? intervint Monti. Est-ce encore loin ?

– Cinq ou six jours, d'après lui. Mais à partir de maintenant, nous devons nous montrer très prudents. Les Soviétiques patrouillent plus dans cette région que dans l'arrière-pays. Les rives de l'Aral sont devenues une zone stratégique depuis l'avènement de leur savant fou…

Tewp et Monti ne relevèrent pas la mention. Tous deux savaient qu'au Kremlin, Staline avait donné carte blanche à un scientifique agronome illuminé nommé Lyssenko pour mener des expériences agricoles gigantesques, destinées à produire des pommes de terre à partir du blé, des tomates à partir de luzerne, et à faire pousser des cultures en plein désert de caillasse. Ces projets pharaoniques et déments nécessitaient de l'eau en quantité, c'est pourquoi des dizaines de milliers de prisonniers creusaient depuis des années des canaux sur les bords de la mer intérieure afin d'irriguer des friches éloignées parfois de plusieurs centaines de kilomètres.

– Et quand nous serons à proximité du camp ? interrogea Tewp. Votre fils a-t-il une solution pour nous aider à faire évader Nhuwwas ?

– Chaque chose en son temps, colonel. Nous partons demain matin en ligne droite, et c'est déjà une grande avancée !

*

À bord du véhicule militaire, le voyage dura effectivement cinq jours. Silencieux, l'homme n'osait pas souvent tourner les yeux vers sa mère, non par crainte ou par ressentiment, mais plutôt par respect. Lorsque, tout jeune, il interrogeait son père sur l'identité de celle qui lui avait donné la vie, Botirlik lui racontait qu'un jour était apparue à l'horizon une petite femme aux yeux clairs et à la peau très blanche sous les taches d'herbe qui maculaient ses joues et son front. Elle s'était donnée à lui, lui avait fait un fils avant de partir pour ne plus jamais revenir. « Je crois que c'était une sorte de *Pari*, lui avait-il dit. Une fée. Et toi, Pahlavon, tu es un enfant-fée… » Alors, Botirlik jetait le petit garçon devant lui sur son cheval et tous deux galopaient en riant jusqu'à ce que le ciel éclate d'un million d'étoiles.

Pahlavon n'était plus un enfant depuis longtemps mais il continuait à croire que sa mère n'était pas une femme comme les autres. Même s'il la découvrait vieillie et malade, le corps tassé et les cheveux blanchis, il songeait qu'il était fier d'être sorti d'elle. Au bivouac du soir, ils n'allumaient pas de feu, de crainte d'être repérés. Autant la touffeur de la journée était lourde, autant le froid glacial de la nuit était rude. Bien qu'elle dormît enveloppée de trois couvertures, Garance tremblait sans répit. Pahlavon s'allongeait alors contre elle et la plaquait au creux de son ventre pour lui faire partager sa chaleur.

Une aube que les autres étaient en train de charger la voiture, la Française prit ses repères et creusa un trou à quelques dizaines de mètres de la piste, dans lequel elle déposa son sac rempli d'or et de pierres précieuses. Par malice, elle y coucha aussi les deux dernières bouteilles de nuits-saint-georges qu'elle avait achetées à Paris à un négociant du Pavillon Baltard, la nuit où Tewp était venu la chercher. Au bout d'un long plateau de terre craquelée, une piste commençait, mince balafre de route constituée de deux bandes plus claires laissées par le passage régulier de véhicules à moteur.

– Les Soviétiques patrouillent ici deux fois par jour, expliqua Pahlavon. Une fois dans un sens le matin, une fois dans l'autre le soir. Au bout de cette voie, à cinq heures de route, il y a le camp que vous cherchez.

– Fort bien, dit Tewp lorsque Garance traduisit les propos du jeune homme. Et maintenant ? Qui peut me dire ce que nous sommes supposés faire ? Monti ? C'est vous qui nous avez précipités dans cette histoire. J'espère que vous avez réfléchi à une solution…

– Finissons d'abord ce dernier tronçon, dit l'Américain. Ensuite je vous le dirai.

Tewp soupira et remit la voiture en marche. Après deux heures passées à bringuebaler sur les cailloux, Monti vit soudain un nuage de poussière grossir derrière eux.

– Nous allons avoir de la compagnie, lança-t-il en tirant son automatique de sous son aisselle et en faisant monter une cartouche dans la culasse. Foncez, Tewp !

Jetant un coup d'œil inquiet dans le rétroviseur, le colonel passa la vitesse supérieure mais leur véhicule n'était pas assez rapide pour distancer ceux qui les avaient pris en chasse. Plus véloces malgré leur lourd blindage, deux automitrailleuses les encadrèrent bientôt et les obligèrent à s'arrêter. Résister aurait été stupide : avec leurs doubles canons montés sur tourelle, les engins auraient déchiqueté la voiture et ses occupants en quelques secondes.

Trois soldats, menés par un sous-officier, sortirent de l'habitacle et les menacèrent de leurs armes. Réault parlait un russe excellent. Elle entama des négociations auxquelles Monti ne comprit pas grand-chose. Ayant travaillé au côté des Soviétiques en 44 et 45 pour récupérer les soldats hindous enrôlés de force dans les troupes allemandes, il n'avait qu'un vague souvenir d'expressions idiomatiques sans intérêt. De la conversation, il ne saisit que des interjections.

– Ces messieurs vont fouiller la voiture, les avertit Garance. Laissez-les faire et tout se passera bien. Je crois que je suis sur la bonne voie.

Alignés contre la tôle d'un des blindés, Tewp, Monti et Pahlavon, les mains sur la nuque, attendirent que les soldats mettent à sac la voiture. Couvertures, ravitaillement, ustensiles, les Soviétiques se partagèrent tout le barda des voyageurs et confisquèrent leurs armes. Avec un pincement au cœur, le colonel Tewp vit son fidèle Webley se loger dans la ceinture d'un sergent crasseux, tandis que Monti était délesté de son automatique et Réault de ses deux Colts US Marine, de toute façon bien trop lourds pour elle. Pahlavon n'avait qu'un long poignard courbe, mais on le lui vola quand même.

– C'est ce que vous appelez « être sur la bonne voie », madame ? ironisa Monti dans un murmure. Je me demande ce qui arrive quand vous n'êtes pas optimiste !

Mais Garance se contenta de sourire avant de lancer une phrase en russe. Une phrase dont le ton était celui d'un ordre, non d'une supplique. Comme s'ils lui obéissaient effectivement, les soldats entreprirent de démonter la banquette arrière de la voiture. Ils découvrirent, emmaillotés dans une triple épaisseur de papier journal, deux petits lingots d'or poli portant l'estampille de la Banque de France et un diamant assez gros pour susciter l'envie d'en posséder d'autres. Avec des exclamations joyeuses et des rires, les lingots passèrent de main en main, mais la pierre demeura dans la poche du gradé. Celui-ci, un homme de taille moyenne aux joues gonflées et à la lèvre fendue, s'approcha de Garance pour entamer dans la confidentialité un nouveau bavardage. Après trois ou quatre minutes de palabres où, plus d'une fois, il se prit la tête dans les mains de manière théâtrale, il sembla finalement se rendre aux arguments de la Française.

– Je me trompe ou la vieille bonne femme est en train de les entourlouper dans les grandes largeurs ? marmonna Lewis Monti au colonel anglais.

– Tout est possible avec elle, sénateur.

– Je préfère la connaître à cet âge plutôt que lorsqu'elle avait vingt ans, rétorqua Monti. Ce devait être une sacrée gamine !

Malgré la tension, Tewp ne put s'empêcher de pouffer. Les sentinelles qui les surveillaient aboyèrent pour les faire taire. Quelques minutes s'écoulèrent avant que Garance revienne auprès d'eux, maintenant appuyée au bras du Rouge comme si elle était sa grand-mère.

– Vous pouvez baisser les bras, messieurs, dit-elle d'une voix légèrement chevrotante. Le marché est conclu.

Désormais, nous ne sommes plus prisonniers et gardiens, mais associés !

*

Tassés dans l'habitacle étroit de l'automitrailleuse soviétique, Réault, Tewp, Monti et Pahlavon s'efforçaient de ne pas trop souffrir de l'odeur écœurante de sueur et de cambouis qui y régnait. Assis face à eux, deux soldats leur faisaient bonne figure, mais leur index allongé ne s'éloignait guère de la détente de l'arme posée en travers de leurs genoux. Après une bonne heure de route, la voiture s'arrêta et on les fit descendre. La nuit tombait. Toutes proches, au-delà d'une falaise de terre jaune, flottaient d'étranges lueurs aux reflets dansants comme des vagues.

– Le camp se trouve à un kilomètre environ derrière cette dune, dit le sergent à Garance. Je vais vous laisser ici avec un seul homme. À pied, je sais que vous ne pourrez pas fuir. Il n'y a nulle part où aller, et puis vous êtes vieille. Même si vos compagnons vous portaient, vous n'iriez pas loin. À l'aube, je reviendrai avec le prisonnier et vous nous conduirez là où vous dites avoir caché le reste de votre or. Si vous avez menti, nous vous abattrons tous les cinq. C'est comme nous avons dit…

– C'est bien cela, sergent, approuva Garance avec autant de détachement que si elle parlait à un groom de l'hôtel Crillon.

Les deux blindés à l'étoile rouge firent ronfler leur moteur et disparurent dans les ombres du désert. Pahlavon couvrit sa mère de son long manteau de peau et la prit dans ses bras. Garance semblait aux anges.

– Vous souvenez-vous de ce que je vous ai dit, cette fameuse nuit où vous avez frappé à mon domicile parisien, colonel Tewp ?

– Que m'avez-vous dit, madame ?

– Je vous ai dit que vous étiez venu à moi parce que je vous avais appelé. J'avais besoin de vous, colonel, bien plus que vous n'aviez besoin de moi. Vous en rendez-vous compte, aujourd'hui ?

La gorge du colonel Tewp se serra. Les yeux intensément rivés aux prunelles de Garance, il comprenait maintenant pourquoi la vieille femme avait tant insisté pour être du voyage.

– Pour les gens comme nous, il n'y a pas de hasard, Tewp. Jamais !

– L'Ivan accepte de nous laisser jeter un coup d'œil du sommet de la butte, annonça Monti en donnant une claque dans le dos du colonel Tewp. Cessez de rêvasser, mon vieux, et au pas de course ! Vous ne voudriez pas rater ça…

Tewp emboîta le pas à l'Américain. En file indienne derrière le Russe, ils grimpèrent au petit trot jusqu'en haut de la dune, puis ils observèrent à plat ventre, longuement, le paysage qui s'étendait devant eux. À deux ou trois cents mètres, parfaitement visibles sous des projecteurs géants qui éclairaient le chantier mieux qu'en plein jour, des milliers d'hommes en casaque grise, pioche et pelle à la main, s'affairaient à creuser des canaux larges et profonds. Debout sur des passerelles en fer, des miradors et protégés par des kilomètres de fils barbelés, des gardiens en armes surveillaient les prisonniers. Monti, d'un signe du menton, désigna au fond de la tranchée principale une colossale porte en acier ajustée comme une écluse.

– La mer doit être juste derrière, souffla-t-il. Lorsqu'ils auront fini les canaux et qu'ils ouvriront cette bonde, l'Aral se videra comme une vulgaire baignoire…

Tewp garda le silence. Fermant les yeux, il remercia le ciel de lui avoir épargné de chercher par lui-même le prisonnier Nhuwwas au sein de cette fourmilière humaine, dans ce labyrinthe de baraquements, casernes, dépotoirs, terrains de déblais et de remblais où les prisonniers n'étaient pas mieux traités que les esclaves de l'Antiquité. Revenus auprès de Garance et Pahlavon, Monti et Tewp racontèrent ce qu'ils avaient vu. À la fin de leur récit, Pahlavon se lança dans une tirade que seule sa mère pouvait comprendre.

– Les Soviétiques n'aiment pas les nomades, traduisit-elle. Ils les forcent à abandonner leur mode de vie et à s'installer dans des villes qu'ils bâtissent pour eux. Quand ils refusent, ils les enrôlent de force ici ou sur d'autres parties du chantier, ou bien les déportent en Sibérie en tant qu'ennemis de l'État.

– Pourquoi la tribu de votre fils ne quitte-t-elle pas ces territoires ? demanda Tewp. Les frontières sont lointaines mais pas inaccessibles.

– Vous avez parfaitement raison. Je crois qu'il leur manque seulement l'impulsion donnée par une femme de caractère…

Personne dans leur groupe ne dormit cette nuit-là. À l'aube, Garance vit Tewp fermer les yeux et commencer à s'assoupir.

– Quel est le paysage que vous préférez ? lui demanda-t-elle à l'oreille.

– La campagne anglaise au mois d'avril.

– Gardez-vous un bon souvenir du repas que nous avons pris ensemble aux Halles ?

– Excellent, répondit-il en esquissant involontairement un sourire.

– Et que pensez-vous donc de David Tewp ?

– David Tewp est quelqu'un qui fait de son mieux, *madame*.

Elle soupira d'aise.

– Enfin ! Vous voilà en net progrès, *monsieur* Tewp.

*

Ses camarades avaient laissé au soldat de garde avec les étrangers un bidon de café froid, trois citrons et un fond de bouteille de vodka. S'il garda pour lui l'alcool, l'Ivan abandonna les autres denrées aux Occidentaux et au nomade. Monti finissait sa timbale de café en faisant la grimace lorsqu'un bruit de moteur résonna. Comme promis, c'était la patrouille qui revenait les chercher. Une fois la grosse automitrailleuse à l'arrêt, le sergent sauta à terre et en fit descendre un homme. Vêtu de gris comme les prisonniers, celui-ci était de grande taille mais âgé. De longs cheveux gris et sales encadraient son visage émacié. Sa barbe de plusieurs mois, hirsute, emmêlée de nœuds, achevait de lui donner l'allure d'un mendiant ou d'un fou. Dans ses yeux ne brillait qu'une faible étincelle.

– Je vous amène l'homme que vous cherchez, parada le sergent à l'adresse de Garance. Maintenant, conduisez-nous jusqu'au trésor.

– Qui êtes-vous ? demanda en anglais la Française au prisonnier.

Mais l'homme resta sans réaction. Elle formula sa question en farsi puis en russe.

– Mon nom est Nhuwwas, répondit alors l'homme d'une voix mal assurée.

– Connaissez-vous un certain Gàbor Galjero ? interrogea la vieille femme en commettant l'impair à dessein.

– Gàbor ? Non. Mais j'ai connu un Dalibor Galjero. Bien connu, même… Est-ce lui qui vous envoie ?

– En quelque sorte, répondit Garance. Je crois que c'est effectivement notre homme, messieurs, dit-elle à Tewp et à Monti. Procédons maintenant à la rétribution de messieurs les soldats…

– Comment pouvez-vous être certaine qu'ils ne nous abattront pas dès qu'ils auront mis la main sur votre or, madame ? susurra Monti à Garance dès qu'ils se furent réinstallés dans le blindé.

– S'ils deviennent menaçants, ce sera à vous de vous en charger, sénateur. Vous êtes un homme d'action, après tout !

Le trajet jusqu'à l'endroit où Garance avait dissimulé ses lingots et ses pierres fut des plus éprouvant. Espérant avidement la fortune qu'on leur avait promise, les gardes étaient d'une nervosité extrême. Tewp ne cessait de fixer Nhuwwas. Recroquevillé sur le plancher, l'homme semblait à bout de forces. Depuis combien de temps était-il prisonnier des Soviétiques ? Dix, quinze ans ? Plus, peut-être… L'Anglais aurait voulu lui poser mille questions. Était-il réellement celui qu'il prétendait être ? Avait-il combattu les légions romaines ? Avait-il traversé tous ces siècles en dominant la *frawarti* attachée à ses pas ? Enfin, avait-il vraiment été un maître pour Dalibor Galjero ? Malgré tout ce qu'il avait constaté de ses propres yeux, la raison de Tewp ne pouvait se résoudre à admettre l'authenticité de cette histoire. Bras croisés, paupières closes, il laissa son esprit filer vers d'autres horizons. Un visage s'imprima sur ses pensées, celui d'une femme, Perry Maresfield. Il se revit avec elle, sur la jetée de Brighton, à écouter le bruit des vagues. Cela lui fit du bien… Garance lui donna un grand coup de coude dans les côtes pour le tirer de son demi-sommeil.

– Allons, mon garçon, nous sommes arrivés. Reprenez-vous, il se peut que ça barde !

Lorsque Tewp sortit du véhicule, elle était en train d'indiquer aux soldats l'endroit exact où elle avait enterré son or. Le sergent était si pressé de déterrer le magot qu'il prit lui-même une pelle pour creuser avec ses hommes, jusqu'à ce qu'ils mettent au jour le butin tant espéré.

– C'est le moment de vérité, dit Monti. Soit ils nous ramènent à notre guimbarde et nous laissent partir, soit ils nous fusillent sur place, et je ne vois pas comment les en empêcher.

Poussant des cris de triomphe, les Russes sautaient de joie comme des gamins. Tirant en l'air pour manifester leur allégresse, ils brisèrent le goulot des deux bouteilles de bourgogne, qu'ils vidèrent en quelques lampées, indifférents à l'affreux goût de vinaigre qu'avait pris le vin ballotté sans précaution pendant des semaines au cœur de ce désert d'Asie centrale.

– Les Ivans ont de l'estomac, grommela Monti.

– C'est justement ce que nous allons voir, sénateur, répondit mystérieusement Garance. Tenez-vous tous sur vos gardes.

Le sergent revenait vers eux en riant encore de la bonne fortune qui lui avait fait croiser ces fous d'Occidentaux. Il s'apprêtait à armer son automatique pour les éliminer, eux, leur guide et leur fichu prisonnier, lorsqu'une violente déchirure à l'estomac le plia en deux. Pris de vomissements, il s'écroula en tremblant. Affolés, ses hommes voulurent le porter dans le véhicule mais l'épidémie se répandit sur eux de façon foudroyante. Comprenant que le vin était empoisonné et qu'ils avaient signé leur arrêt de mort à la première gorgée, l'un d'eux eut assez d'énergie pour mettre en joue Garance, mais Pahlavon bondit tel un loup, le désarma et lui brisa la nuque d'une clef savante. Monti s'empara de son arme et, méthodiquement, donna le coup de grâce à tous ses camarades agonisant dans d'atroces douleurs.

– Nous voilà débarrassés d'un sacré problème, dit Garance, manifestement très satisfaite de sa petite ruse. Il ne nous reste qu'à rentrer, maintenant.

– Madame !... fit Tewp, incrédule. Vous avez injecté du poison dans les bouteilles, c'est cela ?

– Oui, colonel. Un petit mélange détonant et très personnel de cyanure et de curare. Je connais la nature humaine, figurez-vous, et j'avais déjà fait le coup en 1915 en Mandchourie. Mais c'était avec un flacon de saint-estèphe, je crois. N'empêche ! Tout avait déjà très bien fonctionné.

Monti leva les yeux au ciel et éclata de rire.

– Les Françaises ! dit-il.

Cependant, alors qu'ils avaient récupéré l'or et les pierres, un nouveau bruit de moteur gronda sur la piste. À en juger par le vacarme, c'était un convoi de plusieurs véhicules rapides. Sous leur masque de poussière, tous pâlirent soudain.

– Vous reste-t-il du curare, madame ? ironisa Monti.

– Plus une goutte, sénateur.

– Alors, nous devons nous préparer à finir notre vie en creusant un canal pour vider la mer d'Aral…

Tewp ramassa une arme et se mit en position derrière l'automitrailleuse.

– C'est pure folie, colonel, dit l'Américain. Vu ce qui nous fonce dessus, nous ne résisterons pas trois minutes. Autant nous rendre. Nous trouverons toujours un moyen de négocier.

Malgré l'insistance de Monti, Tewp ne bougea pas de son poste. Patiemment, il laissa s'approcher la file de cinq véhicules qui fonçaient droit sur eux. Le premier était une Mercedes civile noire, couverte de poussière ; un fanion de l'Union soviétique flottait sur sa calandre. La portière arrière s'ouvrit et, s'appuyant sur une canne, un homme élégant en costume clair s'en extirpa.

– Tewp ! Surtout, ne tirez pas, bon Dieu ! hurla Monti qui venait de reconnaître Wolf Messing.

*

À l'ombre d'un auvent kaki dressé à la hâte par des soldats impeccablement sanglés dans leur uniforme, Wolf Messing commençait à se décontracter. Reclus depuis onze jours dans une chambre d'officier du camp de prisonniers, il avait attendu avec impatience que Monti se manifeste enfin.

– Voici donc la fine équipe que vous avez réussi à monter, sénateur, lança-t-il à l'Américain en faisant tourner entre ses doigts la canne à pommeau d'argent qu'il s'était offerte dans le but de donner un vernis de dandysme à sa claudication. Présentez-moi vos compagnons, voulez-vous ?

Lewis prononça quelques mots sur chacun, en omettant, bien sûr, l'appartenance de David Tewp aux services de renseignements britanniques.

– Compagnie peu nombreuse mais internationale, remarqua Messing après avoir courtoisement salué chacun. Je dois vous avouer, Monti, que les choses ne se sont pas tout à fait déroulées comme je l'avais prévu ; cependant la situation s'est finalement rétablie. L'officier supérieur en charge de l'affaire Galjero accepte de valider le marché dont nous sommes convenus en privé à Moscou. Cela m'a coûté assez cher, mais ce qui est dit est dit. Puisque vous avez votre Nhuwwas, M. Lemona peut vous être remis sur-le-champ.

Messing claqua des doigts à l'intention du lieutenant figé derrière lui. Celui-ci revint, quelques minutes plus tard, en compagnie d'un Bubble Lemona légèrement amaigri, mais en bonne santé.

– Mes hommes vont vous escorter jusqu'à la frontière. Plus vite vous quitterez le territoire de l'Union soviétique, mieux cela vaudra pour tout le monde. Pour ma part, je rentre à Moscou. Avec un peu de chance, je devrais y être dès demain. Dalibor Galjero sera averti que nous ne sommes plus en possession de l'homme qu'il recherche. Nous le reconduirons à une frontière quelconque avec un pays de l'Ouest. Je pense que vous l'aurez aux trousses assez vite, mais je ne veux plus rien savoir de ce qui se passera entre vous. J'ose espérer que vous trouverez tout de même le moyen d'éliminer mon concurrent…

– Vous êtes honnête, Messing, reconnut Monti. Cette vilaine histoire aurait pu tourner plus mal. Beaucoup plus mal.

– Je suis honnête jusqu'à un certain point, souligna l'hypnotiseur. Mes hommes ont remarqué certains lingots d'or et quelques jolies pierres précieuses qui sont en votre possession. Peut-être pourriez-vous m'en faire don ? Afin de marquer votre contribution à la cause révolutionnaire, bien sûr…

– Ce serait la moindre des choses, en effet, admit Monti avec un sourire en biais.

*

Dans son appartement du boulevard Petrovski, Grusha Alantova se laissait mordiller les avant-bras par ses trois chatons joueurs.

– Abstenez-vous de fumer vos affreuses cigarettes blondes, Messing. Cela irrite les yeux de mes chats !

À Moscou depuis deux heures à peine, Wolf Messing était aussitôt venu faire son rapport au camarade général. À regret, il écrasa sa Benson & Hedges dans le cendrier en retenant la remarque acerbe qui lui venait à l'esprit. Des relations détendues avec Alantova n'étaient plus vraiment de mise, depuis qu'elle lui avait tiré une balle dans le genou et avait failli le dénoncer comme traître.

– Ne faites donc pas cette tête, Messing. Vous m'en voulez toujours pour cette blessure ridicule, c'est cela ? Vous ne devriez pas. Vous boitez à la perfection. Prenez exemple sur Talleyrand et Byron ! Ça ne les a pas empêchés d'être de grands séducteurs… bien au contraire. Racontez-moi plutôt comment s'est déroulé notre petit arrangement. Les choses se sont-elles bien passées avec les étrangers ?

– Ces dix jours à mettre Nhuwwas sous surveillance dans ce camp ont été un enfer pour moi. Mais hormis cela, oui... tout s'est bien déroulé. Nous allons pouvoir relâcher le fauve... Galjero va entrer dans une colère noire quand il apprendra que nous n'avons plus son cher Nhuwwas. Tant pis... Vous ne regrettez pas d'avoir choisi de vous débarrasser de lui ?

Alantova quitta son fauteuil pour poser un à un les chatons dans leur panier et elle alla se laver les mains dans l'évier de tôle.

– J'ai passé ma vie à étouffer des affaires gênantes, camarade. Après tout, c'est peut-être là mon véritable métier. Galjero est une aberration de la nature, et sa Laüme un monstre pire encore. S'ils peuvent tomber sur des gens assez déterminés pour les supprimer, je crois que l'humanité tout entière y gagnera...

Messing sourit en portant à ses lèvres une cigarette qu'il n'alluma pas.

– En somme, vous et moi ne serions que les Sancho Pança de ces Don Quichotte d'Occidentaux ? Nous les aidons, sans monter nous-mêmes en première ligne...

– Je ne sais si l'image est pertinente, Messing, mais elle me plaît assez. Sancho Pança est plutôt sympathique après tout, non ?

Et tandis que Messing s'accoudait un instant au balcon pour allumer sa cigarette en rêvant à ce qu'il allait faire des diamants de Garance, le général Alantova ouvrait la porte de son gros poêle en fonte pour y jeter l'une après l'autre, et sans aucun remords, les trois bandes magnétiques sur lesquelles était enregistrée la déposition de Dalibor Galjero.

Troisième Livre
de Dalibor Galjero

Le veneur

Le *New York Times* du 11 novembre 1918 était tout chaud entre mes mains. La première page me consternait. J'avais beau m'être préparé depuis des mois à la victoire des Alliés, la nouvelle de la capitulation allemande m'emplissait d'une tristesse semblable à celle que j'avais ressentie lors des prises de Richmond et de Johannesburg. Allongée près de moi, son négligé de soie complaisamment ouvert tel un rideau de théâtre sur la somptueuse nudité de sa poitrine, Laüme ne semblait guère affectée par la situation. Fumant une fine cigarette plantée sur un embout d'écaille, elle exprimait son ennui par de longs soupirs et des regards lourds de reproches.

– Tu m'ignores, Dalibor, me dit-elle. Ne te laisse pas distraire par la mauvaise propagande des vainqueurs d'aujourd'hui. Demain est un autre jour, et la roue tournera. Viens plutôt me montrer comment gonfle ta jolie mentule…

Mais je n'étais pas d'humeur légère. L'indifférence que j'opposai à ses caresses suscita en elle une flambée de colère.

– Si tu ne veux pas de moi aujourd'hui, j'ai d'autres amants, tu sais…

– Je le sais, répondis-je froidement. Appelle-les, si tu veux. Ils seront ravis de fêter leur victoire en mouillant ton lit. Ou veux-tu que j'aille te chercher moi-même de la viande un peu plus épicée ?

Depuis mon retour de Tsarskoïe Selo, Laüme et moi menions une vie très libre. Si nous étions redevenus amants, cela n'avait rien d'exclusif. Au contraire. Nous vivions côte à côte, parfois avec tendresse, parfois avec envie, mais sans plus aucun amour. Elle avait ses secrets, j'avais les miens. Je devinais pourtant qu'elle travaillait toujours à se fabriquer un ventre de femme et que la maternité demeurait pour elle un objectif. Ses amants, j'en avais conscience, ne représentaient pas de simples plaisirs vénériens qu'elle s'accordait pour se distraire. Parmi eux, elle cherchait un taureau capable de féconder son étrange physiologie, et sa consommation d'hommes se révélait conséquente. Pour ma part, je n'étais plus jaloux depuis longtemps. Tout cela m'amusait, même. J'étais curieux de voir jusqu'où des hommes puissants pouvaient s'abaisser pour mériter ses faveurs. Comment sa beauté, son charme, son mystère muaient en roquets d'inflexibles *tycoons* dirigeant pourtant d'une main de fer des usines parfois plus vastes que des villes, des banques plus riches que d'antiques nations, des entreprises plus influentes que des Églises. J'appréciais le spectacle de leur attente toujours reconduite, de leurs souffrances et de leur déchéance, telle une lente mise à mort. Je goûtais la manière dont Laüme les humiliait sans rien leur céder en retour, pas le moindre baiser, pas la plus petite parcelle de sa peau offerte à la contemplation de leurs yeux avides, à l'impatience de leurs doigts. Mais j'aimais aussi voir comment elle pouvait choisir de se prostituer en échange d'un demi-dollar à des désœuvrés rôdant sur les docks ou dans le quartier des abattoirs. Comment elle attirait ces loqueteux dans d'infâmes goulets et les laissait se repaître jusqu'à l'hystérie des splendeurs de son corps. Comme j'avais contemplé autrefois Flora Ieloni couchée sous Forasco, comme j'avais vu Laüme s'abandonner à Fabres-Dumaucourt, j'aimais être témoin de ces scènes. Cela me procurait un plaisir trouble, malsain, un pur plaisir de voyeur, mais un plaisir tout de même. J'étais là, tapi dans l'ombre, à la regarder se faire prendre de la façon la plus brutale par des groupes de trois ou quatre types qu'elle laissait hagards, éperdus, étourdis de jouissance… Alors, je venais à eux et de ma lame je leur tranchais la gorge. Non par une cruauté pathologique ou à cause d'un orgueil blessé, non. Mon geste, je crois, était pure charité et, dans l'éclair de leur agonie, il me semble que beaucoup d'entre eux le comprenaient. Car comment vivre après avoir joui de Laüme, si l'on ne pouvait prétendre à son amour éternel ? Comment supporter d'avoir éprouvé l'émotion érotique la plus intense qui soit, en sachant que plus jamais on ne pourrait la connaître ? Pour le commun des mortels, il ne restait que la consolation du trépas pour compenser cette infinie nostalgie…

Jetés dans le fleuve, les poches lestées de pierres, les cadavres flottaient un moment avant de couler à pic. Comme des gosses, Laüme et moi leur jetions en riant des cailloux pour qu'ils s'enfoncent plus vite. Nous rentrions ensuite chez nous, près de Central Park. Pendant que je conduisais, Laüme s'étendait sur la banquette arrière et se frictionnait au cognac ou au gin pour faire disparaître de sa peau odeurs et souillures. Parfois aussi, lorsqu'elle ne voulait pas se déplacer, c'était moi qui jouais le rôle de rabatteur et allais lui chercher des partenaires. Rétribué comme un artiste de la Renaissance, un photographe avait réalisé plusieurs séries de photographies de Laüme nue. Un jeu de clichés la montrait voluptueuse et mutine, assise dans un grand fauteuil près d'une fenêtre ouverte. Un second la présentait plus provocante, en attente sur sa couche. Il y en avait d'autres, plus explicites encore. Veneur d'un étrange gibier, j'allais le soir au hasard des rues montrer ces images à ceux qui me semblaient correspondre aux goûts de la fée. Les aguichant facilement grâce à ce premier aperçu, je ramenais dans sa chambre tantôt des marins en permission, tantôt d'honorables pères de famille, tantôt de jeunes coqs italiens de Brooklyn ou de Hell's Kitchen. Tels les amants de Dahut, la princesse d'Ys, tous finissaient au matin égorgés par mon arme.

Pourtant, ceux à qui Laüme voulait bien s'offrir ne connaissaient pas tous une fin aussi tragique. Les compagnes avec lesquelles elle se livrait au tribadisme étaient, la plupart du temps, des jeunes filles de la haute société de la côte Est. Laüme les consommait, puis elle me les offrait et regardait à son tour comment je faisais jouir ces filles de Yankees. Ces meurtres et ces orgies étaient les bûches auxquelles j'alimentais la flamme de ma longévité. Tuer les étalons de Laüme et faire miennes ses compagnes me donnaient la force de repousser les ombres rôdant autour de moi. Cela empêchait aussi mes cheveux de blanchir et ma peau de se flétrir. Laüme l'ignorait. C'était mon secret. Mais les besoins étaient grandissants et je savais cette spirale impossible à contrôler. Bientôt, dans quelques années, cette solution perdrait de son efficacité et me forcerait à agir. Mais le temps n'était pas encore venu.

La méchante humeur dans laquelle m'avait plongé la nouvelle de la défaite allemande dura plusieurs jours. Laüme en prit son parti en se distrayant avec quelques amants de passage qu'elle alla choisir elle-même dans son cheptel de courtisans fortunés. Trop connus pour que je puisse les tuer au terme de leurs séances, aucun de ces pitres n'avait évidemment la stature pour féconder la fée. La ville était en liesse. Partout, on fêtait les vainqueurs. Des drapeaux étoilés pendaient à tous les balcons et des parades incessantes de cuivres et de tambours faisaient résonner jusqu'aux murs de ma chambre. 1919 arriva, puis 1920. Nous vivions toujours à New York. Laüme s'y trouvait bien mais je me sentais pour ma part à nouveau en manque d'Europe. Le sort de Nhuwwas, aussi, m'inquiétait… Je l'avais laissé à Saint-Pétersbourg aux bons soins de Ioussoupov quelques mois seulement avant qu'éclate la révolution bolchevique. Qu'était-il devenu ? Avait-il pu quitter le pays avant l'insurrection ou bien avait-il été jeté au cœur de la tourmente sans pouvoir s'échapper ? Je l'ignorais. En vain, je tentai de développer mes pouvoirs de voyant mais, pas plus que la capacité de nécromancie si bien possédée par Laüme, ce potentiel ne s'éveilla jamais en moi… Aussi, j'embarquai sur un transatlantique et passai quelques semaines estivales à Paris, où l'ambiance me parut vulgaire, sans rien de commun avec celle qui s'y épanouissait autrefois et que j'avais tant aimée. La ville avait changé. On croisait maintenant sur les boulevards des nègres en grand nombre. La tête droite, un regard arrogant planté dans le vôtre, ils s'y promenaient comme s'ils arpentaient la savane. La chose me déplut : même à New York, les Noirs demeuraient dans leurs quartiers et n'étaient pas aussi visibles, ignominieusement mêlés au reste de la population.

Je me réfugiai quelque temps sur les bords du Léman, puis descendis passer de longs mois à Venise. J'y retrouvai un soir l'héritier Caetano, qui faillit s'évanouir en me reconnaissant. C'était maintenant un homme d'âge mûr, mais il se rappelait parfaitement notre première rencontre, alors qu'il n'était qu'un enfant marchant dans les pas de son père.

– Vous n'avez pas changé, me dit-il d'une voix tremblante. Pas une ride n'a gâté votre visage, et votre silhouette ne s'est pas alourdie. Comment cela est-il possible ?

J'évoquai à demi-mot quelques-unes des merveilles que j'avais découvertes tout au long de mes voyages. Cela le mit en transe. Son émerveillement puéril suscita à la fois mon amusement et ma pitié. Je demeurai à ses côtés deux ou trois semaines pour débattre en profondeur des sujets d'ésotérisme qui n'avaient cessé de le passionner. Mais Caetano n'était pas seulement un sage qui se cultivait pour son seul profit. Écrivant sous un pseudonyme dans quelques brochures spécialisées, il était une sorte de soleil noir autour duquel gravitaient quelques disciples et intellectuels s'intéressant aux sciences occultes. L'époque y était d'ailleurs favorable. La démesure de la Grande Guerre ayant en partie invalidé l'héritage des Lumières et du positivisme, partout on cherchait de nouvelles références, de nouvelles lignes d'horizon. Le bolchevisme portait les espoirs de beaucoup. Souvent teinté d'orientalisme facile, l'occultisme fascinait quantité d'intellectuels exaltés. Caetano et son aréopage le sous-tendaient, pour leur part, de considérations politiques de plus en plus affirmées.

– Notre période est propice au changement, affirmait le comte. L'Europe doit retrouver sa spiritualité propre et ses cultes datant d'avant la déchéance chrétienne. Il nous faut une révolution non communiste, et d'abord religieuse, qui seule nous permettra de refonder l'Empire…

Car Caetano, comme une poignée d'autres en Italie, en Allemagne ou même en France, rêvait alors d'un bouleversement culturel de grande ampleur.

– La chose est possible, assurait le Vénitien. Mais c'est à nous, hommes aux larges vues et aux savoirs profonds, qu'il appartient de préparer l'avènement de cette nouvelle ère. Rien ne se fera si nous n'avons rallié à nous des artistes et des penseurs, des professeurs et des hommes d'action. Il faut convaincre. Il faut nous fortifier, nous pénétrer, surtout, de l'importance vitale de notre mission pour l'avenir de notre civilisation, sans quoi celle-ci sera emportée par la mystique des Rouges ou le pragmatisme des marchands de Wall Street... Appliquer en politique la spiritualité magique ! Tel est notre programme ! Vous, Galjero, seriez un merveilleux porte-étendard pour notre projet !

Néanmoins, Caetano eut beau insister, je refusai de répondre à son attente. Il était hors de question pour moi de prendre la tête de quelque mouvement. L'intention, toutefois, suscita assez mon intérêt pour que j'accepte de rencontrer certains amis du comte et m'attarde à lire les textes dont ils étaient les auteurs. Au vu de mes expériences passées, j'y trouvai nombre de naïvetés mais aussi quelques perspectives qui me semblèrent pertinentes, de même que l'exposé de valeurs que je partageais instinctivement.

En 1921, Laüme vint me rejoindre au bord de la lagune. Lorsqu'il la vit, Caetano s'abstint de tout commentaire, mais je sentis qu'il pressentait l'essence surnaturelle de la créature à mes côtés. Le pauvre dut cependant se résoudre à l'ignorance car je ne cédai évidemment rien de ma véritable histoire. Laüme, en revanche, manifesta un réel intérêt pour les sujets abordés par le comte.

– Sachez que je partage entièrement vos vues, déclara-t-elle à l'aristocrate. La guerre que nous venons de traverser doit servir de prélude à un changement radical, une révolution, l'entrée dans une nouvelle civilisation. Plus forte. Dominatrice. Cela fait longtemps que j'en caresse l'espoir. Les temps sont peut-être proches, enfin...

*

Nous paressions en Italie lorsque Mussolini accéda au pouvoir. Nous sûmes aussitôt que c'était là la première manifestation du changement que nous appelions de nos vœux. Caetano et les intellectuels de son entourage manifestèrent, comme nous, beaucoup de sympathie au parti des Chemises noires. Certains adhérèrent même au mouvement, dans l'espérance d'inspirer directement la politique du Duce. Caetano, pour sa part, se garda de franchir cette étape. Il tenait à conserver son indépendance, même si ses convictions se trouvaient en parfait accord avec les lignes générales du programme fasciste. Après l'accession au pouvoir de ce nouveau gouvernement, quelques mois suffirent pour constater que le pays changeait effectivement de visage. L'économie se portait mieux. Des routes étaient tracées, des logements construits, des marais asséchés, des étendues sauvages rendues cultivables. L'Italie semblait reprendre confiance en elle, après des siècles de guerres intestines, de dominations étrangères et d'unité difficile. Laüme et moi nous déplaçâmes à Rome, où nous acquîmes une nouvelle demeure dans les quartiers bourgeois. Fréquentant les instances dirigeantes grâce à l'entremise d'un membre du cercle Caetano, nous ne tardâmes pas à être introduits auprès de Mussolini en personne. L'homme m'impressionna moins que je ne m'y étais attendu. Laüme, en revanche, parut éprouver pour lui suffisamment d'admiration pour que j'en conçoive une jalousie réelle.

– Ce type te plaît, n'est-ce pas ? demandai-je à la fée, le soir de cette première entrevue.

– En plus grossier, en plus « peuple », cet homme me rappelle Cesare Borgia, je l'avoue. Il est empli de la même force vitale. Ce qui te fait parfois défaut, tu le sais pertinemment.

Je gardai le silence, mais la remarque me blessa au point de provoquer une sourde rancœur que je ruminai lors d'un nouveau voyage en solitaire. Tandis que Laüme restait à Rome avec ses amis, je me dirigeai vers l'Europe centrale. Par Trieste, je gagnai d'abord Ljubljana, puis Maribor et Budapest, avant de franchir la frontière de mon pays natal, pour la première fois depuis un siècle. À Bucarest, j'eus la sotte idée de porter mes pas vers les lieux où s'était déroulée mon enfance. L'enclos de notre maison n'était plus qu'un champ de cailloux et de moellons affleurant à ras de terre. Volontaire ou accidentel, un incendie avait tout détruit depuis longtemps. Malgré les années malheureuses que j'y avais passées et le drame qui s'y était joué, je ne pus m'empêcher de ressentir un profond chagrin. Un flot de souvenirs me submergea et j'eus envie de pleurer. Le soir, pour chasser cette tristesse, je m'enivrai d'alcools forts au Café Capsa en compagnie de cinq ou six filles qu'attiraient mes airs de prince et de fameux noceur. Puis je fis installer dans la meilleure suite du palace où j'étais descendu deux grands lits côte à côte pour y faire coucher ensemble toutes mes maîtresses.

En Roumanie comme dans de nombreux pays de la région, le fascisme italien servait d'exemple à quantité de petits partis en mal de pouvoir. La nouvelle de ma présence se répandit bientôt en ville, je ne sais comment. On sut que je venais de Rome. On demanda à me voir. J'acceptai ces invitations sans savoir de qui elles émanaient vraiment. Le concierge de l'hôtel constitua mon meilleur informateur : en quelques phrases bien tournées, il me brossait le portrait de chaque interlocuteur venu s'entretenir avec moi de l'avenir du pays. Je rencontrai ainsi des socialistes et des libéraux, des monarchistes et des démocrates, des réactionnaires et des révolutionnaires. Certains m'étaient plus sympathiques que d'autres mais tous, au final, ne s'intéressaient qu'à mon argent. Je refusai de soutenir explicitement aucune cause. Cela faisait longtemps que tout sentiment patriotique s'était effacé en moi. Que je me mêle ouvertement de politique n'aurait pas eu de sens, c'est à Laüme que je laissais les rêves de pouvoir et de complots. Pour ma part, je préférais reprendre mon existence insouciante de voyageur, de contemplatif et de jouisseur. Je réoccupai un temps mon palais d'Istanbul avant de passer une année entière en Inde, dans la maison de Shapûr Street, sans ouvrir un journal, sans me préoccuper de la marche du monde, ne faisant que lire, rêver, errer de ville en ville, conduire à vive allure des voitures de luxe et caresser de belles indigènes…

De temps à autre, j'allais cueillir une victime que je torturais longuement dans le stupa de mon parc, afin de contenir l'avancée de ma vieillesse… Et puis – ce devait être au printemps 1925, je crois –, Laüme manifesta soudain le désir de me rejoindre à Calcutta. Nous passâmes quelques jours en frénétiques étreintes. La fée m'avait manqué plus que je n'en avais eu conscience, et mon corps ne se lassait pas d'elle. Comparées à sa beauté, toutes les femelles exotiques que j'avais tenues dans mes bras à Shrinagar ou à Goa n'étaient que des caricatures de féminité, des statues creuses, incapables de faire naître en moi une authentique émotion.

Depuis la fin de la guerre, la mode féminine avait beaucoup changé. Laüme portait désormais des robes fluides, sans corset, des bas accrochés haut sur les cuisses par des jarretelles de soie, et des souliers à bride. La moiteur permanente collait ces minces tissus à sa chair et créait à tout instant des transparences qui accéléraient les battements de mon cœur. Dans les chambres, sur les terrasses ou sous la tonnelle du jardin, dans la bibliothèque ou dans la pièce où nous prenions nos repas, que nous soyons seuls ou entourés de domestiques affairés, je ne pouvais m'empêcher de déchirer ces étoffes pour poser mes lèvres sur sa peau fraîche et lisse comme neige. Laüme aimait la maison de Shapûr Street, mais elle voulut découvrir d'autres endroits. Nous descendîmes en longeant la côte jusqu'à Ceylan, avant de revenir sur le continent pour visiter Delhi et Bombay. Ce fut sur la route du retour que j'évoquai devant elle un projet mûri depuis longtemps…

Les salons du Danieli

Se détacher de la peine et de la douleur. Savoir endurer le malheur sans se plaindre. Savoir – surtout – être indifférent au mal que l'on cause, y trouver de la joie, de la force et même de la paix… Dans la vallée de Lalish, Nhuwwas me l'avait appris autrefois. À son exemple, j'avais égorgé quelques gamins isolés, crasseux, incultes, rencontrés au hasard de mes pérégrinations. J'avais commis des meurtres pareils dans l'oasis, lorsque j'avais tué le petit nomade, en France, dans la maison du bassin de l'Arsenal, et encore en Floride ou dans les montagnes du Transvaal. J'avais dû pour y parvenir surmonter mon dégoût, mes réticences premières, ce qui avait libéré en moi des énergies. Le sang des enfants, leurs cris sous ma lame, l'odeur de leur peau se craquelant sous l'effet de ma baguette d'ambre quand j'élevais la température de leur corps avaient agi tels des baumes alchimiques métamorphosant mon esprit et perpétuant la jeunesse en mon corps. J'avais aussi puisé dans ces tortures assez de vigueur pour résister à la terrible influence de Laüme, pour me construire une identité propre et affermir ma volonté. Malgré le prix exorbitant que j'avais eu à payer pour cela, je ne regrettais rien. Mais le futur allait être différent. La condition de mon avenir, Nhuwwas m'en avait prévenu quelque quinze ans auparavant, c'était la mort de Laüme… Mon piège était prêt. Ce fut aux Indes que j'en tendis le premier ressort.

– Je veux t'aider à réaliser ton projet, annonçai-je ainsi à Laüme sur la route de campagne où nous roulions tous deux. Tu désires toujours être mère, n'est-ce pas ?

La fée m'avait regardé avec étonnement et une sorte de gêne. Elle et moi n'avions plus abordé ce sujet depuis le jour où elle m'avait reproché d'avoir souillé sa matrice avec le germe d'un monstre.

– Cela arrivera un jour, dit-elle. Mais il me faut trouver un père. C'est une tâche difficile.

– Je t'aiderai à trouver ton étalon. Je te le dois. Et aussi les enfants nécessaires à tes rituels.

– Pourquoi ferais-tu cela, Dalibor ?

– Je n'ai jamais effacé la dette que j'ai envers toi, expliquai-je. Je te dois une seconde vie. Même si nous ne nous sommes pas bien compris, et parfois détestés, tu restes celle qui m'a arraché des ombres. Et puis…

– Oui ?

– Chaque fois que tu m'as chassé ou craché ton mépris à la face, je n'ai pu m'empêcher de revenir vers toi. Et chaque fois, tu m'as ouvert les bras… Que tu le veuilles ou non, Laüme, nous sommes liés.

Elle avait souri sans répondre, se contentant de poser furtivement sa main sur la mienne. Pour Laüme, depuis des siècles, j'étais le seul véritable compagnon, le seul visage qu'elle n'ait pas vu vieillir. Le seul ami, peut-être, qu'elle ait eu de toute son existence. Sournoisement, je jouai de cette faiblesse.

– Quand tu auras un fils, je veux être à tes côtés. Quel qu'il soit, l'homme qui t'ensemencera ne te connaîtra jamais comme je te connais. Aussi féroce, aussi barbare soit-il, il ne pourra m'égaler dans le crime… Tu as besoin de moi, Laüme. Reconnais-le.

– J'accepte ton aide, dit-elle après un silence. Que proposes-tu ?

– J'ai songé à un stratagème pour nous procurer des enfants en grand nombre sans éveiller les soupçons. Les temps sont moins favorables qu'autrefois. Nous devons avancer avec prudence et, surtout, trouver le moyen de ne pas t'abreuver de sang vicié ou trop faible. Il te faut des sacrifices d'exception. Non des enfants des rues, mais des gosses dont l'intelligence, la sensibilité passeront dans tes veines. Je veux être assuré de leurs qualités et de leur force. C'est, j'en suis persuadé, la condition absolue de la réussite de ton projet… Nous allons ouvrir des centres d'éducation ou de soin pour les enfants des colonies. Nous nous emparerons des sujets les plus brillants, les plus vigoureux, et nous les ferons venir en Europe ou aux Amériques sous prétexte de leur offrir des études. Là, nous les sacrifierons à tes besoins…

Je parlais en visionnaire inspiré, ce qui attisa l'intérêt de Laüme et réveilla ses pulsions de fauve. Les pupilles étrécies, elle contemplait quelque paysage intérieur dont l'horizon m'était inaccessible. Cela m'effraya. Mais aussi m'attira. Elle saisit ma main et posa sa bouche sur la mienne. Nous échangeâmes un baiser très lent, voluptueux…

*

Le premier des établissements que nous inaugurâmes fut un dispensaire pour enfants malades à Ceylan. Sous couvert de mécénat, il s'agissait de nous procurer des gosses à bon compte en ayant la possibilité de les choisir et de les étudier au préalable. Un cabinet d'avocats, en Suisse, prit en charge l'ensemble des formalités administratives nécessaires à l'établissement d'une fondation dont nous assurâmes entièrement le financement. Pendant quelques mois, nous nous appliquâmes à jouer notre rôle de bienfaiteurs à la perfection, allant jusqu'à rendre visite aux pouilleux recueillis et soignés dans le bâtiment où officiaient des médecins compétents et des nonnes dévouées. Quelques mois plus tard, nous ouvrîmes une réplique de cet hôpital à Buenos Aires et une autre à Dakar. Lorsque notre réputation de générosité fut bien établie, nous initiâmes la seconde phase de notre action en créant des écoles. Laüme donna de sévères instructions aux enseignants afin qu'ils nous indiquent les gosses qui se distinguaient par des capacités intellectuelles ou artistiques particulières. Trouver de telles perles se révéla cependant plus difficile que nous ne l'avions prévu. Lassés d'attendre, nous rentrâmes à New York.

– La structure est mise en place, dit Laüme pour se consoler. Laissons-lui encore un peu de temps. Des sujets intéressants finiront bien par se manifester.

Durant les mois qui suivirent, nous complétâmes notre réseau par des ouvertures d'écoles en Syrie et ailleurs. Conséquence imprévue de notre action, notre nom se répandit dans certaines couches de la haute société internationale plus vite qu'il ne l'avait jamais fait. La généralisation des communications téléphoniques, le courrier postal, l'essor des compagnies maritimes et l'extension constante des routes et des chemins de fer contribuaient à la naissance d'une véritable communauté de privilégiés pour lesquels les frontières étaient un concept désuet, voué à disparaître un jour.

Par le même phénomène qui s'était produit lors de mon passage en Roumanie, on voulut nous connaître. Notre allure « exotique » et nos manières intriguèrent et séduisirent. Laüme s'amusait de cette cour d'admirateurs empressés. Elle eut de nouveaux amants, comme j'eus de nouvelles maîtresses. À plusieurs reprises, notre longévité nous permit d'ouvrir notre couche à des descendants de partenaires connus quelques décennies plus tôt, sur une rive ou sur l'autre de l'Atlantique. Nous fêtions la venue de l'année 1930 dans les salons du tout nouveau Chrysler Building lorsqu'un homme que je n'avais pas vu depuis près de quinze ans s'avança vers moi. Avec l'âge, Bentham avait pris du poids, sa silhouette s'était notablement arrondie mais son visage demeurait animé de cette flamme particulière que j'avais remarquée lors de notre première rencontre, quelque trente ans auparavant. Contrairement au fils Caetano, il ne marqua aucun étonnement de me retrouver aussi juvénile qu'au jour où mon ami Franck et moi l'avions fait prisonnier au bord d'un marigot d'Afrique.

– Bonsoir, monsieur Galjero, dit-il comme si nous nous étions quittés la veille. Le climat de New York aujourd'hui est moins désagréable que celui de notre cher Saint-Pétersbourg à la veille de la révolution d'Octobre, n'est-ce pas ?

– Leningrad, précisai-je en souriant. C'est ainsi que les bolcheviks ont rebaptisé la ville, désormais.

– Le cours du temps peut bien changer l'appellation des villes, mon cher, il ne change rien en ce qui vous concerne. Dites-moi, où cachez-vous donc votre portrait ?

Je ne saisis pas l'allusion.

– Mon portrait ?

– Eh bien, oui. N'êtes-vous pas comme le Dorian Gray d'Oscar Wilde ? N'avez-vous pas un portrait qui se charge de vieillir à votre place ?

– Mon secret à moi est moins romanesque, mon cher Oswald Reyner, répondis-je, rappelant à l'Anglais que je n'avais rien oublié de son ancienne identité de comploteur à la cour de Russie.

– Oswald Reyner ! reprit-il, enchanté. Voilà un homme mort depuis longtemps. Il n'est jamais rentré en Grande-Bretagne, le saviez-vous ? On le dit enterré du côté de

Koursk ou d'Odessa. Je rêve qu'une belle babouchka pose parfois un narcisse sur sa tombe en regrettant les heures heureuses passées dans ses bras…

– Vous voilà devenu poète, mon ami. Et bien imaginatif. J'ignorais que vous cultiviez cette faculté.

– L'imagination est une vertu cardinale pour cheminer dignement en ce monde. Vous souvenez-vous du correspondant de guerre du *Daily Telegraph* en compagnie duquel vous m'aviez capturé, au Transvaal ?

– Son nom était Churchill, n'est-ce pas ?

– Winston. Winston Churchill. C'est un politicien qui poursuit aujourd'hui une jolie carrière. Il a occupé le poste de lord de l'Amirauté et même celui de secrétaire à la Guerre. Un garçon brillant, beau parleur et menteur en diable. Quand il est revenu d'Afrique du Sud, il a relaté son expérience de prisonnier dans quatre livres qui ont connu un succès fou. Pendant des mois, il a donné des conférences dans divers comtés du pays, racontant comment nous avions été surpris par les Boers, puis de quelle manière nous nous étions échappés. Vous connaissez la véritable version de la capture, évidemment, mais lui a transformé ce banal épisode en chant de l'*Iliade*… Son imagination, c'est sur sa fichue imagination qu'il s'est appuyé pour bâtir sa réussite.

– Autant qu'il m'en souvienne, Churchill ne m'était guère sympathique. Son imposture ne me surprend nullement. Mais vous, qui connaissez ses petites mesquineries, pourquoi ne le démasquez-vous pas ?

– Et dans quel but, je vous le demande ? Churchill m'a beaucoup aidé. Disons que nous nous épaulons. C'est en grande partie à lui que je dois ma situation actuelle.

Devenu héritier du titre, Bentham était maintenant officiellement lord. Grand commis du Royaume, il occupait un poste de haut rang au Foreign Office et voyageait aux quatre coins du monde pour des raisons officielles autant qu'officieuses. À le croiser en ce lieu et en cet instant, je songeai qu'avec le comte Caetano, l'Anglais était le seul homme à qui je laissais entrevoir sans crainte ma véritable nature. L'entraînant à l'écart pour lui parler en toute discrétion, je lui posai la question qui n'avait cessé de me brûler les lèvres depuis le début de notre conversation.

– Nhuwwas, murmurai-je, comme si j'avais du mal à prononcer le nom de mon vieux maître. Savez-vous ce qu'il est devenu ?

Bentham trempa ses lèvres dans sa coupe de champagne avant de me répondre.

– J'ai posé la même question à cette fripouille de Ioussoupov il y a deux ou trois ans à Paris, figurez-vous ! Le prince s'est sauvé dès que les bolcheviks ont attaqué le Palais d'hiver. Il supposait que les Rouges avaient égorgé votre Nhuwwas, puisque la clinique où il recevait des soins à l'époque a été pillée et incendiée par les révolutionnaires.

Nous étions en train de méditer sur cette image lorsque la musique d'ambiance s'interrompit brusquement et que les voix des invités s'unirent pour égrener les dernières secondes de l'année 1929.

– Dix, neuf, huit…

Lord Bentham leva son verre à mon intention.

– Sept, six, cinq…

Je lui rendis la pareille. Je vis ses yeux s'écarquiller.

– Quatre, trois, deux…

Ses mâchoires se contractèrent.

– Un, zéro !

– Bienvenue dans les années 30, messieurs, déclara Laüme, qui venait de surgir derrière moi pour faire tinter contre les nôtres sa flûte en cristal.

*

– Ton ami Bentham est bien conventionnel, déclara Laüme tout en déchirant négligemment le bristol qui accompagnait une magnifique gerbe de roses.

– Sois indulgente avec lui, plaidai-je. Cet homme n'est pas un sot. Il avance en âge et il aime les jolies femmes. Je sais que tu lui plais. Il tente sa chance avec toi, rien de plus.

– Veux-tu que je lui cède ? demanda-t-elle comme pour me provoquer. Cela te ferait plaisir ?

– Tu es sérieuse ?

– Et pourquoi pas ? Ce pourrait être distrayant pour nous tous. Bentham n'est pas plus laid qu'un autre, après tout, et il est lord, n'est-ce pas ? Je ne me suis jamais donnée à un lord, il me semble. C'est une excellente occasion de combler cette lacune. Invite-le donc au plus tôt !

Malgré son emploi du temps chargé, Bentham ne se fit pas prier pour nous rendre visite le soir même. Bien lui en prit, car Laüme lui réserva un accueil extraordinaire. Les cheveux dissimulés à la sultane sous un étroit turban de soie rapporté des Indes, le corps gansé dans un fourreau fendu qui allongeait ses formes et laissait voir ses jambes modelées dans des bas noirs à pinces d'argent, elle était une Lilith vénéneuse et sensuelle, une idole vivante à laquelle aucun homme n'aurait eu la force de résister, fût-il le plus déterminé des ascètes. J'en fus témoin, la manière dont elle se donna cette nuit-là à l'Anglais fut d'une extrême perversité. J'avais rarement vu la fée aussi lascive, aussi vorace en compagnie d'un seul amant. Alternant les rôles, elle était tantôt l'esclave scrupuleuse et empressée, tantôt la maîtresse sévère et exigeante. Soudain pudique, elle cachait sa nudité derrière ses mains, telle une adolescente effarouchée, puis, l'instant suivant, sous l'effet de son seul caprice, elle redevenait lubrique, écartant les cuisses pour exhiber la fabuleuse géographie de son sexe, se faisant lécher les seins, le ventre, la vulve par un Bentham rendu fou, presque aussi rouge et suant que lorsqu'il avait souffert sous ma baguette d'ambre dans les salons du prince Ioussoupov.

Lorsqu'il partit au matin, le lord ne pouvait plus parler. Ses yeux étaient fixes et il tremblait de tous ses membres. Après l'avoir enveloppé dans une couverture, je le confiai aux bons soins du chauffeur, qui parut scandalisé par l'état de son maître, d'ordinaire digne et posé.

– Tout aristocrate qu'il est, ce n'est pas un bon amant, conclut néanmoins Laüme, tandis que je revenais vers elle. Son sperme est rance comme un vieux beurre et sa langue ne sait rien. Ses doigts sont timorés et sa verge très quelconque. Ton ami, je n'en veux plus…

– Mais je ne te l'ai pas imposé, répliquai-je en riant. C'est une tocade dont tu es seule responsable.

– Fais-moi l'amour, Dalibor, susurra la fée en m'enlaçant. Toi, tu sais un peu mieux me satisfaire…

*

La nuit passée à jouir de Laüme marqua profondément lord Bentham. Plusieurs fois lors de son séjour américain, il tenta de renouveler l'aventure, mais elle brisa ses espoirs avec la plus froide indifférence. La situation se détériora au point qu'un scandale aurait certainement fini par éclater si je n'avais prévenu l'incident en morigénant gravement mon ami.

– Laüme s'est amusée avec vous, lord Bentham, dis-je à l'Anglais. Elle l'a fait avec quantité d'autres et elle le fera encore. Son attitude ne doit ni vous surprendre, ni vous désespérer. Gardez le souvenir de ses caresses comme d'un don précieux, un don sublime et unique, mais n'espérez plus rien d'elle désormais, au risque de vous perdre sans retour.

Bentham soupira et fit signe qu'il comprenait.

– Oui… Je vais corriger ma conduite et cesser de fixer ce soleil noir qui ne peut mener qu'à l'humiliation et à la mort, je le sais. Une chose, cependant…

– Oui ?

– Révélez-moi qui elle est vraiment. Vous qui m'avez poussé dans ses bras, vous me devez bien cela, Galjero.

– Je n'ai pas le pouvoir de contraindre Laüme. Nul ne le peut. C'est à peine si je parviens à vivre dans son ombre. Et encore, je suis contraint de payer le prix fort pour n'être pas broyé, comme vous avez manqué de l'être vous-même. Quant à vous dire qui elle est vraiment… Malgré des décennies passées à ses côtés, et même si je connais un peu son histoire, cela demeure un mystère pour moi… Sachez seulement qu'elle est sœur de cette créature à l'apparence de femme que nous avons un jour affrontée en Russie…

Bentham resserra le nœud de sa cravate, regarda d'un air navré la pointe de ses bottines et redressa ses épaules voûtées.

– Je suis un gentleman, balbutia-t-il comme pour se persuader lui-même, ancien officier de l'Armée royale, aujourd'hui membre du Foreign Office. Je ne perdrai pas la face. La vie doit désormais reprendre son cours. Je vous suis reconnaissant de vos paroles. Elles sont arrivées à point nommé, ce me semble…

J'approuvai sa déclaration d'intention par un sourire et un dernier encouragement mais, au fond de moi, j'étais persuadé que mon intervention trop tardive ne contrebalancerait pas le poison violent courant dans ses veines. Force me fut bientôt de constater que je me trompais. Bentham avait énoncé devant moi un programme qu'il réussit à réaliser à la lettre. En quelques jours, il redevint l'homme qu'il avait toujours été et qu'il n'aurait jamais dû cesser d'être : exemplaire, travailleur, dévoué à la Couronne autant qu'à sa famille. Je le revis plusieurs fois avant qu'il ne quitte temporairement New York pour un séjour dans la colonie britannique de Hong-Kong. Son calme, sa droiture, sa dignité retrouvés m'impressionnèrent, au point que je me risquai à faire allusion à Laüme dans le but de le mettre à l'épreuve. Ce fut comme si j'avais parlé d'une connaissance ordinaire, aucun trouble sur ses traits, ni dans sa voix. Définitivement rassuré, je lui fis mes adieux et promis de l'informer de mes déplacements afin que nous ne manquions aucune occasion de nous retrouver.

Je revois encore l'instant où le grand navire sur lequel il embarqua pour rejoindre son épouse et ses enfants, déjà en Chine, s'éloigna vers le large dans l'ombre du crépuscule. C'était en juin 1930, et c'est ce soir-là que, grisé peut-être par l'odeur des embruns, je décidai de quitter à nouveau l'Amérique. Trois années durant, je laissai Laüme seule à New York. Je retournai quelques semaines à Paris et à Bucarest, m'attardai un peu à Venise, puis me décidai à visiter des contrées que je ne connaissais pas. De l'autre côté du monde, j'échouai dans des lieux improbables nommés Adélaïde, Canberra, ou Wellington… Hormis s'ennuyer, il n'y avait rien à faire là-bas. Les femmes y étaient si laides qu'elles me coupèrent toute envie d'y goûter et les hommes se révélèrent si pauvres d'esprit qu'aucune conversation de bonne tenue n'était envisageable. Je revins bientôt vers le nord par petites étapes, au cours desquelles je n'appris ni ne fis rien qui mérite d'en souligner l'intérêt.

Tandis que je passais ces années dans une sorte de léthargie, le monde changeait autour de moi. La crise économique de 1929 s'était gravement répercutée en Europe et avait précipité en Allemagne l'avènement d'un régime autoritaire, sous la férule du chancelier Adolf Hitler, en janvier 1933. J'occupais alors ma maison de Shapûr Street, à Calcutta, et je faisais régulièrement le tour des dispensaires et des écoles que nous avions ouverts dans le pays. Moi, j'avais seulement distrait trois ou quatre gosses pour mes besoins personnels, mais Laüme n'avait pas encore touché au cheptel. Je revenais de Ceylan lorsque tomba la nouvelle de ce changement de gouvernement en Allemagne. Cela n'inquiéta pas tout de suite les Anglo-Saxons mais, en décembre de cette même année, à mon retour à New York, la situation internationale s'était notablement tendue et les Yankees cultivaient les réflexions les plus diverses sur les nouveaux maîtres installés à Berlin.

« Les nationaux-socialistes de M. Hitler ne sont pas plus dangereux que les fascistes de M. Mussolini, assuraient les uns. Et le traité de Versailles impose trop de limitations aux Allemands pour qu'ils puissent être menaçants. La République de Weimar ne rassemblait que des politicards incapables. L'établissement d'un État un peu plus nerveux constitue un excellent tampon entre Paris, Londres et l'Union soviétique. »

« Hitler a signé *Mein Kampf*, rappelaient les autres. S'il applique le programme qu'il y expose, il faut s'attendre à une nouvelle guerre en Europe dans les dix ans à venir… »

– Et toi, Dalibor, que penses-tu de cette nouvelle donne ? me demanda Laüme quelques jours après nos retrouvailles.

– Pourquoi nous montrer hostiles par principe à un homme et à un régime que nous ne connaissons pas ? Je te propose d'aller y voir par nous-mêmes. Qu'en dis-tu ?

– Cela me semble la meilleure des réponses.

*

Comme elle s'était plu dix ans auparavant dans l'Italie fasciste, Laüme apprécia grandement l'Allemagne des débuts du nazisme. La capitale allemande tenait alors plus d'un théâtre que d'une ville. Chaque avenue, chaque rue, était pavoisée aux couleurs du NSDAP et les parades militaires succédaient aux défilés. C'était l'époque des Chemises brunes et de la puissance d'Ernst Röhm, le temps de l'aurore radieuse pour les loups de Berlin. Après des années de misère et de chaos, après le carnage de la guerre et les humiliations de l'occupation, tout paraissait possible de nouveau. La cité était un immense chantier où des immeubles, très ressemblants à ceux de New York, s'élevaient au rythme de deux étages par semaine. Malgré une modernité qui triomphait à coups de voitures automobiles, de machines domestiques fonctionnant à l'électricité, de produits industriels manufacturés en série, l'atmosphère de Berlin restait unique. L'air que nous y respirions nous donnait l'impression d'être plus cristallin, plus vif qu'ailleurs. Laüme s'en exaltait, et je ressentais moi aussi une énergie, une vibration, que je ne pouvais définir mais qui me dynamisait et me séduisait plus que de raison.

– Nous y sommes, me dit un jour Laüme en me pinçant le bras. Nous y sommes, Dalibor !

– Que veux-tu dire ?

– Ce lieu, cet instant… Je pressentais leur émergence depuis longtemps. Aujourd'hui, ils sont réalité. J'ai pu croire que c'était en Italie que se produirait le miracle, mais c'était une erreur. C'est ici, en Allemagne, qu'il s'accomplit !

– Quel miracle ?

– La grande porte des mythes s'ouvre à nouveau sur l'Europe. Tu ne le sens pas ? Doucement, elle bouge sur ses gonds. Les dieux vont revenir. Ils passeront en triomphe la porte de Tannhäuser pour réenchanter le monde. Nous devons contribuer à leur réveil et nous tenir prêts à les servir…

– Que vois-tu, Laüme ? Que vois-tu ?

– Une gloire qui m'aveugle ! Un renouveau pour toi et moi ! Un chemin qui s'ouvre sur un monde purifié. Un univers plus beau, plus jeune, plus fort ! Et le père de mon enfant ! Oui, je le sens ! C'est ici qu'il m'apparaîtra !

Une main de glace enserra mon cœur et se mit à le broyer comme un étau. Quelle signification précise ces mots avaient-ils dans la bouche de ma compagne ? Inventait-elle de toutes pièces les images qu'elle décrivait ou les voyait-elle mentalement ? Je ne sais. Galvanisée par l'atmosphère qui régnait à Berlin, Laüme voulut connaître ces gens qui, partis de rien, méprisés et marginaux, sans le soutien des banques ou des cercles ordinaires de la politique interlope, étaient parvenus à se hisser au pouvoir pour faire œuvre de transformation radicale sur un peuple entier. Cependant, même pour nous, approcher les maîtres de la nouvelle Allemagne se révéla bien incertain. Hitler n'était pas Mussolini. Contrairement au Duce, le Chancelier cultivait peu le goût des contacts et se méfiait de manière quasi maladive des inconnus. La machine administrative et policière dont il s'était entouré lui fabriquait une sorte de bouclier compact, très difficilement pénétrable, et impossible à influencer grâce à des fétiches ou d'autres charmes. Nous supposâmes donc qu'il se trouvait sous la protection de forces surnaturelles.

Si cela nous intrigua, nous ne poussâmes pas plus loin l'investigation car nous pûmes, sans utiliser aucun artifice, nous approcher d'Ernst Röhm, le chef des SA. Nous le rencontrâmes en mars 1934, à l'occasion d'un rassemblement de Chemises brunes auquel nous avions été conviés grâce à un relais de l'ambassade d'Italie. Tout, chez

Röhm, était bouffi – sa silhouette de boucher, mais aussi et surtout sa pensée, ses propos, ses manières. Cet homme était une mosaïque de quelques-unes des pires fripouilles que j'avais croisées au cours de mon existence : aussi fourbe que le dresseur de chiens Forasco, aussi ivrogne que mon père Isztvan, aussi lubrique devant Laüme, en dépit de son homosexualité affichée, que le banquier français Fabres-Dumaucourt. Il me répugna plus encore que Mussolini. Mon instinct me criait de nous éloigner au plus vite de ce type et de sa clique équivoque. Laüme, bien sûr, lui trouva des qualités, et mes mises en garde répétées n'eurent aucun effet sur elle. Exaltée par la vulgarité ambiante, louve assurée de trouver son mâle sous l'uniforme des SA, elle était de nouveau prête à tenter l'expérience de la fécondation comme au temps d'Argyle Street.

– Est-ce lui que tu as choisi pour t'engrosser? demandai-je d'un ton neutre.

– Peut-être, oui. Mais je n'en suis pas encore certaine. Il est encore trop tôt pour songer à cela. En revanche, j'ai besoin de lui pour mes préparatifs.

La fée voulait obtenir de Röhm l'autorisation d'ouvrir une école de cadets à Berlin, accueillant les recrues les plus intéressantes de nos pensionnats d'Afrique et d'Orient.

Notre fondation fêterait bientôt sa dixième année d'existence. Elle nous assurait un remarquable vernis de respectabilité. Cependant, nous n'avions pas encore mis à profit le réservoir d'enfants ainsi créé et Laüme voulait mettre fin à un tel gaspillage. Sous le prétexte de parfaire leur éducation dans des établissements mieux équipés, elle prévoyait de faire venir en Europe les gosses les plus prometteurs afin de les garder à notre portée. Nous avions besoin d'appuis pour cela, et Laüme était persuadée que Röhm comptait parmi les piliers les plus sûrs du régime. Je crois qu'elle était fascinée par la brutalité à fleur de peau du personnage, une brutalité qui, contrairement à la mienne, n'avait besoin d'aucun artifice pour naître et s'épanouir.

Laüme abattit les cartes qu'il fallut pour manipuler Rhöm. Le chef des SA lui accorda toutes les facilités qu'elle sollicitait et une petite académie ouvrit ses portes à Berlin pour accueillir nos « protégés ». Satisfaite de ce premier pas, elle organisa alors sérieusement sa « chasse au mâle ». Persuadée, je ne sais pourquoi, que le père de son enfant se trouvait parmi les officiers SA, elle me contraignit à fréquenter ces gens pour qui je ne ressentais qu'une aversion profonde. Témoin des excès auxquels elle se livrait avec eux, je devais donner mon opinion sur chacun de ses nouveaux amants. Pendant des semaines, des mois mêmes, nos soirées et nos nuits furent occupées par cette abominable succession de débauches.

– Dois-tu réellement te prostituer, telle Messaline, à tous ces pauvres types ? demandai-je. Ne sens-tu pas qu'aucun n'est digne de toi ?

– C'est mon ventre qui décidera de qui il veut, déclara-t-elle. Pour l'instant, mon esprit lui laisse tout pouvoir…

– Préviens-moi quand cet heureux jour sera enfin arrivé. Je suis fatigué de suivre chaque nuit tes turpitudes écœurantes. Moi, j'ai besoin de quitter Berlin. Je serai dans ma maison de Venise. Dès que tu seras prête pour tes rituels, fais-le-moi savoir et je viendrai aussitôt…

Traversant l'Autriche, je gagnai une fois encore Venise. Mais, refusant de séjourner dans la maison où, autrefois, mon avorton de troisième fils avait vu le jour, je décidai de chercher un endroit sain pour me préparer à affronter Laüme. La mécanique infernale était lancée. Je savais que, tôt ou tard, un homme finirait par la féconder. Encore me faudrait-il patienter neuf mois, puis, à l'instant de la délivrance, alors même que l'être intime de Laüme serait descendu au plus près de l'horizon humain, je la tuerais comme j'avais tué Ta'qkyrin…

Plutôt que d'accepter l'hospitalité toujours contraignante du comte Caetano, je déposai mes bagages au Danieli. Un soir de juin que j'étais désœuvré à boire et à fumer seul dans le salon, j'entendis un couple, à côté de moi, évoquer des événements dramatiques se déroulant en Allemagne. Menée par les SS, mystérieux rivaux des SA, une purge de grande ampleur avait été lancée contre Ernst Röhm et ses partisans. Des exécutions sommaires avaient lieu, le mouvement des Chemises brunes venait d'être dissous et l'on n'avait plus aucune nouvelle de Röhm lui-même depuis quarante-huit heures. Je cherchai à joindre Laüme au téléphone mais en vain. Je m'apprêtais à prendre d'urgence la direction de Berlin lorsque Laüme se présenta au Danieli. D'humeur massacrante, elle passa la nuit à se reprocher amèrement son aveuglement. Jamais encore je ne l'avais vue si découragée et si furieuse contre elle-même. Hypocritement, j'essayai de la prendre dans mes bras pour la calmer mais elle était si tendue qu'elle repoussa mes caresses.

– J'ai raté quelque chose d'essentiel, j'ai péché par impatience. J'aurais dû attendre que le régime soit stabilisé pour mieux choisir qui aborder. Je me suis associée avec les perdants. Je figure sur des listes maintenant, il existe des photographies très compromettantes. Peut-être circulent-elles déjà. Il va être compliqué d'effacer toutes ces traces.

– Que t'importe ? L'Allemagne n'est pas le monde. Pourquoi ne pas chercher ailleurs un plus riche vivier pour tes expériences ?

Les traits de la fée se tordirent en une moue impénétrable. Elle haussa les épaules, serra les poings mais ne répondit pas, tombée dans un fauteuil, les jambes recroquevillées sous elle et les bras obstinément croisés.

Laüme resta ainsi prostrée quelques jours. Elle refusait de quitter sa chambre et fuyait tous les plaisirs – la nourriture, mes baisers, et même la lumière du soleil… Son abattement me rendit maussade. Je voyais s'éloigner de moi l'instant où je pourrais enfin me débarrasser de ma *frawarti*. J'étais occupé à imaginer quelque nouveau stratagème pour relancer son envie d'enfantement lorsqu'un officier fasciste m'aborda dans le grand hall du palace. De la manière la plus courtoise du monde, il me pria de l'accompagner jusqu'à un des salons de l'hôtel. Dans la pièce, gardée par deux sentinelles armées, m'attendait un homme avec qui j'avais sympathisé une dizaine d'années plus tôt, lorsque Laüme et moi fréquentions assidûment l'entourage de Benito Mussolini.

– Ravi de vous revoir, *signor* Galjero, me dit l'homme avec un large sourire. J'ai souvent songé à vous depuis notre première rencontre…

Âgé d'un peu plus de trente ans, Galeazzo Ciano était un gaillard svelte et bien découplé, d'une élégance naturelle. Sa poignée de main était franche et son regard direct. Comme il m'invitait à prendre place près de lui, je remarquai qu'un anneau brillait à son annulaire.

– Mes félicitations pour votre mariage. J'ai appris votre union avec la fille du Duce.

Ciano sourit maladroitement.

– J'espère que cela ne fera pas de moi un vulgaire intrigant à vos yeux, *signore*. Il y a quatre ans que j'ai épousé Edda, et c'est un mariage heureux. Mais je constate que vous-même avez convolé. Est-ce avec cette magnifique jeune femme qui ne vous quittait jamais ?

Je dus faire un effort pour comprendre l'allusion du comte. Si nous n'avions jamais officialisé notre union, Laüme et moi portions effectivement des alliances depuis l'époque où nous avions fondé notre œuvre charitable.

Simple question de convenance, évidemment. Machinalement, j'étendis la main et fis rouler l'anneau autour de mon doigt.

– Laüme est mon épouse, oui, dis-je.

– Vous résidiez tous deux souvent à New York, si je ne m'abuse ?

– C'est exact. Nous y avons encore une résidence et quelques amis… Pourquoi cette question ?

Cherchant ses mots, Ciano marqua un silence.

– Parce que j'étais assez jeune lorsque nous avons fait connaissance, mais j'ai tout de suite été sensible au charme exceptionnel dégagé par votre couple. À son intelligence et sa grande culture aussi… Comment ne pas remarquer tout cela ? Il aurait fallu être fou…

– J'ignore absolument vers quoi vous vous engagez, comte, plaisantai-je, mais cela me semble bien périlleux…

Ciano eut un petit rire forcé. Il reprit cependant :

– C'est presque le hasard qui nous fait nous rencontrer ici, à Venise, Galjero. Je ne vous cherchais pas. La coïncidence est parfaite, et c'est justement cette circonstance particulière qui me pousse à vous parler d'un projet que nous avons en tête depuis quelque temps.

– Un projet ? Mais lequel ? Et qui est ce « nous » dont vous parlez ?

– J'occupe actuellement les fonctions de consul d'Italie à Shanghai. Cette mission est sur le point de s'achever. Ce n'est pas encore officiel, mais le poste de ministre de la Culture populaire me reviendra dans quelques mois. Il constituera la dernière étape avant un portefeuille beaucoup plus important, pour lequel je me prépare déjà… Enfin, cette entrée en matière est un peu longue, je le conçois. Pour en venir à l'essentiel, notre gouvernement cherche à connaître ses amis sur le sol américain. Une grosse communauté italienne y est implantée. Elle peut être d'un poids décisif en notre faveur, si nous la tenons correctement en bride. Le tableau commence-t-il à se dessiner clairement à vos yeux ?

– On ne peut plus clairement, mon cher Ciano, répondit Laüme, qui venait de faire son entrée dans la pièce.

Services secrets

En acceptant de travailler pour les Italiens, Laüme n'avait en tête que son rachat aux yeux des Allemands. Longtemps, je me suis interrogé sur les raisons profondes qui l'avaient poussée à vouloir gagner à tout prix les bonnes grâces de Hitler et de sa bande. Peut-être fallait-il remonter plus loin dans le temps, solliciter la mémoire de Mose Tzadek et de Yohav, ou même se rappeler son serment au rabbin renégat, avant qu'il ne flambe vif dans sa geôle puante ? « Sache que la lignée des Galjero n'est pas éteinte, avait-elle dit. Un nouvel héritier va bientôt naître, et un autre encore après lui. Un jour, un empereur surgira de cette souche, et je serai là, à ses côtés, lorsqu'il repassera le joug aux épaules de tes semblables… »

C'était la promesse qu'elle avait faite, le serment écarlate proféré juste avant l'exécution du pire ennemi qu'elle ait jamais combattu. Quatre siècles n'avaient pu briser ce vœu. Aujourd'hui, je le savais, il n'était plus question que vienne au monde un empereur portant le nom des Galjero. Un autre enjeu, un autre rêve, s'était levé. Si j'ignorais sa nature exacte, je savais cependant que la fée marchait obstinément vers lui, mue par la force qui lance les marées à l'assaut du rivage.

Galvanisée par la proposition de Ciano, Laüme accepta de retourner à New York pour y comploter une sorte de coalition entre les familles mafieuses, naturellement sympathisantes de la cause italienne, et certains mouvements locaux potentiellement profascistes. De mon côté, je ne voulus pas me prêter directement à ce jeu, ce qui déçut profondément Laüme. Pour l'aider néanmoins, je tirai quelques noms de mon carnet d'adresses. Elle rencontra notamment de cette manière Ephraïm Cassard, le petit-fils d'Absalon, gouverneur du Ku Klux Klan pour la Louisiane au sortir de la guerre de Sécession. Je n'eus que de vagues échos de ce qui se passa à cette période aux États-Unis. Laüme évolua un moment dans l'entourage de parrains mafieux dont elle tenta d'orienter – sans grand succès – les activités vers des buts plus politiques. Ses projets tournèrent court. Bien que l'entreprise fût loin de concrétiser tous les espoirs, le comte Ciano lui sut gré de ses efforts, au point qu'il lui promit de la faire rentrer en grâce auprès des dirigeants du Reich. Lorsqu'elle m'apprit la nouvelle, Laüme rayonnait comme une enfant le matin de Noël. Son enthousiasme était si franc, si sincère qu'il m'émut et fit naître en moi une brusque bouffée de tendresse.

Nous étions alors au printemps 1935, et c'est à cette époque que les événements commencèrent à s'enchaîner à une vitesse affolante. Ainsi qu'il me l'avait prédit à demi-mot dans les salons du Danieli un an plus tôt, Ciano prit part au gouvernement de son beau-père, mais en tant que ministre des Affaires étrangères. Plus que jamais au fait des enjeux de haute politique, l'Italien était séduit par la perspective de disposer d'une Laüme gravitant auprès du Führer. Peut-être espérait-il en faire la maîtresse du petit moustachu ; peut-être voulait-il seulement glisser un pion dans le camp allemand, dans l'attente d'une opportunité mieux définie. Toutes ces hypothèses sont plausibles, et je ne suis en mesure d'en confirmer aucune. Laüme elle aussi était consciente du double jeu de Ciano, mais peu lui importait. Méprisant les petites bassesses du comte, elle voulait retrouver en toute sécurité le chemin de Berlin, cela seul comptait pour elle. Après avoir pris ses renseignements et jeté habilement un premier filet d'intrigues sur quelques officiers influents du SD, le service de renseignements allemand, le gendre du Duce nous obtint assez aisément la permission de résider à Berlin. En juin 1935, nous louâmes à l'année une grande suite à l'hôtel Éden. Riche d'une longue tradition d'artistes, de dramaturges, de philosophes, la ville était un centre culturel et artistique rivalisant avec Londres ou Paris. La meilleure société berlinoise défila dans nos salons – vedettes de cinéma, de music-hall, écrivains, peintres, sculpteurs…

Ces artistes, souvent frivoles, n'avaient en eux-mêmes aucun intérêt, mais ils créaient autour de nous une atmosphère joyeuse et mondaine qui attira bientôt à nous des personnages stratégiquement plus importants. Des officiers de la Wehrmacht, d'abord, puis des fonctionnaires de haut rang et enfin d'authentiques dignitaires nazis, comme le ministre de la Propagande Goebbels, avec lequel je sympathisai car l'homme était intelligent, drôle et parlait bien. Il aimait fréquenter les étrangers résidant à Berlin et se montra curieux de nous. Par son entremise, nous connûmes la jeune pasionaria anglaise Unity Mitford, qui devint rapidement l'amante de Laüme. La fille était exaltée et radicale dans ses positions politiques. Diana, sa sœur aînée, entretenait également de vives sympathies pour le national-socialisme. Elle fréquentait assidûment lord Mosley, le président de la British Union of Fascists, un mouvement politique marginal que les autorités anglaises surveillaient néanmoins de très près. Unity elle-même était pistée par les espions que le MI6 avait envoyés en plein cœur de l'Allemagne nazie.

– C'est une période magnifique pour les complots, les renversements d'alliance et les trahisons de toute nature, *Herr* Galjero, me confia un jour Goebbels. Notre époque est passionnante, au point que nous devrions être reconnaissants au ciel de nous en avoir fait les contemporains.

Je souris et l'approuvai pour la forme. Au fond de moi, j'étais incapable de trancher s'il avait raison ou non. Au cours d'une nuit très joyeuse passée dans les cabarets, Unity conduisit à notre table une aventurière américaine que les journaux du monde entier présentaient comme la maîtresse exclusive du jeune héritier de la Couronne d'Angleterre. Pour ma part, je ne trouvai aucun charme à Mme Wallis Simpson. Mon goût m'a toujours porté vers les jeunes beautés, la fraîcheur du teint, la perfection des courbes, la candeur des traits. Sèche, filiforme, déjà ridée, Simpson n'avait rien pour me plaire. Malheureusement, c'était une croqueuse d'hommes des plus entreprenante. Elle jeta sur moi son dévolu et je dus lui céder pour que cesse enfin son exaspérant manège.

– Tu as bien fait de te forcer, me félicita Laüme. Cette femme est remarquable d'intelligence et de volonté, mais elle a besoin de réconfort. Le prince de Galles subit des pressions énormes pour mettre fin à cette liaison. Elle m'a avoué que c'est un faible et qu'il finirait par céder…

– Peut-être pourrions-nous l'aider à affermir les sentiments du prince à son égard ? suggérai-je. Pourquoi ne pas faire d'elle notre débitrice ? Assurer sa position auprès de son amant peut nous procurer de très belles opportunités.

Heureuse de me voir enfin prendre une initiative, Laüme s'enthousiasma de ma proposition. Convaincre Simpson de nous accorder sa confiance ne fut pourtant pas chose facile. Longtemps incrédule, l'Américaine exigea une démonstration de nos pouvoirs, et il fallut lui octroyer la preuve qu'elle réclamait.

– Apporte-nous un cheveu d'une de tes femmes de chambre, lui dit Laüme, et nous ferons crever cette fille en une semaine sans qu'aucun médecin au monde y puisse rien.

Éclatant de rire, Simpson nous mit au défi d'accomplir un tel exploit. Trois jours après le lancement de la malédiction, décomposée, elle vint nous supplier de mettre fin à l'expérience. Consentant, malgré les risques, à interrompre le charme fatal, nous procédâmes à la réversion du mal. L'Américaine, bouleversée mais convaincue, nous autorisa alors à opérer sur le prince de Galles un envoûtement d'amour.

Afin de mener cette entreprise dans les meilleures conditions, nous décidâmes de nous déplacer en Grande-Bretagne. Wallis nous fit inviter à une partie de chasse organisée par le prince dans les Highlands. Pur hasard ou volonté délibérée de sa part, il se trouva que lord Bentham et son épouse comptaient parmi les convives. Au premier regard qu'il posa sur Laüme, je sentis l'Anglais à nouveau fou de désir pour la fée et, tant que dura notre séjour, il ne cessa de la dévorer des yeux et de rechercher sa compagnie, sans se soucier des convenances ni des regards scandalisés de sa femme. Laüme s'amusait de ce retour de flamme et n'épargnait aucune provocation à cet homme désormais ridé, empâté, dont le crâne était coiffé d'une mince couronne de cheveux gris. Jouant avec le pauvre vieux comme un chat avec une souris, elle le déstabilisa au point que Bentham se tourna vers moi pour implorer de l'aide. Il était si pathétique, si vulnérable que je fus pris d'une pitié sincère.

– Malheureusement, je suis impuissant à plaider en votre faveur, mon ami. Laüme n'est pas un être que l'on contraint et j'ai moi-même peu d'influence sur elle. Se donner à vous n'était qu'une tocade et ne se reproduira pas. Il faut maintenant que vous le compreniez.

– Mais je suis prêt à tout lui donner, geignait-il. Tout ! Tout, vous dis-je !

Un drogué réclamant à genoux sa dose d'opium ne se serait pas humilié davantage. Lorsque je lui rapportai la scène, Laüme eut un mauvais sourire.

– Ce Bentham est décidément un déchet. Jusqu'où crois-tu qu'il s'abaisserait pour satisfaire ses envies ?

– Il prétend vouloir tout te sacrifier mais ce n'étaient que des paroles proférées au cœur de la crise. Revenu à la raison, je doute qu'il se ruine pour toi.

– Et si Bentham possédait quelque chose d'authentiquement précieux que je désire vraiment ?

– Toi, désirer un bien matériel ? Tu ne m'as pas habitué à une telle veulerie.

– On dit que ses enfants sont très beaux et très sains. Un garçon et une fille de dix-huit et dix-neuf ans, je crois. Juste encore assez jeunes. Penses-tu qu'il me les céderait en hommage ?

La question était si monstrueuse que j'eus un rire nerveux. Sans avoir pleinement conscience de la portée de mes paroles, je répondis que c'était là une vilenie trop énorme pour n'être pas tentée.

– Cours donc lui annoncer la bonne nouvelle, me dit Laüme, et mets-lui le marché en main. Je me donnerai à lui une semaine entière et de manière exclusive, à la condition qu'il nous confie ses enfants.

Lorsque je lui exposai les termes du marché, lord Bentham n'eut pas un instant d'hésitation. La perspective de posséder Laüme jusqu'à plus soif avait fait sauter en lui toute barrière morale.

– Patrick et Sybil sont à vous, dit-il sans réfléchir. Mais je veux Laüme dès ce soir, et sans que vous restiez dans la chambre !

– Cette avance vous coûtera tout de même cinq mille livres sterling en surplus, mon cher. Mais, si vous êtes d'accord, alors le marché est conclu ! déclarai-je en lui serrant la main comme si nous étions deux maquignons s'échangeant des juments sur un champ de foire.

Lord Bentham s'éclipsa nuitamment de la chambre conjugale pour faire une nouvelle fois œuvre de luxure avec Laüme. De mon côté, je mis à profit leurs ébats pour procéder à l'envoûtement du prince de Galles. Un envoûtement d'amour est une chose assez simple à réaliser, mais l'opérateur ne peut agir seul. La présence et la participation active du ou de la commanditaire sont essentielles à la bonne marche du processus. Je dois reconnaître que Mme Simpson donna beaucoup d'elle-même, cette nuit-là. L'énergie qu'elle mit à obéir à mes ordres contribua grandement à l'efficacité du charme et nous évita d'avoir à répéter le processus, comme c'est malheureusement le cas lorsqu'un sorcier agit pour le compte d'une personne timorée. L'expérience lui plut tellement que j'osai lui proposer de lancer un second sort afin d'attirer à elle tous les gigolos qu'il lui plairait d'avoir, sans que cela nuise pour autant à la qualité du premier envoûtement.

– J'aurai donc l'amour du prince et le plaisir de voir à mes pieds tous les autres hommes ?

– C'est bien cela. Cela vous amuserait-il, chère Wallis ?

À l'aube de cette nuit étrange, un Anglais heureux et une Américaine doublement satisfaite se croisèrent dans les couloirs de la résidence princière en se saluant d'un discret signe de tête. Confiante et ravie, Simpson n'avait guère moins joui sous ma main que Bentham dans le ventre de Laüme.

Trois jours après cette double séance, nous reprîmes le chemin de Berlin. Juste avant de nous dire adieu, nous vîmes le prince entrer dans la plus vive colère pour prendre la défense de Mme Simpson alors qu'un des invités avait glissé une allusion mal venue au sujet de leur liaison.

– Jamais auparavant il n'aurait fait une chose pareille, nous confia Wallis, émerveillée. S'il m'épouse, c'est certainement à vous que je le devrai, et ça, je ne l'oublierai jamais !

Tout au long du voyage de retour, nous ne cessâmes de nous féliciter de notre périple écossais. Mme Simpson devait encore agir par elle-même pour assurer définitivement sa position, mais nous l'avions pourvue d'un soutien sans lequel elle n'aurait pu résister aux formidables menaces dont elle était la cible. Il ne se passait pas une semaine sans que nous recevions une lettre de sa part commentant l'évolution positive de sa relation avec l'héritier de la Couronne. « Chaque jour, le prince semble plus amoureux de moi, écrivait-elle. Il résiste aux ministres aussi bien qu'à la furie de son père, le vieux George. Le poids que vous avez ôté de mes épaules est immense… »

Si nous étions nous aussi ravis du résultat de cet envoûtement, d'autres projets occupaient maintenant toutes nos pensées. Laüme n'avait pas abandonné l'espoir de rencontrer le Führer en personne et cela polarisait toute son énergie. Par notre ami Goebbels, nous fûmes conviés à la grande fête d'été que le truculent maréchal Göring donnait traditionnellement dans sa propriété de Karin Hall.

– Cette réception se déroulera dans six semaines, m'expliqua Laüme. C'est à cette occasion qu'il faut montrer au Führer de quoi nous sommes capables et comment nos talents pourraient lui servir !

L'idée de Laüme était d'offrir à Hitler le secret des fétiches de protection. Depuis qu'il était entré en politique, le Chancelier avait miraculeusement survécu à plusieurs tentatives d'assassinat, mais c'était par chance pure. Avec l'hostilité que sa politique suscitait à l'étranger, il ne faisait aucun doute que de nouveaux complots surviendraient. Laüme voulait brandir un bouclier devant lui, de la même manière qu'elle avait autrefois protégé Galjero, Dragoncino ou moi-même.

– Cet homme est trop précieux, affirmait-elle. Il ne doit pas mourir stupidement. Sa disparition serait une catastrophe pour l'Occident tout entier…

Afin de galvaniser nos énergies, elle décida d'honorer les termes du contrat passé en Écosse avec lord Bentham. Nous repartîmes donc tous deux pour l'Angleterre. Installés dans la demeure familiale des Bentham en Cornouailles, nous retrouvâmes le lord qui avait tissé je ne sais quel prétexte fumeux pour s'y trouver seul une semaine durant. Sa femme et ses enfants étaient restés à Londres et tous les domestiques avaient reçu leur congé. Pour s'occuper de l'intendance, Bentham avait engagé, sous un faux nom, trois filles écossaises qu'il avait fait venir en secret d'Édimbourg. Plus excité qu'un collégien, il fit une tête de grimaud lorsqu'il me vit descendre de voiture en compagnie de Laüme.

– C'est que j'aurais apprécié demeurer seul avec votre femme, Galjero, grommela-t-il, de fort méchante humeur.

– La maison est assez grande, il me semble, rétorquai-je. Installez-moi dans l'aile où vous n'évoluerez pas, je vous promets que vous ne me croiserez pas de tout le séjour.

Le vieux ronchonna un peu pour la forme avant de me laisser faire comme je voulais. Je mis à profit cette période pour lire énormément et paresser plus encore qu'à l'ordinaire. À l'autre extrémité de l'énorme bâtisse, Bentham hurlait d'extase. Je m'étonnais que cet homme en fin de course puisse aussi bien supporter le marathon amoureux que lui imposait Laüme. Résonnant à toute heure du jour ou de la nuit, leurs cris finirent par me mettre les sens en feu. J'entrepris tour à tour les trois Écossaises, mais toutes étaient décidément trop laides pour me donner vraiment envie de les toucher. Je restai donc une semaine entière à faire carême. Enfin, la période convenue avec lord Bentham arriva à son terme. Lorsque je revis l'Anglais, il était dans un état lamentable, mal rasé, en tenue négligée, amaigri et fatigué, mais il semblait le plus heureux des hommes.

Aussi nue qu'Ève au Paradis, Laüme était assise sur ses genoux cagneux et se laissait gaiement tâter les seins par le vieux goret gazouillant qui n'en pouvait mais.

– Vos sept jours de débauche sont passés, Bentham, déclarai-je avec fermeté. Souvenez-vous de notre marché. Nous exigeons notre contrepartie, désormais.

Il émit un vague couinement lorsque Laüme, se relevant, libéra sa poitrine de ses paumes :

– La fête est finie, *sir* ! Faites donc venir au château Sybil et Patrick…

Bentham ne se déroba pas. Il avait joui tout son soûl et s'imaginait nous abandonner la virginité de sa progéniture. Évidemment, nous avions joué sur cette ambiguïté depuis le début, et nous nous gardâmes de lever l'équivoque jusqu'au dernier instant.

Sybil et Patrick étaient des adolescents magnifiques et intelligents. Nous passâmes le lendemain une soirée très agréable en leur compagnie. Laüme les interrogea sur leurs études et leurs lectures ; je m'intéressai à leurs ambitions et à leurs espoirs. Tandis que nous prenions le café et les alcools avec leur père, Sybil chanta une pièce de l'opéra *Lakmé*, de Léo Delibes, et son frère l'accompagna au piano. Quand ils eurent fini, Laüme s'approcha doucement du jeune homme et l'embrassa avidement sous le regard ébahi de sa sœur. Bentham passa dans un salon contigu dès que nous entreprîmes de dévêtir ses enfants. C'est ainsi que l'orgie commença. Lorsque Laüme eut consommé Patrick et moi Sybil, je tirai un poignard de mes vêtements et tranchai les veines de nos frêles amants. Pris par surprise, Patrick ne se défendit pas, mais la jolie Sybil poussa un cri d'effroi qui ne pouvait se confondre avec un râle de plaisir. Aussitôt, Bentham surgit dans la pièce.

– Qu'avez-vous fait ? hurla-t-il. Qu'avez-vous fait, monstres ?!

Saisissant une lampe au lourd pied de bronze, je l'assommai pour laisser Laüme profiter du sang chaud des jeunes corps étendus sans subir les jérémiades de leur géniteur. Nous n'avions pas sacrifié d'enfants depuis des années. Je n'avais pas sacrifié à Ta 'us depuis trop longtemps, et cela me vivifiait d'une extraordinaire façon. Pour la fée, le sang était un liquide dynamique qui modifiait la chimie de son organisme. Quant à moi, c'était l'acte homicide en lui-même qui constituait un puissant adjuvant, et non l'absorption de la matière. Que j'égorge un attardé ou un génie ne faisait pour moi aucune différence. Laüme, en revanche, se révélait excessivement sensible à la qualité subtile de ce qu'elle absorbait. Plus l'esprit de l'enfant était développé, et plus la fée puiserait de vitalité dans le fluide. Ce qu'elle tira des enfants Bentham la transporta d'extase.

Notre œuvre achevée, je partis en chasse des trois domestiques qui dormaient benoîtement dans leur chambre et les occis sans même les réveiller. De retour dans le salon, je pensais trouver Bentham toujours assommé, et je voulus lui donner le coup de grâce pour lui épargner l'horreur et la culpabilité. Mais le vieux lord s'était traîné hors de la pièce et je ne pus le trouver, malgré des recherches frénétiques. Le jour était maintenant levé. J'entendis un coq chanter. Le ciel était gris et une pluie fine gouttait des nuages bas. Demeurer au château était dangereux. Je revins vers Laüme, la plongeai dans une baignoire en émail, lavai son corps de toute les scories qui le couvraient puis l'habillai et l'installai à l'arrière de la voiture, sous une chaude couverture. Languissante, plongée dans une profonde torpeur, la fée n'était pas encore sortie de son extase. À la voir ainsi vulnérable et confiante, il me vint soudain l'envie de la tuer sur-le-champ. Une furie me prit et je courus vers les cuisines pour m'emparer de deux longs couteaux de découpe. Les armes aux poings, je revins vers la voiture et me penchai sur elle. Toujours étendue, immobile, elle semblait une proie facile. Je n'avais qu'à planter simultanément mes deux lames dans son cœur et son ombilic ou au sommet de son crâne pour mettre fin à son existence et combler mon dieu Ta'us... Je me tenais à une seconde à peine de l'immortalité. Mon cœur se mit à battre comme jamais. Je levai les armes au-dessus de la fée. Aussitôt, ses gardiens subtils m'attaquèrent. Une terreur monta en moi tandis qu'un formidable étourdissement me prenait. Mais j'étais maintenant assez aguerri pour lutter contre ces charmes de sorcière. Sans céder à la panique, mon esprit conservait la volonté de ce crime, bien que mes muscles soient trop contractés pour me permettre de lancer une frappe simultanée. Or je n'avais pas le droit à l'erreur. Malgré ma rage, je préférai donc renoncer. Lâchant les couteaux sur le gravier, je m'installai au volant et fis démarrer la voiture en trombe, roulant à toute vitesse sur les routes défoncées de campagne jusqu'à Douvres.

Le soir, je fis embarquer Laüme à bord d'un ferry. Elle titubait et les gens croyaient qu'elle était ivre. Il fallut encore quarante-huit heures pour que cet éthylisme disparaisse, mais quand, deux jours après avoir regagné Berlin, nous nous rendîmes chez Göring, la fée avait atteint l'acmé de sa beauté et de son charme.

Nous dûmes presque attendre l'aube avant d'être admis en présence du Führer. Nous avions passé des heures à deviser avec quelques connaissances sur la plate-forme d'un arbre gigantesque où nous avions retrouvé Ciano, Simpson et Mitford en compagnie de quelques SS de haut rang. C'est d'ailleurs à l'un d'eux, un grand officier d'origine norvégienne, que nous confiâmes le soin de nous aider dans une démonstration spectaculaire destinée à prouver au chancelier l'efficacité de nos pouvoirs de protection.

C'était la première fois que je voyais Thörun Gärensen, et il me parut d'emblée sympathique. Très différent de tous les autres gradés de l'Ordre noir que j'avais rencontrés jusqu'alors, il portait l'uniforme comme s'il n'y croyait pas lui-même. Néanmoins, c'était un des plus proches collaborateurs de Heydrich et il jouait un rôle éminent au SD. Ses manières étaient courtoises, et sa conversation nourrie de références aussi variées qu'érudites. Il avait la réputation d'être un homme à femmes mais – et c'est peut-être ce qui fit sa particularité – il ne posa à aucun moment des yeux concupiscents sur Laüme et, même lorsqu'elle se pendit à son bras pour traverser une pelouse, il se conduisit comme un véritable homme du monde. Éclatante dans son fourreau noir, elle hypnotisait pourtant tous les hommes présents à Karin Hall. Même le terrible Reinhard Heydrich, si froid et détaché d'ordinaire, ne pouvait s'empêcher de couler vers elle des regards mouillés. Et lorsque nous priâmes Gärensen de quitter la pièce pour servir de sujet à nos démonstrations d'envoûtement, il se retira de manière très digne, malgré l'emploi ingrat que nous lui faisions tenir devant le Führer.

Comme nous l'avions prévu, Hitler s'intéressa beaucoup à notre expérience. C'était un homme à la spiritualité très développée. Peut-être était-il un peu médium lui-même. Ne rejetant rien de ce qui était surnaturel sans se montrer pour autant fasciné par l'occulte, il chargea son ministre Himmler de nous fournir tout ce dont nous aurions besoin pour la réalisation d'une série de fétiches protecteurs dédiés aux personnalités majeures de son gouvernement. Contrairement à son maître, Himmler était authentiquement passionné d'occultisme et de magie. Quelques semaines avant la réception donnée par Göring, il avait ordonné la création d'un institut de recherches nommé Ahnenerbe, dont une branche était officiellement consacrée à l'étude des phénomènes occultes. Gärensen était appointé par le directoire de cet organisme.

Quelques jours après notre rencontre à Karin Hall, je reçus une invitation à galoper en sa compagnie dans le parc du Tiergarten. Comme moi, le Norvégien était amateur de chevaux. Il montait un superbe animal que lui avait offert Heydrich. Nous renouvelâmes ces promenades à plusieurs reprises. Thörun parlait peu, mais sa compagnie me plaisait. Je le sentais à la fois naïf et perspicace, faible et volontaire – des paradoxes qui étaient un peu les miens. Nous nous découvrîmes quelques centres d'intérêt communs et une certaine confiance finit par naître entre nous, au point que je lui demandai de visiter cet Ahnenerbe qui m'intriguait fort. L'institut était intéressant et certainement rempli de gens de bonne volonté, mais je compris vite que les intervenants et les prétendus spécialistes qui l'animaient étaient de vulgaires universitaires, et non d'authentiques praticiens de l'occulte, ainsi que je l'avais espéré. J'en fis la remarque, non sans prétention, à Gärensen et, lorsque je lui affirmai être moi-même un peu sorcier, il me prit pour un fou.

Je prenais congé de mon hôte lorsque, dans le couloir menant à son bureau, je croisai une jeune fille dont le visage et l'allure attirèrent mon attention. Grande, blonde, athlétique, elle possédait un charme étrange, malgré la dureté de ses traits et son regard glacé. Nous nous dévisageâmes une seconde, puis je quittai Gärensen pour rentrer à l'Eden. Tout le long du trajet, je ne cessai de songer à cette fille dont j'ignorais tout. Depuis la petite Parisienne nommée Sandrine, je n'étais pas retombé amoureux. J'avais désiré des femmes, certes, et souvent j'avais aussi passionnément aimé Laüme, mais d'un amour hors norme, inhumain, violent, haineux, comparable à aucun autre. Mais je savais que j'avais profondément changé depuis l'époque des Romantiques, et que je ne pourrais plus m'éprendre comme je l'avais fait. Et pourtant, j'avais été touché par le visage de cette inconnue.

Extrêmement sensible à mon humeur, Laüme perçut aussitôt qu'une image parasitait mon esprit. Quand je lui fis l'amour cette nuit-là, c'était la sylphide que je tenais en pensée dans mes bras. Plutôt que de se fâcher, la fée s'en amusa.

– Tu songes à une autre, Dalibor, je le sens, dit-elle pour me taquiner. Pourquoi ne cours-tu pas la retrouver ?

– Je ne sais pas qui elle est. Et je n'ai pas l'intention de me ridiculiser en fouillant tout Berlin pour la débusquer.

– À ta guise, mon bon Dalibor…

*

Plus nues que nues, vêtues de leurs seuls bijoux et de leurs escarpins hauts, elles se tenaient toutes deux devant moi. Laüme et Ostara Keller. Dans notre suite de l'Eden, les deux filles se donnaient du plaisir depuis une heure sans que j'aie encore le droit de me mêler à elles. C'était la règle du jeu. Je ne savais au juste comment, mais Laüme était parvenue à dénicher pour moi la fille qui m'avait tant plu dans les couloirs de l'Ahnenerbe. Depuis qu'elle s'était laissé dévêtir, Ostara ne cessait de me surprendre. Sous ses dehors glacés, c'était une furie, une jouisseuse experte et gourmande, acceptant avec docilité toutes les fantaisies. Laüme, je le savais, n'avait pratiqué sur elle aucun envoûtement visant à délier des sens assoupis ou à ouvrir de force un esprit pudique à la débauche. Non. Ostara était naturellement sensuelle et perverse. Lorsque, à mon tour, je la possédai enfin, elle me donna des satisfactions rares et longues que Laüme contempla sans les interrompre. Dès ce jour, Keller devint une familière de nos jeux érotiques. Nous consacrions souvent des nuits entières à nous caresser tous trois.

Occupant je ne sais quel poste à l'Ahnenerbe, Keller était une patriote exemplaire. Comme Laüme, elle était convaincue de la supériorité du régime national-socialiste et détestait les démocraties autant que le bolchevisme. Ses convictions étaient si vives qu'après des heures passées dans nos bras, elle était encore capable de soutenir une discussion politique avec Laüme. Lorsque cela se produisait, je quittais la chambre et m'enfermais dans le salon pour lire, fumer ou écouter un concert à la TSF…

Par un dimanche ensoleillé d'octobre, Gärensen voulut nous emmener, Laüme et moi, sur la côte. Arrivé en Allemagne en 1931, le Norvégien fréquentait régulièrement la station balnéaire de Heringsdorf. L'anecdote ne mériterait pas d'être citée si, à notre retour à Berlin, Laüme ne m'avait soudain paru bien rêveuse.

– À quoi penses-tu ? demandai-je.

– À tous ces chantiers qui fleurissent dans Berlin.

– Ce sont les préparatifs pour les jeux Olympiques, je crois. Pourquoi cela t'intéresse-t-il ?

– Parce que ce sera grandiose. Il y aura là une foule vibrante de passions exacerbées. C'est une énergie que nous pourrions capter à notre profit… et qui pourrait servir à alimenter un *palladium*, par exemple. Cette pierre permettrait de protéger la ville tout entière et agirait, comme les fétiches, au profit d'une personne en particulier.

Je m'allongeai sur le lit et croisai les mains sous ma nuque pour réfléchir un instant.

– Tu crois que ce soit possible ? Tu connais le mode opératoire d'un tel talisman ?

Laüme laissa tomber sa robe à ses pieds, dénuda ses seins et aiguisa leur pointe rose entre ses doigts avant de venir me chevaucher. Mon sexe s'enfonça avec délices dans le sien. Sa peau sentait le sel et le sable.

– Je ne connais pas de rituel précis, avoua-t-elle en entamant un doux balancement des hanches. Mais nous pourrions glaner des références. Les Jeux se dérouleront dans neuf mois. Cela nous laisse un peu de temps…

Bien qu'elle ne me parût pas d'une pertinence extrême, je fis mine de m'intéresser à l'idée de Laüme. Je voyais dans ces recherches un excellent prétexte pour quitter momentanément Berlin, dont l'atmosphère de caserne commençait à me peser.

– Vittorio Caetano possède certainement des informations intéressantes dans sa bibliothèque, suggérai-je. Peut-être serait-il bon d'y aller voir.

Je ne sais au juste quelle fantaisie me prit, j'invitai Thörun Gärensen à m'accompagner lors de ce voyage. Malheureusement, il me fut impossible d'entrer rapidement en contact avec Caetano. Le vieux fou était chez lui mais il procédait à un travail de renouvellement corporel qui exigeait un isolement total pendant quelques jours encore. En attendant d'être admis au *palazzo*, je restai en compagnie de Gärensen. Plus je le fréquentais, plus le Norvégien me semblait un garçon digne de confiance. Pris dans une machination compliquée, il s'était vu contraint d'intégrer la SS quelques années plus tôt afin de servir les intérêts de Reinhard Heydrich. Son histoire me toucha. Elle ressemblait à la mienne en bien des points. Lui et moi n'étions plus maîtres de nos destins, et cela renforça la sympathie que nous éprouvions l'un pour l'autre. Sans lui livrer tout de mon passé, j'en vins à lui avouer sans fard les motifs de notre présence à Berlin. À quoi aurait-il servi de dissimuler la vérité à un homme que nous avions pris pour assistant dans la démonstration de nos pouvoirs à Karin Hall ? Aussi incrédule que Wallis Simpson l'avait été, je m'amusai, dans le but de le convaincre, à confectionner deux fétiches pour son usage personnel. Le premier était un gardien, le second un talisman séducteur qui le transforma en véritable aimant à femmes. Gärensen ne pouvait faire un pas dans les rues de la Sérénissime sans être l'objet d'une œillade peu discrète ou d'une invite explicite. La ville était pour lui une fête foraine où toutes les femmes étaient des attractions gratuites, complaisantes, immédiatement disponibles.

Tandis qu'il passait ses journées à satisfaire ses maîtresses, je me rendais au domicile de Caetano afin de consulter les innombrables volumes de sa bibliothèque. Parvenu quasiment au terme de son exercice d'ascèse, le comte m'avait autorisé à arpenter les couloirs de son palais autant qu'il me plairait. Quinze ou vingt jours d'affilée, je fouillai dans ses collections sans trouver de quoi satisfaire ma curiosité, puis, au détour d'un texte d'apparence anodine, je découvris enfin des éléments de rituélie susceptibles d'être utilisés pour l'élaboration d'une grande pierre de protection. La découverte du *Pretiosa Margarita Novella* marqua la fin de mon séjour à Venise. Gärensen ne rentra pas avec moi. Je crois qu'il était tombé amoureux d'une fille rencontrée lors d'une réception donnée au bord du Grand Canal. Dans le train qui me ramenait à Berlin, je relus l'ensemble des notes que j'avais prises chez Caetano. Mes découvertes avaient largement débordé le cadre strict que je m'étais défini. J'avais dérobé à son insu au Vénitien deux textes uniques évoquant à demi-mot les *frawartis*. L'un était un bref manuscrit rédigé en grec ancien sur un étroit rouleau de papyrus ; l'autre, un double feuillet en français glissé, sans raison apparente, dans une édition milanaise du *Tiers Livre* de Rabelais. Anonymes, ces écrits avaient la forme d'épyllions, très courtes épopées mêlant narration d'exploits guerriers, passages érotiques, odes versifiées et imprécations erratiques. Pour quiconque n'était pas introduit au secret des *frawartis*, ce n'étaient que de médiocres pièces littéraires. Nul doute pour moi, en revanche, qu'ils constituaient d'authentiques témoignages rédigés par des hommes ayant connu la faveur des fées.

Les deux récits me terrifièrent. Ils ne cessaient de mettre en garde contre le danger des démons au ventre lisse. « S'il arrive qu'un ange noir tourne vers toi son sublime visage, refuse ses avances car sa face n'est qu'un masque sous lequel se cachent les plus hideuses grimaces. Il s'accrochera à ton destin et s'arrogera le droit de le modeler à sa guise. Tu deviendras son esclave. Les plaisirs qu'il te donnera seront éphémères et vains. Tes nuits seront tissées d'amertume et tes jours semblables à des rivières de chagrin. Soldat, ne sois pas trop ardent dans la bataille. Prêtre, ne sois pas trop fervent dans tes prières. Hommes, demeurez médiocres au risque de sentir se poser sur vous la griffe des femmes-fées… » Le récit français était encore pire et ses avertissements plus nets. Celui qui l'avait rédigé disait avoir vécu trois siècles au côté de sa Vénus anomphale – trois siècles d'horreur, de tourments, de folie… « Toi qui pour ton malheur connais un sort semblable au mien, perds ici tout espoir car rien ne te sauvera. Peut-être résisteras-tu cent années aux pouvoirs de ta fée, peut-être un peu plus encore… Mais lorsque tu croiras ne rien avoir à craindre d'elle, alors, comme une cape retirée de ses épaules, elle te montrera sa vraie nature. Les plaisirs qu'elle t'aura donnés, elle te les fera payer d'un prix plus fort que si tu avais vendu ton âme à Satan lui-même. Attaché sur le sable au fond des eaux, le poids de l'océan ne pourrait être plus grand sur ta poitrine que lorsqu'elle se couchera sur toi et te dira encore *Je t'aime*. Alors, tu voudras n'avoir jamais existé et tu prieras pour une mort qu'elle ne t'accordera pas. Tu chercheras de l'aide mais personne ne sera là pour te prêter main-forte. Vie et trépas te seront pareillement refusés, et les limbes hurlants deviendront ton domaine éternel… »

Ennemis, victimes et disciples

Depuis leur découverte sur les étagères poussiéreuses de la bibliothèque Caetano, les épyllions ne cessaient de me hanter. À force de les relire, je les connaissais par cœur et, chaque fois que mon esprit se relâchait, leurs phrases venaient tourner dans mon cerveau en une infernale litanie. Les avertissements qu'ils déclinaient sur tous les tons finirent par me persuader de recouvrer une position plus méfiante vis-à-vis de Laüme. Depuis trop longtemps j'avais baissé ma garde. Les armes que je m'étais forgées dans la vallée de Lalish risquaient de se révéler émoussées si, d'aventure, Laüme se retournait subitement contre moi. Mais comment rétablir mes lignes de défense ? Je songeai, bien sûr, à mon maître Nhuwwas, mais, ignorant où il se trouvait et même s'il était encore en vie, c'était une voie impossible à suivre. L'idée me vint alors de solliciter Thörun Gärensen. Son Ahnenerbe était une ruche rassemblant des chercheurs aux spécialités les plus variées. L'espoir était mince d'y trouver un homme capable de m'aider, mais la tentative valait d'être faite. Ma requête surprit le Norvégien et je dus lourdement insister avant qu'il cède. Emmené nuitamment dans les bureaux de Pücklerstrasse, j'épluchai consciencieusement les états de service des membres de l'institut, jusqu'à ce que mes yeux s'arrêtent sur le dossier d'un certain docteur Hezner.

– Hezner ? fit Gärensen, très surpris. Vous désirez rencontrer le docteur Ruben Hezner ?

– C'est cela même, mon ami…

Ignorant tout de l'histoire de Mose Tzadek et de Yohav, Gärensen ne pouvait évidemment comprendre pourquoi je m'intéressais à cet étrange rabbin. Dès que je fus en présence de l'homme, je sus que je tenais là un sujet des plus intéressants. À l'évidence, Hezner était davantage qu'un simple érudit. Sa personnalité était magnétique et je sentis qu'il possédait des dons d'extralucide. Au fil de nos conversations, j'acquis la certitude qu'il était de la même trempe que ce Mose Tzadek qui avait manqué de causer la mort de Laüme. Hezner, j'en étais convaincu, partageait la même fibre, la même puissance. Pourtant, il ne pratiquait pas les arts noirs. Il étudiait le symbolisme, l'angéologie, la kabbale, la guématrie sur un plan strictement intellectuel et n'avait jamais lancé aucun sort. Je voulus lui faire entrevoir les possibilités auxquelles sa nature le prédisposait, mais il se cabra et refusa de coopérer, malgré les menaces et les promesses… Cela me mit d'autant plus en rage que j'avais tenté avec lui une expérience rudimentaire qui s'était révélée extraordinairement concluante.

– Il s'agit seulement d'observer discrètement quelqu'un par un minuscule trou pratiqué dans une cloison. Rien de plus. Cela ne durera que quelques secondes mais je veux connaître votre opinion sur la personne que vous verrez…

Hezner accepta et vint chez moi. Je l'avais installé de manière à ce qu'il scrute Laüme, qui se trouvait dans sa propre chambre. Le résultat dépassa mes espérances : la fée ne tarda pas à ressentir un malaise si vif qu'elle se roula par terre en bavant comme une épileptique. Lorsque Hezner fut sorti, Laüme recouvra lentement ses esprits, mais ses traits défaits et ses yeux affolés disaient bien qu'elle venait de traverser une crise d'angoisse dont elle ne comprenait même pas l'origine. Malheureusement pour moi, toutes mes tentatives pour m'assurer le concours du rabbin échouèrent. Il s'était donné une mission qui l'occupait tout entier, et rien ne put le détourner de son mystérieux projet.

*

Tandis que je redoublais d'efforts pour rallier Hezner à ma cause, Laüme achevait la préparation du fétiche de protection destiné à Adolf Hitler. Lorsque la statuette fut opérationnelle, elle l'apporta en personne à Berchtesgaden, dans la résidence privée du Führer. Enchanté du travail accompli, ce dernier lui exprima sa reconnaissance et l'autorisa à procéder à l'élaboration d'autres gardiens subtils à l'usage de ses collaborateurs les plus proches. Quelques semaines plus tard, Himmler, Goebbels, Heydrich et Göring étaient pourvus du même type de protection.

Durant mon séjour à Venise en compagnie de Gärensen, Laüme avait jugé bon d'initier la petite Keller à quelques-unes de nos pratiques. Élève douée et très curieuse des arts occultes, Ostara apprenait ses leçons avec passion et une grande application. Lorsque Laüme lui refusait un enseignement, elle se tournait aussitôt vers moi pour me soutirer l'information qu'elle attendait. Sans céder à tous ses caprices, je fus assez généreux pour lui apprendre des mécanismes d'envoûtement élémentaires et faire d'elle une redoutable sorcière. La garce était retorse et n'avait peur de rien. Son audace faisait rire Laüme qui lui raconta un peu notre vie et l'associa au projet du *palladium*.

– Elle travaille pour le compte de cet Ahnenerbe qui t'intéresse tant, Dalibor. Je t'assure que nous pouvons lui faire confiance…

Préparer un talisman pour une cité entière se révéla une tâche épuisante. Pourtant, ce fut à cette occasion que le réservoir d'enfants constitué par nos établissements éducatifs démontra toute son utilité. Ostara Keller nous trouva, comme nous le lui avions demandé, une longue pierre noire que nous fîmes livrer dans les sous-sols d'une vaste demeure modern style, réquisitionnée pour nous par notre ami Heinrich Himmler. De nombreuses heures de méditation et de préparation furent nécessaires avant que nous ne pratiquions une série de sacrifices destinés à rendre la pierre totalement poreuse aux influences que la foule déverserait sur elle à flots pendant toute la durée des Jeux. Les gamins que nous fîmes venir d'Inde et d'Afrique furent mis en attente avant les cérémonies sanglantes prévues pour les mois d'avril et de mai.

L'énergie qu'il nous fallait dépenser pour ces rituels préparatoires était colossale et m'épuisa littéralement. Laüme, elle, trouvait encore la force de se distraire avec des gitons. Keller lui avait présenté un de ses collègues de l'Ahnenerbe, un jeune Français prétentieux du nom de Dandeville. Laüme en fit pour quelques nuits un partenaire de coucheries, puis elle s'amusa à le faire crever à petit feu. Ami proche de Gärensen, Dandeville était sur le point de trépasser lorsque Thörun vint supplier Laüme d'épargner son camarade. Un marché s'établit entre eux, dont je devinai trop bien la nature des termes. Thörun racheta ainsi la vie de son ami au prix de grands renoncements. Souillé, blessé au plus profond de lui-même, le Norvégien prit aussi ses distances avec moi sitôt que Laüme relâcha son étreinte. Malheureusement, cet épisode eut une fâcheuse conséquence sur notre couple. Je m'étais beaucoup confié à Gärensen. La fée le contraignit à lui révéler le détail de notre voyage à Venise et le secret de ma rencontre avec le docteur Ruben Hezner. Lorsqu'elle comprit que je complotais contre elle, Laüme entra dans cette même colère qui l'avait saisie lorsque j'avais vainement tenté de sacrifier Lorette et son enfant à la place de Sandrine et de mon fils. Je crus un instant voir la silhouette du cocher boiteux revenir d'entre les morts pour me jeter sous les ponts de Paris. Mais, rapidement, Laüme fit décroître son courroux. Peut-être songeait-elle que le moment d'une rupture définitive était bien mal choisi. Les rituels d'activation du *palladium* n'en étaient qu'à leurs débuts et elle avait besoin de moi pour les mener jusqu'à leur terme. Elle feignit de revenir à de meilleurs sentiments envers moi mais je sentais que sa confiance était profondément altérée. Nous jouâmes cependant la comédie des réconciliations et poursuivîmes notre travail comme si de rien n'était, en gravant des symboles dans la pierre.

Enfin arriva l'heure d'un choix. Pour activer le *palladium*, il était nécessaire de sacrifier un adulte en surplus des enfants.

– Nous allons utiliser ton petit protégé, Gärensen, décida Laüme. Qu'en penses-tu ?

Je n'émis pas d'objections. Bien qu'il n'en fût pas totalement responsable, Thörun m'avait trahi et j'avais envie de le punir pour sa faiblesse. Malheureusement, la victime réclamée par le rituel devait avoir subi au préalable une ordalie, une épreuve qualifiante, que nous ne pouvions ignorer. Multipliant les approches, j'assurai au Norvégien que rien n'avait changé entre nous malgré ses coucheries avec ma femme. Il ne se méfia pas.

À cette époque, l'Ahnenerbe organisait des travaux de réfection dans les ruines médiévales du Wewelsberg. Cet endroit était une grâce du ciel : totalement isolé en pleine forêt, immense dédale de tours effondrées, de corridors obscurs, de murailles et de salles gigantesques, le château était un théâtre idoine pour les opérations à mener autour du *palladium*. Sollicitant la permission de Himmler, nous fîmes installer la pierre dans les souterrains puis nous procédâmes aux premiers rituels meurtriers. La pierre réagit parfaitement aux lustrations de sang. Encouragés, nous multipliâmes les oblations visant à renforcer la puissance du fétiche. La tâche que nous lui avions assignée n'était pas mince : la pierre devait – pas moins que cela – rendre impossible la prise de la ville par des armées terrestres, dévier les attaques aériennes et même chasser tous les espions de ses rues…

Ostara Keller nous secondait désormais officiellement. C'était elle qui nous amenait les gamins avant les sacrifices, prenait en charge les détails d'organisation et l'articulation de nos travaux avec les services spéciaux de Himmler. Elle se consacrait totalement à sa tâche et ne manifestait aucune répugnance à nous voir assassiner des enfants. J'admirais son détachement, sa froideur. Si j'avais partagé cette nature impitoyable, ma vie auprès de Laüme aurait pris un sens différent dès le premier jour ; au lieu de cela, il m'avait fallu franchir bien des obstacles pour en arriver au point d'où Keller, elle, partait…

Le soir du dernier jour d'avril 1936, je me rendis à l'improviste chez Gärensen pour le conduire dans les cryptes du Wewelsberg, afin de lui faire passer l'initiation nécessaire. Fort heureusement, le Norvégien résista assez convenablement à ce que nous lui fîmes subir, sinon nous aurions dû trouver d'urgence une autre victime et, vraisemblablement, sacrifier Keller. Enfin, la période des jeux Olympiques arriva. Nous fîmes placer la pierre dans une cache, sous la tribune officielle, à la verticale de la position d'Adolf Hitler, exactement là où se polarisait l'attention du public. Pendant les quinze jours que durèrent les festivités, le *palladium* se chargea de l'hystérie déversée par la foule berlinoise, puis, une fois que la vasque enflammée dominant le stade fut éteinte, nous le fîmes rapatrier au Wewelsberg. L'heure de l'ultime sacrifice venait enfin d'arriver…

Rien ne se passa comme prévu ce soir-là. J'ignore, aujourd'hui encore, comment Gärensen anticipa son sacrifice mais, alors que nous étions sur le point de lui transpercer le cœur, il parvint à injecter une substance dissolvante à l'intérieur même du *palladium*. En un instant, toute notre œuvre s'écroula. Les énergies contenues dans la pierre entrèrent en ébullition et le talisman se mit à diffuser son influence de façon erratique. Lorsqu'une opération de charge se déroule mal, les fluides se retournent nécessairement contre ceux qui les ont initiés. Ce choc était assez puissant pour nous tuer en quelques semaines, Laüme et moi. Aussi, après nous être débarrassés de Gärensen en le précipitant dans les oubliettes du Wewelsberg, nous quittâmes le château dans un état d'affolement indescriptible. Roulant sans but dans la nuit épaisse, c'est seulement au matin que nous reprîmes notre calme et que nous pûmes commencer à réfléchir posément.

– Nous devons désamorcer la pierre, m'annonça Laüme. Et nous devons le faire vite.

– Alors commençons dès ce soir, dis-je. Mais j'ignore comment procéder.

– Moi je le sais, certifia la fée. Mais il va nous falloir beaucoup de sang, du sang de qualité. Et puis, il faudra aussi procéder loin d'ici. Le plus loin possible de la source des énergies contenues dans le *palladium*. Très loin des nazis…

– Pourquoi pas dans la maison de Calcutta ? Nous avons un grand pensionnat dans cette ville et la demeure de Shapûr Street est extrêmement vaste. Personne ne viendra nous y déranger…

L'idée plut à Laüme et nous nous préparâmes à faire transférer le *palladium* aux Indes. Sous le couvert d'une mission d'espionnage au profit du SD, Ostara Keller fut envoyée pour préparer notre venue et nous seconder dans nos opérations, mais nous jouâmes de malchance tout au long de ce séjour et les contrariétés s'accumulèrent. Le hasard voulut qu'à la même époque le roi Édouard VIII se lance dans la tournée des provinces hindoues. Si Wallis

Simpson traînait plus que jamais dans son sillage, elle ne pouvait officiellement se montrer à ses côtés. C'est pourquoi, en attendant qu'il ait achevé sa tournée officielle, elle nous demanda la permission de résider chez nous, au Bengale. Elle insista tant qu'il nous fut impossible de nous défiler.

– Ne t'inquiète pas, me dit Laüme en me passant les doigts dans les cheveux. Nous sommes assez forts pour neutraliser la pierre tout en faisant bonne figure à Wallis. Elle est là pour nous demander quelque chose qui est dans notre intérêt et que nous ne pouvons refuser.

– Quelle est sa nouvelle lubie ? La position de maîtresse unique du roi ne lui suffit pas ?

– Non, Dalibor. Maintenant, elle désire être reine !

*

Peut-être aurions-nous dû choisir une autre ville que Calcutta et nous rendre en Afrique plutôt qu'en Inde. Dès qu'ils surent que Wallis Simpson devait être notre hôte, les services secrets de la Couronne mirent notre propriété sous bonne garde et nous dépêchèrent un des leurs pour veiller sur Wallis, tel un chaperon. Le type en question était un tout jeune officier du MI6 au patronyme gallois aussi ridicule qu'imprononçable, d'une maladresse chronique, d'une candeur inimaginable. Emprunté au possible, certainement puceau, il rougissait comme un volcan en éruption dès qu'il voyait Wallis ou Laüme se promener en tenue légère devant lui. Pouffant comme des lycéennes, les deux amies multipliaient les provocations et les taquineries pour l'exciter. Je crus un instant qu'il allait jeter aux orties sa dignité et ses grands principes pour se transformer en chien obéissant désireux de se rouler aux pieds de Laüme, mais non, cela ne se produisit pas. Cependant, si Tewp manquait d'assurance, il n'était ni veule ni stupide, comme j'avais pu le croire. Bien au contraire, il se révéla assez perspicace pour se douter que des événements étranges se déroulaient sous notre toit. Je le surpris plus d'une fois à rôder sans raison autour du stupa dans les sous-sols duquel nous avions fait déposer le *palladium.* Je ne m'en inquiétais pas outre mesure, car j'avais fait construire la tour d'après le modèle des édifices yezidis de la vallée de Lalish. Bardé de gardiens, elle suscitait vomissements, malaises, angoisses et terreur chez qui s'en approchait indûment.

Les quelques jours au cours desquels Wallis résida chez nous furent remarquablement éprouvants. Le jour, nous devions jouer les mondains insouciants, tandis que, la nuit, nous nous occupions de neutraliser les énergies mortelles émanant du *palladium.* Contrer le travail que nous avions accompli dans les cryptes du Wewelsberg exigea un labeur plus grand encore. Ni Laüme ni moi n'avions jamais participé à une œuvre aussi dangereuse, et nous ignorions si nos pratiques aboutiraient à la réussite ou se solderaient par un échec irréversible. Lentement, nous pratiquâmes l'extraction du liquide condensateur contenu dans la pierre noire – une opération qui releva de la mécanique plus que de la liturgie. Nos prières et nos chants n'étaient que des prétextes à concentration, notre nudité rituelle, une manière de signifier notre humilité. Nous savions que, dès que le *palladium* serait vide, la matière qui en formait l'âme allait chercher à ronger ses créateurs. Il nous fallut donc interposer des victimes entre cet acide subtil et nous. Là encore, nous fîmes appel aux enfants de notre fondation de Calcutta. Les Suisses qui dirigeaient l'établissement nous laissèrent disposer des gamins sans poser de questions dans un premier temps. Mais comme notre travail était ralenti à cause de la présence dans nos murs de Tewp et Wallis, ils finirent par s'inquiéter du sort de leurs petits pensionnaires. Nous les fîmes languir sous des prétextes divers aussi longtemps que nous le pûmes.

À chaque aube, Laüme et moi revenions épuisés des sous-sols de la tour. Sous l'action de ce que nous leur faisions subir, les gosses immolés se transformaient en cadavres desséchés et cassants, en momies grises et flétries dont seuls les yeux restaient curieusement intacts. Par précaution, nous versions de l'or fondu dans leurs orbites pour sceller définitivement leur dépouille et empêcher ainsi le fluide absorbé de suinter par les orifices. Néanmoins, nos travaux portaient leurs fruits. Laüme et moi sentions tous deux que le *palladium* perdait peu à peu de sa force. À l'instant où le roi Édouard VIII franchit les grilles de notre propriété de Shapûr Street, nous étions presque venus à bout de son extinction. L'arrivée du roi, cependant, était inopportune. De nouvelles escouades de militaires et d'agents furent cantonnées dans notre parc, tandis que le jeune Tewp se montrait de plus en plus méfiant et commençait à se comporter de fort étrange manière. Mes soupçons furent confirmés lorsque Ostara vint nous apprendre qu'il était sur ses talons depuis son arrivée aux Indes. Elle s'était exercée sur lui aux pratiques de l'envoûtement pour le neutraliser, mais en vain.

– La magie n'est pas tout, Ostara, dis-je pour lui faire la leçon. Lorsque le danger est imminent, une balle dans la tête est plus rapide et coûte moins d'efforts. On ne lance pas un envoûtement lorsque quelqu'un vous vise !

– Il est temps de partir, décida Laüme. Le *palladium* n'est plus un danger pour nous mais l'air de Calcutta devient irrespirable avec tous ces Anglais. Le roi part à la chasse demain matin. Profitons-en pour nous éclipser.

*

Même frottées d'un linge sec, les taches de sang sur ma main ne partaient pas. Au volant de sa longue Bugatti, Laüme roulait à vive allure juste devant ma propre voiture. Je fis un appel de phares pour lui demander de s'arrêter. Trempant mon mouchoir dans la rigole d'un fossé, je me débarrassai des traces carmin incrustées autour de mes ongles et sur mes poignets. Notre dernier geste, avant de quitter Calcutta, avait été de faire disparaître les responsables de notre orphelinat, qui constituaient des témoins trop gênants. L'affaire, malheureusement, avait mal tourné et nous avions été contraints de commettre un carnage expéditif de tous les pensionnaires.

– Ta veste aussi est souillée, remarqua Laüme.

Je roulai en boule mon veston et le jetai dans les buissons de bambous.

– Je ne pense pas retourner à Berlin, dis-je. L'affaire manquée du *palladium* ne nous met pas en posture favorable auprès de la Chancellerie.

– Je sais, dit Laüme avec un soupir en serrant le nœud du foulard sur ses cheveux. Que suggères-tu ?

– L'Amérique du Sud, peut-être… Ou bien l'Asie…

Pour la première fois de notre vie, nous allâmes donc en Chine, où nous restâmes de longs mois dans un état d'ennui et de morosité accablant. Laüme se languissait de l'Europe, mais nous avions laissé là-bas trop de traces sanglantes pour nous y risquer de nouveau avant longtemps.

– Tout était plus facile autrefois, dit Laüme. Le monde était plus vaste et les conquêtes plus exaltantes. Aujourd'hui, je ne sais plus vers quel but me tourner…

– Tu ne veux donc plus concevoir d'enfant ? demandai-je.

La fée haussa les épaules.

– Un jour, cela se fera. Mais pas avant quelque temps. Et toi, que vas-tu faire ?

– Je l'ignore, répondis-je sans mentir.

Nous nous rendîmes ensemble à Istanbul, où nous habitâmes ensemble sur les rives du Bosphore. Et puis, un matin, Laüme voulut partir. C'était peu après la déclaration de guerre faite à l'Allemagne par l'Angleterre et la France. Je n'avais pas envie de rentrer en Europe, et l'Amérique me répugnait. Je décidai de rester. La fée me quitta sans me révéler sa destination.

C'est à cette période, tandis que le monde entier basculait dans la guerre, que me vint l'idée d'écrire mon histoire. À l'exemple des deux épyllions trouvés dans la bibliothèque Caetano, je rédigeai donc, sur cinq ou six feuillets à peine, quel gamin j'avais été en Roumanie, comment j'avais été condamné à mort par pendaison, comment un ange terrible et magnifique m'avait redonné vie et comment il m'avait fallu devenir un assassin et un tortionnaire sans morale pour survivre à ses côtés. Lorsque j'eus fini d'écrire, je dissimulai mon récit dans une cache de la grande bibliothèque, en lui souhaitant d'être découvert un jour par un homme bien plus sage que je ne le serai jamais…

Acedia

La guerre avait commencé loin de moi. Territoire neutre, la Turquie était un havre accueillant les apatrides, les lâches, les fuyards, les épaves de toutes sortes. Comme j'appartenais à toutes ces catégories, Istanbul était pour moi un lieu de résidence tout indiqué. Ce fut en lisant chaque matin les journaux, tout en buvant mon café sur les quais de Galata, que j'appris les détails de la défaite française, ceux de la bataille d'Angleterre, puis les mouvements des troupes de l'Axe vers l'Union soviétique et l'entrée en guerre des États-Unis... Puis, un jour de 1942, je lus en une du *Times* que Reinhard Heydrich était mort. Les fétiches que nous avions fabriqués pour protéger les dignitaires du régime nazi n'opéraient plus. Que s'était-il passé ? Quelqu'un avait dû les détruire... Mais qui ? Et comment ? La question ne m'obséda pas longtemps, néanmoins, car je prêtais peu d'attention aux folies de ce monde.

Je rêvais de Laüme. J'étais serein loin d'elle, mais elle me manquait. Je souffrais de cet état d'*acedia* parfois décrit par les auteurs antiques, qui se caractérise par une langueur, une tristesse accablante qui me laissait amorphe, sans désir, apathique. Cela avait commencé depuis l'instant où Laüme s'était penchée sur moi, alors que j'étais allongé sur la table de la morgue à Bucarest, afin que ne s'éteigne pas – pas encore – la lignée des Galjero. Et cela n'avait fait que croître au fil des ans. Un lent dégoût de la vie que je n'avais jamais ressenti lorsque j'étais enfant, même commis chez Forasco, même quand je soutenais mon père ivre mort et que je faisais sa toilette pour le laver de ses souillures. J'avais alors plus d'appétit de vivre qu'aujourd'hui. À chacune de mes fuites, j'avais cru me débarrasser de cette torpeur, de cette impuissance, et j'étais revenu vers la fée en me croyant trempé dans l'acier. Mais je m'étais trompé. Toujours. Même lorsque j'avais traversé seul les horreurs de la vallée de Lalish au côté de Nhuwwas, ou quand j'avais cru trouver dans l'exécution de crimes gratuits une preuve de ma force.

Tout cela n'était que leurre, théâtre… Ma vérité prenait sa source dans Laüme et c'est pourquoi, au premier signe, j'étais revenu vers elle. Je lui avais obéi. J'avais simplement obéi à sa volonté, tel un chien bien dressé, un drogué qui retourne à sa seringue après une vaine tentative d'abstinence.

Au début de l'année 1944, Laüme occupait de nouveau notre maison de Berlin. « Nous n'avons rien à craindre ici. Viens me rejoindre », m'avait-elle écrit sans autre explication. J'avais quitté les berges du Bosphore et étais remonté vers le nord. L'Allemagne avait déjà perdu la guerre, nous le savions tous deux. Seuls des fous, des inconscients ou des fanatiques pouvaient encore croire à la victoire. Berlin vivait au rythme des bombardements et des quartiers entiers brûlaient chaque nuit. Laüme m'apprit qu'elle avait un temps continué la formation de la petite Ostara Keller et qu'elle lui avait même confié la garde des fétiches.

– Keller était prometteuse. Son appétit de connaissance était immense et aucun scrupule n'encombrait sa jolie tête. C'est une vertu rare, et j'avais envie de savoir jusqu'où cela pourrait la conduire. Mais cette idiote ambitieuse n'a pas su remplir sa tâche correctement. Les fétiches ont fini par être brisés. Tout ce que nous avons accompli ces dernières années l'a été en vain…

Bien qu'il n'y ait plus rien à y faire, nous demeurâmes quelque temps encore dans la capitale. Laüme aimait l'atmosphère de fin du monde qui y régnait. Moi-même, je n'y étais pas insensible. Les ruines semblaient le reflet de mon âme. La nuit, pendant les alertes, nous allions parfois danser dans des stations de métro transformées en cabarets. Un verre d'alcool à la main, nous tentions de rire plus fort que le sourd battement des bombes, trente mètres plus haut. Un soir que Laüme et moi embrassions tour à tour quelque fille rencontrée par hasard, j'aperçus la silhouette de Thörun Gärensen dans la cohue que contenait l'abri. J'aurais dû en éprouver une vive surprise, cela me fit seulement sourire.

– Regarde qui est là, dis-je à Laüme. Notre ami Gärensen a trouvé le moyen de se tirer de la fosse du Wewelsberg. J'avais pourtant cru son compte réglé depuis longtemps.

Mais Laüme, sans me répondre, se contenta de baisser les épaules et plaqua sa bouche sur celle de l'inconnue comme si de rien n'était. Pressé par la foule, je ne pus avancer pour aller parler à Thörun, et soudain une explosion plus violente que les précédentes au-dessus de nous fit vaciller la lumière. Quand l'éclairage revint, Thörun avait disparu de mon champ de vision.

Sur le coup, cette rencontre m'amusa sans me troubler, mais plus les heures passaient et plus l'incident m'ennuyait. J'eus beau interroger Laüme à nouveau, la fée demeura obstinément muette sur le sujet. Aussi muette qu'une femme peut l'être lorsqu'elle a quelque chose à cacher. Au fil de la journée, mon irritation monta, devint suspicion, puis colère franche. Nous eûmes une scène dans l'après-midi et une autre, plus violente, dans la soirée. Lassée par mon insistance, Laüme convint enfin qu'elle savait depuis longtemps que Gärensen n'avait pas péri dans les profondeurs du Wewelsberg.

– C'est même moi qui ai envoyé Keller le tirer de son cul-de-basse-fosse, avoua-t-elle.

La révélation m'étourdit au point que je dus m'asseoir.

– Pourquoi as-tu fait cela, Laüme ?

– Il aurait été dommage de le perdre sur un simple coup de tête. Sa physiologie a été modifiée par l'initiation que nous lui avons fait subir. Il peut encore servir…

– Mais à quoi ? hurlai-je. C'est à cause de lui que nous avons échoué à fabriquer le *palladium* dont Berlin aurait tant eu besoin aujourd'hui. À cause de lui ! Lui ! Tu entends ?!

– Tu sais que j'ai à cœur des projets plus importants que ce *palladium*, rétorqua Laüme sans se départir de son calme de statue.

– De quels projets parles-tu ? De cette maternité après laquelle tu cours et que tu n'atteindras jamais ? C'est de ce pitoyable désir d'enfant que tu parles ?

Laüme eut un rire méprisant. Elle passa négligemment ses jambes par-dessus l'accoudoir du fauteuil dans lequel elle avait pris place, dénoua les brides de ses souliers et fit tomber les chaussures par terre en secouant ses pieds roses.

– Et toi, Dalibor, que complotes-tu contre moi depuis si longtemps ? Pourquoi t'es-tu compromis autrefois avec ce docteur Hezner que tu as eu l'audace de faire venir ici même, dans cette maison, pour m'espionner ? Qu'espérais-tu ? Que j'avais oublié cette vieille histoire ? Que j'allais revenir sur la sentence que j'ai énoncée pour notre couple ? Non ! La guerre n'a rien changé. Je ne te fais plus confiance depuis longtemps. Tu m'as toujours déçue, depuis l'époque où nous habitions Paris… J'aurais pu être tout pour toi, je t'aurais donné un amour sans limites. Mais tu n'as jamais mérité ce que je t'offrais. Jamais !

– J'ai pourtant voulu devenir comme toi, plaidai-je. Je n'ai pas craint de donner la mort. Donner la souffrance est même devenu une joie pour moi et m'a rendu plus fort. Plus digne… Cela devrait même faire de moi ton maître, Laüme.

– Si tu le crois…

Je tempêtai encore mais la discussion était vaine. Je savais depuis longtemps que nous en arriverions un jour à ce point où plus rien ne pourrait nous réunir. C'était la fin de notre histoire. Nous passâmes pourtant cette dernière nuit ensemble, l'un contre l'autre, mais sans chaleur et sans amour. Dans le secret de son cœur, je le sentais, Laüme avait rompu le pacte qu'elle avait un jour conclu sur l'île des Serpents avec le chevalier sans nom.

Au matin, tandis qu'elle dormait encore, je me glissai sans bruit hors du lit, pris quelques affaires et quittai Berlin à bord de ma voiture. Les régiments soviétiques n'étaient plus qu'à quelques jours de marche de la capitale… Encore une fois, j'allai me réfugier à Istanbul. Dépourvu de toute envie de vivre, j'entrai dans mon palais, fermai toutes les portes et les fenêtres. Dans le noir, je voulais me laisser mourir, sans m'alimenter, sans bouger. Je n'avais pas sacrifié à Ta'us depuis très longtemps – ni orgies, ni victimes. Mon dieu allait bientôt lâcher sur moi ses chiens de feu. Depuis quelques semaines, je le sentais, mon corps s'était raidi, ma peau avait perdu de sa souplesse et mes yeux de leur acuité. Le Temps était sur le point de me faire payer ma dette et Ta'us, déçu par mon inertie et mes velléités, ne s'y opposerait plus. Bientôt je ne serais plus qu'un vieillard, puis un mourant…

Confiant, j'attendis. Enfin, les ombres apparurent. C'étaient les spectres qui m'avaient autrefois torturé et qui revenaient profiter de ma faiblesse. Pendant des nuits, des heures, ils se tenaient près de moi pour me tourmenter. Ils ne m'effrayaient pas. J'étais résolu à les suivre…

Et soudain, crevant l'obscurité sépulcrale dans laquelle je m'étais jeté de mon plein gré, une torche chassa les ombres… Tel un masque funéraire, un visage apparut devant moi, celui d'un homme que je n'avais pas revu depuis dix ans. Ruben Hezner !

– Des hommes se sont ligués pour vous traquer, m'apprit-il. Ils vous cherchent, vous et votre Laüme… Deux d'entre eux se trouvent ici même, à Istanbul. Vous êtes trop faible maintenant pour résister à leur soif de vengeance. Je n'ai qu'un mot à dire et ils vous exécuteront…

– Pourquoi les priverais-je de ce plaisir, Hezner ? répliquai-je, exténué. La vie ne m'est plus rien. Mourir n'a plus d'importance.

– Même si je vous apprends une grande nouvelle ?

– Laquelle ?

– Votre maître Nhuwwas est vivant, et je sais où le trouver. Nous pouvons nous associer, Galjero. Si vous acceptez le marché que je vous propose…

Bien sûr, j'écoutai Hezner. Comment faire autrement ? Peut-on refuser de l'eau lorsque l'on meurt de soif ?

– Nhuwwas est aux mains des Soviétiques, m'apprit le docteur. Ils ignorent qui il est vraiment et le gardent dans un camp de prisonniers quelque part dans l'empire. Je suis depuis longtemps en contact avec le NKVD, je leur ai déjà parlé de vous. Ils sont intéressés par vos pouvoirs de sorcier et vos connaissances en magie, Galjero. Un de leurs services se préoccupe tout particulièrement de ces choses. Le général Alantova est prêt à vous y accueillir. En échange de votre collaboration, elle peut vous offrir la liberté de Nhuwwas… Qu'en pensez-vous ?

– Nous ne nous sommes jamais aimés, vous et moi, Hezner. Pourquoi me tendez-vous cette perche ?

Le petit docteur retira ses lunettes et les essuya avec un pan de sa chemise.

– Mon aide n'est évidemment pas gratuite, Galjero. Je vais vous demander un grand service en échange… Je veux que la position que vous allez fatalement acquérir en URSS vous serve à négocier avec Staline le départ des Juifs pour le futur État d'Eretz Israël, dont les miens préparent l'avènement en Palestine. Voilà ce que je gagne à vous sauver des mains de vos bourreaux. Et je vous donnerai les moyens de vous débarrasser une fois pour toutes de cette fille de Lilith qu'est votre Laüme… Alors.

– Revenez demain, dis-je dans un souffle. J'aurai pris ma décision…

Hezner parti, j'attendis de sentir la fraîcheur du soir monter des rives du Bosphore. Alors, je rassemblai ce qui me restait de forces et partis en chasse pour sacrifier une victime à Ta'us. C'est tout juste si j'eus assez de vigueur pour enlever un adolescent qui s'était attardé sur la berge. Personne ne me vit l'égorger et m'emparer de son énergie vitale. Ce simple meurtre suffit à redonner verdeur à mon corps et fermeté à mon âme.

Le lendemain, lorsque Hezner revint chercher ma réponse, je l'attendais, droit et impatient.

– Je vous accompagne, docteur Hezner…

Onzième tombeau des chimères

Un Jefferson et deux Washington

Thörun Gärensen frissonna et releva le col de son manteau. Son chapeau mou était trempé par la pluie et ses gants de cuir mouillé collaient à sa peau. Du fond de ses poches, il tira deux dollars et demi : un billet froissé orné du buste de Thomas Jefferson et deux pièces de vingt-cinq cents frappées du profil de George Washington. Tout ce qui lui restait, car le voyage qui l'avait mené d'Istanbul à New York lui avait coûté le peu qu'il possédait. À cette vue, un mauvais sourire étira ses lèvres. Un sourire de mépris et d'envie tout à la fois, le sourire d'un homme maigre et seul, engagé dans un jeu mortel, et sur le point d'abattre sa dernière carte…

Un néon clignotait en chuintant sur le trottoir d'en face, une enseigne de bar, jaune soleil dans la nuit tombante. Gärensen traversa la rue à pas lents, sans prendre garde aux voitures filant sur la chaussée qui projetaient autour d'elles des gerbes d'eau. Le Norvégien poussa la porte du snack. À l'intérieur, la lumière était aussi vive que celle d'un hôpital. Le long comptoir en formica vert pâle luisait autant que les chromes des barres d'appui et le cuivre des pompes à bière. Thörun s'installa en équilibre sur un tabouret haut et commanda pour deux dollars un repas chaud et du café. Lentement, comme s'il prenait son dernier dîner en ce monde, il coupa sa viande et mastiqua chaque bouchée en respirant posément, avant de ressortir pour se diriger vers la gare routière. Son ticket lui coûta cinquante cents. Il n'allait pas loin…

Malgré la pénombre, il reconnut l'endroit lorsque le bus s'en approcha. C'était un quartier résidentiel, peuplé d'actionnaires et de rentiers, où un paria comme lui n'avait pas sa place. Il suivit une allée jusqu'à un square que dominait la silhouette sombre d'une maison protégée par une enceinte. Longeant la muraille, il chercha une zone d'ombre pour l'escalader sans attirer l'attention. Thörun était fort et souple, animé par une détermination sans faille. Il se hissa par-dessus le mur, se laissa retomber en silence sur l'herbe du parc et pénétra dans la demeure silencieuse après avoir brisé d'un coup de coude une vitre des communs. Le bruit n'alerta personne. La maison, pourtant, abritait un couple servi par quelques domestiques. Thörun le savait pour y avoir séjourné brièvement en tant qu'hôte. C'était la retraite de lord et lady Bentham, le lieu où ils avaient choisi de vivre après la mort de leurs enfants, Sybil et Patrick, assassinés par Dalibor et Laüme Galjero quelques quinze ans auparavant.

Dissimulé dans une buanderie, Gärensen attendit patiemment que le dîner fût passé. Lord Bentham, il le savait, avait alors l'habitude de retourner s'affairer dans l'intimité de son bureau jusqu'aux heures tranquilles de la nuit. Marchant à pas feutrés sur les épais tapis des couloirs, le visiteur ouvrit sans trembler la porte d'acajou de la vaste pièce de travail. Comme à son ordinaire, Bentham était là, seul, annotant paisiblement les feuillets d'un dossier où les graphiques boursiers le disputaient aux analyses du traité monétaire de Bretton Woods. Les traits tirés, les yeux rougis par la fatigue et la maladie qui le rongeait, l'Anglais ne parut pas étonné de voir surgir la silhouette austère du Norvégien. Posément, il vissa le capuchon sur la pointe de son porte-plume, glissa délicatement l'objet dans un pot en étain et tapota les feuilles éparses jusqu'à les rassembler en un bloc parfait. D'un geste, il invita Gärensen à s'asseoir.

– Je ne me suis pas déplacé jusqu'ici pour goûter le plaisir de votre conversation, lord Bentham, marmonna Thörun entre ses dents.

– Pardonnez-moi, répondit l'Anglais sur un ton presque amusé. Le geste m'est venu naturellement, mais je devrais savoir que les gens qui se présentent au milieu de la nuit sans se faire annoncer privilégient le pragmatisme et l'efficacité plutôt que les manières courtoises. Restez debout si cela vous chante, après tout ça m'est égal. Si vous êtes venu me dire que vous avez retourné votre veste, vous vous y prenez un peu tard. Le colonel Tewp m'a déjà averti de votre départ précipité d'Istanbul. Il a aussi découvert le cadavre de ce Ruben Hezner. C'est bien vous qui l'avez assassiné, n'est-ce pas ?

– Oui. C'est moi. Comme c'est moi qui vais vous tuer ce soir. Mais pas pour les mêmes raisons…

– Vous êtes un ancien SS, Gärensen, sourit Bentham. Une brute par nature. Je n'opposerai pas de résistance, je n'en ai ni la force ni la volonté. J'ai perdu la partie depuis longtemps et je sais que mes jours sont comptés. Votre geste va m'épargner une mort indigne dans un hôpital sinistre. Au fond, vous me rendez service. J'aimerais savoir une chose, cependant – une sorte de dernière volonté. Vous ne pouvez pas me refuser cela…

– Soit, admit Gärensen d'un ton las. Posez votre question.

– C'est elle qui vous envoie, n'est-ce pas ? C'est Laüme Galjero ?

Le Norvégien soupira et tendit la main vers le pot en étain où brillait un coupe-papier effilé au manche de bronze. Contournant le bureau, il passa sans un mot derrière lord Bentham et posa la pointe de la lame sur son cou plissé par les rides.

– Vous n'avez jamais rien signifié pour Laüme Galjero, lord Bentham. Rien. Vous n'étiez qu'un ver, comme les autres. Emportez donc cette pensée avec vous !

« Non, lord Bentham, ce n'est pas la Galjero qui m'envoie. Je viens de mon propre chef. J'ai découvert un texte écrit par Dalibor Galjero. Un texte qui dit tout de la relation que vous avez entretenue avec Laüme. Un texte qui révèle aussi que vous avez donné vos enfants en pâture à ces monstres pour assouvir votre lubricité. Un texte qui affirme que vous méritez cent fois la mort. Là où vous allez, puissent Sybil et Patrick prendre pitié de vous…

Et il enfonça l'arme dans la gorge de l'Anglais. Celui-ci mourut comme il l'avait promis, sans se débattre, sans crier, presque sans saigner. Ce fut à peine si un filet de sang tacha le col de sa chemise. Quand il le sentit s'amollir entre ses bras, Gärensen laissa la tête du mort retomber en arrière et contempla un instant la pose dramatique qu'il avait prise. Essuyant son front en sueur d'un revers de manche, il laissa le coupe-papier tomber par terre et ouvrit la fenêtre pour s'enfuir par les jardins noyés d'obscurité.

Il marcha longuement, les poings dans les poches, au hasard, sans sentir le froid ou les gouttes glacées qui traversaient ses vêtements et ruisselaient sur sa peau. Il ne pensait plus. Il n'*était* même plus… Sa conscience était brouillée depuis trop longtemps, il n'était qu'un corps vide, une mécanique à l'âme détruite par un immense dégoût de soi.

Instinctivement, sans même s'en rendre compte, il avait pris la direction du nord. Peut-être pensait-il se rapprocher ainsi de son vieux pays… ou même de son enfance… Voyait-il les plages de sable blanc des îles qu'il explorait autrefois avec son grand-père ? Les baleines souffler par leur évent un haut geyser au-dessus des eaux étales des fjords ? Effleurait-il du bout des doigts les runes antiques gravées sur les pierres dressées ? Il n'aurait pu le dire lui-même. Son esprit était éteint, sa conscience et sa parole aussi… Lorsque l'aube vint, il ne s'en rendit même pas compte. Les nuages se déchirèrent, le soleil monta, et il ne le remarqua pas.

Vers midi, il traversa un dépôt de chemin de fer et trouva refuge dans un vieux wagon de marchandises à l'arrêt. Son corps épuisé lui faisait mal. Tirant la ridelle derrière lui, il s'affala dans un coin et s'endormit. Lorsqu'il se réveilla, le wagon avait été raccroché à un convoi et le train bringuebalait à faible allure. Regardant entre les claies disjointes des parois, il s'aperçut que la nuit tombait. Il enleva grossièrement les brins de paille qui parsemaient ses vêtements et tira la porte pour voir où il était. Dans la faible lumière d'un crépuscule aux tons d'ardoise, il contempla un paysage uniforme de friches, morne et plat, en harmonie avec le vide qui l'habitait. Le bruit des roues sur les rails agissait comme un narcotique et il faillit s'endormir de nouveau, mais soudain des lumières éparses annoncèrent la proximité d'une agglomération. Le train ralentit et s'arrêta dans une petite gare de campagne, que jouxtaient un entrepôt et un silo à grain. Gärensen vit un camion de transport et une motocyclette accolée à une palissade. Mû par une impulsion subite, il sauta sur le ballast et grimpa sur le quai en ciment. Des bourrasques de vent firent voler de vieilles feuilles de journaux entre ses jambes.

Deux inconnus se tenaient là. L'un, plus grand encore que le Norvégien, portait une veste de cuir râpé et souriait en montrant toutes ses dents. L'autre, plus rond, bien mis, à la carnation presque jaune, avait des allures de notaire. Bien que fort différentes, ces deux silhouettes semblaient pourtant communier dans une étrange parenté. Indiscutablement, les deux hommes appartenaient au même monde… Plus Thörun se rapprochait d'eux, et plus ce sentiment se faisait précis, évident. Il ralentit. Son cœur se mit à battre plus vite. Les inconnus le fixaient maintenant, et leur regard pesait comme une menace. Le plus petit s'avança à pas lents. Son visage s'efforçait d'être amical. Il souriait et tendait la main. Gärensen la serra machinalement. La peau du type était aussi froide que le marbre d'une tombe.

– Mon ami et moi vous attendions, dit l'homme. Venez ! Notre route est longue et les événements s'affolent. Il faut nous hâter maintenant…

– Qui êtes-vous ? demanda Thörun en lui emboîtant le pas.

– Moi, je suis Maddox Green ! aboya l'homme à la veste en cuir. Et l'autre, c'est Ware. Preston Ware. Salut à toi, mon ami !

Nhuwwas

Son esprit n'était que brume. Sa mémoire, un tableau aux couleurs effacées et aux formes brouillées où surnageaient quelques bribes de souvenirs, quelques noms et visages disparates. Vivre n'était plus en lui qu'un réflexe, et le laissait totalement indifférent.

Après vingt années d'une existence d'esclave, Nhuwwas ne partageait plus rien de ce qui fait l'ordinaire des hommes. Conditionné par la servitude et l'effort, son corps supportait mal l'inaction. Ses muscles lui faisaient mal. Il semblait nerveux et les yeux lui brûlaient. Les pieds entourés de guenilles, les côtes saillantes sous les déchirures de sa tunique, il cherchait à savoir qui étaient les inconnus, des hommes et une vieille femme, auxquels il avait été mystérieusement confié le matin même. Toute la journée, il était resté silencieux, tassé sur le siège de la voiture, refusant la nourriture et même l'eau qu'on lui proposait. Au bivouac du soir, près du feu qu'on avait allumé pour lutter contre le froid glacial de la nuit, il sentit s'abattre sur lui une immense fatigue. Il bredouilla quelques mots, mélangeant le russe et le farsi, le pashtoun et le grec.

– Qu'a-t-il dit ? interrogea Tewp.

Garance de Réault haussa les épaules.

– Je ne sais pas. Son esprit semble confus.

Des heures durant, la Française tenta de parler avec Nhuwwas, mais les propos du prisonnier n'étaient qu'incohérence. À la fin, lassée, elle jeta l'éponge.

– Il réagit à certains noms mais est incapable d'élaborer une pensée construite. Cet homme est fou, messieurs. Il ne peut pas plus nous aider qu'il ne peut épauler Dalibor Galjero. C'est encore un espoir qui s'évanouit, je le crains.

– Ainsi s'achève donc notre route ! sourit Monti. Il nous reste à faire face à Galjero, droits dans nos bottes, et à nous faire tuer par lui. Certains problèmes sont sans solution. Après tout, il n'y a pas de mort plus honorable que de disparaître en affrontant un ennemi plus fort que soi, n'est-ce pas ?

– Nous n'en sommes pas encore réduits à cette extrémité, sénateur, chevrota Garance. Nous pouvons nous cabrer et ruer dans les brancards une dernière fois.

– Et comment, madame ?

– Un début d'idée me trotte dans la tête mais laissez-moi la mûrir encore un peu, voulez-vous ?

*

C'était le troisième soir depuis que Nhuwwas et Lemona leur avaient été remis par Wolf Messing. Les véhicules aux larges roues qui formaient le convoi avaient rapidement franchi les kilomètres de désert qui séparaient l'Aral du camp de Pahlavon et de son père. Garance l'avait voulu ainsi, s'opposant en cela au capitaine soviétique chargé de leur rapatriement. L'homme ne comprenait pas pourquoi il devait allonger le voyage jusqu'à la frontière pour faire halte sous la yourte puante d'une poignée de nomades kazakhs. Mais Garance n'en avait pas démordu : elle voulait ramener son fils dans sa tribu. Elle voulait aussi rester avec lui. Toutefois, elle n'avait encore confié cette dernière volonté à personne…

Comme les étoiles se levaient sur l'horizon, elle aperçut David Tewp qui s'éloignait du campement de quelques pas afin de profiter du silence si particulier du crépuscule, et le rejoignit.

– Aimez-vous cet endroit, colonel ?

– J'aime sa grandeur. J'aime son ouverture, répondit Tewp, qui, les poings sur les hanches, regardait le paysage se colorer de lueurs rosées. J'éprouve un peu l'ivresse que l'on doit ressentir en mer, je crois. Mais je n'ai jamais aimé l'océan. Ici, en revanche, j'en goûte pleinement les vertiges et je me sens bien.

– Moi aussi, renchérit la Française. À tel point que c'est ici que j'ai décidé de rendre mon dernier souffle. Je ne partirai pas avec vous demain matin, David.

Tewp prit les mains de Garance dans les siennes et les pressa fortement. C'était la première fois qu'il se permettait un geste vraiment familier avec elle. Ses yeux brillaient d'amour et de respect. Il sourit.

– Je vous comprends. Rassurez-vous, je n'essaierai pas de vous en dissuader pour vous faire revenir à Paris.

– Vous ne réussiriez pas, de toute manière. Je vais mourir ici. Dans peu de temps maintenant. Ma provision de pervitine est épuisée et je sens que mon cœur s'affole. Quand l'heure viendra, mon fils me portera dans les herbes. Je m'allongerai et je mourrai en contemplant le ciel. Mon dernier regard sera pour le vent et les nuages, le soleil et les aigles planant dans les courants… Je serai heureuse…

Tewp sentit sa gorge se serrer. À l'idée que sa vieille amie disparaîtrait bientôt, les larmes lui montaient presque aux yeux. Il dut faire un réel effort pour réprimer son émotion.

– Votre mort sera sereine et libre, madame. Elle sera digne de vous.

– Meilleure que si j'étais restée dans mon lit, soignée par Simone, n'est-ce pas ?

Tewp sourit en songeant à la silhouette sévère de l'infirmière qu'il avait aperçue dans l'appartement de Garance à Paris.

– Bien meilleure, en effet.

– Mon seul regret sera de ne pas connaître l'issue de votre quête, poursuivit la vieille dame. Très franchement, mon garçon, je sais que mes propos vont heurter votre sens des convenances, mais je souhaiterais vous faire part de mon sentiment profond. En fait, il s'agit plutôt d'exprimer un vœu vous concernant. Me le permettez-vous ?

– Bien sûr…

– Abandonnez cette croisade pendant qu'il en est encore temps. Cessez de poursuivre Dalibor et Laüme Galjero. Ils appartiennent au passé et vous empêchent de construire vos lendemains. Oubliez-les, David. La haine qui les porte finira par les détruire. Ils vont s'entre-tuer, c'est écrit. Laissez plutôt votre cœur s'ouvrir à ce qui peut vous nourrir authentiquement. Vous êtes un homme que l'espoir remplit. Je le sais. Je le sens. Ne gâchez pas vos chances, David… La vie doit être la plus forte. Toujours…

Tewp ne répondit pas, mais les paroles de Garance venaient de toucher juste. Il laissa les mains de la Française filer entre les siennes, la regarda s'éloigner à petits pas vers le camp et attendit que les ténèbres l'enveloppent avant de revenir s'étendre près du grand feu. Il n'eut pas de rêves, cette nuit-là, et dormit plus profondément qu'il ne l'avait fait depuis des mois. Quand il se réveilla, à l'aube, les nomades étaient partis… L'Anglais regarda vers l'est, là où les traces des Kazakhs s'évanouissaient dans la poussière. Il pensa à Pahlavon et à sa mère. Il se sentait orphelin, presque jaloux du jeune nomade. Un sentiment qui lui déplut et qu'il ne trouvait pas digne de lui.

Le cœur lourd, il s'extirpa de sous sa couverture et s'accroupit près du feu pour ranimer les braises. Monti et Lemona dormaient toujours. Allongé lui aussi, les yeux clos, le vieux Nhuwwas soufflait comme un bœuf.

– S'il vous reste un peu de thé, je suis sacrément preneuse, déclara Garance de Réault.

Tewp sursauta et fit volte-face, incrédule. Elle était bien là, pourtant, toute fragile dans sa robe froissée, blanchie par la poussière.

– Vous n'êtes donc pas partie ?

– Je reconnais bien là votre esprit d'observation, colonel, plaisanta la Française en s'approchant du foyer. Au dernier moment, je me suis dit que c'était lâche de ma part de vous abandonner pour rejoindre mon cimetière des éléphants. D'autant que je sais peut-être comment nous remettre en course…

*

Instinctivement, David Tewp chercha son Webley sur sa hanche. Les Soviétiques ne le lui avaient pas rendu et l'arme lourde lui manquait. Sur l'aéroport de Bender-Shah, il décida donc de se débarrasser du vieil étui, désormais vide, qui pendait à son flanc, celui-là même qu'il avait reçu en dotation, onze ans plus tôt, alors qu'il n'était qu'un petit lieutenant affecté au service du MI6 de Calcutta.

– Qu'est-ce qu'on fait, maintenant ? On applique vraiment le plan de la vieille tordue ?

– Mme de Réault n'a évidemment plus tous ses esprits, répondit Tewp avec un haussement d'épaules. Il n'empêche, ce n'est pas une raison pour lui manquer de respect ou la dénigrer.

Monti grogna, puis, pour masquer sa gêne, suggéra d'adresser le rapport de leur expédition à lord Bentham.

– Bentham est toujours de bon conseil, assura-t-il. Après tout, c'est lui qui signe les chèques, n'est-ce pas ?

L'aérodrome disposait d'un seul et unique téléphone. Encore celui-ci fonctionnait-il bien mal. Il leur fallut plus d'une heure pour joindre les bureaux de l'agence Xander à Londres. Leur correspondant leur apprit la mort de l'aristocrate, assassiné deux jours plus tôt par un inconnu qui l'avait égorgé avant de s'enfuir sans rien dérober.

– Le décès de notre commanditaire met par conséquent un terme au contrat qui nous liait à lui, annonça le clerc avec une voix d'automate. Nous procédons actuellement à la clôture du dossier. La procuration dont nous jouissions sur le compte bancaire alloué à votre affaire est désormais caduque. Tous les frais que vous engagez se trouvent donc à votre seule et unique charge. Bonne chance, messieurs.

Quand Tewp reposa le combiné, il était blême, les lèvres décolorées.

– Qui a fait le coup, selon vous ? Gärensen ? demanda Monti.

– Qui d'autre ? répondit Tewp, bouleversé à l'idée de devoir admettre la trahison du Norvégien. Mais pourquoi ?

– Tout cela signifie que nous sommes bien seuls, vous et moi, colonel. Bentham repose six pieds sous terre. Nhuwwas est un débile mental qui ne nous sert à rien. Gärensen est vraisemblablement passé du côté de l'ennemi, et je préfère m'abstenir de commenter les idées germées dans le cerveau de Mme de Réault.

– Vous oubliez notre dernier problème : Dalibor Galjero doit déjà être sur nos traces. Affronter un sorcier tel que lui, un homme jouissant de cent et quelques années d'expérience d'assassin et de tortionnaire, ne nous laisse aucune chance. Regardez-moi en face, sénateur : voulez-vous abandonner ?

Monti sourit, comme un animal traqué qui se retourne soudain pour faire front à la meute.

– Certes non, colonel. Maintenant moins que jamais…

– Alors, pourquoi ne pas tenter l'idée de Madame Garance ? Qu'avons-nous à perdre ?

Monti se dandina, frotta ses sourcils mouillés par la sueur, fourra ses mains dans ses poches, tapa dans un caillou de la pointe de son soulier, puis lâcha :

– Fichue sorcellerie !

Tewp le comprit, c'était sa manière à lui de donner son accord.

*

À l'ombre des marronniers du Bosphore, David Tewp somnolait. Allongé dans l'herbe, il laissait, sans la chasser, une colonie de fourmis aller et venir sur la peau nue de ses avant-bras. Les frissons provoqués par les insectes ne perturbaient pas sa rêverie. Il trouvait au contraire du réconfort dans cette sensation anodine, un plaisir domestique et enfantin qui le ravissait en secret. Un sourire béat flottait sur ses lèvres. Monti, qui s'était approché, gloussa à cette vue.

Tewp se redressa aussitôt. Confus, rougissant presque, il se remit debout, s'épousseta et abaissa ses manches négligemment relevées jusqu'aux coudes.

– Navré de vous avoir réveillé, s'excusa Monti. Mme de Réault voudrait nous parler. Je crois qu'elle est enfin parvenue à quelque chose…

Tewp renoua prestement un de ses lacets dénoués, suivit Lewis et pénétra avec lui dans la maison dont la façade s'ornait d'une vigne vierge aux branches sèches.

Ils étaient revenus en Turquie depuis trois jours. Trois jours passés dans l'attente, pour eux, en étranges transactions, pour Garance. Les deux hommes tirèrent des fauteuils et s'installèrent face à elle. La Française semblait à bout de forces. Sa voix n'était qu'un filet.

– Messieurs, je le sais maintenant : ce que je vous ai promis sur la route de Bender-Shah, je suis malheureusement incapable de le réaliser…

Tewp se tassa dans son siège et Monti poussa un soupir de déception.

– Je n'ai jamais cru que vous puissiez ramener la raison en Nhuwwas simplement en récitant des mantras, dit-il. Ce n'est pas parce que vous avez passé trois nuits au Tibet quand vous aviez vingt ans que vous avez ce pouvoir !

– J'ai passé presque un quart de siècle au Tibet, sénateur, corrigea calmement Garance. Et bien des années encore dans des endroits dont vous ignorez jusqu'à l'existence. Ce que j'y ai vu et ce que j'y ai fait ne pourrait entrer dans votre satanée caboche sans la faire exploser. Ayez donc foi en moi, Lewis, car ce que je ne peux faire d'une certaine façon, je peux le réaliser sous une autre condition…

– Expliquez-vous.

– Pendant trois jours et trois nuits, je me suis proposé de soigner Nhuwwas comme j'avais vu de nombreuses fois un chaman des hauts plateaux rendre la raison à des fous et des hystériques. C'était entre 1921 et 1924. Ou 25… Mais ces détails n'ont guère d'importance… Quoi qu'il en soit, ce n'est pas une mince affaire sur un vivant, et je n'ai ni les ressources ni le temps de persister dans cette voie…

– Et donc… ? la pressa Tewp.

– Messieurs, l'esprit de Nhuwwas est perdu pour son corps vivant. Il ne le serait pas, en revanche, si son corps était mort !

– Vous évoquez le spiritisme, madame ?

– Oui, monsieur Monti, vous avez deviné juste. L'esprit d'un mort est une force pure, débarrassée des tares ou des souillures qui ont pu l'altérer durant l'incarnation. C'est aussi une matière hautement malléable et bien plus coopérative qu'on ne le croit.

– Reste que Nhuwwas est vivant, rétorqua Tewp. Nous ne pouvons pas attendre qu'il trépasse.

– Certes, admit Garance. Certes…

Elle coula un regard chargé de sous-entendus à ses interlocuteurs. L'atmosphère s'alourdit d'un coup dans la pièce.

*

Dans l'immense bâtisse acquise par Dalibor Galjero à l'époque où il commerçait pour le compte de son ami 'Attar résonnaient les craquements timides d'un feu déclinant dans l'âtre. Quatre silhouettes, pourtant, veillaient au cœur de la nuit. Quatre personnes fatiguées d'avoir passé des heures en palabres agitées, nerveuses et fâchées de s'être dressées en vain les unes contre les autres. Lissant ses cheveux en arrière dans un geste mécanique cent fois répété, David Tewp refusait de céder. Face à lui, Monti bouillait d'une colère contenue, sans comprendre pourquoi l'Anglais s'obligeait soudain à tant de scrupules. Une dernière fois, il décida de revenir à la charge.

– Qu'avons-nous à perdre, Tewp ? Quelle autre option s'offre à nous ? Nhuwwas est un vieillard totalement inutile. Le poids de son propre corps l'empêtre. Ses pensées sont plus confuses que celles d'un nouveau-né. Et puis, pensez au monstre qu'il a été ! C'est un tortionnaire, un meurtrier qui a formé des générations de sorciers et de dégénérés aussi coupables que lui ! N'importe quel jury le condamnerait à mort sans l'ombre d'une hésitation…

L'Anglais serra les mâchoires et ferma les yeux. Les coudes posés sur les genoux, il pencha la tête vers le sol comme sous le poids d'un fardeau écrasant.

– Nous ne pouvons pas commettre un assassinat, Monti, répondit-il. Même pour faire avancer notre cause. Je me refuse à ce que nous exécutions Nhuwwas. Je suis certain qu'il existe une autre solution.

– Non ! Et vous le savez. Mme de Réault elle-même vous l'a assuré. Croyez-vous qu'elle aurait proposé cette solution si elle avait eu le choix ?

Tewp regarda Réault comme pour la supplier de lui venir en aide, mais la Française resta muette. Alors, pour la toute première fois, Tewp posa sur elle un regard hostile.

– Nous avons épuisé tous nos recours auprès des vivants, David. Seuls les morts peuvent nous aider désormais.

– Nous n'assassinerons pas Nhuwwas, rétorqua Tewp avec dureté. Je m'y oppose de toutes mes forces.

– Alors, les Galjero seront nos bourreaux. Si c'est vraiment ce que vous souhaitez, colonel, je ne peux que m'incliner. Pour moi, il est vrai, cela ne change pas grand-chose, ma vie s'achève. Pour vous, en revanche, votre refus équivaut à une reddition en rase campagne. Songez-y, cependant : nos vies ne sont pas seules en jeu. Si vous abandonnez, ce sont les futures victimes des Galjero dont vous scellez le sort.

Tewp haussa les épaules. Il se tassa dans son fauteuil et croisa les bras sur la poitrine tel un écolier buté.

– C'est votre dernier mot, Tewp ? demanda Monti d'une voix très douce.

– Nous tuerons Dalibor et Laüme Galjero et seulement eux, confirma le colonel. Pour moi, la fin n'a jamais justifié les moyens. Nos actes nous définissent, sénateur Monti. Nous ne tuerons pas Nhuwwas de sang-froid !

– Alors, la messe est dite, soupira Monti en se levant lentement pour aller remuer les braises.

Sa main saisit le tisonnier et son corps épais se pencha vers le foyer. Dans un silence absolu, il remua la cendre, rehaussa une bûche effondrée puis il se retourna brusquement pour abattre la barre de métal sur le front de David Tewp. Évanoui, l'Anglais s'écroula dans son fauteuil, un filet de sang coulant sur son visage. Lemona poussa une sourde exclamation de surprise tandis que Monti jetait déjà le tisonnier par terre pour vérifier l'impact du coup. Penché sur l'officier britannique, il jura. Plus violente et moins précise qu'il ne l'avait désiré, sa frappe venait de briser la délicate prothèse nasale de l'Anglais qui s'était disloquée en de minuscules éclats d'ivoire et de corail. Mme de Réault se pencha sur son ami et, du mieux qu'elle put, nettoya et pansa sa blessure. Alors, Lemona et Monti l'installèrent sur le canapé d'une autre pièce avant de lui lier fermement poignets et chevilles et de revenir vers Garance. Bouleversée par cette scène, la vieille femme tentait pourtant de garder une mine impassible.

– Je suis navré que les choses aient pris cette tournure, avoua Monti. Mais laisser la bonne éducation et la morale corsetée du colonel Tewp contrarier nos buts est un luxe que je ne puis me permettre.

– Je nourris énormément d'affection pour David, sénateur. Au fil du temps, il est devenu pour moi comme un fils. Cela ne m'empêche pas d'approuver totalement votre geste. Les Anglais sont des gens qu'il faut manier parfois à grands coups de giroflées.

Ne sachant si Garance était sérieuse ou lui servait du bouillon, Monti fit un curieux plissement des lèvres en guise de réponse. Il s'approcha d'une fenêtre pour observer l'extérieur. Mais la nuit était encore trop profonde pour que son œil y distingue aucune forme ou aucune lumière.

– Quand devons-nous procéder ? demanda-t-il sans se retourner.

– Maintenant, évidemment. Et sans réfléchir, s'il vous plaît.

Homme de main accompli, Lemona savait ce qu'il avait à faire. Sans même en recevoir l'ordre du *don*, il saisit une lampe sur une console, en arracha d'un coup sec le fil électrique, dont il enroula les extrémités autour de ses poings. Gagnant l'étage où Nhuwwas était enfermé, il redescendit quelques instants plus tard, les tempes rouges et les joues ruisselant de sueur.

– C'est fini, *don*, annonça-t-il simplement.

Monti entra dans la pièce et poussa du pied le corps maigre de Nhuwwas.

– Que faisons-nous, maintenant ? demanda-t-il à Garance.

– Enterrons-le. Nous nous occuperons ensuite du colonel Tewp. Moi, je vais prendre du repos. Il faut attendre le soir pour que je me mette au travail.

Bien après les premières lueurs du matin, Monti et Lemona creusèrent le sol entre deux grands arbres et ensevelirent sans cérémonie la dépouille de Nhuwwas, enveloppée d'un drap. Mme de Réault s'était déjà endormie, le cœur lourd d'avoir trahi la confiance de Tewp. Dans l'antichambre où il avait été abandonné, l'Anglais avait repris connaissance. Sa blessure à la tête saignait encore malgré le pansement serré. Monti s'accroupit auprès de lui.

– Nhuwwas est mort. J'espère que Mme de Réault pourra tirer quelque chose de son spectre. Je suis désolé d'avoir employé les grands moyens contre vous. Cela ne change rien, mais je vous présente mes plus sincères excuses.

La barre de fer avait rouvert la blessure au nez de Tewp, qui, bien plus que celle du front, le faisait affreusement souffrir. Luttant contre la douleur qui irradiait dans son crâne, il parvint à articuler quelques phrases.

– Fou que vous êtes, Monti ! Avoir assassiné Nhuwwas ne vous apportera rien.

– Peut-être. Mais nous n'avons désormais plus d'autre choix que de laisser Mme de Réault opérer. Vous restez avec nous, colonel, ou vous préférez déserter ?

– Je reste, évidemment…

Monti ouvrit son couteau de poche et trancha ses liens. Tewp se redressa et battit des bras pour chasser Lemona qui voulait jouer le rôle d'infirmier. Un grand miroir grêlé était accroché au mur. Tewp s'en approcha et contempla longuement son reflet dans la lumière du matin. La prothèse affinée qu'avait fabriquée l'artisan de Jérusalem Ziméon Sternberg ne dissimulait plus son nez amputé. À la place, comme avant, il allait devoir porter une horrible capsule de cuir pour cacher sa laideur. Un instant, il songea à Perry Maresfield et au petit Dennis. Cette pensée lui broya le cœur. Seul, il acheva de nettoyer ses plaies et s'étendit pour essayer de dormir. Mais il gardait les mâchoires serrées et les sourcils froncés…

Tuer un homme avait donné faim à Bubble Lemona. Trouvant les celliers dépourvus de victuailles fraîches, il décida d'assurer un minimum de ravitaillement. Au marché, il acheta des provisions de légumes, de tabac, de café et d'antalgiques. Aussitôt revenu, il repartit sans vouloir dire à Monti où il allait et, deux heures plus tard, déposa devant le *don* quatre automatiques en bon état et six boîtes de cartouches. Monti démonta son arme et la graissa avant de la glisser dans sa ceinture. Bubble l'imita et procéda au nettoyage des pistolets destinés au colonel Tewp et à Garance. Il s'accorda enfin le temps d'une courte sieste avant de s'isoler dans les profondeurs de la cuisine pour couper des tomates et des oignons.

Une cigarette aux lèvres, Monti frappa à la porte de l'Anglais mais celui-ci ne répondit pas. Pénétrant doucement dans la pièce plongée dans la pénombre, Monti vit une forme recroquevillée sur le lit. L'officier semblait dormir. L'Américain posa l'arme bien en évidence sur une commode et s'en alla. Les mains dans les poches, grillant cigarette sur cigarette, il entreprit une longue errance dans le bâtiment. À l'étage, la chambre de Laüme se trouvait encore dans l'état où Gärensen l'avait mise, robes étalées sur le lit, tiroirs béants, objets de toilette répandus sur le sol. Au pied d'une armoire, des paires de chaussures étaient alignées tels des petits soldats à la revue. Sur le plateau d'une coiffeuse, un flacon de parfum distillait encore des vapeurs capiteuses. Monti l'approcha de son visage mais ne reconnut pas l'odeur si particulière respirée sur la peau de son ennemie dans les tréfonds – réels ou rêvés – du Cabaret Flanders. Il laissa tomber la bouteille par terre, où elle se brisa avec un bruit sec. Il s'allongea sur le lit et y rêva pendant des heures, songeant à son fils autant qu'à sa femme et se rappelant son enfance passée dans les garrigues de Sicile. À attendre un ennemi qui ne venait pas et qui, peut-être, ne viendrait jamais, que pouvait-il faire d'autre ? Les souvenirs étaient pour lui presque une drogue. Il s'y plongeait avec autant de délectation que d'appréhension. C'était le lieu, unique et terrible, où il pouvait converser avec ses morts…

Tewp, pour sa part, demeurait reclus. Seul avec lui-même, il évitait néanmoins les pièges tendus par la mémoire. Son passé ne l'intéressait pas, il n'y trouvait ni consolation ni raison d'espérer. Il consacrait toute son énergie à tenter de se représenter un futur, mais c'était une tâche qui lui paraissait aussi difficile, aussi incertaine que de traverser un océan en solitaire sans compas ni boussole.

Livré à lui-même, Lemona ne baissait toujours pas la garde. Il ne connaissait des Galjero que ce que Monti lui en avait dit. La femme responsable de la mort de Gian et de Carla Monti et le couple étaient bien plus dangereux que le commun des mortels. Voilà qui ne l'étonnait pas. Même s'il avait passé la majeure partie de son existence dans les rues de Brooklyn, Lemona avait vu suffisamment de choses étranges pour savoir que l'existence ne se déroulait pas seulement sur le plan visible et tangible de la matière. Les mystères existaient, Bubble en était convaincu. Que les Galjero fassent partie intégrante de ces mystères ne le perturbait pas outre mesure. Avec un pistolet huilé à portée de main, il se sentait de taille à affronter les foutus sorciers et fricoteurs de l'occulte qui se dresseraient sur son chemin, aussi puissants fussent-ils. Homme avisé entre tous, il savait que la réflexion – et même parfois l'absence totale de réflexion – est la conduite la plus avisée lorsque les événements se compliquent au-delà d'un certain seuil. C'est pourquoi, au lieu de s'abandonner aux remords ou à la rêverie, comme Tewp et *don* Monti, Lemona préférait employer ces heures de solitude forcée à préparer le terrain sur lequel l'affrontement avec Dalibor Galjero aurait bientôt lieu. Marteau en main, clous pincés entre les lèvres, il s'appliqua d'abord à condamner la plupart des portes intérieures et à barricader les fenêtres, ne laissant libre que l'entrée principale. Il entassa quantité de meubles dans une remise, laissant les pièces vides afin que personne ne puisse s'y dissimuler. Il cacha des réserves de munitions sous des lattes de plancher et sur de fines corniches. À tout hasard, il prépara également des bouteilles d'essence bouchées par des mèches de tissu et attacha à ses mollets deux couteaux de cuisine. Ces préparatifs terminés, il se sentit prêt à défier le Diable en personne et il se laissa tomber dans un fauteuil au rez-de-chaussée. Il ouvrit une bouteille de whisky achetée dans une épicerie du Bazar et, euphorique, en but la moitié à petites lampées avant de sombrer dans un sommeil lourd, nébuleux, peuplé d'ombres, où il distinguait parfois le visage mutin et les rondeurs suaves de l'exubérante Natacha.

Ce fut Garance qui le réveilla. Il faisait nuit dorénavant et la Française avait besoin de lui pour la séance de spiritisme qu'elle se proposait de tenir. Lemona alla dans la cuisine faire rôtir deux *crostate* pour se sustenter, avant de revenir frais et dispo. Monti l'attendait. Tewp, refusant de cautionner la séance, resta dans sa chambre, des douleurs intenses lui enserrant les tempes. À trois, donc, ils s'assirent autour d'un petit guéridon et joignirent leurs mains.

– Fermez les yeux, leur ordonna Réault. Ne pensez à rien. Surtout, quoi qu'il arrive, n'interférez pas.

Monti et Lemon acquiescèrent. Réault inspira profondément et s'accorda un dernier répit. Ce n'était pas une spirite expérimentée et elle avait toujours évité de commercer avec les âmes errantes qui peuplent les limbes. Cette répulsion lui était venue lorsque, petite fille, elle avait franchi en cachette la porte du salon où sa mère faisait tourner les tables en compagnie de Camille Flammarion. Fervent disciple d'Allan Kardec, l'illustre astronome était en transe, les yeux révulsés et les mâchoires pendantes, comme celles d'un vieillard sénile, tandis qu'une ombre blanche flottait devant lui. Cette vision avait profondément impressionné l'enfant qu'était Garance. De ce jour, sa répugnance envers ces échos d'êtres défunts que le commun nomme *fantômes* ne l'avait pas quittée.

Enfin, ayant pris son courage, la vieille femme se mit à se concentrer comme il convenait pour appeler le résidu psychique connecté à la dépouille de Nhuwwas. Le médium était puissant, et le spectre ne demandait qu'à être appelé. Il était là, non loin de la dépouille du yezidi, sentant qu'on réclamait sa présence, et il pénétra dans la demeure. Son arrivée fit chuter abruptement la température de la pièce, ce fut comme si l'hiver entrait soudain. Enfin, lui-même apparut…

Garance l'interpella en persan.

– Es-tu ce qui reste de Nhuwwas ? demanda-t-elle en frissonnant.

– Je le suis, assura l'ectoplasme.

– Vois-tu ton passé ?

– Je vois mon passé aussi clairement que si je le vivais encore. Je sens mon cheval de guerre entre mes cuisses.

Je sens ma longue cotte de mailles pesant sur mes épaules d'adolescent et ma lance de frêne dans mon poing. Je vois les armées de Trajan s'avancer et l'aigle romaine étendre ses ailes sur mon vieux pays entre les fleuves. Je sens la main d'une fée passer autour de ma taille et je pénètre les tours étroites semées par les yezidis aux confins de la vallée de Lalish... Je revois les visages de ceux qui sont venus à moi comme des élèves dociles vers un maître très savant. Je me souviens du nom de chacun d'eux...

– Dalibor Galjero est-il parmi eux ?

– Oui. Il occupe le premier rang.

– Le vois-tu aujourd'hui ? Peux-tu me dire où il se trouve, à l'heure où nous parlons ?

– Je le vois. Je sais tout de lui. Surtout, je sais ce qu'il ignore...

– Où est-il ?

– Tu le sauras bien assez tôt.

Garance n'insista pas.

– Que sais-tu qu'il ignore ?

Le fantôme de Nhuwwas resta muet un instant avant de reprendre :

– Le ventre de Laüme Galjero est maintenant gros. Tout le temps de sa grossesse, ses pouvoirs vont s'affaiblir. Ils la quitteront tout à fait à l'heure de l'accouchement. Elle le sait. Elle le craint. Ses protections et les alliances qu'elle a passées avec quelques créatures ignobles se défont. Elle cherche d'autres appuis pour la secourir en cette période de vulnérabilité. Elle en fait venir un auprès d'elle en cet instant même. Cet homme va lui demander un prix pour son aide, un prix qu'elle ne pourra refuser... C'est au lieu où se paiera cette dette que Galjero pourra tuer sa *frawarti*.

– Qui est cet homme dont vous parlez, Nhuwwas ? Donnez-moi son nom.

– Thörun Gärensen...

Sans rien comprendre de la nature de ce dialogue, Monti ouvrit instinctivement les yeux.

– Quoi Gärensen ? demanda-t-il.

Le spectre de Nhuwwas s'approcha lentement de lui pour lancer dans sa langue :

– La femme-fée t'a autrefois fait perdre un fils, Luigi Monti. Mais sois heureux car ton séjour entre ses cuisses va t'en offrir un autre…

Ce fut comme si la pièce se vidait de tout air et un dôme de glace sembla peser un instant sur les épaules des trois spirites. Bubble Lemona persistait à fermer les yeux. À cette heure, il aurait tout donné pour pouvoir également fermer hermétiquement ses oreilles…

Garance et Monti virent la forme vaporeuse de Nhuwwas se dilater et s'évanouir. Plus dense que celui d'un caveau, le silence tomba. Personne n'osait parler ni bouger. Puis, d'un seul coup, une lumière s'alluma.

– J'espère que l'apparition de votre fantôme ne se résume pas à ça, dit Tewp en faisant son entrée.

L'apparence du colonel anglais était presque jumelle de celle du spectre et, quand Lemona s'autorisa à regarder, il crut qu'un nouvel esprit s'était incarné. Blême, le visage tuméfié par le coup qu'il avait reçu, Tewp avait les yeux brillants de fièvre.

– Eh bien, madame, lâcha l'officier d'une voix amère, votre séance s'est-elle révélée fructueuse ?

– Je vous le dirai après m'être réchauffée d'un thé, colonel. Je suis transie.

On chargea Lemona de satisfaire à la demande de la Française. Lorsqu'il revint des cuisines avec un plateau chargé d'une belle collation et de tasses fumantes pour tous, Réault s'était enfoncée dans un fauteuil. Dès la première gorgée, la vieille dame leur fit part des informations livrées en persan par Nhuwwas. Elle évita cependant de répéter l'ultime révélation concernant Monti.

– Le bilan n'est pas si mauvais, après tout, risqua Tewp après une bonne minute de mutisme complet. Pour la première fois depuis que je les poursuis, il me semble que nous avons un coup d'avance sur les Galjero.

– Conclusion abusivement optimiste, David, tempéra Réault. En réalité, nous ne savons presque rien.

– Faux ! reprit Tewp, dont les facultés de raisonnement tournaient à plein régime. Nous n'avons que peu d'éléments concrets, c'est juste, mais ils nous offrent un réservoir à partir duquel induire et déduire...

– Je vous en prie, formulez vos hypothèses.

– Nhuwwas prétend qu'une alliance se noue en ce moment même entre Gärensen et Laüme Galjero. Exact ?

– Exact.

– Nous savons ce que demande la Galjero : une protection.

– Exact encore. Mais contre qui, précisément ?

– Contre nous ? C'est possible, mais j'en doute. Contre Dalibor ? Oui, c'est cela, évidemment. Elle sent ses pouvoirs diminuer et sa mort sera la clef du couronnement d'immortalité pour Dalibor.

– Elle pense que Gärensen est de taille à lutter contre Galjero ?

– Pas de taille à supporter un affrontement direct, mais suffisamment intelligent et volontaire pour éviter que Galjero ne la débusque. Du moins jusqu'à ce que ses forces lui soient revenues. Et puis, je crois qu'elle a peur du mécanisme qu'elle a enclenché. Laüme Galjero est sujette aux sentiments ordinaires : peur, haine, amour, orgueil, regret... En cela, elle n'est pas différente de nous. En ces instants de fragilité, un homme à ses côtés la rassure.

Garance jeta un coup d'œil appuyé à Monti. L'Italo-Américain écoutait sans intervenir depuis le début de la conversation. Il ne réagit pas au regard de Réault.

– Nhuwwas a parlé d'un prix que Gärensen veut faire payer à Laüme en échange de son aide. Que désire-t-il, selon vous ?

Tewp se racla la gorge et, d'un ton gêné, enchaîna :

– Il est trop tard pour qu'il exige d'être le père de son enfant… Alors, il s'agit d'autre chose.

– Mais quoi ?

– Je l'ignore, avoua Tewp, découragé. Mais nous devons à tout prix le deviner. Ne pourriez-vous rappeler le fantôme et le contraindre à parler encore ?

– Inutile, intervint Lewis Monti. Je crois savoir ce que Thörun Gärensen peut exiger de Laüme Galjero…

Le plus beau visage du monde

C'était une maison noire, une maison que Thörun Gärensen n'avait jamais vue. Elle ne ressemblait à aucune des habitations dont il avait franchi le seuil jusque-là. Où était-il ? Il l'ignorait.

Conduite par Maddox Green, la voiture avait roulé pendant des heures. Assis à côté de Preston Ware sur la banquette arrière, le Norvégien avait vu défiler des plaines grises, mornes, balayées par le vent, des collines sombres, des champs de blé aux épis jeunes ou matures brillant sous une lumière claire. Ils avaient traversé des paysages de rochers et d'autres qui ressemblaient à des banlieues de grandes villes, avec des portions d'autoroute rectilignes sur plusieurs kilomètres entre des rangées d'immeubles. Derrière les fenêtres éclairées des bâtiments opaques, il avait aperçu des silhouettes en ombre chinoise. Elles étaient si nettes, si précises qu'il avait pu dire à chaque fois ce à quoi ces gens étaient occupés – des enfants jouaient dans leur chambre, des femmes préparaient le repas du soir et des hommes lisaient le journal ou écoutaient la radio. Il avait vu des amants s'étreindre et des vieillards compter leurs gouttes de médicament. Puis toutes les lumières s'étaient éteintes et le paysage n'avait plus été qu'un océan d'obscurité, un tunnel infini seulement marqué par le balancement de la voiture dans les virages et le ronronnement régulier du moteur. Ils n'avaient fait halte qu'une fois, dans un garage. Maddox Green avait coupé le contact et était descendu pour prendre de l'essence dans une station isolée qui proposait aussi des collations.

– Nous ne sommes plus très loin. Allons boire un café, cela nous réchauffera.

Sans discuter, Thörun avait suivi le petit homme aux allures de fonctionnaire. Ses membres étaient raides et il était frigorifié. Au-dehors régnait une odeur de sel et d'iode. À la lueur du lampadaire, il avait vu du sable par terre et avait entendu le ressac de l'océan. Il était resté debout à respirer l'air vif, tandis que Ware pénétrait dans la boutique.

– Buvez tranquillement, monsieur Gärensen, dit Ware en lui tendant un café. Buvez, puis nous repartirons.

Thörun avait trempé les lèvres dans le liquide brûlant avant de regagner son siège. Les mains glissées entre les cuisses pour garder un peu de chaleur, il avait fermé les yeux. Quand ils étaient repartis, il avait sombré dans un sommeil profond, un sommeil qui l'avait replongé des années en arrière. Il était alors le passager d'une autre voiture, l'invité d'un autre passeur : Dalibor Galjero le conduisait au Wewelsberg pour le préparer au grand œuvre, avait dit le Roumain, et le qualifier à de profonds mystères. Dans la crypte de la forteresse, Gärensen avait connu la mort initiatique. Précipité entre la vie et la mort, entre lucidité et inconscience, il avait croisé le chemin de la vieille Kloge, la déesse des épreuves et des mystères. Il avait survécu à l'ordalie qu'elle lui avait imposée mais cela n'avait été qu'une fausse élévation, une fausse promesse, car il avait traversé la grande haie de feu non pour élever son âme et renforcer son esprit, mais pour devenir un agneau digne d'être sacrifié lors d'un rituel de sang.

– Réveillez-vous, Gärensen. Nous sommes arrivés, maintenant.

Thörun avait ouvert les paupières. Au-dehors, c'était l'aube, une aube grise et bleue, au bord de la mer, sur les dunes. La voiture était garée juste devant une plage parsemée de flaques miroitantes, à marée basse.

– Sortez, mon garçon, avait dit Preston Ware. Nous ne pouvons pas vous emmener plus loin, la voiture s'enliserait…

Thörun avait quitté son siège et bruyamment claqué la portière. Ware avait montré du doigt l'horizon.

– C'est là, sur cet îlot. Si vous vous hâtez, vous pourrez l'atteindre sans vous mouiller les pieds. La mer ne devrait pas remonter avant que vous ayez grimpé sur le remblai. Mais ne traînez pas. Si les eaux vous prennent, elles vous emporteront dans des siphons et vous vous noierez. Allez, maintenant ! Courez la rejoindre. Vous en mourez d'envie, je le sais…

Thörun avait fait quelques pas en direction de la mer avant de s'arrêter. Derrière lui, Maddox Green avait soulevé le capot de son briquet pour faire jaillir la flamme. Ayant allumé sa cigarette, il avait lancé à Thörun :

– File, petit ! File vers la Déesse ! Ne laisse pas passer ta chance. Nous, nous ne pouvons plus rien faire pour elle…

Green s'était avancé et l'avait poussé dans la direction de la maison qu'il voyait se dessiner dans la lumière rase, à l'extrémité de la plage. Tête baissée, Gärensen avait marché, lentement d'abord, puis de plus en plus vite. Une odeur de vase et d'algues montait autour de lui. Le martèlement de ses pas faisait jaillir des gerbes d'eau des rigoles et des mares. Il vit les flots au loin s'animer soudain et s'avancer vers lui, et dut augmenter le rythme de sa course. Droit devant, c'était un amas de roches et de sable, une redoute noire surmontée d'un édifice austère, à la façade rongée par le sel, sans charme et sans élégance mais élancé et solide comme un ancien château. Thörun atteignit ses abords alors que l'eau était sur le point d'encercler l'éperon rocheux et de lui rendre sa nature insulaire.

S'écorchant les mains, il grimpa jusqu'aux assises de la construction et regarda autour de lui, le cœur battant à tout rompre. Le rivage était maintenant à peine discernable. Deux points jaunes dardaient dans la pénombre du rivage. C'étaient les phares allumés de la voiture de Ware et Green. Venant du grand large, un vent puissant se mit à souffler, charriant des embruns, porteur d'odeurs étranges, celles de naufrages et d'incendies, du fer tordu et de corps en décomposition…

Gärensen fit face à la maison. Il escalada les derniers mètres jusqu'à elle puis se tint sur le seuil. Le verrou n'était pas mis. Il entra. À l'intérieur, c'était encore l'obscurité, la lumière de l'aube perçait à peine à travers les volets entrebâillés. Thörun avança d'une démarche hésitante, craignant de heurter un meuble ou de faire un faux pas à cause d'une dénivellation imprévue. Peu à peu ses yeux s'habituèrent à la pénombre. Tels des revenants dans un cimetière, tous les meubles étaient voilés d'un drap. Il traversa une première pièce et s'engagea dans un couloir menant à un escalier. Marche après marche, il monta jusqu'au premier étage. Le silence était total mais, au-dehors, on entendait le vent et les paquets de mer qui s'écrasaient contre la côte. À chaque ressac, la maison tremblait. Une unique porte donnait sur le palier, ouverte, et une veilleuse orangée vacillait dans la pièce. Gärensen s'arrêta sur le seuil. Laüme Galjero, son ennemie intime, d'autant plus redoutable qu'il la haïssait autant qu'il la désirait, se tenait devant lui. Vêtue d'un long châle noir masquant ses formes, elle regardait fixement devant elle. Ses yeux écarquillés brillaient de fièvre et la peau de son visage était d'un blanc de marbre. Elle respirait vite, comme un animal affolé. Sa beauté, pourtant, était plus affirmée que jamais. Sans qu'elle lui parle ou seulement lui fasse signe, Thörun s'approcha d'elle de son plein gré. Toute angoisse l'avait quitté. De quoi aurait-il eu peur ?

En cet instant, Laüme ne voulait pas sa mort, il le savait. Pourquoi sinon l'aurait-elle fait venir dans cette maison ? Pourquoi lui aurait-elle envoyé ses sbires ? Il s'approcha. La fée posa enfin les yeux sur lui et sa respiration sembla se calmer, ses traits se détendre. Ses mains étaient posées sur son ventre légèrement bombé. D'instinct, il sut ce que cela signifiait.

– Ce sera un fils, annonça Laüme. Je le sais. Il me parle déjà… Il sera fier, et fort. Il te devra beaucoup aussi car c'est toi, Thörun, que j'ai choisi, non pour le concevoir, mais pour veiller sur lui tout au long de sa gestation. Acceptes-tu de demeurer à nos côtés pour nous protéger ?

Gärensen fit encore un pas vers Laüme. Leurs silhouettes étaient proches à se toucher.

– J'accepte, dit le Norvégien, qui résistait à l'envie de tendre les lèvres vers la bouche entrouverte de la femme.

*

Au fond d'un café poussiéreux d'Istanbul, Dalibor Galjero souriait comme un enfant. Depuis des heures, il écoutait un conteur édenté improviser les aventures de l'eunuque Ta'rwan, un héros burlesque du temps de Soliman. Lors de ses séjours à Constantinople, Dalibor ne manquait jamais de goûter les inventions du vieil aède. Il avait commencé à suivre l'épopée de Ta'rwan en 1915, un an avant que Nhuwwas n'apparaisse à la porte de son palais – un an, donc, avant la mort de Ta'qkyrin, l'assassinat de Raspoutine et son retour de Russie. Laissant le pays au bord de la guerre civile, il avait abandonné son maître, dont la raison vacillait dans une chambre particulière d'un institut médical de Sa Majesté le Tsar… Quelque trente années s'étaient écoulées depuis lors. Trente années au cours desquelles il n'avait fait que repousser l'heure du jugement voulu par Ta'us, l'antique dieu Paon auquel il devait son exceptionnelle longévité. Mais l'instant fatal était arrivé. Le dieu s'impatientait, et plus aucune échappatoire n'était possible. Ta'us exigeait l'ultime oblation : la mort de Laüme. C'était le prix à payer pour gagner l'immortalité définitive et inconditionnelle. Partout, Dalibor avait cherché comment se dérober à ce décret ; dans les bibliothèques, les collections privées, les archives de quatre continents et même jusque dans les fichiers classifiés de l'Ahnenerbe. En vain. Alors, il avait bien fallu se résoudre à l'inéluctable, car c'était cela ou mourir, disparaître à l'instar des autres hommes, renoncer au plaisir et à la joie, ne plus sentir la fraîcheur de l'aube passer sur son visage, ne plus contempler les étoiles dans le ciel, ne plus étendre ses paumes au creux des reins d'une jeune fille…

Maintenant qu'il avait relevé la piste de Nhuwwas, il n'était plus question de renoncer à ces bienfaits. Pourtant, il avait craint un moment d'échouer. Quand le général Grusha Alantova et Wolf Messing lui avaient signifié l'annulation du marché qu'ils avaient passé, Dalibor crut avoir perdu à jamais le moyen de retrouver son ancien maître. La colère s'était emparée de lui. Mais il avait eu beau menacer, rien n'y avait fait. Alantova et Messing l'avaient fait expulser sans se donner la peine de lui fournir une explication. Le soir de son départ forcé d'URSS, lorsqu'il avait ouvert son sac de voyage dans un hôtel du secteur américain de Berlin, il avait pourtant découvert une petite enveloppe dissimulée dans son linge. Une clef plate, une clef de consigne, était glissée à l'intérieur, estampillée du numéro 142 et marquée au poinçon d'une des gares secondaires de l'ancienne capitale du Reich. Dans le casier, une simple feuille de papier tapée à la machine. Rédigé dans l'alphabet romain, le billet ne contenait que deux phrases : *Le 10 de ce mois, Lewis Monti, David Tewp et Garance de Réault ont quitté le territoire de l'Union soviétique par la frontière iranienne. Nhuwwas les accompagnait.*

Le nom de Garance de Réault était parfaitement inconnu à Galjero, et la lecture de ce texte ne lui avait tiré qu'un haussement d'épaules. Le nom de Lewis Monti, en revanche, évoquait un vague souvenir. Laüme l'avait prononcé des années auparavant, lorsqu'elle lui relatait ses péripéties aux États-Unis du temps où elle était un agent du comte Ciano. Quant à David Tewp, Dalibor était tout à fait capable de mettre un visage sur ce nom. David Tewp ! Il n'avait plus pensé à cet homme depuis au moins dix ans ! Il l'avait connu aux Indes en 1936. Tewp était alors un officier anglais que le MI6 avait placé dans sa résidence de Shapûr Street pour y assurer la protection de Wallis Simpson. Tewp ?! Un garçon sans culture, emprunté et maladroit. Le contraire d'un homme d'action, et le parfait représentant de la gent masculine britannique. Pourquoi s'était-il mis en tête de le traquer ? Dalibor ne pouvait le comprendre, mais peu importait.

La seule chose qui comptait, maintenant, c'était de rejoindre Nhuwwas au plus vite. Alors Dalibor s'était mis en chasse. Retrouver le sillage du petit groupe avait été facile. Les fuyards avaient laissé derrière eux des signes évidents, précis, et nombreux. Comme s'ils souhaitaient être rejoints. Les indices menaient droit à Constantinople… Remontant le fil de leur parcours, Galjero était arrivé à son propre palais, où ces gens avaient eu l'audace de s'installer. Un instant, le sorcier s'en voulut d'avoir négligé les rituels d'entretien des génies gardant les lieux. Il n'avait pas régénéré leur potentiel énergétique depuis longtemps. C'était une erreur car, au lieu de se fortifier avec le temps, les fétiches étaient devenus parfaitement inopérants. Mais cela n'était qu'un détail. L'important était que lui, Dalibor, rassemble ses forces pour se présenter face à ses ennemis. C'est pourquoi il avait momentanément battu en retraite, afin de se préparer convenablement à la confrontation qui s'annonçait. Et voilà pourquoi il était assis là, dans ce café d'Istanbul, à cette heure, à se laver l'esprit en écoutant les histoires rocambolesques imaginées par le vieux conteur…

Ce soir-là, Dalibor ne se leva pas de son tabouret avant le milieu de la nuit. Le bateleur venait de clore son chapitre dans les rires et les applaudissements. Il était parti rêver sur sa couche à de nouvelles aventures pour ses personnages. Lorsque les lumières s'éteignirent et que les gamins chargés du ménage eurent jeté du sable sur les dalles pour éponger les crachats et les flaques de *rak*, Dalibor attendit dans la ruelle que le dernier d'entre eux pose son balai et quitte enfin le café. Deux heures avant l'aube, plus personne ne traînait dans les rues. Istanbul était silencieuse. Aucun bruit de moteur ne venait troubler sa quiétude. Dalibor attrapa le gamin au collet au moment où il tournait à l'angle, l'assomma contre un contrefort de pierre et le posa en travers de ses larges épaules. Il marcha ainsi jusqu'à une cale déserte au bord de l'eau, retira ses vêtements et sacrifia l'enfant au dieu Ta'us, en priant ce dernier de lui accorder un répit jusqu'à ce qu'il ait retrouvé Laüme. Dalibor espérait de toutes ses forces que le dieu Paon accéderait à sa prière car, plus que jamais, il sentait que le Temps reprenait lentement ses droits. En Russie, il s'était découvert de nouveaux cheveux blancs et, sur ses mains, étaient apparues quelques-unes de ces tavelures qui marquent la peau des vieillards. Dalibor fit usage du cadavre comme d'autres usent d'une drogue afin d'aiguiser leurs sens. Son œuvre terminée, il jeta la dépouille du gosse dans la rivière, sans même prendre la peine de la lester. Peu lui importait que la police la retrouve quelques heures plus tard. Combien d'adolescents disparaissaient, chaque mois, dans cette ville gigantesque sans que personne s'en inquiète ? Un de plus ne ferait aucune différence.

Vivifié, Dalibor prit à nouveau la direction de son palais. Sans arme passée dans la ceinture ou cachée dans les plis de sa veste, il franchit la grille du parc. L'aube ne rosissait pas encore le ciel mais la rosée perlait déjà sur l'herbe. Les premiers oiseaux commençaient à chanter dans les ramures. Dalibor vit une silhouette se découper sur le perron. La reconnaissant au premier coup d'œil, il allongea le pas pour la rejoindre.

– Je vous attendais, lui dit calmement David Tewp.

*

L'Anglais n'était plus le même homme. Il avait changé. Énormément changé. Dalibor l'avait quitté aux Indes alors qu'il n'était qu'un gandin inexpérimenté et influençable, un petit lieutenant contraint de jouer un rôle trop grand pour lui. Mais, à l'évidence, David Tewp avait subi de plein fouet les effets de la guerre. Il avait acquis une stature, une assurance impressionnantes à l'épreuve du feu, et s'était endurci pour devenir un ennemi respectable. Son potentiel de nuisance se trouvait en conséquence bien plus important que Galjero ne l'avait estimé de prime abord en lisant son nom sur le billet laissé dans la consigne de la gare de Berlin…

– Il y a bien longtemps que nous ne nous sommes vus, David, dit Dalibor. Je suis désolé pour votre visage…

Involontairement, Tewp porta sa main au niveau de son nez tranché. Il avait dissimulé la blessure sous son vieux masque de cuir, celui qu'il avait dû porter jusqu'à son séjour à Jérusalem. Pendant des années, il s'était habitué à ce que plus personne ne lui fasse remarquer sa difformité. Entendre seriner de nouveau cette antienne lui était pénible.

– Je le dois à une de vos élèves, Galjero, répondit Tewp en contenant son amertume. Ostara Keller m'a défiguré quelques heures avant de se faire tuer par les enfants qu'elle se proposait d'immoler.

– *Nemesis*, décréta Dalibor d'un ton badin. Sa propre énergie destructrice s'est retournée contre elle. Cela ne me surprend pas, Keller était dévorée d'ambition. Trop douée aussi. Tout était trop facile pour elle. Elle n'a pas eu à s'aguerrir comme vous et moi l'avons fait... Car nous nous ressemblons, n'est-ce pas, David ?

Tewp se garda de répondre.

– Je sais pourquoi vous êtes ici, enchaîna l'Anglais. Je vous cherche depuis les Indes. J'ai passé douze années à vous traquer en vain. Mais j'ai aussi croisé d'autres chasseurs. Ensemble, nous avons reconstitué votre histoire. Celle de l'esprit Laüme aussi... Et nous avons retrouvé votre ancien maître, Nhuwwas.

Dalibor sourit. Ainsi, son intuition était juste : le petit officier emprunté de Calcutta avait cédé la place à un être déterminé et dangereux.

– Nhuwwas se trouve donc dans cette maison, sous la garde de vos amis, je suppose...

– Non. Je suis seul. Quant à Nhuwwas, il était à bout de forces lorsque les Soviétiques nous l'ont remis. Il s'est malheureusement éteint ici même, il y a quelques jours. Nous l'avons enseveli dans le parc...

Dalibor blêmit à l'annonce de cette nouvelle.

– Nhuwwas est mort ? répéta-t-il comme s'il ne pouvait y croire.

– Nhuwwas n'est plus, confirma Tewp. Mais non sans avoir parlé avant de mourir. Je suis maintenant le dépositaire de ses derniers secrets.

– Ainsi, c'est vous, David, qui m'aiderez à accomplir mon destin ?

– C'est moi...

– Et que voulez-vous en échange ?

– Un peu de votre pouvoir. Une parcelle seulement de votre puissance…

Le Roumain parut surpris mais, plutôt que de sonder les motivations de Tewp, il s'inquiéta :

– Où sont vos amis désormais ? Ce Lewis Monti, cette Garance de Réault avec qui vous faisiez alliance ?

– Ils n'ont rien entendu des confessions de Nhuwwas. Je parle un peu le russe, contrairement à eux. Je leur ai fait croire que la mort de Nhuwwas nous jetait dans une impasse et j'ai prétendu vouloir abandonner. Ils sont partis chercher ailleurs une autre manière de vous atteindre. Vous n'avez rien à craindre d'eux…

– Il n'y a plus dorénavant que vous et moi ?

– Oui.

– Quelle preuve m'apportez-vous de votre bonne foi ?

– Laüme est grosse des œuvres d'un homme, Galjero. Elle attend un fils. Son pouvoir se délite au fur et à mesure de sa grossesse. Je connais l'instant exact de la conception et par conséquent celui présumé de la délivrance. En outre, je sais où elle se rendra bientôt pour y opérer un acte qu'elle seule peut accomplir…

– Quel acte ?

– Le paiement d'un service. Thörun Gärensen l'accompagne maintenant. Il remplace les créatures dont s'était entourée la fée, mais qui la désertent peu à peu au fil de sa métamorphose.

– Laüme a entamé sa chute vers l'humanité ! Vous savez donc cela, Tewp, s'exclama Dalibor d'un ton presque admiratif. Et qui est le père du petit bâtard ?

– Cela, en revanche, je l'ignore. Est-ce vraiment important pour vous ?

Dalibor regarda en silence les arbres. Franges roses au-dessus de leur cime, l'aurore délayait à grands traits l'opacité de la nuit.

– Non, lâcha-t-il enfin. Ce n'est qu'une information secondaire. Combien de temps faudra-t-il attendre avant d'agir ?

– L'accouplement date de vingt semaines. Malheureusement, il nous faudra patienter presque jusqu'au terme…

– Quatre mois encore !

– Si vous voulez porter le coup le plus sûr, oui. Car plus tôt vous vous risquerez, plus forte sera encore Laüme.

– Je sais, coupa brusquement Galjero. Eh bien, mon cher David, pourquoi ne pas employer ce temps à vous récompenser de vos efforts ? Par quoi voulez-vous commencer votre apprentissage ?

*

Pour Thörun Gärensen, l'épreuve se révélait chaque jour plus difficile. Chaque heure qui passait rendait plus douloureuse la tension nécessaire à sa fermeté d'âme. Laüme lui susurrait des mots d'amour mais il savait que ce n'était que perfidie. Elle lui proposait ses caresses et même l'usage de son corps mais, il le savait aussi, c'était un piège, une manière de le lier à elle, de le dominer, avant de l'étouffer et de le dévorer telle une mante… Si Gärensen n'avait pas écouté les aveux de Dalibor Galjero enregistrés pour le général Alantova, il avait lu les confidences de ce dernier dans l'épyllion du palais d'Istanbul et connaissait les perversités de Laüme. Il savait tout de sa nature véritable, de son histoire et, surtout, de son pouvoir de ramener les morts à la vie…

Depuis que Preston Ware et Maddox Green l'avaient conduit sur l'île, comme un ultime devoir envers une maîtresse qu'ils ne voulaient plus servir, Thörun s'occupait de Laüme comme il l'aurait fait d'une biche blessée trouvée dans les bois. Il la nourrissait grâce aux provisions amassées dans les cuisines. Il veillait sur elle quand elle ne pouvait trouver le sommeil. Il l'aidait à sa toilette et parfumait son corps d'essences précieuses... Chaque jour, la fée semblait plus faible. Cette vie qui grossissait en elle l'épuisait. L'extraordinaire modification de sa physiologie opérait sur elle comme une œuvre de destruction. Elle le ressentait au plus profond de son être, et cela la terrifiait. Quand elle s'observait dans sa psyché, elle voyait avec horreur son teint se gâter, ses yeux perdre de leur éclat, sa silhouette s'alourdir.

– Pourquoi ne veux-tu pas de moi ? demandait-elle à Thörun d'une voix inquiète. Prends-moi tant que ma beauté ne s'est pas encore tout à fait éteinte. Je ne sais dans combien de temps elle me reviendra après l'enfantement...

Mais Thörun demeurait insensible à ces avances. Le souvenir d'avoir autrefois tenu Laüme dans ses bras, d'avoir joui d'elle était pourtant intact en lui, il aurait pu connaître encore l'ivresse sans pareille qu'elle lui avait donnée, mais il voulait autre chose, même s'il n'avait pas encore formulé sa demande et si Laüme ne la devinait pas.

– Que veux-tu, Thörun ? interrogeait-elle sans cesse. Ce que je voulais t'offrir, tu le refuses. Mon corps, mon amour, tu les rejettes. Personne n'a eu ta force ou ta volonté. Que veux-tu donc si ce n'est pas moi ?

– Lorsque vous serez prête à enfanter, avoua-t-il enfin un jour, je vous ferai quitter cette île. Vous viendrez avec moi et vous irez chercher chez les ombres l'esprit d'un défunt pour le faire revivre. Voilà ce que j'exige pour continuer à veiller sur vous et ne pas vous livrer à Dalibor...

*

David Tewp était épuisé. Il jouait le théâtre de la soumission à Dalibor Galjero depuis trop longtemps et, malgré la bonne volonté qu'il manifestait, ses nerfs étaient mis à rude épreuve. Il lui fallait d'abord feindre de s'intéresser à des matières qui lui répugnaient au plus haut point – il gardait un souvenir cuisant de l'envoûtement dont il avait été lui-même victime aux Indes, puis les morts affreuses de son ordonnance, Habid Swamy, et du petit Khamurjee n'avaient fait que renforcer sa répulsion pour le surnaturel. Or, ce que le Roumain, rompu aux plus ignobles sacrements sorciers, lui enseignait désormais dépassait en horreur tout ce qu'il avait lu sur l'occultisme dans la bibliothèque de la Société des Études asiatiques de Calcutta, du temps où il se documentait pour mieux traquer les Galjero. Tewp, si enclin à la moralité, si naturellement probe, devait singer un assentiment total pour des techniques et des principes à rebours de sa conception du bien et du mal. Il détestait le flou, l'approximatif, le changeant et le relatif, et voilà qu'il lui fallait évoluer au sein de disciplines où aucune borne ne délimitait le raisonnable du fou, le bénéfique du criminel, le bienséant du condamnable. Si cela l'indisposait, ce n'était toutefois qu'une légère contrariété, car il ne s'agissait pour le moment que de théories et d'axiomes généraux. La pratique n'avait pas encore été abordée. Plus que tout, Tewp redoutait l'instant où Galjero jugerait nécessaire d'en venir aux applications concrètes. Combien de temps l'Anglais pourrait-il éviter que son mentor ne commette quelque crime pour activer les principes dont il ne cessait de l'entretenir ? Quelle ruse le colonel devrait-il employer pour l'en empêcher ? Il l'ignorait encore…

*

Au-dehors, une nouvelle tempête s'abattait sur l'île de la maison noire. Thörun, pourtant, ne percevait rien du fracas des vagues et du vent, plongé qu'il était dans un rêve intense. Laüme trônait au cœur de ce songe. Dans la salle d'apparat de l'hôtel Eden, éclairée par d'immenses verrières à motifs, la fée lui souriait. Loin de ressembler à celle d'une parturiente, sa silhouette svelte et aérienne portait une Fortuny dont les bandes étroites soulignaient un profond décolleté et voilaient à peine l'orbe de ses seins. De larges fentes révélaient jusqu'aux hanches ses jambes longues et fuselées. Une aigrette noire était plantée en panache sur un triangle de nacre en haut de sa nuque. Ses lèvres pourpres et luisantes lui faisaient un sourire vénéneux. Elle tendait les mains vers lui, l'appelant à la rejoindre… Thörun voulait résister mais la tentation était trop forte, la beauté de Laüme corrodait ses plus fermes résolutions. Il n'avait qu'une envie : la tenir dans ses bras, la posséder, s'enivrer de son rire et de ses cris de plaisir. Il s'avança mais, à chaque pas, il perdait force et vigueur. Ses jambes fléchirent, il tomba, tenta de se relever et en fut incapable. Alors il rampa, se tortillant comme un ver pour atteindre la fée qui le narguait. Elle se penchait vers lui et reculait de quelques pas sitôt qu'il parvenait à gagner quelques pouces…

Ce supplice durait lorsque Thörun se réveilla en sursaut, le corps trempé de sueur. Son cœur battait si vite qu'il crut défaillir. Aspirant l'air à grandes goulées, il se leva et s'engouffra dans la pièce où reposait Laüme. Elle dormait d'un sommeil paisible. Sa respiration était calme et lente comme celle d'une enfant. À la lueur des éclairs zébrant le ciel, il la contempla longuement. Même si elle n'était pas aussi rayonnante, aussi tentatrice que dans son rêve, elle gardait intact son pouvoir de fascination. Combien d'hommes se seraient damnés pour un seul de ses regards ?… Thörun sentit un désir fou monter en lui, ce qui le mit en colère. Ce désir, c'était la grande faiblesse du Norvégien, une faiblesse qu'il ne voulait plus supporter. Aussi, il projeta violemment son poing contre la psyché de la chambre à coucher, s'empara à pleine main d'un éclat pointu et, indifférent aux cris de la fée, taillada à grands coups écarlates les traits du plus beau visage du monde…

Le fardeau d'Orphée

Rien qu'en posant les yeux sur les deux statuettes alignées face à lui, David Tewp sentait presque son estomac se retourner. En apparence, elles ne présentaient aucune particularité. Mais c'étaient des effigies créées à l'intention du colonel par le sorcier Galjero.

– J'ai tenu à vous faire la surprise, Tewp, annonça Dalibor. Elles sont toutes les deux pour vous. Je vous apprendrai à en fabriquer par vous-même mais j'ai pris la liberté de vous doter au plus vite de ces deux auxiliaires. S'il en était encore besoin, cela stimulera votre foi dans les arts magiques.

– À quel usage sont-elles destinées ? demanda l'Anglais d'une voix atone.

– L'une est un fétiche d'argent qui vous fera trouver des trésors. J'en ai longtemps possédé un moi-même. Très efficace pour établir les fondations de votre fortune future.

– Et l'autre ?

– Le second…, hésita Dalibor. Le second vous sera très utile… tout particulièrement avec votre visage… Il…

– Il… ? releva l'Anglais avec un air de défi.

– Ce *voult* suscite la sympathie immédiate du sexe opposé, mon cher David. Et je ne me trompe guère en avançant que c'est un don peu développé chez vous, n'est-ce pas ? Même avant que…

Dalibor laissa sa phrase inachevée.

– Même avant que votre élève Keller ne me mutile, c'est cela ?

– Disons que c'est pour moi une manière de compenser la perte que vous avez subie. Je vous dois bien ça, après tout.

Galjero apprit ensuite à Tewp comment activer les fétiches et il l'envoya au-dehors expérimenter leur efficacité. Tewp, tout d'abord, avait refusé d'obéir, puis il avait marché le long de la Corne d'Or, plus pour respirer un autre air que pour se livrer aux exercices recommandés par le sorcier. Après avoir parcouru cent yards à peine, ses yeux se posèrent sur un portefeuille tombé par terre. Il le ramassa. À l'intérieur, se trouvaient des papiers d'identité et la somme de quelque trois mille livres sterling en billets de banque. Plutôt que de conserver sa trouvaille, il entra dans le premier bureau de poste, acheta une grande enveloppe et y griffonna l'adresse du propriétaire négligent. Lâchant le paquet dans la boîte aux lettres destinée au courrier international, il ressortit avec le sentiment gratifiant du devoir accompli.

*

Comme un gamin, Bubble Lemona sauta sur le matelas du gigantesque lit qui trônait dans sa chambre, au palazzo Gritti. Puis il déballa les huit paquets de chemises, cravates, boutons de manchette et chaussures italiennes dont il avait fait l'acquisition le matin même, tout heureux de retrouver la douceur de la soie sur sa peau et de revoir les lumières se refléter sur le cuir poli des empeignes. C'était la première fois de sa vie qu'il foulait le sol italien. Moins d'un siècle auparavant, sa mère était née à Trévise et son père à Ravenne mais lui avait vu le jour à New York et n'avait quitté Little Italy que pour quelques brèves incursions en Floride ou en Louisiane dans le but de régler quelques pressantes affaires de « famille ». Ravi de fouler enfin le sol natal de ses parents, il s'émerveillait d'un rien et achetait sans compter. Monti et Garance, pour leur part, ne partageaient pas son enthousiasme. Fébrile, irritable, Lewis se demandait chaque jour si son intuition ne l'avait pas trompé. Garance, de son côté, sentait ses forces l'abandonner sans qu'il soit possible de lutter contre et se disait que Venise serait le dernier endroit sur cette terre qu'elle verrait jamais. Or moins que tout elle ne voulait manquer son grand finale…

*

Tous les stratagèmes pour éviter que Dalibor n'effectue un sacrifice étaient dorénavant épuisés et Galjero bouillait de répandre le sang. C'était un impératif pour lui car son dieu, Ta'us, multipliait les signes d'impatience et de colère. Chaque jour, le Roumain voyait sa chevelure sombre se mêler de blanc et se sentait perdre de sa réactivité. Il lui fallait un baume pour contrer cette déchéance annoncée, un crime pour vivifier ses chairs avant l'ultime épreuve.

– Demain nous prendrons deux enfants dans les rues, annonça-t-il à Tewp. L'un sera pour moi, l'autre pour vous. Vous verrez comme l'énergie vitale passe aisément d'un corps à l'autre. Cela vous fascinera, j'en suis certain…

Tewp frissonna d'horreur à la perspective de ces meurtres. Mais il ne lui était plus possible de reculer sans se découvrir… Comment faire ? Assumer jusqu'au bout le rôle qu'il s'était donné et plonger lui-même une lame dans le corps d'un innocent, ou bien fuir ? L'Anglais refusait cette alternative. Des heures durant, il s'était efforcé de concevoir un leurre pour tromper encore le Roumain.

En vain. Comme il l'avait déjà tenté à plusieurs reprises, il essaya d'abattre Dalibor avec l'arme à feu laissée par Monti. Impossible : sitôt le pistolet en main, il sentit son esprit faiblir et sa résolution disparaître. Les gardiens subtils veillant sur Dalibor Galjero prenaient encore grand soin de leur maître. Dès lors, à contrecœur, et sans vraiment y croire, David Tewp décida de jouer son ultime carte.

– Il nous faut partir, annonça-t-il à Dalibor. Aujourd'hui même. La délivrance de Laüme est proche. Elle intervient plus tôt que prévu…

– Comment le savez-vous ? demanda Galjero, suspicieux.

– Restez si cela vous chante, se contenta de répondre l'Anglais d'une voix ferme. Prenez-en le risque si vous me soupçonnez de mensonge…

Galjero eut un haussement d'épaules. Guidé par Tewp, il quitta sans protester son palais d'Istanbul et s'embarqua pour Venise.

– C'est donc là que se trouve Laüme maintenant ? Pourquoi choisit-elle cette ville plutôt qu'une autre ?

– Fausta Pheretti, l'épouse de Thörun Gärensen, repose sur l'île San Michele, répondit le colonel du MI6. C'est au cimetière de Venise que le Norvégien veut recevoir le prix de ses services…

*

La résille noire voilant le visage de Laüme Galjero dissimulait des plaies hideuses. Sans la moindre pitié, Thörun avait tailladé pommettes et lèvres, front et arête nasale… Voulant arracher à sa source le mal qui le rongeait, il y était parvenu au-delà de ses espérances : il avait détruit à jamais la beauté d'une créature sans pareille. Quoi qu'il arrive désormais, Laüme Galjero n'aimanterait plus le désir masculin. Les regards se détourneraient d'elle comme on fuit la vision d'un mutilé ou d'un monstre. Elle devrait désormais payer pour connaître les voluptés de la chair. Cependant, l'horreur que lui inspiraient ses traits défigurés importait moins à Laüme que la chose vagissante sortie de son ventre. Précipitées par le choc de l'agression, les convulsions avaient eu lieu en avance sur le terme normal et l'enfant, un enfant parfaitement formé, était né. Un mâle. Vigoureux et pressé de venir au monde. Gärensen s'en était occupé tandis que sa mère, lentement, se remettait de ses blessures. Il berçait le nourrisson, le baignait avec douceur, le surveillait et ne le confiait à Laüme que pour l'allaitement. Peu à peu, Gärensen remarqua que la fée recouvrait sa vigueur.

– Sentez-vous vos pouvoirs vous revenir ? lui demanda-t-il un matin.

– Ils me reviennent, sois-en sûr. Et quand ils seront tout à fait miens de nouveau, je te ferai payer la perte de mon visage. Redoute cet instant…

– Vous ne tenterez rien contre moi, assura Thörun. Sinon, je prends votre enfant en otage et jure de le tuer sans remords si vous ne respectez pas votre parole.

– Tu veux que je te ramène ta femme, n'est-ce pas ? Tu l'aimais donc tant, cette Fausta ?

Gärensen baissa les yeux sans répondre. Après un silence, il décréta :

– Demain ! Demain nous partons pour Venise…

*

Chaque jour, à quatre heures de l'après-midi, Garance de Réault dégustait un thé de Chine au café Florian. Appuyée au bras de Bubble Lemona, elle arrivait à petits pas et s'asseyait à la même table, dans l'angle droit de la salle, le long de la baie vitrée donnant sous les arcades et la perspective de la place Saint-Marc. Les serveurs la connaissaient. Elle avait réservé cette place depuis son arrivée, en déboursant cher pour ce privilège. Lemona restait parfois en sa compagnie pour siroter un alcool de fraise et s'empiffrer de gaufrettes que ses gros doigts émiettaient au-dessus de son verre. La plupart du temps, pourtant, Bubble abandonnait la Française, préférant fumer non loin de là en rêvassant, assis sur les marches qui menaient aux eaux de la lagune. À son poste, Garance attendait, elle patientait une heure, comme convenu à Istanbul avec David Tewp. Ni plus, ni moins. À cinq heures précises, elle se levait et quittait l'établissement, courtoisement saluée par les garçons de salle, et rejoignait Bubble dehors.

Ensemble, ils revenaient alors au palais Gritti où Monti faisait les cent pas dans un salon rococo, surchargé de moulures extravagantes, dodues comme des meringues.

– Toujours rien, Lewis, lâchait alors la vieille dame. Notre ami David n'est pas encore arrivé… Et de votre côté ?

– Toujours rien, madame Garance, répondait tristement l'ancien sénateur. Thörun Gärensen ne semble pas vouloir se montrer à Venise. Et si je vous avais fait suivre une fausse piste ?

– Votre déduction a été la bonne, j'en suis certaine, disait la vieille aventurière pour le réconforter. Soyons donc patients. Patients et optimistes. Que prendrez-vous au dîner, ce soir ?

*

Mille années de combats et d'abordages. Mille ans de croisades et d'enlèvements, de tueries et de pillages. Telle était l'histoire de Venise et de sa rivale, l'antique Constantinople. Un millénaire désormais oublié au profit d'une paix qui s'étendait à tout l'Occident, achetée au prix fort de l'effacement et de la soumission à un empire lointain, dédaigneux et superbe, appelé pourtant un jour à s'écrouler lui aussi. Néanmoins, cette paix autorisait les navires levantins à accoster sans crainte au port de la Sérénissime…

Suivant David Tewp, Dalibor Galjero descendit à quai et se soumit aux formalités de douane, comme n'importe quel passager. Les policiers italiens, néanmoins, ne fouillèrent pas plus ses bagages qu'ils ne demandèrent à examiner son passeport. Galjero n'en avait d'ailleurs jamais possédé. À quoi cela lui aurait-il servi, lui qui entretenait un familier capable de lui éviter les fâcheux ? Tewp, en revanche, ne bénéficiait pas d'un tel recours. Comme le dernier des quidams, il dut se plier aux formalités administratives d'usage. Galjero l'attendit patiemment et le conduisit au Danieli, où il avait depuis fort longtemps ses habitudes. Là, ils défirent rapidement leurs bagages dans des chambres contiguës. Tewp sortit ensuite en prétextant devoir rencontrer un informateur.

– Revenez vite, David, avertit Dalibor. N'oubliez pas que j'ai sur vous un moyen de pression très efficace…

Tewp acquiesça avant de s'éclipser. En vérité, la menace de Galjero ne l'intimidait guère. Depuis longtemps déjà, il savait que Dalibor avait confectionné un *voult*, une effigie chargée de quelques cheveux prélevés sur son crâne et destinée à lancer un envoûtement de mort rapide si l'Anglais s'avisait de trahir son prétendu maître. Il était bientôt cinq heures de l'après-midi et Tewp n'avait qu'une idée en tête : marcher assez vite pour trouver Mme de Réault attablée au café Florian…

*

Dans la cabine de première classe du transatlantique

italien *San Lucas*, Laüme Galjero regardait son bébé téter goulûment. Le petit n'avait pas encore de nom. Quand elle pensait à lui, elle disait simplement « mon fils » et, pour la première fois de sa très longue existence, elle vouait à un être une tendresse véritable, un authentique élan d'amour. Lorsque Thörun lui arrachait l'enfant pour l'emmener dormir dans sa propre cabine, elle restait seule à pleurer pendant des heures, jusqu'au moment où elle pressait à nouveau le nourrisson contre son sein. Alors, pour un bref instant, elle redevenait heureuse.

Une nuit, alors que l'étrave du navire passait au-dessus d'une fosse où reposait depuis des siècles l'épave d'un galion espagnol aux cales remplies d'or, Laüme quitta furtivement son lit. Les coursives étaient seulement éclairées par des veilleuses. Plus personne ne rôdait dans les couloirs des ponts supérieurs. Lentement, le visage caché par un long voile de veuvage, elle descendit jusqu'aux passerelles de troisième classe où des gens dormaient sur des planches recouvertes d'une mince paillasse ou dans des hamacs. Elle ne fit que quelques pas parmi eux, juste assez pour s'emparer du premier enfançon assoupi qu'elle put trouver…

*

L'imperméable trempé de David Tewp gouttait sur les dalles rougeâtres de l'ancien repaire des républicains et des Carbonari, faisant des mares. Au-dehors, une pluie torrentielle s'était abattue sur Venise. Assis sur la banquette face à l'Anglais, Lemona avait pris le tour de garde de Mme de Réault, subitement défaillante.

– Madame Garance est épuisée, apprit le mafieux au colonel. Elle est à bout de forces. Cela fait deux jours qu'elle ne quitte plus son lit. *Don* Monti est très inquiet, moi aussi…

– Je veux la voir, ordonna David Tewp.

Dans son grand lit à baldaquin, Garance de Réault paraissait aussi pâle qu'une morte. Tewp crut retrouver l'instant où il avait pénétré dans son appartement parisien tandis que l'infirmière Simone s'affairait autour d'elle. Les yeux mi-clos, la Française articulait avec peine.

– David… Enfin, vous êtes arrivé, mon garçon, dit-elle au prix de grands efforts. J'avais si peur de ne jamais vous revoir…

La gorge serrée par l'émotion, Tewp s'assit près d'elle et lui prit la main.

– Galjero est à Venise avec moi, dit-il. J'ai évité le pire jusqu'à présent mais je ne sais comment l'empêcher d'en revenir au crime. Il veut du sang pour se préparer à son combat contre Laüme.

Le regard de la vieille dame parut se perdre dans la contemplation de quelque paysage intérieur. Tewp n'osait plus parler. Monti et Lemona gardaient le silence. Pendant une minute, ce fut comme si le temps était suspendu. Puis Garance tourna de nouveau son visage vers l'Anglais.

– Employez vos dernières ruses à faire patienter Galjero jusqu'à demain, David. Et revenez me voir. Je vous expliquerai quoi faire…

*

L'enfant qui dormait dans ses bras n'était pas celui de Laüme Galjero. Il avait presque le même âge, pourtant, tout juste quelques semaines d'existence. Depuis qu'elle l'avait enlevé des pontons inférieurs, il ne s'était pas réveillé. Laüme le sentait respirer doucement contre elle. Comme son propre fils, le marmot était plein de vie, et sa petite âme intacte de toute souillure. Le matériau idéal pour la fée, grâce auquel elle pourrait reconquérir plus vite ses anciens pouvoirs et, peut-être même, retrouver un peu de sa beauté perdue…

Courant jusqu'à sa cabine avec sa capture, elle s'enferma à double tour et commença ses opérations de magie rouge. Elle posa sa proie sur la couchette et prit une paire de ciseaux dans sa malle de voyage mais, à l'instant où elle s'apprêtait à égorger sa victime, elle s'arrêta. Un sentiment qu'elle n'avait jamais connu embrumait son esprit et désarmait son bras. Elle lâcha les ciseaux qui tombèrent sur le sol avec un bruit froid. La force d'accomplir un meurtre l'avait quittée… L'humanité ! Ainsi, c'était donc cela, pensa Laüme. Pire que dans tous ses cauchemars. Pire même que l'épreuve que lui avait fait traverser Yohav, car le sang du nain, pour hideux qu'il fût, était un sang de sorcier, de pouvoir, porteur du secret d'une possible résurrection – Laüme le savait, elle en avait fait l'expérience. L'enfantement, contrairement à ses attentes, avait provoqué une dénaturation profonde de son être intime. Ses bras et ses jambes lui semblaient lourds comme du plomb, son cerveau, un mélange de pensées désaccordées, brouillonnes, contradictoires. Surtout, un immense dégoût de soi s'était emparé d'elle, un dégoût qui la désarmait mieux qu'aucun ennemi n'aurait jamais pu le faire.

Sans être vue, elle rapporta l'enfant là où elle l'avait volé et, désespérée, gagna la poupe sur le pont principal. Elle y était seule. Longtemps, elle regarda les eaux sombres brassées par les énormes pales des turbines. Elle ne pensait plus, ne respirait presque plus. Une brise plus forte souleva son voile et le jeta par-dessus les hautes vagues. Laüme passa ses doigts sur son visage, y sentit les boursouflures des cicatrices, les ravines des plaies. Dans le secret de son cœur, elle sut que plus jamais elle ne serait belle. Et pourtant, aucun ennemi ne l'avait battue, aucune armée ne l'avait vaincue. Elle seule avait rompu ses défenses, sapé sa propre force et forgé les instruments de sa destruction. Un instant, la pensée qu'elle avait un fils ne suffit plus à la consoler. Son pied se posa sur le bastingage. Elle se penchait pour s'offrir aux eaux froides lorsque, à l'instant où elle se sentit basculer vers le néant, les mains solides de Thörun Gärensen l'attrapèrent aux épaules, retenant sa chute…

*

David Tewp avait passé l'une des pires journées de son existence. À force d'inventer maints prétextes pour reculer l'instant où Dalibor Galjero l'initierait au crime de sang, il était désormais à peine capable de réfléchir. En fin d'après-midi, il avait encore dû ruser pour fausser compagnie au Roumain et rejoindre Mme de Réault. Impatient de savoir quel nouveau stratagème son mentor avait imaginé, il fila au pas de course jusqu'au Gritti, où Monti et Lemona l'attendaient, la mine grave.

– Vous voilà enfin, Tewp ! s'exclama Lewis Monti. Garance dort depuis la fin de la matinée. Son état n'est pas fameux. Elle a demandé qu'on ne la dérange pas avant votre arrivée. La nuit a été difficile…

Suivi des deux Italo-Américains, Tewp tourna doucement la poignée de la porte et entra. La pièce était obscurcie par de lourds rideaux de velours tirés devant les fenêtres. Le lit était fait et l'oreiller posé à angle droit sur le grand traversin à pompons. Tewp poussa un grognement. Sur la courtepointe chamarrée, il n'y avait aucun signe qu'un corps s'y soit allongé récemment… Ils appelèrent, cherchèrent dans la salle de bains, le dressing-room et dans les couloirs voisins. En vain. Interrogés, les caméristes et grooms attachés à l'étage n'avaient rien remarqué d'anormal, et certainement pas la silhouette d'une petite dame bien mise, voûtée par la fatigue et la maladie. Les trois hommes retournèrent fouiller la chambre dans l'espoir d'y relever un indice, mais ils ne trouvèrent nul mot d'explication.

– Où Garance garde-t-elle son arme ? demanda soudain Tewp.

– Dans le tiroir de sa table de nuit, me semble-t-il, dit Lemona.

Tewp ouvrit le meuble. Il y trouva une boîte de cartouches à moitié vide, mais pas l'automatique acheté à la brocante d'Istanbul.

– Elle m'a encore manœuvré comme un bleu, maugréa-t-il entre ses dents.

Sans explications, il quitta la suite pour gagner à grands pas l'escalier.

– Où partez-vous, bon Dieu ? cria Monti.

– Restez ici, surtout ! hurla Tewp par-dessus son épaule. Quoi qu'il arrive, ne bougez pas du Gritti…

Laissant sur place ses alliés, le colonel traversa en trombe le hall d'entrée du palace et jaillit au-dehors. Bousculant indifféremment Vénitiens et étrangers, il se lança dans une course folle jusqu'au Danieli. En nage, il arriva devant la chambre occupée par Dalibor. La porte n'était pas fermée. Il entra, passa l'antichambre et pénétra dans les appartements de Galjero. Aussi immobile qu'une statue de marbre, le Roumain était assis dans une bergère profonde, fumant un long cigare à peine entamé.

– Où donc étiez-vous passé ? demanda posément le sorcier.

La tension accumulée sur les épaules de Tewp s'envola d'un coup. Tentant de reprendre une apparence convenable, il bredouilla une explication.

– Il est regrettable que vous ayez choisi ce moment pour vous absenter. J'ai reçu une visite, figurez-vous. Une visite idiote, mais très amusante, qui vous aurait grandement distrait, je pense.

– Une visite ? dit Tewp dont le cœur s'était mis à battre la chamade. Quelle visite ?

Pour toute réponse, Galjero désigna d'un geste vague un salon attenant.

La gorge nouée, les jambes chancelantes, Tewp poussa la porte entrebâillée. Garance de Réault gisait là, sur le sol. Sur son corps et son visage profanés se lisaient les traces de supplices sans nombre…

– Le croiriez-vous ? Cette vieille folle est venue me provoquer ici même, Tewp, déclara Galjero d'une voix forte sans quitter son fauteuil. Vous la connaissiez, je crois ? C'était une de vos acolytes du temps où vous vouliez encore ma mort, n'est-ce pas ?

L'Anglais ne répondit pas. Dévoré de chagrin et de colère, il plongea la main dans sa poche pour attraper son automatique, mais les charmes de protection tissés autour du Roumain étaient trop puissants : les doigts de l'officier furent incapables de se refermer sur la crosse. Il essaya encore et de toute sa volonté, en vain. Il lui fallut faire un choix : ou bien persister dans son désir de vengeance et révéler de ce fait sa duplicité à Dalibor, ou bien poursuivre le jeu de la soumission qu'il avait lui-même initié. L'Anglais regarda une dernière fois le corps de Garance. Si Mme de Réault s'était sacrifiée, c'était évidemment pour offrir un peu de temps à David et aux autres. Craquer maintenant reviendrait à trahir la cause pour laquelle elle avait donné sa vie. La mort dans l'âme, Tewp quitta la pièce sans se retourner.

– Il faudra se débarrasser de cette carne une fois la nuit venue, annonça Dalibor en s'étirant comme un chat gavé de viande.

– Je m'en chargerai, assura Tewp d'une voix parfaitement neutre.

*

Chaque jour depuis qu'il était arrivé en éclaireur à Venise, Lewis Monti se rendait à la gare Santa Lucia pour y surveiller l'arrivée du train de Paris. Lorsqu'un navire accostait, il était également présent sur le quai, non loin de la passerelle de coupée, afin de vérifier si Thörun Gärensen et Laüme Galjero débarquaient de Londres ou de New York. Enfin, chaque soir, après avoir parcouru un dédale de ruelles pour aller constater que les volets de l'ancienne maison de Fausta Pheretti étaient toujours tirés, il sautait sur le pont d'un des derniers *vaporetti* en partance pour l'île San Michele. Là, parmi les tombes anciennes enveloppées par la lumière du crépuscule, il allait s'assurer que la sépulture de la jeune femme était intacte. À chacun de ses voyages de retour vers le Gritti, lorsqu'il s'accoudait au bastingage rouillé de la vieille barge omnibus, il regrettait d'avoir poussé ses compagnons à suivre une piste stérile. Son intuition, il en était persuadé maintenant, l'avait induit en erreur. Il avait fallu tout l'enthousiasme de Garance de Réault, toute sa fermeté d'âme pour relancer sa confiance et lui donner le courage de répéter le lendemain son circuit de surveillance… Mais où donc se trouvait la Française maintenant ? Tewp était parti depuis plus de deux heures et il n'y avait aucun moyen de le joindre au Danieli sans risquer d'éveiller les soupçons de Galjero.

– Que faisons-nous, *don* ? demanda Lemona d'un air gêné.

Monti regarda sa montre. Dans moins d'une heure, il le savait, le *San Lucas* entrerait dans les eaux de la lagune.

Ce n'était pas le premier navire de ligne que Monti verrait accoster. Chaque fois, son attente avait été déçue. Pourquoi ne le serait-elle pas encore ? Non, décidément, il valait mieux attendre Tewp et Garance que de scruter les silhouettes anonymes descendant du paquebot…

*

Thörun Gärensen offrit deux dollars au bagagiste du bord en lui donnant l'adresse d'une maison en ville où faire déposer les malles. Il enveloppa ensuite lui-même le fils de Laüme dans de nouveaux langes, prit l'enfant dans ses bras et alla chercher la fée dans sa cabine. Résignée, celle-ci attendait, assise sur sa couchette, un voile noir masquant déjà ses traits.

– Nous venons d'accoster, dit sobrement le Norvégien. Préparez-vous, nous débarquons.

Comme au port de New York, quelques centaines de dollars distribués à bon escient firent office de passeport.

– Où allons-nous ? demanda Laüme quand les douanes furent dépassées.

– Là où ma femme est morte. C'est là que vous la ferez revivre.

– Tu es conscient de ce qu'implique ta demande ?

– Tout ce que vous me réclamerez, je vous le donnerai, répondit Thörun durement.

*

Sans pleurer, sans penser surtout, David Tewp enveloppa le corps de Garance de Réault dans un drap et le veilla un long moment en silence. Étourdi par les voluptés qu'il avait retirées de son crime, Dalibor Galjero s'était étendu sur son lit et y paressait depuis des heures, comme un opiomane digérant sa drogue. Tewp était immobile lorsqu'un souffle froid passa soudain sur son visage. Puis une étreinte réfrigérante s'abattit sur lui et le glaça jusqu'aux os. Il se redressa de toute sa taille, explorant des yeux le salon. Il avait déjà éprouvé cette sensation, cette coulée de givre inondant instantanément une pièce, cette brusque cristallisation de l'air, dans le palais de Dalibor à Istanbul, le soir où Mme de Réault avait convoqué le spectre de Nhuwwas…

– Madame ? interrogea Tewp, soudain plein d'espoir. Madame ? Est-ce bien vous ?

Mais aucune réponse ne lui vint. Il crut apercevoir un semblant de buée qui se formait à la surface d'un miroir à trumeau ornant le dessus de la cheminée, mais ce ne fut qu'un mouvement indistinct et fugace. Puis le froid s'évanouit et les frissons de l'Anglais cessèrent. Décidément, Tewp n'avait rien d'un médium. Découragé, il passa la main sur sa nuque et posa les yeux sur le linceul de Réault. Le sang y dessinait maintenant d'étranges lignes. Il s'agenouilla pour mieux voir. Décryptant les signes, il lut alors l'ultime message que venait de lui adresser Garance…

*

Thörun Gärensen quitta la maison sans même fermer la porte derrière lui. À quoi bon puisqu'il cachait sous son manteau le précieux fils de Laüme Galjero, son otage ? La fée, il en était convaincu, ne tenterait rien tant que la vie de son enfant serait en jeu. D'un pas rapide et volontaire, le Norvégien marcha en direction de la lagune. La tâche qui l'attendait lors de cette première nuit à Venise était ardue et longue. Un travail maudit, il le savait. Ce n'était pourtant que la première marche à gravir avant des œuvres bien plus horribles encore…

*

Dalibor Galjero rêvait qu'il foulait la poussière de la vallée de Lalish. Il n'était pas seul, des centaines d'hommes allaient du même pas que lui. Il ne connaissait ni leur visage ni leur nom, il ne les avait jamais vus, mais tous lui semblaient familiers. Bien que ne se ressemblant en rien et ne portant pas les mêmes vêtements, ils paraissaient frères. Oui, une indéfinissable parenté unissait ces hommes, comme une subtile appartenance à une même lignée spirituelle. Dalibor ignorait où se rendait cette troupe. Il essaya d'interroger son compagnon le plus proche, un Asiatique au visage de pirate, mais celui-ci ne le savait pas non plus. Dalibor renouvela ses demandes, mais aucun de ceux qu'il questionna ne put lui donner de réponse. Tous marchaient sans savoir.

Dans un repli de terrain s'étendait un champ. La plante étrange qui poussait là n'était ni du blé ni de l'orge, elle donnait des armes. À pleines brassées, ils cueillirent des épées et des sabres, des haches et des francisques. Dalibor, pour sa part, ne parvint qu'à rompre la tige d'un glaive émoussé, vieille lame cassante rougie par l'oxyde de fer. Désespérément, il chercha une autre arme mais déjà il ne restait plus rien. Le champ avait été dévasté par ses compagnons. Obéissant à un ordre mystérieux, ceux-ci se rangeaient pour la bataille. Une ligne se forma tandis qu'apparaissait au loin un scintillement et qu'un grondement sourd montait dans la plaine. Ce n'était pas le tonnerre, c'était une armée de guerrières vêtues de lourdes armures et munies de lances acérées. Alors, les hommes hurlèrent pour se donner du courage et s'élancèrent à l'assaut. Effrayé, le cœur battant, Dalibor fut poussé en avant et dut charger lui aussi. Chacun trouva son opposant dans la mêlée ; une à une, les femmes tombèrent ou furent faites prisonnières. En quelques minutes, toutes furent battues, et les hommes, qui n'avaient pas subi de pertes, furent victorieux. Mais Dalibor n'avait pas encore trouvé son adversaire. Il errait au milieu des duels sans qu'aucune amazone daigne l'engager. C'est alors qu'une silhouette fine et menaçante, la dernière des combattantes, se dressa devant lui et chercha à le transpercer. Dalibor tomba sans porter de coups. La femme posa le talon sur sa gorge et la pointe de sa lance sur son front, avant de rejeter son casque au loin. C'était Laüme. Tenant leurs prisonnières en bride, tous les hommes avaient fait cercle autour d'eux. Et tous riaient de son échec.

Dans sa chambre du Danieli, Dalibor Galjero s'éveilla en sursaut.

*

Lewis Monti en avait assez d'attendre Tewp et Réault. Abandonnant Lemona en sentinelle, il quitta le Gritti une heure avant minuit afin d'aller marcher pour calmer son impatience. Les poings dans les poches, regardant le sol plutôt que les façades des palais, il se dirigea machinalement vers l'ancienne maison de Fausta Pheretti et Thörun Gärensen. Au détour de la *calle*, il s'arrêta net. À l'étage, au travers des volets tirés, brillait un mince rai de lumière.

*

– Vous ne vous êtes pas encore débarrassé de cette charogne, Tewp ? lança méchamment Dalibor Galjero en désignant le corps de Garance. Qu'attendez-vous donc ?

– Nous avons une tâche plus urgente à accomplir cette nuit, répondit calmement l'Anglais. Préparez-vous et venez avec moi.

Interloqué, Galjero le toisa sans répondre. Il peinait à sortir de son cauchemar. La vision était un mauvais présage, il le sentait confusément, et cela perturbait ses réflexions.

– Où voulez-vous me conduire ? demanda enfin le Roumain.

– Dans l'île des morts. Ce que vous cherchez vous attend là-bas.

– Laüme ?

Mais déjà l'Anglais quittait la chambre, lui laissant à peine le temps de le suivre.

*

Lewis Monti tira la culasse de son automatique pour engager la première balle dans le canon avant de s'avancer prudemment vers la maison. Plaqué contre le mur, tout près de l'entrée principale, il resta un long moment à épier les bruits. Autour de lui, Venise était calme. Nul clapotis, nul éclat de voix provenant des terrasses alentour… Monti serra son poing sur la crosse et tourna très lentement la poignée de la porte. Le verrou n'était pas mis. Il entra. Aussitôt, il reconnut l'endroit. Rien n'avait changé depuis le jour où il avait aidé le Norvégien à transporter la dépouille de Fausta Pheretti jusqu'à l'île San Michele. Gärensen n'avait pas encore décidé, à cette époque, de pactiser avec le démon pour ramener son Eurydice des Enfers…

Évoluant sur la pointe des pieds, Monti jeta un coup d'œil rapide aux pièces du rez-de-chaussée avant de s'engager dans l'escalier. Dans l'ancienne chambre de Fausta, sur le lit où la jeune femme avait succombé à une lèpre maléfique, une superbe silhouette féminine était étendue. Bien qu'il n'en vît pas encore les traits, l'Américain la reconnut. Depuis la mort de son épouse et de son fils, douze ans plus tôt, pas une heure ne s'était écoulée sans qu'il eût souhaité sa mort. Laüme Galjero ! Il leva le bras pour la mettre en joue et appuyer sur la détente, mais son index refusa d'obéir. Les muscles de Monti s'étaient pétrifiés et sa pensée elle-même était paralysée. Incapable de tirer, il abaissa son arme, en supposant que d'invisibles barrières se dressaient encore autour de la fée, mais ce qu'il prenait pour un bouclier magique n'était en réalité qu'un effet de sa propre peur face à une créature dotée d'un mystère sans pareil. Le pouvoir de Laüme avait brûlé ses fibres les plus intimes lorsque, malgré sa haine et sa rancœur, il avait connu le plaisir en elle…

Tremblant, il s'avança.

– Est-il vrai que tu m'as fait un fils ? demanda-t-il.

– C'est la vérité, répondit Laüme en se retournant pour lui montrer en pleine lumière son visage défiguré.

*

Siège de la logique et de la rationalité, le cerveau gauche de David Tewp lui envoyait désespérément des signaux d'alarme : le colonel courait au bord d'un précipice et sa raison, ne pouvant le tolérer, faisait tout pour l'arrêter. Domaine de l'instinct, des intuitions et des fulgurances, son cerveau droit, en revanche, continuait à encourager l'officier dans sa folle course vers l'île San Michele ; les lettres de sang qu'il avait lues sur le linceul de Garance lui en donnaient l'injonction suprême.

Sur ses talons, Dalibor Galjero restait silencieux. Qui aurait pu dire à quoi le Roumain songeait ? Certainement pas Tewp, dont la seule certitude était que son destin l'attendait au terme de cette nuit vénitienne. Quelle qu'en soit l'issue, sa mort ou celle des Galjero, la fin de la longue traque débutée au bord du Gange, douze années plus tôt, allait s'achever avant l'aube…

*

Au sommet de la tour de l'Horloge, les Maures de bronze sonnèrent la première heure. Rarement, le cœur de Dalibor Galjero avait battu aussi fort qu'en cet instant. Même lorsqu'il avait pénétré pour la première fois dans la *cathédrale* des rats, chez Forasco, quand le bourreau de Bucarest avait serré la corde de chanvre autour de son cou, ou quand il avait subi l'attaque des spectres dans la tour du dieu Paon ; et même lorsqu'il avait déchiré les vêtements de Laüme pour la posséder sur les tréteaux mortuaires du quai Saint-Michel… Aucun de ces instants n'était comparable à celui que Dalibor Galjero vivait en naviguant avec le colonel Tewp vers l'île San Michele. Maintenant plus que jamais il avait l'impression d'être une forteresse assiégée par mille sentiments contradictoires, une citadelle aux fondements sapés par une vermine trop nombreuse pour être vaincue. Était-il fort ? Était-il faible ? Il ne le savait plus. Certes, il sentait dans son corps une vigueur, un élan extraordinaire, comme celui qui enflamme les nerfs avant la bataille. Mais la faiblesse était là, elle aussi, bien qu'elle eût été momentanément repoussée par la mort de la vieille femme, dans la chambre du Danieli. Il s'était appliqué à lui faire rendre gorge lentement, pourtant. Et savamment, ainsi que Nhuwwas lui avait appris à le faire autrefois dans les montagnes d'Orient. Mais l'offrande n'avait pas été du goût de Ta'us, elle ne lui avait pas suffi. Le dieu s'impatientait. Il en avait assez des victimes communes, humaines, et voulait maintenant le sang de la *frawarti*. Il réclamait l'oblation de Laüme…

Dalibor continua à courir tant qu'il put mais un point de côté lui coupa la respiration, le pliant en deux sur la banquette de cuir du canot à moteur que Tewp avait loué pour se déplacer sur la lagune. Soufflant bruyamment, Dalibor se pencha par-dessus le bastingage et cracha dans la mer le trop-plein de salive dans sa bouche. Le pilote leur désigna au loin l'îlot, dont le tracé se découpait à peine sur l'horizon obscur. Galjero serra involontairement les doigts sur le manche du long *khandjar* qu'il avait pris pour seule arme. Cette lame avait connu bien des usages. Cette nuit, elle était promise à tuer une fée et à trancher pour son maître le dernier voile protégeant le sanctuaire d'immortalité… Dalibor leva le visage vers le ciel et chercha à s'enivrer de cette seule pensée. Au-dessus de lui, unique étoile visible dans le ciel noir, Vénus luisait telle une émeraude diabolique et moqueuse…

*

Jamais Thörun Gärensen n'avait pris le soin de fleurir la tombe de son épouse ou de prier pour son repos éternel. Sa foi ne s'exprimait pas par des gestes et des déprécations. Elle était plus à l'aise avec le silence et l'action.

Crachant dans ses mains, le Norvégien enduisit de salive sur tout son long la lourde cognée trouvée dans une cabane à outils. Au premier coup, il fendit en deux le marbre du tombeau de Fausta. Son grand œuvre venait de commencer…

*

Lewis Monti trouva ce qu'il cherchait au bout d'un ponton désert : c'était un élégant canot vernis, fin et nerveux, laissé à l'amarre sans protection particulière. Il aida Laüme à y prendre place et sauta à son tour dans l'embarcation. Déboîtant le tableau de commandes de la pointe de son couteau de poche, il dénuda deux fils pour faire démarrer l'engin comme il l'aurait fait d'une simple automobile. Une fois lancé, le moteur se mit à vrombir et à mordre les eaux de la lagune en direction du nord-est. À l'arrière, Laüme Galjero savait qu'elle allait à sa perte, mais tout lui était maintenant indifférent. Même l'avenir de son fils ne lui importait plus. Tout s'était subitement retourné contre elle, et il n'y avait plus rien à faire pour empêcher la déroute. Seule, elle s'était détruite… condamnée. À travers la maternité, plus que son corps, c'était son esprit qu'elle avait abaissé, dégradé à l'état d'humanité. Précipitée dans les tréfonds, Laüme Galjero n'avait plus le courage de se battre pour revenir une nouvelle fois vers la lumière.

*

Thörun Gärensen tira sur le palan pour remonter à la surface le cercueil de Fausta Pheretti, couvert de boue et de moisissure. Il avait eu toutes les peines du monde à passer les sangles sous la bière, et l'extraire de l'étroit caveau au moyen de ses seules forces se révélait malaisé. Enfin, après de longues minutes d'efforts au cours desquelles il craignit plus d'une fois de lâcher prise, il parvint à le poser sur le sol. Soufflant et transpirant, Thörun s'accorda un repos. Le front dans les mains et le sang lui battant aux tempes, il ne prit pas garde aux deux silhouettes silencieuses qui s'approchaient de lui…

*

Lewis Monti avait un souvenir net de l'endroit où reposait Fausta. Sans l'ombre d'une hésitation, il prit le chemin balisé par les bougies votives qui éclairaient presque toutes les tombes et conduisit la fée à travers les allées brumeuses du cimetière. Au détour d'une travée, sous les ailes déployées d'un ange de pierre, tous deux aperçurent la silhouette de Thörun Gärensen…

*

Deux embarcations tanguaient le long de l'embarcadère de l'île San Michele, une odeur d'essence flottant autour d'elles. Dalibor Galjero sauta à quai et tira sa lame.

– Montrez-moi, dit-il à Tewp. Montrez-moi où se tient Laüme…

– Près de la tombe de Fausta Gärensen, répondit l'Anglais.

– Si c'est un piège, je vous tue le premier, Tewp, avertit Dalibor d'une voix rauque.

L'autre ne répondit pas. Guidé par son seul instinct, il s'élança au pas de course vers l'épicentre de la tragédie annoncée…

*

Friable et vermoulu, le couvercle du cercueil craqua dans un chuintement affreux.

Thörun écarta hâtivement à mains nues les lattes du milieu et, s'emparant de la plus proche chandelle, regarda à l'intérieur. Il ne put retenir une exclamation de dégoût. Ce qui restait de Fausta Pheretti n'était qu'une bouillie, un amas grumeleux d'os blanchis et de chairs liquéfiées, comme si l'envoûtement fatal dont elle avait été victime avait continué à œuvrer bien après son décès.

– Pour elle, il est trop tard, jugea Laüme en se penchant par-dessus l'épaule de Thörun afin d'examiner la dépouille. Même si j'en avais encore la force, je ne pourrais ramener ta femme d'entre les morts. Si elle existe, l'âme n'est pas tout, le corps aussi doit se révéler viable…

Gärensen se retourna brusquement, surpris par l'intervention de sa prisonnière.

– Vous m'avez menti ! s'écria-t-il avec colère. Jamais vous n'avez eu l'intention de tenir votre promesse…

– Où est l'enfant, Gärensen ? demanda doucement Laüme. Où est mon fils ?

Mais il n'y eut pas de réponse. Pris d'une intense fureur, le Norvégien gifla Laüme si violemment qu'elle tomba, puis, s'acharnant sur elle, il la frappa au ventre et au visage. Sous ses bottes, les minces côtes se brisèrent et les plaies au visage se rouvrirent. Lorsqu'il la sentit sur le point de défaillir, il la laissa un court instant, pantelante et ensanglantée, à gémir sur le gravier, avant de revenir, tenant un enfant au creux de ses bras et portant une masse de terrassier.

– Votre mort est pour maintenant, annonça-t-il. Mais votre fils part avant vous…

Jetant le bébé tel un sac aux pieds de Laüme, Thörun Gärensen leva haut l'outil à la lourde tête de fer, mais une douleur soudaine déchirant les muscles de son épaule vint arrêter son geste. Le canon de son arme fumant encore, Lewis Monti quitta le couvert des arbres.

– L'enfant ne meurt pas, Gärensen, dit le Sicilien. C'est mon fils… Épargnez-le.

Malgré sa blessure, le Norvégien amorça un geste de forgeron pour écraser la progéniture de Laüme Galjero. Une première balle lui éclata le front. Une seconde traversa sa gorge. Une troisième défonça sa poitrine au niveau du cœur. Secoué par les impacts, le géant blond s'écroula en travers du cercueil de son épouse, achevant de disloquer les planches et de répandre les restes de Fausta sur le sol.

Laüme tendait ses mains écorchées vers son enfant, et Monti s'approchait tristement du cadavre de Gärensen lorsque des éclats de voix s'élevèrent. Il y eut un bruit de lutte, un cri de douleur, puis des pas rapides en approche. Les yeux fous, les lèvres retroussées sur ses dents blanches, Dalibor Galjero surgit de nulle part pour se jeter sur Laüme, encore à terre. Monti pointa son automatique et tenta de faire feu, ce qui lui fut impossible, car ses muscles ne lui obéissaient pas. Alors, sans que Laüme tente rien, comme si elle acceptait son destin, la lame du *khandjar* se rougit de son sang. Sans une once de pitié, Galjero trancha la gorge de sa *frawarti*, espérant seulement que la créature ait conservé un peu du pouvoir que Ta'us réclamait en hommage. C'était là son unique désir, son seul souhait, il voulait vivre pour toujours… Mais l'enfantement avait épuisé toute surnature en Mélusine. Pour le dieu Paon, l'offrande n'avait plus aucune valeur, et son disciple avait trop attendu… De son trône de feu, l'oiseau divin prit son envol et, descendant de son ciel pourpre, il plongea dans les ténèbres du monde. Un instant, ses ailes enveloppèrent la silhouette de Dalibor, affalé sur le corps sans tête de sa maîtresse, jusqu'à ce qu'il effaçât la grâce de longue vie autrefois accordée au voyageur venu quérir son aide dans la tour des déserts lointains. S'écroulant lentement, Dalibor serrait toujours contre lui le cadavre décapité de Laüme. Ils basculèrent ensemble sur la terre meuble, s'étreignant comme le premier des Galjero et la jeune fée, sur la plage où séchaient les filets des pêcheurs de la mer Noire. À jamais blottis l'un contre l'autre.

Le désespoir des chimères

C'était un spectacle étrange que de les voir, eux, deux hommes d'âge mûr, en manteau long et chapeau mou, se promener sur le pont du paquebot avec un nourrisson dans les bras. Plusieurs fois par jour, les passagers les croisaient sur la promenade. Beaucoup auraient aimé leur poser des questions, les femmes surtout, mais personne n'osa les aborder. Toujours côte à côte, ils semblaient constamment aux aguets, à craindre qu'un ennemi ne surgisse derrière eux, à croire qu'on les suivait. Mais personne n'était à leurs trousses désormais. Et pour eux le temps de la traque était terminé. Ils le savaient, et peut-être cela leur pesait-il plus qu'ils ne voulaient l'admettre.

– Que vas-tu faire quand tu seras rentré, Lemona? demanda Monti l'avant-veille de leur arrivée prévue dans le port de New York.

Lemona avait gonflé ses joues comme un hamster. Accoudé au bastingage de cuivre en train de regarder le soleil se coucher dans l'océan, il lâcha :

– Devenir un bon père de famille, je crois. Mes affaires sont modestes mais elles marchent bien. Je n'ai pas de souci d'argent. Alors, je vais faire un mariage russe. J'appellerai mes gamins Olga et Ivan. Je me le suis promis et ça me rappellera de drôles de souvenirs. Et vous, *don*, comment allez-vous le nommer, finalement, ce petit?

Emmailloté dans une couverture, l'enfant était tranquille et éclatant de santé. Monti le regarda avec tendresse.

Après un bref silence, le vieux Sicilien murmura bien un prénom mais les syllabes furent emportées par la brise du large…

*

David Tewp changea lui-même le pansement sous lequel cicatrisait la blessure au ventre que Dalibor Galjero lui avait faite au moyen de son *khandjar*, au cimetière de Venise, puis il noua le lacet de cuir de son masque sur sa nuque et en rectifia la position sur son arête nasale. Il s'observa longuement dans le miroir. Un immense découragement le saisit. Privé de la prothèse de nacre et de corail qu'avait fabriquée à Jérusalem l'artisan Ziméon Sternberg, il redevenait une *gueule cassée* comme des dizaines de milliers d'autres après cette guerre, un monstre de foire n'inspirant que répulsion et moquerie. Comment, alors, aurait-il pu en vouloir à Perry Maresfield de l'avoir rejeté, la veille au soir, lorsqu'il s'était présenté sur le perron de sa demeure, à Brighton ? Bien sûr, elle avait dissimulé son dégoût de le découvrir ainsi défiguré. Une femme de son éducation sait se tenir, mais son attitude empreinte de malaise et de gêne l'avait dispensée de toute parole.

– Comment se porte Dennis ? avait demandé maladroitement le colonel pour tenter de nouer le contact.

– Malheureusement, il n'est pas ici ce soir, avait menti Perry, alors que Tewp avait parfaitement entendu le petit garçon jouer à l'étage.

Devant tant de froideur et de dureté, il n'avait pas insisté. Le colonel était reparti, amer et triste, en prétextant un rendez-vous imaginaire en ville. Toute la soirée et toute la nuit, il était demeuré seul dans sa chambre d'hôtel, à tenter d'imaginer en quoi allait désormais consister sa vie après tant d'années consacrées à une vengeance dont l'issue ne lui avait apporté ni repos ni joie. Habid Swamy et Khamurjee étaient morts depuis si longtemps, le châtiment qu'avaient connu leurs assassins leur importait-il vraiment ? Tewp en doutait…

Au matin, sans avoir fermé l'œil, il se rendit sur la plage. Sur le remblais où s'alignaient les baraquements, il commanda pour déjeuner des haricots et des tomates en boîte avec du bacon, du pain grillé et du café. C'était marée basse, l'odeur de la vase montait jusqu'à lui. Écœuré, il laissa son assiette presque intacte et marcha sans but jusqu'à midi. Le ciel était terne, sans couleur, les trottoirs rendus glissants sous l'effet d'une bruine qui vidait les rues. Les mains dans les poches, le regard rivé au sol, David Tewp formula alors une question à l'adresse du fantôme de Mme de Réault.

– Dois-je le faire, madame ?

– Je ne suis pas contre, David, lui répondit la vieille dame d'un ton complice. À une condition, cependant…

– Laquelle ?

– Faites-le sans cultiver aucun remords, mon garçon…

Alors, David Tewp rentra à l'hôtel et déballa le fétiche d'amour confectionné pour lui à Istanbul par Dalibor Galjero. Serrant l'objet dans ses mains, et malgré tout son dégoût, il activa la poupée selon les rites préconisés par le sorcier.

Quand, le soir même, le colonel fit à nouveau tinter la sonnette du cottage de Perry Maresfield, la jeune femme l'accueillit en souriant ; comme si elle espérait depuis longtemps sa venue, elle se serra contre lui et l'embrassa avec fougue. Du haut du grand escalier, Dennis bondissait déjà vers eux…

Note de l'auteur

Le Siècle des chimères est une œuvre de pur divertissement, un jeu de collages puisant à de nombreuses sources. Feuilleton d'aventures, conte noir et baroque, il se permet en conséquence de prendre parfois de grandes libertés avec ses matériaux de base. Si certaines de ces libertés paraissent évidentes, d'autres, en revanche, méritent commentaire. En ce qui concerne particulièrement *La Dame de Toscane*, il me paraît important de préciser les points suivants.

Utilisé pour désigner le type de créature surnaturelle incarnée par Laüme et Ta'qkyrin, le terme *frawarti* est issu de la tradition perse pré-islamique. Le concept de l'ange féminin armé est pourtant connu de nombreuses autres mythologies. Dans le monde scandinave et germain, il est appelé *hamingja* et remplit exactement la même fonction que son équivalent perse : protéger le guerrier valeureux et assurer prospérité et honneur à toute sa descendance. Les relations – souvent houleuses – d'une famille avec sa *hamingja* forment l'un des principaux motifs des sagas islandaises. Dans la France médiévale, on le retrouve dans l'histoire de Mélusine, fée assurant fortune et sagesse à Raymond de Lusignan à la condition que celui-ci respecte quelques interdits qu'évidemment il transgressera pour son plus grand malheur et celui de ses proches. Selon une référence plus littéraire, le personnage de Laüme tient également de la Biondetta imaginée par Cazotte, ce diable amoureux en forme de femme qui vient perturber la vie d'Alvare.

L'histoire de Caterina Cornaro, Vénitienne devenue reine de Chypre en épousant un Lusignan, est authentique. Au fait de la légende entourant la famille de son époux, il semble naturel qu'elle devine au premier coup d'œil la nature singulière de Laüme lorsqu'elle aperçoit celle-ci sur le parvis de la basilique du Latran, lors de la cérémonie de mariage de Dragoncino Galjero avec sa nièce Alessia Cornaro (personnage évidemment fictif).

Comme Caterina Cornaro, le légat Nicola da Modrussa est un personnage historique. Ami du pape Pie II, il fut effectivement envoyé en ambassade auprès du seigneur Vlad Tepes, opposant aux Turcs ravageant les Carpates à l'époque. Comme son maître, Modrussa fut l'une des grandes figures de l'Italie renaissante. Lettré, humaniste, il appartient à cette génération authentiquement érudite qui, sous l'impulsion de Cosimo de Médicis et grâce à l'influence de quelques Byzantins, redécouvrit l'héritage philosophique, religieux et artistique gréco-latin. Presque oublié aujourd'hui, l'épisode du concile de Florence, tenu en 1439, est emblématique de ce mouvement. Voulu par Cosimo pour mettre un terme aux querelles intestines du christianisme contemporain en démontrant la supériorité de la pensée antique, il échoua évidemment au niveau politique et religieux, mais constitua le véritable point de départ du mouvement renaissant dans les lettres, les arts et la philosophie. Dominant l'épisode de toute sa stature intellectuelle et physique, le vieux Byzantin Gemistos Plêthôn, néoplatonicien et païen affirmé, gagna l'amitié de Cosimo et lui inspira l'idée de la nouvelle académie platonicienne de Florence, où étudièrent notamment Pic de la Mirandole et Marsile Ficin à qui l'on doit les traductions de l'œuvre de Platon, mais aussi de Porphyre, Jamblique, Plotin, Hermès Trismégiste…

Ami et protecteur du premier des Galjero, le prince valaque Vlad IV Tepes est le modèle historique de Dracula. Célèbre depuis l'œuvre éponyme de Bram Stoker et ses multiples déclinaisons cinématographiques, le prétendu vampire a envahi toutes les expressions de la culture populaire occidentale. Dépouillé de sa panoplie mythique, Vlad Tepes demeure cependant fascinant à plus d'un titre. Héros d'une guerre tragique contre les Ottomans, il fut la victime des complots de conspirateurs rendus inquiets par ses talents de chef de guerre et de fin diplomate. C'est aux Allemands de Ruthénie que l'on doit les célèbres gravures xylographiées montrant Tepes ripaillant au centre d'une forêt de pals sur lesquels ses ennemis expirent. Sa réputation de cruauté est donc issue pour partie d'une propagande savamment orchestrée par des ennemis de l'ombre. Pour les Roumains, il reste aujourd'hui un héros national et un symbole de leur longue lutte pour l'indépendance.

Conduit à Paris par Laüme, le tout jeune Dalibor Galjero sympathise avec les Romantiques. Issus de la même génération que lui, Alexandre Dumas, Gérard de Nerval, Théophile Gautier, Victor Hugo et Eugène Delacroix semblaient des candidats parfaits pour constituer son entourage amical. Créateurs, séducteurs, évidemment sensibles aux problèmes politiques de leur temps, les Romantiques formaient plus qu'un simple courant artistique. Légèrement plus âgé qu'eux, l'écrivain Charles Nodier a apporté à leurs œuvres l'influence anglaise de Walter Scott ou de Byron. Conservateur en chef de la bibliothèque de l'Arsenal, Nodier a doté celle-ci de quelques-uns des plus intéressants manuscrits relatifs à l'histoire de l'ésotérisme en Occident. Aujourd'hui encore loin devant les bibliothèques municipales de Dijon et d'Orléans, l'Arsenal abrite le plus vaste éventail de textes touchant à ce domaine en France, hors collections privées.

Le personnage de Wolf Messing est authentique. Les éléments de biographie que je livre à son sujet sont également véridiques. L'anecdote du défi de Staline et du vol des cent mille roubles sous la surveillance des services secrets est notamment attestée par de nombreux documents depuis longtemps rendus publics. Dès leur arrivée au pouvoir après la révolution d'Octobre, les autorités soviétiques ont consacré une partie de leurs efforts à la parapsychologie, que ce soit en matière de recherche fondamentale ou de renseignements. Messing a ainsi longtemps participé à des études poussées sur l'hypnose et les mécanismes de suggestion appliquée au champ des manipulations mentales. Le personnage de l'officier supérieur Grusha Alantova est, quant à lui, totalement fictif, même si l'amant que je lui prête, Nikholai Yezhov, l'un des chefs attestés du NKVD, fut effectivement victime des purges staliniennes du milieu des années 1930.

En ce qui concerne l'assassinat de Raspoutine, la présence d'un agent anglais dénommé Oswald Reyner dans l'entourage direct du prince Ioussoupov est aujourd'hui connue. L'ouverture très récente des archives du MI6 au regard de cette période a contribué à éclairer d'un jour nouveau cet épisode fameux. Si Raspoutine n'avait pas été assassiné, il est fort probable que, sous l'influence grandissante de son parti slavophile, la Russie aurait négocié une paix séparée avec l'Allemagne. La victoire alliée aurait donc été fortement compromise, et la Révolution bolchevique de la fin 1917, peut-être évitée au profit d'une réforme profonde du système impérial. Dans l'Allemagne wilhelmienne, l'absence d'une menace soviétique à l'est, doublée d'une paix blanche ou même d'une victoire sur l'alliance franco-britannique, aurait aussitôt rendu caduques les prétentions et la politique futures des nazis.

Ethnographes, historiens des religions ou ésotéristes, quelques auteurs des XIXe et XXe siècles se sont penchés sur l'étude des peuplades yezidis des déserts de Turquie, de Syrie et d'Irak. Le particularisme de ces tribus isolées, peu nombreuses, difficiles d'accès, a tissé autour d'elles une sorte de « légende noire ». Certains commentateurs, peu désireux de vérifier leurs sources ou de mener une enquête sérieuse, ont qualifié les yezidis d'adorateurs du Diable. Évidemment, il n'en est rien. Si le dieu Paon Ta'us existe bien dans leur panthéon, il n'est en aucune façon l'idole d'un peuple sanguinaire adepte de quelque élévation spirituelle par la cruauté. Cet aspect ne vaut que dans la dimension fictive du *Siècle des chimères* et ne reflète en rien la vérité sociologique, historique, culturelle et religieuse des yezidis authentiques. En ce début de XXIe siècle, une yezidi immigrée de Turquie en Allemagne est députée européenne.

REMERCIEMENTS

Le livre de Dalibor Galjero vient de se refermer, ceux de David Tewp, Thörun Gärensen et Lewis Monti également. Je ne peux cependant tourner la dernière page de leurs aventures avant d'exprimer à nouveau toute ma gratitude à Anne, Stephen et Alain Carrière, dont l'amitié, le soutien et – surtout – la patience archangélique n'ont jamais été pris en défaut au cours des longs mois d'écriture consacrés au *Siècle.* Sans malheureusement pouvoir citer tous ceux qui ont contribué à l'élaboration des textes et à leur diffusion auprès du public, je veux également dire ma profonde reconnaissance à Sophie Bagur, Anne-Sophie Naudin, Yasmina Urien, Julia Gallet, Alain Ledru, tous collaborateurs des éditions Anne Carrière. Je pense encore à Élisabeth Bouton, correctrice impitoyable mais à l'humour bienveillant, à Marc Taraskoff, illustrateur, à Bénédicte, Karyne et Thomas, libraires à Paris, à Albéric, libraire à Bordeaux, à Virginie et Muriel, libraires à Bruxelles, Anne, libraire à Lyon, Véronique et Fanny, libraires au Grand-Plaisir, à Raphaële Hofmann, Bernadette Gyldemin, Pierre-André François, Philippe Lamotte, Jean-Louis Besse et les équipes de représentants du groupe Hachette. Qu'ils soient tous ici très amicalement salués pour leur travail essentiel et difficile, et pour l'accueil bienveillant qu'ils ont réservé à ce projet dès son origine. Merci toujours à Susanna Lea ainsi qu'à l'ensemble de ses assistants.

Merci encore à Alain Zilberstein pour son extrême courtoisie et son influence toujours bénéfique.

Merci enfin à Moytza pour sa patience, sa gaieté lumineuse et son cœur généreux.

Le Siècle des chimères,
Ljubljana, Bruges, Bruxelles,
Sant'Anna in Camprena, Paris, Parme,
2004-2007

Épilogue

Dans la grande chambrée des novices, Wangchuk tremblait de froid. Venu des plus hauts sommets du monde, l'air glacé tombait en colonnes dans la vallée et ricochait par-dessus la rivière avant de revenir battre de plein fouet les sévères murailles du monastère. Grelottant, le jeune homme serra sa mince couverture autour de lui et replia les jambes sur son torse pour garder un peu de chaleur. Ce n'était que le début de la nuit, et il faudrait encore patienter de longues heures avant que les prières du matin lui procurent un peu d'exercice… À peine venait-il de se rendormir que le surveillant Jampa fit irruption dans la salle en criant.

– Les Chinois ! Ils nous attaquent ! Sauvez-vous, mes fils ! Vite !

Incrédule, Wangchuk sauta sur ses pieds et voulut interroger le vieux moine, mais déjà ses condisciples se bousculaient sans chercher à comprendre. Dans l'affolement général, Wangchuk fut poussé au-dehors par une marée humaine qu'il ne put contrarier. Dans la cour, c'était déjà la bataille. Des fusées au phosphore éclairaient le ciel noir et des soldats tiraient à bout portant sur les religieux désarmés. Wangchuk essaya de retenir ses camarades en hurlant des ordres de repli vers le réfectoire, mais chacun ne pensait qu'à sauver sa propre vie et réagissait à l'instinct, sans réflexion, sans stratégie. L'invasion était si soudaine, si brutale, si incroyable qu'il n'y avait aucune arme dans l'enceinte de l'ermitage, aucune position de couvert ni de chemin de fuite organisé. Wangchuk vit les fusiliers de l'Armée populaire ouvrir le feu sur ses camarades. Les balles sifflèrent tout autour de lui, éraflant les colonnes de pierre du cloître, éclatant les moellons, écornant les statues de bois multicolores. Des silhouettes s'écroulèrent devant lui et du sang jaillit sur sa bure. Il se baissa et courut le long d'une travée en direction du potager. Là, le cœur battant, il tenta d'escalader l'enceinte extérieure mais deux assaillants se précipitèrent sur lui et le jetèrent au sol. Une douleur fulgurante lui vrilla la jambe : une baïonnette chinoise venait de lui transpercer la cuisse. Wangchuk se débattit comme un beau diable face aux troupiers. Sa main rencontra le manche d'une pioche oubliée contre le mur. La rage et la peur lui donnèrent la force de se redresser. Brandissant l'outil telle une hache de guerre, il planta le fer dans la poitrine du premier attaquant et, d'un beau revers, dans le ventre du second. Puis il franchit le mur et s'enfonça en claudiquant dans la nuit…

Quand il revint, au matin, tous étaient morts. Le bâtiment des bonzes et le temple n'étaient qu'un monceau de ruines fumantes. Les salles d'étude et les réserves brûlaient encore. Partout, on voyait des corps abandonnés, à la merci des charognards… Trois jours et trois nuits durant, sans boire ni manger, Wangchuk prépara des bûchers funéraires pour ses camarades et ses maîtres. Puis, lorsqu'il eut allumé le dernier brasier, il jura de venger ses frères. Dans le secret de son cœur, pourtant, devant la difficulté de la tâche, il doutait de jamais pouvoir accomplir sa promesse.

– Tu les vengeras, pourtant, sois-en certain, dit alors une voix très douce.

Wangchuk se retourna. Proche de lui à le toucher se tenait une pâle inconnue à la beauté sans pareille. Son sourire était radieux et ses grands yeux noirs brûlaient d'une flamme intense.

– Mon nom est Sonam, dit la jeune fille. Et si tu m'aimes comme moi je t'aime déjà, nos fils seront rois…

Table

NEUVIÈME TOMBEAU DES CHIMÈRES

SECOND LIVRE DE DALIBOR GALJERO

DIXIÈME TOMBEAU DES CHIMÈRES

Troisième Livre de Dalibor Galjero

Onzième tombeau des chimères

Philippe Cavalier dans Le Livre de Poche

Le Livre de Poche

LE SIÈCLE DES CHIMÈRES

1. Les Ogres du Gange n° 37176

Calcutta, 1936. L'Inde coloniale de Kipling a déjà perdu de sa grandeur. Les nationalistes hindous pactisent avec les services secrets allemands pour chasser les Britanniques. Fraîchement débarqué de Londres, David Tewp, jeune officier du MI6, découvre un complot d'une ampleur terrifiante. Sur les traces d'une trop belle photographe autrichienne et d'un couple d'aristocrates roumains aux sympathies politiques ambiguës, Tewp plonge dans un univers de ténèbres auquel sa bonne éducation et son rationalisme ne l'avaient en rien préparé. Des brasiers funéraires de Calcutta aux palais d'une noblesse décadente, entre jeux d'espions, guerre civile, disparitions d'enfants et rites étranges, la traque des Ogres du Gange commence. Thriller érudit au rythme haletant, *Les Ogres du Gange* emprunte avec une même maîtrise au roman d'espionnage et à ce romantisme noir qui s'inscrit dans la grande tradition du fantastique européen.

2. Les Loups de Berlin n° 37177

Bavière, 1931. Accusé d'un crime qu'il n'a pas commis, le jeune Norvégien Thörun Gärensen est contraint de servir les futurs maîtres de l'Allemagne. Spécialiste des religions païennes, il intègre l'Ahnenerbe, un mystérieux institut contrôlé par les nazis. Là, il croit un temps trouver du réconfort auprès d'un séduisant couple d'aristocrates, Laüme et Dalibor Galjero. Loin de le sauver, les Galjero le précipitent au contraire dans un tourbillon vertigineux de dépravation et de sorcellerie. Une aide inattendue viendra de Fausta, agent des Alliés rencontrée à Venise. Mais entre Thörun et la rédemption se dressent ses puissants protecteurs, l'ordre noir et ses propres chimères…

3. Les Anges de Palerme n° 37178

New York, 1909. Au fond d'une cellule du quartier des condamnés à mort, croupit Luigi Monti, immigré sicilien devenu l'exécuteur des basses œuvres de la Mafia, organisation criminelle dont les autorités américaines ne savent encore presque rien. Arrêté alors qu'il s'attardait à lire les ouvrages occultes conservés dans la bibliothèque de sa dernière victime, Monti demeure un mystère pour ses geôliers. Nul ne connaît sa véritable histoire, et nul ne peut deviner ce que réserve l'avenir à cet homme hors du commun… Troisième personnage destiné à traquer Dalibor et Laüme Galjero, Luigi Monti est celui par qui les plus sombres mystères vont être percés à jour. Dans ce troisième volume du *Siècle des chimères*, Philippe Cavalier nous entraîne à un rythme effréné de la Sicile aux gratte-ciel de New York, et de Buenos Aires à Istanbul, en passant par les marais de Louisiane… L'alliance de Tewp, Gärensen et Monti pour châtier les Galjero saura-t-elle résister aux obstacles qui se dressent sur leur route ?

Du même auteur :

LES OGRES DU GANGE, tome 1 de la tétralogie *Le Siècle des chimères*, Anne Carrière, 2005.
LES LOUPS DE BERLIN, tome 2 de la tétralogie *Le Siècle des chimères*, Anne Carrière, 2006.
LES ANGES DE PALERME, tome 3 de la tétralogie *Le Siècle des chimères*, Anne Carrière, 2006.

Composition réalisée par Asiatype

Achevé d'imprimer en juin 2008, en France sur Presse Offset par
Maury-Imprimeur - 45330 Malesherbes
N° d'imprimeur : 137964
Dépôt légal 1re publication : juin 2008
Librairie Générale Française - 31, rue de Fleurus - 75278 Paris Cedex 06

31/1625/8